BASTEI
LÜBBE
TASCHENBUCH

Über die Autorin:

Sandy Williams hat in Texas studiert und Abschlüsse in Geschichte, Politik- und Bibliothekswissenschaften. Nach dem Studium arbeitete sie zunächst als Bibliothekarin, bis sie ihren Ehemann auf einen längerfristigen Geschäftsaufenthalt in London begleitete. Inzwischen lebt die Familie wieder in Texas, und wann immer ihr ihre neugeborenen Zwillinge Zeit lassen, widmet sich Sandy dem Schreiben.

Sandy Williams

DIE SCHATTENLESERIN

NACHTSCHWARZE TRÄUME

Roman

Aus dem Amerikanischen Englisch
von Kerstin Fricke

BASTEI LÜBBE
TASCHENBUCH

BASTEI LÜBBE TASCHENBUCH
Band 16 954

1. Auflage: November 2013

Dieser Titel ist auch als E-Book erschienen

MIX
Papier aus verantwortungsvollen Quellen
FSC® C014496

Vollständige Taschenbuchausgabe

Deutsche Erstausgabe

Textredaktion: Gerhild Gerlich
Titelillustration: © Guter Punkt unter Verwendung von Motiven
von shutterstock/M. Shcherbyna; shutterstock/Mayer George; Thinkstock
Umschlaggestaltung: Guter Punkt München
Satz: Urban SatzKonzept, Düsseldorf
Gesetzt aus der New Caledonian
Druck und Verarbeitung: GGP Media GmbH, Pößneck
Printed in Germany
ISBN 978-3-404-16954-2

Sie finden uns im Internet unter
www.luebbe.de
Bitte beachten Sie auch: www.lesejury.de

1

Meine Haut prickelt einen Moment, bevor ein weißer Lichtblitz im vorderen Teil des Hörsaals aufflackert. Ich beiße die Zähne zusammen, blicke konzentriert auf meinen Antwortbogen und weigere mich, den durch diesen Lichtriss in meine Welt eintretenden Fae zu registrieren. Es ist mir völlig egal, ob es der König höchstpersönlich ist, ich werde diesen Test heute bestehen.

Ich male das C auf meinem Antwortbogen schwarz aus und lese dann die nächste Frage.

»McKenzie.«

Es ist Kyol. War ja klar, dass der Hof *ihn* schicken musste.

»McKenzie«, wiederholt Kyol. »Wir müssen los.« Niemand sonst kann ihn hören oder sehen, obwohl er meinen Professor überragt, der nicht einmal einen halben Meter von ihm entfernt steht. Meine Kommilitonen beugen sich weiterhin über ihren Multiple-Choice-Test und sind total auf ihre Abschlussprüfung fokussiert. Ich umkralle meinen schwarzen Stift und fülle einen weiteren Kreis komplett aus.

Der Fae steigt die Stufen zu meinem Platz in der fünften Reihe hinauf. Ich weigere mich noch immer, ihm in die Augen zu sehen, und schüttle den Kopf. Ich habe ihm – ich habe ihnen allen – gesagt, dass sie mich diese Woche in Ruhe lassen sollen, aber keiner der Fae versteht, warum ich diesen Abschluss brauche, da sich doch der Hof um all meine Bedürfnisse kümmert. Ich habe ihnen erklärt, dass ich ein Mensch bin. Ich habe die Bedürfnisse eines Menschen, will wie ein Mensch leben, und es sollte keine acht Jahre dauern, einen Bachelor of Arts in Englisch zu machen. Sie haben mir nicht zugehört. Zumindest Kyol hatte das nicht.

Nicht jetzt!, hätte ich am liebsten geschrien, doch selbst das leiseste Flüstern hätte die Stille im Hörsaal gestört. Ich starre auf meinen Test, mein langes Haar fällt auf die Tischplatte. Es bildet einen braunen Vorhang und schirmt mich gegen Kyol ab, während ich Frage zehn erneut lese. Der Krieg des Hofs kann warten, bis ich fertig bin.

Kyol legt eine Hand auf meine Schulter, und eine angenehme Wärme breitet sich unter dem schmalen Träger meines dunkelroten Cami-Tops aus. Wären wir alleine, dann würde ich Kyols Berührung genießen, *ihn* genießen, seine Hitze, seinen Geruch – ihn in mich aufnehmen –, aber nicht hier, nicht jetzt, mitten in einer Prüfung, die ich bestehen *muss*. Ich rutsche zur Seite und versuche, ihn abzuschütteln. Als seine Hand liegen bleibt, schlage ich mit der Faust auf den Tisch.

Meine Kommilitonen drehen den Kopf und starren mich an, und Dr. Embry runzelt die Stirn. Na, super.

»Nummer zehn«, sage ich und lache nervös. »Ganz schön knifflig.« Stimmt gar nicht. Es geht um das Werk von C. S. Lewis. Ganz leicht. Ich fülle A aus.

Kyol zieht an meiner Schulter, und ich winde mich erneut. Ich kann unmöglich zum dritten Mal bei diesem Test durchfallen. Ich brauche meinen Abschluss, und es ist mir egal, ob Kyol vor all meinen Kommilitonen seine Unsichtbarkeit verliert! Mein Hintern bewegt sich nicht, bis ich den Test beende und meine Antworten dreimal überprüfe! Basta!

»Wir haben keine Zeit zu vergeuden«, sagt Kyol. »Die Rebellen haben dich gefunden.«

Ich hole tief Luft, halte sie an, als ich die Augen für einen kurzen, flüchtigen Moment schließe, atme dann aus, werfe meinen Stift in meinen Rucksack und stehe auf.

»Es tut mir leid«, sage ich zu meinem überraschten Professor. »Ich muss weg.«

Während ich mich umdrehe, um die Stufen hinaufzuhasten, steht Kyol bereits wartend am Eingang zum Hörsaal. Ich bereite mich auf die Woge an Emotionen vor, die gleich kommen wird, und sehe ihm endlich in die silbernen Augen. Die meisten Menschen können nicht hinter seine harte, unnachgiebige Schale sehen, ich jedoch schon. Ich habe seine Augen im Mondlicht weicher werden und glänzen sehen. Ich habe ein Lächeln auf diesen Lippen gesehen, ein Lachen aus dieser breiten Brust kommen hören. Und dennoch umgibt ihn selbst in diesen wenigen sorglosen Momenten eine bestimmte Erhabenheit, als könne er mitten auf einem Schlachtfeld stehen und die Linien des Feindes mit einem kühlen Blick durchbrechen.

Er greift nach der Tür. Ich ignoriere meine Gefühle und komme ihm zuvor, da meine Kommilitonen nicht sehen sollen, wie sich die Hörsaaltür scheinbar von alleine öffnet. Er sieht auf mich herab, und ein blauer Blitz zuckt von seinem Kinn zu seiner Schläfe hinauf, verschwindet dann in seinem dunklen Haar. Ein weiterer Blitz schießt im Zickzack über die Hand auf seinem Schwert. Das sind Chaosschimmer, visuelle Erinnerungen daran, dass die Fae nicht in diese Welt gehören und dass sie wunderschön und faszinierend sind. Mit seinem ruhigen, gesunden Selbstvertrauen *ist* Kyol faszinierend.

»Wo soll ich hingehen?«, frage ich, nachdem die Tür zugefallen ist.

»Zum River Bend, zur Flussbiegung.« Er nimmt meinen Arm und zieht mich hinter sich her. Himmel, er macht sich tatsächlich Sorgen. Wie dicht sind mir die Rebellen denn schon auf den Fersen? Ich sehe den Korridor entlang, aber da ist nur ein einziger Mensch zu sehen: ein Student, der am Boden hockt, mit dem Rücken an der Wand, schlafend, eine Zeitung als Kopfkissen. Ich wäre gern so ahnungslos wie er, aber das ist unmöglich. Wenn die Rebellen mich nicht töten, sobald sie mich entdeckt haben, dann werden sie mich benutzen, um die Offiziere des Hofs einen nach dem anderen zu jagen, genau so, wie ich sie im Laufe der Jahre gejagt habe.

Meine Haut prickelt erneut. Ich verspanne mich, werde jedoch sofort wieder ruhiger, als drei Fae in der *Jaedrik*-Rüstung des Hofes zu uns stoßen, indem sie durch Risse treten und rings um mich Position beziehen. Die Flucht wäre kinderleicht, wenn ich durch die schmalen Lichtrisse reisen könnte, aber ich bin bloß ein Mensch. Ich kann einen Riss nur nutzen, wenn er an einem Tor geöffnet ist und Fae mich hindurchgeleiten, ansonsten würde ich die Reise nicht überleben.

Kyol spricht zu seinen Soldaten in ihrer Sprache. Sie nicken, bestätigen seine Befehle, und wir marschieren den Gang entlang. Ich verdränge meine Sorge und bemühe mich, mit ihrem Tempo Schritt zu halten, während ich mir sage, dass alles gut werden wird, dass sich Kyol um mich kümmern wird. Er kümmert sich *immer* um mich.

Draußen lässt ein blasser orange- und rosafarbener Nebel den Horizont verschwimmen. Die Lampen auf dem Campus, die die zunehmende Dunkelheit aktiviert, gehen an und beleuchten die Gesichter der Studenten, die auf Betonbänken sitzen oder alleine oder in Zweier- oder Dreiergruppen unterwegs sind. Selbst nach Einbruch der Dämmerung ist in diesem Teil des Campus immer eine Menge los, weil sich hier die Bibliothek befindet. Das River Bend Gate, das Tor an der Flussbiegung, befindet sich etwa eine Meile weiter nordöstlich, jenseits der Baustelle des neuen Ingenieurgebäudes.

Ich hebe meinen Rucksack auf die Schulter. Er ist nicht schwer, da ich die meisten Bücher zu Hause gelassen und nur das Wichtigste mitgenommen habe: meine »Englische Literatur«-Notizen, mein Skizzenbuch, mein Handy und den kleinen Zugbeutel mit einer Hand voll geprägter Ankersteine. Letztere brauche ich, um durch das Tor zu kommen, es sei denn, Kyol gibt mir einen neuen Stein.

Inzwischen muss ich laufen, um mitzuhalten. Als mich immer mehr Studenten anstarren, versuche ich, Kyol meine Hand zu entziehen. Es ist nicht gerade ungewöhnlich, dass jemand über den Campus rennt, aber ich habe eine ziemlich merkwürdige Haltung eingenommen, weil Kyol mich mit sich zieht, daher fragen sich bestimmt alle, was zum Henker ich eigentlich mit meinem Arm mache.

»Kyol«, flüstere ich.

Sein Blick schnellt zu den Menschen, die nicht sehen können, dass ich seine Hand halte. Für sie greife ich wild in die Luft. Er spannt sein Gesicht an, doch dann lässt er mich los. »Entschuldige, *Kaesha*.«

Ich halte den Atem an. *Kaesha*. Diesen liebevollen Begriff benutzt er sonst nur, wenn wir beide alleine sind. Ich bezweifle, dass ihm überhaupt bewusst ist, was er da gerade gesagt hat, da er nicht den Bruchteil einer Sekunde stockt und mich weiter über den Hof führt, aber wenn seine Soldaten es gehört haben, sie es dem König melden …

Ein unnatürlicher Wind durchschneidet die zuvor stille Luft, lässt die Blätter der Bäume rascheln und eine Limodose über den Boden rollen. Die Haare in meinem Nacken stellen sich auf, und ich bekomme am ganzen Körper Gänsehaut. Die Rebellen sind hier. Sie beobachten uns. Sie verstecken sich. Sie …

Pfeile schwirren durch die Luft. Helles Licht leuchtet rings um mich herum auf, als die königstreuen Fae in ihre Risse entschwinden. Die Pfeile verschwinden ebenfalls, wenn sie das Licht berühren, werden vom Zwischenreich verschluckt. Nur einer trifft sein Ziel, die Schulter eines Fae, der einen Sekundenbruchteil zu spät reagiert hat. Er stöhnt vor Schmerzen auf und flüchtet durch einen Lichtriss, um als Einziger nicht wieder zu erscheinen. Die anderen kommen mit Verstärkung zurück, als die Rebellen ein zweites Sperrfeuer eröffnen.

»Los!« Kyol schubst mich nach vorn, aber ich wirbele herum und renne zum Englischgebäude zurück. Ich werde auf keinen Fall über das offene Gelände laufen.

Weitere Pfeile fliegen durch die Luft. Ich kann nicht erkennen, ob einer der Fae getroffen wird – ich versuche gerade, an Kyol vorbeizukommen –, aber ich höre, dass sich weitere Risse öffnen. Jedes Mal, wenn das helle Licht die Atmosphäre spaltet, hört es sich an, als ob jemand einen dicken Stoff entzweireißen würde. Dieser Lärm und mein laut schlagendes Herz machen es mir fast unmöglich, Kyol zu verstehen.

»Du musst es zum Tor schaffen, McKenzie! Du musst es schaffen!«

Mein Instinkt rät mir, schnellstmöglich ins Gebäude zu gelangen, aber ich vertraue Kyol mit Haut und Haar, daher höre ich auf, mich zu wehren, und werfe einen Blick über die Schulter. Noch immer zischen Pfeile durch die Luft. Einige Sekunden, nachdem sie von den Bogensehnen der Rebellen schnellen, werden sie auch für normale Menschen sichtbar, und wenn ein Fae das Ziel verfehlt oder keinen Riss trifft, können die Menschen die Geschosse sehen, die in Bäumen oder im Boden stecken oder über den Beton rutschen. Doch keiner der Studenten reagiert. Die Rebellen sind sehr vorsichtig.

Ich mache einen kleinen Schritt nach vorn. Einige der königstreuen Fae haben die Dächer zerklüftet und kämpfen dort, andere bleiben auf dem Boden, flitzen in einem nahtlosen Verteidigungstanz in ihre Risse und wieder heraus. Sie lenken die Angriffe der Rebellen auf sich, aber der Weg zum Tor ist weit. Sie werden feuern, bis ich dort ankomme. Einige könnten sterben. *Kyol* könnte sterben.

»Mir wird nichts passieren«, sagt er, da er mir meine Sorge vermutlich angesehen hat. Er legt mir eine Hand an die Wange. »Solange du in Sicherheit bist, geht es mir gut.«

Ich beiße mir auf die Lippe und nicke. Natürlich wird ihm nichts passieren. Er ist der Schwertmeister des Königs. Er kann auf sich aufpassen. Außerdem werden die Fae mich brauchen, falls einige der Rebellen Illusionisten, Täuscher, sind. Nur ein Mensch mit der Gabe des Sehens kann diese Magie erkennen.

Also ignoriere ich die Studenten, die mich anstarren, hole tief Luft, beiße die Zähne zusammen und laufe los. Kyol und ich arbeiten seit zehn Jahren zusammen – wir wissen, wie der andere sich bewegt, wie er denkt und wie er reagiert –, und so weiß ich, wenn ein Rebell direkt auf uns losgeht und Kyol sich nicht umdreht, dass er ihn nicht sehen kann.

»Zehn Uhr. Jetzt!«, rufe ich.

Kyol fährt wie befohlen herum und zwingt den Rebellen zu einer Parade. Eine Berührung beendet die Illusion eines Fae, daher kann, sobald ihre Waffen klirrend aneinanderschlagen, Kyol ihn sehen. Seine Klinge dringt drei Hiebe später in den Arm des Rebellen ein, doch der Schlag ist nicht tödlich und der Illusionist flieht durch einen Riss.

Danach kehrt Kyol an meine Seite zurück. Ich zucke zusammen, als er beinahe von einem Pfeil getroffen wird, zucke wieder zusammen, als ein weiterer dicht an meinem Gesicht vorbeischwirrt und in dem Riss eines anderen Königstreuen verschwindet. Ich würde mich am liebsten ducken und den Angriffen der Rebellen ausweichen, aber dann würden wir noch langsamer werden und erst recht die Aufmerksamkeit der Menschen auf uns ziehen. Ich habe mich bereits einmal durch eine psychiatrische Untersuchung durchgelogen, und ich bezweifle, dass mir das ein zweites Mal gelingen wird.

Wir rennen an der Bibliothek vorbei. Vor uns taucht der Maschendrahtzaun auf, der die Baustelle des neuen Ingenieurgebäudes umgibt. Ich biege gerade nach links ab, um darum herumzulaufen, aber vor mir formiert sich eine Mauer aus Rissen. Sechs Fae erscheinen. Alles Rebellen.

Ich sage Kyol, wie viele es sind. Offenbar ist keiner von ihnen hinter einer Illusion verborgen, denn er zögert keine Sekunde. Seine Klinge durchschneidet die Luft, als er die Rebellen angreift, aber er kann nicht auf alle sechs gleichzeitig losgehen. Zwei von ihnen scheren aus und kommen auf mich zu.

Ich drehe mich um den Bauzaun und renne los. Es war eine blöde Idee, um den Zaun herumzulaufen. Ich springe hoch und umkralle den Maschendraht. Meine Tennisschuhe finden keinen Halt im Geflecht, und der Draht schneidet in meine Handflächen ein. Es gelingt mir, mich hochzuziehen und drüberzuschwingen, ich lande aber schmerzhaft auf meiner rechten Hüfte. Ich ignoriere den stechenden Schmerz, rapple mich rasch wieder auf und sprinte erneut vorwärts. Als sich direkt vor mir ein Riss öffnet, renne ich beinahe hinein, aber Kyol tritt heraus und hält mich auf. Rettet mich.

Er lässt den Riss verschwinden und schiebt mich dann hinter sich. Metall klirrt gegen Metall, als er meine Verfolger angreift. Ich renne unter das Gerüst und in den Rohbau des neuen Ingenieurgebäudes. Die Außenwände des Erdgeschosses sind bereits hochgezogen, und ich durchquere das, was später mal das Foyer sein wird, und habe die andere Seite beinahe erreicht, als sich im Halbkreis vor mir fünf Risse öffnen.

Fünf Fae-Rebellen erscheinen. Ich bin kein militärisches Genie, aber das ist eindeutig ein Hinterhalt. Sie haben mich hierhergetrieben, mich wie ein Schaf in den Fuchsbau gelockt.

»McKenzie.«

Selbst wenn der in der Mitte der Gruppe stehende Fae nichts gesagt hätte, wäre er mir sofort aufgefallen. Er ist groß, größer als Kyol, aber nicht so muskulös, und seine silbernen Augen wirken zwar ebenso durchdringend, sind jedoch heller, lebendiger. Er trägt einen dunklen *Jaedrik*-Brustharnisch von minderer Qualität über einer einstmals weißen Tunika, eine locker sitzende graue Hose und abgewetzte schwarze Stiefel. Sein goldblondes Haar sieht aus, als hätte er es mit einem Messer oder sogar mit dem Schwert, das er in der Hand hält, geschnitten. Trotz seines seltsamen Aussehens ist er selbstsicher, ist er wachsam, und er ist völlig auf mich, seine Beute, konzentriert.

»McKenzie Lewis.« Ein blauer Blitz zuckt an seinem Nacken

hinunter. Der Fae legt den Kopf leicht zur Seite. Einen Augenblick später senkt er sein Schwert ein wenig, und *irgendetwas* ändert sich an seiner Körperhaltung.

»Bist du verletzt?«, erkundigt er sich.

Ich folge seinem Blick zu einem dunklen Fleck auf meinem dunkelroten Cami-Top. Ich drücke die Hand auf meinen Bauch. Er ist warm und feucht.

»Bist du verletzt?«, fragt der Rebell erneut.

Nein, bin ich nicht. Ich weiß nicht, woher das Blut stammt. Mich hat niemand angerührt. Niemand außer Kyol …

Kyol. Oh Gott. Er ist verletzt.

Ich drehe mich zum Ausgang um und versuche, zu ihm zurückzukommen, doch zwei Rebellen versperren mir mit ihrem Schwert den Weg.

»Ich will dir nicht wehtun«, sagt der Anführer der Fae. »Ich will nur mit dir reden.«

Er macht einen Schritt auf mich zu. Ich gehe einen nach hinten.

»Sieh her.« Er schiebt sein Schwert in die Scheide und streckt die offenen Hände vor sich aus, als sei er harmlos.

Scheiß auf ihn. Ich lasse mich von ihnen nicht gefangen nehmen. Jetzt sprinte ich auf meinen letzten Fluchtweg zu, die Metalltreppe in der Nordostecke des Rohbaus.

Mein Rucksack hüpft auf und ab, während ich die Treppe hinaufrenne. Ich erreiche den ersten Stock, bevor ich die Rebellen hinter mir höre. Ich bleibe kurz stehen, um meine Optionen durchzugehen, und stelle fest, dass ich keine habe.

»Scheiße!« Ich kann nur nach oben rennen, und wenn ich erst einmal oben bin, sitze ich in der Falle. Ich renne ins nächste Stockwerk, weil ich nicht weiß, was ich sonst tun soll. Umdrehen steht außer Frage, stehen bleiben kann ich auch nicht. Sie sind direkt hinter mir.

»Scheiße, Scheiße, Scheiße!«

Meine Beine brennen, als ich im dritten Stock ankomme. Das nächste Stockwerk werde ich nicht mehr schaffen, also laufe ich stattdessen durch dieses und gebe gut Acht, wohin ich renne, als ich über Stapel von Kanthölzern und durch die hölzernen Rahmen der zukünftigen Innenwände des Gebäudes haste. Die Sonne geht unter. Es ist dunkel, aber ich kann den Umriss einer Baumaschine in etwas erkennen, was später mal ein Flur sein wird. Ich ducke mich hinter dem Gerät und hoffe, dass ich noch rechtzeitig in Deckung gegangen bin.

Leise Schritte ertönen auf dem Beton.

Mein Haar klebt an meinem Gesicht und meinem Hals. Ich streiche es hinter die Ohren und suche nach einem Ausweg. Am anderen Ende des Gangs erkenne ich eine Maueröffnung, die vermutlich für ein raumhohes Fenster gedacht ist. Ein orangefarbener Sicherheitszaun aus Plastik steht vor der Fensteröffnung, durch die ich draußen – in etwa zweieinhalb Metern Entfernung vom Gebäude – den weißen Arm eines Krans im Mondlicht erkennen kann.

Zweieinhalb Meter. Kann ich so weit springen?

»Du machst die Sache schwerer, als sie sein müsste.«

Ich zucke zusammen, als ich die Stimme höre. Er ist ganz in der Nähe. Er weiß, dass ich hier bin.

Ich beiße die Zähne zusammen und weigere mich, in Panik auszubrechen. Ich bezweifle, dass mich die Rebellen sofort töten werden. Sie werden versuchen, mich zu benutzen und mich gegen den Hof einzusetzen, mich dazu zwingen, die Schatten zu lesen. Vermutlich werden sie mir nichts antun, bis sie sicher sind, dass ich *nicht* kooperieren werde. Vielleicht habe ich noch wenige Sekunden, bevor sie mich schnappen.

Ich wische mir den Schweiß vom Gesicht und konzentriere mich auf den Kran dem Rohbau gegenüber. *Zweieinhalb Meter.* Ich *muss* so weit springen.

Ich nehme mir nicht die Zeit, noch einmal über meine Entscheidung nachzudenken. Ich sprinte bis zu dem Plastikzaun, klettere darüber ...

»Nein, warte!«

... und springe, aber der Rebell packt meinen Rucksack.

Ich rutsche aus und schreie.

Meine Finger greifen nach dem Plastikzaun.

Ich falle.

Ich schlage gegen die Außenwand des Gebäudes und schreie weiter.

Meine Kehle ist schon ganz rau, als ich begreife, dass ich nicht tot bin. Ich hänge zwischen dem dritten und dem zweiten Stock und halte mich an dem Plastikzaun fest, als ob mein Leben davon abhängen würde ... was es ja auch tut.

Ein Kichern lässt mich nach oben sehen. Der verdammte Fae sieht über den Rand und sieht ebenso amüsiert wie entspannt aus.

»Ich kann nicht fassen, dass du dich festgehalten hast«, sagt er.

Das Mondlicht scheint ihm ins Gesicht, und obwohl ich zweieinhalb Stockwerke über dem Boden baumele, bin ich auf einmal eher sauer als verängstigt. Auch wenn ich ihn nicht erkenne, sagt mir mein Bauch, wer er ist: Aren, Sohn des Jorreb, das Falschblut, der entschlossen ist, den König zu stürzen. Und er lacht mich aus.

Der Plastikzaun verbiegt sich. Ich bekomme einen Krampf in den Händen, aber ich bin entschlossen, mich ewig daran festzuhalten, solange er mir den Killer über mir vom Hals hält.

Etwas löst sich aus der Wand, und ich rutsche noch einige Zentimeter tiefer.

»Hey, ganz ruhig da unten. Ganz ruhig«, meint Aren.

»Zurück mit dir!« Ich will die Worte eigentlich schreien, doch sie kommen nur als heiseres Krächzen heraus. Mir ist klar, dass ich ihn um Hilfe bitten sollte, aber ein Teil von mir glaubt, dass Kyol mich retten wird. Ich beschließe, den Teil zu ignorieren, der glaubt, dass er tot ist.

»Okay«, erwidert Aren mit einer derart sorglosen Stimme, dass ich nur noch wütender werde. »Kein Problem, aber wie wäre es, wenn du mir vorher deine Hand gibst? Du musst wirklich nicht da runterfallen.«

»Ich werde dir nicht helfen!«

»Ich bitte dich doch gar nicht um deine Hilfe. Gib mir einfach deine H…«

Das Plastik reißt aus der Wand. Ich schreie erneut und spanne meine Muskeln an, um mich auf den Aufprall vorzubereiten.

»McKenzie. Hey, sieh mal hoch, McKenzie. Ich hab dich.«

Mit hämmerndem Herzen sehe ich nach oben. Er hat mich. Gewissermaßen zumindest. Er hängt über dem unteren Rand der Maueröffnung, hat den Zaun mit der linken Hand gepackt und hält sich mit der rechten an der seitlichen Begrenzung der Fensteröffnung fest.

»Hör auf, so rumzuzappeln«, fordert er mich auf. Ich halte still, da mir gar nicht aufgefallen war, dass ich mich überhaupt bewegt hatte.

»Gut. Jetzt musst du meine Beine packen. Ich befürchte, dass der Zaun ganz rausbricht, wenn ich versuche, dich hochzuziehen. Kannst du dich festhalten?«

Ich nicke. Inzwischen ist mir egal, wer er ist. Ich will nicht sterben. Ich will leben. Ich möchte normal sein, meinen Collegeabschluss machen, mir einen richtigen Job suchen und die Zeit mit realen Freunden verbringen. Verdammt noch mal, ich möchte wenigstens einmal Sex gehabt haben, bevor ich den Löffel abgebe.

Der Gedanke an den Tod bewirkt, dass ich nach unten sehe.

»Nein, sieh nicht runter, McKenzie. Sieh hier rauf. Sieh mich an.«

Ich tue, was er sagt. Seine Augen sind hell, aber sanft, wie silberner Sand mit winzigen Diamantsplittern, und sein Gesichtsausdruck ist ernst, aber nicht angestrengt. Letzteres überrascht mich.

Ich bin zwar dünn, aber auch nicht abgemagert, und er hält mich problemlos.

»Zieh dich hoch.« Jetzt klingt seine Stimme schon ein bisschen dringlicher. Anscheinend spürt er ebenfalls, wie sich das Plastik durchbiegt.

Ich nehme meine ganze Kraft zusammen, greife nach oben und packe die Beine des Fae. Sobald ich meine Arme um ihn geschlungen habe, lässt er den Zaun los und richtet sich mit einem Stöhnen auf. Ich zappele an der Außenwand, bis er meinen Arm packt und mich in Sicherheit zieht.

Dann liege ich mit dem Gesicht nach unten auf dem Betonboden. Meine Arme fühlen sich an wie Spaghetti, und ich zittere, aber ich darf jetzt nicht schwach sein. Die Rebellen werden einen hohen Preis dafür verlangen, dass sie mir das Leben gerettet haben, und ich habe nicht die Absicht, so lange bei ihnen zu bleiben, bis er beglichen ist.

Ich springe auf die Beine, aber meine Knie geben nach.

»Alles okay?«, erkundigt sich Aren.

Ich ignoriere ihn und stehe erneut auf. Dieses Mal gelingt es mir, das Gleichgewicht zu halten. Allerdings habe ich nichts davon. Drei Rebellen versperren die Treppe. Einer von ihnen spricht in ihrer Sprache.

»Jemand hat die Polizei gerufen«, übersetzt Aren, der immer noch hinter mir steht, für mich. Zweifellos hat man meine Schreie gehört. Ich überlege, ob ich erneut schreien soll, doch dann packt Aren meinen Arm.

Blitze zucken über seine Haut und zu meiner. Ich kann mich nicht losreißen. Er zieht mich in eine Ecke, und als er seinen schlanken Körper gegen meinen drückt, setzt mein Gehirn aus. Die Blitze nehmen zu, fast schon explosionsartig, und Hitze durchzuckt meinen Körper.

»Die Polizei kann dir nicht helfen«, stellt Aren klar. Ich bin mir sicher, dass er nur aus dem Grund grinst, weil er mein offensichtliches Unbehagen bemerkt hat. Er spürt die Elektrizität zwischen uns genauso wie ich, doch ihn scheint sie nicht zu stören.

»Lass mich los!«, verlange ich und versuche, meine Arme zu befreien.

Der Strahl mehrerer Taschenlampen wandert vor den Polizisten die Treppe hoch.

»Sei still. Bleib ganz ruhig«, flüstert Aren mir zu.

Ich drehe mich um. Beinahe hätte ich mich losgerissen, aber dann legt sich ein starker Arm um meine Taille. Er legt mir die andere Hand auf den Mund.

Das war eine dumme Idee. Ich beiße fest zu.

Er verzieht nicht einmal das Gesicht, aber sein Grinsen verschwindet.

»Tut mir leid«, flüstert er mir ins Ohr.

Über meiner Schläfe explodiert der Schmerz. Ich wanke, verliere aber nicht das Bewusstsein. Allerdings geben meine Knie nach. Aren hält mich fest, sodass ich nicht umfalle. Ich kann sein Gesicht gerade noch so weit erkennen, dass ich die Überraschung in seinen Augen sehen kann, die dann aber schnell schwindet. Seine Lippen werden schmal, als er erneut die Waffe zückt. Es ist ein Dolch. Er lässt den Griff ein zweites Mal niedersausen.

2

Mein Kopf bringt mich noch um. Ich sitze alleine auf dem Rücksitz eines Vans, der von einem Menschen gesteuert wird, langsamer wird und anhält. Eigentlich möchte ich nicht aufstehen, doch dann wird die Seitentür aufgerissen, und man zerrt mich auf die Beine. Schwarze Punkte tanzen vor meinen Augen. Sie ähneln den Schatten, die ich für den Hof lese, aber diese hier bilden keine Muster, und hier öffnet auch niemand einen Riss, wo immer dieses »Hier« auch sein mag. Bevor ich überhaupt klar sehen kann, habe ich mich einige Meter von dem Wagen entfernt, der bereits wieder auf die Straße fährt. Zumindest handelt es sich bei dem Fae, der mir gerade fast die Schulter auskugelt, nicht um Aren, sondern um einen Mann, den die Rebellen Trev nennen. Ich kann das Prickeln seiner Berührung kaum spüren, weil seine Finger meine Blutzirkulation abschnüren. Er bleibt nicht stehen, als ich taumele oder etwas zurückbleibe. Menschen können sich nicht so schnell bewegen wie die Fae. Er weiß das und ist ein Riesenarschloch, weil er einfach nicht langsamer geht.

Wir laufen nicht weit. Das ist gut, weil die ganze Welt um mich herum schwankt, aber auch schlecht, weil es bedeutet, dass wir ein Tor erreicht haben. Es ist unsichtbar, wenn ich es direkt ansehe, doch wenn ich den Kopf zur Seite drehe, kann ich es aus den Augenwinkeln erkennen. Eine Dünnheit in der Welt. Ein leichtes Verschwimmen der Atmosphäre.

Ich blinzle und versuche herauszufinden, wo wir sind. Es gelingt mir, die Zahlen auf meiner Digitaluhr zu lesen. Es ist kurz nach Mitternacht. Ich kenne die Lage jedes Tors in einem Umkreis von drei Stunden, aber wir scheinen weiter weg zu sein, denn den winzigen Teich vor mir oder diese Baumgruppe, die sich mitten auf der Kuhweide eines Farmers zeigen, kenne ich nicht.

Aren tritt an das Ufer des Teichs. Tore befinden sich immer auf Wasser, daher weiß ich, was er tut, als er in den dunklen Teich greift. Er stellt eine Verbindung mit dem Tor her, dann steht er auf und hebt seine hohle Hand gen Himmel. Anstelle von Wasser fließt Licht darüber, ein Tropfen, zwei Tropfen, drei Tropfen auf einmal, bis der nicht enden wollende Regen zu einem wahren Wolkenbruch wird. Als dieser Riss das In-Between, das Zwischenreich, durchbricht, grollt es wie bei einem tosenden Gewitter.

»Ich führe McKenzie hindurch«, sagt Aren und zieht einen langen Streifen aus dunkelblauem Stoff aus seiner Tasche.

»Ist das nötig?«, frage ich.

Seine silbernen Augen sehen mich an. »Wenn die Gerüchte über dich stimmen, dann auf jeden Fall. Dann ist es sogar unabdingbar.«

Manchmal nervt es ganz schön, so einen Ruf zu haben.

Trev hält mich fest, während mir Aren die Augen verbindet. Ich schätze, ich hätte nicht damit rechnen sollen, dass sie einen dummen Fehler machen, vor allem, da der einzige Grund, weshalb ich mich überhaupt in dieser Lage befinde, ist, dass ich *sehen* kann. Ohne die Augenbinde wäre es durchaus wahrscheinlich, dass ich nach dem Durchqueren des Risses weiß, wo wir uns befinden. Im Grunde genommen bin ich eine bessere Kartografin. Wenn die Risse verschwinden, sehe ich die Topografie der Erde in den hinterlassenen Schatten. Es ist in etwa so, als würde man zu lange in ein helles Licht sehen. Wenn man wegsieht, dauert es eine Weile, bis man wieder einen klaren Blick hat. Dasselbe geschieht bei Rissen, nur dass ich die Biegungen von Flüssen, die Umrisse von Bergen und das Gefälle des Landes sehe, während jeder andere nur verschwommene Flecken ausmacht. Ich skizziere diese Schatten, sodass der Hof seine Feinde jagen kann; und ich bin verdammt präzise, was die Rebellen offenbar gar nicht gut finden.

Aren sagt etwas in seiner Sprache, und einen Moment später höre ich, wie sich normale, nicht torgebundene Risse öffnen. Vermutlich gehen die anderen Fae direkt zurück nach Hause, auf ihre Basis, in ihr Camp oder wo auch immer sie sich aufhalten. Dann bin ich mit Aren alleine. Es steht eins gegen eins. Nicht, dass meine Chancen auf eine Flucht jetzt gestiegen wären, aber hey, man nimmt, was man kriegen kann.

Nun drückt mir Aren etwas Warmes und Glattes in die rechte Hand. Ich muss es nicht sehen, um zu wissen, dass es sich dabei um einen Ankerstein handelt, vermutlich einen, der von Arens Aufprägung noch glüht.

»Weißt du, was passiert, wenn du den fallen lässt?«, will er wissen.

»Ich werde getötet, in einhundert Milliarden Stücke zerlegt, und ich werde dich in deinen Albträumen heimsuchen.« Ich lasse den Stein durch meine Finger gleiten. Er fällt mit einem leisen Geräusch zu Boden. Dann warte ich, dass sich Aren vorbeugt, um den Stein aufzuheben, aber ich höre nicht, dass er sich bewegt.

»Wenn du dich umbringen willst«, sagt er nach einem langen Augenblick, »dann gibt es weniger schmerzhafte Arten zu sterben.«

»Du brauchst mich lebendig.« Meine Stimme ist ruhig. Mein Herzschlag ist jedoch alles andere als das. Der durch seine Berührung gezündete Blitz fährt meinen Arm hinauf und hinab.

»Bist du dir da sicher?«

»Du hättest mich nicht gerettet, wenn du mich tot sehen wolltest.« Das ist das Einzige, was mir im Moment noch Mut macht. Er hat sich sehr viel Mühe gegeben, um zu verhindern, dass ich auf den Beton platschte. Was soll er schon wollen, außer dass ich für ihn und die Rebellen schattenlese. Solange er glaubt, dass ich es vielleicht tun würde, wird er mir nichts tun, vermute ich.

Seine Hand gleitet von meinem Ellbogen zu meiner Schulter. »Heb den Ankerstein auf. Er liegt neben deinem linken Fuß.«

Ich sinke zu Boden, um der erregenden Hitze seiner Berührung zu entkommen, und taste auf dem taufeuchten Gras herum, bis ich den Stein finde. Es ist ein so verlockender Gedanke, ihn so weit zu werfen, wie ich nur kann, aber ich bin *nicht* selbstmordgefährdet, und Aren, Sohn des Jorreb, ist der Schlächter von Brykeld.

»Du wirst nicht zerlegt, wenn du den Anker loslässt«, korrigiert er mich und zieht mich hoch. »Du gehst im Zwischenreich verloren.«

Bei diesen Worten zerrt er mich in den torgebundenen Riss.

Mir wird die Luft aus den Lungen gepresst, und sie kristallisiert. Es fühlt sich an, als bräche ich durch die Eisdecke eines Sees. Hier ist es so kalt, dass mein Herz aufhört zu schlagen, mein Blut aufhört zu fließen. Nur mein Verstand funktioniert, und er konzentriert sich allein auf die Wärme des Ankersteins in meiner Linken und die Hitze von Arens Handfläche in meiner Rechten. Ich erinnere mich nicht daran, seine Hand genommen zu haben, aber ich drücke sie fest, auch wenn ich ihm eigentlich lieber die Kehle zugedrückt hätte.

Angeblich dauert die Reise durch einen Riss, sei er nun torgebunden oder nicht, nur einen Sekundenbruchteil, aber ich könnte schwören, dass es zehn bis fünfzehn quälende Sekunden dauert. Das ist mehr als genug Zeit, um zu wissen, dass ich auf *keinen* Fall auch nur einen Moment länger als nötig im Zwischenreich bleiben möchte. Ich hasse es, durch Tore zu gehen, insbesondere ohne Kyol.

Sobald mich das Eis wieder freigibt, weiß ich, dass wir im Reich sind. Die Luft hier ist anders. Sie ist ... knackig, als würde man in einen Apfel beißen, und die Atmosphäre ist dünner. Vielleicht bin ich aber auch einfach nur schwerer. Ich weiß es nicht. Ich weiß nur, dass ich ein Mensch bin. Ich gehöre ebenso wenig in diese Welt wie die Fae in meine Welt. Ich fühle mich groß und plump, als würde ich auffallen. Und das tue ich auch. Hier im Reich senden die Menschen die Chaosschimmer aus, nicht die Fae, und die Blitze sind weiß und nicht blau. Ich werde mich an sie und diese Welt in einer oder zwei Stunden gewöhnt haben, aber im Moment fühle ich mich mehr als unwohl. Ich bin stinksauer.

Ich drehe mich zu Aren um und hebe die Hand, um die Augenbinde abzunehmen. Er hält mich auf, nimmt meine Hände und drückt sie an die feste *Jaedrik*-Rüstung, die seine Brust schützt. Wir stehen so dicht voreinander, dass sein Geruch nach Zedern und Zimt in meine Lungen dringt. Meine Gedanken setzen kurz aus, als seine Berührung weitere Blitze auslöst. Sie tanzen durch meine Finger, über meine Handflächen und meine Arme hinauf. Es wäre so leicht, mich selbst in dieser süchtig machenden Empfindung zu verlieren, aber ich habe zehn Jahre Zeit gehabt, um mich gegen die Berührung eines Fae zu stählen, und ich lasse mich nicht ablenken.

»Zieh mich nie wieder unvorbereitet durch ein Tor!« Ich versuche, ihm meine Hände zu entreißen, als ich die Worte ausspucke. Es gelingt mir natürlich nicht, und ich glaube, hinter dem Grollen eines weiteren torgebundenen Öffnens ein Kichern zu hören.

»Ich habe dich in einem Stück, ganz, hindurchgebracht.« Er nimmt mir den Ankerstein aus der Hand und gibt ihn mir kurz darauf wieder zurück. Der Stein ist warm vom Aufdruck eines neuen Zielorts. »Halt den Atem an.«

Schon wieder?, will ich gerade fragen, doch er zieht mich in den Riss, und die Frage kommt mir nicht mehr über die Lippen.

So schnell bin ich noch nie zuvor gereist. Fae können immer wieder durch Risse hindurchgehen, solange sie sich nicht zu weit von ihrem ursprünglichen Standort entfernen, aber wir haben gerade den Übergang von einer Welt in die andere hinter uns. Selbst wenn wir auf der Erde geblieben wären, hätten die meisten konditionierten Fae zwei bis drei Minuten bis zur zweiten Rissöffnung warten müssen. Kein Wunder, dass es dem Hof nie gelungen war, Aren zu fassen.

Die Wärme meiner Welt umgibt mich. Ich versuche, in den Pausen zwischen meinen tiefen Atemzügen nach den Stimmen von Menschen oder Fae zu lauschen, nach Verkehrsgeräuschen oder Baulärm. Etwas, irgendetwas, was mir einen Hinweis darauf geben kann, wo ich mich befinde. Die Vögel, die über meinem Kopf zwitschern, helfen mir nicht weiter. Ich könnte überall auf der Erde sein.

Aren prägt den Ankerstein erneut. »Weiter geht's.«

»Noch mal?«, jaule ich, aber dieses Mal halte ich die Luft an, bevor er mich hindurchbringt. Das hilft. Meine Lungen spüren die beißende Kälte nicht, aber ich bin noch nie zuvor innerhalb von einer Stunde durch mehr als zwei Risse hindurchgegangen.

Wir bleiben in meiner Welt. Inzwischen zittere ich, und das liegt nicht allein an dem Eis, das den Platz meiner Knochen eingenommen zu haben scheint. Das Reisen entzieht Energie. Wenn mich Kyol durch einen Riss führt, absorbiert er den Großteil dieses Entzugs. Vorausgesetzt er ist nicht erschöpft oder verletzt, bin ich auf den meisten Reisen mit Kyol lediglich ein wenig desorientiert. Zweifellos völlig benommen, wenn wir durch drei Risse gehen würden, aber das war bisher nie erforderlich. Außerdem bin ich mir verdammt sicher, dass das, was wir gerade gemacht haben, sehr gefährlich ist.

Aren lässt meine Hand los und reibt mit den Handflächen meine Arme. Das Prickeln wärmt mich ein wenig, aber ich schubse ihn weg. Da ich noch immer die Augenbinde trage und mein Kopf nach dem K. o. dröhnt, verliere ich das Gleichgewicht. Ich bin mir sicher, dass meine Knie nachgegeben hätten, wenn Aren mich nicht festgehalten hätte, aber ich will seine Hilfe nicht. Sobald meine Benommenheit nachlässt, drehe ich mich auf dem rechten Fuß, ziehe das linke Knie hoch und stoße es ihm in die Leiste. Er keucht auf, lässt mich aber nicht los, und er kann auch problemlos die Faust abfangen, die auf seine Nase zielt.

Ich trete, winde und wehre mich. »Lass mich los!«

Als ich versuche, ihm einen Kopfstoß zu geben, ist er darauf vorbereitet. Er umschlingt mich und drückt mir dadurch meine Arme an die Seiten. Ich drehe mich, bis ich den Rücken an seine Brust und seinen Bauch drücke, und winde mich weiter, bis ich völlig erschöpft bin, was nicht lange auf sich warten lässt, da die torgebundenen Risse mir den Großteil meiner Kraft geraubt haben.

»Bist du fertig?«, fragt er.

Ich ramme ihm ein letztes Mal meinen Absatz gegen das Schienbein. »Vorerst.«

Eine kurze Pause, dann: »Ich werde dir jetzt die Augenbinde abnehmen. Dreh dich *nicht* zu den Schatten um.«

Ich kann sie hinter mir spüren, und als mir Aren den Stofffetzen von den Augen nimmt, kostet es mich meine ganze Selbstbeherrschung, nicht über meine Schulter zu sehen. Es ist immer schwierig, nicht von den Schatten angelockt zu werden. Sie zerren an meinem Bewusstsein, rufen mich wie der betörende Gesang der Sirenen. Inzwischen bin ich besser darin, ihrem Lockruf zu widerstehen, doch Arens Anordnung, mich nicht umzudrehen, hat sie nur noch verführerischer gemacht.

Ich grabe meine Fingernägel in meine Handflächen und versuche, mich so abzulenken. Dann lege ich den Kopf in den Nacken und sehe durch die Baumwipfel zum Himmel hinauf, anstatt nach hinten zu sehen, und stelle fest, dass die Sonne scheint.

Augenblick mal. Es war stockdunkel, als Aren mich durch das erste Tor geführt hat, und er hatte es so eilig damit, durch die nächsten beiden zu kommen, dass gerade mal drei oder vier Minuten vergangen sein konnten. Laut meiner Uhr ist es zehn Minuten nach Mitternacht.

»Wo zum Teufel hast du mich hingebracht?«, will ich wissen.

In seinem Mundwinkel ist der Ansatz eines Grinsens zu erkennen. Er hätte mir die Augenbinde nicht abnehmen sollen, denn jetzt bin ich stinksauer, als ich seinen selbstgefälligen Gesichtsausdruck umrahmt von seinem wirren blonden Haar sehe. Die Rolle als zerzauster heißer Typ steht ihm, und die Tatsache, dass ich bemerke, wie gut er aussieht, ärgert mich noch mehr. Ein Killer sollte hässlich und vernarbt sein und nicht so ein Gesicht haben.

Ich wende den Blick ab und mustere meine Umgebung. Zu

meiner Rechten glaube ich, Berge zu erkennen, aber ich kann nicht genauer hinsehen, weil Aren meinen Kopf im Schraubstock hat.

»Ich sagte doch, du sollst dich nicht umdrehen.«

»Ich habe mir nicht die Schatten angesehen!« Seine Finger tun mir *weh*. Er muss einen Druckpunkt erwischt haben, denn im nächsten Moment finde ich mich auf den Knien wieder.

»Ich versuche, nett zu dir zu sein, McKenzie, aber ich werde nicht zulassen, dass du etwas herausfindest, was meinen Leuten schaden kann.«

»Tut mir leid«, erwidere ich, weil meine linke Schulter langsam taub wird. Ich starre seine abgewetzten Stiefel an und bleibe so reglos und gehorsam wie möglich. Seine Hand entspannt sich, verschwindet jedoch nicht. Ich kann spüren, dass er mich anstarrt. Nachdem lange Zeit Stille geherrscht hat, wage ich einen Blick nach oben.

Seine silbernen Augen werden freudlos, stahlgrau, als er mich mustert, und ein Schauder ergreift mich. Seine Worte kommen erst jetzt bei mir an, und ich habe Angst, dass er langsam glauben könnte, es wäre ein zu großes Risiko, mich am Leben zu lassen.

»Gut«, meint er mit einem Nicken, mit dem er mir sagt, dass er weiß, dass ich begriffen habe, wie gefährlich meine Situation ist. Er nimmt meine Hand und hilft mir auf die Beine.

»Hier entlang.« Er deutet auf einen Weg, der eher wie ein Wildpfad aussieht. »Wir haben eine weite Strecke vor uns.«

Da ich völlig erschöpft bin, muss ich mich sehr zusammenreißen, um ihn nicht zu fragen, warum er den letzten Riss nicht direkt vor unserem Ziel geöffnet hat. *Ich* muss einen Riss an einem Tor betreten, kann aber allerorts hinausgehen, solange ich einen Ankerstein habe, auf den dieser Ort aufgeprägt ist. Außerdem glaube ich, die Antwort auf meine Frage bereits zu kennen. Aren ist paranoid. Aus diesem Grund hat er mich so schnell durch drei Tore gebracht, und darum sieht er mich jetzt auch an, als wären mir auf einmal Augen am Hinterkopf gewachsen, mit denen ich die Schatten hinter uns sehen kann. Ich würde ihm gern sagen, dass ich meinen Job nicht *so* gut mache – die Schatten sind zu alt und zu verblasst, als dass ich sie lesen könnte –, aber ich halte den Mund.

Im Laufen werfe ich einen Blick zum Himmel und frage mich, ob wir wohl in Kalifornien oder vielleicht in Oregon sind. Zwischen meinem Heim bei Houston, Texas, und diesen beiden Staaten gibt es einen Zeitunterschied von zwei Stunden, aber nein, selbst diese Entfernung reicht nicht aus, um die Sonne zu erklären. Sie geht gerade auf und nicht unter, daher können wir nicht an der Westküste sein. Ich glaube nicht mal, dass wir uns irgendwo in der westlichen Hemisphäre befinden.

Na großartig. Ganz toll!

Tiere huschen durch das Unterholz, als wir dem kaum erkennbaren Pfad folgen. Aren bleibt dicht neben mir. Ich hätte ihn gern nach Kyol gefragt. Ich weiß, er hätte entkommen können, wenn er es versucht hätte, aber er würde mich nie im Stich lassen, wenn ich ihn brauche, und ich kann das Gefühl nicht abschütteln, dass er für mich gestorben ist.

Meine Schritte werden langsamer. Ich beiße mir auf die Lippe und zwinge mich, mich auf den Schmerz anstatt auf die Angst zu konzentrieren, die immer mehr Platz in meiner Magengrube einnimmt. Aren soll auf keinen Fall mitbekommen, wie viel mir der Schwertmeister des Königs bedeutet. Er soll auch nicht wissen, wie viel dem Schwertmeister an mir liegt.

Ich schneide eine Grimasse und ducke mich unter einem tief hängenden Ast hindurch. Es ist nichts Neues für mich, dass ich meine Gefühle verbergen muss, und eigentlich sollte ich mich längst daran gewöhnt haben. Kyol und ich dürfen einander nicht begehren. Wir haben beide versucht, es nicht zu tun. Wir haben versucht, unsere Beziehung rein professionell zu halten, uns nur zu berühren, wenn es nötig ist, aber Kyol ist stärker als ich. Er ist der ehrenwerteste Mann – Mensch oder Fae –, dem ich je begegnet bin, und er war von Anfang an ehrlich zu mir: Für uns wird es nie ein Happy End geben. Selbst wenn er sein Leben nicht auf einem Schlachtfeld für seinen König verliert, verbieten es die Gesetze des Reiches, dass wir zusammen sind.

Ich weiß, dass ich nach vorn sehen und diese Gefühle vergessen muss. Keine Frau, die bei klarem Verstand ist, würde zehn Jahre lang darauf warten, dass ein Mann zu mehr als einem Freund wird, aber so ist es nun mal mit der Liebe: Sie bringt einen dazu, total dämliche Dinge zu tun. Ich lebe für die Augenblicke, in denen Kyol die Selbstbeherrschung verliert, die Momente, in denen wir alleine sind und uns küssen, in denen wir so tun können, als wäre in unserer beider Welt alles in Ordnung.

Himmel, was ist, wenn wir nie wieder einen solchen Moment haben werden?

Als der Pfad endet, schiebe ich meine Sorge beiseite. Aren und ich treten aus dem Wald auf eine Lichtung, die etwa so groß ist wie ein Footballfeld. Auf der Lichtung stehen ein paar Bäume, die über uns ein ziemlich dichtes Blätterdach bilden. Das Sonnenlicht flackert durch die Blätter und wirft Schatten auf die Erde, zertrampeltes Gras und ein zerbrochenes Holzschild. Die Farbe auf dem Schild ist rissig und ausgeblichen, aber ich bin mir ziemlich sicher, dass es Besucher in dem Gasthaus mit dem unleserlichen Namen, das vor uns steht, willkommen heißt. Es ist ein dreigeschossiges Gebäude mit Spitzdach und Wänden aus einem Gerippe von braunen Balken und einstmals weißem Mauerwerk. In den Wänden klaffen Risse im Zickzack, und das ganze Haus wirkt altersschwach, aber ich kann mir vorstellen, wie das Fachwerkhaus früher mal ausgesehen haben muss. Es kommt mir beinahe vor wie aus einem Märchen. Genauer gesagt könnte es aus *Hänsel und Gretel* stammen. Hm.

Ich blicke zurück auf das verwitterte Schild und studiere die kaum erkennbaren Worte darauf. Es heißt die Besucher nicht auf Englisch willkommen, ich lese die deutschen Wörter »Willkommen« und »Gasthaus«.

Ich bleibe abrupt stehen und starre Aren an. »Deutschland? Im Ernst?«

Er zieht einen Mundwinkel nach oben. »Warum nicht?«

Dann legt er mir eine Hand auf den Rücken und schiebt mich vorwärts. Vielleicht sollte ich mich glücklich schätzen, weil er nicht wütend darüber ist, dass ich herausgefunden habe, in welchem Land wir uns befinden, aber das hilft mir ja nicht wirklich weiter. Wir sind ja schließlich nicht in Luxemburg, das gerade mal so groß ist wie ein durchschnittliches Einkaufszentrum in Texas. Falls ich je in Schwierigkeiten gerate, soll ich Paige anrufen, meine beste Freundin – okay, meine einzige Freundin –, und ihr sagen, wo ich bin. Sie weiß nicht, dass die Fae existieren, aber sie ist Kyol schon begegnet. Sie würde ihm meine Nachricht übermitteln, wenn ich sie darum bitte. Das Problem ist nur, selbst wenn sie sie heute weitergibt, würde der Hof vermutlich Monate brauchen, um alle Winkel in Deutschland zu durchsuchen. Aren und seine Rebellen wären längst verschwunden, bis mich der Hof entdeckt hätte.

Und wo wir gerade von Rebellen sprechen: Vor mir sehe ich mehr als ein Dutzend. Sie bieten einen sehr seltsamen Anblick, irgendwie wie aus dem Mittelalter stammend, aber daran habe ich mich im Lauf der Jahre halbwegs gewöhnt. Sie stecken in typischer einfacher Fae-Kleidung. Männer und Frauen tragen gleichermaßen weiße oder hellbraune Tuniken über dunklen, in schwarze Stiefel gestopften Hosen. Einige haben Rüstungen angelegt, die Arens Brustharnisch ähneln. Der Panzer ist aus der Borke des *Jaedrik*-Baumes. Der Hof lässt seine Rüstungen mit einer Substanz behandeln, wodurch die Borke dunkler wird und glänzt, und die Rebellen tun das nicht. Ihre Brustharnische sind stumpf und fleckig. An den um die Hüfte geschnallten Schwertriemen hängen kleine Zugbeutel. Sie sehen genauso aus wie der Beutel, der sich in meinem Rucksack befindet, den ich übrigens nicht mehr gesehen habe, seit mich Aren k. o. geschlagen hat. In diesen Beuteln befinden sich Ankersteine, genau wie in meinem.

Die Fae bemerken mich, und ein Raunen geht durch das Camp. Als ihre silbernen Augen mich gewahren, beenden die Fae ihre Unterhaltungen. Schon bald starren mich alle an. Keiner gibt mehr einen Ton von sich.

Blaue Blitze zucken über ihre Haut, und die Haare in meinem Nacken stellen sich auf. Diese Leute verabscheuen mich, insbesondere das Trio, das einige Schritte entfernt zu meiner Rechten auf Baumstämmen sitzt. Schwerter liegen in Scheiden auf dem Boden vor ihren Füßen, und zwei der Männer tragen Hemden mit roten Flecken. Das sind die Angreifer, die mich an der Flucht hindern wollten und gegen die Kyol gekämpft hat. Da waren sie zu sechst. Einige haben nicht überlebt. Das belastet mich, auch wenn es mir eigentlich gleichgültig sein sollte. Sie sind an ihrem Tod selbst schuld. Wenn ich Fae für den Hof aufspüre, versucht Kyol immer, unsere Ziele gefangen zu nehmen. Er tötet nur, wenn es unbedingt notwendig ist. Diese Rebellen haben es notwendig werden lassen, als sie mich angriffen.

»Aren!« Eine weibliche Stimme durchbricht die Stille. Die Frau schließt die Eingangstür des Gasthauses und eilt die Stufen der Veranda herunter, und auf einmal ist das ganze Lager in Bewegung, um Aren zu begrüßen. Es ist offensichtlich, dass ihn jeder hier respektiert, und ich muss zugeben, dass er durchaus Charisma besitzt. Ich beobachte ihn, als er grinst und Hände schüttelt, und auch wenn ich die Worte nicht verstehe, bekomme ich doch den Eindruck, dass er das, was er geleistet hat, mit einem Achselzucken abtut. Das irritiert mich. Es mag nicht gerade schwer gewesen sein, mich zu entführen, aber das *wird* Nachwirkungen haben. Dafür werde ich schon sorgen.

Die Frau, die Arens Namen gerufen hat, kommt angerannt und wirft ihre Arme um seinen Hals. Er erwidert ihre Umarmung, dreht jedoch die Hüfte zur Seite. Es ist eine platonische Umarmung zwischen Freunden, doch ich bin mir ganz sicher, dass sie mehr will. Mit den Muscheln, die sie in ihr goldblondes Haar geflochten hat, und den Steinarmbändern, die an ihren Handgelenken klappern, ist sie wunderschön. Und sie muss auch wichtig sein, wenn ich ihre Kleidung richtig deute. Sie trägt eine hellblaue Tunika und eine saubere, eng anliegende Hose. Das Material sieht teuer aus, wie es sich nur Adlige leisten können, und ihr Kragen und der weite Saum der Tunika sind mit Edelsteinsplittern verziert. Alle sehen sie an. Aren auch, da bin ich mir sicher, aber vielleicht hat er ja noch irgendwo ein hübscheres Mädchen versteckt?

Während er durch seine Begrüßung abgelenkt ist, mache ich vorsichtig einen kleinen, kaum merklichen Schritt nach hinten. Niemand scheint es zu bemerken, also gehe ich noch ein Stück zurück. Ich kann den Fae nicht davonlaufen. Eigentlich hoffe ich nur darauf, etwas weiter vom Lager entfernt zu sein, bevor jemand merkt, dass ich weg bin, aber ich bin noch keinen ganzen Schritt weit gekommen, als Aren sich umdreht. Ich erstarre und setze eine Unschuldsmiene auf.

»Das ist die *Nalkin-Shom*«, sagt er zu seinem Publikum.

Ich runzle die Stirn. Auch wenn ich die Sprache der Fae nie gelernt habe – das ist den Menschen nicht erlaubt –, bin ich mir doch ziemlich sicher, dass er mich gerade beleidigt hat.

»Du hast sie nicht getötet«, sagt die hübsche Frau. Sie mustert mich mit offenkundiger Abscheu. Ich mag sie auch nicht, und das liegt nicht nur daran, dass sie so gut aussieht. Sie hat das nur auf Englisch gesagt, um mich aus der Ruhe zu bringen, um mich wissen zu lassen, dass es durchaus eine Option gewesen ist, mich zu töten. Diese Information beunruhigt mich tatsächlich, aber es gelingt mir, erhobenen Hauptes vor ihr zu stehen und sie anzusehen.

»Das ist Lena, Tochter des Zarrak«, stellt Aren sie mir vor. »Sie wird dir dein Zimmer zeigen.«

Lenas Gesicht verfinstert sich noch weiter. »*Sie* bekommt ein Zimmer?«

»Ja. Sorg dafür, dass es im zweiten Stock ist. Sie muss sich ausruhen, bevor wir entscheiden können, was wir mit ihr tun werden.«

»Du meinst, bevor du entscheidest, ob du mich töten wirst.« Ein Augenblick verstreicht, bevor mir klar wird, dass ich diese Worte laut ausgesprochen habe.

Aren grinst. »Und achte darauf, dass das Fenster des Zimmers nicht auf eine Eiche in der Nähe sieht, Lena. Ich glaube, unsere *Nalkin-Shom* neigt dazu, aus Fenstern zu springen.« Er zwinkert mir zu. »Genieß deinen Aufenthalt, McKenzie.«

»Komm mit«, faucht mich Lena an, während Aren seinen Schwertriemen löst und auf drei wartende Fae zugeht. Ich überlege kurz, ob ich sie ignorieren soll, doch dann verschränkt sie ihre schlanken, aber kräftigen Arme vor der Brust, zieht eine Augenbraue hoch und sieht mich kampfbereit an. Wir mögen in etwa die gleiche Größe und das gleiche Gewicht haben, aber ich bin mir ziemlich sicher, dass mir die Tochter des Zarrak ordentlich den Hintern versohlen kann, ebenso wie all die anderen Fae hier.

3

Soweit ich es erkennen kann, ist das Lager in zwei Fraktionen gespalten: die, die mich töten wollen, und die, für die ich arbeiten soll. Ich würde gern behaupten, dass die Mehrheit auf meiner Seite wäre, aber es steht nicht mal fünfzig zu fünfzig. Zwei Drittel der Fae haben sich Lena angeschlossen, die meinen Tod am lautesten zu befürworten scheint.

Ich stehe auf der vorderen Veranda des Gasthauses, und die Rebellen starren mich von unten an, dass ich mir beinahe vorkomme wie bei einer Versteigerung. Die Sonne ist fast untergegangen, und ich muss die Augen zusammenkneifen, um die Gesichter in der zunehmenden Dunkelheit erkennen zu können. Aber ich werde sie bestimmt nicht bitten, ein Licht anzumachen. Die Fae können im Dunkeln deutlich besser sehen als Menschen, und ich bezweifle zudem, dass es im Gasthaus überhaupt noch Strom gibt. Das Zimmer, in das mich Lena für zwölf Stunden verfrachtet hat, war mit Ausnahme eines wackligen alten Betts leer. In der Fassung unter der Decke befand sich nicht mal mehr eine Glühbirne. Die haben jegliche menschliche Technologie aus dem Haus entfernt.

Ehrlich gesagt fand ich es schon überraschend, dass sie es letzte Nacht überhaupt riskiert haben, mich in einem Auto zu transportieren. Der Van war zwar nur mit dem Nötigsten ausgestattet, zählt aber dennoch zur komplizierten Technik, und diese kann die Kräfte der Fae stark beeinflussen.

Sie nennen das, was sie tun, *Amajur*. Ich nenne es Magie. Fast alle Fae vermögen die Atmosphäre zu beeinflussen – deshalb können sie Risse zwischen unsere Welten erzeugen. Andere können Illusionen erschaffen, kleine, leblose Objekte zum Leben erwecken, Geräusche unterdrücken, die Elemente kontrollieren … Alltägliche Dinge, die wir auf der Erde mit unseren Technologien machen, werden im Reich mit Magie gemacht. Tatsache ist, dass aufgrund des menschlichen Einflusses ein Teil dieser Magie bereits untergegangen ist. Die Fae können keine Tore mehr bauen oder in die Zukunft sehen. Andere magische Künste wie das Heilen oder die Empathie sind gefährdet. Das ist auch einer der Gründe, warum der Hof gegen die Rebellen Krieg führt. Aren und seine Leute missachten das Einfuhrverbot für von Menschenhand Geschaffenes und die menschliche Kultur. König Atroth musste etwas unternehmen, um die Magie der Fae zu schützen.

Ich konzentriere mich wieder auf die Lynch-Fraktion. Seltsamerweise bin ich eher verärgert als verängstigt. Vielleicht ist es der Schock. Vielleicht ist es einfach nur Dummheit. Oder vielleicht ist es Aren. Er sitzt etwas weiter rechts von mir auf einer Holzbank und hat die Füße auf das Verandageländer gelegt. Er gehört zur Michbenutzen-Fraktion, und obwohl er noch kein Wort zu meiner Verteidigung gesagt hat – er hat seit Beginn dieses Prozesses noch gar nicht den Mund aufgemacht –, schätze ich, dass seine Stimme mehr Gewicht hat als die der anderen. Zumindest hoffe ich es.

Lena sagt etwas in ihrer Sprache, und auf einmal schweigen alle Fae. Sekunden verstreichen. Als die Stille andauert, wird mir immer unbehaglicher.

»Dann ist es entschieden«, sagt Lena in meiner Sprache und sieht mich mit ihren silbernen Augen an.

Mein Herz pocht wie wild. Ich ziehe meine Schultern hoch und spanne die Muskeln in meinen Beinen an, bereit zu laufen, aber niemand bewegt sich. Das muss ein gutes Zeichen sein. Selbst wenn sich die Mehrheit dafür ausgesprochen hat, mich zu töten, scheint keiner der Henker sein zu wollen.

Lenas Gesicht verfinstert sich noch weiter. Sie zieht einen Dolch aus der Lederscheide an ihrer Hüfte, kommt hoch auf die Veranda und reicht Aren die Waffe. »Es muss getan werden.«

Sie hat nicht den Mumm, es selbst zu machen. In meinen Augen macht sie das zum Feigling, aber ich bin auch erleichtert. Vielleicht haben diese Leute ja doch eine Art von moralischem Kompass. Ich könnte mir vorstellen, dass es sehr viel schwerer ist, jemanden kaltblütig zu ermorden, als ihn im Kampf zu töten. Außerdem ist es falsch. Der Hof würde so etwas nicht tun.

Aren sieht nicht so aus, als ob er den Dolch annehmen will. Er lümmelt noch immer auf der Bank, hat die Arme vor der Brust verschränkt und sieht mich an. Ich erwidere seinen Blick, während ich zusammen mit den anderen Fae auf seine Entscheidung warte.

Er nimmt die bestiefelten Füße vom Geländer und beugt sich vor. Mir rutscht das Herz in die Hose, als ich sehe, wie er die Waffe in Lenas Hand mustert.

Nein. Das kann er nicht ernst meinen. Er wird mich nicht töten. Er braucht mich. Er will mir nur Angst machen, damit ich kooperiere. Oder? *Oder?*

Als er den Dolch nimmt, bohre ich die Fingernägel in meine Handflächen, damit meine Hände nicht zittern.

»Bist du dir sicher, dass du nicht für uns schattenlesen willst?«, fragt mich Aren. Der sonst für ihn so typische Spott ist aus seiner Stimme verschwunden. Es ist ihm völlig ernst. Er wird mich töten, wenn ich nicht das tue, was er will.

»Tausch mich ein«, sprudelt es aus mir heraus.

Er legt den Kopf auf die Seite und sieht mir nicht mehr in die Augen, sondern lässt den Blick langsam zu meinen Füßen und wieder nach oben wandern. Der Ansatz eines Grinsens ist in seinem Mundwinkel zu erkennen.

»Was glaubst du, wie viel du wert bist, *Nalkin-Shom?*«

»Sie will doch nur Zeit gewinnen«, wirft Lena ein, bevor ich antworten kann. »Wir können nicht zulassen, dass der Hof sie zurückbekommt.«

Verdammt richtig. Ich will Zeit schinden. Das würde sie auch tun, wenn sie von Leuten umzingelt wäre, die ihr die Kehle aufschlitzen wollen.

»Vielleicht bekommen wir für sie Roop und Kexin zurück«, meint Trev, der zu meiner Linken steht.

»Vielleicht auch Mrinn«, wirft ein anderer ein. Weitere Fae rufen noch mehr Namen. Es besteht kein Zweifel daran, dass ich wertvoll bin – nur wenige Menschen haben die Gabe des Sehens, und noch weniger besitzen die Fähigkeit des Schattenlesens –, daher könnte es vielleicht funktionieren. Ich atme aus, weil ich anscheinend die Luft angehalten hatte, und stelle mir vor, dass meine Überlebenschance gerade um 30 ... 40 ... verdammt noch mal, vielleicht sogar 50 Prozent gestiegen ist.

Lena sieht die Fae an, die sich auf dem Rasen versammelt haben. »Wir wissen nicht mal, ob einer von ihnen noch am Leben ist.«

»Der Hof weiß nicht, dass *sie* noch lebt«, entgegnet jemand. Das ist ein gutes Argument, und ich überlege schon, ob ich ihnen vorschlagen soll, dass sie ein Bild von mir machen und dem König schicken, vielleicht eins, auf dem ich die *Frankfurter Times*, oder wie immer die lokale Zeitung auch heißen mag, in der Hand halte.

Ich schnaube. Als ob hier irgendjemand eine Kamera hätte. Und selbst wenn, würden sie nicht wagen, sie anzufassen.

Aren beugt sich vor, stützt die Unterarme auf die Knie und spielt mit dem Dolch herum. Die Welt wartet auf seine Entscheidung. Wieder einmal. Es muss schön sein, einen so großen Einfluss zu haben.

Sein Gesichtsausdruck ist unergründlich, als er aufsteht. Mir ist kalt, und ich fühle mich irgendwie losgelöst, als wäre ich jemand anders, der dabei zusieht, wie über das Ende meines Lebens entschieden wird. Ich stehe kurz davor, einen verzweifelten, zum Scheitern verurteilten Fluchtversuch zu machen, als Aren sagt: »Wie wär's mit einer Wette?«

Ich blinzle, dann runzle ich die Stirn. »Eine Wette?«

Er gibt Lena den Dolch zurück. »Ja. Eine Wette.«

Okay. Das Spiel spiele ich mit. Vorerst zumindest. »Hängt davon ab, worum es dabei geht.«

Sein Grinsen ist hinterhältig. »Es gibt nur eins, für das du dich interessierst, *Nalkin-Shom*. Ich bin bereit, es dir anzubieten.«

Ich überlege, ihm eine freche Antwort an den Kopf zu werfen, entscheide mich dann aber dagegen. »Du bietest mir meine Freiheit an?«

Er verschränkt die Arme vor der Brust und lehnt sich mit der Schulter gegen einen der Verandapfosten. »Wenn du einen meiner Fae bis auf dreißig Meter genau aufspüren kannst, bist du frei.«

Dreißig Meter. Mist. Das ist ziemlich genau. Ich habe es schon mal geschafft, zweimal, um genau zu sein, aber ich bin mir ziemlich sicher, dass ich dabei auch sehr viel Glück gehabt habe. Und das Glück ist mir in den letzten vierundzwanzig Stunden nicht gerade hold gewesen. Ich bezweifle, dass sich das plötzlich geändert hat.

»Was ist, wenn ich es nicht schaffe?«, will ich wissen, auch wenn ich mir denken kann, wie seine Antwort ausfallen wird.

»Dann wirst du für mich schattenlesen.« Jetzt hat er wieder gute Laune, und das setzt mir zu. Obwohl er meinen Ruf kennt, ist er überzeugt davon, dass ich es nicht schaffen kann. Aus gutem Grund. Die besten Schattenleser können ihre Ziele üblicherweise bis auf etwa hundert Meter genau lokalisieren. Mir gelingt das normalerweise bis auf fünfzig Meter genau. Aus diesem Grund bin ich für den Hof auch so wichtig. Wenn ein Fae durch einen Riss an den Ort geht, den ich *gesehen* habe, kommt er fast immer bis auf Bogenschussweite an sein Ziel heran.

Lena macht einen Schritt nach vorn. Als Aren sie nicht ansieht, berührt sie seinen Ellbogen. »Selbst wenn sie nur halb so gut ist, wie man allgemein behauptet, können wir ihr nicht trauen.«

Das stimmt. Ich weiß nicht, warum er mir diese Wette überhaupt vorschlägt. Denkt er, es wäre so weniger wahrscheinlich, dass ich ihn in einen Hinterhalt schicke? Dass ich für sie arbeite und keine Tricks versuche, wenn ich eine Wette verloren habe?

Aber das ist auch egal. Wenn das meine Chance ist, meine Freiheit zurückzugewinnen, dann werde ich sie ergreifen.

»Wenn ich verliere, lese ich einen Riss.«

Aren sieht mir noch immer in die Augen. »Du wirst so viele lesen, wie ich will.«

»Zwei«, biete ich an.

»Alle, bis ich zufrieden bin, McKenzie.«

Ich verschränke die Arme. »Wenn du mir so kommst, dann bleibe ich bei einem.«

Sein Dauergrinsen verschwindet nicht. »Ich biete dir deine Freiheit an.«

»Du bittest mich, dem Hof zu schaden.«

»Das sind nicht deine Leute.«

Nein, aber einige von ihnen sind meine Freunde. Ich habe nicht viele Freunde. Bei den Menschen keinen außer Paige. Sie akzeptiert mein seltsames Benehmen und meine ständige unangekündigte Abwesenheit. Sie ist für mich wie eine Schwester, und seitdem ich den Kontakt zu meinen Eltern abgebrochen habe, ist sie auch meine einzige Familie.

Kyol gehört nicht zur Familie. Er ist etwas ganz anderes.

Ich ignoriere die Sehnsucht in meiner Brust und straffe meine Schultern. Hier gibt es nur einen Ausweg: Ich darf die Wette nicht verlieren. »Gut. Ich mache es.«

»Schön.« Aren sieht nun die versammelten Fae an, die unser Gespräch beobachtet haben, dann geht er die Treppe hinunter. Er zieht Trev ein Stück weit weg und flüstert ihm etwas ins Ohr, vermutlich einen Ort. Sie stehen neben einem alten Picknicktisch aus Holz, der auf weißem Schotter steht. Da sticht mir etwas ins Auge, was auf einer seiner Bänke steht: mein Rucksack.

Ich bin mir nicht sicher, ob ich die Veranda verlassen darf, aber je näher ich Trev bin, wenn er durch den Riss geht, desto mehr Details sehe ich in den Schatten, daher gehe ich das Risiko ein und gehe die drei Stufen nach unten. Außerdem steht mein Rucksack *hier*, nur wenige Meter entfernt. In der Innentasche steckt mein Handy. Außerdem befindet sich darin mein Portemonnaie. Und meine Sammlung Ankersteine.

Kein Fae hält mich auf, als ich vorwärtsgehe, aber einige legen ihre Hand auf ihr Schwert. Man sieht ihnen ihre Besorgnis an. Aren und Lena mögen denken, dass ich Trevs Standort nicht lokalisieren kann, aber einige der anderen sind sich da nicht so sicher. Ein leises Murmeln geht durch die Reihen. Ich höre mehr als einmal *Nalkin-Shom*. Sie sprechen das Wort aus, als wäre ich eine Art Monster.

»Bereit?«, erkundigt sich Aren. Nur noch zwei Schritte, und ich käme an meinen Rucksack. Ich möchte so gern mein Handy herausholen, das GPS einschalten und Hilfe rufen, aber ich halte kurz inne. Die Fae werden nie im Leben ruhig stehen bleiben und zusehen, wie ich in meinem Rucksack herumkrame. Ich kann ihn mir auch nicht einfach schnappen und weglaufen. Bei dem Versuch könnte ich sterben.

Ich baue mich vor Aren auf und nicke. »Ich bin bereit.«

Trev öffnet einen Riss. Als das weiße Licht aufleuchtet, muss ich blinzeln, aber das dauert nur wenige Sekunden. Sobald Trev hineingegangen ist, verschwindet er in der Helligkeit. Einen Augenblick später ist sie verblasst und lässt nur sein Nachbild zurück. Ich blinzle, bis das Bild verschwimmt und schimmert, dunkler wird und sich verzerrt. Schatten kommen vom Rand meines Blickfelds gekrochen. Sie beginnen als große, schwer erkennbare Umrisse. Kontinente. Ein Kontinent. Ich blinzle erneut, und die Schatten verändern sich, schrumpfen, werden dann zu einem knochigen Gerippe. Einer Bergkette. Die Ostküste, vermute ich. Ja. Definitiv die Ostküste. Trev ist in eine Gegend des Reiches gereist, die man Mashikar nennt.

»Gib mir ein Blatt Papier und einen Stift«, sage ich.

»So was haben wir nicht«, lautet Arens gleichgültige Antwort.

Ich runzle die Stirn, wende den Blick aber nicht von den Schatten ab. Wenn ich für den Hof schattenlese, sorgt Kyol immer dafür, dass ein Fae alles bei sich hat, was ich benötige. Ich weiß, dass es hier irgendwo ein Blatt Papier geben muss, aber Aren will mir die Sache erschweren, er will mich aufhalten, weil er weiß, dass mir die Schatten nur kurze Zeit im Gedächtnis bleiben.

»Ich habe ein Skizzenbuch im Rucksack.«

»Oh«, erwidert Aren. »Wir haben deine Tasche ausgeräumt und die Technik und alle anderen Sachen entsorgt.«

Jetzt sehe ich Aren doch an. Er lächelt, und Lena lacht hinter ihm. Ich beiße die Zähne zusammen, gehe zu meinem Rucksack und öffne ihn. Zwei große, hellblaue Augen starren mich an. Ein *Kimki*. Dieses Tier sieht aus wie eine Kreuzung aus einem Frettchen und einer Katze, es hat einen langen, biegsamen Körper und mausähnliche Ohren. Als das Mondlicht auf seine geringelten Vorderpfoten fällt, rümpft es die Nase, und ein Zucken geht durch das silberweiße Fell.

Aren senkt die Hand mit der Fläche nach oben vor dem Rucksack. Der *Kimki* starrt mich noch einige Sekunden lang an, dann huscht er auf Arens Arm und macht es sich auf seiner Schulter bequem. Erneut bewegt sich das glatte Fell, und das Silber verschwindet, bis das Tier schneeweiß ist.

Aren streichelt es hinter dem Ohr. »Er heißt Sosch. *Kimkis* werden silbern, wenn sie sich in der Nähe von Toren oder Dingen, die sie mögen, befinden, daher muss er dich sehr mögen. Er hat sich in deinem Rucksack zusammengerollt, sobald er ihn riechen konnte.«

Sosch blinzelt mir unschuldig zu.

Ich starre Aren an. »Ich ... Du ...« Der Mistkerl hat mich reingelegt. Aus diesem Grund war er so scharf auf diese Wette. Er wusste, dass ich versagen würde, und jetzt sieht er sehr ... sehr erfreut über meine Reaktion aus.

Nein. Keine Chance. So werde ich nicht verlieren.

Ich sehe mir die Steine an, auf denen der Picknicktisch steht, und nehme den größten auf, den ich entdecken kann. Er ist an einem Ende spitz, und als ich mich wieder aufrichte, muss ich mich sehr zusammenreißen, um Aren damit nicht gegen den Kopf zu schlagen. Aber dafür ist keine Zeit. Meine Erinnerung an die Schatten beginnt schon zu verblassen.

Nun starre ich die beiden Fae an, die an dem Tisch sitzen. »Weg da.«

Sie sehen erst den Stein, dann einander und danach wieder mich an. Ich bin schon kurz davor, sie beide von der Bank zu schubsen, als sie aufstehen und mir aus dem Weg gehen. Dann packe ich den Stein mit der rechten Hand so, dass die Spitze nach unten zeigt, und beginne, die Schatten in die Tischplatte zu schnitzen. Das Holz ist alt und von der Feuchtigkeit aufgequollen. Es gibt meiner behelfsmäßigen Klinge rasch nach. Ich fertige rasch eine Skizze an, solange ich das Schimmern und Wabern der Schatten noch vor meinem inneren Auge sehe. Ich zeichne den Verlauf eines Flusses, der einen zerklüfteten Berg hinunterfließt. Ein Dorf liegt am westlichen Ufer, aber dort ist Trev nicht wieder aufgetaucht. Er hält sich irgendwo auf den Feldern am anderen Ufer auf.

Der Umfang meiner Karte verändert sich, als ich Trevs Standort auf den kleineren Bereich eingrenze. Ich konzentriere mich darauf und versuche, mich an Einzelheiten in den Schatten zu erinnern. Ich glaube, einen Obstgarten gesehen zu haben. Genau hier.

Ich markiere die Stelle, weiß aber nicht, ob sich Trev im Obstgarten oder eine halbe Meile weit entfernt im Haus des Farmers aufhält. Wo ist er? *Wo?*

Die Schatten helfen mir nicht weiter, und einen Augenblick später verschwinden sie aus meiner Erinnerung. Mist. Frustriert hämmere ich mit dem Stein auf den Obstgarten.

Augenblick mal. Ich konzentriere mich auf die Karte.

Ein Stein im Obstgarten.

Ja.

Ich hebe meinen Stein wieder auf und male ein X an den Rand des Obstgartens.

»Er ist hier.« Ich deute auf die Stelle. »In der Nähe von Carbada.«

Sobald ich den Namen der Stadt ausspreche, verschwindet Arens Grinsen. Ich weiß nicht, wer von uns erstaunter ist. Man kann ihm seine Verblüffung ansehen, aber ich bin wie vom Donner gerührt, da ich weiß, dass Trev an den Ort, der auf magische Weise in Arens Kopf verankert ist, nicht nur bis auf dreißig Meter herangekommen ist, er steht praktisch genau an der Stelle.

Heilige Scheiße, bin ich gut.

Ich entferne mich vom Picknicktisch und sage mit felsenfestem Blick und ein klein wenig Hochmut zu Aren: »Genau das bin ich wert.«

Er setzt Sosch auf den Boden. Das ganze Lager scheint schockiert zu sein, da niemand etwas sagt, nicht einmal Lena, die noch immer auf meine simple Karte starrt.

»Schönes Leben noch«, sage ich, drehe mich auf dem Absatz um und marschiere den schmalen Pfad entlang, auf dem wir hergekommen sind. Ich gehe aufrecht, das Haupt erhoben, aber eigentlich rechne ich damit, jeden Moment einen Dolch in den Rücken zu bekommen. Die ganze Zeit lausche ich nach dem Geräusch von Metall, das aus einer Scheide gezogen wird, aber ich höre nur den Wind, das Zirpen von Grillen und das Schlurfen von Schritten. Als ich den Waldrand beinahe erreicht habe, höre ich Arens Stimme.

»Haltet sie auf.«

Ich zucke zusammen, gehe aber weiter, bis sich mir ein Fae in den Weg stellt. Er greift nach meinem Arm, wagt es dann aber doch nicht, mich zu berühren. Ich kann ihm nicht weglaufen. Ich kann auch nicht gegen ihn kämpfen. Also stoße ich einen Seufzer aus und kehre zu Aren zurück.

Ich sehe ihm in die Augen. »Gut zu wissen, dass du ein Mann bist, der Wort hält.«

»Ich habe gesagt, dass ich dich freilassen werde, und das habe ich auch vor. Irgendwann.« Er hält inne und sieht mich mit seinen silbernen Augen an, als ob er nicht weiß, was er von mir halten soll. Ich mag es nicht, so gründlich gemustert zu werden, insbesondere dann nicht, wenn sich als Reaktion darauf irgendetwas in meiner Brust zusammenzieht. »Aber ich kann dich jetzt noch nicht gehen lassen. Insbesondere nicht, nachdem ich gesehen habe, wozu du fähig bist. Du bist unglaublich.« Der Ansatz eines Lächelns spielt um seinen Mund. »Tut mir leid, McKenzie, aber du musst bei uns bleiben, bis der Krieg zu Ende ist.«

»Dieser Krieg wird nie zu Ende sein.«

Er zuckt mit den Achseln. »Dann wirst du wohl noch eine Weile hierbleiben.« Dann sieht er den Fae an, der neben mir steht. »Bring sie auf ihr Zimmer, und dann such Sethan. Wir müssen reden.«

Aren wirft noch einen letzten Blick auf die Karte, die ich in den Picknicktisch geritzt habe, und schüttelt den Kopf, als könne er es noch immer nicht glauben.

»Aren«, rufe ich, als er langsam weggeht. Ich möchte eigentlich nicht mehr mit ihm reden, auch nicht mehr in seine silbernen Augen sehen, aber ich muss es wissen.

Er dreht sich um.

»Der Schwertmeister des Königs«, kriege ich trotz des dicken Kloßes in meiner Kehle heraus. »Er wird dich töten, weil du mich entführt hast.«

Falls Kyol tot ist, wird sich Aren zweifellos damit rühmen. Ich halte den Atem an, und mein Herz scheint tausendmal zu zerspringen und sich wieder zusammenzusetzen, während ich auf seine Antwort warte. Ich habe zu große Angst, um zu hoffen, bin aber zu verzweifelt, um es nicht zu tun. Endlich, nach einer gefühlten Ewigkeit, neigt Aren anerkennend den Kopf.

»Das wird ein interessanter Kampf.«

4

Sobald sich die Tür meines Zimmers schließt, verliere ich keine Zeit und zerre die Laken aus dem Bett. Ich teste, wie robust sie sind. Ober- und Unterlaken sind schäbig, aber nicht zu zerreißen. Ob sie mein Gewicht halten können, wird sich noch zeigen, aber ich werde hier nicht weitere zwölf Stunden allein mit meinen Gedanken herumsitzen.

Ich gehe zum Fenster. Am Himmel steht der helle Vollmond. Sein Licht fällt durch die Baumwipfel und sprenkelt die Platte des Picknicktisches. Ich kann niemanden sehen und frage mich, ob ich einfach Glück habe oder ob die Rebellen sorglos geworden sind, aber ich habe vor, die Situation auszunutzen. Das Problem ist nur, dass ich mich im zweiten Stock, drei Geschosse über dem Erdboden, befinde und nicht weiß, ob die zwei Laken ein ausreichend langes Seil ergeben.

Erneut versuche ich, die Baumwolle zu zerreißen. Es gelingt mir nicht mal ansatzweise. Wenigstens ist das Material robuster, als es aussieht, aber ich brauche etwas Scharfes, um das Laken der Länge nach zu halbieren.

Das Bett ist das einzige Möbelstück im Zimmer. Ich knie mich daneben und sehe darunter auf der Suche nach irgendetwas, das den Stoff durchtrennen kann. Die Matratze liegt auf einem Metallfederrost auf. Es ist zu dunkel, um viel erkennen zu können, und ich taste mit den Händen herum, bis ich eine lockere Sprungfeder finde, an der ich so lange herumzerre, bis ich sie herausgerissen habe. Sobald das geschafft ist, bohre ich das Metall in das Laken, stemme meine Füße gegen das Bett, lehne mich nach hinten und ziehe.

»Ha!« Ich strahle das leere Zimmer an, während das Laken genau in der Mitte zerreißt. Das zweite Laken halbiere ich auf dieselbe Weise. Dann binde ich die vier Hälften zusammen, bringe mein behelfsmäßiges Seil zum Fenster und sehe hinaus. Noch immer keine Patrouille.

Ich überprüfe jeden Knoten. Als sie alle halten, muss ich erst einmal die in mir aufsteigende Nervosität bekämpfen. Ich muss das tun. Ich werde nicht auf Kyol warten, dass er mich rettet.

Kyol ist am Leben.

Ich schließe die Augen und spreche leise ein Dankgebet. Unsere Beziehung – wenn man es denn so nennen kann – war in den letzten Monaten sehr merkwürdig, und das ist meine Schuld. Ich habe versucht, ein normaler Mensch zu sein. Ich habe mich auf mein Studium konzentriert, ich habe mir einen richtigen Job gesucht, ich habe mir sogar von Paige ein paar Blind Dates vereinbaren lassen. Die Typen waren alle nett, und ich habe versucht, sie zu mögen – wirklich! –, aber bisher konnte ich mich noch zu keiner zweiten Verabredung aufraffen.

Frustriert schiebe ich den Fensterflügel hoch. Himmel, ist das laut. Der Rahmen knarrt, als ob das Fenster seit Jahrzehnten nicht mehr geöffnet worden ist. Ich halte den Atem an und lausche. Im Flur sind keine Schritte zu hören, auch draußen bleibt alles still. Ich hole tief Luft und zähle vorsichtshalber bis hundert. Nach einem letzten gründlichen Blick in den Garten des Gasthauses knote ich ein Ende des Seils an die Heizung unter dem Fenster und werfe das andere nach draußen. Trotz der Knoten reicht es fast bis auf den Boden.

Das Rausklettern ist schwerer, als ich es mir vorgestellt habe, und mir ist nicht ganz klar, wie ich das schaffen soll, ohne mich dabei umzubringen. Schließlich sitze ich rittlings auf dem Fensterbrett, was bei der recht kleinen Öffnung gar nicht so einfach ist. Langsam und vorsichtig lasse ich mich herunter, bis mein linkes Bein, das noch im Zimmer hängt, über das Fensterbrett gleitet und an der Außenmauer entlangschabt. Ich habe keine Ahnung, wie viel Lärm ich dabei mache, aber ich kann es jetzt auch nicht ändern.

Ich packe das Seil mit der rechten Hand und lasse mit der linken die Fensterbank los. Sobald ich das tue, falle ich. Obwohl ich meine Hände fester um den Stoff lege, rutsche ich viel zu schnell. Meine Handflächen brennen, bis ich den ersten dicken Knoten erreiche und aufheule, aber leise, um ja keine Aufmerksamkeit zu erregen. Ich werfe einen Blick nach oben zum Fenster und überlege, ob ich nicht doch lieber wieder reinklettern soll. Aber ich schüttle den Kopf, entscheide mich dagegen, beiße die Zähne zusammen und rutsche weiter nach unten. Ich komme zum nächsten Knoten. Dann zum nächsten.

Inzwischen ist die weiße Baumwolle blutverschmiert. Ich hänge noch ein halbes Stockwerk über dem Boden, als es viel zu wehtut, sich noch länger festzuhalten. Es gelingt mir, auf den Füßen zu landen, doch dann spüre ich einen stechenden Schmerz in den Beinen und lande auf allen vieren. Während ich auf der Nase liege und die kalte Luft in meine Lungen hineinziehe, sage ich mir, dass ich eine Riesenidiotin bin, dass ich so etwas versuche, was ich vorher nur im Fernsehen gesehen habe. Ich hätte mir dabei den Hals brechen können.

Aber das habe ich nicht, rufe ich mir ins Gedächtnis. Ich bin am Leben. Ich bin im Freien. Ich bin alleine.

Vorsichtig drücke ich mich hoch, ohne mit meinen blasenübersäten Händen das Gras zu berühren, und stehe auf. Dann verharre ich einige Sekunden, bis der Schwindelanfall wieder vorbei ist. Ich muss dringend mal wieder schlafen! Leise entferne ich mich vom Gasthaus.

Bums!

Ich bleibe stehen und werfe einen Blick über die Schulter.

Aren. Scheiße. Er muss doch gehört haben, wie ich das Fenster geöffnet habe, und ist mir gefolgt. Er starrt mein einfaches Seil an, zieht einmal daran und richtet den Blick seiner silbernen Augen dann auf mich.

»Du bist wirklich erfinderisch«, sagt er. »Das muss man dir lassen.«

Meine Hände brennen. Ich versuche, sie zu verstecken und unbesorgt zu wirken, obwohl er meinen Fluchtversuch vereitelt hat, aber als er näher kommt, verspanne ich mich. Was ist, wenn er seine Meinung geändert hat? Was ist, wenn er es jetzt für zu riskant hält, mich am Leben zu lassen?

Er schlägt mich nicht und schimpft mich auch nicht aus. Stattdessen nimmt er eine meiner Hände zwischen seine und wirkt seine Magie. Blaue Blitze zucken über seine Arme, und seine Handflächen sind auf einmal eine warme Kompresse auf meiner Haut. Nach einigen Sekunden verändert sich die schmerzhafte Wärme. Jetzt fühlt sie sich gut an. Ebenso wie das Prickeln, das durch meinen Unterarm pulsiert. Ich erlaube Aren, mich länger zu berühren, als ich eigentlich will, lange genug, damit einige der blauen Zickzacklinien ihren Weg von seiner Haut auf meine finden können. Sie leuchten hell im Mondlicht. Ich beobachte, wie sie sich um meinen Unterarm drehen, und bin mir sehr wohl bewusst, dass Aren sie ebenfalls sieht.

»*Edarratae*«, sagt er. »Chaosschimmer.«

»Ich weiß, was das ist«, entgegne ich und versuche, die Empfindungen zu ignorieren, die die Blitze, die *Edarratae*, in mir auslösen.

»Du kannst jetzt loslassen.« Ich versuche, ihm meine Hand zu entziehen.

»Du hättest dir dabei den Hals brechen können.« Er lässt meine rechte Hand los, um die linke zu nehmen, wobei er darauf achtet, meine Armbanduhr nicht zu berühren. Diese Handfläche ist nicht so schlimm verletzt wie die andere, aber er heilt die Wunden dennoch mit seiner warmen Berührung.

»Das hätte Lena bestimmt gefreut.«

Er sieht mir in die Augen. »Ja. Ja, das stimmt.«

Es gefällt mir nicht, wie er mir weiter in die Augen starrt. Das erinnert mich an Kyol, der sie auch immer derart faszinierend findet. Für mich sind sie absolut nichts Außergewöhnliches, einfach nur braune Augen, einige Nuancen dunkler als meine Haare. Auch meine Gesichtszüge unterscheiden sich ein wenig von denen der Fae: Meine Wangenknochen sind nicht so hoch, meine Nase ist nicht so spitz … aber Aren mustert mein restliches Gesicht in diesem Moment nicht. Ich wünschte, er würde es tun, denn diese Intensität, gepaart mit seinen Chaosschimmern, produziert in meinem Bauch ein warmes, angenehmes Gefühl. Es ist nicht richtig, dass ich mich so fühle, insbesondere nicht bei Aren, Sohn des Jorreb.

Ich unterbreche den Blickkontakt, damit mein Körper sich abkühlen kann, und schelte mich, weil ich so auf diese sanften, silbernen Augen reagiere. Außerdem versuche ich erneut, ihm meine Hand zu entziehen. Diese *Edarratae* müssen verschwinden, damit ich wieder klar denken kann.

Nach einem Augenblick lässt er mich los. Ich verschränke meine Arme vor dem Bauch, ohne mir meine geheilten Handflächen anzusehen. Das Heilen ist eine so gut wie ausgestorbene Magie, und es kommt mir irgendwie falsch vor, dass ein Killer diese Gabe besitzt.

Aren deutet auf die Eingangstür des Gasthauses. »Komm, *Nalkin-Shom*. Wir müssen uns unterhalten.«

Ich bleibe an Ort und Stelle stehen. »Ich habe einen Namen. Du musst mich nicht beleidigen.«

»Dich beleidigen?« Er legt den Kopf zur Seite. »*Nalkin-Shom* ist eine der harmlosesten Bezeichnungen, die es für dich gibt.«

Ich runzle die Stirn. »Bezeichnungen?«

»Ja, Bezeichnungen. *Nalkin-Shom* bedeutet Schattenhexe. Lena nennt dich *Treap-Shom*, Schattenhure. Einige der anderen Namen klingen übersetzt nicht mehr so gemein, aber da wären dann noch Schattenabschaum, Kartendirne, Faemörderin.« Er macht eine Pause. Seine Mundwinkel ziehen sich leicht nach oben, und ich könnte schwören, dass das Mondlicht in seinen Augen funkelt. »Was ist? Wusstest du nicht, dass du den Ruf einer Mörderin hast?«

»Der Hof nimmt die meisten der Fae, die ich aufspüre, gefangen«, entgegne ich und versuche, sein Grinsen zu ignorieren.

»Fae-Kinder haben Albträume von dir.« Er nimmt mein Handgelenk und wartet, bis seine *Edarratae* meinen Arm hinaufzucken. »Ihre Eltern sagen ihnen, dass, wenn sie nicht artig sind, die *Nalkin-Shom* in der Nacht kommt, sie mit ihren Blitzen versengt und ihnen ihre Magie entzieht.«

Mein Herz schlägt im gleichen Rhythmus wie die Energie, die durch mich hindurchpulsiert. »Du übertreibst.«

»Tu ich das?«

»Du bist das Falschblut. Wenn die Fae Geschichten erzählen, um ihren Kindern Angst einzujagen, dann handeln die von dir.« Falschblute sind wie Kultanführer auf Crack. Sie versammeln die Leichtgläubigen und Desillusionierten um sich und verwüsten das Reich, während sie behaupten, die auserwählten Nachkommen der *Tar Sidhe* zu sein, der magisch machtvollen Fae, die vor Jahrhunderten die Provinzen regierten. Ich habe im Laufe der Jahre ein halbes Dutzend Falschblute gejagt, einige erfolgreicher als andere, aber alle von ihnen waren gewalttätig. Aren ist hier das wahre Monster.

Zu meiner Überraschung kichert er nur. »Komm, *Nalkin-Shom*. Ich muss dir jemanden vorstellen.«

Er gibt mir nicht die Gelegenheit zu protestieren. Im nächsten Moment hat er meine Hand losgelassen, mir eine Hand auf den Rücken gelegt und mich vorwärtsgeschoben. Wir gehen um die Ecke des Gasthauses. Entweder sind die Rebellen abgezogen, oder sie halten sich im Haus auf, denn bis auf Lena, die auf der Veranda steht und mit einem Fae spricht, kann ich niemanden sehen. Es ist ein Neuankömmling. Ich würde mich daran erinnern, wenn er bei meiner Verurteilung anwesend gewesen wäre. Sein blondes Haar ist lang und glatt, fällt ihm über die breiten Schultern, um die er einen burgunderfarbenen Umhang trägt. Seine Tunika und seine schwarze Hose sehen teuer und sauber aus, und die Lederscheide an seiner Hüfte ist in einem hervorragenden Zustand, fast so, als hätte er sein Schwert noch nie ziehen müssen. Er ist entweder ein Verbrecher oder ein Adliger. In jedem Fall kann er auf reichlich *Tinril* zugreifen, die Währung des Reiches, und ich frage mich, ob es sich bei ihm um den Fae handelt, der Arens Rebellion finanziert.

Er beendet seine Unterhaltung mit Lena, als wir die Veranda betreten.

»Das ist Sethan, Sohn des Zarrak«, sagt Aren. Lenas Bruder? Sofort hasse ich ihn. »Setz dich, McKenzie.«

Er legt mir eine Hand auf die Schulter und führt mich zu der Holzbank neben der Eingangstür. Ich lasse mich darauf nieder, einerseits, um seiner Berührung zu entgehen, und andererseits, weil ich hundemüde bin. Mein Magen knurrt und erinnert mich daran, dass ich zuletzt einige Stunden vor meinem Multiple-Choice-Test etwas gegessen habe, und ein Pochen hinter meinen Augen kündigt die nahenden Kopfschmerzen an. Die Rebellen hätten mir wenigstens eine Scheibe Brot geben können, wenn sie mich schon einsperren.

Die Fae bleiben stehen. Ich hasse es, dass ich zu ihnen aufsehen muss, aber ich verschränke die Arme, lehne mich zurück und warte darauf, dass Aren wieder den Mund aufmacht.

»Erzähl uns, was du über den Hof weißt.«

Obwohl sich mein Magen zusammenzieht, bleibt mein Blick ruhig und gefügig, wie ich hoffe.

»Er ist eure Regierung«, sage ich und halte mich dabei an allseits bekannte Fakten. Tja, zumindest im Reich bekannte Fakten. »Den Vorsitz hat König Atroth, ein Nachkomme der *Tar Sidhe*, und er wurde vom Hochadel der dreizehn Provinzen gewählt. Der König ist …«

»Der König hat dir erzählt, dass es dreizehn Provinzen gibt«, unterbricht mich Sethan. Es ist keine Frage.

»Er hat mir Karten gezeigt«, erwidere ich und bereue es sofort wieder.

»Was für Karten?«

»Aus Papier«, fauche ich. Ich weiß, was er hören will. Er will wissen, ob auf diesen Karten Tore eingezeichnet waren. Schließlich geht es bei diesem Krieg ganz allein darum. Wer die Tore kontrolliert, der kontrolliert auch den Handel des Reiches. Die Fae sind zwar in der Lage, an jedem beliebigen Punkt einen Riss zu öffnen, aber für Warentransporte müssen sie ihren Riss an einem Tor öffnen. Ansonsten gehen die Waren im Zwischenreich verloren. Vor mehreren Dekaden – lange bevor mir Kyol zum ersten Mal begegnete – hat König Atroths Vorgänger damit begonnen, im ganzen Reich die Benutzung der Tore zu regulieren und von den Händlern Zoll zu verlangen. Diese Torsteuer gefiel den Händlern natürlich nicht, und man muss kein Genie sein, um einen Grund dafür zu finden, warum so viele sich auf die Suche nach einem anderen Nachfolger gemacht haben.

Sethan lässt sich nicht beirren. »Wie viele Tore waren eingezeichnet?«

»Keins«, lüge ich. Es waren einunddreißig, über ein Dutzend mehr, als auf den öffentlichen Karten des Reiches markiert sind.

»Warum hat man dir dann die Karten gezeigt?«

»Aus demselben Grund, aus dem er«, ich deute auf Aren, »seinen Schattenlesern Karten zeigt: um die Geografie zu lernen.« Ich musste mir die Provinzen und Regionen des Reiches merken. Ohne den Namen eines Ortes zu kennen, wären meine Karten nur willkürliche Skizzen ohne Aussagekraft. Ich muss den Namen der Region laut aussprechen, damit ihn die Magie erfassen kann und damit die Fae in meiner Begleitung einen Riss zu dem von mir benannten Ort öffnen können. Das ist das winzige bisschen Magie, das Schattenleser wie ich beherrschen.

Lena drückt sich von der Wand ab. »Sie lügt. Sie weiß, wo sich die Verschwundenen Tore befinden. Sie hat sie benutzt.«

»Ich habe die *Provinz*tore benutzt«, sage ich zu Sethan. Ich bin mir nicht sicher, warum ich das Gefühl habe, diesem Fae das erklären zu müssen. Er ist wichtig, dessen bin ich mir sicher, aber warum habe ich seinen Namen nie zuvor gehört?

»Wir überwachen die Provinztore«, entgegnet Lena. »Wir hätten dich schon vor langer Zeit entführt, wenn du nur diese Tore benutzt hättest.«

Ich behalte einen neutralen Gesichtsausdruck bei und versuche, mir nicht anmerken zu lassen, dass sie recht hat. Einst bestand das Reich aus Hunderten kleiner Königreiche, die alle über ein eigenes Tor verfügten, aber vor dreitausend Jahren verschwanden die meisten dieser Tore im *Duin Bregga*, einem grausamen Krieg, der in unserer Sprache »Die Auflösung« heißen würde. Kyols Worten zufolge wurden die Verschwundenen Tore angeblich zerstört, aber es hat immer wieder Gerüchte gegeben, dass einige von ihnen noch erhalten geblieben sind und dass die Erinnerung an ihren Standort mithilfe einer Magie, die heute ausgestorben ist, aus den Köpfen der Fae gelöscht wurde. Als einer von König Atroths persönlichen Beratern mit der Hilfe eines *Kimki,* der sich silbrig färbte, auf ein Tor stieß, das in keine Karte eingezeichnet war, wurden diese Gerüchte bestätigt. Seitdem sucht Atroth nach den Verschwundenen Toren, und er hat auch schon einige gefunden.

»Wenn du dein Leben verlängern willst«, droht mir Lena und macht einen Schritt auf mich zu, »dann verrätst du uns, wo sich diese Tore befinden.«

»Lena«, schaltet sich Aren ein. Dann sagt er etwas in ihrer Sprache, auf das sie eine wütende Antwort gibt. Er redet ruhig weiter. Was immer er sagt, macht sie ganz offensichtlich nicht glücklich. Sethan hat kaum noch Zeit, aus dem Weg zu gehen, als sie die Eingangstür aufreißt und ins Haus stürmt, wobei sie leise vor sich hin schimpft, vermutlich eine Litanei von Fae-Flüchen loslässt. Vermutlich alle gegen mich ausgestoßen.

Ist mir egal. Ich bin froh, dass sie weg ist.

Sethan sieht mich erneut an. »Es tut mir wirklich sehr leid, dass du in diesen Krieg mit reingezogen worden bist. Wir wollten die Menschen nie darin verwickeln, aber Atroth hat dafür gesorgt, dass es notwendig wurde, als er damit begann, deine Art gegen uns einzusetzen. Seine Schattenleser, und ganz besonders du, haben uns beinahe vernichtet. Wir hatten keine andere Wahl, als dich ihm wegzunehmen.« Er macht eine Pause, und seine silbernen Augen bohren sich in mich, als ob er meine Gedanken lesen kann. Doch das kann er nicht. Die Telepathie gehört nicht zu den gefährdeten Gaben, sie ist vielmehr eine der längst ausgestorbenen und verloren gegangenen Fähigkeiten. »Wir möchten, dass du uns hilfst, McKenzie. Und wir würden dir gern helfen.«

»Mir helfen?«, schnaube ich. »Das Einzige, was ich von euch will, ist die Erlaubnis zu gehen.«

»Damit Atroth dich weiterhin gegen uns einsetzen kann?« Er schüttelt den Kopf. »Das ist keine Option.«

»Was ist, wenn ich mich bereit erkläre, nie wieder für den Hof zu arbeiten?«

Sethan runzelt die Stirn, als könne er meine Frage nicht verstehen. Er kneift die Augen zusammen und studiert mich. Ich hoffe nur, dass er meinen Gesichtsausdruck nicht deuten kann. Hoffentlich sieht er mein Angebot als das größte Zugeständnis an, das ich ihm machen kann, und nicht als etwas, was ich bereits seit einigen Wochen vorhabe. Am nächsten Samstag, dem Tag, an dem ich meinen Collegeabschluss gemacht hätte, wenn ich nicht durch die Abschlussprüfung geflogen wäre – und ich bin mir sicher, dass ich durchgefallen *bin* –, wollte ich meinen Rückzug vom Hof verkünden. Mir ist klar geworden, dass ich nur ein normales, menschliches Leben führen kann, wenn ich dem Hof und allem, was mit den Fae zu tun hat, aus dem Weg gehe, und da ich damit gerechnet hatte, meinen Abschluss zu machen, habe ich mich als Junior-Lektorin in einem Vorort von Houston beworben. Ich habe Pläne geschmiedet, um neue Freunde zu finden, einem Buchklub beizutreten, ins Kino, zu Konzerten, in Klubs und an andere Orte zu gehen, die normale Menschen aufsuchen, aber das wird jetzt nicht passieren, es sei denn, ich entkomme diesen Fae und finde irgendeinen Weg, meinen Professor davon zu überzeugen, die Abschlussprüfung wiederholen zu dürfen.

Als ich an Flucht denke, richte ich meine Aufmerksamkeit sofort auf den dunklen Wald, der uns umgibt. Es weht ein leichter Wind, und ich erwarte schon fast, dass Kyol heraustritt, eine schweigende, tödliche Gestalt in der Nacht. Eine leise Sehnsucht lässt mein Herz schwer werden.

Arens Stimme übertönt das Geräusch der raschelnden Blätter. »Sie glaubt, der Hof würde sie gehen lassen.«

Ich sehe das Falschblut an. »Natürlich lassen sie mich gehen. Sie sind nicht diejenigen, die mich entführt haben. Sie sind nicht diejenigen, die mich erpressen wollen, damit ich für sie arbeite. Ich kann gehen, wohin ich auch will.«

Aren wirft Sethan einen vielsagenden Blick zu. »Siehst du?«

»Was?«, verlange ich zu erfahren.

»Deine Ignoranz.« Er grinst, als hätte er gerade einen verdammt guten Witz erzählt. Dann überquert er die Veranda Richtung Eingang und legt eine Hand auf den Türgriff. »Red du mit ihr, Sethan, und sag mir danach, wie du dich entschieden hast.«

Die Tür fällt hinter ihm ins Schloss. Mein Magen scheint nur noch aus einem dicken Knoten zu bestehen, aber dieses Mal weiß ich nicht, ob es an meinem Hunger liegt oder daran, dass mich Aren mit einem fremden Fae alleine lässt. Mir ist klar, dass das keinen Sinn ergibt. Aren ist der Mann, der mich entführt und auf die andere Seite des Planeten gebracht hat, und er ist für das Massaker in Brykeld verantwortlich. Nur hat er mir mit Ausnahme der einen Aktion, bei der er mich im Rohbau des neuen Ingenieurgebäudes bewusstlos geschlagen hat, nie wehgetan. Eigentlich ist er sogar sehr nett zu mir gewesen. Er hätte mich für meinen Fluchtversuch übelst beschimpfen können – vermutlich sogar sollen –, doch stattdessen hat er mich geheilt.

Sethan lehnt sich gegen das Geländer. »Aren glaubt, dass dich der Hof in die Irre geführt hat. Er denkt, wenn du die Wahrheit über diesen Krieg erfährst, wirst du mit uns zusammenarbeiten wollen.«

»Ich kenne die Wahrheit bereits.« Der Knoten in meinem Magen zieht sich enger zusammen. Ich bin nicht völlig verblödet und weiß, wie leicht es dem Hof fallen würde, mich zu belügen. Ich spreche ihre Sprache nicht. Ich habe keine Ahnung von ihrer Politik. Ich kenne nur die Teile der Geschichte, die sie mir erzählt haben. Aber ich habe *gesehen*, was diese Rebellen getan haben, und Kyol ... Kyol würde nicht auf der falschen Seite des Krieges stehen. Er ist ein guter Mann, und auch wenn ich mir wünsche, dass da mehr wäre, ist er ein Freund. Und das schon seit zehn Jahren. Er hätte mich nicht jede Sekunde, die wir zusammen waren, täuschen können.

»Der König hat dir erzählt, es gäbe dreizehn Provinzen«, sagt Sethan. »Er lügt. Es sind siebzehn. Er hat dir bestimmt auch gesagt, wir würden die komplette Kontrolle über die Tore anstreben, doch das tun wir nicht. Wir wollen nur den gleichen Zugang zu ihnen und vernünftige Zölle.«

Wer *ist* dieser Kerl? »Das hättet ihr schon vor Jahren mit Atroth besprechen können – er gab euch die Gelegenheit dazu –, aber alles, was Aren interessierte, war die Übernahme des Silberpalastes. Falschblute sind immer so machthungrig.«

Sethan lächelt mich auf eine Art und Weise an, die vermutlich Geduld und Sympathie vermitteln soll, aber auf mich wirkt sie einfach nur gönnerhaft. »Aren will nicht auf dem Thron sitzen, McKenzie. Ich will es.«

Ich sitze ganz still und versuche, mir nicht anmerken zu lassen, wie sehr mich seine Worte schockieren. *Sethan* ist das Falschblut, nicht Aren? Der König hat keine Ahnung davon. Wenn er es wüsste, hätten Kyol und Lord General Radath mich immer, wenn wir einen Rebell gejagt haben, auch nach ihm Ausschau halten lassen, nur für den Fall, dass er in der Nähe war.

»Ich bin kein Falschblut«, fährt Sethan fort. »Die Zarrak-Blutlinie ist reiner als Atroths. Andere Blutlinien sind sogar noch reiner als meine, aber diese Fae wurden alle getötet, ruhiggestellt oder zu *Tor'um* gemacht.«

Tor'um ist ein Wort, das ich kenne. Es lässt sich als »Wanderer« übersetzen und ist ein abfälliger Begriff für Fae, die nicht mehr genug Magie haben, um einen Riss zu öffnen. Die meisten Fae, die derart schwach sind, wurden schon so geboren, aber einige verlieren ihre Magie auch im Laufe ihres Lebens. Wenn das geschieht, wird auch ihre geistige Gesundheit beeinträchtigt. Traurigerweise gibt es von diesen Fae immer mehr. Obwohl Atroth die Tore des Reiches kontrolliert, kann er das langsame Schwinden der Magie der Fae nicht aufhalten. Obwohl es Gesetze gibt, die das verbieten, importieren Fae Pflanzen, Tiere und manchmal sogar Technologie der Menschen ins Reich. Das große Problem ist, dass es auf der Erde wortwörtlich Hunderte von Toren mehr gibt als im Reich. Der Hof hat nicht genug Soldaten, um alle zu bewachen, daher sind einige Händler mit ihrem Geschäftssitz in meine Welt gegangen, um den Steuern und Vorschriften aus dem Weg zu gehen. Diesen Fae ist es egal, was sie ins Reich bringen, solange sie Profit machen.

»Du glaubst mir nicht«, sagt Sethan.

»Dass du ein Nachfahr der *Tar Sidhe* bist oder dass du einen größeren Anspruch hast?« Ich weiß nicht, was ich glauben soll, aber ich möchte auf jeden Fall mehr über ihn, Aren und die Rebellion wissen. Das könnte mein letzter großer Coup werden, bevor ich mich zur Ruhe setze. Ich werde ein wenig spionieren, meine Flucht planen, dem König berichten, was ich alles herausgefunden habe, und dann suche ich mir einen Job und führe ein richtiges Leben auf der Erde.

Ich sehe ihn mit ruhigem Blick an. »Wenn irgendetwas davon stimmen würde, hätte der Hochadel dich zum König gewählt.«

»Das wäre geschehen, wenn alle siebzehn Provinzen zur Wahl zugelassen worden wären.«

»Neun der dreizehn haben für Atroth gestimmt«, erwidere ich, auch wenn ich ihm das mit den siebzehn Provinzen nicht abkaufe. »Rechne selbst nach. Er hätte trotzdem gewonnen.«

»Der Hochadel hätte anders abgestimmt«, kontert er selbstsicher. »In jedem Krieg gibt es zwei Seiten, McKenzie. Der König hat dir nur eine Version davon erzählt, worauf dieser Konflikt beruht.«

Und du willst mir jetzt eure Version erzählen, will ich schon sagen, aber ein tiefes, sich wiederholendes Schlagen wie das eines Hammers lenkt mich ab. Ich blicke auf die Lichtung hinaus, kann aber nichts erkennen. Es klingt auch eher, als würde der Lärm aus dem Gasthaus kommen. Sethan scheint sich deswegen keine Gedanken zu machen, und mir wäre es auch egal, wenn mein Kopf nicht bei jedem Schlag dröhnen würde. Ich drücke meine Nasenwurzel zusammen und hoffe auf Erleichterung.

Dann geht die Eingangstür auf, und Aren erscheint mit einem mit Blättern ausgelegten Korb voller Früchte und Käse, auf dem auch noch ein flacher, kreisrunder Brotlaib liegt. Er reicht mir den Korb, und es kostet mich all meine Selbstbeherrschung, um ihn ihm nicht aus der Hand zu reißen und mich auf den Inhalt zu stürzen. Die Früchte aus dem Reich sind köstlich, viel saftiger und süßer als alle auf der Erde geernteten Äpfel und Melonen, die ich je gekostet habe, aber ich zwinge mich dazu, die Hände auf meinem Schoß zu falten.

Er runzelt die Stirn. »Du hast seit über einem Tag nichts mehr gegessen.«

»Ich weiß nicht, was du da reingetan hast.«

Sein Lachen erschreckt mich. »Du bist unfassbar dickköpfig, *Nalkin-Shom*.«

»Mein Name ist McKenzie.« Ich schaffe es gerade so, nicht die Augen zu verdrehen, aber dieser *Nalkin-Shom*-Mist geht mir langsam auf die Nerven.

Aren stopft sich die Spalte einer dunkelroten Frucht in den Mund und reicht mir den Korb erneut. Ich starre das Essen an mit knurrendem Magen an.

»Muss ich den Käse ebenfalls probieren?«, fragt er.

Als mir klar wird, dass es keinen Sinn macht, mich zu vergiften, seufze ich schwer und nehme Aren den Korb ab. Er muss nicht zu so einer List greifen, wenn er mich töten will. Ein Messer durch die Kehle würde völlig ausreichen, und keiner der Rebellen würde sich beschweren. Vermutlich würden sie es sogar noch feiern.

Ich stecke mir ein Stück Käse in den Mund. Es berührt meine Zunge und löst eine Geschmacksexplosion aus. Würden Aren und Sethan mich nicht beobachten, dann wäre ich gegen die Lehne der Bank gesunken und hätte vor Wonne gestöhnt. Der Käse schmeckt unglaublich lecker, aber in meinem halb verhungerten Zustand wäre ich auch schon mit der Bitter-Borke zufrieden gewesen, die die Fae so gern essen.

Ich kaue, schlucke und greife nach dem nächsten Stück, während ich Arens zufriedene Miene ignoriere, der sich umgedreht hat und sich mit Sethan in ihrer Sprache unterhält. Dann reiße ich ein Stück Brot ab und lege es um einen Brocken orangefarbenen Käse. Bevor ich zu Ende gekaut habe, stopfe ich mir schon das nächste Stück Brot mit Käse in den Mund. Die Früchte hebe ich mir als Nachtisch auf, und ich versuche, langsam zu essen. Trotzdem habe ich den kompletten Inhalt des Korbs nach wenigen Minuten aufgegessen. Wenn ich jetzt noch etwas schlafen könnte, würde ich mich gleich viel besser fühlen. Selbst ein Fünfminutennickerchen wäre schon himmlisch.

Die beiden Fae beenden ihre Unterhaltung, als ich den Korb zur Seite stelle. Sethan sieht nicht zufrieden aus.

»Ich vertraue deinem Urteilsvermögen, Aren, und ich hoffe,

dass du recht hast. McKenzie.« Er verbeugt sich kurz vor mir und geht dann die Verandatreppe hinunter. Ich sehe ihm nach, als er im Wald verschwindet. Als ich einen Lichtschimmer sehe, weiß ich, dass er durch einen Riss gegangen ist. Dummerweise sind seine Schatten hinter dem Blätterwerk nicht zu lesen.

»Ich habe gerade dein Leben verlängert«, sagt Aren und lehnt sich gegen den Verandapfosten. Seine Gelassenheit und die Intensität in seinen silbernen Augen ergeben eine seltsame Kombination. Es gefällt mir nicht, wie er mich ansieht. Noch weniger gefällt mir, wie das Mondlicht hinter ihm erstrahlt, sodass er noch mysteriöser, fast schon erhaben wirkt. Als er nichts mehr sagt und den Blick abwendet, rutsche ich unruhig auf der Holzbank hin und her.

»Okay«, breche ich dann das Schweigen, weil ich die Stille nicht länger ertrage. »Soll ich dir jetzt dafür danken?«

»Du wirst uns letzten Endes helfen.« Er klingt so sicher.

Ich schüttle den Kopf. »Nein. Meine Treue gehört Ky… König Atroth.«

Er grinst leicht. »Ich werde mir dein Vertrauen schon verdienen.«

»Ich glaube dir nichts.« Er kichert, drückt sich vom Pfosten ab und kommt über die Veranda auf mich zu. Er nimmt meine rechte Hand. Als er mich auf die Beine zieht, mache ich den Fehler, in seine Augen zu schauen. Aus dieser geringen Entfernung könnte ich mich in ihnen verlieren, insbesondere wenn die Hitze seiner *Edarratae* über meinen Arm tanzt. Er senkt den Kopf ein wenig und sieht mich leicht grinsend an.

»Du wirst eine interessante Herausforderung.« Er fährt mit einem Finger an meinem Kinn entlang, und die Blitze dringen in meinen Körper ein, schießen meinen Hals hinunter und in mein Innerstes. Einen Augenblick lang bin ich verloren, nicht mehr im Gleichgewicht, und verbrenne vor einer Sehnsucht, die ich gar nicht genauer unter die Lupe nehmen möchte.

Endlich macht Aren einen Schritt nach hinten und öffnet die Eingangstür. »Komm, *Nalkin-Shom*. Ich bring dich ins Bett.«

Als ich endlich die Fassung wiedererlangt habe, starre ich den Mistkerl finster an. Aus irgendeinem Grund findet er meinen Trotz amüsant.

5

Ich leide schon seit zehn Jahren an Schlaflosigkeit. Damals war ich in meinem zweiten Jahr an der Highschool, Klassensprecherin und hatte mich bei jedem Fortgeschrittenenkurs angemeldet, der angeboten wurde. Meine Lehrer mochten mich, meine Freunde respektierten mich, und meine Eltern waren stolz auf mich. Die Begegnung mit den Fae hat all das verändert. Zuerst konnte ich nicht schlafen, weil ich glaubte, ich würde durchdrehen und halluzinieren, da niemand sonst die von Licht umgebenen Leute sehen konnte, die die Klassenzimmer und Flure durchsuchten. Und es war offensichtlich, dass sie etwas suchten. Jemanden. Mich.

Ein Falschblut namens Thrain erkannte, dass ich die Gabe des Sehens habe, und zerrte mich ins Reich. Er benutzte mich, um einen Krieg gegen den König anzuzetteln. Als ich mich weigerte, die Schatten für ihn zu lesen, ließ er mich hungern. Er schlug mich. Er bedrohte meine Freunde und meine Familie. Ich hatte keine andere Wahl, ich musste ihm helfen. Doch dann hat mich Kyol befreit. Er brachte mich in meine Welt zurück, und ich konnte nicht schlafen, weil mein Blut in meinen Adern kochte, wenn ich abends zu Bett ging. Kyol faszinierte mich. Er beschützte mich, und als mich König Atroth bat, ihm zu helfen, Thrain gefangen zu nehmen, habe ich keine Sekunde gezögert. Da begannen die Albträume. Einige von Thrains Fae suchten weder das Weite, noch ergaben sie sich. Sie kämpften. Sie töteten. Sie starben, und ich konnte nicht schlafen, weil mich die Erinnerung daran heimsuchte.

Jetzt kann ich nicht schlafen, weil ich Kyol vielleicht nie wiedersehen werde. Ich war sechzehn, als wir uns das erste Mal begegnet sind, und er war … älter. Im Reich altert man langsamer als auf der Erde – Fae wie Mensch. Kyol sah aus, als wäre er Mitte zwanzig, doch nach allem, was ich wusste, konnte er auch gut doppelt so alt sein. Damals war er noch nicht Atroths Schwertmeister, aber er war sein Freund. Er wurde auch zu meinem Freund, und zwischen uns entwickelte sich *irgendetwas*. In den letzten zehn Jahren konnte ich immer nur dann gut schlafen, wenn Kyol über mich wachte. Trotz meines Entschlusses, ein normales fae-freies Leben zu führen, hat sich das nicht geändert.

Ich starre schon seit Stunden an die Decke und kämpfe gegen meine Ängste an. Gelegentlich lassen sie mich ein wenig in Ruhe, und ich schließe meine schweren Lider, doch das Geknarze und Geknacke im Gasthaus weckt mich immer wieder auf, wie leise es auch sein mag.

Schritte halten vor meiner Tür inne. Ich tue so, als würde ich schlafen, als die Tür geöffnet wird. Jemand kommt ins Zimmer und räuspert sich. Ich lasse die Augen weiterhin zu und rege mich nicht.

»McKenzie.«

Obwohl man die bettlakenlose Sprungfedermatratze unter mir durchaus auch als Foltermittel benutzen könnte, bleibe ich reglos liegen.

»McKenzie Lewis.«

»McKenzie«, wiederholt die Stimme. Ich kenne sie nicht. Es ist eine weibliche, aber nicht Lenas.

Ich schlage die Augen auf und will sie anstarren, stattdessen runzle ich die Stirn. Das Licht, das durch die Tür hereinscheint, ist hell genug, um zu erkennen, dass die Fae, die auf mich herabblickt, Menschenkleidung trägt: eine Jeans und ein enges rotes Oberteil, dazu klirrende Armreife und eine dreifache Halskette aus schwarzen Perlen. Es ist in dem schlecht beleuchteten Zimmer schwer zu erkennen, aber es sieht aus, als hätte sie sich ein Band mit Granaten und *Premthyste*, einem perlenartigen Stein, den man in der südlichsten Provinz des Reiches finden kann, in ihr dunkles, seidiges Haar geflochten. Ich erkenne das Muster, das die Steine bilden. Wenn ich mich nicht irre, ist sie eine Tochter von Cyneayen, dem über die Provinz Tayshken herrschenden Edelmann.

»Die Sonne ist aufgegangen«, sagt sie und deutet unsinnigerweise auf mein vernageltes Fenster. Nicht der kleinste Lichtstrahl dringt durch die Bretter. Das Schlagen, das mir letzte Nacht solche Kopfschmerzen bereitet hat, kam von Lenas Vernageln meines Fensters. Jetzt wäre es leichter, mich durch die Wand zu graben als durch das dicke Holz vor meinem Fenster.

»Es ist Zeit aufzustehen.«

»Bei mir zu Hause definitiv nicht.« Ich schließe die Augen und hoffe, dass sie wieder geht.

Sie schnauft. »Ich habe die Anweisung, dich Lena zu übergeben, wenn du dich widersetzt.«

Es geht doch nichts über eine Drohung, um dich morgens aus dem Bett zu kriegen. Ich setze mich auf ... und kann gerade so ein Stöhnen unterdrücken. Obwohl ich nicht gut geschlafen habe, lag ich eigentlich ziemlich still, und jetzt ist mein Körper total steif. Ich vermute, das hat man davon, wenn man über Zäune springt und an Hauswänden baumelt. Ich reibe mir den Nacken und versuche, den Schmerz wegzumassieren.

»Aren sagte, dass du vielleicht Schmerzen hättest.« Die Fae streckt die Hand aus und öffnet sie, und ich sehe zwei kleine Tabletten auf ihrer Handfläche liegen.

»Was ist das?«

»Ibuprofen.«

Ich kneife die Augen zusammen. »Fae nehmen keine Menschenmedizin.«

»Die sind nicht für mich.«

Die Anatomie der Fae unterscheidet sich nicht so sehr von der der Menschen, aber sie sollten sich von unserem Essen und unserer Kultur lieber fernhalten. Die Tabletten würden ihr nicht direkt schaden. Wenn sie es täten, würden Blitze wie blaue Schlangen um die Tabletten auf ihrer Hand herumzucken, aber auch die nichttechnischen Dinge aus meiner Welt schwächen nach und nach die Magie des Reiches. Aber wir halten uns momentan natürlich auch nicht im Reich auf, und die Einzige, die Schmerzen hat, bin ich.

Nachdem ich mir in Erinnerung gerufen habe, dass die Fae nichts davon hätten, mich zu vergiften, nehme ich ihr die beiden Tabletten ab. Es dauert einen Moment, bis ich genug Spucke zusammenhabe, um sie hinunterzuschlucken. Dummerweise wird es noch etwa zwanzig Minuten dauern, bis ihre Wirkung einsetzt.

»Wer bist du?«, will ich wissen.

»Ich bin … Kelia.«

Interessant, dass sie gezögert hat. Mir ist noch nie ein Fae begegnet, der mir bei der ersten Begegnung nicht gesagt hat, wessen Sohn oder Tochter er ist. Will hier vielleicht jemand seine Herkunft verschleiern?

»Ist das da ein *Premthyste* in deinem Haar?« Inzwischen bin ich mir sicher, dass ich den Stein erkannt habe. Nur wenige berühmte Blutlinien tragen heutzutage noch Namensbänder. Sie muss eine Tochter von Cyneayen sein. Wenn ich mich recht erinnere, ist Lord Raen, der Älteste von Cyneayen, strikt gegen alles Menschliche. Er spricht kein Wort Englisch, und jedes Mal, wenn ich ihm begegne, sieht er mich so finster an, als würde er durch mich Sodbrennen bekommen. Dieses Mädchen – Kelia – spricht perfekt Englisch. Sie hat einen amerikanischen Akzent und würde unter Menschen überhaupt nicht auffallen, solange niemand die Gabe besitzt, *Edarratae* zu sehen.

Sie macht die Lippen schmal. »Aren möchte, dass ich dir unsere Sprache beibringe.«

Ich wollte sie eigentlich fragen, wieso sie meine Frage nicht beantwortet hatte, doch ihre Aussage ließ mich stutzen. Mir Fae beibringen? Warum in aller Welt sollte Aren so etwas tun? Er spricht Englisch. Ebenso wie Sethan, Lena und alle anderen, die mit Menschen zusammenarbeiten müssen. Es würde mich nicht überraschen, wenn die halbe Rebellion meine Sprache spricht. Außerdem, würde ich nicht viel gefährlicher sein, wenn ich ihre Gespräche belauschen kann? Im Moment könnten sie ihre komplette Kriegsstrategie erörtern, und ich hätte nicht den leisesten Schimmer, worüber sie sprechen.

»Das hat der König verboten.« Es ist nicht so, dass ich Fae nicht lernen will – das würde ich nur zu gern –, aber ich habe mich so daran gewöhnt, es nicht zu können. Ich bin es gewohnt, unsere Kulturen so weit wie möglich auseinanderzuhalten.

»Er hat uns auch verboten, die Sprachen deiner Welt zu lernen«, erwidert Kelia prompt. »Das hat uns trotzdem nicht davon abgehalten, es zu tun. Es sollte dich auch nicht daran hindern, es sei denn, du hast Angst vor dem Hof.«

Angst vor dem ... Jetzt begreife ich, was er vorhat. »Aren fängt gleich groß an, was?«

Kelia zieht die Augenbrauen hoch. »Was meinst du?«

»Ach, vergiss es.« Das ist ein teuflisch cleverer Schachzug von ihm. Er macht mit diesem Angebot auch gleich eine Aussage: Der Hof vertraut mir nicht genug, um mich ihre Sprache lernen zu lassen, aber Aren tut es, zumindest will er mich das glauben machen. Netter Versuch, aber ich bin nicht dumm. Der einzige Weg, mich davon zu überzeugen, dass seine Absichten gut sind, wäre, wenn er mich gehen ließe, nachdem ich ihre Sprache gelernt habe. Dummerweise haben sowohl er als auch Sethan klargemacht, dass das keine Option ist, solange dieser Krieg andauert, und jetzt werde ich auf Arens Manipulationen nicht länger reinfallen.

Aber ich werde sie ausnutzen.

»Okay, ich bin dabei«, sage ich und stehe etwas zu schnell auf. Meine Muskeln protestieren bei der Bewegung, und mir wird schwarz vor Augen.

Sie starrt mich einen Moment lang an. »Nach dem Frühstück.« Als sie sich schon umdrehen will, greift sie auf einmal nach meiner Hand.

Ich balle die andere zur Faust und halte mich bereit, um mich zu verteidigen.

»Ist das eine Armbanduhr?«, fragt sie.

Ich zögere. »Äh, ja.« Es ist eine billige Digitaluhr, die ich für 14,99 Dollar bei Wal-Mart gekauft habe.

Kelias silberne Augen weiten sich. »Darf ich sie tragen?«

Ich entziehe ihr meine Hand und reibe sie an meiner Jeans, um das Prickeln durch ihre *Edarratae* zu vertreiben. »Das ist Technologie.«

»Aber nur eine kleine«, meint sie gelassen. »Bitte? Ich gebe sie dir auch zurück.«

Was zum Teufel ist nur los mit ihr? Kyol hasst es, wenn ich meine Uhr trage, und ich bin ehrlich überrascht, weil mich Aren nicht aufgefordert hat, sie abzunehmen, damit sie auf demselben Technologiefriedhof landet, auf dem sich auch mein Handy befindet.

»Bitte?«, sagt sie erneut.

Tja, es ist ihre Magie. Ich nehme die Uhr ab und halte sie ihr hin. Chaosschimmer leuchten an ihrem Arm, als sie sie nimmt. Sie lässt sich von deren gehäuftem Auftreten nicht irritieren und versucht, das Band an ihrem Handgelenk zu verschließen. Es ist offensichtlich, dass sie so etwas noch nie gemacht hat – wie sollte sie auch? –, daher helfe ich ihr, den kleinen Metallhaken in ein Loch des Gummiarmbands zu stecken. Unter dem Armband leuchtet ihre Haut leicht bläulich.

Sie dreht ihr Handgelenk und starrt die Digitalanzeige fasziniert an. Das Licht, das durch die Tür hereinfällt, hat nicht ausgereicht, damit ich erkennen konnte, wie spät es ist, aber sie ist eine Fae und wird die Zahlen sehen können.

»Danke«, sagt sie, ohne mich anzusehen.

»Da ist ein ... Siehst du den kleinen Knopf da rechts? Wenn du da draufdrückst, leuchtet sie.«

»Wirklich?« Sie drückt auf den Knopf, und drei nadeldünne

Edarratae sausen über ihre Finger und breiten sich auf ihrem Handrücken aus wie winzige blaue Spinnenweben. Sie verschwinden, als sie den Knopf loslässt, und tauchen erneut auf, als sie ihn ein zweites Mal drückt. Nachdem sie das etwa ein Dutzend Mal gemacht hat, lässt sie endlich die Hände sinken. Die Faszination verschwindet aus ihrem Gesicht, als sie bemerkt, dass ich sie beobachte.

Sie räuspert sich. »Es ist Zeit fürs Frühstück.«

Ich schließe die Augen und presse die Hände an die Schläfen. Nachdem ich drei ganze Tage lang alles wiederholt habe, was Kelia gesagt hat, und den Namen aller Dinge, auf die sie deutet, genannt habe, bin ich langsam am Ende.

»Es reicht!«, schreie ich.

»Na raumel e'Sidhe«, erwidert sie ruhig. *In der Sprache der Fae.*

»Nein. Es reicht. Ich brauche eine Pause.« Außerdem fällt mir die Übersetzung für »es reicht« nicht mehr ein, und ich bin erschöpft. Und für mich gewesen bin ich, seit Aren mich hierhergebracht hat, nur, wenn mich die Rebellen in meine Zelle eingesperrt haben.

Okay. In mein Zimmer. Und die Rebellen waren auch nicht gerade gemein zu mir. Sie haben darauf geachtet, dass ich viel zu essen und zu trinken bekomme, und seit dem ersten Tag hat mich auch niemand mehr offen bedroht, aber sie sind *immer* in meiner Nähe. Sie beobachten mich unablässig, werfen mir finstere, abschätzende Blicke zu. Sie hätten mich auch gleich in Ketten legen können, da ich bisher keine einzige Gelegenheit zur Flucht hatte.

Kelia verschränkt die Arme und stellt sich wartend vor mich hin, aber wenn sie denkt, sie könnte auch nur halb so dickköpfig sein wie ich, dann hat sie sich geirrt. Seit Beginn dieses Unterrichts bin ich die perfekte Schülerin gewesen. Ich habe noch nie zuvor in meinem Leben so viele Informationen in so kurzer Zeit aufgenommen, nicht einmal an dem Abend, an dem ich vom Schattenlesen im Reich zurückgekehrt war und die Nacht durchmachen musste, um für eine Prüfung zu lernen, für die ich eigentlich seit Tagen hätte lernen sollen.

Kelia unterrichtet mich auf Fae. Ich muss die Worte nicht verstehen – ihren Sinn erkenne ich am Klang ihrer Stimme –, aber im Moment ist es mir völlig egal, ob sie mich der Tochter des Zarrak übergibt. Ich kann kein einziges neues Wort mehr lernen. Und das hilft auch nicht.

Schließlich begreift sie, dass sie gegen eine Wand anredet – eine sehr müde, grummelige, unbewegliche Wand. Ihre Schultern sacken zusammen, als sie ihre Kampfeslust verliert.

»Gut«, meint sie dann und schürzt gereizt die Lippen. »Hast du Hunger?«

»Nein.« Wir haben erst vor etwas mehr als einer Stunde mittaggegessen und hatten davor noch einen kleinen Snack. Außerdem vermute ich, dass das ohnehin nur ein Trick ist, damit ich die Namen der Lebensmittel und der Besteckteile lerne, aber es ist mein Ernst, dass ich heute kein Wort Fae mehr lernen will.

Ich gehe zum Picknicktisch und sehe auf meine eingeritzte Karte hinab. Meine Schattenlesungen sehen immer aus, als ob sie ein Schizophrener gezeichnet hätte. Diese ist noch schlimmer als die anderen, größer und unsauberer, mit einer Reihe von Linien, die abrupt aufhören, nur um einige Zentimeter weiter rechts wieder anzufangen, wo meine mentale Karte vergrößert wurde. Für einen normalen Menschen muss meine Skizze aussehen wie die Zeichnung eines Kindergärtners, aber für die Fae, denen ich den Namen einer Stadt oder einer Region nenne, ist sie so gut wie ein geprägter Ankerstein. Ohne einen Ankerstein oder einen Schattenleser, der den Ort auf der Karte nennt, können Fae nur Risse zu Orten öffnen, die sie bereits kennen. Das ist ähnlich wie bei Menschen und Telefonnummern: Sie *können* sich Dutzende merken, aber wenn sie nicht sehr oft an sie denken oder gelegentlich wählen, dann neigen sie dazu, sie komplett zu vergessen.

Ich setze mich auf den Obstgarten in meiner Zeichnung, stütze die Ellbogen auf die Knie und starre meine Stiefel an. Während ich heute Morgen gefrühstückt habe, ist Kelia durch einen Riss verschwunden. Zwanzig Minuten später war sie mit einem Arm voller Kleidung wieder zurück. Der Großteil davon war für sie, aber sie hat mir zwei Jeans, drei neue Oberteile und ein Paar schwarze Lederstiefel gegeben – natürlich *hochhackige*, weil das Weglaufen in bequemen flachen Schuhen ja viel zu verlockend wäre. Die Jeans ist ein klein wenig zu eng. Kelia hat mir versichert, dass es gut aussieht, auch wenn ich nicht danach gefragt habe und es mir eigentlich auch egal ist, und dass die azurblaue Bluse nicht zu weit ausgeschnitten ist, aber das ist definitiv nicht mein normaler Kleidungsstil. Ich kaufe Sonderangebote und trage T-Shirts. Dieser Look ist viel zu schick für mich, aber nicht für Kelia.

Sie sitzt neben mir auf dem Tisch, spielt an dem Beutel herum, der an ihrem Gürtel hängt, und starrt zu dem fast überwucherten Pfad hinüber, der durch die dicht stehenden Bäume führt. Das macht sie jetzt schon seit drei Tagen. Immer wieder sieht sie zu dem Pfad hinüber. Anfangs dachte ich, sie würde auf Arens Rückkehr warten. Ich habe ihn nicht mehr gesehen, seitdem er mich in mein Zimmer zurückgebracht hat, und obwohl ich zu gern wissen würde, wo er steckt, habe ich nicht danach gefragt. Jetzt bin ich mir nicht mehr so sicher, dass er der Grund dafür ist, dass Kelia ständig den Kopf dreht, es sei denn, sie ist in ihn verknallt. Ich bin mir ziemlich sicher, dass Lena in ihn verliebt ist, und ich schätze, dass es nur wenig Fae-Ladys gibt, die nicht gern mit ihm ins Bett gehen würden, aber Kelia klingt irgendwie nicht schwärmerisch, wenn sie Arens Namen erwähnt. Vielleicht hat sie Angst, der Hof könnte diesen Ort finden? Darauf kann ich nur hoffen.

Ich ziehe einen dicken Holzsplitter aus der Tischplatte, und meine Stimmung verschlechtert sich rapide. Das ist einer der Gründe, warum ich drei ganze Tage voller Fae-Sprache ertragen habe. Wenn ich meine Gedanken wandern lasse, werde ich unweigerlich depressiv. Es ist jetzt vier Tage her, und ich bin mir sicher, dass mich zu Hause niemand vermissen wird, nicht einmal Paige, die daran gewöhnt ist, dass ich öfter mal für längere Zeit verschwinde. Das ist auch der Grund dafür, dass ich einige Meilen vom Campus entfernt wohne. Als Erstsemester habe ich mal im Wohnheim gewohnt, aber nachdem man mich zu oft bei Selbstgesprächen erwischt hatte – im Allgemeinen zeigen sich die Fae anderen Menschen nicht –, hat meine Zimmergenossin um eine Verlegung gebeten.

Ich schnippe den Holzsplitter weg und suche nach Ablenkung. Alles, was mich davon ablenkt, über mein Leben nachzudenken.

»Aren«, sage ich und spreche über das erste Thema, das mir einfällt. »Wird er zurückkommen?«

Kelia schnaubt. »Vermutlich.«

»Wo ist er hingegangen?«

»Ins Reich.« Ihre Antwort ist kurz, als ob sie weitere Fragen über das Falschblut abblocken will. Oder vielmehr den Lockvogel des Falschbluts, falls ich Sethan Glauben schenken kann.

»Wie lange kennst du ihn schon?«, will ich wissen.

Sie hört auf, an ihrem Beutel herumzuspielen, und sieht mich an. »Du hast seinen Namen seit drei Tagen nicht erwähnt. Woher kommt das plötzliche Interesse?«

Ich zucke mit den Achseln.

»Vermisst du ihn?«

Dieses Mal bin ich es, die die Stirn runzelt. »Natürlich nicht.«

»Die meisten Frauen schwänzeln um ihn herum«, meint sie.

Will sie damit wirklich andeuten, ich würde seine Gesellschaft mögen? »Er hat mich *entführt*.«

Sie legt den Kopf ein wenig zur Seite. »Findest du ihn etwa nicht attraktiv?«

»Er ist ein Fae.« Die Worte kommen einfach so aus meinem Mund. Kein Zugeständnis, kein Leugnen, aber sie liegen mir ebenso schwer wie eine Lüge auf der Zunge.

Kelias Züge verfinstern sich. »Was soll das denn heißen?«

»Wir gehören nicht in die Welt des anderen, und erst recht nicht in dessen Bett«, rezitiere ich, wobei meine Stimme ebenso unglücklich klingt wie Kyols an dem Tag, an dem er diese Worte zu mir gesagt hat.

»Glaubst du das wirklich?«, fragt sie.

Ich bringe gerade so ein hohles »Ja« heraus.

Daraufhin wird Kelias Ton säuerlich. »Du bist genau wie die anderen.« Sie springt vom Picknicktisch. »Wenn du eine Pause brauchst, dann kann ich dich in dein Zimmer bringen.«

Sie will gerade ins Gasthaus gehen, bleibt aber auf einmal wie angewurzelt stehen und wird kreidebleich. Ich sehe, dass ihr Blick zum Pfad gewandert ist.

Trev humpelt auf die Lichtung, angeschlagen und blutend. *Edarratae* blitzen unter einer dicken Schmutzschicht auf und verschwinden unter einer zerrissenen und blutgetränkten Tunika. Ich habe Trev seit dem Abend, an dem ich seine Schatten gelesen habe, nicht mehr gesehen. Zusammen mit Kelia und Lena sind gerade mal fünf Fae im Gasthaus verblieben. Sie haben mich den ganzen Nachmittag mit Adleraugen von der Veranda aus beobachtet, aber jetzt verlassen sie ihre Posten und laufen auf den verwundeten Mitrebellen zu.

Kelia ist kurz vor den anderen bei ihm. Ihre Worte spiegeln ihre Panik wider. Trev schüttelt den Kopf und macht ein finsteres Gesicht. Ich verstehe einige Worte … *Hof* … *heilen* … *Tor*, aber dann reden sie alle durcheinander und zu schnell, als dass ich noch etwas hören kann. Doch das ist auch egal. Das Wichtigste ist, dass sie völlig in ihre Diskussion vertieft sind. Keiner hat auch nur einen Blick in meine Richtung geworfen, und der Ostrand der Lichtung ist gerade mal eineinhalb Meter von mir entfernt.

Ich denke nicht, ich laufe einfach los. Drei lange Schritte, und ich stehe im Wald.

Das Adrenalin schießt ein, als ich über einen verrottenden Baumstamm springe. Mir ist klar, dass die Fae Wachen rings um das Lager aufgestellt haben, aber ich bin ein Mensch, der die Gabe des Sehens hat. Ich kann die magischen Stolperdrähte zwar nicht direkt sehen, aber ich werde sie spüren, daher lasse ich meine Haut nach einem Summen in der Luft lauschen. Als ich eine leichte Vibration am linken Arm spüre, folge ich meinen Instinkten und drehe nach rechts ab. Die Wache wird mich nicht aufhalten, aber wenn ich weiterlaufe, wird der Fae genau wissen, wo ich bin. Ungeachtet der Äste, die mir ins Gesicht und gegen die Arme peitschen, renne ich weiter, schneller und immer schneller.

Der Waldboden fällt unter meinen Füßen ab. Ich rutsche den Abhang in einem Wasserfall aus toten Blättern hinunter und finde gerade rechtzeitig mein Gleichgewicht wieder, als der Boden eben ausläuft. Ich habe keine Ahnung, wo ich hinlaufe. Alles sieht gleich aus. Aber ich darf nicht langsamer werden. Auf gar keinen Fall. Ich muss entkommen, einen möglichst großen Abstand zwischen den Rebellen und mir herstellen und einen Weg finden, Paige zu kontaktieren.

Ich renne zwei oder drei Minuten, so schnell ich kann, bevor meine Haut erneut eine Warnung vermeldet. Rutschend bleibe ich stehen und starre in den Wald. Das ist kein Wächter, den ich da spüre. Sie sind es.

Das dichte Blätterdach lässt kaum Sonnenlicht durch, und als der Wind die Baumkronen bewegt, tanzen Schatten auf dem Waldboden. Ich kann die Fae nicht sehen, aber ich bin mir sicher, dass sie mich sehen können.

Scheiße. Was soll ich jetzt machen? Laufen? Kämpfen? Um Gnade betteln? Keine dieser Optionen gefällt mir besonders gut.

Ich drehe mich im Kreis. Die Absätze meiner Stiefel versinken im feuchten Boden, als ich von einem Baum zum anderen sehe und versuche, die Richtung zu bestimmen, aus der sie angreifen werden. Eine Bewegung erregt meine Aufmerksamkeit. Lena. Sie kommt mit gezogenem Schwert auf mich zu. Das ist gar nicht gut. Es ist egal, dass sie eine Frau ist. Alle Fae können kämpfen. Sie würde mich sogar dann noch besiegen, wenn ich es wäre, die die Waffe in der Hand hält.

Na gut. Dann bleibt mir nur noch eine Möglichkeit – laufen –, denn anflehen werde ich sie nicht.

Ich drehe mich um und renne. Äste schlagen mir ins Gesicht und zerren an meiner Kleidung. Ich hebe die Arme, um den Angriff des Waldes abzuwehren. Vor mir fällt das Gelände erneut steil ab. Obwohl meine Lungen brennen und ich heftiges Seitenstechen habe, laufe ich weiter.

Das Unterholz raschelt hinter mir, zu meiner Linken und meiner Rechten, und kurz bevor ich den Abhang erreiche, stolpere ich über den Wind.

Ich kann es nicht anders beschreiben. In einer Sekunde bewege ich noch normal meine Beine, und in der nächsten stößt mein Schienbein gegen Luft, die so fest wie Stahl geworden ist. Ich kann das Gleichgewicht lang genug halten, um zu begreifen, dass Lena eine Luftweberin ist – eine verdammt gute Luftweberin –, dann schlägt mir eine weitere Salve undurchdringlicher Luft gegen die Schulter. Aufgrund des Schlages drehe ich mich, mein Fußknöchel bleibt in einem Dickicht aus Dornensträuchern hängen, und ich lande schwer auf dem Hintern. Vielleicht wäre ich in diesem Moment liegen geblieben, wenn mich nicht ein dritter Windschuss an der Brust getroffen hätte, der mich mit solcher Wucht nach hinten wirft, dass meine Füße über meinen Kopf fliegen und ich mich wieder und wieder überschlage, wobei ich schneller anstatt langsamer werde.

Der Wald schlägt an meine Haut und fliegt an mir vorbei. Plötzlich steht da direkt auf meinem Weg ein Baum. Ich strecke meine Arme aus, um mich vor dem Aufprall zu schützen. Böser Fehler.

Mein rechter Arm absorbiert mein gesamtes Gewicht. Ich höre ein Knacken und spüre einen stechenden Schmerz im Unterarm, dann liege ich mit dem Gesicht nach unten auf dem Waldboden.

Während die Welt um mich herum immer weiter verschwimmt, drehe ich mich auf die linke Seite. Mein rechter Arm wackelt, als ob mir zwischen dem Handgelenk und dem Ellbogen ein neues Gelenk gewachsen ist. Ich versuche, den weißen Knochen zu ignorieren, der aus meinem Fleisch herausragt. Als ich mich aufrappeln will, wird mir übel und schwindlig. Ich sehe alles verschwommen. Dann, als Lena gerade in mein Blickfeld tritt, wird mir schwarz vor Augen.

6

Es gibt ein neues Falschblut.«

Ich wende den Blick von Kyols Schattenspur ab. Es ist Monate her, dass wir uns zuletzt gesehen haben, doch die Zeit hat meine Reaktion auf ihn nicht schmälern können. Mein Herz macht einen kleinen Sprung. Er sieht genauso aus wie beim letzten Mal, als wir beschlossen haben, dass es für uns leichter wäre, wenn wir in unseren eigenen Welten bleiben. Wir hatten recht. Die Art, wie er sich um einen neutralen Gesichtsausdruck bemüht, bewirkt, dass sich in meiner Brust alles zusammenzieht.

Ich lasse mich auf die Couch fallen. Meine Eltern sind nicht da. Das ist das erste Mal, dass sie mich alleine zu Hause gelassen haben, seitdem ich drei Tage am Stück verschwunden war. Ich konnte ihnen nicht sagen, wo ich gewesen war – die Wahrheit hätten sie mir ja ohnehin nicht geglaubt –, und sie haben meinen Hausarrest erst vor einigen Wochen wieder aufgehoben, nachdem meine Noten besser geworden waren.

»Ein neues Falschblut?«, wiederhole ich. Das erste hätte mich beinahe umgebracht, aber die Angst, die ich eigentlich spüren sollte, verschwindet unter einem sehr viel mächtigeren Gefühl.

»Du bist in Sicherheit«, versichert mir Kyol und setzt sich ebenfalls auf die Couch. Obwohl er bestimmt dreißig Zentimeter von mir entfernt sitzt, steigt die Temperatur aufgrund seiner Körperwärme.

»Warum bist du dann hier?«, will ich wissen.

Unsere Blicke begegnen sich. Er muss nichts mehr sagen. Er ist nicht aus dem Grund hier, den ich mir wünsche. Zwischen uns hat sich nichts geändert. Der König hat die Gesetze, die uns voneinander trennen, nicht aufgehoben, und Kyol hat nicht die Absicht, seinen Eid zu brechen.

»Ich habe Atroth gebeten, jemand anders zu schicken«, sagt er.

»Weil du mich nicht sehen wolltest.«

»Nein.« Er spannt das Gesicht an und senkt den Blick zu Boden. »Weil ich dich sehen wollte.«

Es macht mich fast krank, dass sein Eingeständnis von Schuldgefühlen begleitet wird. Ich ärgere mich darüber, dass ich ihn trösten will, ihm sagen, dass es in Ordnung ist, dass es mir gut geht und dass ich es verstehe. Ich will es nicht verstehen, aber er ist der Schwertmeister des Königs. Er hat geschworen, die Nachfahren der *Tar Sidhe* mit seinem Leben zu beschützen, und selbst wenn seine Magie keinen Schaden nehmen würde, wenn er sich in meiner Nähe und der der Technologie meiner Welt aufhält, ist er nun mal ein Mann, der seine Versprechen hält.

Verdammt, die Zeit, die wir uns nicht gesehen haben, sollte doch beweisen, dass dieses Gefühl nichts als eine Schwärmerei ist.

»Wie heißt er?«, frage ich, weil mein Verstand in die »Was wäre, wenn«-Schleife gehen würde, wenn ich mich nicht auf den wahren Grund, aus dem Kyol hier ist, konzentriere.

»Betor, Sohn des Jallon.«

Das Déjà-vu trifft mich so heftig, dass ich Kopfschmerzen bekomme. Nein. Das kann kein Déjà-vu sein. Ich kann mir denken, was als Nächstes passieren wird.

»Ist er schlimmer als Thrain?«, höre ich mich fragen.

»Noch nicht. Wir hoffen, dass wir ihn gefangen nehmen können, bevor er einen weiteren Angriff starten kann.« Kyol sieht mir nicht in die Augen, und seine Stimme bleibt unbewegt.

»Du willst meine Hilfe nicht.«

»Nein.«

»Warum bist du dann hergekommen?«

»Atroth dachte, ich könnte dich vielleicht dazu überreden, einige Fae aufzuspüren. Ich soll dir sagen, dass du nicht in die größeren Kämpfe verwickelt wirst. Wir setzen dich … verdeckt? … ein.« Er sieht auf. Als ich nicke, fährt er fort. »Wenn wir den Standort eines Rebellen kennen, werden meine Schwertkämpfer versuchen, ihn gefangen zu nehmen. Ich werde dich begleiten, und wenn die Rebellen versuchen, durch einen Riss zu fliehen, wirst du die Schatten aufzeichnen.«

Das klingt nicht gerade gefährlich. Es ist besser, als dafür benutzt zu werden, im offenen Kampf Fae-Illusionen zu sehen.

»Das kann ich machen«, erkläre ich.

Kyols Hände, die auf seinen Knien liegen, verkrampfen sich. »Als Thrain dich gefunden hatte, musstest du uns helfen. Aber dieses Falschblut weiß nicht mal, wer du bist. Das ist nicht dein Krieg. Wenn du uns hilfst, dann tu das bitte nur, weil du es tun möchtest und … und, McKenzie, zwischen uns kann nie etwas sein.«

Ich schließe die Augen. Das ist nicht das, was ich hören wollte. Er hätte mir versichern sollen, dass der König möglicherweise seine Meinung ändern oder eine Ausnahme machen würde.

»Es tut mir leid«, sagt Kyol und steht auf.

Ich zwinge mich zu einem Lächeln und erhebe mich ebenfalls. »Das ist kein Problem. Ich verstehe es. Vermutlich ist es für mich ohnehin besser, wenn ich mir einen menschlichen Freund suche.«

»Ja«, erwidert er und sieht auf mich herab.

Wir stehen näher voreinander, als es gut ist. Das wissen wir beide, und doch macht keiner von uns einen Schritt nach hinten. Kyol streicht mir das Haar aus dem Gesicht, lässt seine Finger an meiner Wange entlanggleiten, und ohne überhaupt darüber nachzudenken, hebe ich mein Gesicht.

Die Zeit scheint sich zu verlangsamen.

Unsere Lippen berühren sich.

Es sollte ein Abschiedskuss sein, und wenn wir beide Menschen oder beide Fae gewesen wären, wäre er das auch gewesen, doch einen Sekundenbruchteil, bevor wir uns voneinander lösen, explodieren die Chaosschimmer in mir. Da sein Körper zuckt und er auf einmal nach Luft schnappt, weiß ich, dass er sie ebenfalls spürt, und anstatt dass wir auseinandergehen, kommen wir einander näher. Viel näher.

Ein Kuss wird zu zweien, zwei zu dreien, dann spüre ich seine Zunge und kann nicht mehr klar genug denken, um weiter mitzuzählen. Er legt mir eine Hand auf den Nacken – ganz zärtlich, als wäre ich aufgrund meiner Menschlichkeit äußerst zerbrechlich –, aber wenn dies das letzte Mal ist, dass wir uns berühren, dann werde ich mich jetzt nicht zurückhalten.

Ich lege meine Arme um ihn, als er sich mir entziehen will, und ein weiterer Blitz zuckt durch unsere Körper. Da ist es mit seiner Zurückhaltung vorbei. Als er mich jetzt küsst, kommt es mir vor, als würde ich mich im Zentrum eines Sturms befinden. Ich werde von meinen Gefühlen mitgerissen, als er mich auf die Couch drückt, seine Hände meine Arme hinaufgleiten, zu meinen Hüften und unter mein T-Shirt wandern.

Irgendetwas geschieht mit den Chaosschimmern. Mit *unseren* Chaosschimmern. Wir sind auf der Erde, aber dennoch schießen weiße Blitze über meinen Körper. Sie verknoten sich mit seinen, und ein Feuer tost durch uns hindurch.

Wir haben unsere Lippen geöffnet und atmen schneller. Er weiß, was er tut, und ich gebe es ebenfalls vor, aber die Intensität der Chaosschimmer steigert sich, und ich bin mir nicht sicher, ob ich es noch lange ertragen kann.

Er muss den Moment der Unsicherheit in meinen Augen gesehen haben. »Du bist noch unberührt?«

Ein Teil von mir begreift, dass dies ein Traum ist, und wenn es ein Traum ist, dann sollte ich meine Antwort doch ändern können.

Doch ich kann es nicht. Ich höre, wie ich »Ja«, sage, wie er erwidert, dass er mir das nicht nehmen kann. Ich protestiere, aber er rückt meine Kleidung zurecht, entschuldigt sich und drückt mir einen Kuss auf die Wange. Seine Finger entfernen sich von meiner Haut, und die Hitze seiner *Edarratae* schwindet. Es fühlt sich an, als würde ein Teil meiner Seele ebenfalls schwinden. Ich atme noch immer schneller, aber die Luft, die ich in meine Lungen hineinziehe, ist kalt und leer. Als er durch einen Riss entschwindet, möchte ich wütend sein. Ich möchte ihn für seine Selbstbeherrschung hassen, dafür, dass er mich verlässt, wenn ich mich nach mehr als nur seiner Berührung sehne, und dafür, dass er kein normaler menschlicher Mann ist. Aber ich hasse ihn nicht. Wenn überhaupt, dann bewirkt seine Zurückhaltung nur, dass ich ihn umso mehr liebe.

Man sollte meinen, dass der Schmerz in meinem rechten Arm bewirkt, dass ich das unbequeme Bett vergesse, aber eine Sprungfeder oder ein Messer – ich bin mir nicht ganz sicher, was von beidem es ist – bohrt sich in meinen Rücken. Ich bin nicht bereit, meine Position zu ändern. Mein Arm mag geschient und bandagiert sein, doch die kleinste Bewegung lässt mich beinahe das Bewusstsein verlieren. Ich will nicht wieder einschlafen. Ich ertrage die Einsamkeit nicht, die mich am Ende meines Traums übermannt.

Stunden vergehen. Meine Muskeln werden steif, und ich habe keine Lust mehr, die Decke anzustarren. Ihre zickzackförmigen Risse beunruhigen mich. Ich dürfte sie nicht sehen können, da die Tür geschlossen und das Fenster vernagelt ist. Langsam drehe ich den Kopf nach rechts und entdecke die Lichtquelle: Auf dem Boden steht ein umgedrehtes Einweckglas, in dem sich helle Wirbel aus weißem und blauem Nebel bewegen. So erhellen die Fae im Dunkeln ihre Welt. Natürlich nehmen sie dazu normalerweise keine Einweckgläser. Die Glaser des Reichs fertigen Lampen, Wandleuchter und hängende Kugeln an, die die Fae mit einem Hauch ihrer Magie zum Leuchten bringen können. Das ist alles schön und gut, wenn man ein Fae ist, für einen Menschen jedoch ziemlich unpraktisch.

Ich versuche ein paarmal, den Kopf zu heben. Da das erträglich ist, beuge ich die Knie, bis meine Füße auf der Matratze stehen. Doch dadurch wird mein Rücken viel zu stark belastet, dass ich schließlich doch versuche, ein Stück zur Seite zu rutschen.

Als der Schmerz durch meinen Arm schießt, kneife ich die Augen zu. Himmel, das war eine Scheißidee. Was hat mich nur geritten, dass ich glaubte, ihnen entkommen zu können?

Die Fae sind mir zahlenmäßig überlegen, sie sind schneller und kennen sich hier besser aus. Selbst ohne ihre Magie wären meine Chancen, ihnen zu entkommen, äußerst gering.

Das Pochen in meinem Arm lässt langsam nach. Ich glaube, dass es mir im Sitzen besser gehen wird, also gehe ich dieses Mal aufs Ganze. Ich halte den Atem an, drehe meine Füße auf eine Seite des Bettes und drücke mich mit dem unverletzten Arm hoch.

Sofort wird mir übel, und das Zimmer dreht sich. Ich konzentriere mich aufs Atmen. Mir steht der Schweiß auf der Stirn, während mir innerlich ganz kalt wird. Ich bekomme Panik, sodass meine Brust schmerzt und meine Kehle brennt. Ich sollte nicht hier sein, nicht in diesen Krieg verwickelt werden. Ich wollte mich daraus zurückziehen. Wenn die Rebellen nur noch drei Tage gewartet hätten, dann hätte ich meinen Collegeabschluss gemacht und mich vom Hof zurückgezogen. Arens Schattenhexe wäre zu einem Mythos geworden, und ich wäre sicher gewesen. Sicher und unverletzt.

Ich unterdrücke meine Gefühle und versuche, mit dem Schmerz fertig zu werden, der in meinem Unterarm tobt. Nach einigen Minuten ruhigen Atmens hört das Zimmer langsam auf, sich zu drehen.

Okay. Dann hat der Fluchtversuch eben nicht geklappt. Ich darf nicht aufgeben. Ich muss meinen nächsten Zug einfach nur besser planen. Ich muss …

Die Tür klickt. Sie geht nach innen auf, und Kelia betritt das

Zimmer. Sie hat einen Trinkschlauch und ein zweites, magisch erleuchtetes Weckglas in der Hand. Als sie sieht, dass ich wach bin, kommt sie auf mich zu.

»Das war ziemlich dumm von dir.«

»Ja«, bringe ich gerade so mit gequälter Stimme heraus.

»Du hast Glück, dass Aren darauf beharrt, dass du am Leben bleiben sollst.«

Glück? Glück hätte ich gehabt, wenn ich entkommen wäre. Oder wenn sie mich überhaupt nicht erst erwischt hätten.

Kelia hält inne und legt den Kopf ein wenig schief. »Was macht dein Arm?«

»Fühlt sich super an.«

Sie murmelt ein Fae-Wort, das ich noch nicht gelernt habe, und greift in die Hosentasche. »Streck die Hand aus.«

Selbst das Heben meines unverletzten Arms ist verdammt anstrengend. Die Sehnen in meinen Schultern sind total verspannt, und ich fühle mich schlapp, als wäre ich stundenlang im Pool geschwommen und müsste nun erneut mein ganzes Körpergewicht tragen. Kelia legt zwei Tabletten auf meine Handfläche. Selbst sie fühlen sich schwer an.

»Ich glaube nicht, dass mir Ibuprofen weiterhelfen wird«, meine ich.

»Diese hier sind etwas stärker.«

Ich sehe sie erneut an und ziehe eine Augenbraue hoch. »Raubst du neuerdings auch Apotheken aus?«

»Ein paar Tabletten wird niemand vermissen«, erwidert sie ausweichend.

Ich nehme sie in den Mund, und Kelia reicht mir den Trinkschlauch. Als ich ihn beinahe fallen lasse, hilft sie mir beim Trinken. Ich schlucke die Tabletten hinunter, da mir eigentlich auch ganz egal ist, was ich da nehme, solange es den Schmerz in meinem Arm lindert.

»Danke«, sage ich, als sie den Trinkschlauch wegnimmt.

»Wenn du dankbar bist, dann solltest du nicht wieder versuchen zu fliehen.«

Ich schnaube. »Klar. Kein Problem.«

Sie kneift die Augen zusammen und beugt sich vor, um das Weckglas abzustellen, aber ihr Blick wirkt nicht wirklich wütend. Ich glaube, dass wir beide versuchen, einander zu hassen, und es nicht schaffen.

Das Knarren der Tür lässt uns beide aufhorchen. Ich höre, wie Kelia nach Luft schnappt, und dann rennt sie auf einmal durch das Zimmer und wirft sich dem Besucher in die Arme.

»Naito!«, schreit sie auf.

Ich blinzle einige Male und versuche, sie nicht mit offenem Mund anzustarren, aber sie *küsst* diesen Typen, und auch wenn sein Name nicht so klingt, ist er definitiv *kein Fae*.

Kelia macht einen winzigen Schritt nach hinten, lässt ihre Hände aber auf der Brust des Mannes liegen, als müsse sie sich vergewissern, dass er wirklich real ist. Da sie sich jetzt nicht mehr küssen, kann ich sein zerzaustes schwarzes Haar und seine scharfen Gesichtszüge erkennen. Er ist zumindest zur Hälfte Asiate, aber zu einhundert Prozent Mensch.

Kelia küsst ihn erneut, dieses Mal länger und inniger, und ein Chaosschimmer zuckt von ihrem Gesicht zu seinem, tanzt seinen Hals hinunter und verschwindet in seinem blutbefleckten Hemdkragen.

»Was ist passiert?«, erkundigt sie sich. »Bist du verletzt?«

»Mir geht es gut«, antwortet Naito. »Das ist nicht mein Blut.«

Wieder fällt sie ihm in die Arme. Er drückt sie an sich, doch sein Blick ist auf mich gerichtet. Ich bin viel zu verblüfft, um woanders hinzusehen. Er ist ein Mensch, sie eine Fae, und ich frage mich natürlich, was wohl passiert wäre, wenn sich Kyol der Rebellion angeschlossen hätte. Könnten wir dann zusammen sein? Ich begehre ihn mehr als alles andere, aber ich habe ihn nie gebeten, den Hof zu verlassen. Würde er es tun, wenn ich ihn darum bitte?

Sofort sind die Schuldgefühle da. Ich habe kein Recht, ihn darum zu bitten.

Naito schiebt Kelia ein Stück weit von sich weg und streicht mit den Händen über ihre Arme. Als er an ihren Handgelenken ankommt, hält er inne, runzelt die Stirn und sieht die Armbanduhr an, die ich ihr geborgt habe.

»Was zum Teufel ist das?«, will er wissen.

Sie springt ein Stück nach hinten, als ob er sie gebissen hätte. Ihre rechte Hand bedeckt rasch ihr linkes Handgelenk. »Es ist nichts.«

»Das haben wir doch schon besprochen«, sagt er. Zumindest glaube ich, dass er das sagt. Anscheinend bin ich nicht der einzige Mensch, dem die Rebellen Fae beigebracht haben. Er schimpft weiter mit ihr, spricht jetzt aber so schnell, dass ich nicht mehr folgen kann. Kelia schmollt, aber sie lässt zu, dass er ihr die Uhr abnimmt.

Er geht durch das Zimmer und hält sie mir hin. »Das ist deine, nehme ich an.«

Ich nicke und bin noch immer sprachlos.

Er wirft die Uhr auf mein Bett. »Gib sie ihr nie wieder. Weder die Uhr noch sonst irgendeine Technologie.«

Ich bin unschlüssig, ob ich seine Besorgnis um Kelias Wohlergehen nervig oder rührend finden soll. Eigentlich hätte sie meine Uhr gar nicht berühren, geschweige denn tragen dürfen. Ein blasser Kreis aus bläulichen Schatten zeichnet sich auf ihrem Handgelenk ab, fast wie ein blauer Fleck, nur dass die Farbe dafür zu durchscheinend ist. Vermutlich wird eine derart einfache Technologie ihrer Magie nicht dauerhaft abträglich sein.

Naito sieht mich noch immer an. Ich schätze, dass er auf eine Antwort wartet, doch dann meint er: »So. Du bist also Arens Schattenhexe.«

Ich schaffe es gerade so, nicht die Augen zu verdrehen. »Ich bin nicht Arens irgendwas.«

»Schon klar.« Er zieht einen Mundwinkel nach oben. »Ich habe gehört, du bist besser, als man gerüchtweise vernimmt.«

»Ich bin besser als du.« Als die Worte aus meinem Mund kommen, schneide ich beinahe eine Grimasse. Das hätte ich nicht sagen sollen, auch wenn es zweifellos stimmt.

»Wie kommst du auf die Idee, dass ich Schatten lese?«

»Warum solltest du sonst hier sein?« Ich muss Kelia einfach ansehen, als sie hinter ihm hervortritt.

»Vielleicht habe ich einfach nur die Gabe des Sehens«, erwidert er und verschränkt seine Finger mit Kelias.

»Vielleicht.« Ich bin nicht neidisch auf die beiden. Nein, das bin ich nicht.

Kelias Hand drückt die seine, und sie sieht zu ihm auf. »Was ist passiert?«

Sein Lächeln schwindet, und er sieht auf einmal müde aus. »Der Hof verhaftet Fae, die mit uns sympathisieren, in der Hoffnung, Informationen über sie zu bekommen.« Er deutet auf mich. »Die Leute, die sie mitgenommen haben, wissen gar nichts, aber Aren ist dennoch eingeschritten. Wir haben den Großteil befreit. Beinahe hätten wir noch einen von Atroths Schattenlesern gefangen genommen, aber dann ist der Schwertmeister aufgetaucht.« Er sieht mich mit finsterem Blick an. »Der Sohn des Taltrayn ist nicht glücklich, dass er dich verloren hat. Er führt die Angriffe auf unsere Leute persönlich an.«

»Eure Leute?«

»Ich bin ebenso ein Teil der Rebellion, wie du ein Teil des Hofes bist«, entgegnet er und mustert mich. »Aber ich denke, dass mich meine Leute mehr respektieren und einbinden, als es deine tun.«

»Ich genieße großen Respekt.«

»Aber sie binden dich nicht mit ein, oder? Verraten sie dir ihre Pläne oder welche Konsequenzen das, was du für sie tust, haben wird? Sie haben dir sogar verboten, ihre Sprache zu sprechen.«

Ich recke das Kinn hoch und versuche, selbstsicher zu wirken.

Das ist nicht einfach, wenn man einen gebrochenen Arm hat und einem der ganze Körper wehtut, aber seine Kritik stachelt mich an. »Sie haben mich nie in ein Zimmer eingesperrt und mein Leben bedroht.«

»Nur weil du nicht weißt, dass du eine Gefangene bist, heißt das noch lange nicht, dass du keine bist.«

»Und an deinen Verletzungen bist du selbst schuld«, wirft Kelia ein.

Ich werfe ihr einen raschen Blick zu, bevor ich mich wieder an Naito wende. »Der Hof kümmert sich um mich. Er kümmert sich um das Reich. Er verbrennt keine Familien hinter silbernen Mauern.«

Naitos Nasenflügel beben, als ich Brykeld erwähne, aber da er nichts sagt, rede ich weiter. »Er versteckt sich nicht in den Häusern unschuldiger Fae oder lässt Leute verhungern, nur damit sie tun, was er will.«

Daraufhin zieht er die Augenbrauen hoch. »Wer muss verhungern?«

»Das passiert, wenn ihr die Tore angreift. Ihr stört den Handel. Kaufleute haben euretwegen Angst zu reisen.«

»Du denkst, *wir* lassen Leute verhungern?« Er wirft den Kopf in den Nacken und lacht. »Du glaubst auch alles, was dir der Hof erzählt, was?«

Oh, großer Fehler, mein Freund. Nichts bringt mich mehr in Fahrt als herablassendes Lachen. Ich kann zwar nichts dagegen tun, als auf meinem unbequemen Bett vor mich hin zu brodeln, aber ich will verdammt sein, wenn ich den Rebellen jemals helfe. Aren ist für das Massaker in Brykeld verantwortlich, und ich habe die Konsequenzen der anderen Aktionen der Rebellen gesehen. Ihre gelegentlichen Angriffe auf die Tore haben Händler gezwungen, Wachen einzustellen oder die Straßen zu nehmen, um ihren Zielort zu erreichen. Die Kosten dafür werden an den Rest des Reiches weitergegeben, und nicht alle Fae können die höheren

Preise bezahlen. Die, die es nicht können, sind tage-, manchmal sogar wochenlang ohne Essen.

»Wir sind nicht der Grund dafür, dass Leute hungern müssen«, sagt Naito, als sein Gelächter abgeebbt ist. »Sie müssen wegen Atroth und seinen Steuern hungern.«

»Steuern, die er erheben muss, um sein Volk vor Aren zu schützen«, schieße ich zurück. »Falschblute haben das Reich schon immer heimgesucht. Euer Anführer ist da keine Ausnahme.«

»Aren ist kein Nachfahre der *Tar Sidhe*, sondern Sethan.«

»Pass mal auf«, erwidere ich. »Die Lords der Provinzen haben für König Atroth gestimmt. Er *ist* ein Nachfahre, das bestreitet niemand, und wenn du nicht gerade eine Aversion gegen die Demokratie hast, dann ist er der rechtmäßige König.«

Sein Gesicht verfinstert sich. »Das ist hier nicht Amerika ...«

»Nein, Deutschland«, unterbreche ich ihn und bin auf einmal müde und ziemlich stinkig. »Und wenn es euch nichts ausmacht, dann würde ich gern nach Hause gehen.«

Er schüttelt den Kopf. »Aren hätte dich einfach töten sollen.«

So viel zu der Hoffnung, mein Mitmensch würde Mitgefühl für mich empfinden. Die Rebellen haben ihm eine ordentliche Gehirnwäsche verpasst.

Er sagt etwas auf Fae zu Kelia. Sie antwortet, aber ich bin auf einmal abgelenkt und kann ihre Worte nicht übersetzen. Aren steht im Türrahmen. *Edarratae* zucken über sein angespanntes Gesicht und können die Schatten darauf ganz kurz vertreiben. Seine Stimmung vermögen sie allerdings nicht aufzuheitern. Ich kann sogar von der anderen Seite des Zimmers spüren, wie wütend er ist. Er geht weiter in den Raum hinein, die Hand auf dem Schwert an seiner Seite. Er hält sich zurück, aber es fällt ihm sehr schwer.

»Raus«, brüllt er. Auch wenn er mich anstarrt, ist klar, dass er damit Naito und Kelia meint. Ich würde sie gern bitten zu bleiben, aber Naito nimmt Kelias Arm. Sie verlassen das Zimmer und lassen die Tür nur einen Spaltbreit offen stehen.

Okay. Bleib ruhig. Ich muss irgendetwas tun oder sagen können, um das zu verhindern, was er mit mir vorhat. Soll ich mich für meinen Fluchtversuch entschuldigen? Ihm anbieten, für ihn die Schatten zu lesen? Allein aus diesem Grund hat er mich so lange am Leben gelassen, und weil ich die Verschwundenen Tore kenne, aber eigentlich kommt Aufgeben gar nicht infrage. Kyol würde nicht aufgeben. Er würde sich so lange widersetzen, wie er nur kann, um dann …

Aren zieht ein Messer aus seinem Schwertriemen.

… oder vielleicht hält er mich auch für eine Närrin, weil ich nicht tue, was immer möglich ist, um am Leben zu bleiben.

Ich mache den Mund auf, um Aren etwas anzubieten und mir so mehr Zeit zu verschaffen, aber mir bleiben die Worte in der Kehle stecken. Der Schmerz breitet sich bis in meine rechte Brustseite aus, als ich husten muss, um meine Luftröhre freizubekommen, die mir die Angst plötzlich zuschnürt. Aren hockt sich vor mich hin und sieht mich mit seinen silbernen Augen an.

»Ich werde dir nicht wehtun.« Obwohl er das beinahe knurrend sagt, ist er sehr vorsichtig, als er die Bandage um meinen verletzten Arm mit dem Messer aufschneidet. Ich schnappe nach Luft, als die Schiene und der Verband auf den Boden fallen. Es tut weh, wäre aber noch sehr viel schmerzhafter gewesen, wenn mir Kelia die Tabletten nicht gegeben hätte.

Vorsichtig legt Aren beide Hände um den Bruch und wirkt seine Magie. Ich beiße die Zähne zusammen, um nicht laut aufzuschreien. Seine Berührung fühlt sich an wie Feuer. Heißes, geschmolzenes Feuer. Gut, dass ich meinen Arm anstarre, sonst hätte ich geglaubt, mein Fleisch würde unter Arens Fingern schwarz und knusprig werden.

Als der Schmerz schlimmer wird, strecke ich die linke Hand aus und packe Arens Schulter. Ich bohre meine Fingernägel tief in seine Muskeln und kneife die Augen zu. Mein Instinkt rät mir, ihn wegzuschubsen, aber ich habe so etwas schon durchgemacht.

König Atroth hat drei Heiler an seinem Hof, und in meinem ersten Jahr als Schattenleserin wäre ich beinahe gestorben, als wir versuchten, das Falschblut Thrain aufzuspüren.

Der Schmerz lässt nach. Der Arm tut zwar noch immer weh, aber das Feuer ist weg, und ich kann wieder atmen.

Arens Hände liegen noch immer auf meiner Haut. Mir fällt auf, dass seine Knöchel geschwollen und schmutzig sind, außerdem ist die Haut aufgerissen. Blut, Schweiß und Schmutz kleben auf einer tiefen Schnittwunde, die sich von seinem Handgelenk bis zum Ellbogen erstreckt. Die Wunde muss er versorgen, bevor sie sich noch entzündet.

Endlich lässt er meinen Arm los und legt eine Hand auf meine Hand, die sich noch an seine Schulter klammert. Ich lockere den Griff und nehme sie weg, meine Finger gleiten unter seinen hervor.

Ich schlucke einmal, zweimal, dann finde ich endlich meine Stimme wieder. »Warum nicht?«

Ein *Edarratae* zuckt über seinen Kiefer. »Was meinst du?«

»Warum willst du mir nicht wehtun?«

Er sieht mir in die Augen, vielleicht eine Sekunde zu lange, dann wendet er den Blick ab. »Das hat Lena bereits getan.«

»Du hast auch nichts unternommen, als ich aus dem Fenster geklettert bin«, stelle ich fest.

Er setzt sich neben mich aufs Bett. »Möchtest du, dass ich dir wehtue?«

»Nein.« Ich sehe auf meinen verletzten Arm hinunter, gerade rechtzeitig, um zwei blaue Blitze an der Stelle, an der eben noch der Bruch war, über meine Haut zucken zu sehen. Das ist merkwürdig. Aren berührt mich doch gar nicht mehr. Die Chaosschimmer dürften nicht mehr da sein. Ich reibe mit der Hand über den Arm, als ob ich sie dadurch wegwischen könnte.

»Ich habe die *Amajur*, die Magie, in dir gelassen«, erklärt er mir. »Sie wirkt noch und heilt den Bruch. In wenigen Minuten ist sie verschwunden. Wo bist du noch verletzt?«

»Mir geht's gut.« Ich erinnere mich nicht mehr daran, ob die Magie der Heiler des Königs ebenso funktioniert hat, aber damals war ich ja auch nur halb bei Bewusstsein.

»Wo bist du noch verletzt?«, wiederholt Aren mit mehr Nachdruck in der Stimme.

Ich zögere. »Am Brustkorb und am Rücken«, sage ich dann.

Sein Blick wandert über meine Bluse. Oh, oh. Die ziehe ich bestimmt nicht aus. Als er näher an mich heranrückt, packe ich den Saum und ziehe ihn nach unten. Aren hält inne, dann beugt er sich hinter mich und hebt dort den Saum an.

»Du kannst die Bluse anlassen.«

»Danke«, erwidere ich brüsk, lasse aber zu, dass er mir die Bluse am Rücken über die Schultern schiebt. Seine Finger streichen leicht über meine Rippen und untersuchen meine Verletzungen. Dann macht er dasselbe an meiner linken Seite, obwohl ich dort gar nicht verletzt bin, und ich erschaudere unter seiner Berührung.

»Nicht gebrochen«, sagt er. »Es wird nicht so wehtun wie beim Heilen eines Knochens.« Er presst die Handfläche auf die schlimmste meiner Prellungen, und die Wärme seiner Magie dringt in mich ein. Ein blaues Glühen erscheint direkt über meiner Hüfte, und ein Schimmer zuckt über meinen nackten Bauch. Nein, es tut nicht weh. Es prickelt auf eine unangenehme Weise.

Hinter mir holt Aren tief Luft. Er beugt sich vor. Als ich seinen heißen Atem im Nacken spüre, versteife ich mich. Ich bin ein Mädchen, er ist ein Mann, und wir sind ganz alleine in diesem Zimmer. Er ist zehnmal so stark wie ich. Er kann tun, was immer er will, und selbst wenn ich schreie, wird mir vermutlich niemand zu Hilfe kommen.

»Du hast noch immer Angst vor mir.«

Mein Herz hämmert wie wild. Ich wage es nicht, ihn anzusehen. »Wie sollte das anders sein?«

Er denkt einige Zeit über seine Antwort nach, und als er wieder spricht, habe ich den Eindruck, dass er seine Worte mit Bedacht wählt. »Du kannst uns nicht helfen, wenn du tot bist. Du wirst uns nicht helfen wollen, wenn du Schmerzen hast. Lena und die anderen verstehen das nicht.« Er rückt ein Stück von mir ab.

Ich ziehe meine Bluse runter. »Du scheinst wütender auf sie als auf mich zu sein.«

»Weil sie wissen ...« Er schweigt kurz. »Ich hatte damit gerechnet, dass du versuchst zu fliehen.«

»Ach ja?«

Er nickt, und der Ansatz eines Lächelns spielt um seine Lippen. »Was denkst du, warum ich so viele Fae zurückgelassen habe, um dich zu bewachen?«

Ich zucke mit den Achseln und bin erleichtert, als die Bewegung nicht wehtut. »Du hast Angst, dass der Schwertmeister mich finden könnte.«

»Ah, ja. Der Schwertmeister. Du wärst entsetzt, wenn du wüsstest, was er alles macht, um dich zurückzukriegen.«

Mein Magen rebelliert, aber ich bewege mich erst, als mich Arens Lachen aufschreckt.

»Du fragst nicht mal, was er gemacht hat? Hast du Angst, du könntest etwas hören, was dir nicht gefällt?«

Mein finsterer Blick kann das freche Strahlen seiner Augen nicht beenden. Seine Schwermut ist verflogen, die Last von seinen Schultern genommen, und er ist erneut der fröhliche Kidnapper, der mich, drei Geschosse über einem Betonboden baumelnd, festgehalten hat.

»Aren?« Ein Fae steht im Türrahmen. Er nennt Sethans Namen und sagt noch einige andere Worte, die ich kenne, die aber für mich keinen Sinn ergeben. Aren antwortet und steht vom Bett auf, dann grinst er mich an.

»Fühlst du dich besser?«, erkundigt er sich.

Er rechnet bestimmt damit, dass ich ihm dankbar bin, aber ich habe das Gefühl, ihm was schuldig zu sein. »Ich kam auch vorher schon klar.«

Er kichert. »Du bist wirklich unglaublich dickköpfig, *Nalkin-Shom*. Ich werde dich schon für unsere Seite gewinnen. Irgendwann.«

Die Tür schließt sich hinter ihm und wird verriegelt. Ich würde es nie laut zugeben, aber dieses ständige mich Heilen macht es mir echt schwer, ihn zu hassen.

7

Naito und Kelia sollten sich mal lieber zurückziehen. Sie schlagen zwar mit Schwertern aufeinander ein, aber ihr Kampf wirkt irgendwie zweideutig. Sie sind beide schweißgebadet, und ihr Atem geht schnell und im selben Rhythmus, während sie sich in die Augen sehen. Kelia spielt mit ihm. Sie bewegt sich langsam, damit Naito glaubt, er hätte eine Chance, um sich dann schnell zu ducken oder einen Schritt nach hinten zu machen und außer seiner Reichweite zu sein. Sie bleibt meist in der Defensive, aber wenn sie gelegentlich doch einen Angriff ausführt, landet ihr Schwert immer einen Treffer.

Das Klirren von Metall gegen Metall hallt über die Lichtung. Naito schafft es, eine von Kelias Offensiven zu blocken. Er grinst, fängt den spielerischen Hieb ab, den sie setzt, nimmt sie in die Arme und küsst sie. Chaosschimmer flackern um sie herum auf.

»Neugierig?«

Ich falle beinahe vom Picknicktisch, als ich zu Aren herumwirbele.

»Was?«, quieke ich, während mein Herz wie wild schlägt. Aren grinst, und mein Herz wird nicht langsamer. Verdammt, muss er so teuflisch attraktiv sein und ausgerechnet jetzt auftauchen? Nachdem er vor vier Tagen meinen Arm geheilt hat, ist er erneut verschwunden, und ich habe gerade aufgehört, auf seine Rückkehr zu warten.

»Du beobachtest Naito und Kelia«, sagt er. »Du würdest gern wissen, wie es sich anfühlt, einen Fae zu küssen.«

Ich weiß, wie sich das anfühlt. Genau das ist ja das Problem.

»Bleibst du dieses Mal länger?« Ich lege den Kopf in den Nacken, um zu ihm aufzusehen, als er vor mir stehen bleibt.

»Ich würde deine Neugier nur zu gern befriedigen.« Sein Grinsen wird sogar noch frecher. Mein Magen macht einen Salto, und ich kann meinen Gesichtsausdruck nur mit Mühe unter Kontrolle behalten.

»Hast du irgendjemanden getötet, während du weg warst?«, will ich wissen.

Er beugt sich über mich und spricht leiser. »Das wäre ein interessantes Experiment, denkst du nicht?«

Da ich vor ihm nicht zurückweichen will, drücke ich den Rücken durch, während er mir immer näher kommt. Ich versuche, gelangweilt auszusehen, aber mein Herz hämmert in meiner Brust. Ich habe keine Angst davor, ihn zu küssen. Ich habe Angst, dass es mir gefallen könnte. Eigentlich bin ich mir sogar sicher, dass es mir wegen der *Edarratae* gefallen wird, und das macht das Ganze noch viel beunruhigender.

Aren sieht meinen Mund an. Ich gerate in Panik, als er noch näher kommt. Bevor seine Lippen die meinen berühren können, hebe ich die Hände und stoße ihn weg. Er lacht und weicht zur Seite aus.

»Ich werde dich nicht ohne deine Erlaubnis berühren«, sagt er und setzt sich neben mich auf den Tisch.

Was zum Teufel? »Du berührst mich *ständig* ohne meine Erlaubnis.«

»Ich …« Er hält inne und kichert. »Stimmt, das tue ich wirklich.«

Ein leises Quieken lässt uns beide auf den Boden sehen. Sosch, der niedliche, aber gemeine *Kimki*, der vor einer Woche in meinem Rucksack saß, huscht auf den Picknicktisch zu. Er bleibt stehen, hebt die Vorderpfoten in die Luft und dreht die Ohren nach vorne.

Aren hebt ihn auf, aber sobald er ihn auf seinen Schoß gesetzt hat, quiekt Sosch erneut und starrt mich an. Ich verschränke die Arme vor der Brust. Dieses Vieh soll nicht in meine Nähe kommen. Es gehört Aren, und ich werde mich von diesem putzigen Wesen nicht in verletzliche Verzückung bringen lassen.

Aren schnalzt mit der Zunge. Das reicht Sosch als Erlaubnis anscheinend aus, denn er springt auf meinen Schoß und stupst meine verschränkten Arme an. Seine Nase ist weich und feucht.

»Du wirst seine Gefühle verletzen«, sagt Aren und greift in seine Tasche.

Ich bewege mich erst, als er mir etwas zuwirft. Ich fange den Zugbeutel – meinen Zugbeutel – auf. Die Ankersteine darin klackern, als ich ihn in der Hand halte.

»Du gibst ihn mir wieder?« Das ist kein großes Risiko. Ohne einen Fae oder eine Fae kann ich kein Tor passieren, was nützen mir dann die Steine?

»Ich habe die letzten beiden Tage damit verbracht, Risse zu den aufgeprägten Orten zu öffnen«, sagt er und beobachtet, wie Sosch unter meinen Arm krabbelt. Das Fell des *Kimki* fühlt sich an wie Seide. Ich lasse das Wesen auf meinem Schoß sitzen, aber ich streichle es nicht.

Aren grinst, konzentriert sich dann aber wieder auf mich. »Die meisten waren vorhersehbar: dein Zuhause in Texas, mehrere Provinztore und ein paar bedeutende Städte des Reiches. Einer brachte mich zu einem Verschwundenen Tor, das wir noch nicht gefunden hatten. Der war sehr hilfreich.«

Mich fröstelt es. Ich wende den Blick von Aren ab und streichle mit einer Hand über Soschs Rücken, dessen Fell silberfarben wird.

»Es gibt nur einen Ort, zu dem ich keinen Riss öffnen konnte.«

Verdammt, verdammt, verdammt.

»Ich musste eine Steinleserin aufsuchen, um mir Gewissheit zu verschaffen.« Er nimmt meine Rechte – *ohne meine Erlaubnis* –, öffnet meine Finger und legt mir einen halb durchsichtigen Stein in die Hand. Dann schließt er meine Finger darum. »Sie hat mir gesagt, wohin man damit gelangt.«

Verdammt!

Es war dumm, ihn zu behalten, aber ich wollte mich an die Nacht erinnern, in der Kyol mit mir in den *Sidhe Cabred* gegangen ist. Fae dürfen den Garten der Ahnen nur mit der Erlaubnis des Königs aufsuchen, und Menschen dürfen ihn gar nicht betreten. Der *Sidhe Cabred* ist im Reich sozusagen heiliger Boden, und Kyol ... Er wollte mich gern dort hinbringen. Da sich der Garten innerhalb der Silbermauern von Corrist, der Hauptstadt des Reiches, befindet, konnte ich nur – an dem schwer bewachten Eingang vorbei – durch ein *Sidhe Tol*, ein Spezialtor, hinein, das den Fae erlaubt, einen Riss zu silbergeschützten Bereichen zu öffnen.

Der Kontakt mit Silber tut den Fae nicht weh, es verhindert nur, dass sie einen Riss zu jedem beliebigen Ort öffnen können. Die Häuser der Wohlhabenden werden durch dieses Metall geschützt. Ebenso Gefängnisse, Militäranlagen und jedes Gebäude, in dem sich etwas Wertvolles befindet. Die Könige des Reiches haben die Standorte der wenigen *Sidhe Tol*, die sie gefunden haben, geheim gehalten, aber da Kyol Atroths Schwertmeister ist, weiß er, wo sie sich befinden. Er hat mich durch eines in den Garten gebracht.

Ich weiß nicht, ob es auf der Erde einen Ort gibt, der mit der Schönheit des *Sidhe Cabred* mithalten kann. Als Kyol mich die selten benutzten Wege hinunterführte, fühlte ich mich wie im Paradies, wie in einer Mischung aus einem Regenwald und den Hängenden Gärten der Semiramis in Babylon. Vielleicht lag es daran, dass all die Bäume, Pflanzen und Blumen auch ohne die magische Gestaltung exotisch auf mich wirkten. Ein Fluss floss durch die Mittelachse des Gartens und fiel dann senkrecht über eine hohe Felsenstufe in ein Bassin am Fuß von Corrists nördlicher Mauer. Dorthin hat mich Kyol geführt, und dort hätten wir beinahe ...

Aber wir haben es nicht getan. Wieder einmal war ich dazu bereit, und Kyol war so kurz davor, doch er hat sich zurückgehalten. Das war keine Überraschung. Ich war so sehr daran gewöhnt, dass wir nicht weiter gingen, begnügte mich mit Küssen, die mir den Atem raubten, und *Edarratae*, die meine Haut elektrisierten.

Aren legt zwei Finger unter mein Kinn und dreht meinen Kopf, damit ich ihn ansehen muss. »Du bist durch ein *Sidhe Tol* gegangen, McKenzie.«

Ich kann es nicht leugnen, da ich den Beweis dafür in der Hand halte.

»Meine Augen waren verbunden«, erwidere ich.

»Ich glaube dir nicht.« Er nimmt seine Hand nicht von meinem Kinn, stattdessen wandern seine Finger, bis sie in mein Haar gleiten. Er streichelt mir mit dem Daumen über die Wange. »Wenn du mir sagst, wo es ist, lasse ich dich gehen.«

Seine Berührung ist zu intim. *Edarratae* fließen in meinen Körper hinein, fließen in meinen Hals und meine Brust. Ich schlucke und beiße die Zähne zusammen, während ich mir die größte Mühe gebe, dieses Gefühl nicht zu genießen. Dann mache ich den Fehler, ihm in die Augen zu sehen. Er sieht nicht aus wie ein Killer. Die Art, wie seine Hand an meinem Kopf liegt, bewirkt, dass ich mich sicher fühle. Ich habe den Eindruck, ihm trauen zu können. Ich fühle ...

Dieses Arschloch!

Ich setze Sosch auf seinen Schoß und stehe auf. »Vergiss es.«

Er hält seine Verführungsfarce noch einen Augenblick aufrecht, doch dann glitzern silberne Flecken in seinen Augen, und er setzt Sosch auf den Tisch. »Du kannst es mir nicht verdenken, dass ich es wenigstens versuche, oder?«

»Doch, das kann ich, und ich tue es.«

Er lacht. »Natürlich tust du das. Aber das war mein Ernst. Deine Freiheit für das *Sidhe Tol*. Ein fairer Tausch, finde ich. Aber das Angebot gilt nicht ewig.«

»Deine Angebote sind ohnehin nichts wert.«

Das Licht verlässt seine Augen. »Du hasst mich wirklich, was?«

»Ja!« Ich wende mich ab und halte Ausschau nach Kelia in der Hoffnung, dass sie ihren Übungskampf mit Naito beendet hat und wir meinen Unterricht fortsetzen können. Doch keiner von ihnen ist auf der Lichtung zu sehen. Vermutlich haben sie sich doch zurückgezogen.

»Zweifelst du denn überhaupt nicht am Hof?«, fragt Aren.

Ich drehe mich wieder zu ihm um. »Nicht seit Brykeld«, fauche ich.

Er zuckt zusammen, als ob ich ihn gerade geschlagen hätte. Doch er erholt sich schnell wieder, und sein Gesichtsausdruck wird hart. »Brykeld war ...«

»Ein Unfall?«, schlage ich vor.

Er steht langsam auf. »Ich war nicht dort ...«

»Lügner.«

»... als es gebrannt hat«, fährt er fort und kneift die Augen zusammen. »Ich hätte das nicht zugelassen.«

»Warst du denn da, als es zu den Vergewaltigungen kam?«

Ein Muskel zuckt unter seinem rechten Auge. »Nein.«

»Wie praktisch!«

Kyol hat sich eintausendmal dafür entschuldigt, dass er mich mit nach Brykeld genommen hat. Er sagte, er hätte das nie getan, wenn er auch nur geahnt hätte, wie schlimm es werden würde. Ich hatte noch Wochen später Albträume. Selbst heute, mehr als zwei Jahre danach, höre ich manchmal noch die Schreie. Die Rebellen haben ganze Familien in Läden mit silberfarbenen Wänden eingesperrt. Sie haben die Fenster und Türen vernagelt und alles in Brand gesteckt. Die königstreuen Fae wollten helfen, aber sie mussten die Rebellen bekämpfen. Ich habe getan, was ich konnte, und die Flammen ignoriert, während ich mit dem Schwert eines toten Fae auf die Bretter eingehackt habe. Danach hatte ich tiefe Brandwunden an den Händen, den Armen und im Gesicht. Einer der Heiler des Königs musste sich danach um mich kümmern, und ich konnte gerade mal eine Fae retten.

»Ich habe euch denjenigen ausgeliefert, der für Brykeld verantwortlich war«, sagt Aren.

»*Du* warst dafür verantwortlich.« Und ich kann es nicht mehr ertragen, auch noch eine Sekunde länger hier zu stehen und mit ihm zu reden. Also drehe ich mich auf dem Absatz um und gehe zum Gasthaus.

»Madin, Sohn des Vinth«, ruft er mir hinterher.

Ich erkenne den Namen sofort wieder, aber ich bleibe erst stehen, als Aren meinen Arm packt und mich zwingt, mich umzudrehen.

»Du weißt, wer er war«, sagt er.

»Einer deiner Fae. Und?«

Ein Chaosschimmer zuckt über sein angespanntes Gesicht. »Ich habe dem Hof in der Woche nach dem Brykeld-Massaker seinen Standort zugespielt. Ich habe ihn an euch wegen seiner Taten ausgeliefert.«

Ich recke das Kinn hoch.

Er kneift die Augen zusammen. »Habe ich in der Zeit, die du jetzt hier bist, irgendetwas getan, das dich vermuten lässt, ich wäre zu so einem Massaker fähig?«

»Nein. Du hast dich stets gut verhalten«, erwidere ich. »Wenn du in meiner Nähe bist. Ich habe keine Ahnung, was du treibst, wenn du nicht hier bist.«

»Ich führe einen Krieg. Und zwar *ehrenhaft*.« Er lässt mich abrupt los.

Ich schnaube. »Du weißt absolut nichts über Ehre. Du nimmst Vergewaltiger und Mörder auf.«

»Ich habe nicht die direkte Kontrolle über jeden einzelnen Fae, der die Rebellion unterstützt.«

»Das solltest du aber!«

Er macht schon den Mund auf, um etwas zu erwidern, sagt dann jedoch nichts, sondern sieht sich auf der Lichtung um. Ich tue das auch. Lena und zwei andere Fae beobachten uns von der Veranda aus, als wäre unser Streit sehr unterhaltsam.

Etwas sticht mich in die rechte Handfläche. Ich starre meine Faust an und entspanne die Finger, die den Ankerstein umklammern. Ja, es war dämlich, ihn zu behalten. Irgendwann wird Aren die Geduld mit mir verlieren. Er wird auf Lena und die anderen Fae hören, die mich loswerden wollen, aber er wird mich erst töten, wenn ich ihm verraten habe, wo sich das *Sidhe Tol* befindet.

Ich habe Gerüchte über das gehört, was seine Leute und er machen, um Informationen aus den königstreuen Fae, die sie gefangen nehmen, herauszuquetschen. Ich habe keine Ahnung, wie lange ich Arens Verhörmethoden widerstehen kann, wenn er erst mal beschlossen hat, dass ich endlich zu reden habe. Ich muss vorher fliehen. Wenn ich das nicht tue, wenn sie zum *Sidhe Tol* kommen, dann können die Rebellen in den Silberpalast eindringen. Vielleicht wären sie sogar in der Lage, den König zu töten.

Im Verlauf der nächsten beiden Tage schmiede und verwerfe ich mehrere Dutzend Fluchtpläne. Wenn die Rebellen nicht so verdammt wachsam wären, könnte ein Plan vielleicht sogar funktionieren, aber obwohl ich so tue, als hätte ich mich mit meiner Gefangenschaft abgegeben, lassen sie mich nicht aus den Augen. Meine Zeit wird knapp, das ist mir völlig klar, und als am frühen Nachmittag der Schatten eines Fae auf mich fällt, zucke ich zusammen und denke, es ist Aren, der schließlich beschlossen hat, mich dazu zu zwingen, ihm den Standort des *Sidhe Tol* zu verraten. Aber es ist nicht Aren. Es ist Sethan, den ich seit dem ersten Abend nicht mehr gesehen habe.

»Kelia sagt, dass du unsere Sprache sehr schnell lernst.«

Ich zucke mit den Achseln. Ich lerne schnell, weil ich schon verdammt viele zwei- oder dreitägige Abstecher ins Reich gemacht habe. Der Klang und der Rhythmus ihrer Sprache ist mir vertraut, ich brauche nur einige Anweisungen, damit ich die Wörter und die Redewendungen verstehe.

Sethan schiebt den *Jaedrik*-Brustharnisch zur Seite, den ich zum Trocknen auf den Picknicktisch gelegt habe, und setzt sich auf die Kante.

»Danke für deine Hilfe«, sagt er und deutet auf das Teil, an dem ich gerade arbeite. Ich benutze meine dicke Bürste, um einen klaren, schnell trocknenden Kleber auf dem Streifen aus schwarzer Borke, mit dem ich das Leder überzogen habe, zu verteilen. Die Borke ist zäh und fast undurchschlagbar. Die Fae ernten sie, indem sie ganze Stücke vom *Jaedrik*-Baum abziehen. Sobald die papierdünnen, superleichten Streifen auf dem Lederpanzer getrocknet sind, können sie Pfeile ebenso effektiv abwehren wie Polizei-Westen Patronen.

Ja, es ist schon recht seltsam, dass ich Rüstungen für die Feinde des Hofs fertige, aber so habe ich wenigstens etwas zu tun. Außerdem nehme ich häufig nur vier Streifen Borke zum Verstärken des Leders und keine fünf, wie es mir Kelia aufgetragen hat. Obwohl sie meine Arbeit hin und wieder überprüft, hat sie mich noch nicht dabei erwischt.

»Kein Problem«, sage ich und hole noch einen Streifen *Jaedrik*-Borke von dem kleiner werdenden Stapel zu meinen Füßen hoch.

»Der Hof hat dich gut behandelt, was?«

Ich breite die Borke über den Brustharnisch, halte sie mit dem Knie fest, damit sie nicht verrutscht. Ohne aufzusehen, antworte ich knapp: »Ja.«

»Der König sorgt für dich.«

»Ja«, antworte ich erneut. Das Schattenlesen ist mein Job. Der König gibt mir genug Bargeld, damit ich jeden Monat meine Ausbildung und meine Rechnungen bezahlen und mir Lebensmittel kaufen kann. Ich könnte vermutlich in einem Tausend-Quadratmeter-Haus wohnen, wenn ich wollte – Atroth würde mir mehr bezahlen, wenn ich es verlangte –, aber ich lebe bescheiden, damit mich niemand fragt, woher ich das Geld habe.

»Wir könnten auch für dich sorgen«, meint Sethan.

Dieses Mal sehe ich auf. »Versuchst du gerade, mich zu *kaufen*?«

»Das ist besser als einige andere Überzeugungsmethoden, findest du nicht?«

Ich setze eine ausdruckslose Miene auf. »Meine Loyalität kann man nicht kaufen.«

Sethan presst die Lippen zusammen. Ich bezweifle, dass er mich mehr mag als Lena. Es überrascht mich, dass er mehr auf Aren hört als auf seine Schwester, die mich noch immer tot sehen will. Aber nach allem, was mir Kelia erzählt hat, sind Sethan und Aren praktisch Brüder.

Wo wir gerade bei Sethans Familie sind, hallt auch schon Lenas Stimme über die Lichtung. Ich bekomme nicht mit, was sie sagt, aber sie kommt mit einem Stoffsack in der Hand auf uns zu. Ein unbekannter Fae mit einem müden, zerklüfteten Gesicht geht hinter ihr her.

Sethan steht auf, aber ich behalte meine Stellung bei, bis Lena den Sack auskippt und ein abgetrennter Kopf auf den Tisch rollt.

Ich springe zur Seite. Meine hohen Absätze lassen mich auf den Steinen taumeln, und ich lande unsanft auf dem Hintern. Eine Sekunde später hat mich auch der Gestank erreicht. Mir wird übel, aber ich kann meinen Blick nicht von *den Augen* abwenden. Der Kopf liegt auf dem linken Ohr. Das rechte Auge ist offen, aber über der silbernen Iris und der grauen Pupille liegt ein weißer Schleier. In der Iris und der Pupille des linken Auges steckt ein langer Nagel. Ein Teil meines Gehirns registriert, dass an dem Metallstift auch noch eine blutbefleckte Nachricht hängt. Der andere Teil meines Gehirns hat die Arbeit inzwischen komplett eingestellt.

Aren zieht mich auf die Beine. Ich weiß nicht, wo er auf einmal herkommt. Ich höre seine Stimme, aber ich verstehe die Worte nicht. Doch er spricht ohnehin nicht mit mir. Er spricht Fae mit Lena und dem Mann, der ihr gefolgt ist.

Ich zwinge mich dazu, mich zu konzentrieren, und zwar auf Aren, und hoffe, dass sein Gesicht das Bild des Dings auf dem Tisch irgendwie ausblenden kann.

Er sieht mich an. »Ist der Hof doch nicht so gütig, wie du gedacht hast?«

Mir zieht sich der Magen zusammen. Ich habe davon gehört, dass die Rebellen Köpfe mit Botschaften schicken, aber ich habe noch nie zuvor einen solchen Kopf gesehen. Wenn Fae sterben, verschwinden sie in einem Lichtstrahl, und ihre Seelenschatten – weiße Nebel, die nur Menschen mit der Gabe des Sehens schauen können – lösen sich in Luft auf. Kyol nennt das »in den Äther gehen«, was vermutlich ihr Äquivalent zu unserem Himmel ist. Doch wenn man einem oder einer Fae den Kopf abtrennt, wird das verhindert, und diese Tat gilt als besonders heimtückisch.

»Ihr macht das doch auch«, sage ich leise.

Lena schnaubt. »Dann ist es natürlich in Ordnung, wenn sie es tun.«

Nein, es ist nicht in Ordnung. Leichte Zweifel beschleichen mich. Was ist, wenn ich mich in Bezug auf den Hof irre? Was ist, wenn ich zehn Jahre lang Schatten für die falschen Leute gelesen habe?

Lena reißt die Nachricht vom Nagel und hält sie mir vors Gesicht. »Das ist eine Drohung. Der Hof will dich zurückhaben. Wenn wir dich nicht ausliefern, wird es so lange unangekündigte Razzien in Städten und Lagern geben, bis sie dich gefunden haben. Sie werden jeden töten oder gefangen nehmen, der Widerstand leistet, selbst wenn er in keiner Verbindung zu uns steht.« Sie knallt das blutige Stück Papier auf den Picknicktisch. »Wir sollten ihnen deine Leiche zurückschicken. Der König würde so etwas tun.«

Sie dreht sich um und geht, bevor ich überhaupt einen Ton sagen kann. Nicht dass ich wüsste, was ich sagen soll. Ich kann das nicht rechtfertigen. Es macht mich krank, aber es passt nicht zu dem, was ich über den Hof weiß. Kyol gibt sich stets die größte Mühe, die Rebellen gefangen zu nehmen, selbst wenn es einfacher wäre, sie zu töten. Die Schwertkämpfer, die er ausbildet, machen es genauso.

Ich habe nie gesehen, dass sie etwas Grausames oder Unbarmherziges getan hätten.

Aber ich habe sie auch nicht ständig im Auge. Unsicherheit macht sich in meiner Magengrube breit.

»Du bist blass«, meint Aren, der neben mir steht. Seine Stimme ist sanft, vielleicht sogar besorgt.

»Ich bin nur ... Ich bin nur müde.«

Ich hasse die Art, wie er nickt, als hätte er meinen Zustand untersucht und herausgefunden, dass Schlaf genau das ist, was ich brauche, um wieder klar denken zu können.

Bevor ich ins Gasthaus gehe, zwinge ich mich dazu, die Nachricht noch einmal anzusehen. Ich kann die Worte nicht lesen, aber ich bin mir sicher, dass es nicht Kyols Schrift ist.

Der nächste Atemzug fällt mir schon etwas leichter. Das ist nur ein Beispiel für die Grausamkeit, die von einem der Gefolgsleute des Königs ausgeht. Wenn Kyol davon erfährt, wird er den verantwortlichen Fae bestrafen.

Im Vorbeigehen werfe ich Aren einen Blick zu. Im nächsten Augenblick sehe ich auch schon zu Boden. Ich glaube, in seinen Augen eine gewisse Zufriedenheit entdeckt zu haben. Sie leuchtete nur ganz kurz auf, dass sie mir beinahe entgangen wäre, aber ich bin mir sicher, dass da *irgendetwas* gewesen ist.

Erneut werde ich unsicher.

Er hat doch nicht etwa ...? Nein. Sicher würde nicht einmal Aren so etwas einem seiner eigenen Fae antun. Er würde so ein Verbrechen nicht begehen, nur damit mir erste Zweifel kommen.

Andererseits habe ich aber auch keine Ahnung, wie es im Kopf eines Rebellen wirklich aussieht ...

8

Schüsse lassen mich aus dem Bett hochfahren. Ich blinzle mir den Schlaf aus den Augen.

Moment mal. Schüsse? Die Fae benutzen keine Schusswaffen.

Ein einzelnes Einweckglas auf dem Boden spendet ein wenig Licht. Ich muss geträumt haben. Einige Sekunden lang höre ich nichts außer einem fernen Donnern.

Peng. Peng. Peng.

Was zum Teufel ist das? Das sind definitiv Schüsse.

Ich werfe meine dünne Decke auf die Seite und springe aus dem Bett. Auch im Gasthaus wird geschossen. Im Flur knarrt und knackt das Holz, als die Fae an meiner Tür vorbeilaufen. Es ist zu laut, als dass ich die Worte der Rebellen verstehen könnte, aber das ist auch nicht notwendig. Die Schützen *müssen* Menschen sein.

Kugeln schlagen in die Außenwand ein – irgendwo weiter unten, glaube ich –, und ich könnte schwören, dass das Gasthaus zittert, als ob es Schmerzen hätte. Ich renne zu meinem vernagelten Fenster und hämmere gegen die Bretter.

»Hilfe! Hier drin ist ein Mensch!«, schreie ich. In einer normalen Situation wären das lächerliche Worte, aber die Leute da draußen müssen die Fae sehen können, wenn sie auf sie schießen. Sie werden es verstehen. Sie werden mir helfen. »Hallo!«

Ein weiterer Kugelhagel lässt meine Bitte verstummen, und das Gasthaus bebt erneut. Ich sehe zur Decke hinauf und bin mir ziemlich sicher, dass sie einstürzen wird, wenn die Menschen so weitermachen. Obwohl ich noch nie zuvor unter Klaustrophobie gelitten habe, kommt mir die Luft in meinem Zimmer auf einmal abgestanden vor, und die Wände scheinen immer näher zu kommen.

Ich verlasse das Fenster und hämmere mit der Faust an die Tür. »Lasst mich hier raus!«

Niemand antwortet.

Mein Herz klopft so schnell, wie die Schüsse abgefeuert werden. Ich bin hier oben völlig blind. Ich habe keine Ahnung, was draußen vor sich geht, wie viele Menschen es sind oder was sie hier wollen. Ich würde mir gern einreden, dass sie hergekommen sind, um mich zu retten, aber sie spicken dieses Haus mit so vielen Kugeln, dass sie wohl kaum vorhaben, mich hier lebendig rauszuholen. Sie wissen nicht mal, dass ich hier bin.

Verdammt. Ich will so nicht sterben.

Ich schnappe mir meine Jeans, ziehe sie über das Satinnachthemd, das mir Kelia gegeben hat, und ziehe danach meine Stiefel an, ohne mir Zeit für die Socken zu nehmen. Ich renne zur Tür. Es dauert vier ungelenke, halbherzige Tritte, bis ich den Türgriff abgebrochen habe, aber die verdammte Tür geht dennoch nicht auf.

Ich will gerade erneut gegen die Tür schlagen, als sie aufgerissen wird. Ein Fae mit einem Dolch in der Hand rennt ins Zimmer und an mir vorbei, um mit seiner Klinge die Bretter vor dem Fenster zu entfernen. Während er die Latten herausbricht, kommen zwei weitere Fae mit Armbrüsten und Köchern voller Pfeilen herein.

Armbrüste und Pfeile gegen Schusswaffen? Ich warte nicht, um zu sehen, wie effektiv sie sind. Ich flüchte auf den Flur und renne zur Treppe. Erst als ich auf dem Treppenabsatz im ersten Stock ankomme, überlege ich, wo ich eigentlich hinwill. Vielleicht wäre es sicherer, wenn ich mich verstecke und warte, bis mich die Menschen finden? Sie schießen jetzt ohne Unterlass, fast so, als wollten sie das Gasthaus mit ihren Kugeln niedermähen. Das leise Boink der Armbrüste der Fae klingt dagegen viel disziplinierter. Wenn das Gasthaus nicht zusammenbricht, könnte den Menschen die Munition ausgehen, bevor sie alle Rebellen getötet haben, und … Ist das Rauch?

Ich sehe über das Geländer nach unten. Eine graue Wolke schwebt in der Luft. Es riecht nicht so, als würde irgendetwas brennen, sondern eher ... metallisch? Ich glaube nicht, dass es giftig ist, aber ich weiß beim besten Willen nicht, was ich jetzt machen soll. Hier oben verstecken oder nach unten gehen? Ich versuche, mir vorzustellen, wie ich irgendwo in einer dunklen Ecke hocke, und mir wird klar, dass ich durchdrehe, wenn ich nicht weiß, was hier passiert. Ich werde nach unten gehen. Notfalls kann ich ja wieder nach oben laufen.

Schnell renne ich die Treppe hinunter und bin schon fast im Parterre, als jemand etwas ruft. Ich sehe zwei Menschen im Tarnanzug an der Tür des Gasthauses stehen, sehe, wie sie ihre Waffen abfeuern und Kugeln in einer geraden Linie in den Empfang schießen, und diese Linie bewegt sich langsam auf mich zu. Instinktiv bedecke ich den Kopf mit den Armen und ducke mich. Aber ich stehe auf der Treppe, hier gibt es keine Deckung. Ich stolpere. Blumentapetenfetzen wirbeln herum, und dann pralle ich gegen das L-förmige Geländer am Fuß der Treppe.

Als ich wieder klar sehen kann, erfassen meine Augen einen von einem Geschoss durchbohrten Kopf auf der anderen Seite des Geländers. Der Pfeil ist direkt durch den mit Blut gefüllten Mund des Menschen gegangen und hat ihn an die Wand hinter ihm genagelt. Das Bild des abgetrennten Kopfes kommt mir wieder in den Sinn. Ich schließe die Augen und versuche, beide Bilder auszublenden.

Jemand zieht mich auf die Beine. Ich hätte beinahe protestierend aufgeschrien, wenn mir der stechende Schmerz im Rücken nicht die Luft aus den Lungen gepresst hätte. Ich habe schwarze Flecken vor den Augen, als ich von der Eingangstür des Gasthauses weggeschleift werde. Man wirft mich auf den Boden, bevor ich auch nur nach Luft geschnappt habe.

Verdammt noch mal, das tut weh! Der Schmerz fährt mir das Rückgrat hinauf und in den Nacken. Mir wird übel, ich zwinge mich auf alle viere, während ich darauf warte, dass sich mein Magen entleert. Ich würge einige Male, doch es kommt nichts, und nach einer Minute lässt der Schmerz nach, wird erträglicher. Ich setze mich hin und sehe mich um.

Ich sitze auf dem Küchenboden. Naito und Kelia hocken ebenfalls neben den Schränken. Sie sind beide voller Ruß, der auch in der Luft hängt. Sie trägt ein sehr dünnes hellblaues Nachthemd, und Naito hat nichts außer einer Jeans an. Lange, rote Kratzer ziehen sich über seine Schultern und die Brust hinunter. Sie stammen offensichtlich nicht von diesem Angriff. Kelia ist ganz rot, und die *Edarratae*, die über ihre Haut zucken, beben vor aufgestauter Energie.

»Wer ist da draußen?«, frage ich sie, und mein Blick geht zum Fenster der Frühstücksecke, wo Lena und ein weiterer Fae hocken mit schussbereiten Armbrüsten. Einige Schachteln, ein paar Schwerter und eine weitere Armbrust stehen neben ihnen an der Wand. Mein Rucksack und einige weitere Taschen sind ebenfalls dort aufgetürmt.

»Mein Vater«, antwortet Naito. Seine Stimme klingt so ätzend, dass man damit Eisen auflösen könnte.

»Vigilanten«, erklärt Kelia. »Menschen, die Fae töten.«

Als ich die Stirn runzle, melden sich die Kopfschmerzen hinter meinen Augen. Menschen, die Fae töten? »Warum?«

»Weil sie sie hassen«, schnaubt Naito.

»Haben sie die Gabe des Sehens?«, will ich wissen. Kelia nickt. »Sind einige davon Schattenleser?«

»Das ist unwichtig«, erwidert Naito. »Sie können den Fae nicht allein ins Reich folgen, sie brauchen Fae, die sie durchs Tor bringen.«

Kelia legt eine Hand auf seine Schulter. »Die Vigilanten werden uns nichts tun.«

Irgendwas in ihrer Stimme sagt mir, dass dieses »uns« eigentlich ein »mir« ist. Die Vigilanten werden *ihr* nichts tun, zumindest will sie Naito das weismachen. Das klingt ja nach einer interessanten Geschichte, und ich habe da so eine Ahnung.

Ich wende mich wieder Naito zu. »Du warst früher einer von ihnen.«

Sein angespanntes Gesicht sagt mir, dass ich recht habe. Ich schniefe. Wie bei Romeo und Julia.

Dann sehe ich in die Richtung der Eingangstür. Die Menschen scheinen das Feuer auf die oberen Geschosse zu konzentrieren. Ob das daran liegt, dass die Fae von oben das Feuer auf sich ziehen, oder weil nur wenige Menschen ins Erdgeschoss eingedrungen sind, ich weiß es nicht, aber das ist es nicht, was mir Sorgen macht. Die Menschen gehen jetzt langsamer vor. Es gibt Pausen zwischen den Schüssen. Sie nehmen sich die Zeit zum Zielen. Was ist, wenn ihnen tatsächlich die Munition ausgeht? Wenn sie sich zurückziehen müssen, werden sie dann wiederkommen? Ich möchte mir diese Möglichkeit zur Flucht nicht entgehen lassen, aber wenn ich Hals über Kopf hinausrenne, werden die Fae im Haus dann auf mich schießen?

»Denk nicht mal daran«, unterbricht Naito meine Gedanken, als hätte er sie gelesen. »Die Vigilanten werden dich schon töten, weil du hier bist.«

Ich werfe ihm einen schnellen Blick zu. »Ich gehöre nicht zu euch.«

»Das ist ihnen egal. Du arbeitest für den Hof. Für sie sind alle Fae gleich.«

»Dann werde ich meinen Job nicht verraten«, fauche ich. Es ist eine Woche her, dass Aren meinen Arm geheilt hat, und das ist meine erste und vielleicht auch letzte Gelegenheit zu fliehen.

»Hör auf ihn, McKenzie«, sagt Kelia. »Diese Leute sind der Abschaum der Menschheit. Sie werden dich töten, sobald sie dich sehen.«

Ich unterdrücke meine Erwiderung, als ein Blitz meine Aufmerksamkeit auf Lena lenkt. Dem Fae neben ihr sind die Pfeile ausgegangen, und er hat seine Armbrust zur Seite gelegt. Nun kniet er und hält Flammen in einer Hand.

»Kein Feuer«, sagt Lena in ihrer Sprache. Nach kurzem Zögern ballt der Fae die Faust und löscht das kleine Feuer. So gut wie alle Fae vermögen, Feuer zu erschaffen und zu manipulieren, aber das Talent und die Kraft zu haben, es zu werfen, was dieser Fae meiner Meinung nach vorhatte, ist äußerst beeindruckend. Ich wünschte mir jedoch, dass Lena ihn nicht gestoppt hätte. Ein Waldbrand hätte zweifellos mehr Menschen hierhergebracht. *Normale* Menschen. Ich würde es nicht offen zugeben, aber Naitos und Kelias Behauptungen über die Vigilanten haben mich nervös gemacht.

Aber ich kann nicht hierbleiben.

Ich gehe in die Hocke und mache mich bereit, um zur Eingangstür zu sprinten, als mich ein weiterer Gedanke zögern lässt. Hier stimmt was nicht. Ich weiß nicht, was es ist, doch dann sehe ich zu Lena hinüber, die mich mit angespanntem Gesicht anstarrt.

»Nur zu, lauf los«, sagt sie. »Du wirst sie ablenken.«

Sie sind Fae. Sie sollten keine Ablenkung *brauchen*.

»Warum öffnet ihr keinen Riss?«, frage ich.

»Wir *können* es nicht«, sagt sie, als ob ich völlig verblödet wäre.

»Ihr könnt nicht …« Ich sehe mich in der Küche um, betrachte die Arbeitsflächen und den Fußboden, dann meine Jeans und meine Hände. Das ist kein Ruß, der in der Luft schwebt, es ist Silberstaub. Alles ist damit bedeckt.

Scheiße. Die Rebellen sitzen in der Falle. Diese Menschen sind brillant. Sie verhindern nicht nur, dass die Fae durch Risse verschwinden, sie schränken ihre Fähigkeit zu kämpfen auch gewaltig ein. Die Fae verlassen sich normalerweise auf die Risse, um Angriffen auszuweichen oder sie einzuleiten. Ohne diesen Einsatz der Magie sind sie aktionsunfähig.

Das ist ihr Problem, nicht meins. Ich verschwinde von hier.

Da ich keinen Pfeil in den Rücken kriegen will, warte ich, bis

Lena aus dem Fenster sieht und zielt, bevor ich zur Küchentür renne. Ich komme nicht weit. Eine Masse aus ineinander verschlungenen Armen und Beinen versperrt mir den Weg. Ich wirbele herum, als Aren und ein Mensch gegen die Küchentheke prallen. Sie rangeln miteinander und fluchen, aber Aren ist stärker und agiler. Er legt seine Arme um den sich wehrenden Menschen und wirft ihn aufs Linoleum.

Etwas rutscht über den Boden. Eine Handfeuerwaffe. Naito greift danach und hilft dann Aren. Gemeinsam zerren sie den Menschen durch die Küche und verfrachten ihn auf einen Stuhl.

»Wie habt ihr uns gefunden?«, will Aren wissen, das Gesicht nur wenige Zentimeter von dem seines Gefangenen entfernt. Ich glaube, der Mann ist einer der beiden Menschen, die ins Haus gestürmt sind, als ich die Treppe runterlief, aber ich konnte ihn nicht genau genug sehen, als dass ich mir sicher sein könnte. Außerdem wurde er ziemlich übel zugerichtet und kann kaum noch aufrecht sitzen. Seine Nase sieht aus, als wäre sie gebrochen, sein Mund und sein Kinn sind voller Blut, und seine Wange ist so geschwollen, dass er das linke Auge kaum noch aufkriegt.

Arens Gesicht sieht besser aus, verletzt ist er aber auch. Blut läuft ihm über den Rücken und die Brust, da er eine Schusswunde in der linken Schulter hat. Er trägt kein Hemd. Ich bin mir ziemlich sicher, dass die Kugel glatt durch seinen Muskel gegangen ist. Hätte sie ihn wenige Zentimeter tiefer getroffen, dann wäre er jetzt vermutlich tot.

»Wie habt ihr uns gefunden?«, fragt er erneut. Er lässt dem Mann keine Zeit zum Antworten, sondern schlägt ihm sofort ins Gesicht.

»Beantworte seine Frage, Tom«, sagt Naito, tritt vor und streicht mit den Händen über die Tarnhose des Mannes. In einer Tasche auf dem Oberschenkel scheint er etwas gefunden zu haben. Ich erkenne das schwarze Rechteck erst, als Naito es in den Magazinschacht der Waffe schiebt.

»Naito«, erwidert der Gefangene und zieht den Namen des Schattenlesers dabei merkwürdig in die Länge. »Dein Vater hat sich schon gedacht, dass wir dich bei dieser Gruppe finden.«

»Setzt er deswegen seine ganze Feuerkraft gegen uns ein? Woher weiß er das mit dem Silber?« Er schiebt die Pistole in den Bund seiner Jeans.

»Das ist eine alte Legende, Naito. Wir haben nur einen Weg gefunden, sie umzusetzen.« Er deutete auf die Überreste eines verbeulten Metallobjekts. Es sieht aus wie eine alte Kaffeekanne. Die Vigilanten müssen sie voll Silberstaub und etwas Sprengstoff gestopft und dann ins Gasthaus geworfen haben. Auf dem Boden liegen noch weitere Metallsplitter. Draußen vermutlich noch viel mehr.

»Bullshit«, entgegnet Naito. »Wer hat euch das erzählt?«

Tom zuckt mit den Achseln, als wäre er nicht zu Brei geprügelt worden. Sein Blick schweift durch die Küche und bleibt schließlich an mir hängen. »Gehörst du zu ihnen?«

»Nein. Sie haben mich entführt.«

Er will schon etwas erwidern, doch Aren unterbricht ihn. »Wie habt ihr uns gefunden?«

»Fahr zur Hölle«, sagt Tom. Ich muss dem Menschen Respekt zollen. Wenn Aren mich mit diesem Gesichtsausdruck verhören würde, dann würde ich nicht so mit ihm reden.

Aren überragt den Vigilanten. Seine Stimme ist eiskalt, als er weiterspricht. »Du weißt, wozu ich fähig bin?«

Tom drückt den Rücken durch und sieht dem Fae in die Augen.

In Arens Schläfen pocht es, als er den Kiefer anspannt. Er wirft Lena einen Blick zu, als ob er sie um Erlaubnis fragen würde. Sie presst die Lippen zusammen und nickt kurz.

»In Ordnung«, meint er. Dann legt er die Hände um die Unterarme des Menschen. Tom schreit und zuckt zusammen. Sein Stuhl kippt nach hinten, steht nur noch auf zwei Beinen und fällt schließlich um. Aren lässt den Menschen nicht los, seine Hände verbrennen Toms Tarnjackenärmel und die Haut darunter. Der Schrei und der ekelhafte Geruch rufen Erinnerungen an Brykeld wach, und mir dreht sich der Magen um.

»Okay!«, brüllt Tom. Aren lässt ihn jetzt los. Schweiß glitzert auf dem Gesicht des Mannes, und seine Brust hebt und senkt sich schnell, als er nach Luft schnappt. Er starrt seine Arme an, die vom Feuer, das ihn verbrannt hat, ganz rot sind, dann sieht er mir in die Augen. Es liegt so viel Schmerz in seinem Blick. Ich muss etwas unternehmen. Ich darf nicht zulassen, dass Aren ihm erneut wehtut. Leise ziehe ich eine der Schubladen hinter mir auf.

»Wie habt ihr uns gefunden?«, verlangt Aren erneut zu wissen.

Ich werfe einen Blick in die Schublade. Keine Messer. Nicht einmal eine verdammte Gabel.

»Wir …«, Tom holt rasselnd Luft, »… haben ihr Handy geortet.«

Ich drücke die Schublade mit der Hüfte zu, bevor Aren und Naito zu mir rübersehen. Ich weiß, dass ich ein schuldbewusstes Gesicht mache. Hoffentlich denken sie, dass ich es aus einem anderen Grund tue.

Naito sieht Aren an. »Hast du es nicht zerstört?«

»Doch«, antwortet der Fae. »Gleich, nachdem wir hier durch den Riss gekommen sind.« Seine Stimme klingt tief und wütend. Er ist es anscheinend nicht gewohnt, Fehler zu machen.

Er wendet sich wieder seinem Gefangenen zu. »Woher wusstet ihr, dass ihr sie orten sollt?«

Ich zögere, bevor ich die nächste Schublade aufziehe, einerseits, weil ich die Antwort auf Arens Frage hören will, und andererseits, weil mich Kelia jetzt beobachtet.

Tom schüttelt den Kopf. »Keine Ahnung.«

»Woher?« Aren senkt die Hand, bis sie direkt über Toms Gesicht schwebt.

»Ich vermute, dass es ein anonymer Tipp war«, schaltet sich Sethan ein, der gerade die Küche betritt. Da niemand den Fenstern in der Frühstücksecke zu nahe kommen will, wird es langsam ziemlich eng hier drin.

Aren sieht den Sohn des Zarrak an. »Du solltest nicht hier sein.«

»Du auch nicht«, erwidert Sethan. »Wenn du stirbst, haben wir versagt.«

Aren wirft ihm etwas auf Fae an den Kopf. Ich versuche gar nicht erst, seine Worte zu übersetzen. Tom sieht mich an und hält meinen Blick kurz gefangen, dann sieht er absichtlich zu Naito hinüber. Oder vielmehr zu der Pistole in Naitos Hosenbund.

Verdammt. Er will, dass ich sie mir schnappe. Aber was dann? Ich sehe Aren und Sethan an, dann Trev, Lena und den anderen Fae am Fenster, und schließlich Kelia, die jetzt neben Naito steht. Ich kann sie unmöglich alle erschießen. Ehrlich gesagt weiß ich auch gar nicht, ob ich das will.

Tom sieht mich flehentlich an. Ich schlucke. Vor wenigen Sekunden habe ich noch nach einem Messer gesucht. Eine Pistole ist eine viel effizientere Waffe. Ich kann das tun. Ich *werde* es tun.

Ich nicke Tom kaum merklich zu. Es gelingt ihm, kurz zu lächeln, um dann eine Sekunde später auf die Beine zu springen.

Ich stürze nach vorn und schaffe es, die Pistole aus Naitos Hosenbund zu ziehen. Er fährt herum, aber Tom packt ihn, bevor er mir die Waffe aus den Händen reißen kann. Aren stürzt sich auf den Vigilanten, und alle drei Männer gehen zu Boden.

Ich ziele mit dem Schießeisen auf sie. »Aufhören. Sofort aufhören!«

Sie hören nicht auf. Fäuste fliegen, und ich habe Angst, dass Aren und Naito Tom töten, bevor sie merken, dass ich die Pistole habe. Ich ziele auf den Boden und drücke den Abzug. Nichts passiert.

Scheiße. Ich habe im ganzen Leben noch nie eine Handfeuerwaffe angefasst. Ich weiß nur, was man so in den Filmen sieht, und … Augenblick mal. Haben Pistolen nicht eine Sicherung?

Ich sehe an der Seite nach, entdecke einen kleinen Hebel, den ich umlege, dann ziele ich noch einmal auf den Boden und schieße.

Die Pistole hat einen heftigen Rückstoß, als der Schuss losgeht. Mein Herzschlag setzt erst eine Sekunde später wieder ein. Jetzt habe ich ihre Aufmerksamkeit.

Aren reckt sich und entfernt sich einige Schritte von Tom. Er dreht sich zu mir um.

»Bleib, wo du bist.« Ich richte die Waffe auf seine Brust. Mir ist klar, dass ich dank der Pistole jetzt das Sagen habe, aber mit ihr in der Hand fühle ich mich weniger sicher. Ich fühle mich gefährlich, und das aus gutem Grund. Ich könnte jemanden töten, wenn ich den Abzug drücke.

»Du weißt doch gar nicht, was hier vor sich geht«, sagt er. Seine Stimme klingt besänftigend, und sein Gesicht hat einen weicheren Ausdruck angenommen.

»Ich weiß genug«, erwidere ich. »Lass ihn aufstehen.«

Naito hält Tom noch immer am Boden fest. Er streckt die offene Hand nach unten aus, als wolle er mich beruhigen. »McKenzie, ich kenne diese Leute. Sie werden dich erschießen, sobald du durch diese Tür gehst. Tu das nicht.«

Ich richte die Waffe auf ihn und schaffe es, sie ruhig zu halten. »Lass ihn aufstehen, Naito.«

»McKenzie.« Kelias Stimme klingt heiser, als sie auf ihren Menschen zugeht, und ihre silbernen Augen sind vor Angst geweitet. In meinem Innersten machen sich Schuldgefühle breit. Wenn ich Naito töte, ist auch sie am Ende, und, verdammt noch mal, ich will keinem von beiden wehtun.

»McKenzie«, sagt Aren mit sanfter Stimme und macht einen Schritt auf mich zu. Er bleibt stehen, als ich auf ihn ziele. Himmel, hier sind viel zu viele Leute. Ich kann sie nicht alle im Auge behalten.

»Du wirst mich nicht erschießen«, sagt er. Ich beiße die Zähne zusammen, als er noch einen Schritt macht. »Nimm die Waffe runter, *Nalkin-Shom*.«

Er hat recht. Warum zum Henker hat er recht? Ich *sollte* ihn umbringen wollen. Er hat mich *entführt*. Er hat auch nicht vor, mich gehen zu lassen. Ihn zu töten könnte der einzige Weg sein, zu Kyol zurückzukommen.

»Du wirst mich nicht erschießen«, wiederholt er.

Ich lege meine schwitzenden Hände fester um die Pistole. *Denk nach, McKenzie. Denk nach!* Mein Blick wandert durch die Küche, findet eine Inspiration und kehrt zu Aren zurück.

»Du hast recht«, entgegne ich. »Aber ich werde sie da erschießen.«

Aren erstarrt, als ich die Waffe auf Lena richte. Oh ja. Er weiß, dass ich gute Gründe habe, *sie* tot sehen zu wollen.

Zu meiner Überraschung fängt Lena an zu lachen. Ihre Armbrust liegt auf ihrem Schoß. Ich warte auf ein Zucken, das andeutet, dass sie sie abfeuern will, aber sie wirkt in ihrer Position unter dem Fenster total entspannt.

»Lass sie gehen, Aren«, meint sie grinsend. »Deine *Nalkin-Shom* ist selbst schuld an dem, was aus ihr wird.«

Mist. Wenn Lena bereit ist, mich gehen zu lassen, dann sagt Naito die Wahrheit. Diese Menschen wollen mir nicht helfen. Aber da ist ja noch Tom. Er wird ihnen sagen, was hier passiert ist. Das muss doch für irgendwas gut sein.

»Erschieß sie«, sagt der Mensch und versucht, sich aufzusetzen. Naito drückt ihn wieder nach unten.

»Sethan«, sage ich, ohne mein Ziel aus den Augen zu lassen. »Wenn deine Schwester leben soll, dann musst du Tom und mich gehen lassen.«

Es ist zu ruhig, als ich auf Sethans Antwort warte, und die Schwerkraft scheint die Waffe in meiner Hand seltsam zu beeinflussen, die trotz ihres geringen Gewichts immer schwerer wird, bis mir die Schultern wehtun. Ich kann sie kaum noch auf Lenas Brust richten.

»In Ordnung«, sagt Sethan. »Naito.«

Als sich Naito bewegt, huscht mein Blick zu Tom. Böser Fehler. In dem Moment, in dem ich Lena nicht mehr ansehe, stürzt Aren nach vorn. Er schlägt mir die Pistole aus der Hand und hält mein Handgelenk fest, bevor mein Gehirn überhaupt registriert, dass er sich bewegt hat. Er kommt näher, und ich taumele nach hinten, bis er mich an die Wand drückt. Mein Arm wird zwischen mein durchgeschwitztes Nachthemd und seine mit Silberstaub bedeckte Brust gedrückt. Als seine *Edarratae* auf mich überspringen, versuche ich, ihn mit meiner freien Hand wegzudrücken, aber ich rutsche an seiner blutigen Schulter ab. Sein Griff um mein Handgelenk wird fester.

»Es wird immer schwieriger, dich am Leben zu lassen«, sagt er mit leiser Stimme, während seine Augen zu brennen scheinen. »Bleib hier, und rühr dich nicht vom Fleck.«

Meine Knie scheinen aus Wackelpudding zu sein, als er mich loslässt. Er kehrt zu Tom zurück, der mich tief enttäuscht ansieht. Ich kann es ihm nicht verdenken.

»Tut mir leid«, murmele ich.

»Niemals zögern«, sagt er. »Wenn du noch eine Gelegenheit bekommst, dann ergreife sie.«

Naito hebt die Waffe vom Boden auf, legt den Sicherheitshebel um und stopft sie dann tief in seine Hosentasche. »Sie wird keine Gelegenheit mehr kriegen.«

Tom sieht ihn mit seinem unverletzten Auge an.

»Töte diese Dämonen, Naito. Töte sie, dann wird dein Vater dich wieder zu Hause aufnehmen.«

Naito zieht einen Mundwinkel zu einem freudlosen Grinsen hoch. »Danke, ich verzichte.«

»Wir sind euch zahlenmäßig überlegen. Wir können warten, bis ihr rauskommt. Deine Fae können keine Risse öffnen, um Lebensmittel oder Hilfe zu holen. Ihr werdet hier sterben. Vergeude dein Leben nicht.«

Naito sieht Sethan an. »Glaubst du, sie arbeiten für den Hof?«

»Ich denke, der Hof benutzt sie, um McKenzie zu finden«, antwortet Sethan. »Atroth würde sie eher töten lassen als riskieren, dass sie für uns arbeitet.«

»Atroth weiß, dass ich euch niemals helfen würde«, bemerke ich. Aren wirft mir einen warnenden Blick zu, aber ich habe mich nicht einen Zentimeter vom Fleck bewegt.

»Da irrst du dich.« Sethans Worte werden von Donnergrollen unterstrichen. Seine Aussage klingt so nüchtern, dass ich nicht weiß, was ich sagen soll. Ein winziger Zweifel nagt an meinem Vertrauen.

»Ich werde einen Deal aushandeln«, schlägt Tom vor. Ich bin erleichtert, als sich alle Augen wieder auf ihn richten. »Ich werde mit Nakano reden, damit er eure Kapitulation akzeptiert. Vielleicht lässt er einige von euch gehen, zum Beispiel die Frauen.«

Naito schnaubt. »Mitleid von meinem Vater? Ich bin kein Kind mehr, Tom. Ich weiß, was für ein Mann er ist.«

Tom wischt sich mit dem Ärmel übers Gesicht und schmiert das Blut aus Mund und Nase auf die Wange. »Aber was für ein Mann bist du? Wirst du zulassen, dass dein Mädchen und der Mensch sterben, wenn du ihnen doch helfen kannst? Wenn du diesen Kampf in die Länge ziehst, hat dein Vater gar keine andere Wahl, als euch alle zu töten.«

Aren macht einen Schritt auf den Vigilanten zu. »Warum bist du so erpicht darauf, dass wir aufgeben? Ihr habt uns umzingelt. Du hast selbst gesagt, dass ihr am längeren Hebel sitzt.«

Tom kriecht zu seinem umgekippten Stuhl. Dann stellt er ihn auf und zieht sich langsam daran hoch, um sich, eine Grimasse schneidend, darauf sinken zu lassen. »Das tun wir.«

Ich würde mich am liebsten zwischen Aren und den Menschen werfen. Tom ist schwer verletzt. Ich will nicht, dass Aren ihm noch mehr antut. Ich will ihn nicht noch einmal schreien hören oder sein brennendes Fleisch riechen müssen, aber ich bleibe wie angewurzelt stehen.

»Irgendetwas wird passieren«, fährt Aren fort. »Was?«

Ich will mich schon einmischen, aber dann muss ich plötzlich husten. Ich halte die Hand vor den Mund und sehe, dass meine Haut von Silberstaub bedeckt ist. Die Luft ist jetzt voll davon, und er ist vermutlich ziemlich schlecht für meine Gesundheit. Doch es lässt sich nicht verhindern, ihn einzuatmen.

Ein weiterer Donner erschüttert das Gasthaus. In dem Moment habe ich den Vigilanten durchschaut.

»Es wird regnen«, sage ich.

Alle in der Küche starren mich an. Ich warte darauf, dass mich einer von ihnen fragt, warum zum Teufel ich mir Gedanken wegen des Wetters mache, aber dann scheint es einer nach dem anderen auch zu begreifen.

Tom springt von seinem Stuhl auf. »Du beschissenes Fae-Miststück!«

9

Aren stellt sich Tom in den Weg. Der Mensch bleibt abrupt stehen, und sein gutes Auge weitet sich, was ich über Arens Schulter hinweg sehen kann. Ich begreife erst, dass er tot ist – nein, stirbt –, als Aren ihn nach hinten schubst. Sein Dolch gleitet mit einem schmatzenden Geräusch aus Toms Brust. Eine rote Fontäne schießt aus der Wunde und bespritzt den Linoleumboden.

Tom bricht zusammen, und ich kann nichts weiter tun, als ihn anzustarren, während das Leben in einem purpurroten Strom aus ihm herausläuft. Das ist meine Schuld. Ich hätte den Mund halten sollen.

Ich kann den Blick erst von dem toten Menschen abwenden, als Naito Kelias Arm nimmt und sie zum Spülbecken zerrt. Er dreht den Wasserhahn auf, lässt Wasser in seine hohle Hand laufen und schüttet es dann über ihre Schulter, um den grauen Staub von ihrer Haut zu wischen.

»Wenn wir dich sauber machen und warten, bis der Regen das Silber abgewaschen hat, kannst du einen Riss öffnen und verschwinden.«

Aren steigt über Toms Leiche. »Wenn wir wissen, dass das Unwetter kommt, dann wissen sie das auch. Sie werden vorher zuschlagen.«

Naito schaufelt weiter Wasser über Kelia. »Ihr müsst sie auf Abstand halten. Sie haben keine Chance, sobald ihr Risse öffnen könnt. Spart nicht mit Pfeilen. Erschießt alles, was sich bewegt.« Er gibt seine Methode, Kelia zu waschen, auf, nimmt ihre Hände und taucht sie ins Becken.

Sie zieht die Luft ein. »Das ist kalt.«

»Ich weiß, Baby, aber wir müssen das Silber von dir runterbekommen.«

»Duschen wäre schneller«, meint Sethan. »Wir müssen uns auch was Neues anziehen und das Gasthaus vom Staub säubern.«

Aren nickt. »Wir wechseln uns ab. Ihr drei fangt an. Nehmt McKenzie mit.«

Es gefällt mir nicht, die Treppe raufgeschoben zu werden – ich wäre jetzt am liebsten alleine –, aber ich bin auch froh, von Toms Leiche wegzukommen. Ich hocke mich in den Flur mitten im ersten Stock, ziehe die Knie an die Brust und warte auf den Regen. Doch ich höre nur hin und wieder Schüsse. Fast rechne ich schon damit, die Kugeln zu spüren, aber die Wände und Rohre scheinen zu verhindern, dass sie bis ins Innere des Gasthauses vordringen.

Die Fae duschen und ziehen sich was anderes an. Aren ist der Letzte, der nach oben kommt. Er hat einen *Jaedrik*-Brustharnisch, ein sauberes Wollhemd und eine Hose in der Hand. Bevor er sich ins Bad einschließt, würdigt er mich nicht eines Blickes. Ich stehe auf und gehe ein Stück den Flur hinunter, da ich mich nicht in der Nähe der Badezimmertür aufhalten will, wenn Aren wieder rauskommt. Die Versuchung, mir einen Wandschrank zu suchen, um mich darin zu verstecken, wird noch größer als zuvor. Das wäre vermutlich der sicherste Ort für mich.

»Du öffnest einen Riss, sobald du kannst.« Naitos Stimme dringt aus dem zweiten Obergeschoss herunter.

»Du weißt, dass ich das nicht tun werde.« Kelia kommt die Treppe hinter ihm herunter.

»Sie werden mich nicht töten.«

»Das ist nicht wahr. Wenn du auf sie schießt, dann schießen sie auf dich.«

Er erreicht den Treppenabsatz des ersten Stocks und hält sich am Geländer fest. »Dann verschwinde von hier, damit ich keinen Grund habe zu schießen.«

»Nicht ohne dich.«

»Verdammt noch mal, Kelia«, brüllt Naito. »Mein Vater wird dich in aller Seelenruhe abschlachten!«

Irgendjemand räuspert sich. Ich drehe den Kopf nach rechts und sehe, dass Aren in der Badezimmertür steht. »Ihr könnt euch später darum streiten. Jetzt brauche ich dich an der Hintertür, Naito. Kelia, du bleibst bei Sethan.« Er streckt die Hand aus, als sie protestieren will. »Nur, bis er durch einen Riss fliehen konnte. Danach kannst du machen, was du willst. McKenzie.« Er sieht mich an und macht den Mund auf, um etwas zu sagen, hält dann aber inne. Er räuspert sich wieder: »Halt dich von den Fenstern fern.«

»Sie kommen!«, ruft jemand aus dem Erdgeschoss.

Aren rennt zur Treppe.

»Du wirst abhauen«, sagt Naito, legt Kelia eine Hand auf den Nacken und zieht sie an sich, um sie innig zu küssen.

Sie sieht aus, als wäre sie außer Atem, als er sie wieder loslässt, und blickt sich leicht desorientiert um, während er hinter Aren die Treppe hinunterrennt. Nach einem Augenblick hat sie ihre Gefühle wieder unter Kontrolle und sieht mich an. »Sethan ist oben. Komm mit.«

Mit »oben« meint Kelia den Dachboden. Wir klettern die Leiter zu dem niedrigen Raum hoch. Lena ist auch hier oben. Sie reicht Kelia ein Schwert und wirft mir einen Blick zu, der einem Donnergrollen gleicht. Die ersten Regentropfen fallen auf das Dach. Sie werden den Silberstaub aus der Luft und von den Fassaden des Gasthauses waschen.

Ich entferne mich ein Stück von Lena, da ich Angst habe, dass sie *versehentlich* direkt vor meiner Nase einen Riss öffnen könnte. Ihre *Edarratae* blitzen auf, aber der Dachboden wird nicht durch einen Lichtriss erhellt.

»Es könnte einige Zeit dauern«, stellt Sethan fest.

Lena geht auf und ab. »Wir haben keine Zeit. Die Waffen der Menschen sind präziser, und sie haben mehr Munition. Aren ist nicht unverwundbar …«

»Das weiß ich.«

»Er geht zu viele Risiken ein. Er hätte *sie* niemals hierherbringen dürfen.«

Stress hat sich noch nie positiv auf meine Geduld ausgewirkt. Ich verschränke die Arme und erwidere ihren finsteren Blick. »Das ist nicht meine Schuld.«

»Es sind deine Leute«, erwidert sie. »Es war deine Technik, die sie hierhergeführt hat.«

»Deine Leute«, ich spreche die Worte so aus, dass sie wie eine rassistische Beschimpfung klingen, »haben mich entführt. Und die Vigilanten sind ebenso wenig meine Leute wie Naitos.«

»Trotzdem wolltest du uns alle erschießen, damit du entkommen kannst.«

Ich schnaube. »Nein, nicht euch alle. *Nur* dich.«

Ein Blitz zu meiner Rechten verhindert Lenas Erwiderung. Neben Sethan zerreißt die Luft. Nachdem wir alle einen Augenblick verblüfft geschwiegen haben, nickt er seiner Schwester zu, tritt in das Licht und verschwindet. Eine Sekunde später öffnet Lena ihren eigenen Ausgang und entschwindet ebenfalls. Meine Finger wollen die Schatten am liebsten zeichnen, aber ich habe weder Stift noch Papier bei mir. Ohne zu skizzieren, was ich sehe, weiß ich nur, dass sie ins Reich gehen, und zwar in eine Provinz im Westen, wie ich vermute.

Kelia klopft mit ihrem Schwert auf den Boden und starrt den Fleck an, an dem Sethan gerade noch gestanden hat.

»Naito wird es sich nie verzeihen, wenn du stirbst«, sage ich zu ihr. Ihre silbernen Augen sehen mich an. *Edarratae* zucken über ihr angespanntes Gesicht.

»Dann sollte ich wohl besser nicht sterben«, meint sie mit sanfter Stimme. Dann, etwas entschlossener: »Lass uns gehen.«

Sie deutet auf die Leiter. Ich bin versucht, mich zu weigern, aber ich habe den Zorn in Toms Augen gesehen, als er auf mich losgehen wollte. Wenn die anderen Vigilanten genauso verrückt sind, wie er es war, dann werde ich bei ihnen mit Logik nicht weit kommen.

Ich seufze, steige die Leiter hinunter und nehme dann die Treppe. Als ich im Erdgeschoss ankomme, wäre ich beinahe ausgerutscht. Der Fußboden ist feucht, und zwar im ganzen Parterre. Im Wasser glänzt noch etwas Silber, aber die Rebellen haben den Großteil weggewaschen.

»Hier lang«, sagt Kelia.

Ich folge ihr in den hinteren Teil des Hauses und ducke mich jedes Mal, wenn wir an einem Fenster vorbeikommen. Naito steht an der Hintertür, zusammen mit Aren. Der zerrt mich zu Boden, sobald ich den kleinen Feuchtraum betrete.

»Runter«, ordnet er an.

»Ich bin doch unten«, fauche ich zurück.

In seinen Augen flackert kurz irgendetwas auf, was ich nicht einordnen kann, als ich mich ein Stück von ihm entferne.

Er sagt etwas auf Fae zu Naito. Eine Sekunde später öffnen Aren und Kelia Risse und verschwinden.

»Sie wollen die da draußen ablenken«, erklärt mir Naito. »Wenn sie auf der Lichtung auftauchen, werden wir zum Pfad rennen. Aren und einige der anderen versuchen, uns den Weg frei zu halten, aber bleib ja nicht stehen.«

Er richtet sich auf und sieht durch das kleine Sichtfenster in der Hintertür. Die Hand an Toms Pistole. Sein entschlossener Gesichtsausdruck sagt mir, dass er die Waffe im Notfall auch benutzen wird.

»Würde dein Vater dich wirklich töten?«

Er wirft mir einen Blick zu und nickt. »Ja, das würde er.«

»Warst du ein Vigilant, als du Kelia begegnet bist?«

Seine Züge werden ein wenig weicher, als ich ihren Namen ausspreche. »Ja.«

Der Hintereingang des Gasthauses steht unter Beschuss, und die Kugeln machen peng, als sie auf Rohre in der Mauer treffen. Ich lege mich flach auf den Boden, schließe die Augen und bete, dass es aufhört. Nach einigen langen Sekunden ist wieder Ruhe.

Naito schüttelt Glassplitter aus seinen Haaren. Das Sichtfenster ist endgültig zerschmettert.

Die darauf folgende Stille macht mich ganz unruhig, vor allem, da sie sich über mehrere Minuten erstreckt. Ich möchte am liebsten die Tür aufreißen und losrennen, aber der rationale Teil meines Gehirns rät mir zu warten. Um mich abzulenken, frage ich: »Und ihr seid glücklich miteinander?«

»Ja.« Er wirft erneut einen Blick nach draußen.

»Obwohl die meisten Fae keine Menschen mögen?«

»Die meisten königstreuen Fae mögen keine Menschen«, korrigiert er mich. »Das ist die Schuld des Königs. Er glaubt, wir zerstören ihre Magie.«

»Aber das tun wir doch.« Zumindest beschädigen wir sie.

»Nein. Das ist ein zyklischer Verlauf. Die Magie des Königreiches ist in einigen Jahrhunderten stärker und in anderen schwächer.« Naito duckt sich wieder und sieht mich fragend an. »Was sollen diese ganzen Fragen? Hast du etwa vor, dich mit einem Fae einzulassen?«

»Natürlich nicht«, erwidere ich rasch. Ich habe Naitos Theorie schon früher gehört. Viele Fae nutzen sie als Ausrede für die kleinen Souvenirs, die sie in ihre Welt mitnehmen.

»Ich kann es dir nur empfehlen«, fährt er fort. »Sex mit *Edarratae* …« Er schüttelt den Kopf und kann sich ein Grinsen nicht verkneifen. »Glaub mir, es wird dir gefallen. Du wirst nie wieder etwas mit einem Menschen anfangen wollen.«

Ich wende rasch den Blick ab. Naito scheint nicht zu bemerken, dass ich rot werde. In diesem Moment sehe ich zwei große, starre blaue Augen, die mich ansehen. Sosch. Er hat sich in der Lücke zwischen dem Heißwasserboiler und der Wand versteckt.

Ich strecke die Hand aus. Das reicht ihm als Einladung aus. Mit einem leisen Quieken saust er in meine Arme. Das arme Ding ist voller Silberstaub und zittert.

»Er wird dich nur aufhalten«, meint Naito.

Natürlich hat er recht. Ich sollte ihn zurücklassen, aber der Groll, den ich gehegt habe, seit ich ihn in meinem Rucksack gefunden habe, ist weg. Ich werde ihn nicht aufgeben, nur weil er Aren gehört.

Und wo wir gerade bei meinem Rucksack sind, der lag doch auf den Sachen der Fae in der Frühstücksecke in der Küche. Darin könnte ich den *Kimki* viel leichter transportieren als in meinen Armen. Ich setze Sosch auf den Boden und befehle ihm, dort sitzen zu bleiben.

Das tut er nicht. Sobald ich loskrieche, zirpt er und folgt mir. Zum Glück grenzt der Feuchtraum direkt an die Küche, daher bin ich innerhalb von Sekunden bei meinem Rucksack. Sosch saust hinein, und ich kehre zur Hintertür zurück.

Naito beobachtet, wie ich den Reißverschluss des Rucksacks schließe. »Die Vigilanten hätten Sosch vermutlich ohnehin nicht gefunden.«

Ich zucke mit den Achseln und ziehe den Reißverschluss ein kleines Stück auf, damit Sosch nicht erstickt und im Notfall auch rauskommt.

»Wie lange noch?«, frage ich und hänge den Rucksack um.

Er muss mir nicht antworten. Meine Haut prickelt einen Sekundenbruchteil, bevor sich ein Riss direkt vor der Hintertür auftut.

»Jetzt«, sagt der Fae.

Naito zerrt mich auf die Beine. »Bleib in meiner Nähe.«

Ich habe keine Zeit, um mir Gedanken darüber zu machen, ob Sosch im Rucksack ein Schleudertrauma bekommt. Wir rennen durch die Hintertür und in die Nacht hinaus. Oder in das, was eigentlich Nacht sein sollte. Die Lichtung wird von den Rissen der Fae erhellt. Die weißen Lichtrisse reflektieren den strömenden Regen. Es ist, als würde man am 4. Juli über ein Feld abbrennender Feuerwerkskörper laufen. Schüsse übertönen das Ritsch-Ratsch der Risse der Fae, als sie zwischen dieser Welt und dem Reich hin und her springen, wieder und wieder, und das schneller, als ich gucken kann.

»Lauf weiter!«, brüllt Naito.

Vor meinen Augen verschwimmt das Licht mit den Schatten. Ich kann kaum sehen, wo ich hinlaufe, und ich habe Angst, direkt in einen der Risse zu rennen. Wo fängt der verdammte Wald an? Regentropfen fallen mir in die Augen, und ich könnte schwören, dass die Lichtung immer größer wird.

»Runter!«

In dem Moment, in dem mir klar wird, dass man mich zu Boden reißt, werde ich auch schon weitergezerrt.

»Los!«

Dieses Mal erkenne ich Arens Stimme. Er schiebt mich hinter Naito her, der sich gerade wieder aufrappelt. Ich ignoriere das Seitenstechen und den zappelnden *Kimki* in meinem Rucksack und renne weiter.

Wir erreichen den Pfad, aber wenn ich geglaubt hatte, dass meine Panik nachlassen würde, wenn wir den schützenden Wald erreicht haben, dann habe ich mich geirrt. Ich kann die Vigilanten nicht sehen, aber ich kann sie hören. Ich höre ihre Pistolen, ihr schweres Atmen, ihre Schritte im feuchten Unterholz. Sie kommen näher. Von links. Von rechts. Dann stellt sich mir ein Mann in Tarnklamotten direkt in den Weg.

Ich bleibe rutschend stehen, als er seine Waffe hebt und zielt.

Aren öffnet direkt zwischen uns einen Riss. Ich höre den Schuss. Stahl blinkt auf, als Arens Schwert durch den Regen saust und den Menschen mittendurch haut.

Aren greift nach hinten, packt meinen Arm und zieht mich nach vorn. »Folge Naito!«

Ich taumele über den gurgelnden Vigilanten und versuche, die klaffende Spalte in Schulter und Brust zu ignorieren. Mein Körper würde am liebsten alles ausblenden und einfach stehen bleiben. Ich habe an diesem Abend schon zu viel Blut und zu viel Gewalt gesehen.

Ich krieche weiter und bemerke dann das kleine blaue Handy, das aus einer der Taschen des Vigilanten hervorlugt. Ich ziehe es heraus – oh Gott, ich bestehle einen Toten! – und stopfe es in meine Tasche.

Dann streiche ich mir das nasse Haar aus dem Gesicht und schaue auf. Naito ist direkt vor mir. Er sieht über seine Schulter und bemerkt, dass ich auf allen vieren im Schlamm hocke. Ich treffe eine Entscheidung, springe auf, drehe mich um und renne Richtung Gasthaus. Nach einigen Schritten biege ich vom Pfad ab und bahne mir einen Weg durch den Wald.

»McKenzie!«, ruft Naito, aber ich bin mir sicher, dass er mir nicht folgen wird. Er liebt Kelia viel zu sehr, als dass er sie am Tor warten lassen würde. Und Aren ist beschäftigt. Ich müsste weit genug entkommen können, um jemanden anzurufen.

Das Gestrüpp wickelt sich um meine Beine. Ich reiße mich frei und laufe weiter, rutsche aus, schlittere über Blätter und nasses Gras. Ich weiß nicht, in welche Richtung ich renne, aber es ist mir auch egal, solange ich von allem wegkomme.

Die Schüsse werden leiser, und ich sehe keine weißen Risse mehr im dichten Grün des Waldes. Durch das Blätterdach über meinem Kopf dringt ein wenig Licht, und ich werde langsamer, als die Bäume vor mir weniger werden. Vorsichtig drücke ich mich an eine dicke Eiche und mustere die Lichtung. Das Gasthaus liegt offenbar nicht so tief im Wald, wie ich gedacht hatte. Auf der anderen Seite der Wiese kann ich eine waschechte *befestigte Straße* erkennen. Aber ich will auch nicht ungeschützt ins Freie rennen, wenn ich nicht weiß, wo ich einen sicheren Unterschlupf finden kann.

Ich lege die Hände um die Riemen meines Rucksacks und prüfe erneut die Straße, während ich mich frage, wie viel Verkehr hier wohl so ist, als mir Gott einen Knochen hinwirft. Knappe zwanzig Meter zu meiner Linken steht ein leerer BMW halb verdeckt unter ein paar aus dem Waldsaum hervorspringenden Bäumen. Noch besser ist, dass ich ihn erreichen kann, ohne die Wiese überqueren, ohne den Schutz des Waldes verlassen zu müssen. Ich bin mir sicher, dass der BMW den Vigilanten gehört. Hoffentlich erreiche ich ihn, bevor sie zurückkommen. Falls die Fae überhaupt einen von ihnen am Leben lassen.

Der Regen durchweicht meine Haare und meine Kleidung, und ich werde langsamer, als ich am Waldrand entlanglaufe. Bei jedem Schritt bete ich, dass die Menschen den Schlüssel stecken gelassen haben. Ich weiß nicht, was ich sonst tun soll, ich kann den Wagen ja schließlich nicht kurzschließen, aber als ich näher komme, höre ich das Brummen des Motors. Sie haben ihn sogar laufen gelassen.

Ich nehme den Rucksack ab, renne zur Fahrertür, reiße sie auf und springe hinein. Sosch quiekt, als ich ihn auf den Beifahrersitz werfe, aber ich habe keine Zeit, um nachzusehen, ob es ihm gut geht. Es läuft alles viel zu problemlos, doch darüber mache ich mir jetzt keine Gedanken. Ich lege den Rückwärtsgang ein und trete auf das Gaspedal. Zu fest. Der BMW schlingert auf dem nassen Gras, doch dann habe ich ihn unter Kontrolle. Ich lege einen Gang ein.

In der nächsten Sekunde explodiert die Heckscheibe. Glas fliegt durch die Luft. Ich ducke mich hinter dem Lenkrad und steuere blind, als Kugeln in die Seite des Autos einschlagen. Während ich auf dem unebenen Gelände beschleunige, um von den Angreifern wegzukommen und in Richtung der Straße zu fahren, riskiere ich einen schnellen Blick über das Armaturenbrett.

Da steht Aren. Ich trete auf die Bremse, als er einen Vigilanten niederstreckt, der eine Pistole auf mich gerichtet hat. Aren öffnet einen Riss, taucht hinter einem anderen bewaffneten Mann wieder auf und versetzt ihm einen Hieb. Sofort nehmen drei weitere Vigilanten den Platz des Toten ein.

Dieses Mal geht Aren bei seinem Angriff langsamer vor. Zwei der Neuankömmlinge können noch schießen. Aren taumelt. Er verliert den Halt, rutscht aus und fällt auf den Rücken.

Vielleicht hätte ich wegfahren können, wenn er mir nicht in diesem Moment in die Augen gesehen hätte. Ich erstarre, obwohl mein Fuß schon über dem Gaspedal schwebt. Die Vigilanten werden ihn töten. Eigentlich sollte mir das egal sein. Ich sollte ihn sterben lassen, schließlich hat er Hunderte von Fae getötet, aber wenn ich ihn hier zurücklasse, wäre das auch fast schon Mord. Das kann ich nicht tun, nicht, wenn ich in der Lage bin, ihm zu helfen.

Ich verfluche mein Gewissen und trete aufs Gas. Dann fahre ich in die beiden Menschen hinein. Bevor sie sich wieder aufrappeln können, stehe ich schon neben Aren und drücke die Beifahrertür auf. »Steig ein.«

10

»Alles okay?«, frage ich, auch wenn es mir eigentlich egal ist. Wirklich. Ich erfülle nur meine humanitäre Pflicht, indem ich Aren mitnehme. Wenn wir einige Meilen zwischen uns und die Vigilanten gebracht haben, werde ich ihn am Straßenrand absetzen, dann ist er auf sich allein gestellt.

Ich werfe ihm einen Blick zu. Er umklammert den Griff seines Schwertes mit der rechten Hand und hat sich an die Autotür gelehnt, um so weit wie möglich vom Radio und der Klimaanlage entfernt zu sein. Seine *Edarratae* blitzen unregelmäßig auf, und er fühlt sich ganz offensichtlich nicht wohl. Wenn Technik die Magie der Fae durcheinanderbringt, desorientiert sie das. Anfangs ist es nicht schlimm, und sie können die Benommenheit einige Zeit lang ignorieren, aber Aren ist geschwächt, und er ist verletzt. Sein Brustharnisch ist voller Dellen, und neben Kratzern und blauen Flecken hat er seit dem ersten Angriff der Vigilanten auf das Gasthaus ein Loch in der linken Schulter. Im Moment ist es von seiner Rüstung bedeckt, aber ihm rinnt Blut am Arm herunter, das von seinem Ellbogen auf das Sitzpolster tropft.

Vorsichtig beginnt er, die Schnüre an seinem Brustharnisch zu lösen. Ich packe das Lenkrad etwas fester, um den Drang zu unterdrücken, ihm dabei zu helfen. Es dauert eine Weile, aber schließlich hat er die Rüstung ausgezogen und auf den Rücksitz geworfen. Man kann ihm die Anstrengung ansehen. Seine Brust hebt und senkt sich schnell, als er sich zurücklehnt und die Augen schließt.

Na, super. Ich kann ihn doch nicht rauswerfen, wenn er so schwer verletzt ist.

Tja, er kann ja meinetwegen im Auto bleiben. Sobald wir irgendeine Zivilisation erreicht haben, haue ich ab.

»Kannst du die Heizung ausschalten?«, fragt er mich.

Mir ist jetzt schon kalt, die Heckscheibe ist kaputt, und wir sind beide völlig durchnässt, aber Arens Stirnrunzeln ist nicht zu übersehen.

Ich seufze und schalte die Heizung aus.

»Deine *Edarratae* sehen nicht so schlimm aus«, sage ich, als der letzte warme Lufthauch verschwunden ist. Das ist nicht mal wirklich gelogen. Die Technik wirkt sich ganz offensichtlich auf ihn aus, aber ich habe schon schlimmere Reaktionen gesehen.

»Das liegt daran, dass ich dieses Fahrzeug nicht fahre.« Ein leises Quieken ertönt, als er auf dem Sitz herumrutscht. Er sieht mit finsterer Miene in den Fußraum.

Oh nein. Sosch.

»Geht es ihm gut?«, frage ich, als sich Aren vorbeugt und den *Kimki* aus dem Rucksack holt. Zumindest ist Sosch am Leben. Er zirpt, als Aren ihn an seine Brust drückt, doch Aren antwortet mir lange Zeit nicht. Vielleicht wäre Sosch doch besser dran gewesen, wenn ich ihn im Gasthaus gelassen hätte.

»Du hast ihn gerettet«, stellt Aren fest.

Sein Ton irritiert mich, und ich sehe ihn an. Auf seinem Gesicht zeichnet sich Dankbarkeit ab, was ihn viel zu menschlich aussehen lässt. Das ist nicht gut. Mir fällt immer schwerer, mich daran zu erinnern, dass er ein Killer ist.

»Ich habe es nicht für dich getan«, schnaube ich und starre wieder durch die Windschutzscheibe. Gibt es in diesem Land denn keine Straßenschilder? Ich habe noch kein einziges gesehen, und uns ist bisher auch gerade mal ein Auto begegnet. Das war jedoch schon kurz, nachdem wir losgefahren waren, daher habe ich nicht aufgeblendet oder versucht, es anzuhalten, weil ich mir nicht sicher war, ob es nicht doch ein Vigilant sein könnte. Außerdem beherrsche ich Fae besser als Deutsch. Es dürfte nicht gerade leicht werden, sich mit den Einheimischen zu verständigen.

Ich werfe Aren einen Blick zu und frage mich, wie sehr die Technik seiner Magie schadet.

»Kannst du einen Riss öffnen?«

Er zögert, bevor er antwortet. »Ja.«

»Gut. Dann mach das.«

Die Art, wie er mich ansieht, bewirkt, dass etwas in meiner Magengrube zu flattern beginnt. *Besorgnis*, sage ich mir, weil ich das Bedauern in seinen Augen sehe. Er wird etwas sagen, was mir nicht gefallen wird.

»Ich kann dich nicht gehen lassen.«

Und da ist es auch schon. Es gefällt mir ganz und gar nicht. »Du hast keine Wahl. Ich fahre, du bist der Beifahrer, und ich habe dir gerade das Leben gerettet. Und jetzt öffne schon einen Riss.«

Er streicht mit der Hand über Soschs Fell, und der Ansatz eines Grinsens spielt um seine Lippen. »Noch sind wir nicht quitt.«

»Ich könnte auch noch einwerfen, dass du mich entführt hast.«

Der Mistkerl lacht tatsächlich. »Ach, komm schon. Das war doch kein so schlimmes Erlebnis, oder?«

Er macht wohl Witze. »Auf mich wurde geschossen.«

»Ich habe mich um dich gekümmert.«

Erneut zieht sich etwas in meinem Inneren zusammen. Ich starre auf die Straße, damit ich ignorieren kann, wie er mich ansieht. Da ist kein Verlangen in mir. Absolut gar keins. Nada. Niente. Und ich denke nicht darüber nach, wie der Sex mit einem Fae und seinen *Edarratae* sein könnte. Himmel noch eins, ich hatte ja noch nicht mal Sex mit einem Menschen. Vermutlich könnte ich damit gar nicht fertig werden …

Ich schüttle den Kopf und lege die Hände fester um das Lenkrad. Warum zum Teufel habe ich ihn in dieses Auto gelassen? Er ist mein *Entführer*. Ich sollte versuchen, ihn zu töten, und ihm nicht helfen, aber selbst jetzt mache ich mir Sorgen wegen seiner Verletzungen. Die Wunde an seiner Schulter sieht gar nicht gut aus, und auch wenn er versucht, es sich nicht anmerken zu lassen, ist mir klar, dass er Schmerzen hat. Er braucht einen Arzt oder, noch besser, einen Heiler.

Verdammt. Was geht mich das alles überhaupt an?

»Weißt du überhaupt, wo du hinfährst?«, will er wissen.

»Ich folge der Straße«, antworte ich angespannt.

»Können die Menschen dieses Fahrzeug verfolgen?«

Ich sehe in den Rückspiegel. »Hinter uns ist niemand.«

»Nein«, meint er. »Ich meine, mithilfe von Technologie. Können sie uns mit technischen Mitteln aufspüren?«

Oh. Ich sehe mir die Anzeigen am Armaturenbrett an. Woher soll ich das wissen?

»Nördlich des Gasthauses ist ein zweites Tor«, sagt Aren. »Sosch kann uns helfen, es zu orten.«

Er scheint nicht genau zu wissen, wo sich das Tor befindet. Ohne Sosch könnten wir einfach daran vorbeilaufen.

Moment mal? Wir? Was zum Teufel denke ich denn da? Ich muss diesen Fae loswerden. Als ich gerade darauf bestehen will, dass er einen Riss öffnet, setzt er Sosch auf den Rücksitz und zieht sein Hemd aus.

»Was machst du da?« Ich richte den Blick auf die Straße und versuche, zu vergessen, wie Aren ausgesehen hat, als sein Oberkörper von nichts als Silberstaub bedeckt war.

»Bluten«, antwortet er und reißt sein Hemd durch.

Ich gebe der Versuchung nach und werfe ihm einen Blick zu, während er das Hemd ein weiteres Mal durchreißt. Er wickelt sich die Fetzen um die verletzte Schulter. Seine Bauchmuskeln treten hervor, als er die Bandage festzieht. Verdammt.

Ich konzentriere mich aufs Fahren. Er ist *nicht* attraktiv. Er kann es nicht sein, nicht, wenn er voller Blut und blauer Flecken ist. *Und es ist nicht nur sein Blut*, rufe ich mir ins Gedächtnis. Ich habe keine Ahnung, wie viele Menschen er getötet hat. Allein aus diesem Grund sollte ich ihn so schnell wie möglich loswerden. Dummerweise fühle ich mich aber sehr wohl dabei, ihn neben mir zu wissen. Es ist verrückt, aber bei ihm fühle ich mich fast genauso sicher wie früher bei Kyol.

Ich runzle die Stirn und denke darüber nach. Auf einmal ergibt alles einen Sinn.

»Stockholmsyndrom«, flüstere ich, während meine Fingerknöchel am Lenkrad weiß werden.

Aren sieht mich an. »Was?«

Das Stockholmsyndrom. Das erklärt alles. Ich identifiziere mich mit meinem Entführer, entwickle eine kranke, emotionale Beziehung zu ihm. Aus diesem Grund habe ich ihn gerettet, und aus diesem Grund mache ich mir jetzt auch Sorgen um sein Wohlergehen. Mein Verstand glorifiziert jede nette Geste von ihm und lässt mich glauben, er würde sich für mich interessieren, obwohl er das eigentlich gar nicht tut.

»Ist alles okay?«, fragt Aren.

»Nein«, fauche ich. »Ist es nicht. Ich bin psychisch beeinträchtigt.«

Er zieht eine Augenbraue hoch.

»Hau schon ab.«

»McKenzie«, sagt er und klingt, als ob er von mir enttäuscht wäre.

»Jetzt, verdammt noch mal.« Ich schlage nach ihm und treffe ihn an der Schulter.

Er stöhnt. »Ich kann nirgendwohin gehen, solange wir uns bewegen.«

Ich trete auf die Bremse und warte, aber er regt sich nicht. Er sitzt einfach nur da und starrt mich an. »Das ist mein Ernst, Aren. Öffne einen Riss und verschwinde.«

Er seufzt, und ich denke schon, dass er endlich tun wird, was ich verlange, als er meint: »Das tut mir wirklich sehr leid.«

»Was tut dir leid ...«

Seine Hand schnellt vor, greift nach dem Autoschlüssel und zieht ihn aus dem Schloss.

Ich stürze über die Mittelkonsole und greife danach. Wenn ich die Schlüssel nicht zurückbekomme, bin ich am Arsch, aber Aren lässt mich nicht an sie heran.

»Ich kann dich nicht gehen lassen«, wiederholt er.

»Gib mir die verdammten Schlüssel!« Ich versuche erneut, sie mir zurückzuholen. Er hält sie zur Seite und schlägt meine Hände weg. Es gelingt mir, sein Handgelenk zu packen, aber durch meine Schwungkraft und eine Bewegung seinerseits falle ich ihm halb auf den Schoß. Als er deswegen breit grinst, ramme ich meine Faust gegen seine verletzte Schulter.

»Nom Sidhe«, knurrt er und kneift die Augen zusammen. Die Schlüssel fallen auf den Boden, und ich greife zwischen Arens Beine, um sie aufzuheben. Bevor ich wieder hochkommen kann, legt er einen Arm um meine Taille und reißt die Tür auf.

Ich drücke ihm meinen Ellbogen in den Bauch. Er blockt den Schlag, zieht mich auf seinen Schoß und wirft mich beinahe aus dem Wagen. Daraufhin lasse ich die Schlüssel fallen und greife mit beiden Händen nach dem Haltegriff über der Tür, als Aren aus dem Wagen aussteigt und mich mitzieht.

»Lass den Griff los.«

»Lass *mich* los!«, schreie ich zurück. Er zieht fester, und meine Füße schweben in der Luft. Der Griff ist mein einziger Halt am Wagen, doch ich kann mich nicht mehr lange festhalten. Ich trete nach Aren, aber er hält jetzt meine Beine fest.

»McKenzie.« Er zieht noch einmal, und ich rutsche ab. Meine Zähne bohren sich in meine Unterlippe, als ich mit dem Gesicht nach unten auf dem feuchten Seitenstreifen lande.

Aren dreht mich um und drückt mich auf den Boden. Ich bäume mich auf und versuche, mich unter ihm hervorzuwinden.

»Entspann dich«, befiehlt er mir.

Ich kann ihm meinen Arm entreißen, aber er hält ihn sofort wieder fest.

»Es reicht, McKenzie. Es reicht!«

Ich erschlaffe unter ihm und zwinge mich, nicht zu reagieren, als *Edarratae* von seinen Händen auf meine Arme überspringen. Allerdings klappt das nicht gerade gut. Ich bewege mich nicht, aber die Chaosschimmer pulsieren unter meiner Haut, und je länger er mich berührt, desto heißer werden sie. Sie sind nicht schmerzhaft, sie sind eher erregend und süchtig machend.

»Ich hasse dich«, flüstere ich. Seine silbernen Augen folgen einem Schimmer, der über meine Schulter, meinen Hals und meine Wange tanzt.

»Du blutest«, murmelt er und drückt seinen Daumen zärtlich auf meine Unterlippe. Ich hole tief Luft, als er seine Magie wirkt, um den kleinen Schnitt zu heilen, und es fühlt sich an, als würden tausend Chaosschimmer in meinem Bauch explodieren.

Ich unterdrücke meinen Frust und drehe den Kopf zur Seite, damit ich ihn nicht ansehen muss. »Lässt du mich jetzt aufstehen?«

»Versuchst du wieder, wegzulaufen?« Als ich nicht antworte, seufzt er, und ich spüre seinen warmen Atem an meinem Hals. »Blöde Frage. Natürlich wirst du es versuchen.«

Aren steht auf und zieht mich auf die Beine. Als er sich umdreht und die hintere Autotür öffnet, beuge ich mich nach unten, hebe die Wagenschlüssel auf, die auf dem Boden liegen, und stopfe sie tief in meine Hosentasche.

Er kramt einen Moment lang auf dem Rücksitz herum und richtet sich dann wieder auf. »Das ist ein …«

Ich beuge mich zur Seite und sehe den Metallkasten, den er in der Hand hält. »Das ist ein Verbandskasten.«

Er nickt, klappt ihn auf und starrt den Inhalt an.

»Du kannst dich nicht selbst heilen?«, will ich wissen.

»Nein.« Er setzt sich auf die Kante des Autositzes und sieht mich an. »Kannst du nähen?«

Ich erstarre, und mir wird ein wenig übel. »Nein, kann ich nicht.«

»Meine Schulter muss gereinigt und genäht werden.«

»Nein.« Ich wende den Blick ab und sehe zum Wald hinüber. Er ist verletzt, aber trotzdem bezweifle ich, dass ich vor ihm weglaufen kann. Vielleicht wird er auf dem Weg zum Tor ja schwächer? Dann kann ich hierher zurücklaufen und entkommen.

»McKenzie«, sagt Aren fast schon flehend.

»Ich stecke keine Nadel in dich«, erwidere ich und sehe ihn wieder an. Eine Wunde zuzunähen ist eine Nummer zu groß für mich. Aber ich kann sie säubern. Ich sehe mir den offenen Verbandskasten auf seinem Schoß an. Er muss den Vigilanten gehören. Alles ist in Englisch beschriftet. Als ich elastische Binden sehe, nehme ich sie heraus. »Die kann ich benutzen, um die Wunde zu verschließen.«

»Dafür blute ich zu stark.«

»Es ist besser als nichts.«

Er verzieht das Gesicht. »Ist das dein neuer Fluchtplan? Mich verbluten zu lassen?«

»Das ist keine schlechte Idee.« Tatsächlich ist das sogar mein Notfallplan, falls ich ihn nicht vom Wagen weglocken kann.

»Okay.« Er sieht in den Verbandskasten. »Womit kann man die Wunde desinfizieren?«

»Mit den antiseptischen Tüchern.«

»Welche sind das?« Er löst die Fetzen, mit denen er sich vor zehn Minuten provisorisch verbunden hat. Sie sind inzwischen rot.

»Die da links.«

Er wirft die Binden auf den Boden und sieht mich frustriert an. »Ich kann zwar eure Sprache sprechen, McKenzie, aber ich kann sie nicht lesen.«

Ich schnaufe und greife mir eins der weißen Päckchen. »Das hier.« Ich reiße es auf und nehme das Tuch heraus. »Du wirst mehr brauchen, als wir haben.« Er ist mit Schmutz, Schweiß und Blut bedeckt.

»Säubere die Wunde einfach, so gut du kannst.«

Ich streiche mit dem Tuch über das Loch in seiner Schulter und über seine unglaublich feste Brust. Himmel, ist er gut in Form. Er ist schlanker als Kyol, hat aber einen ebenso wohl geformten Körper. Ich versuche, die Muskeln unter meiner Hand zu ignorieren, während ich seine Wunde reinige. Eigentlich verschmiere ich das Blut mit den Tüchern nur. Eine Infektion lässt sich so nicht vermeiden. »Du musst zu einem Arzt.«

»Sobald wir wieder bei den anderen sind, ist alles wieder gut.«

»Dann öffne einen Riss. Wir fahren nicht mehr. Du kannst innerhalb von zwei Minuten jemanden an diesen Ort schicken.« Zwei Minuten wären genug Zeit, damit ich mich wieder hinters Steuer setzen und davonfahren kann.

Er schüttelt den Kopf. »Ich komme schon klar.«

Ich höre auf, seine Wunde zu reinigen, und sehe ihm misstrauisch in die Augen. »Du kannst keinen Riss öffnen, was?«

»Doch, kann ich.« Er spannt den Kiefer an. »Ich würde im Moment nur nicht weit kommen. Wenn wir am Tor sind, wird das Gift der Technik verflogen sein.«

»In deinem Zustand wirst du es nicht bis zum Tor schaffen.«

»Es ist nicht weit.«

»Du kannst Entfernungen nicht gut einschätzen, wenn du in einem Auto bist.« Das gilt zumindest für Kyol. »Wir könnten noch mehrere Meilen vom Fluss entfernt sein.«

»Ich werde es schon schaffen.«

»Du wirst verbluten.«

Ein Lächeln huscht über seine müden Züge, und diese verdammten Chaosschimmer in meinem Bauch legen schon wieder los. Man sollte doch meinen, dass ich immun gegen die Effekte wäre, nachdem ich weiß, dass ich am Stockholmsyndrom leide, aber dem ist nicht so. Es ist schlimmer als vorher.

»Deine Sorge um mein Wohlergehen ist herzerwärmend«, sagt er. Dann stöhnt er auf, als ich ein frisches feuchtes Tuch auf seine Wunde klatsche.

Sosch legt sich auf die Lehne des Rücksitzes. Seine blauen Augen funkeln, und er sieht mir bei der Arbeit zu. Ich säubere

Aren, so gut ich kann, habe aber irgendwie das Gefühl, dabei keine Fortschritte zu machen. Jedes Mal, wenn ich Druck auf seine Schulter ausübe, strömt wieder Blut heraus. Als ich nur noch zwei Tücher habe, beschließe ich, mich erst mal um die Austrittswunde auf seinem Rücken zu kümmern. Da ich mich nicht auf seinen Schoß setzen will, komme ich da so aber nicht ran.

»Steig aus.« Ich gehe ein Stück nach hinten, damit er aussteigen kann.

Er ergreift das Dach des BMW, zieht sich hoch, dreht sich um und stützt seine Unterarme auf die Kofferraumhaube. Verdammt, sein Rücken sieht auch höchst appetitlich aus, wenn man mal von der Schusswunde und dem Blut absieht. Seine Schultern sind breit, und die Muskeln zu beiden Seiten der Wirbelsäule bewegen sich, als er seine Körperhaltung anpasst. Ein Chaosschimmer schießt im Zickzack über seine Brust und verschwindet im Bund seiner Hose. Der Drang, seinen Weg mit den Fingern nachzuziehen, ist unvorstellbar groß, aber ich konzentriere mich darauf, das Loch in seiner linken Schulter zu verarzten.

Nachdem ich das letzte blutgetränkte Tuch in den Wagen geworfen habe, lässt sich Aren wieder auf den Sitz fallen. Er wühlt im Verbandskasten herum und holt eine Nadel sowie etwas, was eher nach Zahnseide als nach einem Faden aussieht, heraus. Dann hält er mir beides hin.

»Das stand nicht auf meinem Programm«, sage ich und sehe ihm direkt in die Augen.

Er mustert mich kurz und erwidert dann mit sanfter Stimme: »All das stand nicht auf deinem Programm, nicht wahr?« Er fädelt den Faden selbst ein und sticht ihn ohne Zögern in den Rand seiner Schusswunde. Ich verziehe das Gesicht und wende mich ab.

»Du bist nicht so, wie ich erwartet hatte«, erklärt er.

Ich richte den Blick stur auf den Boden unter meinen Füßen. Er ist auch nicht so, wie ich erwartet hatte, aber das werde ich bestimmt nicht zugeben.

»Ich dachte, du wärst herzlos«, fährt er fort. »Und kalt, genau wie Schwertmeister Taltrayn. Aber das bist du nicht.«

»Der Schwertmeister ist nicht kalt«, erwidere ich, bevor mir überhaupt bewusst ist, was ich da sage.

Er hört auf, seine Wunde zu nähen, und sieht mich an. »Bist du es nie leid, den Hof zu verteidigen?«

Ich tue die Frage mit einem Achselzucken ab. Er hat die Wunde schon fast geschlossen, aber seine blutigen Finger können die Nadel kaum noch festhalten, und er sieht nicht, was er tut, obwohl er den Kopf schon so weit dreht, wie er nur kann. Am Rücken wird er sich erst recht nicht nähen können.

»Gib her«, knurre ich und nehme die Nadel. Bevor ich einen Rückzieher machen kann, steche ich sie in seine Haut. Ich ziehe den Faden fest an, schiebe ihn unter einige der anderen Stiche und schneide ihn dann ab. »Dreh dich um.« Ich nehme seinen Arm und drehe ihn so, dass Arens Gesicht erneut zum Auto zeigt. Wenige Minuten später ist die Wunde vernäht. Ich wische so viel Blut ab, wie ich nur kann, bevor ich beide Wunden verbinde.

Aren grinst. »Das war doch gar nicht so schlimm, oder?«

»Es war schrecklich«, entgegne ich und mustere ihn von oben bis unten. Er hat sehr viel Blut verloren. Das muss ihn doch irgendwie schwächen oder langsamer machen. »Bist du sicher, dass du es bis zum Tor schaffst?«

»Ja, bin ich.« Er beugt sich in das Auto, nimmt meinen Rucksack und ruft Sosch. Der *Kimki* huscht sofort hinein.

Ich mache einen Schritt zur Seite und bedeute Aren, dass er vorausgehen soll. Er hängt sich einen Riemen des Rucksacks über die unverletzte Schulter und streckt die Hand aus.

»Wir müssen nicht Händchen halten.«

»McKenzie«, sagt er in nicht sehr geduldigem Ton.

Ich beiße die Zähne zusammen, als mir klar wird, was er von mir will, verdrehe die Augen, nehme die Autoschlüssel aus der Hosentasche und werfe sie ihm gegen die Brust.

11

Nach nicht einmal einer Stunde trage ich den Rucksack mit Sosch und muss auch Aren halb durch den Wald schleppen. Anfangs hat er meine Hilfe abgelehnt, und ich habe mit angesehen, wie er über den von Unkraut überwucherten »Trail« gestolpert ist. Als das Unterholz zu dicht wurde und wir nicht mehr durchkamen, nahm er sein Schwert zu Hilfe und bahnte uns einen Weg. Erst als er damit zu weit ausholte und mich beinahe getroffen hätte, ignorierte ich schließlich seine Proteste und nahm ihm das Schwert ab. Er brachte ein schwaches Lachen zustande und sagte, er wäre besorgt, dass ich ihn damit niederstrecken könnte. Inzwischen lacht er nicht mehr. Er hat seit mehr als zwanzig Minuten kein Wort gesagt, und ich bin viel zu erschöpft, um eine Unterhaltung anzufangen.

Er stützt sich auf meine Schultern. Mein Arm liegt um seiner Taille. Sein Körper fühlt sich warm an. Ich weiß nicht, ob das an den *Edarratae* liegt, die auf meine Haut überspringen, oder ob er Fieber hat. Vermutlich ist es Letzteres. Wie lange dauert es, bis eine Infektion ausbricht? Seine Lippen sind blass, und er schwitzt. Ich schwitze auch, und mein Rücken tut weh, weil ich Aren stützen muss. Mit meinen Stiefeln versinke ich im feuchten Boden und bedauere immer mehr, dass ich mir nicht die Zeit genommen habe, meine Socken anzuziehen. Ich habe das Gefühl, knöcheltief durch zerbrochenes Glas zu waten, und meine Füße tun unglaublich weh. Da sich Aren jedoch nicht über das Loch in seiner Schulter beschwert, ertrage auch ich den Schmerz.

Irgendwann später höre ich das Rauschen eines Flusses. Sosch muss es ebenfalls hören. Er zappelt im Rucksack herum, um dann mit dem für ihn so typischen Quieken auf meine Schulter zu hüpfen und auf den Boden zu springen.

Der Wald lichtet sich, und ich kann das Wasser in der Morgensonne glitzern sehen. Sosch rennt ans Ufer und trinkt einige Schlucke.

»Kann er das trinken?«, frage ich und humple zum Flussufer.

»Es wird ihn nicht umbringen«, erwidert Aren, sieht aber nicht so aus, als ob er es ebenfalls kosten wollte. Hat er denn keinen Durst? Ich fühle mich völlig ausgetrocknet.

Er nimmt den Arm von meiner Schulter und kann anscheinend alleine stehen. »Wir sind nicht weit vom Tor entfernt. Sobald wir hindurchgegangen sind, bekommen wir auch was zu trinken.«

Ich plumpse auf den feuchten Boden neben dem Fluss. Es mag vielleicht keine gute Idee sein, das Wasser zu trinken, aber ich kann nicht widerstehen und muss meine Füße hineintauchen.

»Wo geht's zum Tor lang?«, erkundige ich mich, während ich den linken Stiefel ausziehe.

Aren sieht flussabwärts. »Da lang.« Er klingt nicht überzeugt.

»Wie weit ist es ...« Großer Gott, mein Fuß sieht schlimmer aus, als ich gedacht habe. An der Ferse haben sich nässende rote Blasen gebildet wie auch an fast allen Zehen. An der frischen Luft schmerzen die Wunden erst recht, und jetzt bin ich mir nicht mehr so sicher, dass ich den Fuß wirklich ins Wasser tauchen will.

»*Nom Sidhe*, McKenzie«, sagt Aren und starrt meinen Fuß an. »Warum hast du denn nichts gesagt?«

»Mir war nicht klar, dass es so schlimm ist.«

Er setzt sich neben mich. Als er nach meinem Fuß greift, ziehe ich ihn weg.

»Du hast nicht genug Kraft, um mich zu heilen.«

»So kannst du nicht weitergehen.«

»Du wirst den Riss nicht mehr öffnen können.«

Seine silbernen Augen sehen mich an. »Und was wäre daran so schlimm für dich?«

Gutes Argument.

»Okay«, lenke ich ein.

Er umfasst meinen Fuß mit beiden Händen. Chaosschimmer zucken über seine Hände, fließen in meine Zehen und meinen Rist. Ich verspanne mich und halte den Atem an, aber ich kann es nicht unterdrücken und fange wild an zu kichern.

Aren sieht auf und zieht die Augenbrauen hoch, und Sosch stellt die Ohren nach vorn.

»Es kitzelt«, erkläre ich. Mein Bein zuckt, als ein *Edarratae* von meiner Ferse zu meinem kleinen Zeh schießt, und ich muss erneut kichern.

Die Müdigkeit verschwindet aus Arens Gesicht, und er zieht den linken Mundwinkel nach oben.

»Was ist?«, will ich wissen.

»Ich habe dich noch nie zuvor lächeln sehen«, sagt er.

Ich blicke ihn finster an und ignoriere die Schmetterlinge in meinem Bauch. »Gewöhn dich nicht dran.« Dann entziehe ich ihm meinen Fuß. Scheiß Stockholmsyndrom. Es muss doch ein Heilmittel dagegen geben.

»Du hast nicht versucht wegzulaufen«, stellt er leise fest.

»Hast du dir meinen Fuß angeguckt?«, kontere ich und knirsche mit den Zähnen. Er muss mich nicht auch noch auf meine blöde Entscheidung und meine Inkonsequenz hinweisen. Ob ich ihn jetzt alleine lassen soll? Ich kann bestimmt vor ihm weglaufen, aber er kann offensichtlich noch immer Magie wirken. Vielleicht kann er einen Riss über eine geringe Entfernung öffnen oder mich auf andere Weise aufhalten. Er ist ein Heiler, was aber noch lange nicht heißt, dass er keine anderen Gaben besitzt.

Ach, wem mache ich was vor? Das alles hat mich zuvor auch nicht aufgehalten. Ich lege mir nur Ausreden zurecht, damit ich bei ihm bleiben kann. Schwache Ausreden. Der einzige Grund, warum ich noch hier bin, ist, dass er nicht sterben soll. Wenn ich ihn im Stich lasse, wäre das so, als würde ich ihm ein Schwert in die Brust stoßen, und ich könnte nie jemanden exekutieren, der verletzt ist und meine Hilfe braucht.

»Zieh den anderen Stiefel aus.«

Ich schlucke meine Frustration hinunter und füge mich. Mist, der Fuß sieht ja noch schlimmer aus als der andere.

Aren schüttelt den Kopf und wirkt seine Magie. Ich beiße mir auf die Lippe, um nicht wieder zu kichern. Zum Glück ist er schnell fertig. Wenn ich lache, fühle ich mich viel zu verletzlich.

Ich entziehe ihm meinen Fuß und tauche beide blasenlosen Füße in den Fluss. Das kalte Wasser ist belebend.

Neben mir neigt sich Aren langsam nach hinten, bis er auf dem Rücken liegt. Er schließt die Augen. Ich sehe mit an, wie sich seine Brust hebt und senkt. Die Falten in seinen Augenwinkeln verraten mir, dass seine Schulter sehr schmerzt. Ich mache mir deswegen Sorgen. Die Wunde blutet nicht mehr, aber vielleicht hätten wir sie nicht zunähen sollen. Möglicherweise sollte sie austrocknen, Luft bekommen oder etwas in der Art.

»Rede mit mir«, sagt er. »Das lenkt mich von meiner Schulter ab.«

Das bezweifle ich, erkundige mich aber trotzdem: »Worüber möchtest du denn reden?«

Ein Chaosschimmer schießt über seinen Bauch. Ist er schwächer als sonst? Es fällt mir schwer, das unter dem ganzen Schmutz und Schweiß zu bestimmen.

»Wie lange arbeitest du schon für den Hof?«

»Zehn Jahre.« Ich mache eine Pause und überlege, wie viel ich ihm verraten soll. Als einer seiner Atemzüge abgehackt klingt, füge ich hinzu: »Ich hatte vor, damit aufzuhören.«

Das Silber lugt unter seinen Augenlidern hervor. »Ach wirklich?«

Ich nicke. »Ich soll eigentlich eine Woche, nachdem du mich entführt hast, meinen Collegeabschluss machen. Ich wollte als normaler Mensch leben, die Fae ignorieren und nie wieder einen Fuß ins Reich setzen.«

Er grinst. »Du könntest nie ein normaler Mensch sein.«

Ich starre ihn an, aber er hat die Augen wieder geschlossen.

»Zehn Jahre?«, meint er nach einigen Sekunden. »Du warst ganz schön jung, was?«

»Nicht so jung.«

»Hast du noch bei deinen Eltern gewohnt?«

Ich will auf keinen Fall, dass die Unterhaltung in *diese* Richtung geht. Ich ziehe meine Füße aus dem Wasser und lasse sie an der Luft trocknen.

Er dreht den Kopf und sieht mich an. »Werden sie nach dir suchen?«

»Nein«, antworte ich auf eine Weise, die diese Unterhaltung beenden sollte.

»Wird irgendein Mensch nach dir suchen?«

»Ja.« Das ist nicht gelogen. Wenn ich noch ein paar Wochen nicht auftauche, werden sich die unbezahlten Rechnungen häufen und man wird versuchen, mich zu kontaktieren. Und es ist gut möglich, dass mich auch Paige vermisst. Ihre Schwester heiratet diesen Monat, und ich habe versprochen …

Ach Scheiße.

»Was ist?«, will Aren wissen.

»Ich habe den Junggesellinnenabschied verpasst.«

»Den was?«

»Eine Party«, erkläre ich. »Die Schwester einer Freundin heiratet am Samstag.« Paige kommt nicht gut mit Amy klar, aber sie ist ihre Trauzeugin. Sie muss bis zur Hochzeit nett zu ihr sein, und ich habe ihr versprochen, dass ich ihr bei beiden Feiern zur Seite stehe, damit sie nicht durchdreht.

Das ist der Grund dafür, dass ich kaum menschliche Freunde habe. Immer ist irgendwas mit den Fae, und es endet damit, dass ich meine Versprechen breche.

Aren starrt zu dem von den Baumwipfeln verdeckten Himmel hinauf. »Erzähl mir, warum du angefangen hast, für den Hof zu arbeiten.«

Ich hebe einen Stein vom Boden auf und seufze laut. Aren will noch immer abgelenkt werden? In Ordnung. »Welches Menschenmädchen würde sich die Gelegenheit, Teil eines Märchens zu werden, entgehen lassen? Ich war sechzehn. Mir stand der Sinn nach Aufregung und Abenteuer.« Und nach Liebe, aber das werde ich ihm bestimmt nicht verraten. »Der Hof hat mir all das geboten. Sie haben gesagt, ich wäre etwas Besonderes, dass ich ihnen helfen könnte und dass sie mich beschützen würden.«

»Beschützen? Wovor?«

Ich beobachte Sosch, der gerade in einen flachen, steinigen Teil des Flusses springt. »Vor den Falschbluten. Thrain hat mich gefunden.«

»Thrain?« Aren spricht diesen Namen voller Abscheu aus.

Ich ziehe eine Augenbraue hoch. »Ich dachte, ihr Falschblute würdet alle zusammenhalten?«

»Ich bin kein Falschblut.« Er setzt sich auf. Etwas zu schnell. Ich sehe ihm an, dass ihm schwindlig wird. Es dauert einen Moment, bis er aufgehört hat zu schwanken. »Sethan ist auch kein Falschblut.«

»Das behauptest du.« Ich werde mich nicht mit ihm streiten. Falls – nein, *wenn* – ich zurück am Hof bin, werde ich Kyol bitten, die Zarrak-Blutlinie für mich nachzuschlagen.

Ich starre flussabwärts in die Richtung, in der sich laut Aren das Tor befinden soll. »Ich glaube, du hast dich, was das Tor angeht, geirrt. Hast du es auf einer Karte gesehen? Wie weit war es vom Gasthaus entfernt?«

»Etwa dreißig *Yraka*.« Er blinzelt und sieht mich dann wieder an. »Das hilft dir nicht weiter, was?«

»Doch. Auf Kyols Karten sind die Entfernungen auch in *Yraka* angegeben.«

Er legt den Kopf schief. »Kyol?«

Jetzt erst wird mir mein Fehler bewusst. Aren sieht mir in die Augen, und obwohl ich mir die größte Mühe gebe, es zu verbergen, kann ich nicht verhindern, dass er die Wahrheit erfährt. Er sieht sie in mir, und tausend Emotionen zeichnen sich gleichzeitig auf seinem Gesicht ab. Erstaunen. Verwirrung. Erschrecken. Fast gleichzeitig bekommen wir unsere Gefühle wieder unter Kontrolle.

»Du bist in Taltrayn verliebt.« Das ist keine Aussage, aber auch keine Frage, und ich weiß nicht, was ich jetzt sagen soll. Ich krampfe die Hand um den Stein. Aren wird die Lüge erkennen, wenn ich es leugne. Falls ich es jedoch zugebe …

Was wird Aren tun? Zum König rennen und es verraten? Wohl kaum.

Er verändert seine Körperhaltung. »Taltrayn mag mein Feind sein, aber er … er hat Prinzipien. Er würde nie gegen Atroths Wünsche verstoßen und sich mit dir entehren.«

»Das weiß ich!«

Er schneidet eine Grimasse. »Tut mir leid. Das kam irgendwie falsch rüber. Ich wollte damit nicht sagen …«

»Das Tor ist in dieser Richtung.« Ich zeige mit dem Finger flussaufwärts und frage mich, warum mir Arens Worte so wehtun. Liegt es daran, dass er »entehren« gesagt hat? Ich würde Kyol entehren?

Nein. Ich darf mich von Aren nicht derart beeinflussen lassen.

»McKenzie.«

Ich stehe auf und werfe den Stein in den Fluss. »Steh auf, wenn du nicht willst, dass ich dich hier zurücklasse. Und zwar sofort.«

Langsam und vorsichtig rappelt er sich auf. Ich habe meine Hände zu Fäusten geballt. Ich werde ihm nicht helfen. Es ist mir egal, wie blass er wird oder wie schwer er sich auf sein Schwert stützt. Ich werde ihn zum Tor bringen, wo er leichter einen Riss öffnen kann, und dann sehe ich zu, dass ich verschwinde.

Seine Knie tragen sein Gewicht. »Du bist klug, McKenzie. Du musst doch erkennen …«

»Lass es.«

»Dass er dich manipuliert hat.«

»Halt einfach den Mund.« Ich wende mich ab.

Aren dreht mich wieder um. »Er hat zugestimmt, mit der Tochter von Srillan verbunden zu werden.«

Ich höre auf zu atmen. Mein Herz zerspringt in tausend Stücke. Das sollte es nicht tun. Aren will einen Keil zwischen mich und den Hof treiben. Zwischen mich und Kyol. Er erfindet Lügen, um mich auf seine Seite zu locken. Ich habe keinen Grund, ihm zu glauben, aber ... Ich kenne die Tochter von Srillan. Sie ist eine wunderschöne Fae namens Jacia, und sie war in den letzten Monaten häufig in Kyols Nähe.

Kalte, feuchte Luft klebt an meiner Haut. Ich zittere nicht, aber ich habe das Gefühl, innerlich zu zerbrechen. Ist das wirklich wahr? Und wenn ja, wieso hat mir Kyol nichts gesagt? Hat er es absichtlich verschwiegen? Ich sehe zu Boden, damit Aren die Fragen in meinen Augen nicht erkennen kann.

Er legt mir einen Finger unter das Kinn und hebt es an. Seine *Edarratae* blitzen über meinem Kinn auf. Ich spüre, wie ein Blitz meine Lippen trifft. Aren sieht erst ihn an, dann meine Lippen, dann schaut er mir in die Augen.

»Er liebt dich nicht«, sagt er.

Ich schlage ihn. Ich weiß nicht, warum ich das tu. Vielleicht liegt es an meinen Zweifeln, meiner Frustration oder daran, dass alles wie eine Flutwelle über mich hereinbricht. Ich will mich all dem nicht stellen. Nicht jetzt.

»Verstehe«, meint Aren leise.

Ich hätte ihn nicht schlagen dürfen. So etwas tun nur Schwache und Mädchen. Ich hätte meine Faust ballen und ihm damit die Nase einschlagen sollen.

»Na, komm«, fordert er mich auf. »Lass uns flussaufwärts nach dem Tor suchen.«

Ich hatte beabsichtigt, ihn durch den Riss zu schubsen und zurückzubleiben, aber als wir näher kommen, wird mir klar, dass das gar nicht so einfach wird. Aren muss sich seine Kraft für den letzten Teil der Reise aufgespart haben. Sobald sich Soschs Fell silbrig verfärbt, verstärkt Aren seinen Griff um mein Handgelenk. Er verzieht das Gesicht und ist schweißgebadet, aber er scheint sich im Moment nicht schwach zu fühlen.

Er gräbt in dem Beutel an seinem Gürtel und holt einen Ankerstein heraus. Der Stein glüht kurz, als Aren den Zielort aufprägt.

»Du solltest mich gehen lassen«, sage ich, und das sind die ersten Worte, seitdem wir vom Flussufer aufgebrochen sind.

»Und dich fern der Zivilisation ganz alleine lassen? Und ohne Stiefel? Nein, *Nalkin-Shom*. Du kommst mit mir.«

Okay, dass ich barfuß bin, ist ein Problem. Die Stiefel hätten meine Haut schnell wieder aufgescheuert, also habe ich sie nicht wieder angezogen. Obwohl ich immer nur auf dem weichen Boden des Ufers gegangen bin, sind meine Füße wund und empfindlich. Doch sie wären nicht mehr lange ein Problem, wenn Aren weg wäre und ich das Handy benutzen könnte, das mir ein Loch in die Hosentasche zu brennen scheint. Ich hatte bisher noch nicht die Gelegenheit, jemanden anzurufen. Aren ist mir, seitdem wir aus dem Auto ausgestiegen sind, nicht von der Seite gewichen.

Soschs Fell ist inzwischen komplett silberfarben geworden. Er zirpt und huscht am Ufer hin und her. Wenn ich nicht genau auf die Stelle vor ihm sehe, dann kann ich den Schatten in der Atmosphäre erkennen.

»Wir sind da«, sagt Aren. Er hält meine Hand eisern fest, nachdem er den Ankerstein hineingelegt hat, dann geht er vorsichtig ans Wasser und taucht seine Hand hinein. Ich spüre das Tor, bevor das Licht Aren durch die Finger perlt. *Edarratae*, Dutzende davon, blitzen auf, schießen über seine Deltamuskeln, seine feste Brust und rasen einen Schenkel des V entlang, das von seinem Bauch hinunter zu seinem …

Als mir klar wird, wo ich hinstarre, wende ich den Blick ab.

Aren sieht mich an. »Bist du bereit?«

Es wäre so einfach, in seiner Wärme dahinzuschmelzen. Es ist verlockend. Aren, Sohn des Jorreb, der Schlächter von Brykeld, könnte mein Lückenbüßer werden. Er könnte mich küssen, mich berühren und all die Dinge tun, die eigentlich Kyol hatte tun sollen. Er könnte das Loch in meinem Herzen stopfen.

Bis ich ihm das *Sidhe Tol* verrate. Was passiert, wenn er das von mir bekommen hat, was er haben will?

»McKenzie.«

Es ist lächerlich. Ich vertraue ihm nicht, und selbst wenn – *falls!* – Kyol einem Lebensbund mit Jacia zugestimmt hat, ist Atroth noch immer der rechtmäßige König des Reiches. Die königstreuen Fae haben mir mehrere Dutzend Male das Leben gerettet. Sie kümmern sich um mich. Ich werde nicht zulassen, dass Aren mich dazu bringt, das zu vergessen.

Ohne Vorwarnung und indem ich all meine Kraft zusammennehme, entreiße ich ihm meine Hand. Aren lässt los, aber seine andere Hand legt sich auf meinen Nacken, und er zieht mich an sich.

»Nein.« Das Knurren poltert an meiner Wange. Sein Herzschlag donnert in meinem Ohr. »Du willst doch gar nicht gehen, McKenzie. Du läufst nur aus Gewohnheit davon.«

»Tue ich nicht.«

»Wenn du doch nur ein kleines bisschen nachgeben würdest.«

»Nein!« Genauso fängt es an, hier und da ein bisschen nachgeben, bis er alles von mir hat. Ich stoße ihn weg. Er lässt mich einen Schritt nach hinten machen, hält jedoch mein Handgelenk fest.

Er seufzt. »Dieser Riss ... Das wird nicht angenehm.«

»Das ist es nie«, entgegne ich.

»Ich habe ziemlich viel Blut verloren. Meine Magie ist nicht kräftig. Ich werde so viel des Energieentzugs übernehmen, wie ich kann, aber das wird sehr schwer für dich. Halte dich am Stein fest und an mir. Es wird schnell vorbei sein.«

Er hält meine Handgelenke mit einer Hand fest und streckt den anderen Arm aus. »Sosch. Hoch«, sagt er auf Fae. Der *Kimki* springt auf Arens Unterarm und klettert auf seine Schulter. Sobald sich Sosch hingesetzt hat, zieht mich Aren ins Eis.

Nein, nicht ins Eis. Ins Feuer. Mein Körper zieht sich krampfhaft zusammen, als wir das Zwischenreich betreten. Ich hätte Aren beinahe losgelassen. Auf einmal ist alles falsch. Ich stecke nicht mehr in meiner Haut, ich schwebe nicht, sondern falle. Ich falle schnell. Ein Riss sollte mit durchdringendem weißen Licht gefüllt sein, aber dieser ist es nicht. Hier ist alles schwarz. Pechschwarz.

12

Es klingelt an meiner Tür. Sie sind früh dran. Na, super.

Ich bürste mir schnell das Haar und frage mich erneut, wieso ich mich von Paige zu einem Doppeldate habe überreden lassen. Ich sollte lernen, schlafen oder irgendetwas anderes machen, anstatt mit einem Typen, den ich nicht mal kenne, essen und dann tanzen zu gehen. Außerdem fühle ich mich irgendwie ... komisch.

Ich versuche, den Nebel in meinem Kopf zu lichten, werfe die Bürste auf die Couch und gehe zur Tür.

»Hey!«, sagt Paige, als ich die Tür öffne. Sie hüpft auf den Zehenspitzen, sodass ihr hellblondes Haar über ihren Schultern hin und her schwingt. Es ist kürzer als sonst, weil sie aus einzelnen Strähnen kleine Zöpfe geflochten hat, die jetzt in alle möglichen Richtungen abstehen. An mir würde das aussehen, als hätte ich ein riesiges Rattennest auf dem Kopf. Bei Paige ist es eine Art organisiertes Chaos, fetzig und schick.

»Hey«, antworte ich, als ich auf einmal ein Prickeln auf meiner Haut spüre. Ich muss mich zusammenreißen, um mich nicht umzudrehen und nachzusehen, wer einen Riss in meinem Wohnzimmer geöffnet hat. Ich tippe auf Kyol. Super Timing.

»Das ist Ben«, stellt mir Paige einen der beiden Typen vor, die auf meiner Veranda stehen. »Und John kennst du ja.«

Ich kenne John nicht. Der Freund, den ich letzten Monat kennengelernt habe, hieß Mark, Matt oder so ähnlich.

»Ich bin McKenzie.« Ich schüttle Ben die Hand. Er hat einen kräftigen Griff, eine nette Sonnenbräune und, wie versprochen, ein umwerfendes Lächeln.

»Ich habe dir doch gesagt, dass er heiß ist«, sagt Paige in dem Moment, in dem eine Stimme hinter mir murmelt: »Ich komme später wieder.«

Ich schüttle als Antwort auf Kyols Worte kaum merklich den Kopf. Die Welt bewegt sich schneller, als sie es sollte. Komisch. Es dauert einige Sekunden, bis sie sich wieder beruhigt hat. Dann bemerke ich Bens hochgezogene Augenbraue und Paiges beunruhigtes Gesicht.

»Ich meine, ja. Mir ist nur gerade ... eingefallen, dass ich etwas vergessen habe.«

»Kein Problem, Psycho«, erwidert Paige und zieht ihr Date ins Haus. »Ich habe sowieso vergessen, einen Tisch zu bestellen.«

»Ähm.« Als ich über die Schulter sehe, steht Kyol am anderen Ende meiner Couch. Seine *Edarratae* zucken heftiger als üblich – aber auch nicht bedenkenswert schnell –, und es fällt mir schwer, nicht die Hand auszustrecken und das Licht im Wohnzimmer auszuschalten.

»Ich komme später wieder«, sagt er noch einmal.

Ich bitte Ben ins Haus. »Ich gehe nur noch mal schnell ins Bad.«

»Beeil dich«, ruft Paige und greift zu meinem Handy.

Kyols Blick ruht auf Ben, doch dann folgt er mir ins Badezimmer. Als ich die Tür hinter uns schließe, ist es dunkel. Zu dunkel. Ich reibe mir die Augen, bis ich wieder klar sehen kann. Fast bereue ich, das getan zu haben. Ein Blitzstrahl schießt im Zickzack über sein emotionsloses Gesicht. So verschlossen wirkt er sonst nicht, wenn wir alleine sind.

»Ich habe ihn gerade erst kennengelernt«, sage ich. »Paige hat mich zu einem Doppeldate überredet.«

Sein Blick wird sanfter. »Nein, es ist okay. Du solltest dich mit deinesgleichen treffen.«

»Das heißt noch lange nicht, dass ich das *möchte*.«

»Ich auch nicht«, erwidert er leise.

»Aber du solltest es tun, oder?« Das ist eine dumme Frage. Natürlich sollte er das tun. Wir wissen beide, dass es nicht ewig so weitergehen kann. Der König wird es herausfinden. Dann muss mich ein anderer Fae begleiten, wenn ich schattenlese. Kyol hat mir versichert, dass er schlimmstenfalls seine Position als Atroths Schwertmeister verlieren wird, aber ich glaube, dass da noch mehr dahintersteckt, von dem ich nur nichts wissen soll.

»Es gibt Gründe, aus denen ich das tun sollte«, sagt er. »Und einen, der dagegen spricht.«

Die Art, wie er mich ansieht, bewirkt, dass mir ganz mulmig wird. Ich überlege, wie ich aus diesem Date wieder rauskomme. Ich könnte Paige sagen, dass es mir nicht gut geht. Das wäre nicht mal komplett gelogen, ich fühle mich ein wenig desorientiert, benommen.

»Ich werde Radath sagen, dass du beschäftigt bist«, erklärt Kyol.

Ich seufze. Vergiss es. Kyol wird mich aus der Sache nicht rauslassen. »Das wird Radath nicht gefallen.«

»Nein«, stimmt er mir zu.

Der Lord General erwartet, dass ich ihm jederzeit zur Verfügung stehe, gehe, wohin er will, wann er will, und dabei jegliche Gefahr ignoriere. Manchmal frage ich mich, welchen Ärger Kyol kriegt, wenn er sich wieder eine Entschuldigung für mich ausdenken muss.

Er öffnet einen Riss. Wegen des hellen Lichts muss ich blinzeln, und ich spüre ein Stechen hinter meinen Augen. Ich reibe mir die Stirn, bis es wieder verschwunden ist.

»Hey«, sage ich, um Kyol aufzuhalten.

Er wendet sich von seinem Riss ab.

»Dieser Typ interessiert mich nicht.«

Er sieht mich lächelnd an. »Du hast ihn doch gerade erst kennengelernt, *Kaesha*.«

Das Lächeln und das *Kaesha* geben mir den Rest. Ich werfe meine Arme um seinen Hals. Er legt seine Arme um meine Taille. An manchen Tagen können wir besser die Finger voneinander lassen als an anderen. Das ist einer der Tage, an denen wir nicht so gut darin sind.

Sein Kuss scheint mich zu verbrennen. Ich streiche mit den Fingern durch sein dunkles Haar und lasse sie dann auf der empfindlichen Stelle unter seinem linken Ohr liegen. Ich würde gern meine Lippen darauf drücken, aber ich bin zu sehr von dem fasziniert, was er mit seiner Zunge anstellt. Seine Chaosschimmer dringen in meine Hände, in meinen Mund, in jede Stelle, an der wir uns berühren.

Ich habe offenbar vergessen zu atmen. Mir ist schwindlig, aber ich will nicht, dass es aufhört. Ich presse meinen Körper an Kyol, nehme seine Unterlippe zärtlich zwischen die Zähne und tue, was ich kann, um seine Selbstbeherrschung ins Wanken zu bringen. Es ist zu einem Spiel geworden, ihn zu necken und auf die Probe zu stellen. Zwar eines, das ich immer verliere, dennoch werde ich nie müde, es zu spielen.

Er legt die Hände auf meine Schultern und lächelt an meinem Mund.

»Versuch, dich zu amüsieren«, rät er mir und beendet das Spiel *viel* zu früh.

Ich lehne meinen Kopf an seine Brust. Ich möchte mich nicht amüsieren. Ich möchte hier in seinen Armen bleiben und für immer darin schlafen.

»Nein. Schlaf nicht ein, McKenzie.«

»Tu ich doch gar nicht.« Er ist warm. Eigentlich sogar heiß.

»Du musst aufwachen.«

»Mmm«, murmele ich und lausche seinem Herzschlag.

»McKenzie. Bitte.«

Er klingt besorgt. Das ist seltsam. Er macht sich eigentlich nie Sorgen. Er hat immer die Kontrolle. Auch, wenn ich mir wünsche, dass er sie verlieren möge. Aber das ist schon okay. Hier geht es mir gut. Es ist ruhig und friedlich …

Ich falle in einen Bottich mit kochendem Wasser. Voller Panik taumele ich und versuche, der sengenden Hitze zu entkommen, aber meine Schultern werden unter die Oberfläche gedrückt.

»Ganz ruhig, McKenzie. Du brauchst das.«

Das Zimmer dreht sich, und alles verschwimmt mir vor den Augen. *Konzentrier dich*, befehle ich mir selbst. *Du musst dich konzentrieren.*

Chaosschimmer gleiten von der Hand eines Fae in meine Haut. »Kyol?«

Nach einer ewig langen Pause sagt die Stimme: »Aren.«

»Aren?«, wiederhole ich verwirrt. Ich schließe die Augen erneut, kneife sie zusammen, einmal, zweimal. Ah ja. Aren, der Schlächter von Brykeld, mein Entführer. Natürlich ist er es. Kyol würde mir nie derart wehtun.

Ich versuche erneut, aus dem Bottich, nein, aus der *Wanne* zu steigen. »Es ist zu heiß.«

»Es ist genau richtig, McKenzie. Du bist durchgefroren. Halt still.«

Seine Hände bleiben auf meinen Schultern liegen. Meinen *nackten* Schultern. Seine *Edarratae* fließen ungehindert in mich hinein. Ich sehe nach unten, als ein Blitz von seinen Fingern auf meine Haut und im Zickzack unter die Wasseroberfläche schießt, kurz in meinem BH verschwindet, dann wieder auftaucht und meine Hüfte umkreist.

Ich sehe Aren erneut an. »Ich bin nackt!«

»Nicht ganz«, erwidert er, und sein Gesicht sieht nicht mehr ganz so angespannt aus. Sein Griff lockert sich. Ich versuche, mich aufzusetzen, so weit wie möglich aus dem Wasser zu kommen, aber er lässt mich nicht. Als sich erneut alles um mich dreht, höre ich auf zu zappeln. Ich fühle mich, als hätte ich einen üblen Kater. Ich schwöre bei Gott, dass ich mich nie wieder von Aren durch ein Tor führen lasse.

Dann öffne ich wieder die Augen und sehe mich um. Ich sitze so hoch in einem Jacuzzi, dass ich das Badezimmer überblicken kann. Auf der anderen Seite neben den beiden Waschbecken befindet sich noch eine gläserne Duschkabine. Auf der weißen Abstellfläche steht nichts außer einem magisch beleuchteten Einweckglas. Ich kann weder Badematten noch Handtücher entdecken. Es gibt einen Lüftungsschacht, was mich hoffen lässt, dass wir uns irgendwo in den USA befinden. Vielleicht ist das eine Art Rebellenversteck? Ich würde so gern die Jalousien am Fenster über meiner linken Schulter öffnen und hinaussehen, aber im Moment möchte ich mich lieber noch nicht umdrehen. Mein Gleichgewichtssinn funktioniert noch nicht wieder so, wie er sollte.

»Was ist passiert?«, will ich wissen.

Aren konzentriert sich auf das Wasser über meinem nackten Bauch. »Ich ... dir wurde mehr Energie entzogen, als ich beabsichtigt hatte. Ich konnte dich nicht aufwecken.«

Ich ziehe die Knie an die Brust, einerseits, um meinen Körper zu verbergen, andererseits aber auch, weil ich mich auf einmal wie betäubt fühle. Mir ist kalt, aber ich schwitze. Ich balle die Hände zu Fäusten und versuche, das Prickeln in meinen Fingerspitzen loszuwerden.

»Das Zwischenreich hat dich krank gemacht«, sagt er. Er reicht mir eine Flasche mit einer dunkelroten Flüssigkeit. »Trink das.«

»Was ist das?«

»Danach fühlst du dich besser.« Er hält mir die Flasche an die Lippen.

Sobald ich daran genippt habe, will ich die Flüssigkeit sofort wieder ausspucken. Aren hält mein Kinn fest und drückt mir den Kopf in den Nacken. »Schluck es runter.«

Seine Finger bohren sich in mein Kinn. Das bittere Getränk fließt in meinen Mund, und ich kann entweder ersticken oder es runterschlucken. Der erste Schluck scheint mir die Kehle zu verbrennen, dann läuft die Flüssigkeit nach unten und zischt in meinem Bauch. Ich packe Arens Handgelenk und versuche, die Flasche wegzudrücken, aber er gibt nicht nach, erst, als ich seiner Meinung nach genug getrunken habe. Als er mich endlich wieder atmen lässt, setze ich mich hustend und spuckend in der Wanne auf. Ich schaufele mir etwas Wasser in den Mund und versuche, den Geschmack wegzuspülen.

»Versuchst du jetzt doch, mich zu vergiften?«

Ein leichtes Grinsen zeigt sich auf Arens Lippen. In meinem Magen brennt etwas, das heißer ist als die Flammen des Tranks, den er mir verabreicht hat. Verdammt, muss er denn so attraktiv sein? Wieso behält er mich noch immer bei sich, und wieso sieht er mich mit diesem dummen, sardonischen Grinsen an?

»Wir haben doch schon darüber gesprochen«, sagt er und stellt die Flasche zur Seite. »Es wäre ineffizient, dich zu vergiften, meine *Nalkin-Shom*.«

»Du hättest mich nicht mit durch das Tor nehmen dürfen.«

Er zuckt mit den Achseln. Bei der Bewegung fällt mein Blick auf seine Brust und die Narbe unter seinem Schlüsselbein. Die Stelle, an der die Schusswunde gewesen ist. Die Stiche sind jetzt verschwunden. Es ist nicht mal mehr Schorf zu sehen. Die Wunde sieht aus, als wäre sie seit Wochen verheilt.

Heilige Scheiße. »Wie lange war ich weggetreten?«

»Nur circa eine halbe Stunde«, versichert er mir. »Lena hat mich geheilt.«

»Lena.« Ihr Name bewirkt, dass ich einen üblen Geschmack, schlimmer noch als dieses fürchterliche Getränk, im Mund habe. »Sie ist eine Heilerin?«

Aren nickt. »Und sogar stärker als ich.«

Und sie hat mich mit einem gebrochenen Arm in ein Zimmer eingesperrt, obwohl sie mich hätte heilen können. Miststück.

»Dann hat die Rebellion also wenigstens zwei Heiler«, stelle ich fest. »Dann sind die gefährdeten magischen Künste doch nicht so gefährdet, was?«

»Ah, du hast dem Hof die Propaganda abgekauft.« Er stützt die Unterarme auf den Rand der Wanne. »Atroth will das Reich glauben machen, dass alles von Menschen Geschaffene unsere Magie zerstört. Er behauptet gern, es würde sich wie eine Krankheit ausbreiten, den Karren mit den von Menschenhand geschaffenen Waren durch das Reich folgen. Wenn Fae Angst haben, stört es sie nicht, dass ihr König die Tore kontrolliert. Sie glauben sogar, dass es für ihr Wohlbefinden notwendig wäre, was es jedoch nicht ist.«

»Wie erklärst du dir dann die Zunahme der *Tor'um?*«

Er zögert lange genug, dass es mir auffällt, und dann wechselt er überhaupt nicht unauffällig das Thema. »Hier.« Er holt die Flasche mit dem »Gift« wieder hervor und hält sie mir hin. »Noch einen Schluck.«

Ich schiebe sie weg. »Nein.« Nie im Leben. »Erzähl mir von den *Tor'um.*«

»Nur noch einen Schluck, McKenzie.« Er legt seine Hand auf meinen Nacken, und sein *Edarratae* lässt mich schaudern. Wieder explodiert diese angenehme Hitze in mir. Sie ist schön, anregend und durch und durch falsch.

Meine Frustration über ihn, über mich, über uns, kocht über. Bevor er mich zwingen kann, das grässliche Gebräu zu trinken, reiße ich ihm die Flasche aus der Hand und werfe sie an die gegenüberliegende Wand. Sie zerspringt in einer netten Fontäne aus Glas und Purpurrot. »Ich habe Nein gesagt, Aren.«

Er starrt erst die Wand und dann mich an. Ich könnte schwören, dass er amüsiert aussieht. »Du bekommst ja wieder Farbe. Und dein Funken ist auch wieder da.« Seine Hand streicht über meinen Unterschenkel, als er ins Wasser greift, um es rauszulassen.

»Entschuldige«, meint er grinsend.

Es tut ihm überhaupt nicht leid. Er spielt absichtlich mit mir, *neckt* mich sogar.

»Ein Handtuch wäre jetzt nett«, fauche ich.

Er neigt den Kopf ein wenig. »Natürlich, *Nalkin-Shom.*«

Dann macht er einen Schritt über meine schmutzige Kleidung. Sie ist mit seinem Blut befleckt. Ich hoffe, dass ich sie nicht wieder anziehen muss. Hoffentlich hat Kelia etwas Neues gestohlen. Hoffentlich …

Mein Herz setzt einen Schlag aus, als ich meine Jeans ansehe. Das Handy des Vigilanten! Ob es noch in der Tasche steckt? Ich kann es so nicht erkennen, da die Jeans zusammengeballt auf dem Boden liegt, aber hätte Aren nicht was gesagt, wenn er es gefunden hätte?

Er kommt zurück, bevor das Wasser ganz aus der Wanne abgelaufen ist. Ich gebe mir große Mühe, meine abgelegte Kleidung keines Blickes zu würdigen, während er mir ein Handtuch reicht, das ich nach dem Aufrichten um mich wickle.

»Wo sind wir?«, frage ich mit Unschuldsstimme.

Aren verschränkt die Arme und sieht mich an. »An einem sicheren Ort. Du wirst deine alten Kleider tragen müssen, bis wir dir neue besorgt haben.«

»Okay«, erwidere ich und sehe die Jeans noch immer nicht an. Ich muss auf andere Art herausfinden, wo wir sind. Das dürfte nicht allzu schwer werden. Aren muss bloß aus dem Badezimmer gehen. Ich spüre seinen Blick auf meiner Haut. Unsicher wickle ich das Handtuch fester um meinen Körper.

Aren legt mir die Hand auf den Ellbogen, als ich schwanke. »Du hättest mehr von dem *Cabus* trinken sollen.«

»Mir geht es gut«, lüge ich. »Gibst du mir ein paar Minuten, um mich anzuziehen? Bitte?«

Das »Bitte« ist fast schon zu viel. Er kneift die Augen zusammen.

Dann sieht er zum Fenster hinüber. »Wir sind im ersten Stock«, sagt er. »Kann ich darauf vertrauen, dass du nicht rausspringst?«

»Das Handtuch wird wohl kaum bis auf die Erde reichen.«

Meine freche Antwort verscheucht sein Misstrauen. Er lacht. »Schön, dass du dich besser fühlst, meine *Nalkin-Shom.*«

»Ich bin nicht ›deine Irgendwas‹«, fauche ich, aber er hat das Badezimmer schon verlassen.

»Idiot«, murmele ich, aber als ich mir das Wasser aus den Haaren drücke, merke ich, dass ich grinse. Das ist nicht gut. Das ist überhaupt nicht gut. *Du darfst nichts für ihn empfinden.* Er manipuliert mich, dreht meine Gefühle herum und herum, sodass ich, wenn sie aufhören, sich zu drehen, Wachs in seinen Händen bin. Ich muss von ihm weg. Sofort. Bevor ich noch anfange, alles zu glauben, was er sagt.

Ich runzle die Stirn. Glaube ich einige der Dinge, die er mir erzählt hat? Ich habe aufgehört, ihn als Falschblut anzusehen. Ich weiß nicht mal, ob ich Sethan noch für eins halte. Wenn Aren in der Hinsicht die Wahrheit gesagt hat, dann ist es durchaus möglich, dass auch einige der anderen Dinge, die er mir erzählt hat, nicht gelogen sind.

Wie Kyols Lebensbund.

Mir fällt mein Traum wieder ein. Alles ist so konfus. Es wäre noch schlimmer, wenn mich Paige nicht wirklich zu dem Doppeldate überredet hätte. Ich hatte fast vergessen, dass mich Kyol dazu ermutigt hat, mit anderen Männern, anderen Menschen auszugehen. Vielleicht hat er das getan, weil er sich da längst mit Jacia getroffen hat? Aber er hätte es mir doch erzählt, wenn er einem Lebensbund zugestimmt hätte. Ich würde es ihm ja schließlich auch erzählen, wenn ich heiraten würde. Der Lebensbund ist mit Ehe vergleichbar, aber viel seltener, weil er dauerhaft ist. Ein Bundweber verbindet die Magie zweier Fae miteinander und vereint sie fürs Leben. In der Welt der Fae gibt es keine Scheidungen, und ich bin mir ziemlich sicher, dass der Tod der einzige Weg ist, diesen Bund zu brechen.

Da ist wieder dieses Pochen hinter meinen Augen. Ich weiß nicht, ob Aren lügt oder ob ich mich selbst belüge. Ich hasse diese Zweifel. Ich *muss* mit Kyol sprechen.

Ich steige aus der Wanne und hebe mit angehaltenem Atem meine Jeans auf. Das Handy steckt genau so in der Tasche, wie ich es hineingesteckt habe. Ich schalte es ein. Als das Display beleuchtet wird, atme ich erleichtert aus. Hurra, es funktioniert.

Ich muss Paige eine Nachricht hinterlassen. Das Problem ist, dass ich nicht weiß, wo ich mich befinde und wie lange es dauern wird, bis der Hof meine Botschaft erhält. Wird sich Kyol täglich bei ihr melden? Lässt er sie von jemandem beschatten?

Ich ergreife das Handy und starre aus dem Fenster. Ein schwaches Licht leuchtet hinter den Jalousien. Ich gehe hinüber und sehe hindurch. Das Licht kommt von einer Straßenlaterne. Die Zeit auf dem Display besagt, dass es Mitternacht ist, aber ich habe keine Ahnung, in welcher Zeitzone ich mich befinde. Paige hat keinen regelmäßigen Tagesablauf. Sie könnte auf einer Party sein oder tief und fest schlafen.

Okay. Fangen wir mit Plan B an. Ich drehe den Wasserhahn am Waschbecken auf, um ein paar Hintergrundgeräusche zu haben, dann rufe ich die Polizei an.

»Neun – eins – eins, bitte nennen Sie die Art des Notfalls.«

»Mein Name ist McKenzie Lewis«, sage ich der Frau, während ich meine Jeans überziehe. »Ich werde von … einigen Leuten festgehalten. Gegen meinen Willen. Ich brauche Hilfe.«

»Können Sie mir sagen, wo Sie sich befinden, Ma'am?«

Ich ziehe die feuchte Jeans über meinen Slip. »Äh, nein. Tut mir leid. Können Sie es mir sagen? Können Sie diesen Anruf zurückverfolgen?«

»Wir werden Ihre Position in wenigen Minuten haben. Sie sagten, dass Sie von Leuten gegen Ihren Willen festgehalten werden? Wie viele sind es?« Sie ist ruhig und meiner Meinung nach ziemlich skeptisch.

Ich hebe mein Satinnachthemd vom Boden auf und wünsche mir, ich hätte ein T-Shirt. »Ich bin mir nicht sicher.«

»Kennen Sie ihre Namen?«

Ich werfe einen Blick zur Tür. »Nein, das tue ich nicht. Können Sie mir sagen, in welcher Stadt ich mich befinde?«

»Sie haben Cleveland neun – eins – eins angerufen.«

»In Ohio?«

»Cleveland in Georgia, Ma'am. Werden Sie bedroht? Sind Sie verletzt?«

»Nein, ich … Schicken Sie einfach jemanden her. Bitte.« Ich lege auf und hoffe, dass sie genug Zeit hatten, den Anruf zurückzuverfolgen.

Dann wähle ich Paiges Nummer, während ich mir das Nachthemd über den Kopf ziehe. Als sie abnimmt, halte ich die Luft an.

»Ja?«, fragt eine schläfrige Stimme.

»Paige, hier ist McKenzie. Bist du wach?«

»McKenzie?« Sie klingt verwirrt. Na, super.

»Du musst aufwachen, Paige. Ich bin in Georgia.«

»Was?«

»Hat dich Kyol aufgesucht?« Sie schweigt, und einen Moment lang befürchte ich schon, dass sie aufgelegt hat.

»McKenzie, bist du das?«

Endlich. »Ja, hast du …«

»Wo zum Teufel bist du gewesen? Du hast versprochen, zu Amys Junggesellinnenabschied zu kommen.«

Ich schneide eine Grimasse. »Ich weiß. Es tut mir wirklich leid, aber das hier ist wichtig. Hast du …«

»Du kommst zur Hochzeit«, sagt sie mit drohendem Unterton, damit ich es ja nicht wage, ihr zu widersprechen. »McKenzie, wenn du mich da alleine lässt, dann schwöre ich …«

»Ich werde da sein!«, flüstere ich, so laut ich es wage, ins Telefon. »Ich komme zur Hochzeit, wenn du mir jetzt eine Sekunde zuhörst. Du musst Kyol sagen, dass ich in Cleveland, Geor…«

Mir wird das Handy aus der Hand gerissen. Ich wirbele herum und will es mir wieder schnappen, aber Aren schleudert es gegen die Wand und trifft genau die Mitte des purpurroten Flecks, den ich produziert habe, als wäre er eine Zielscheibe.

Er legt die Hände um meine Arme. »Kann ich dich nicht mal für eine Minute alleine lassen? Wen hast du angerufen?« Seine Finger bohren sich in meine Haut. »Wen?«

»Aren, du tust …«

»Naito!«, brüllt er.

»Du tust mir weh«, beende ich meinen Satz, doch Aren lässt mich nicht los.

»Was ist los?«, will Naito wissen und stürmt in den Raum. Kelia und Sethan sind direkt hinter ihm.

Aren deutet auf das Handy, aber sein Blick bleibt stur auf mich gerichtet. Ich würde am liebsten im Boden versinken. Das ist der Gesichtsausdruck, den ich bei ihm gesehen habe, als er Tom gefoltert hat, und – oh Scheiße – was ist, wenn er dasselbe bei mir macht? Was ist, wenn er verlangt, dass ich ihm sage, wo das *Sidhe Tol* ist? Wenn er mich *wirklich* bedroht, werde ich dann nachgeben?

»Aren, bitte.«

»Sie hat den Notruf gewählt«, sagt Naito, der die Liste der letzten Anrufe durchgeht. »Und noch eine andere Nummer.«

»Immer, wenn ich denke, dass ich bei dir Fortschritte mache ..« Aren schließt die Augen und senkt den Kopf. Ich spüre, dass er zittert und versucht, die Kontrolle über das zu behalten, was auch immer in ihm tobt. Er drückt meine Arme so fest, dass ich bestimmt blaue Flecken bekomme. Selbst die Chaosschimmer, die in meine Haut eindringen, scheinen wütend zu sein.

»Aren«, versuche ich es ein letztes Mal.

Er sieht mich mit kalten, silbernen Augen an. Ich wage es kaum, zu atmen. Jetzt ist er nicht mehr Aren. Er ist jemand anders, ein Fae, der fähig ist, der Schlächter von Brykeld zu sein.

»Es reicht jetzt«, sagt Sethan, der im Türrahmen steht. »Wir bringen sie zu Lorn.«

In Arens Wange zuckt ein Muskel, dann nickt er einmal und akzeptiert Sethans Entschluss. Und der klang wie eine formelle Bekanntmachung, in der über mein Schicksal entschieden wurde.

»Wir müssen nicht zu Lorn gehen.« Naito wirft das Handy auf den Boden und tritt mit dem Absatz darauf. »Wir können sie zum Reden bringen.«

»Sie wird uns anlügen.« Er drückt mich an die Wand.

»Wir bringen sie zu Lorn«, sagt Sethan noch einmal. Er geht zum Waschbecken und dreht das Wasser ab. »Ich werde das Risiko nicht eingehen, dass sie uns in eine Falle schickt.«

Naito spannt den Kiefer an. »Lorn wird uns nur helfen, wenn er dafür eine Gegenleistung bekommt.«

Kelia legt ihm eine Hand auf den Arm. »Mach dir deswegen keine Sorgen.«

»Ich werde euch begleiten.«

»Naito …«

Er durchbohrt sie mit seinem Blick. »Du gehst nicht ohne mich.«

Kelia presst die Lippen zusammen, protestiert aber kein zweites Mal.

13

Es ballt sich um mich herum zusammen, quetscht mich ein, knackt und zerspringt dann, als wir aus dem torgebundenen Riss treten. Ich ziehe die süße, knackige Luft in meine Lungen hinein und schwanke ein wenig, während ich mich an die Atmosphäre im Reich gewöhne.

Lena lässt meinen Arm los. So sehr hasst mich Aren inzwischen, dass er *ihr* befohlen hat, mich hierherzubringen. Es ist dunkel, nur ein winziger, schmaler Lichtstreif dringt unter dem hervor, was ich für die Tür des Gebäudes halte. Ich mache einen Schritt nach hinten und trete mit dem Absatz gegen irgendwas … eine Wand. Als ich die Hände daran lege, spüre ich grobe Bretter. Das Gebäude wirkt klein und beengt. Ich bin mir sicher, dass wir uns mitten in einem Dorf oder einer Stadt befinden. Auf der anderen Seite der Wand höre ich, wie sich Leute auf Fae unterhalten. Die Stimmen bewegen sich die Straße entlang und weichen vermutlich Karren aus, die ich über das Kopfsteinpflaster holpern höre.

Es wird heller im Raum, als Lena ihre Magie in die Glaskugel schickt, die von der Decke hängt. Das blau und weiß leuchtende Licht bestrahlt Lattenkisten und Fässer. Zwischen mir und einem Stapel praller Stoffsäcke tanzen die Schatten unserer Risse. Sie dehnen sich, werden länger und schrumpfen. Meine Finger würden sie so gern zeichnen. Ich glaube, wir sind in einer Küstenstadt, aber ohne Stift und Papier bin ich mir nicht mal sicher, wo oben und wo unten ist. Wenn ich nur eine Linie, einen winzigen Strich auf ein Papier zeichnen dürfte, dann könnte ich mich orientieren.

»Zieh den über«, ordnet Lena an und deutet auf den Umhang in meinen Armen. Sie hat ihn mir gegeben, bevor sie mich in den Riss gezogen hat. Ich trage auch nicht mehr meine zerfetzte Jeans und das blutbefleckte Nachthemd. Kelia hat mir Fae-Kleidung gegeben, bevor wir Georgia verlassen haben – eine enge beigefarbene Hose aus weichem Leder, ein besticktes blaues Oberteil und schwarze, kniehohe Stiefel, die genauso aussehen wie ihre. Es ist kalt hier, daher bin ich dankbar, dass ich den Umhang überziehen kann, aber ich weigere mich, Lenas Befehl ohne jeglichen Widerstand auszuführen.

Als ich nicht sofort tue, was sie mir gesagt hat, zieht sie eine perfekt geschwungene Augenbraue hoch. »Aren hat kein Problem damit, dass ich dir wehtue.«

»Er war wütend, als du mir den Arm gebrochen hast«, erwidere ich, auch wenn mir nur zu gut bewusst ist, dass sich die Dinge zwischen uns geändert haben.

Sie zieht eine Schulter hoch. »Nur, weil er wollte, dass du freiwillig für uns die Schatten liest.«

Mein Magen zieht sich zusammen. Ich sollte mich von ihr nicht ärgern lassen. Sie bestätigt doch nur, was ich ohnehin schon weiß: Aren hat mich manipuliert, seine *Edarratae* benutzt, um mich nervös zu machen und auf seine Seite des Krieges zu locken.

Das Silber in ihren Augen scheint heller zu werden. »Oh, es hat funktioniert, was? Zumindest ein bisschen?«

Ich nutze den Umhang als Ablenkung und entfalte ihn aggressiver, als es eigentlich notwendig ist. Sie soll nicht sehen, dass meine Loyalität dem Hof gegenüber erste Risse bekommen hat.

»Nach dem Angriff der Vigilanten war er sich sicher, dass er dich überzeugt hätte«, fährt sie fort. »Aber als du diese Anrufe gemacht hast … Tja, Aren ist geduldig, aber er kann sich auch nicht ewig verstellen.«

Ich finde das Oben des Umhangs und lege ihn mir um. Dann zwinge ich mich, ganz ruhig zu bleiben, und sehe Lena in die Augen. »Müssen wir nicht irgendwohin?«

Sethan wäre eine deutlich bessere Eskorte gewesen, aber im letzten Moment hat Aren entschieden, dass es für ihn zu gefährlich wäre. Ich bin mir nicht sicher, ob Lena hier ist, weil sie ein weiteres Schwert brauchen, oder ob es einen anderen Grund dafür gibt. Eigentlich ist es auch egal. Ich weiß ohnehin keinen Ausweg aus diesem Schlamassel.

Lena erwidert meinen Blick ungerührt. Dann verschränkt sie die Arme, tippt mit dem Finger an ihren Ellbogen und meint: »Es gibt Gerüchte, dass du in den Schwertmeister verliebt bist.«

Wenn ich den Blick abwende, ist das ein Schuldeingeständnis. Irgendwie schaffe ich es, sie weiterhin anzusehen, auch wenn ich glaube, dass ich das Atmen eingestellt habe. Mir ist kalt, so kalt wie beim Durchqueren des Zwischenreichs. Ich bin nicht daran gewöhnt, dass andere von meinen Gefühlen für Kyol wissen. Schließlich habe ich zehn Jahre lang versucht, sie vor dem Hof zu verheimlichen.

»Dann stimmt es also.« Lena schüttelt in gespieltem Mitleid den Kopf. »Der Hof hat deine Treue mit einem Kuss gekauft. Oder war es mehr als das? Nein, Taltrayn würde sich nie mit dir vereinen, es sei denn, der König befiehlt es, und das war ja nicht nötig, wenn du so preiswert zu haben warst.«

Ich blinzle. Ich glaube, sie hat mich gerade eine Hure genannt. Tief in meinem Inneren zieht sich vor Wut alles zusammen, doch bevor ich etwas tun oder sagen kann, was ich zweifellos bedauern würde, prickelt meine Haut. Ich drücke mich dicht an die Wand, als vor mir ein Riss aufgeht. Eine Sekunde später treten Kelia und Naito aus dem Licht. Ich versuche, mich auf die Schatten zu konzentrieren, auch wenn ich weiß, dass ich sie nicht lesen kann, ohne sie zu skizzieren, aber Naito lenkt mich ab. Da ich im Reich nur selten andere Menschen sehe, kommt es mir irgendwie komisch vor, die weißen Chaosschimmer auf der Haut eines Menschen zu sehen – abgesehen von mir.

Die Tür des Lagerraums wird geöffnet. Aren huscht herein und schließt sie schnell wieder. Er sieht Kelia an. *»Ist er noch immer hier?«*

»*Ja. In der Nähe des* Herev«, antwortet sie. Ich kenne das letzte Wort nicht.

»*Wie weit vom Tor entfernt?*«

Kelia runzelt die Stirn, als ob sie sich konzentrieren würde. Ich nehme an, dass sie von Lorn sprechen, und muss davon ausgehen, dass sie spüren kann, wo er sich befindet. Sehr seltsam und irgendwie verstörend.

Ich beobachte, wie ein *Edarratae* über Naitos angespanntes Gesicht jagt. Seine Bewegungen sind ruckartig, ärgerlich, als er sich seinen Umhang umschlägt. Interessant. Dann scheint meine Vermutung zu stimmen. Entweder Kelia besitzt eine magische Fähigkeit, von der ich noch nie gehört habe, oder sie hat einen Lebensbund mit ihm geschlossen, was meines Wissens nach die einzige Möglichkeit ist, den Aufenthaltsort eines anderen Fae zu spüren.

»*Nahe genug*«, sagt Kelia.

»Gut«, erwidert Aren auf Englisch. »Das macht die Sache einfacher. Geh du mit Naito vor. McKenzie und ich folgen euch. Lena, du bleibst fünf bis zehn Schritte hinter uns. Erweck den Anschein, als würdest du nicht zu uns gehören. Falls irgendwas schiefgeht, öffnest du einen Riss und verschwindest. Verstanden?«

Sein Blick wandert über alle hinweg, während sie ihm zustimmen. Mich sieht er nicht an. Er hat nicht einmal in meine Richtung gesehen, seitdem er hier ist.

Er deutet auf die Tür. »Los.«

Naito setzt die Kapuze auf und folgt Kelia nach draußen. Lena geht als Nächste. Aren muss jetzt schon irgendetwas sagen. Er muss zumindest mit mir reden, denn ich werde ohne weitere Informationen nicht da rausgehen.

»Wer ist Lorn?«, frage ich.

Er starrt die Kisten an, die an der Wand gestapelt sind. »Setz deine Kapuze auf.«

»Wo sind wir?«

»An einem Ort, an dem du nicht gesehen werden darfst. Deine Kapuze, McKenzie.«

»Hast du Angst, dass mich die Soldaten des Königs erkennen könnten?«

Endlich dreht er sich um. Wenn ich nicht schon mit dem Rücken an der Wand stehen würde, wäre ich bei seinem Blick zurückgewichen, der wütend, leidend und vernichtend ist, und das alles auf einmal. Ich halte den Atem an, während er, wie ich vermute, den Weg eines Chaosschimmers über mein Gesicht verfolgt. Ein weiterer schießt über meine Hand.

Aren macht einen Schritt auf mich zu. Sein Blick wird nicht weicher, aber seine Lippen öffnen sich, als ob er etwas sagen will. Er steht nur noch eine Armlänge von mir entfernt, und ich kann seine Körperwärme spüren und den Duft von Zedern und Zimt riechen.

Er zieht mir die Kapuze über den Kopf. »Bedecke immer deine Haut.«

Aren ist so ernst, dass ich Angst bekomme. Ich zwinge mich weiterzuatmen und versuche, meinen Herzschlag in den Griff zu bekommen. »Wo genau sind wir?«

Er greift nach meinem Arm, der unter dem Umhang verborgen ist. »Wir sind in Lyechaban.«

»Lyechaban!« So viel zu meinen Versuchen, mich zu beruhigen. Jetzt schlägt mein Herz noch schneller als vorher. »Bist du verrückt?«

Er grunzt. »Sieht ganz danach aus.«

»Diese Leute werden mich umbringen, Aren.«

»Ich würde dir daher raten, keinen Fluchtversuch zu unternehmen.« Er zieht mir die Kapuze tiefer ins Gesicht, legt mir einen Arm um die Schultern und schiebt mich dann aus der Tür.

Ich würde nur Aufmerksamkeit erregen, wenn ich mich wehre, daher bleibe ich dicht an seiner Seite. Leider lassen sich meine

Edarratae nicht hinter einer Illusion verbergen, da diese Magie bei Menschen nicht funktioniert, und als ein heftiger Wind unter meinen Umhang fährt und mir die Kapuze vom Kopf zu wehen droht, halte ich das wolleartige Material gut fest, damit es an Ort und Stelle bleibt. Dabei achte ich darauf, dass meine Hände nicht zu sehen sind, und gehe sehr vorsichtig, um so auszusehen, als würde ich in das Reich und diese Stadt gehören, was ganz und gar nicht der Fall ist. Es gibt bestimmte Orte in dieser Welt, an denen Menschen nicht willkommen sind, und dazu gehört eindeutig Lyechaban.

Ich versuche zu verhindern, dass die Erinnerungen an die Oberfläche kommen. Stattdessen konzentriere ich mich auf die Hütten, die die Straße säumen, auf Kelia und Naito, die uns nach Osten führen, aus dem der salzige Geruch des Meeres kommt. Wir befinden uns in einem der ärmeren Stadtviertel. Das kann man immer an der Silbermenge an den Gebäuden erkennen. Die Gebäude hier sind aus Holz und sprödem Stein, und kein einziges hat einen silbernen Anstrich.

Ein Fae kreuzt meinen Weg. Ich kann wegen meiner tief ins Gesicht gezogenen Kapuze gerade mal seine Stiefel sehen. Daraufhin rücke ich noch näher an Aren heran. Ich habe diese Stadt erst ein einziges Mal aufgesucht, und da hatte ich eine Eskorte aus einer ganzen Garde von Kyols Schwertkämpfern an meiner Seite. Lyechaban ist die Hauptstadt von Derrdyn, einer der Provinzen, die nicht für König Atroths Thronbesteigung gestimmt haben. Sie war schon immer … kein gesetzloser Ort, aber einer mit eigenen Gesetzen. Nachdem mich Kyol aus Thrains Gewalt befreit hatte, erfuhr Lord General Radath, dass der Richter und der Stadtrat von Lyechaban dem Falschblut Unterschlupf gewährt hatten. Da ich jung und noch unerfahren im Schattenlesen war, war ich nicht der erste Schattenleser, den sie hierher schickten. Vor mir waren schon zwei andere hier, die …

Nein, ich werde jetzt nicht daran denken.

Aren verstärkt den Druck seines Arms um meine Schultern,

als er mich um eine Straßenecke führt. Unter meiner Kapuze sehe ich so gut wie nichts von der Stadt. Aber ich kann sie spüren. Es dauert immer einige Zeit, bis ich mich daran gewöhnt habe, im Reich zu sein. Hier in Lyechaban dauert es noch länger. Bei jeder Bewegung fühle ich mich so menschlich und fehl am Platze. Es fällt mir schwer, mir einzureden, dass ich mit diesem Kapuzenumhang nicht auffalle, aber ich laufe ja auch keine Straße in meiner eigenen Welt entlang. Umhänge und Kapuzenmäntel sind hier üblich, insbesondere, wenn ein derart kalter Wind weht. Ich falle nicht auf. Hoffentlich.

Wir biegen erneut rechts ab. Aren schirmt mich gegen die Häuser an der Straße ab. Ich bemühe mich, ruhiger zu werden, und zwinge mich, mit Aren Schritt zu halten. Das Tempo ist für Fae ungewöhnlich langsam, aber ich kann nicht schneller gehen, insbesondere wenn ich darauf achten muss, wo ich hintrete. Die Straßen von Lyechaban sind voller Löcher und Risse.

Zum Glück ist diese Straße in einem besseren Zustand als die letzte. Außerdem haben hier die Türen einiger Häuser und Geschäfte silberfarbene Anstriche.

Ich kann es eher hören als sehen – die Straße vor uns wird voller. Ich würde am liebsten rennen, aber wir befinden uns mitten in einer Stadt, die zwischen der höchsten Bergkette des Reiches und dem Kerrel-Meer eingezwängt ist. Das Tor ist mein einziger Weg hier raus. Wie will uns Aren da hindurchbringen? Es wird von Inspektoren kontrolliert und ist stets von zahlreichen Lyechabanern umgeben.

Oh Gott. Vielleicht will er mich ja gar nicht da hindurchbringen. Vielleicht hat er vor, mich hierzulassen, nachdem wir mit Lorn gesprochen haben. Vielleicht will er mich an die Einheimischen ausliefern.

Panik ergreift mich, schnürt mir die Luft ab.

Nein. *Dreh jetzt nicht durch, McKenzie.* Naito ist hier. Aren muss einen Plan haben, wie er ihn aus der Stadt bringen kann.

Aber ich kann die Furcht nicht abschütteln, die mich überkommt, erst recht nicht, als ich den Bau an der nächsten Ecke sehe. Ein hoher silberner Zaun geschmückt mit einer komplizierten Metallarbeit, die die *Tar Sidhe* darstellt, umgibt das Gebäude. Aufgrund der schwarzen spitzen Türme sieht es eher aus wie eine mittelalterliche Kirche als wie ein Amtsgebäude. Hierher werden mich die Soldaten der Stadt bringen, wenn sie mich finden. Wenn mich die Bürger von Lyechaban zuerst entdecken, dann werden sie die Formalitäten überspringen, mich nicht dem Richter vorführen und mich direkt ins Stadtzentrum bringen. Wie die Verbrecher, die man in meiner Welt vor einem Jahrhundert am Schandpfahl zur Schau gestellt hat, wird man mich mitten auf dem Marktplatz zur Schau stellen.

Was ist, wenn auf dem Platz in diesem Moment ein Mensch am Pranger steht?

Ich gehe langsamer und bleibe schließlich stehen. Jemand prallt von hinten gegen mich. Ich verspanne mich, aber derjenige murmelt nur eine Entschuldigung auf Fae und geht weiter.

Erneut spüre ich Arens warmen Arm. *»Geh weiter«*, flüstert er mir durch die Kapuze ins Ohr.

Er zwingt mich, einen weiteren Schritt zu machen. Zwei Schritte. Ich möchte ihn anflehen, dass wir woanders langgehen. Vor meinem inneren Auge sehe ich, wie wir um die Ecke und ins Stadtzentrum gehen. Als ich das letzte Mal hier war, standen zwei Personen Rücken an Rücken an einem Pfahl auf dem Podium in der Platzmitte. Ich hatte den Marktplatz schon halb überquert, als mir bewusst wurde, dass dort Menschen standen. Ich war mir sicher, dass sie tot waren, doch dann zuckte einer von ihnen.

Aren beugt sich vor und lugt unter meine Kapuze. »McKenzie. *Was ist los?*«

»Ich kann nicht …« Ich halte inne, weil mir auffällt, dass ich Englisch spreche, aber mir wollen die Worte auf Fae nicht einfallen.

Reiß dich zusammen, McKenzie. Das ist nur eine Erinnerung. Niemand wird auf dem Podium stehen. Jeder Mensch, der jemals das Reich betreten hat, weiß, dass er nicht nach Lyechaban kommen sollte, und außerdem bin ich kein Feigling. Ich kann über den verdammten Marktplatz gehen, ohne die Fassung zu verlieren.

»Nichts.« Ich gehe weiter. Aren bleibt dicht an meiner Seite. Mit dem Arm um meine Schultern. Ich weiß, dass er spürt, wie sich mein Körper verspannt, als wir um die Ecke gehen. Er merkt auch, dass ich einen Augenblick später ausatme. Das heißt noch lange nicht, dass ich mich entspanne. Auf dem Podium stehen keine gehäuteten Menschen, aber auf dem Marktplatz wimmelt es von Lyechabanern oder wie auch immer sie sich selbst nennen mögen.

Ehrlich gesagt weiß ich nicht, wie ich das schaffen soll. Ich werde bestimmt ein Dutzend verschiedene Fae berühren, wenn wir uns durch das dickste Gewühl drängen. Obwohl meine Haut bedeckt ist, habe ich Angst, dass meine *Edarratae* irgendwie durch meinen Umhang auf die Fae überspringen. Sie werden das warme Prickeln des Schimmers nicht ignorieren können. Und ich sitze in der Falle.

Als wir den Marktplatz endlich verlassen, zittere und schwitze ich. Noch näher kann ich nicht an Aren heranrücken, dann müsste er mich schon tragen.

»Wir sind gleich da«, sagt er wieder durch meine Kapuze.

Versucht er, mich zu beruhigen? Wäre er nicht gewesen, dann müsste ich überhaupt nicht hier sein.

Ich werfe ihm einen Blick zu, den er nicht sehen kann. Er hält meinen Arm fest, als ob er Angst hätte, dass ich ihm weglaufen könnte. Idiot. Ich bin nicht selbstmordgefährdet. In dieser Stadt werde ich ihm nicht von der Seite weichen.

Aren führt mich zu Kelia und Naito, die bereits vor einem bescheidenen, zweigeschossigen Gebäude aus *Tewar* warten, einem blassroten Stein, der an der Ostküste des Reichs häufig vorkommt.

Auf den ersten Blick fällt mir an diesem Gebäude nichts Besonderes auf. Es ist unscheinbar, und die glatte Fassade harmonisiert mit den Fassaden der Häuser daneben. Der einzige Unterschied ist ein glänzender silberner Anstrich.

Lena stößt an der Tür zu uns. Niemand sagt ein Wort, als sie vortritt und mit den Fingerspitzen an die Holztür klopft. Der magische Schutz fällt mir erst auf, als sein leises Summen bei ihrer Berührung verschwindet und denjenigen, der sich im Haus aufhält, auf einen Besucher hinweist. Ich schwanke hin und her, ob ich mich in meinem Kapuzenumhang klaustrophobisch oder überaus auffällig fühlen soll. Es scheint eine Ewigkeit zu dauern, bis jemand an die Tür kommt. Als sie endlich aufgeht, richtet derjenige eine Armbrust auf Aren und macht ein so finsteres Gesicht, dass ich unwillkürlich einen Schritt nach hinten mache. Aren hält meinen Arm fest und verhindert so, dass ich noch weiter zurücktreten kann. Zumindest schubst er mich nicht gleich nach vorn. Andererseits kommt mir der Tod durch die Armbrust angenehmer vor als durch die Hände der Bürger von Lyechaban.

»Wir sind hier, um mit Lorn zu sprechen«, sagt Lena.

»Er weiß, dass ich hier bin, Versh«, fügt Kelia hinzu.

Die silbernen Augen des Fae wirken leicht amüsiert. *»Kelia«*, knurrt er. *»Du warst ja seit Monaten nicht mehr hier. Schön, dich zu sehen.«*

»Lass uns rein.«

Nun lächelt er. Er deutete auf Naito und mich. *»Ich will zuerst ihre Gesichter sehen.«*

»Du kennst Naito«, erwidert Kelia. *»Und McKenzie kannst du auch drinnen unter die Lupe nehmen.«*

Versh zieht merklich die Augenbrauen hoch, und mir wird noch unwohler zumute.

»Augenblick«, meint er und schließt die Tür.

Aren drückt meinen rechten Arm noch fester. *»Er kennt McKenzies Namen. Das ist seltsam.«*

Kelia sagt etwas über Lorn. Ich verstehe nicht alle Worte, aber ich glaube, sie sagt, dass er Freunde und Quellen im ganzen Reich hat. Arens Miene macht deutlich, dass er diese Erklärung nicht akzeptiert. Offenbar haben die Rebellen ziemlich lange graben müssen, bis sie meinen Namen in Erfahrung gebracht hatten. Abgesehen von Atroth, Radath, Kyol und einigen wenigen vertrauenswürdigen Mitgliedern des Inneren Zirkels des Königs weiß niemand, wer ich bin. Zumindest sollte es niemand wissen.

Nach einigen Minuten kehrt Versh zurück. Er öffnet die Tür weit genug, sodass wir eintreten können. Als wir hineingehen, sagt er: »Kelia und der Sohn des Jorreb müssen ihre Waffen ablegen.«

Wenn die Fae den Mumm hätten, eine so veraltete Technik wie einen Plattenspieler zu benutzen, wäre dieser gerade mit lautem Kreischen stehengeblieben, und das nicht nur, weil Versh Englisch gesprochen hatte, er hatte überdies jeden von uns außer Aren und Kelia absichtlich beleidigt. Einen Gast nicht zu bitten, seine Waffen beim Betreten des Hauses abzulegen, ist in etwa so, als würde man ihm den Stinkefinger zeigen. Man deutet damit an, dass man derart ungeübt im Umgang mit Waffen ist, dass man ohnehin keine Gefahr darstellt. Da ich ein Mensch bin und beim besten Willen nicht kämpfen kann, stört mich diese Beleidigung nicht weiter. Aber Lena ist entrüstet, und wenn ich mir Naitos Haltung so ansehe, geht es ihm genauso.

»Nom Sidhe«, flucht Kelia und stürzt, ohne ihre Waffen abzulegen, an Versh vorbei. »Lorn! Lorn!«

Versh lässt sie ziehen und wartet, bis Aren seinen Schwertriemen losgeschnallt und an etwas gehängt hat, was wie ein extravaganter Kleiderständer aussieht. Er stellt neben einer Couch mit kaputter Lehne das einzige Möbelstück in dem großen Zimmer rechts der Eingangstür dar. Die Couch steht an einer Wand, die mit … Graffiti, würde ich sagen, bedeckt ist. Symbole der Fae, geschmiert von der Fußleiste fast bis zur …

Ich ziehe den Kopf ein. Auf der Galerie stehen zwei Fae mit Armbrüsten und starren zu uns herab. Selbst wenn sie keine Lyechabaner sind, sollen sie meine *Edarratae* nicht zu Gesicht bekommen.

»Hier entlang«, sagt Versh. Er führt uns in den Flur, durch den auch Kelia verschwunden ist. Wir gehen nach rechts und eine schmale Treppe hinunter. Ich kann in dem schwachen Licht kaum etwas erkennen und gehe einfach auf die blau-weiße Kugel zu, die vor uns hängt. Vier bewaffnete Fae sitzen in dem Raum am Fuß der Treppe. Sie sagen kein Wort, als wir Versh durch eine weitere Tür folgen, aber ich spüre ihre Blicke an uns kleben. Sie beobachten mich.

Ich höre Kelia, bevor ich sie sehe. Sie beschimpft einen Fae, der lässig auf der Kante eines Schreibtischs aus rotem Holz sitzt. Ihre Schimpftirade scheint ihn nicht weiter zu belasten. Auch die beiden Wachen in den hinteren Ecken des Raumes bleiben locker, und ihre Armbrüste sind gesenkt.

Im Gegensatz zu den beschmierten Wänden und der Schäbigkeit im vorderen Teil des Gebäudes haben die Wände im Untergeschoss einen burgunderroten Anstrich, und auf dem Boden liegt ein weißer Plüschteppich. Gemälde in Silberrahmen hängen an den Wänden. Auf einem erkenne ich den *Sidhe Cabred*, auf einem anderen den Skulpturengarten des Silberpalastes.

Naito nimmt seine Kapuze ab und stellt sich an Kelias Seite. Der Fae am Schreibtisch, bei dem ich davon ausgehe, dass er Lorn ist, legt die Fingerspitzen aneinander.

»Naito.« Er begrüßt den Menschen mit einem unaufrichtigen Lächeln, bevor er sich Aren zuwendet. »Ich bin überrascht, dass du ihm erlaubt hast, herzukommen. Nach allem, was ich gehört habe, hast du nicht genug Schattenleser, um es riskieren zu können, einen davon zu verlieren.« Er wirft mir einen Blick zu. »Oder zwei.«

»Du weißt, warum Naito hier ist«, sagt Kelia.

Ich weiß es nicht. Vielleicht ist es eine Sache unter Männern, ein Wettbewerb oder etwas in der Art. In diesem Fall ist es dämlich. Naito vertraut Lorn nicht, so viel ist offensichtlich, aber er sollte Kelia vertrauen. Sie hat ihn beim Angriff der Vigilanten nicht im Stich gelassen. Sie liebt ihn. Er hätte das Risiko nicht eingehen müssen, mit nach Lyechaban zu kommen.

»Das ist über ein Jahr her.« Er wendet sich wieder Naito zu. »Und meine *Kaesha* besteht auf einer Entschuldigung. Ihr Menschen seid doch bestimmt nicht so lange nachtragend, oder?«

»Hier geht es um fehlendes Vertrauen, Lorn«, erwidert Naito. Es ist offensichtlich, dass ihn der Fae ärgern will, aber Naito schafft es auf bemerkenswerte Weise, sich zusammenzureißen, obwohl Lorn Kelia sogar als seine *Kaesha* bezeichnet hat.

»Ah ja. Ich schätze, das ist nicht unbegründet.« Er schnippt mit den Fingern, rückt seine mit Manschetten besetzten Hemdärmel zurecht und erhebt sich. »Zumindest kann ich dafür sorgen, dass ihr euch nicht lange aufhalten müsst. Ich habe nicht die Absicht, die Rebellion mit zusätzlichen Mitteln zu unterstützen. Atroth ist ohnehin schon verärgert, dass ich euch Silber gegeben habe, auch wenn es sich dabei nur um eine kleine Summe gehandelt hat. Ihr müsst euch jemand anders suchen, den ihr bestechen könnt.«

»Wir sind nicht hier, weil wir Silber wollen«, erklärt Lena. Obwohl Lorn Englisch gesprochen hat, habe ich das Gefühl, dass mir hier irgendetwas entgeht.

»Nicht?« Sein Blick wandert zu mir. »Ich hatte gestern einen interessanten Besucher. Mich überrascht nur wenig, aber wenn der Schwertmeister des Königs höchstpersönlich an deine Tür klopft … Tja, selbst jemand wie ich hätte das nicht vorhersehen können.«

Kyol sucht mich noch immer. Warum bin ich deswegen eher nervös als erleichtert?

»Was hat Taltrayn gesagt?«, will Aren wissen.

»Warum setzen wir uns nicht?« Lorn deutet auf einen glänzenden Tisch zu unserer Linken. Er sieht aus, als sei er aus *Jaedrik* gemacht. In diesem Fall wäre das eine ungeheure Geldverschwendung, aber das würde auf dieses ganze Zimmer zutreffen.

Lorn setzt sich an den Tisch. Lena nimmt ihm gegenüber Platz. Kelia und Naito bleiben stehen. Ich würde ihrem Beispiel gern folgen und lehne mich an die Wand, aber dann legt mir Aren eine Hand auf die Schulter. »Setz dich, McKenzie.«

Ich schüttle seine Hand ab, lasse mich jedoch auf einem Stuhl nieder.

»Ist sie schüchtern?«, erkundigt sich Lorn und starrt mich an.

»Vermutlich plant sie gerade einen Fluchtversuch«, entgegnet Aren. Dann zieht er mir die Kapuze vom Kopf. Mit entblößtem Gesicht fühle ich mich nackt, aber es gelingt mir, einen unbewegten Gesichtsausdruck beizubehalten. Das hoffe ich zumindest, denn Aren hat recht. Ich lege mir im Kopf langsam einen Plan zurecht.

»Ah, da bist du ja.« Lorn lächelt. »Und die *Edarratae*. Wirklich wunderschön. Taltrayn macht sich große Sorgen um dich. Sehr seltsam. Ich habe den Schwertmeister noch nie so besorgt gesehen, aber er hätte mir beinahe die Kehle aufgeschlitzt, als ihm das, was ich zu sagen hatte, nicht gefiel.«

»Was hast du ihm erzählt?«, will Lena wissen.

Lorn lässt mich nicht aus den Augen. »Ich habe ihm erzählt, dass ich von einer McKenzie Lewis weder etwas gesehen noch gehört hätte, was zu dieser Zeit auch durchaus der Wahrheit entsprach. Darf ich?« Er streckt eine Hand aus, offen.

Ich sehe Aren an und hoffe auf einen Rat, aber seine Miene bleibt unbewegt.

Na gut. Schön. Ich strecke den Arm aus und lege meine Hand auf Lorns. Ich bin auf das heiße Brennen der Chaosschimmer vorbereitet, aber Lorn zieht scharf die Luft ein, sobald meine *Edarratae* in ihn hineinströmen.

»Hm«, murmelt er. »Ich habe mich gefragt …« Sein Griff verstärkt sich. Drei Schimmer schießen spiralförmig um mein Handgelenk, dann durch seine Handfläche und seinen Arm hinauf. Seine grauen Pupillen erweitern sich, und ich bin mir nicht sicher, ob er mich jemals wieder loslassen wird. Es fühlt sich seltsam und durchdringend an, ihn zu berühren, aber ich werde ihm meine Hand nicht entziehen. Er soll nicht wissen, wie sehr mich dieses Gefühl beeinflusst.

Aren richtet sich auf. Lorn sieht kurz zu ihm hinüber und lässt dann meine Hand los. »Tja, das beantwortet einige Fragen.«

Ich reibe meine Handfläche über mein Hosenbein, um das angenehme Kribbeln wieder loszuwerden. Es ist leichter, mit dem Hof zusammenzuarbeiten, da mich da keiner außer Kyol berührt.

»Wir möchten, dass du sie liest«, sagt Lena mit einem Blick zu mir.

Lorn stützt seinen Arm auf die Tischkante. »Sie ist das Spielzeug des Hofes. Gewisse Leute werden sehr unglücklich sein, wenn sie verletzt wird.«

Ich sehe abwechselnd zu Lena und zu Lorn. Meint sie damit … Ist Lorn ein Gedankenleser? Die Telepathie soll doch eine ausgestorbene Magie sein.

»Ich habe Geld«, sagt Lorn nach einem Augenblick. »Ich habe Silber. Ich habe hervorragende Informanten und einen beachtlichen Einfluss im ganzen Reich. Was könntet ihr mir im Austausch für diesen Dienst schon anbieten?«

»Sie weiß, wo sich ein *Sidhe Tol* befindet.« Arens leise Worte legen sich wie eine Schlinge um meinen Hals.

Lorn zieht die Augenbrauen hoch. »Das ist allerdings interessant. Sag mir, woher du das weißt. Ich bezweifle, dass Atroth einem Menschen, nicht einmal seiner *Nalkin-Shom*, diese Information anvertraut hätte.«

»Ich werde für dich arbeiten.« Es ist ein Schuss ins Blaue, das ist mir klar. »Beschütz mich, und ich werde für dich die Schatten lesen.«

»Ein faszinierendes Angebot«, erwidert Lorn. »Aber ich brauche keinen Schattenleser, auch keinen mit deinem Ruf. Ihr Menschen seid Werkzeuge der Nachfahren, aber Geschäftsleute, die sich aus den Kriegen um den Thron heraushalten, können mit euch nichts anfangen.«

»Wenn du mich zwingst, ihnen das *Sidhe Tol* zu servieren, dann hast du dich für eine Seite entschieden. Das wird dir der König sicher nicht durchgehen lassen.«

»Ich vermute, dass du hinterher verschwinden wirst.« Er zieht eine Augenbraue hoch und sieht Lena an. Als sie nickt, grinst er. »Der König wird nie erfahren, dass ich etwas damit zu tun hatte.«

Mir wird klar, dass ich deutlich weniger Probleme hätte, wenn ich Lena endlich umbringen könnte. Na gut. Ich kann ihm noch ein anderes Angebot machen. »Beschütz mich, und ich verrate dir, wo sich das *Sidhe Tol* befindet. Dann wärst du der einzige Fae, der seinen Standort kennt.«

»Abgesehen vom Inneren Zirkel des Königs, natürlich«, erwidert er sofort.

Ich spüre, wie ein Muskel in meiner Wange zuckt. »Natürlich.«

Lorn sieht Aren an, der schräg hinter mir steht. »Ich muss sagen, dass mich das in Versuchung führt, Aren. Anscheinend habt ihr hier jemanden gefangen, der euch auf der Nase herumtanzt.«

Aren ignoriert ihn, zieht ein Stück Pergament aus der Tasche und faltet es auf dem Tisch auseinander. Ich starre das leere Blatt an und weiß, was er will. Ich erinnere mich daran, wie man zum *Sidhe Tol* hinfindet. Ich kann mir die Linien vorstellen, die ich zeichnen muss, die Biegung des flachen Baches, der sich mit dem Fluss vereinigt.

»Du hast keinen Grund, dem Hof weiterhin treu zu bleiben, McKenzie. Sie haben dich all die Jahre nur benutzt.« Aren legt meine Finger um einen Stift. »Hilf uns.« Meine *Edarratae* springen auf ihn über, als er den Stift in die Mitte des Blattes führt. »Bitte. Ich möchte nicht, dass Lorn dir die Information mit Gewalt aus dem Kopf reißen muss.«

Meine Brust zieht sich zusammen. Seinem Gesichtsausdruck und seinem Ton nach ist das sein Ernst, aber verdammt noch mal, ich sollte meinem Entführer kein Wort glauben. Kyol hat mich nicht dazu gebracht, mich in ihn zu verlieben, nur damit ich ihm helfe, die Feinde des Königs zu bekämpfen. Er hat keinem Lebensbund zugestimmt. Er ist der Mann, für den ich ihn halte. Aren ist derjenige, der mir etwas vorspielt. Lena hat es ja auch offen zugegeben.

Ich sehe Kelia an, die entspannt in Naitos Armen an der gegenüberliegenden Wand steht. Sie spielen mir nichts vor. Keiner von ihnen ist blutrünstig oder desillusioniert.

»Verhandelt.« Ich wollte das Wort so aussprechen, dass es wie ein Befehl klingt, aber es kommt eher wie eine Bitte über meine Lippen. Wenn die Rebellen und die königstreuen Fae einfach nur aufhören würden zu kämpfen, dann hätte jeder gewonnen.

»Wir haben es versucht, McKenzie«, sagt Aren und streicht mir eine Locke hinters Ohr. Die zärtliche Geste steht im starken Kontrast zu der Art, wie er mich behandelt, seitdem ich Paige angerufen habe. »Wir haben Atroth gebeten, die vier Provinzen wiederherzustellen, die er von ihren Nachbarn hat schlucken lassen. Wir haben ihn gebeten, damit aufzuhören, in unsere Häuser einzufallen und uns seine *Nalkin-Shom* auf den Hals zu hetzen.« Er kniet sich neben mich hin und legt seine Hände auf die Rückenlehne meines Stuhls. »Das Einzige, wozu wir ihn bringen konnten, war, die Torsteuern, die Zölle zu senken. Das hat er wenige Tage nach dem Treffen gemacht ... für seine Freunde und Unterstützer. Wir wollen diesen Krieg nicht. Zeichne diese Karte.«

Meine Hand zittert, als ich den Stift über das Papier ziehe. Die Linie ist nichts als eine Verzögerungstaktik. Selbst wenn er die

Wahrheit sagt, kann ich ihnen den Standort des *Sidhe Tol* nicht verraten. Das würde nur zu noch mehr Gewalt führen.

»Ich würde dich gern etwas fragen«, sagt Lorn über das leise Kratzen des Stifts auf dem Papier hinweg. »Warum hast du dich auf die Seite des Hofes gestellt?«

Ich sehe ihn an.

»Atroth ist nicht gerade ein Menschenfreund«, fährt er fort. »Er macht Ausnahmen für Menschen wie dich, die die Gabe des Sehens haben, aber du musst die Feindseligkeit doch trotzdem spüren. Die Männer des Königs sind nicht wie die Bürger von Lyechaban – sie würden dir deine *Edarratae* nicht aus der Haut schneiden –, aber sie mögen dich nicht, oder?«

Atroth ist kein Menschenfreund? Der Hof hasst meinesgleichen? Sie waren in meiner Gegenwart immer vorsichtig, aber Hass habe ich nie gespürt. Sie haben sich um mich gekümmert.

»Oder?«, wiederholt Lorn seine Frage.

»Einige von ihnen tun es«, gebe ich zu. Einige sind aber auch meine Freunde. Sie reden mit mir und interessieren sich für mein Leben und meine Welt. Zumindest habe ich das bisher immer geglaubt. Inzwischen ergibt nichts mehr einen Sinn.

Ich wende mich wieder meiner Zeichnung zu. Meine Karte muss echt aussehen. Ansonsten werden sie merken, dass ich nicht mit ihnen kooperiere, wenn sie keinen Riss öffnen können, wenn ich ihnen eine Stadt nenne. Aber wohin soll ich sie schicken?

»Es gibt Gerüchte über einen Skandal im Inneren Zirkel des Königs.«

Ich zeichne das Ufer des Flusses nicht weiter, eines Flusses, der sich nirgendwo in der Nähe des *Sidhe Tol* befindet.

Aren, der noch immer neben mir kniet, drängt mich: »Zeichne weiter, McKenzie.«

»Meine Informanten sagen, Taltrayn hätte sich in einen Menschen verliebt.«

Der ganze Raum schweigt. Ich starre Lorn an. Er zieht seine

Lippen kaum merklich hoch, aber sein Blick ist offenkundig amüsiert. Aren ist erstarrt.

»Zuerst habe ich dieses Gerücht ignoriert«, fährt Lorn fort. »Schließlich soll Taltrayn einen Lebensbund mit der Tochter von Srillan eingehen.«

Ich schließe die Augen und lege die Finger fester um den Stift. Es ist wahr. Oh Gott, es ist wahr.

»Dann habe ich gehört, dass er den Bund verweigert hätte.«

Mein Herz bleibt mitten im Schlag stehen. »Was?«

Aren stößt einen Fluch aus.

»Taltrayn hat dem Lebensbund nie zugestimmt«, sagt Lorn und sieht mich an. »Offensichtlich liebt dich der Schwertmeister.«

Mir wird ganz kalt, meine Finger fühlen sich taub an, und ich bin verwirrt. Der Stift zittert in meiner Hand.

»Er lügt«, sagt Aren, der noch immer neben mir kniet. Es blitzt an meinem Kinn, als mich seine Finger dort berühren. Zärtlich dreht er meinen Kopf, damit ich ihn ansehen kann. »Zehn Jahre, McKenzie. Du hast zehn Jahre lang auf ihn gewartet. Glaubst du wirklich, er hätte seine Meinung geändert? Denkst du tatsächlich, dass er dich plötzlich will?«

Sein Gesicht ist angespannt, und in seinen Augen glänzt irgendetwas, aber ich bin viel zu wütend, als dass ich wissen will, was es ist. Dieser Mistkerl. Dieser Hurensohn. Er hat gewusst, dass Kyol den Lebensbund verweigert hat.

Ich springe von meinem Stuhl auf. Bevor mir auch nur in den Sinn kommen kann, den Stift als Waffe zu benutzen, reißt ihn mir Aren auch schon aus der Hand. Er schreit Lorn auf Fae an.

»Ich war nur neugierig«, erwidert Lorn mit einem Achselzucken. »Sie hat jetzt genauso wenig eine Wahl wie vorher. Bring sie dazu, sich wieder zu setzen und die Karte fertigzustellen.«

Ich werfe ihm einen finsteren Blick zu. »Fahr zur Hölle.«

Arens Hand legt sich fest um meinen Arm. »Es wird wehtun, wenn Lorn es mit Gewalt aus deinem Kopf holen muss.«

»Es ist mir schei…«

Die Tür wird aufgerissen. Versh stürmt herein. »Der Hof! Taltrayns Männer, sie …«

Ein Pfeil dringt in den Rücken des Fae ein.

14

Ein unnatürlicher Windhauch lässt die Tür zuschlagen. Dafür ist vermutlich Lena verantwortlich, aber jetzt bewegen sich auf einmal alle. Ich drücke mich an die Wand, während Lorns Wachen an seine Seite eilen. Naito schubst Kelia hinter sich, und Aren rennt zur Tür und drückt sich mit der Schulter dagegen, als sie wieder aufgeht. Dann verriegelt er sie.

Lena wirft Lorn einen zornigen Blick zu. *»Sag, dass du einen geheimen Ausgang hast.«*

»Natürlich«, erwidert er und hastet hinter seinen Schreibtisch. Er drückt auf eine Stelle hoch oben an der Wand. Ein blaues Leuchten breitet sich unter seiner Handfläche aus, und dann vibriert der ganze Raum, als die burgunderrot gestrichene Steinplatte zur Seite gleitet.

Irgendetwas stößt mit Wucht gegen die Tür.

»Kelia!«, brüllt Lorn aus dem Loch in der Wand und bedeutet ihr, ihm zu folgen.

»Geh!« Naito schiebt sie vorwärts, aber sie lässt seinen Arm nicht los.

Kelia wirft Lorn einen Blick zu. »Kommt man da zum Tor?«

Die Verzweiflung ist ihm deutlich anzusehen. »Du kannst nicht bei ihm bleiben, Kelia. Die Königstreuen werden ...«

»Kommt man da zum Tor?«, wiederholt sie ihre Frage.

Er zuckt zusammen, als die Tür knackt. »*Nom Sidhe*. Ja! Ja! Komm jetzt!«

Naito schiebt sie auf Lorn zu. »Kümmer dich um sie.«

»Naito, nein!«

»Geht beide«, höre ich mich sagen. »Ich werde sie aufhalten.« Das ist mein Ernst. Ich will nicht, dass Naito oder Kelia verletzt werden. Irgendein Märchen muss doch ein Happy End haben.

»Wir werden alle gehen«, ruft Aren. »Jetzt. Lauft!«

Nachdem Lena in dem dunklen Loch verschwunden ist, greift Lorn nach Kelias Hand und zieht sie und Naito hindurch, bevor Aren ihnen folgt. Ich mache einige Schritte nach hinten, doch er packt meinen Arm. Eine Sekunde später stürze ich beinahe eine Treppe hinunter. Aren sorgt dafür, dass ich nicht falle. Aber er bewegt sich zu schnell, und ich kann nichts sehen. Ich rutsche aus und stoße mir heftig das linke Knie. Doch es bleibt keine Zeit, den Schmerz richtig zu spüren. Aren zieht mich wieder auf die Beine. Ich erblicke einen weißen Blitz, als *Edarratae* auf Naitos Wange aufleuchten. Naito ist dicht vor uns. Hinter uns splittert Holz, als die Soldaten des Königs schließlich durch die Tür brechen. Sie werden in wenigen Sekunden in dem Tunnel sein.

Ich versuche, Aren meinen Arm zu entziehen. »Sie sind meinetwegen hier, Aren. Ich werde sie aufhalten.«

Sein Griff wird fester. »Nein.«

»Dann hast du Zeit genug, um zu entkommen.«

»Nein!«

Verdammt, warum lässt er mich nicht zurück? Ich halte ihn doch nur auf, und ich habe keine Ahnung, wie er an den Inspektoren am Tor vorbeikommen will. Wenn sie mich nicht den Bürgern von Lyechaban übergeben, dann werden sie zumindest die Wachen rufen und mich festhalten, bis Kyol da ist, und sie werden Aren verhaften oder töten.

»Ich versuche, dir zu helfen!«, schreie ich.

»Du hilfst mir, wenn du schneller läufst.«

Okay. Gut. Ich weiß sowieso nicht, wieso ich mir um ihn Sorgen mache. Er hat mich belogen. Wenn er will, dass ich ihn und seine Rebellen gefährde, bitte schön.

Ich höre auf, mich zu sträuben, und renne. Was blind schwierig ist. Ich fahre mit einer Hand die feuchte Steinwand entlang und halte mich mit der anderen an Aren fest. Wir sind noch immer nicht schnell genug. Die Soldaten holen auf.

»Beeilt euch!«, ruft Lorns Stimme aus der Dunkelheit. Eine Sekunde später zerbricht irgendetwas nicht Greifbares. Es fühlt sich an, als würde ein Seil durchtrennt. Die Spannung in der Luft zerspringt, und die Temperatur fällt. Ein tiefes Rumpeln hallt durch den Tunnel.

Aren bleibt stehen. Er drückt mich an die Wand, presst seinen Körper an meinen und zieht meinen Kopf unter sein Kinn.

Der Einsturz des Gebäudes wird uns einschließen. Welche magische Energie Lorn auch aktiviert haben mag, er hat es zu früh getan. Der Boden bewegt sich unter meinen Füßen. Meine Knie geben nach. Ich klammere mich an Aren und bete, dass er irgendeine Magie kennt, die uns retten kann, während das Donnern immer lauter und lauter wird.

Er befördert mich mit Schwung von der Wand weg. Etwas schlägt gegen meine Schulter. Ich stolpere und lasse im Fallen Arens Hand los. Als die Decke herunterkommt, bedecke ich meinen Kopf und bete.

Eine Ewigkeit vergeht, bis das Erdbeben endlich nachlässt. Ich bin voller Schrammen und blauer Flecken, aber noch am Leben. Ich habe mir nichts gebrochen.

Steine rollen über den Boden. Ich habe keine Ahnung, aus welcher Richtung das Geräusch kommt, aber es ist bestimmt Aren, der sich einen Weg zu mir bahnt. Ich überlege, ob ich mich tot stellen soll, muss dann jedoch husten. Meine Lungen sind voller Staub und Mikropartikel, sodass es mir vorkommt, als würde ich eine Lawine aushusten.

Aren kniet sich neben mir hin. »Bist du verletzt?«

»Ja«, kriege ich zwischen zwei Hustenanfällen gerade so heraus.

Vielleicht klingelt es in seinen Ohren wie in meinen, denn er sagt: »Dir geht es gut«, und er stellt mich auf die Beine. Er will mich durch den Tunnel führen, aber mein Umhang hält mich zurück.

»Ich hänge fest.«

»Zieh ihn aus.« Er öffnet die Spange, die den Umhang zusammenhält, und schiebt ihn mir von den Schultern. Ich sehe nach unten, als er zu Boden fällt, und sehe einen *Edarratae* über meinen Unterarm zucken. Kurze Ärmel in Lyechaban. Nicht gerade die beste Idee.

»Ich kann so nicht weitergehen.«

Er zieht meine Hand an seine Seite. »Bleib einfach in meiner Nähe.«

Ich habe keine andere Wahl, als ihm zu folgen. Meine Lungen kribbeln, und ich fühle mich so erledigt, dass mir nicht mal mehr die Hitze der *Edarratae*, die sich von mir zu Aren winden, zu schaffen macht.

»Pass auf, wo du hintrittst«, sagt er, und ich habe ein Déjà-vu. Ich habe so etwas schon einmal gemacht, bin blindlings und verletzt hinter jemandem hergelaufen und habe mich darauf verlassen, dass er mich in Sicherheit bringt. Kyol hat sich immer um mich gekümmert, aber nach und nach hat Aren mein Vertrauen in ihn geschwächt. Das hätte nicht passieren dürfen. Ich kenne Kyol, und ich habe ihm immer vertraut. Er …

Er hat meinetwegen einen Lebensbund verweigert.

Schuldgefühle breiten sich in mir aus, stechen scharf zu wie ein Dolch. Das ist dieses Stockholmsyndrom. Es bringt meinen gesunden Menschenverstand völlig durcheinander und bringt mich dazu, Dinge anzuzweifeln, die ich immer für richtig gehalten habe. Aber alles wird besser werden, wenn ich Aren endlich los bin.

Ich halte mich an seinem Arm fest, als ich stolpere. Da es so plötzlich geschieht, fällt er beinahe hin. Er fängt mich, bevor ich richtig stürze. Ich drehe mich in seinen Armen um, lege ihm eine Hand um den Hals und lasse die andere runterhängen.

»Ist alles okay?«, fragt er.

Himmel, seine Lippen sind so nahe. Ein Teil von mir möchte das nicht tun, aber sobald meine Finger einen lockeren Stein finden, schlage ich Aren damit gegen den Kopf.

Er flucht. Obwohl ich in der Dunkelheit nichts sehen kann, hole ich erneut aus. Dieses Mal packt er mein Handgelenk.

»Hör auf«, schnaubt er.

Er mag wütend sein, aber das bin ich auch. »Du hast mich angelogen. *Bewusst* belogen!«

»Ich wusste nicht, dass er sich geweigert hat.«

»Ich glaube dir nicht.«

»Ich wusste es nicht.« Er schiebt mich von sich weg.

»Du hast mich von Anfang an manipuliert«, beschuldige ich ihn.

Irgendwo zu meiner Linken lacht er auf. »*Ich* habe *dich* manipuliert? Ich habe dafür gesorgt, dass du am Leben und in Sicherheit bist. Ich habe dir nicht wehgetan. Ich habe dich nicht angelogen. Du hast in wenigen Tagen mehr über diese Welt und diesen Krieg gelernt als während der ganzen Zeit, die du für den Hof gearbeitet hast. Kelia hat dich unsere Sprache gelehrt. Ich habe dir das Leben gerettet. Ich habe dich geheilt. Du hast mir dafür gar nichts gegeben.«

»Du hast mich entführt!«

»Ich hätte dich töten sollen!«

Da liegen so viele Gefühle in seiner Stimme. Ich schlucke meine Antwort hinunter. Ich bin mir nicht sicher, ob er nur wütend ist. Ist er verletzt? Ich habe ihn nur einmal getroffen. Vielleicht wurde er beim Einsturz der Decke schon verletzt? Ich weigere mich zu glauben, dass seine schmerzverzerrte Stimme eine andere Ursache hat.

Er seufzt. »Ich kann nicht zulassen, dass der Hof dich zurückbekommt, McKenzie. Wenn du am Leben bleiben willst, dann bleib an meiner Seite.«

Dann zieht er mich weiter, und ich taumle durch das Dunkel und versuche, mich davon zu überzeugen, dass ich keinen Grund habe, mich schuldig zu fühlen. Aren hat mich nur nicht gefoltert oder getötet, weil er meine freiwillige Kooperation braucht. Ansonsten wäre ich als Schattenleserin nutzlos. Ich könnte lügen, ich könnte ausweichen, ich könnte die Rebellen in eine Falle locken. Aber sollte er inzwischen nicht wissen, dass ich mich nie gegen den Hof wenden werde? Es gibt keinen Grund mehr, mich am Leben zu lassen.

Chaosschimmer zeigen mir einen Schatten vor mir. Naito. Bevor wir ihn erreichen, hallt ein lautes Ritsch-Ratsch durch die Luft. Kelia kommt aus einem Riss und wirft Aren ein Schwert zu. Sie reicht Naito das zweite und sagt: »Beeilt euch. Die Königstreuen kommen.«

»Lena?«, fragt Aren.

»Sie wird mit Unterstützung wiederkommen.«

Wir sind nur noch wenige Schritte vom Ende des Tunnels entfernt. Ein schwaches Licht von oben ermöglicht es mir, Naitos und Arens Umrisse zu sehen sowie eine Holzleiter, die an der Wand vor uns nach oben führt. Naito steigt als Erster hoch. Ich folge ihm und schneide jedes Mal eine Grimasse, wenn ein Chaosschimmer über meine Hände und Arme zuckt. Als ich durch einen schmalen Spalt im Felsen steige, zittere ich am ganzen Leib. Mir ist nur zu gut klar, dass sich noch Lyechabaner auf den Straßen aufhalten werden.

Rechts neben mir öffnet sich ein Riss. Mir steigt Arens Körperduft in die Nase, und ich spüre die Wärme seiner Berührung, als er aus dem Licht kommt und mir beim Aufstehen hilft. Blinzelnd sehe ich mich um. Wir stehen auf einem schmalen Streifen Land zwischen der Stadt und dem Fluss. Hinter uns sind Geschäfte und Wohnhäuser fast schon übereinander errichtet. Entlang des Ufers haben Händler ihre Stände aufgebaut. Ich kann den Großteil dessen, was sie rufen, verstehen. Zum Glück beschäftigen sie sich mit dem Verkauf ihres Fischs und ihrer anderen Produkte und deuten nicht mit den Fingern auf Naito und mich. Noch nicht.

Aren zieht mich vor sich. Ich stolpere weiter, auf eine andere Gruppe von Händlern zu, die mit ihren Karren und *Cirikith*, ihren Lasttieren, die aussehen wie eine Kreuzung aus Pferd und Stegosaurus und kleine, schillernde Schuppen auf dem Körper haben, auf Kunden warten. Die Zügel dieser Tiere und die Karren, die sie ziehen, sind mit geprägten Ankersteinen versehen, um sicherzustellen, dass nichts im Zwischenreich verloren geht, wenn sie durch einen Riss fahren. Wir befinden uns vorn in der Schlange und nahe der Stelle, an der ein breites silbernes Band auf dem Boden aufliegt. Um das Silber überqueren und den Halbkreis nackter Erde auf der rechten Flussseite erreichen zu können, wo sich das Tor befindet, müssen die Händler Zoll bezahlen. Hier warten die Inspektoren. Als einer von ihnen aufblickt und mich direkt ansieht, halte ich die Luft an.

In der nächsten Sekunde sieht er nach links. Ein Dutzend Risse öffnen sich in der Luft direkt über dem Silberband. Rebellen stürmen mit gezückten Schwertern und brüllend aus dem Licht. Eine zweite Welle taucht direkt hinter ihnen auf, die von Lena angeführt wird.

Ich bin erstaunt, dass die Händler nicht weglaufen. Sie laufen sonst immer weg, retten ihre Haut und lassen ihre Waren und *Cirikith* im Stich. Die Rebellen haben seit Jahren erfolgreich Tore auf diese Art angegriffen, aber vielleicht haben die Händler langsam genug davon, ständig im Kreuzfeuer zu stehen. Nur wenige Händler fliehen. Die restlichen ziehen die Waffen und stellen sich zwischen ihre Karren und die Rebellen.

»*Sidhe*«, murmelt Aren leise. Doch nach einem Blick auf ihn weiß ich, dass er sich nicht wegen einiger Händler mit Schwertern in der Hand Sorgen macht. Ich folge seinem Blick die Straße in Richtung Stadtmitte entlang. Etwa zwei Dutzend Königstreue sprinten auf uns zu. Plötzlich und mitten im Lauf öffnen sie Risse und verschwinden.

»Los!« Aren schubst mich vorwärts. Ich rutsche auf dem Silber aus. Rings um mich herum öffnen sich Risse – die Königstreuen tauchen wieder auf –, und Metall klirrt gegen Metall.

Einige der Schwertkämpfer des Königs versuchen, die Rebellen abzufangen. Während ich mich auf alle viere hochdrücke, kommt eine zweite Welle am Rand des Silbers an. Dann eine dritte. Lena steht mitten im Chaos und besiegt jeden Königstreuen, der sich in die Reichweite ihres Schwertes wagt. Körper stürzen um sie herum zu Boden. Einige gehen schon im Fallen in den Äther. Ihre Seelenschatten schweben nach oben und vermischen sich mit anderen. So vielen anderen. Das Flussufer sieht aus, als ob es in Nebel gehüllt wäre.

Ich werde immer nervöser und sehe mich nach Aren um. Er ist in der Unterzahl, aber es ist alles okay. Nein, es ist mehr als okay. Innerhalb von Sekunden streckt er zwei seiner Gegner nieder, dreht sich um und blockt den Angriff eines dritten. Heilige Scheiße, er kann wirklich gut kämpfen. Auch er ist von Seelenschatten umgeben, und mir wird klar, dass es einen verdammt guten Grund dafür gibt, dass diese Rebellion schon so lange andauert: Ihre Anführer führen ihr Schwert ebenso gut wie der Schwertmeister des Königs.

Der Schwertmeister. Ich rapple mich auf und mustere die Gesichter der Fae, die an mir vorbeilaufen, aber ich sehe ihn nicht. Das Chaos ist zu groß, als dass ich irgendjemanden erkennen könnte.

»Zum Tor, McKenzie!«, brüllt Aren, der auf dem Silber steht.

»Pass auf!« Die Warnung kommt mir über die Lippen, als ich sehe, wie sich ein blutender Fae am Boden auf einen Ellbogen stützt und sein Schwert schwingt, um Arens Fußknöchel zu treffen. Aren springt über die Klinge des Königstreuen hinweg und versenkt dann sein Schwert im Bauch des Fae.

»Geh!«, befiehlt mir Aren.

Wie erstarrt sehe ich den sterbenden Fae an, bis er verschwunden ist und der weiße Nebel seines Seelenschattens in die Luft steigt. Was habe ich gerade getan? Meine Warnung hat ihn das Leben gekostet. Ich habe einen königstreuen Fae getötet. Ich schrecke vor der Szene zurück und balle meine Hände zu Fäusten, damit sie nicht zittern.

Jemand prallt gegen mich. Dann noch jemand.

»*Tchatalun*«, flüstert eine Stimme. Das Wort bedeutet »der Geschändete«, ist aber praktisch auch ein Synonym für »Mensch«.

»*Tchatalun*«, sagt der Händler erneut, dieses Mal etwas lauter. Ich mache einen Satz nach hinten, als er ausholt, und erkenne erst beim zweiten Mal, als er zum Schwung ansetzt, dass er einen Dolch in der Hand hält. Aren tötet den Mann, bevor er mich ein drittes Mal angreifen kann. Wie betäubt starre ich den roten Fleck auf meinem Bauch an, der immer größer wird.

Eine Sekunde später ist Arens Hand da, schiebt sich unter mein Shirt und wirkt seine Magie. Lena kommt ihm zu Hilfe und wehrt Fae ab, während er mich heilt. Er schiebt mich immer näher an das Tor heran, aber zu viele Leute versperren uns den Weg. Als sich ein Königstreuer auf uns stürzt, schiebt mich Aren zum Karren eines Händlers.

Ich rutsche auf dem Silber aus und lande auf meiner Seite. Schmerz, brennend heiß und Übelkeit verursachend, schießt durch meine Körpermitte. Mein Bauch ist noch nicht völlig geheilt. Ich beiße die Zähne zusammen, ignoriere die Wunde, krieche zum Karren und schlüpfe darunter.

Es dauert einen Moment, bis ich wieder Luft bekomme. Als ich mich auf das Blut und das Chaos außerhalb meines Unterschlupfs konzentriere, sehe ich ihn – Kyol, der sich den Weg durch die Rebellen bahnt. Ein Sturm von Emotionen fegt durch mich hindurch. Ich möchte seinen Namen rufen, wieder an seiner Seite sein, aber ich halte den Mund aus Angst, ihn abzulenken. Ich bezweifle, dass er weiß, dass ich hier bin. Wenn er es täte, würde er an den Fae, gegen die er kämpft, vorbeisehen und in der Nähe des Tors oder am Rand des Schlachtfelds nach mir Ausschau halten, um sicherzustellen, dass die Rebellen mich ihm nicht erneut wegnehmen. Stattdessen zeichnet sich auf seinem Gesicht kalte Gleichgültigkeit ab, während er seine Gegner niedermetzelt. Es ist eine Maske. Er schaltet seine Emotionen während des Kampfes ab. Ich glaube, Atroth und ich sind die Einzigen, die wissen, wie ungern er tötet, aber für seinen König würde Kyol alles tun und jeden umbringen.

Er würde sogar Aren töten.

Ich weiß nicht, warum mir dieser Gedanke kommt. Vielleicht liegt es daran, dass mein Bauch wehtut und geheilt werden muss. Oder es ist das Stockholmsyndrom, das sich bemerkbar macht. Oder … oder es liegt daran, dass ich Aren den Tod nicht wünsche. Wie immer der Grund auch aussehen mag, auf einmal suche ich in dem Gewühl nach ihm, nach seiner groß gewachsenen Gestalt und dem wilden, zerzausten Haar.

Ich entdecke ihn in Kyols Nähe. Sie sind sich viel zu nah. Sie kämpfen praktisch Rücken an Rücken. Wenn sich Aren nur ein wenig nach links dreht und Kyol sich etwas nach rechts, dann können sie sich sehen. Dann greifen sie einander an. Und diesen Kampf wird nur einer von ihnen überleben.

Es wird Aren sein, der sterben muss. Dessen bin ich mir ganz sicher.

Nur zwei aufeinander einschlagende Männer trennen sie noch voneinander. Einer der beiden ist Naito. Er hat es nicht bis zum Tor geschafft, und, Himmel noch mal, sein Schwert durchdringt die Abwehr des Königstreuen und bohrt sich tief in dessen Wange und Kiefer. Ich weiß jedoch nicht, ob der Schwertkämpfer es noch gespürt hat. Der Hieb an sich war schon heftig genug, um ihm das Genick zu brechen. Der Körper des Fae bricht zusammen und geht eine Sekunde später in seinen Seelenschatten über.

»Naito!«, schreit Kelia warnend.

Ein anderer Königstreuer führt sein Schwert gegen den Menschen. Aren dreht sich um und fängt die Klinge ab, bevor sie ihren Weg vollendet.

»Geh!«, brüllt Aren.

Naito rennt auf das Tor und auf Kelia zu, die in dem Rund, das frei von Silber ist, auf ihn wartet. Sie weicht Angriffen aus, während er ihr immer näher kommt. Als er sie fast erreicht hat, taucht sie ihre Hand in den Fluss. Sie steht auf.

Ein Schrei zu meiner Linken. Ich drehe mich noch rechtzeitig um und sehe, wie Kyol seine Klinge aus einem Rebellen zieht und drei lange Schritte auf Kelia zu macht. Ihr Riss zerfällt, als sie nach hinten taumelt und ihr Schwert hebt.

»Nein«, flüstere ich.

Sie wehrt Kyols Schwert ab, duckt sich aber nicht, als seine Faust heranrast und sie direkt ins Gesicht trifft. In der nächsten Sekunde ist Naito bei ihr. Er schreit. Kyol kann den wütenden Angriff des Menschen mühelos parieren. Als Kelia zu Boden stürzt, hat Kyol Naito längst entwaffnet. Innerhalb von Sekunden öffnet er einen Riss am Tor, schlingt einen Arm um Naitos Hals und verschwindet mit ihm im Licht.

»Nein«, flüstere ich erneut.

»Naito!«, schreit Kelia.

Aren spießt seinen Gegner auf, dreht sich zu Kelia um und sieht, wie sie sich auf die Knie erhebt und die zuckenden Schatten hilflos anstarrt. Aber sie kann sie nicht lesen. Sie weiß nicht, wo sie hinmuss.

Ich schon.

Erschrocken wende ich den Blick ab, aber Aren hat mich bereits gesehen.

Die nächste Minute ist alles im Nebel. Bevor ich unter dem Wagen des Händlers hervorkriechen kann, hat mich Aren schon gepackt. Er zieht mich heraus, hält mich an Händen und Beinen fest und packt meine Haare, um meinen Kopf nach hinten zu ziehen, damit ich in die Schatten sehe.

»Lies sie!«, befiehlt er. Er nimmt das Pergament heraus, die Karte, die ich in Lorns Keller zu zeichnen begonnen habe, und legt es auf den Boden.

Ich schüttle den Kopf.

»Jetzt!« Er drückt mir einen Stift in die Hand. Als ein Königstreuer auf uns zugerannt kommt, springt Lena ihm in den Weg und stößt dem Mann ihr Schwert in den Bauch.

Ich bewege mich nicht, zucke nicht mal mit der Wimper, als die Leiche neben mir zu Boden fällt und verschwindet. Ich werde die Schatten nicht lesen. Ich werde Aren nicht Kyol hinterherschicken.

»Entweder sie zeichnet sie auf, oder du tötest sie!«, faucht Lena und wehrt den Angriff eines weiteren Fae ab.

Aren hält mir seine blutige Klinge an die Kehle. »Zwing mich nicht dazu, McKenzie.«

Mein Atem kommt nun stoßweise. Nein. Er hat die Wunde an meinem Bauch geheilt, zumindest damit angefangen. Er wird mich jetzt nicht töten. Er blufft.

Ich schließe die Augen, damit ich die zuckenden Schatten nicht mehr sehen muss.

Aren zieht an meinen Haaren. »Sieh hin, verdammt!«

Seine Klinge schneidet in meinen Hals. Ich reiße die Augen auf.

»Ich werde es tun«, knurrt er mir ins Ohr.

Das Metall dringt durch meine Haut. Ich habe zu große Angst, um den Schmerz zu registrieren, bin zu überrascht, um zu protestieren oder zu betteln. Eine warme, dicke Flüssigkeit rinnt meine Kehle hinunter.

»Lies sie!«

Ich starre die Schatten an. Meine Hand bewegt sich. Ich weiß nicht, was ich tue, bis sich der Maßstab meiner Karte ändert.

Rote Tropfen fallen auf das Blatt und kennzeichnen die Ränder eines Waldes auf der Westseite der Derrdyn-Berge. Kyol ist dort. Meine Karte ist genau genug, sodass Aren ihn erreichen kann, bevor er den nächsten Riss öffnet. Ich kann mein Leben mit nur einem Wort retten.

Ein weiterer roter Tropfen fällt auf die Karte. Ich spüre die Klinge nicht, nur die warme Feuchtigkeit, die beweist, dass Aren bereit ist zu töten.

Er mag dazu bereit sein, aber ich bin es nicht.

Meine nächste Aktion ist Selbstmord, aber ich tue es trotzdem und reiße meine Karte entzwei. Sekunden später umgibt mich Dunkelheit.

15

Ich muss tot sein. Man stirbt, wenn einem die Kehle durchgeschnitten wird. Man ertrinkt in seinem eigenen Blut. Ich bin mir ziemlich sicher, dass ich nicht atme. Mir ist kalt, und ich spüre nichts mehr, auch keine Schmerzen.

Alles kommt mir hier unglaublich schwer vor. Nur vage erinnere ich mich an die Kälte des Zwischenreichs, aber ich weiß nicht, wie ich von der Karre des Händlers zum Tor gekommen bin oder wer mich hindurchgebracht hat. Alles, was ich weiß, ist, dass ich nicht mehr da bin, wo ich vorher war. Ich gehe neben einem Blitz. Taumele eigentlich eher. Meine Koordination ist im Eimer. Ich bin geschwächt und müde. Und mir ist kalt. Wieso wird mir nicht warm?

Der Blitz streckt eine Hand aus. Etwas Warmes wird in meine Handfläche gedrückt. Doch das reicht nicht, um mich weitergehen zu lassen. Meine Knie geben nach. Dieses Mal werde ich ins Eis getragen.

Langsam kann ich wieder klarer sehen und denken. Ich merke, dass meine Hand an meinen Hals gedrückt wird. Ich spüre den Schnitt unter meinen Fingerspitzen. Das Blut ist inzwischen fast getrocknet, aber ich wage es nicht, mich zu bewegen. Ich habe Angst, dass sich die Wunde wieder öffnen könnte. Vor meinem inneren Auge sehe ich Bilder, wie meine Kehle aufgeschlitzt wird und mir eine rote Fontäne aus dem Hals schießt. Aber Aren scheint nicht tief genug geschnitten zu haben, da meine Luftröhre unverletzt zu sein scheint. Doch noch ein wenig mehr Druck …

Wir sind in einem Vorort von Vancouver, einem Ort, der Lynn Valley genannt wird. Ich muss den Namen von den Fae gehört haben, als wir hierher durchbrachen. Aber ich kann mich beim besten Willen nicht daran erinnern. Ich glaube, das nennt man posttraumatischen Stress. Aber wir befinden uns definitiv in meiner Welt. Nur die Fae haben Chaosschimmer auf ihrer Haut, und das Haus vor mir hat ein schindelngedecktes Dach, Rundbogenfenster und weiße Wände und entspricht somit eindeutig der Architektur auf der Erde.

»Du musst dich ausruhen.« Eine Stimme zu meiner Linken.

Langsam drehe ich den Kopf und sehe Sethan neben Aren stehen. Ich sitze mit dem Rücken an einem Holzzaun. Ebenso wie ein Dutzend verwundeter Fae. Aren geht von einem Rebellen zum nächsten, legt ihnen die Hände auf, lindert ihre Schmerzen und heilt ihre Verletzungen. Selbst aus dieser Entfernung sieht er erschöpft aus, und ich frage mich, wie lange er das schon macht. Wenn ich mir seine eingesackten Schultern ansehe und wie mühsam er wieder aufsteht, dann würde ich fast behaupten, er versucht ganz alleine, jeden Einzelnen zu heilen.

Jeden außer mir.

Er sieht in meine Richtung. Unsere Blicke treffen sich. Die Müdigkeit in seinen Augen verändert sich augenblicklich und wird durch etwas ersetzt, was eine Bitte sein könnte. Auf einmal tut mein Hals weh, sowohl innen als auch außen, und ich wende den Blick ab.

Zu schnell.

Der Garten hinterm Haus dreht sich. Ich schließe die Augen und warte darauf, dass die Welt wieder stehenbleibt.

»Hey.«

Jemand stößt mich am Bein an. Mit Mühe bekomme ich die Augen auf und sehe eine Fae in Jeans und einem weißen Pulli vor mir hocken. Zuerst halte ich sie für Kelia, aber dieses Mädchen hat sich keine Steine ins Haar geflochten. Außerdem sind ihre Augen unnatürlich dunkel, und irgendetwas an ihr kommt mir seltsam vor. Als ein Chaosschimmer über ihr Gesicht zuckt, wird mir klar, was dieses Etwas ist. Der Schimmer ist blass, so blass, dass er fast weiß aussieht, und nicht hellblau wie bei den normalen Fae. Sie ist ein *Tor'um*, ein Wanderer. Vermutlich so geboren worden, vermute ich, weil sie nicht aussieht, als sei sie verrückt.

»Wir müssen dich reinbringen«, sagt sie.

Vielleicht ist mein Kopf noch nicht ganz klar, denn es ergibt keinen Sinn, dass sich ein *Tor'um* in meiner Welt aufhält. Fae dürfen nur auf die Erde, wenn sie die Erlaubnis des Hofes haben. Natürlich ist mir klar, dass das einige von ihnen nicht aufhält. Jedes Falschblut, das ich gejagt habe, ist auf der Suche nach Schattenlesern und Menschen mit der Gabe des Sehens hierhergekommen. Händler öffnen auch oft Risse, entweder um die Torsteuern zu sparen oder um Waren von der Erde zu importieren und im Reich zu verkaufen. Aber die *Tor'um* können das nicht tun. Sie können keinen Riss öffnen.

»Hier«, sagt sie und reicht mir eine Wasserflasche. »Trink was.«

Ich habe Angst zu schlucken, aber meine Lippen und meine Kehle sind wie ausgetrocknet. Ich greife nach dem Wasser. Mein Arm ist schwer, und meine Hand zittert so sehr, dass ich ihre versehentlich berühre.

Vor Schreck zucke ich zurück und lasse die Flasche fallen, als ein Chaosschimmer in meine Haut zuckt. Anstelle des heißen, erregenden Gefühls ist der Blitz kalt und fast schon betäubend. Mein Blick wandert zwischen meiner Hand und ihrem Gesicht, das zu Stein geworden ist, hin und her. Sie hebt die Flasche auf und wirft sie mir gegen die Brust. »*Tor'um* sind nicht ansteckend.«

Doch aus diesem Grund bin ich nicht zurückgewichen. Ich bin ein Mensch, und sie könnte meine Magie ohnehin nicht beschädigen, da ich über keine verfüge, aber mir sind noch nicht viele *Tor'um* begegnet. Und ich habe erst recht noch keine berührt. Sie bleiben im Allgemeinen unter sich. Ob sie das freiwillig tun oder weil sie Ausgegrenzte sind, ist mir dabei nicht ganz klar. Die Fähigkeit, Risse zu öffnen, ist tief in der Kultur der Fae verankert. Sie nicht zu besitzen ist ein riesiges Handicap, das sich kein Fae wünscht. Dabei ist es ohne Belang, dass einige *Tor'um* ein paar magische Praktiken ausüben können; *Tor'um* sind nicht fähig, unverzüglich von einem Punkt zu einen anderen ohne Hilfe zu reisen, daher hat die Fae-Gesellschaft sie ausgegrenzt.

»Du hast eine halbe Stunde«, sagt sie und steht auf. »Sei bis dahin bereit, ins Haus gebracht zu werden.«

Ich habe schon eine Entschuldigung auf den Lippen, aber meine Stimme versagt. Also trinke ich einen Schluck Wasser. Doch es spendet mir keine Energie, und die Hintertür des Hauses ist so weit weg. Ich weiß nicht, warum sie will, dass ich reingehe. Die anderen Fae wurden geheilt, aber es sieht nicht so aus, als ob sie bald aufbrechen würden. Sie sitzen noch weiter von mir entfernt als vorher, so weit, dass ich ihre Unterhaltungen nicht verstehen kann, und irgendwer hat ihnen etwas zu essen und zu trinken gebracht. Man kümmert sich um sie.

Ich lehne den Kopf gegen den Zaun und schließe erneut die Augen. Nur Sekunden später, so kommt es mir zumindest vor, spüre ich, dass mich jemand beobachtet. Aren. Ich frage mich, wie lange er schon da ist, wie lange er schon mit den Armen auf die Knie gestützt vor mir sitzt. Seiner Haltung nach schon eine ganze Weile, und bei diesem Gedanken fühle ich mich unwohl. Sein Schweigen macht es auch nicht besser. Ich schließe wieder die Augen und hoffe, dass er weggeht.

Doch er tut es nicht.

»Darf ich dich jetzt heilen?«, fragt er leise.

»Du bist doch derjenige, der mich erst verletzt hat.« Meine Stimme ist schwach und rau, und die Wunde an meinem Hals spannt bei jedem Wort, aber zumindest kann ich sprechen.

Aren antwortet lange Zeit nicht. Ich starre das taufeuchte Gras an. Ich sollte jetzt Angst haben oder wütend sein, aber so ist es nicht. Ich spüre gar nichts, bis Aren leise sagt: »Es tut mir leid.«

Ich ziehe die Unterlippe zwischen die Zähne. Ich will ihm nicht glauben, aber in seiner Stimme liegt so viel Reue, ebenso in seinem Blick, selbst die Luft um ihn herum scheint voll davon zu sein.

»Ich tue dir nicht gern weh«, meint er.

»Du hättest mich schon vor Stunden heilen können.« Eigentlich sollten meine Worte wütend klingen, aber ich bin zu müde und zu verletzt, um ihn zu hassen.

Er legt den Kopf ein wenig schief. »Ich habe es versucht.«

Zuerst glaube ich, er meint, er hätte es versucht, aber nicht mehr genug Magie dafür gehabt. Schließlich hat er im Laufe der Nacht ein Dutzend Fae geheilt. Dann kommt die Erinnerung. Sie ist verschwommen, aber ich erinnere mich daran, wie Aren neben mir kniet und die Hände nach mir ausstreckt und ich tretend und schreiend verlange, dass er mich ja nicht anfasst.

Als Antwort zucke ich nur mit den Achseln.

Eine Minute vergeht schweigend. »Die *Tor'um* möchten, dass du reinkommst, bevor ihre Nachbarn aufwachen«, erklärt er dann.

Das Obergeschoss des Nachbarhauses sieht über den Zaun hinweg. Darüber werden die Sterne am Himmel langsam blasser. Es ist fast schon Morgen. Wollen mich die *Tor'um* aus diesem Grund im Haus haben? Weil jemand vorbeikommen und sehen könnte, wie ich hier blutbeschmiert hocke? Wenn ich schreie, würde mich dann jemand hören? Würde mir jemand helfen?

Doch da ich bestimmt keinen Schrei ausstoßen kann, frage ich nur: »Warum sind sie hier?«

»Sie haben sich dafür entschieden«, antwortet Aren. »Um im Reich zu überleben, hätten sie sich auf andere Fae verlassen müssen, und sie werden als ... *Enthess* angesehen.« Er macht eine Pause und sieht mir in die Augen, um herauszufinden, ob ich ihn verstanden habe.

»Bürger zweiter Klasse?«

Er nickt. »Die meisten Fae wollen nichts mit ihnen zu tun haben, aber hier können sie sich anpassen. Die Technik beeinflusst sie kaum. Sie müssen keinen Fae einstellen, um ihr Essen einzufrieren, sondern können es in den Kühlschrank stellen. Sie müssen sich niemanden suchen, der sie durch einen Riss von einer Stadt in die andere bringt. Sie nehmen einfach ein Auto. Sie suchen sich Jobs, die nicht auf die Beherrschung von Magie ausgelegt sind, und die Menschen meiden sie nicht. Hier können sie normal sein.«

»Was ist, wenn jemand ihre *Edarratae* sieht?«

»Das würden sie uns melden«, erwidert er. Dann bewegt er sich auf mich zu und hebt eine Hand an meinen Hals. »Darf ich, *Nalkin-Shom?* Ich möchte dich erst reinbringen, wenn du geheilt bist.«

Ich sehe zum Haus hinüber. Die Gabe des Sehens ist wie das Schattenlesen eine angeborene Eigenschaft, aber ich habe es die ersten sechzehn Jahre meines Lebens irgendwie geschafft, keinen Fae zu begegnen. Kyol und die anderen königstreuen Soldaten bleiben nicht länger auf der Erde als notwendig, daher verwirrt mich der Gedanke, dass sich Fae dafür entscheiden könnten, auf der Erde zu leben.

»McKenzie?« Arens Hand schwebt noch immer in der Luft.

»Okay«, sage ich und streiche mir das Haar nach hinten. Er kommt näher und legt seine Hand auf die Wunde.

Es brennt, aber nicht so schlimm wie bei der Heilung meines gebrochenen Arms, jedoch schlimm genug, dass ich in Arens T-Shirt greife und mir den Stoff um die Haut wickle.

»Der Schnitt ist nicht tief«, sagt er.

»Er fühlt sich tief an.«

Er schüttelt den Kopf. »Dein Lebensblut läuft hier durch.« Sein Daumen drückt auf die Pulsader rechts neben meiner Luftröhre. »Wenn ich die durchtrennt hätte, dann wärst du verblutet. Ich habe mich vorgesehen.«

»Vorgesehen, dass ich nicht lache«, stoße ich zwischen zusammengebissenen Zähnen hervor. Es tut nicht mehr weh. Jetzt fühlt es sich gut an. Das ist fast noch schlimmer als der Schmerz. »Ich bin aufgrund des Blutverlusts ohnmächtig geworden.«

»Ich denke, das lag eher an deiner Bauchwunde.« Er nimmt die Hand weg und mustert meine Kehle. »Du hast eine Narbe.«

»Na, super.«

»Hättest du mir sofort erlaubt, dich zu heilen, dann wäre das nicht passiert.«

Ich ziehe eine Augenbraue hoch. »Willst du jetzt wirklich mit mir darüber diskutieren, wer schuld daran ist?«

Als er mit den Fingerspitzen über meine Narbe streicht, muss ich mir große Mühe geben, um nicht zu zittern.

»Heb dein Shirt hoch, *Nalkin-Shom*.«

Ich zögere, aber er hatte schließlich keine Gelegenheit, die beiden tiefen Schnitte auf meinem Bauch vollständig zu heilen. Sie waren viel tiefer als der vergleichsweise harmlose Kratzer an meinem Hals, daher hebe ich den blutbefleckten Stoff hoch. Als ich mir die hässlichen, fast parallel verlaufenden Streifen ansehe, habe ich das Gefühl, großes Glück zu haben, dass ich noch lebe.

»Ich schätze, da werde ich auch Narben behalten«, vermute ich.

Er nickt. »Aber die sind definitiv nicht meine Schuld.«

Ich gebe auf und lächle. Als Aren das sieht, kommt es mir so vor, als würde sich seine Laune bessern. Alle möglichen merkwürdigen Gefühle kommen in mir hoch, als mir klar wird, dass ich ihm ein wenig die Anspannung und die Last genommen habe. Ich wünschte ... Ja, ich wünschte, er wäre nicht Teil dieser Rebellion. Ich wünschte, wir könnten Freunde sein.

Ich unterdrücke mein Lächeln. »Könntest du dich bitte beeilen?«

»Ich könnte dich mit einem Kuss heilen.« Ihm steht der Schabernack in den silbernen Augen, und tausend Chaosschimmer hüpfen durch meinen Bauch. Hitze durchströmt mich. Zwischen meinen Beinen ist sie am intensivsten. Scheiße. *Scheiße*. Was zum Henker ist nur los mit mir?

»Tu's einfach.«

Sein Kichern sagt mir, dass er meine Reaktion durchaus bemerkt hat. Zum Glück legt er seine Hände und nicht seine Lippen auf meinen Bauch. Ich beiße die Zähne zusammen, als er seine Magie wirkt. Schmerz schießt durch meine Mitte, und ich kippe nach vorn.

»Sch«, beruhigt er mich. »Ich bin fast fertig. Die Wunde ist ganz schön tief.«

Meine Finger graben sich in seinen Bizeps. Seine Muskeln zittern. Er ist erschöpft. Er verbirgt es gut, aber er braucht Ruhe. *Ich* brauche Ruhe. Mein Bauch schmerzt schlimmer als in dem Moment, in dem ich verletzt wurde.

»Aren«, zische ich.

»Fertig«, sagt er rasch. Zärtlich streicht er mir mit der Hand über den Bauch, als könne er die Erinnerung an den Schmerz wegstreicheln. Auf seiner Stirn stehen Schweißperlen.

»Geht es *dir* gut?«, frage ich.

Er legt den Kopf ein wenig zur Seite, und ich bereue es schon, meine Sorge in Worte gefasst zu haben. Bei der Art, wie er mich ansieht, bekomme ich das Gefühl, dass er mich will. Ich bin zwar dickköpfig, aber nicht völlig verblödet. Ich weiß, dass ich ihn auch will. Wie könnte ich ihn nicht wollen, wenn seine Berührung Blitze unter meiner Haut zucken lässt? Mit seinem teuflischen Grinsen und seinem zerzausten Haar sieht er unglaublich sexy aus, aber ich brauche schon weitaus mehr als ein hübsches Gesicht, um mich in einen Mann zu verlieben. Ich brauche jemanden wie Kyol, jemanden, der mich kennt, der mich *wirklich* kennt. Kyol sorgt sich nicht nur um mein körperliches, sondern auch um mein emotionales Wohlergehen. Er beschützt mich, so gut er kann, vor der Gewalttätigkeit in seiner Welt, und er macht sich Gedanken über mein anderes Leben. Als meine Eltern den Kontakt zu mir abbrachen, als sie nicht mehr mit mir sprechen wollten, sollte ich mir nicht in einer psychiatrischen Klinik »helfen« lassen, war er für mich da. Ich kann mich auf ihn verlassen. Und Aren? Tja, er hat bewiesen, dass ich in bestimmten Situationen entbehrlich bin.

Ich schiebe seine Hand weg, die noch immer auf meinem Bauch liegt. »Gehen wir rein?«

»Ja«, sagt er und steht auf. Dann hilft er mir auf die Beine und hält mich fest, bis sich die Welt um mich herum nicht mehr dreht. »Wir werden uns unterhalten, und dann kannst du dich waschen.«

Arens Ton ist ernst. Zu ernst. Er hat gesagt, dass es ihm leidtut, dass er mich nicht verletzen wollte, aber wo soll das hinführen? Als ich dachte, dass er mich töten würde, habe ich dennoch nicht die Schatten für ihn gelesen. Er weiß, dass ich ihm nie helfen werde.

Er geht langsam auf das Haus zu, doch ich bleibe, wo ich bin. Er zieht mich nicht mit sich, aber er dreht sich um und sieht mich an.

»Du hast gewonnen, McKenzie«, sagt er. »Wir schicken dich zurück zum Hof. Wir werden dich gegen Lena eintauschen.«

»Gegen Lena?« Ich habe ihn wohl falsch verstanden. Soweit ich weiß, war es doch Naito, den sie gefangen genommen haben.

»Sie wurde in Lyechaban erwischt«, erklärt Aren. Er klingt angespannt, als würde er sich gegen meine Reaktion wappnen. Erwartet er, dass ich mich darüber freue? Dass ich darauf herumreite? Ich sollte es tun – das ist ein Sieg für den Hof –, aber ich habe den Grund für Arens Stimmung nun erkannt. Ich habe diesen Ton und diese Last auf den Schultern eines Fae schon früher erlebt. Aren fühlt sich für das, was mit Lena geschehen ist, verantwortlich.

»Es ist nicht ...« Ich schweige und sage ihm nicht, dass es nicht seine Schuld ist. Auch wenn ich nicht schadenfroh bin, Mitleid will ich auch nicht zeigen. Das ist gut für mich. Endlich kann ich nach Hause.

Ich kann Kyol sehen.

In mir ist alles in Aufruhr. Ich empfinde vor allem Vorfreude, bin aber auch nicht frei von Nervosität. Ich *muss* Kyol sehen. Er muss mir versichern, dass wir für die Guten arbeiten, dass Atroth der rechtmäßige König ist und dass die Behauptungen der Rebellen, was die Anzahl der Provinzen, die Torsteuern und die Verstöße des Hofs angeht, nichts als Lügen sind.

»Wann?«, will ich von Aren wissen.

»Morgen.« Er muss meine Überraschung bemerkt haben, denn er zieht eine Augenbraue hoch. »Zu früh?«, hakt er nach.

»Nein. Nicht früh genug«, erwidere ich, da er nicht wissen soll, wie unangenehm mir … das alles ist.

Er wendet kurz den Blick ab und meint dann: »Deine Freundin Paige. Ihre Hochzeit ist morgen Abend.«

Überrascht ziehe ich die Augenbrauen hoch und wundere mich, dass er diesen Teil unserer Unterhaltung im Wald nicht vergessen hat. Er war damals verletzt und hat geblutet, und ich habe es ihm nur erzählt, um das Schweigen zu brechen. »Eigentlich heiratet ihre Schwester. Warum erwähnst du das in dem Zusammenhang?«

»Taltrayn und ich werden uns dort unbewaffnet und sichtbar treffen. An einem öffentlichen Ort. Die Leute werden dich dort kennen.«

»Da wird es Technologie geben«, warne ich ihn. »Elektrizität. Lampen. Musik.«

»Das wird Taltrayn ebenso beeinträchtigen wie mich.« Er legt eine Hand auf meinen Rücken und schiebt mich vorwärts. »Komm rein. Ich werde dich Taltrayn nicht so zurückgeben. Du kannst dich waschen und dich ausruhen.«

Meine Schritte sind wacklig. Ich klammere mich an Aren und warte drauf, dass meine Fingerspitzen und meine Lippen aufhören zu prickeln.

»Ist alles okay?«, fragt er.

Sobald mir nicht mehr schwindlig ist, sehe ich ihn an. »Dir ist doch klar, dass du da einen Anzug tragen musst?«

Er legt den Kopf ein wenig schief. »Was ist ein Anzug?«

16

In Texas ist Mai. Die Nacht ist nicht kalt, aber auch noch nicht warm genug, um die Restkälte des Zwischenreichs zu vertreiben. Ich bin mir nicht sicher, ob ich aus diesem Grund eine Gänsehaut habe oder wegen des links neben mir auf einem Grabstein sitzenden Fae, über den Blitze zucken. Ich habe Lorn gesagt, dass es sich nicht gehört, sich dorthin zu setzen, aber er wollte es mir nicht glauben, dass Menschen ihre Toten begraben, in Gruben unter der Erde verschwinden lassen.

Ich schätze, dieser Friedhof ist ein ebenso guter Ort wie jeder andere, um auf Aren zu warten. Eine dichte Hecke trennt den Friedhof von der Straße hinter uns und dem palastartigen, von zahlreichen Lampen angestrahlten Gebäude auf dem Hügel vor uns. Zwischen dem Friedhof und dem Seiteneingang der Villa liegt ein riesiger Garten. Dort sollen wir Kyol und Lena treffen. Ich wünschte nur, dass sich Aren beeilt und endlich hier eintrifft.

»Freust du dich darauf, zu deinem Typ zurückzukehren?«

Ich lasse mir nicht anmerken, dass ich Lorns Worte überhaupt gehört habe.

Er kichert. »Keine Sorge, McKenzie. Ich bin sehr gut darin, Geheimnisse zu bewahren. Du könntest mir ruhig verraten, wo sich das *Sidhe Tol* befindet, ich würde es auch niemandem weitersagen.«

Ich lache auf und drehe mich endlich zu ihm um. »Ich habe mich schon gefragt, warum du überhaupt hier bist.«

Er legt die Hand auf die Brust und sieht mich verwundert an. »Was? Ich wollte einfach meinen Beitrag leisten.«

»Vergiss es«, erwidere ich. »Du hast deine Chance in Lyechaban verspielt. Jetzt hast du mir nichts mehr zu bieten.«

»Ich habe jedem *irgendwas* zu bieten. Du musst dich nur entscheiden ...«

Erneut bekomme ich eine Gänsehaut. Lorn murmelt etwas über Timing, als der Friedhof von einem Blitz erhellt wird. Aren tritt aus einem Riss, und mein Magen schlägt einen Purzelbaum. Aren sieht gut aus. Überaus gut sogar. Er trägt einen teuren Anzug, vermutlich bei Naiman Marcus oder einem anderen Edelladen gestohlen. Die Hose schmiegt sich an seinen Hintern, und das Jackett fleht förmlich danach, dass man seine Hände darunterschiebt und die feste Brust und die muskulösen Schultern streichelt.

Aren starrt mich an. Zuerst glaube ich, er registriert meine Reaktion auf ihn. Dann gleitet sein silberner Blick zu meiner Brust, zu meinem in Seide gehüllten Bauch, meinen Hüften und schließlich zu meinen nackten Beinen und den offenen hochhackigen Schuhen. Ich rutsche unruhig hin und her. Ich trage nur selten Kleider – schließlich weiß ich nie, wann die Fae des Hofes auftauchen und mich bitten, schattenzulesen –, und ich fühle mich in einem Kleid irgendwie unwohl und verletzlich.

Dann sieht mir Aren wieder in die Augen. Er blinzelt einmal, räuspert sich und hält dann eine glänzende blaue Krawatte hoch. Sie passt nicht ganz zur Farbe der Chaosschimmer, die über seine Hände und sein Gesicht tanzen, aber fast. »Was fange ich damit an?«

»Ich glaube, die kommt um deinen Hals.«

Aren fährt zu Lorn herum. »Was hast du hier zu suchen?«

Lorn steht vom Grabstein auf. »Ich leiste der *Nalkin-Shom* nur Gesellschaft.«

Erneut dreht sich Aren zu mir um und mustert mich von Kopf bis Fuß. Dieses Mal ist es fast so, als würde er nach einer klaffenden Wunde Ausschau halten. »Ist alles okay?«

»Ja«, antworte ich und runzle die Stirn. Lorn hat mich am Tor erwartet, das sich einige Meilen nördlich des Hauses der *Tor'um* befindet. Ein Rebell namens Kian hatte mich bis zum Tor begleitet und mir dort einen Ankerstein in die Hand gedrückt. Danach war ich mit Lorn alleine. Ich war davon ausgegangen, dass er mich durch den Riss hierher begleiten sollte. Hatte ich mich da etwa geirrt?

»Er hat dir nicht wehgetan?«, erkundigt sich Aren.

Ein Gesprächsfetzen kommt mir wieder in den Sinn. Aren hatte gesagt, es würde wehtun, wenn mir Lorn den Standort des *Sidhe Tol* mit Gewalt aus dem Kopf holen müsste. Damals in Lyechaban kam mir Lorns Reaktion seltsam vor. Ich war davon ausgegangen, dass er noch nie zuvor einen Menschen berührt hatte, aber diese Berührung hatte sich auch komisch angefühlt. Ebenso seltsam und durchdringend war das Gefühl gewesen, als er am Tor meine Hand genommen hatte.

Ich wirbele zu ihm herum. »Du bist in mein …«

»Es hat nicht funktioniert«, unterbricht er mich und seufzt. »Offensichtlich sind Menschen immun gegen meine Magie.«

Aren drückt zärtlich meinen Arm. »Bist du dir sicher, dass es nicht schmerzhaft gewesen ist?«

Ein ebenso heißer wie verführerischer Chaosschimmer tanzt bis hoch zu meiner Schulter, und ich entziehe mich ihm. »Es hat nicht wehgetan.«

»Bleib ganz locker, Jorreb«, sagt Lorn. »Wenn es funktioniert hätte, wüsste ich seit Lyechaban, wo sich das *Sidhe Tol* befindet. Ich bin nur hergekommen, um sicherzustellen, dass es nicht nur Diesel war.«

»Dusel«, flüstere ich und weiß nicht, ob ich ihm glauben soll.

»Wir unterhalten uns später«, sagt Aren mit entschlossener Stimme. Lorn zuckt als Antwort nur mit den Achseln.

»Das kommt um den Hals?«, fragt mich Aren und hält die Krawatte hoch. »Wie eine Schlinge?«

»Ja, genau.« Ich wende Lorn den Rücken zu und nehme Aren die Krawatte ab. Ich habe noch nie zuvor einem Mann eine Krawatte gebunden. »Ich schätze, das muss da lang …« Himmel, er riecht so gut. »… und dann zieht man das hier durch. Mit dem Knoten bin ich mir allerdings nicht so sicher. Und die hier musst du noch zumachen.«

Die obersten beiden Hemdknöpfe sind offen. Meine Finger streifen seine Haut, als ich den unteren Knopf schließe. Ich mache mit dem oberen weiter.

Aren legt seine Hände auf meine. »Ist das wichtig?«

Wenn wir nicht ausgerechnet zur Hochzeit von Paiges Schwester gehen würden, dann hätte ich gesagt, dass es unwichtig wäre, aber Amy heiratet einen Anwalt, der aus einer Anwaltsfamilie stammt. Er bezahlt das ganze Fest, und Paige hat mir versichert, dass er ihrer Schwester keinen Wunsch abschlagen kann. Daher die formelle Kleidung und die Buchung der Marbarrage-Villa.

»Ohne fällst du unangenehm auf.« Ich lege die Krawatte um seinen Hals. Er erschaudert, als die Seide über seinen Nacken gleitet. Doch das ignoriere ich ebenso wie die Hitze eines *Edarratae*, der kribbelnd über meine Fingerspitzen tanzt.

Während ich die Krawatte binde, kann ich dank meiner hochhackigen Schuhe einen Blick auf das Schild in seinem Jackett werfen. Armani. Passt ja.

»Ihr Fae habt einen teuren Geschmack.«

»*Kelia* hat einen teuren Geschmack«, erwidert Aren.

»Sie ist einkaufen gegangen?« *Stehlen* wäre wohl zutreffender, aber auf derartige Feinheiten kommt es wohl nicht an.

»Sie musste sich ablenken.«

Lorn kommt näher und begutachtet mein Werk mit missbilligender Miene. »Du machst das falsch. Ich glaube, die Seite muss da runter.«

Ich schiebe seine Hand weg. »Seit wann bist du der Experte?«

»Selbst ein Fae erkennt, dass das nicht richtig sein kann.«

Ich starre ihn an. Dann löse ich die Krawatte und fange noch mal von vorne an.

Aren seufzt frustriert. Es fällt ihm schwer, still zu stehen, und seine Muskeln spannen sich an, als ob er sich für einen Kampf vorbereiten würde. Vielleicht tut er das auch. Kyol könnte hier schon irgendwo sein und auf uns warten. Auf mich.

»Bist du immer noch nicht fertig?«, fragt Aren.

Ich löse meinen erbärmlichen Krawattenknoten und fange noch mal von vorne an. »Das wäre sehr viel einfacher, wenn du nicht so rumzappeln würdest.«

Lorn sagt etwas auf Fae, das ich nicht verstehe. Als Aren kichert, ziehe ich den Knoten besonders eng zu.

Irgendwann gebe ich auf. Ich komme zu der Einsicht, dass es besser ist, gar keine Krawatte zu tragen, als eine, die scheußlich gebunden ist und schief sitzt.

»Vergiss es einfach«, sage ich und stopfe ihm die blaue Seide in die Tasche. Vielleicht kann sich Paige ja später darum kümmern.

»Dank den *Sidhe*«, murmelt Aren und knöpft den obersten Hemdknopf wieder auf. Er wirft Lorn einen Blick zu. »Du kannst jetzt gehen.«

Lorn schenkt ihm ein nachsichtiges Lächeln und wendet sich dann mir zu. »McKenzie, solltest du je etwas brauchen, nachdem du an den Hof zurückgekehrt bist, dann zögere nicht, mir eine Nachricht zu schicken.« Er zwinkert mir zu, macht einen Schritt nach hinten und öffnet einen Riss.

Schatten tanzen, als der weiße Lichtriss verschwindet. Aren lässt mir nicht genug Zeit, um sie zu lesen. Er zieht mich auf das Tor zu, durch das man in den Garten der Villa gelangt. Es ist verschlossen, doch dann legt er seine Hand auf den Riegel und wirkt seine Magie. Das Metall glüht rot durch die Hitze seiner Berührung. Dann, ein kräftiger Ruck, und das geschmolzene Schloss fällt auf den Boden.

Als er das Tor aufzieht, das dabei knarrt, streckt er die Hand nach mir aus. Ich nehme sie, aber nur, weil ich null Erfahrung mit Gehen in hochhackigen Schuhen habe.

»Eine Sache noch«, meint er, bevor ich den Garten betrete, und greift in seine Jacketttasche.

Ich mache den Mund auf. Mache ihn wieder zu. Ich weiß nicht, was ich sagen soll, denn die Halskette ist umwerfend schön. Die Kette ist aus Weißgold, ein zartes Gebilde, und lang genug, dass die dreizehn Diamanten direkt unter meinem Schlüsselbein liegen. Die Diamanten werden nach außen hin kleiner, haben aber in der Mitte die Größe eines Fünfcentstücks, und selbst in dieser mondlosen Nacht funkeln sie wie die Lichttropfen eines torgebundenen Risses.

»Wozu der Schmuck?«, bringe ich nach einem Moment heraus.

Ein Lächeln spielt um Arens Lippen. »Die Kette gehört Kelia. Sie sagt, du kannst sie behalten, wenn du ihr Naito zurückschickst. Ansonsten wird sie Beweise dafür platzieren, dass du sie gestohlen hast.«

Ach du Scheiße. Das ist nicht vergleichbar mit dem Stehlen eines Anzugs oder eines Kleides aus einem Kaufhaus. Diese Kette muss mehrere Hunderttausend Dollar kosten. Um Naito mache ich mir eigentlich keine Sorgen, da Kyol nie einem Menschen wehtun würde, zumindest nicht mit Absicht, und ich bin mir fast sicher, dass ich gesehen habe, wie er Naito einen Ankerstein in die Hand gedrückt hat. Das habe ich Kelia auch erzählt. Sie hat nur durch mich hindurchgesehen und mich dann schwören lassen, dafür zu sorgen, dass Naito nichts passiert und dass sie wieder zusammen sein können. Anscheinend will sie mich jetzt an diesen Schwur erinnern, aber ich hätte die Halskette dafür nicht gebraucht.

Ich schiebe Arens Hände weg. »So etwas Schönes trage ich nicht.«

»Das Kleid ist schön. Ich dachte immer, Kleider wären unpraktisch, aber das ...« Er streicht mit den Fingern über meine Seite. »Es schmiegt sich so schön an. Ich glaube, ich mag unpraktisch.«

Er berührt mit Absicht meine Haut, als er die Halskette in meinem Rücken verschließt. Sein Atem streicht warm über meinen Hals. Ich weiß nicht, ob er mit dem Verschluss nicht klarkommt oder ob er bewusst so lange dafür braucht, aber mein Körper reagiert auf seine Berührung. Ich schließe die Augen.

»Hör auf«, sage ich auf einmal. »Aren, hör auf damit.«

Er schließt die Öse und nimmt seine Hände weg. »Womit denn?«

»Ich weiß nicht, warum du das machst.«

»Du möchtest bei mir bleiben.« Er sagt es so, als ob das eine Tatsache wäre.

Ich schüttle den Kopf. »Es ist dein *Edarratae*. Das ist alles. Es manipuliert meine Gefühle und lässt mich glauben, ich würde Dinge wollen, die gar nicht gut für mich sind.«

»Ganz meine Meinung.«

»Und es ist ganz egal, was du ...« Moment mal. »Du denkst das auch?«

»Taltrayn ist nicht gut für dich.« Er kommt auf mich zu. Ich gehe rückwärts durch das offene Tor in den Garten. »Der Hof ist nicht gut für dich. *Er* hat dich manipuliert.«

Der Boden gibt unter meinen hohen Absätzen nach. Aren streckt die Hand aus und nimmt meinen Arm, damit ich nicht das Gleichgewicht verliere. Frustriert schüttle ich ihn ab.

»Was willst du von mir? Willst du, dass ich mich weigere zu gehen? Du musst mich gehen lassen, um Lena zurückzubekommen und überhaupt hoffen zu dürfen, dass der Hof Naito jemals wieder freilässt.«

»Du sollst zugeben, dass ich nicht das Monster bin, zu dem mich der Hof gemacht hat, das will ich. Gib zu, dass du mir vertraust.«

»Dir vertrauen? Soll das ein Witz sein?« Ich werfe mein Haar nach hinten und zeige mit dem Finger auf meine Narbe. »Du hättest mich beinahe umgebracht!«

»Wenn du so weiter schreist, wird dich noch jemand hören.« Erneut kommt er näher. »Und ich entschuldige mich bei dir, *Nal-*

kin-Shom. Es tut mir leid, dass ich dir wehgetan habe.« Er streicht mit den Fingern durch mein Haar und lässt die dunklen Locken wieder vor die Narbe fallen. »Es tut mir unheimlich leid.«

»Wir sollten zum Empfang gehen.« Ich muss mich bewegen, unbedingt, ich fange schon an zu zittern. Er bereut, was er getan hat, und ich weiß, dass es ihm damit ernst ist, aber ich kann ihm nicht in die Augen blicken, wenn er mich so ansieht. Seine Gefühle sind zu schmerzhaft, zu stark. Zu verwirrend.

Langsam streicht er mit dem Daumen über meine Pulsader. »Ich wünschte, wir hätten dich zuerst gefunden. Deine Treue Taltrayn gegenüber ist ... erstaunlich.«

»Aren ...«

»Ich weiß«, sagt er und macht einen Schritt nach hinten. »Ich weiß.«

Er geht nicht weiter darauf ein. Außerdem hält er Abstand, als wir uns umdrehen und langsam durch den Garten gehen. Die Nachtluft kühlt meine erhitzte Haut. Ich sehe Aren nicht an, sondern konzentriere mich auf die Hochzeitsgäste, die im Freien stehen und das schöne Wetter genießen. Ich versuche, sie zu beobachten, ohne mir anmerken zu lassen, dass ich sie beobachte. In Begleitung eines Fae bin ich immer ziemlich paranoid, wenn ich mich unter Menschen begebe, selbst wenn der Fae beschlossen hat, sichtbar zu sein. Da 99,9 Prozent der Menschheit die Gabe des Sehens nicht besitzen, können die meisten Menschen seine Chaosschimmer nicht gewahren, aber diese 0,1-prozentige Wahrscheinlichkeit bereitet mir trotzdem Kopfzerbrechen.

Der Landschaftsarchitekt, der diesen Garten angelegt hat, könnte König Atroths Konkurrenz machen, nur dass hier die Akzente nicht durch Magie gesetzt werden, sondern durch Lampen, die farbenprächtige Blumen anstrahlen, kunstvoll geschnittene Hecken, einen schönen Baum oder einen dekorativen Felsblock. Dicht stehende Lampen säumen den Fußweg. Die simple Technologie strapaziert Arens *Edarratae*. Nicht sehr stark, aber doch so sehr, dass es mir auffällt. Wenn ich ihn doch nur nicht so gern ansehen, mich an seiner Seite nicht so wohl fühlen würde.

Ein kühler Nebel benetzt meine Haut, als wir an einem steinernen Springbrunnen vorbeikommen. Ein Löwe stürzt sich mit geöffnetem Maul durch einen Vorhang aus Wasser. Wir gehen daran entlang und auf die Treppe zu, die zum Empfang emporführt. Erst als wir die ersten Töne der Musik hören, versteift sich Aren. Er geht noch immer weiter, aber ich sehe ihm an, dass er deutlich weniger selbstbewusst wirkt.

»Du kannst hier draußen warten, wenn du willst«, sage ich und gehe die Treppe hinauf, wobei ich hoffe, dass ich in diesen verdammten Schuhen wenigstens halbwegs anmutig aussehe.

»Würdest du mit mir zusammen warten?«

Ich erreiche die Terrasse und sehe über meine Schulter. Aren steht am Fuß der Treppe mit den Händen in den Hosentaschen.

»Ich muss Paige suchen und der Braut und dem Bräutigam gratulieren.«

Ich bin mir nicht mal sicher, ob das von Paige als Anwesenheit bei der Hochzeit gewertet wird, da wir die Trauung versäumt haben. Der Empfang soll bis Mitternacht dauern, aber wenn ich mir einige Gäste so ansehe, dann sind sie seit Stunden hier, trinken und amüsieren sich.

Aren kommt die Treppe herauf, wobei sein *Edarratae* bei jedem Schritt chaotischer wird.

»Es dauert bestimmt nur ein paar Minuten«, versichere ich ihm und hoffe, dass er draußen bleiben will. Mir gefällt sein sehr ungleichmäßiger *Edarratae* nicht. »Ich bin gleich wieder da.«

»Ich komme mit.«

Er erreicht die Terrasse und lächelt mir halbherzig zu, als ob alles in Ordnung sei. Meiner Ansicht nach sollte er nicht ins Haus mit seinen Lampen gehen, den Handys und all den anderen technischen Geräten. Je länger er der Technologie ausgesetzt ist, desto desorientierter wird er sein.

»Wir treffen uns im Garten mit Kyol«, erinnere ich ihn. »Er wird nicht im Haus sein, vor allem nicht, da Lena ja bei ihm ist.«

»Aber ich will kein Risiko eingehen.«

Doch er geht das Risiko ein, sich durch die Technologie aushebeln zu lassen. Das ergibt natürlich richtig Sinn.

Ich rolle die Augen, drehe mich um und betrete die Villa.

Ich wusste, dass Amys Hochzeit extravagant wird, als ich die Location googelte. Natürlich werde ich nicht enttäuscht. Der Ballsaal ist wunderschön. Er ist mit Wandmalereien, Engeln auf Wolken, geschmückt, die Außenwand ist aus Glas, sodass man in den Garten auf die Brunnen schauen kann. Eine Band spielt eine Coverversion eines Liebeslieds von Bryan Adams (*nicht* das aus *Robin Hood*), und die Tanzfläche am Fuß der Bühne ist voller Menschen. Ich entdecke das Brautpaar inmitten der Menge, als ich am Rand entlanggehe und nach Paige Ausschau halte.

Aren bleibt an meiner Seite. Er achtet darauf, keinen der anderen Menschen zu berühren, aber bei mir ist er nicht so vorsichtig. Er berührt mich bei jeder Gelegenheit. Ich muss mich wirklich entspannen. Es ist fast vorbei. Jetzt muss ich nur noch diese Nacht überstehen.

»McKenzie«, ruft eine bekannte Stimme. »Wo zum Teufel hast du nur gesteckt?«

Ich drehe mich um und habe schon eine Entschuldigung auf der Zunge, komme aber nicht dazu, sie auszusprechen, weil Paige die Arme um mich wirft.

»Du rufst mitten in der Nacht an und legst dann einfach auf? Was ist passiert?«

»Ich, äh ...« Darauf habe ich mich nicht vorbereitet. Eigentlich hatte ich das völlig vergessen. »Ich bin verreist und wollte mir ...« Was gibt es in Georgia zu sehen? »... einiges ansehen. Und dann war meine Prepaidkarte leer.«

Paige macht einen Schritt nach hinten. Offensichtlich glaubt sie mir nicht, aber sie lässt es vorerst auf sich beruhen und wendet ihre Aufmerksamkeit stattdessen Aren zu, der still an meiner Seite steht und die Hände erneut in die Hosentaschen gesteckt hat.

»Du bist nicht Kyol«, sagt sie. Direkt wie immer, so ist Paige nun mal.

Etwas zuckt über sein Gesicht. »Nein, bin ich nicht.«

Paige sieht mich an. »Ich dachte, wenn du in Begleitung kommst, dann würdest du Kyol mitbringen.«

»Nein. Das ist Aren. Er ist ... ein Bekannter.« Ich kann mich nicht dazu durchringen, mehr dazu zu sagen. Doch ich hätte es tun sollen, da ihn Paige jetzt mit neuem Interesse mustert. Ich hätte genauso gut auf die Bühne springen und »Aren ist noch zu haben!« schreien können. Paige ist hübsch und feurig, selbst in dem langen, rosa Satinbrautjungfernkleid. Eigentlich sieht es gar nicht so schlecht aus, und sie kann es zu ihren blonden Haaren, die sie zu chaotischen, aber schicken Zöpfen geflochten hat, sogar tragen.

Aren schweigt. Ich bin mir nicht mal sicher, ob er die Unterhaltung überhaupt verfolgt. Er sieht mehr durch Paige hindurch, als dass er sie betrachtet, mustert die anderen Hochzeitsgäste und sucht vermutlich nach Kyol und Lena. Es ist Zeitverschwendung. Wäre Kyol alleine gekommen, hätte er vielleicht im Haus nach mir gesucht, aber er ist in Begleitung von Lena, die vermutlich schon ausflippt, wenn sie nur die winzigen Lampen an den Wegen im Garten sieht.

»Wir wollten deiner Schwester gerade gratulieren und dann für eine Weile nach draußen gehen.«

Paige verdreht die Augen. »Amy tanzt. Noch immer. Eigentlich tanzt sie schon den ganzen Abend.« Sie konzentriert sich auf Aren, den ich intelligenterweise als meinen Bekannten bezeichnet habe und nicht etwa als Angebeteten oder gar Freund. »Möchtest du tanzen? Das erspart dir eine Begegnung mit Brautzilla.«

Dafür müsste er die Hände aus den Hosentaschen nehmen, und wenn ein Fae einen Menschen berührt, springt sein *Edarra-*

tae auf ihn über. Paige könnte den Blitz nicht sehen, aber spüren. Wahrscheinlich würde sie das Prickeln darauf zurückführen, dass die Chemie zwischen ihnen stimmt, und da sie nicht im Geringsten schüchtern ist, würde sie sich vermutlich rasch nach einem Ort umsehen, an dem sie mit Aren alleine sein kann.

»Er hat Angst vor Bakterien«, sprudelt es aus mir heraus.

Paige zieht eine Augenbraue hoch, und ich zucke zusammen. Genau das habe ich auch gesagt, als sie Kyol zum ersten Mal getroffen hat und er ihr nicht die Hand schütteln wollte.

»Mann, McKenzie. Was treibst du eigentlich immer, gehst du zu den Treffen der Zwangsneurotiker, um dir neue Freunde zu suchen?«

Darum hält man mich für verrückt.

»Das ist bloß Zufall«, erwidere ich wenig überzeugend.

Aren entspannt sich ein wenig. Es ist nicht gerade alltäglich für ihn, sich zwischen Menschen und so viel Technologie aufzuhalten. Ich werfe ihm einen Blick zu und erkenne, dass sein Gesichtsausdruck jetzt ebenso unbelastet wirkt wie seine Haltung, fast schon entspannt.

»Er ist hier«, sagt er.

Mein Magen zieht sich zusammen, als ich in die Richtung sehe, in die er blickt. Da ist Kyol, der einen Anzug trägt und Lenas Hand hält. Sie stehen direkt vor der offenen Glastür, die ins Freie führt. Verblüfft stelle ich fest, wie gut sie zusammenpassen. Sie sehen aus wie ein Paar. So habe ich nie gedacht, wenn ich ihn neben Jacia stehen sah. Vielleicht lag das daran, dass ich nie vermutet hätte, sie könnten etwas miteinander haben. Nur eine Fae, die so schön ist wie Lena, kann die perfekte Partnerin für ihn sein, und nicht jemand wie ich, jemand, der so langweilig und menschlich ist.

Hör auf damit, McKenzie. Er ist deinetwegen hier.

Kyol muss bemerkt haben, dass ich neben Aren stehe, aber er lässt den Rebellen nicht aus den Augen. Seine Miene entspricht dem, was ich immer sein »Soldatengesicht« nenne. Es ist hart wie

Stein, und die meisten Leute können es nicht deuten. Doch mir ist klar, dass er sich unwohl fühlt, der Technik im Ballsaal so nah sein zu müssen. Aber er hält die Schultern gerade, und seine Haltung strahlt Selbstsicherheit aus, fast schon Aggressivität. Er würde ohne mit der Wimper zu zucken durch ein Elektronikgeschäft gehen, wenn ich am anderen Ende stünde.

Dieser Gedanke zaubert ein Lächeln auf meine Lippen. Eine vertraute, friedliche Wärme überkommt mich.

Irgendetwas geschieht zwischen Kyol und Aren, und dann dreht sich Kyol um und führt Lena aus dem Ballsaal.

»Wer ist die Kleine?«, will Paige wissen. Sie starrt den Fae ebenfalls hinterher.

»Nur irgendein Mädchen. Ich muss mit ihnen reden. Bin gleich wieder da.« Beinahe hätte ich »versprochen« gesagt, aber so wie mein Leben in letzter Zeit verläuft, sollte ich lieber nichts versprechen, was ich nicht halten kann.

Paige seufzt. »Ich finde, du bist ohne ihn besser dran, McKenzie.«

Zum ersten Mal scheint Aren Paige wirklich zur Kenntnis zu nehmen. Ein sexy, leicht schiefes Lächeln geht über sein Gesicht. »Da bin ich ganz deiner Meinung.«

Paige zieht erneut die Augenbrauen hoch und gibt mir mit einem Blick zu verstehen, dass sie ihn ganz in Ordnung findet. Tja, aber sie weiß ja auch absolut nichts über ihn.

»Wir sind gleich wieder da.« Aren nimmt meinen Arm und führt mich durch die Menge. Als wir auf die Terrasse treten, wirbeln seine *Edarratae* schon meinen Arm hinauf.

Das sieht Kyol gar nicht gerne. Er weiß, wie es sich anfühlt, mich zu berühren, und was ich empfinde, wenn mich ein Fae anfasst. Er wartet mit Lena am Rand der unteren Terrasse, und sein normalerweise unergründlicher Ausdruck weicht einem unmutigen.

Aren bemerkt seine Reaktion ebenfalls. Er bleibt stehen, bevor wir die Treppe hinuntergehen, beugt sich zu mir und flüstert mir ins Ohr: »Das könnte ein interessanter Abend werden.«

Es gelingt mir, nicht zu erschaudern. »Provozier ihn nicht.« Aren würde einen Zweikampf mit dem Schwertmeister verlieren, da bin ich mir ganz sicher.

Aren kichert nur.

Mit meinen hohen Absätzen wäre mein Gang die Treppe hinunter eine wackelige und peinliche Angelegenheit geworden, wenn Aren mich nicht gestützt hätte. So gelingt es mir jedoch, halbwegs anmutig unten anzukommen. Wir lassen ein Menschen-Paar an uns vorbeigehen, bevor wir auf Kyol und Lena zugehen. Aren bleibt etwa zehn Schritte entfernt stehen.

»Geht es dir gut?«, fragt er Lena. Sie sieht nicht verletzt aus, sieht aber auch nicht gut aus. Sie fühlt sich bei so viel Technik nicht wohl, selbst wenn es eine so simple ist wie Lampen. Natürlich könnte ihr Unbehagen auch teilweise daher rühren, dass sie ein Kleid trägt. Es ist sehr hübsch, tief ausgeschnitten und … Moment mal.

Ich sehe mir den vertrauten Chiffon genauer an, das feine blassviolette Seidengewebe, das über ihre schlanke Gestalt fließt und knapp über dem Boden endet.

»Du hast ihr mein Kleid gegeben.« Ich starre Kyol mit offenem Mund an.

Als Begrüßung lässt meine Bemerkung sehr zu wünschen übrig, aber es ist *mein* Kleid, das *Lena* jetzt trägt.

Kyols Blick wandert zu mir, wird weicher und dann wieder zu Stahl, als er erneut Aren ansieht.

Aren hält sich auch nicht gerade zurück, sondern lacht laut auf. »Du wirst mir wirklich fehlen, meine *Nalkin-Shom*.«

Auf einmal herrscht absolute Stille ringsum, als die aus dem Ballsaal wehende Musik aufhört. Jemand, vermutlich ein betrunkener Cousin der Braut oder des Bräutigams, übernimmt das Mikrofon und spricht einen Toast aus. Die Menschen im Garten gehen nach und nach hinein. Nur ein Paar bleibt zurück. Es sitzt am Brunnen und küsst sich innig.

»Bringen wir's hinter uns«, sagt Kyol und entfernt ein Silberarmband von Lenas Handgelenk.

Aren drückt meinen Arm. Zuerst befürchte ich schon, er lässt mich nicht los. Ich überlege schon, ob ich mich losreißen soll, aber dann steht das Paar am Brunnen auf. Ich will die beiden nicht auf uns aufmerksam machen.

»Geh zu ihm«, sagt er schließlich.

Ich behalte Lena im Auge, während wir langsam aufeinander zugehen. Sie tut dasselbe, aber ihr Gesicht ist deutlich hasserfüllter als meins. Sie trägt keine Schuhe. Die Glückliche. Ich wünschte, ich hätte auch keine an.

Eine Frau kichert. Ich kann gerade noch rechtzeitig zum Brunnen sehen, um mitzubekommen, wie das Paar weiter in den Garten hineingeht und nicht in den Ballsaal hinaufgeht. Sie verschwinden hinter einer hohen Hecke, und ich bin mit den drei Fae alleine.

»Los«, sagt Aren in dem Moment, in dem das Paar nicht mehr zu sehen ist.

Lena öffnet einen Riss und verlässt meine Welt. Dann steht Aren auf einmal wieder neben mir und legt mir den Arm um die Taille.

»Jorreb«, knurrt Kyol. Seine Hand fährt an seine Hüfte, wo sich normalerweise sein Schwertgriff befinden würde.

»Entspann dich, Taltrayn. Wollte ich unseren Deal platzen lassen, dann hätten meine Leute sie schon am Tor wieder gefangen genommen. Wir haben uns darauf geeinigt, den Austausch um Mitternacht durchzuführen. So spät ist es aber noch nicht, und McKenzie muss noch auf eine Hochzeit gehen.«

Genau genommen ist es nur ein Empfang, und *genau genommen* hat Aren nicht die leiseste Ahnung, wie spät es ist. Im Reich sind die Tage und Nächte länger als auf der Erde, und er trägt ganz bestimmt keine Uhr. Es *könnte* durchaus schon nach zwölf sein.

»Was tust du?«, zische ich ihm zu.

»Ich bin egoistisch.«

Er ist verdammt mutig, Kyol so den Rücken zuzudrehen. Ich

sehe über meine Schulter, als Aren mich zurück zur Villa führt. Kyol ist direkt hinter uns, wie ein Raubtier bereit, sich jeden Moment auf seine Beute zu stürzen.

»Mitternacht«, sage ich rasch zu ihm. »Es ist okay. Wirklich.«

Nur eine dünne Glasscheibe trennt uns jetzt noch von den Menschen oben in der Villa, und Kyol weiß, wie sehr ich es hasse, wenn die Fae in meinem realen Leben Szenen machen. Wenn er jetzt gegen Aren kämpft, wird es auffallen. Aber er scheint meine Worte nicht zu hören. Sein Blick ist starr auf Arens Rücken gerichtet, während er die linke Hand zur Faust ballt.

»Hey, McKenzie!«

Kyol erstarrt. Ich drehe mich langsam um und sehe Paige oben auf der Terrasse an der Treppe stehen.

»Geht's euch hier draußen gut?«, fragt sie, und ihre blauen Augen wandern zwischen Aren und Kyol hin und her. Sie sieht eher neugierig als besorgt aus.

»Äh, super«, antworte ich. Aren kichert leise.

Paige verzieht den Mund. »Da ist ein Typ, den ich dir gern vorstellen wollte, aber wenn sich hier bereits zwei Männer um dich streiten ...«

»Ich würde ihn gern kennenlernen.« Ich versuche, mich Aren zu entziehen, aber er lässt mich nicht los.

»Sie ist beschäftigt«, sagt er. Inzwischen hat er sich halb zu mir umgedreht, und obwohl er in Paiges Richtung sieht, bin ich mir sicher, dass er sich ganz auf den Schwertmeister konzentriert. Er wird sich von dieser Unterbrechung nicht von dem abbringen lassen, was er vorhat.

Ich drehe mich wieder zu Kyol um. »Bis Mitternacht? Bitte.«

Er sieht mir in die Augen, und ein Chaosschimmer schießt über sein angespanntes Gesicht. Ich halte den Atem an und bete, dass Kyol mich gehört hat. Er hat keinen Grund, Aren zu trauen – ich eigentlich auch nicht –, aber ich denke, er wird sein Wort halten. Wenn Kyol nur noch ein wenig länger Geduld hat ...

»Mitternacht«, sagt er, und in seiner Stimme schwingt eine deutliche Warnung mit. »Ich lasse dich nicht aus den Augen.«

Ich lächle ihn dankbar an, doch Aren zieht mich bereits weiter die steinerne Treppe hinauf. Als wir oben auf der Terrasse ankommen, ziehe ich meine hochhackigen Schuhe aus. Ich habe langsam genug von den Dingern, in denen ich nur unsicher laufen kann.

»Beschäftigt, was?«, fragt Paige, beäugt Arens Arm um meiner Taille, und versucht nicht mal, ihr Grinsen zu verbergen. »Dann werde ich Lee einfach sagen, dass sich euer Kennenlernen auf ein anderes Mal verschiebt.«

»Ich kann ihn auch jetzt …«

»Danke«, schneidet mir Aren das Wort ab. »Sie weiß das sehr zu schätzen.«

»Kein Problem«, erwidert Paige. Ich starre sie wütend an, was sie jedoch nur mit einem Achselzucken quittiert. Ehrlich gesagt stelle ich *ihre* geistige Gesundheit manchmal infrage. Man muss schon ziemlich verrückt sein, um meine Marotten acht Jahre lang zu ertragen.

Arens Arm rutscht ein wenig tiefer, als er mich in den Ballsaal führt. Ich kann Kyol nicht mehr sehen, bin mir aber sicher, dass er uns beobachtet.

»Du bist ein Arsch«, sage ich.

Arens Schulterzucken ist gespielt unschuldig. »Wir hatten einen Deal. Ich halte mich an die Abmachung.«

Wütend schnappe ich mir ein Glas Champagner vom Tablett eines vorbeigehenden Kellners und schütte es runter, während alle anderen auf das Wohl des Brautpaares anstoßen. Als ich das Glas abstelle, fängt die Musik erneut an zu spielen.

»Tanz mit mir, *Nalkin-Shom*«, sagt Aren und führt mich auf die Tanzfläche.

»Das ist wohl kaum der richtige Zeitpunkt.«

Natürlich ignoriert er mich, und schon drücke ich mich an ihn und stehe von zahllosen Menschen umgeben mitten in einem makellosen Ballsaal. Aren presst mich an sich und macht die Bewegungen der Tanzenden um uns herum nach. Ich habe noch nie zuvor einen Fae wie einen Menschen tanzen sehen. Auf diese Weise tanzen Fae normalerweise nicht, bewegen sich nicht eng aneinander geschmiegt hin und her.

»Das ist lächerlich, Aren. Ich bin nicht Cinderella auf einem Ball. Und das hier ... So bekommst du meine Unterstützung auch nicht, nicht mal meine Sympathie. Ich werde nicht ...«

Er legt mir einen Finger auf die Lippen. »Ich vergesse meine Pflichten, wenn ich bei dir bin. Das ist schön. Friedlich.« Seine Hand gleitet in meinen Nacken, unter mein Haar. Er spielt mit dem Verschluss der Halskette. »Ich wünschte, du könntest auch alles vergessen, wenn du bei mir bist. Du wärst dann glücklicher.«

Mein Herz hämmert. Ich beiße mir auf die Unterlippe und versuche, das Prickeln zu ignorieren, das seine Berührung verursachte. Doch ich kann nichts gegen die meinen Rücken hinabschießenden Chaosschimmer tun, es sei denn, ich winde mich und errege Aufmerksamkeit.

Ich schlucke und sehe mich im Ballsaal um, halte Ausschau nach einer Uhr. An der gegenüberliegenden Wand entdecke ich eine. Sie ist riesig, und ihr Zifferblatt ist umkränzt mit vergoldeten Rosen. Der goldene Minutenzeiger steht kurz vor Mitternacht. Ein Glück. Ich halte das auch nicht mehr lange aus. Kyol auch nicht. Er steht direkt unter der Uhr. Ich kann sehen, wie er mit sich kämpft, wie er versucht, geduldig zu sein, weil er es mir versprochen hat, und seinen Wunsch unterdrückt, mich Aren zu entreißen. Arens umherwandernde Hände machen die Sache so viel schlimmer, als sie sein müsste.

»Versuchst du, ihn noch wütender zu machen?«

Er sieht in die Richtung, in die auch ich blicke. »Es gefällt ihm nicht, dass ich dich berühre, was?«

»*Mir* gefällt es nicht, dass du mich berührst.«

»Das glaube ich dir nicht.« Er lächelt, und, verdammt noch mal, mir wird ganz heiß. Die Hand, die er auf meinen nackten Rücken gelegt hat, brennt angenehm, und meine Knie drohen nachzugeben. Meine Arme liegen um Arens Schultern. Wir sind uns zu nah. Ich sollte Abstand halten.

»Eines würde ich gern wissen, McKenzie: Was wirst du tun, wenn du herausfindest, dass es Naito nicht gut geht? Wenn du erfährst, dass dein teurer Schwertmeister ihn getötet hat?«

»Naito geht es gut.« Meine Stimme ist nicht so fest, wie sie sein sollte. Das liegt nicht daran, dass ich an dem zweifle, was ich gesagt habe, sondern daran, dass Arens Chaosschimmer mich verzaubern.

Sein Daumen zieht meine Kinnlinie nach. »Es tut mir leid, *Nalkin-Shom*.«

Ich frage ihn nicht, was er damit meint. Stattdessen wende ich den Blick ab und sehe zur Uhr an der Wand, weil seine silbernen Augen zu intensiv sind und seine Berührung zu intim ist.

Der Minutenzeiger rückt auf die Zwölf vor.

»Mitternacht«, sage ich leise. Ich hätte fast schon erwartet, dass ein tiefer Gong ertönt und die Bedeutung dieses Augenblicks unterstreicht.

Aren sieht ebenfalls zur Uhr und dann zu Kyol, der schweigend und abwartend darunter steht. Als der Schwertmeister den ersten Schritt auf uns zu macht, legt Aren seine Hände auf meine Schultern und dreht mich zu sich herum.

»Hör mir gut zu, McKenzie. Lass Taltrayn nicht wissen, dass du unsere Sprache gelernt hast. Denk über alles nach, was du hörst. Such nach den Lügen. Die Rebellion … Wir sind nicht so, wie sie uns darstellen. Du kennst uns.« Seine Hände packen meine Schultern fester. »Du kennst mich.«

»Deine Kette.« Er streicht mit den Daumen über die Diamanten. »Diese Steine, sie haben etwas von derselben … *Ekissrin*.« Er sieht nach rechts, weil er zweifellos erkannt hat, dass Kyol schon fast bei uns ist. »Dafür gibt es in deiner Sprache kein Wort, aber sie sind sich ähnlich, die Diamanten und die Ankersteine. Sie können beide geprägt werden. Dieser hier …«, er berührt den größten Diamanten, der mitten auf meiner Brust liegt, »… bringt dich direkt an einen sicheren Ort.«

»Aren …«

»Ich werde bei jedem Sonnenuntergang dort sein, wenn ich kann. Falls du nicht selbst kommen kannst, schick jemand anders. Aber niemand, von dem du glaubst, dass du ihm vertrauen kannst. Schick einen Armen. Jemand,der sich kaufen lässt.«

Aren ist verrückt, so etwas zu sagen, mir diese geprägte Halskette dazulassen. Kyol ist nur noch wenige Schritte entfernt und …

»Nenn dem Fae einen Ort außerhalb der Silbermauern, und ich werde dich holen kommen.«

Mein Magen zieht sich zusammen. »Ich werde nicht …«

»Ich werde dich holen kommen, McKenzie.«

Sein Kuss überrascht mich. Für einen Sekundenbruchteil bekomme ich mit, wie Kyol zögert, bin mir bewusst, dass er mich beobachtet, uns sieht. Dann dringen Chaosschimmer durch Arens Lippen, und es gibt nur noch uns.

Meine einzige Verteidigung ist, dass die *Edarratae* mich dazu bringen, meinen Widerstand aufzugeben, denn ich erwidere seinen Kuss. *Ich küsse ihn.* Chaosschimmer kribbeln auf meinem Gesicht und an meiner Kehle, schießen über meine Schultern und Arme. Sie lassen meinen ganzen Körper vibrieren, und ich lehne mich gegen Aren und drücke mich fest an seinen Körper.

Seine Hand gleitet über meinen Rücken und presst mich an ihn. Und wo immer er mich auch berührt, jede seiner Berührungen lässt meinen Körper prickeln und kribbeln. Die Hand auf meiner Schulter gleitet tiefer. Gleitet über meine Brust, bevor sie auf meiner Hüfte liegen bleibt. Nur die Seide meines Kleides trennt uns noch, aber wenn ich die Augen schließe, kann ich alles vergessen, was in unseren Welten wichtig ist, mir vorstellen, dass es verschwindet und wir uns Haut an Haut berühren.

Ich reiße die Augen auf, als Kyol meinen Arm packt. Aren hält mich noch einen Moment lang fest, und seine Lippen und seine Hände ruhen auf den meinen, als ob dies sein letzter Atemzug wäre. Als ob es der einzige Atemzug wäre, der in seinem Leben je Bedeutung gehabt hatte. Dann sieht er dem Schwertmeister in die Augen.

»Jetzt hast du Konkurrenz bekommen.«

Er macht einen Schritt nach hinten, bevor Kyol ihm einen Tritt verpassen kann, und lächelt mich an, worauf ein Nachbeben meinen Körper erzittern lässt. Ich gehe auf ihn zu, aber er verschwindet in der Menge.

17

»McKenzie?« Kyols Hand liegt auf meinem Arm. »Geht es dir gut?«

Einige Sekunden lang starre ich Aren hinterher. Inzwischen versperren mir Menschen die Sicht, aber ich kann ihn fast noch sehen. Ich kann ihn noch immer schmecken, kann noch die Hitze seiner Berührung spüren.

Ein *Edarratae* springt auf meinen Arm. Kyols *Edarratae*. Er lässt mich rasch los, als wäre er sich unsicher, ob ich überhaupt möchte, dass er mich berührt. Noch immer schwankend starre ich ihm ins Gesicht, bis meine Welt aufhört, sich zu drehen, und mich die silbernen Stürme in seinen Augen wieder in die Gegenwart zurückholen.

Es ist vorbei. Ich warte auf die Erleichterung, aber sie stellt sich nicht sofort ein, sondern kommt eher tröpfchenweise über mich.

»*Kaesha?*« Kyol runzelt besorgt die Stirn, er ist besorgt um mich, aber eigentlich sollte er sich lieber um sich selbst Sorgen machen. Die Technik im Ballsaal bringt seine Chaosschimmer völlig durcheinander. Sie sind alles andere als kontrolliert.

Ich schüttle den Kopf, schüttle die Erinnerung an Arens Kuss ab. »Du musst hier raus.«

»McKenzie.« Mein Name kommt fast schon gequält aus Kyols Mund. In seinen Augen liegt so viel Schmerz, dass ich einen Schritt nach hinten mache. Hat Aren ihm etwas angetan? Er sieht nicht verletzt aus, sondern robuster und stoischer als je zuvor.

»Komm.« Ich ziehe erneut an seiner Hand. Dieses Mal nickt er ernst und folgt mir. Das Gehen scheint ihn zu beruhigen. Nach einigen Schritten ist er es, der den Weg vorgibt.

Seine Schritte werden schneller, sobald wir draußen sind, und jetzt laufen wir schon beinahe die Steintreppe zur unteren Terrasse hinunter. Einige Menschen halten sich wieder hier draußen auf. Wir eilen an ihnen vorbei in den hinteren Teil des Gartens, hasten auf den Friedhof zu, wo ich mit Lorn aus dem Riss gekommen bin und Aren mir die Halskette umgelegt hat.

Mist. Ich muss diese Kette loswerden. Wenn der Hof herausfindet, dass einer der Steine geprägt ist, dann wird man Aren finden.

Aren. Himmel, er ist ein Narr, dass er mir diese Kette anvertraut.

Kyols Gesicht ist hart und besorgt, während er die Schatten im Garten absucht. Ich muss laufen, um mit ihm mithalten zu können.

»Kyol.«

Er verlangsamt sein Tempo nicht.

»Kyol, halt an.« Ich bohre die Fersen in den Boden und zwinge ihn, sich umzudrehen. »Was ist los?«

»Ich ...« Er holt tief Luft. »Es tut mir leid, *Kaesha*.«

Da ist wieder dieser verletzte Blick, aber er wirkt auch ... schuldig?

»Mir geht es gut, Kyol. Wirklich.«

»Jorreb«, er muss sich förmlich zwingen, diesen Namen auszusprechen. »Er hat doch nicht ... nicht ...« Er umfasst mit einer Hand meinen Hinterkopf und drückt seine Stirn an meine. Sein dunkles Haar ist kurz geschnitten, aber noch lang genug, dass ich mit den Fingern hindurchstreichen kann. Ich sollte es nicht tun, nicht hier, wo uns Fae beobachten könnten, aber ich möchte ihn trösten, und ich habe ihn vermisst, seine Berührung, seinen Geruch, seine Gegenwart. Er hat breite Schultern, ist muskulös, muskulöser noch als Aren, und ich fühle mich in seinem Schatten klein und sicher, selbst wenn er wie jetzt verstört wirkt. Unter meinen Händen spannen sich seine Muskeln an, als ob er kurz davor wäre zuzuschlagen. »Hat Jorreb sich dir aufgezwungen?«

Es dauert einen Moment, bis ich begreife, was er von mir wissen will.

»Nein«, erwidere ich und bin fast schon beleidigt, dass er so etwas fragt. »Er würde mir nie wehtun.«

Direkt, nachdem ich die letzten Worte ausgesprochen habe, realisiere ich, dass sie eine Lüge sind, und als Kyol mein Haar hinter mein Ohr schiebt und seine Finger über meinen Hals gleiten, entdeckt er die Wahrheit. Er runzelt die Stirn und mustert meinen Hals mit seinen silbernen Augen.

Ich streiche mein Haar wieder nach vorne, aber es ist zu spät. Er hat die Narbe bereits gespürt.

»Was hat er dir angetan?«, will er wissen und sucht nach weiteren Narben an meinem Hals.

»Es ist nichts«, erwidere ich schnell. »Ich wurde verletzt, und er hat mich geheilt.«

»Er hat dich geheilt?« Er unterbricht seine Untersuchung. »Jorreb ist ein Heiler?«

»Ja«, bestätige ich und frage mich, ob ich gerade Informationen weitergegeben habe, die besser geheim geblieben wären. Aber warum sollte ich mir darüber Gedanken machen, was ich Kyol erzähle? Es ist nicht meine Aufgabe, Aren zu beschützen, und außerdem will ich doch, dass dieser Krieg zu Ende geht, oder? Will ich denn nicht, dass der Hof gewinnt?

Ach verdammt. Das ist nicht gut. Ich bin so durcheinander, dass ich weder weiß, wem meine Loyalität jetzt gilt, noch, was ich überhaupt will. Jetzt haben die Rebellen Gesichter, eine Persönlichkeit. Sie sind gar nicht so schlimm, und was ist, wenn das, was sie behauptet haben, stimmt? Sethan ist vielleicht gar kein Falschblut. Er könnte ein wahrer Nachfahre der *Tar Sidhe* sein. Vielleicht gab es früher wirklich siebzehn Provinzen anstatt dreizehn. Und vielleicht schwindet die Magie der Fae gar nicht in dem Ausmaß, wie der Hof glaubt, und die Torsteuern sind überhaupt nicht fair.

Vielleicht. Neuerdings weiß ich überhaupt nichts mehr mit Sicherheit. So langsam bekomme ich Kopfschmerzen.

»Ich will mich zurückziehen.«

Kyol wird sehr still. »Du willst dich zurückziehen?«

Ich hatte gar nicht vorgehabt, das so bald zur Sprache zu bringen, aber jetzt ist es zu spät, um es zurückzunehmen. Außerdem hatte ich das schon geplant, bevor Aren mich entführte. Inzwischen kommt mir der Gedanke sogar noch verlockender vor. Ich werde mich aus dem Krieg des Reichs raushalten. Werde zurück auf den Campus gehen, meinen Professor überzeugen, meine Prüfung wiederholen zu dürfen, und dann werde ich meinen Abschluss machen und mir einen Job suchen. Ich werde normal sein.

»Ja, zurückziehen.« Ich sehe Kyol in die Augen, aber er hat schon wieder seine Maske aufgesetzt, und ich kann seine Gefühle nicht mehr einschätzen. »Das hatte ich bereits vor, bevor Aren mich entführte.«

Er sieht zu Boden und streicht mit den Händen über meine Arme. Dann schiebt er seine Finger zwischen meine. »Ich … Ich werde mit Atroth reden.«

In den Büschen hinter mir raschelt es. Kyol fährt herum und stellt sich zwischen mich und die Gefahr.

Zum Glück muss er nicht mit einem Kampf rechnen. Ein lustvolles Stöhnen begleitet das nächste Knacken im Unterholz, und zwei Paar nackte Füße tappen auf dem Boden. Menschen.

»Bring mich nach Hause«, flüstere ich.

Kyol legt den Arm um mich. »Bei dir zu Hause ist es nicht mehr sicher. Die Rebellen können dich dort finden. Es tut mir leid. Sie hätten nie deinen Namen herausbekommen dürfen. Wir wissen nicht, wie ihnen das gelungen ist, aber …« Er holt tief Luft. »Es tut mir leid.«

Offensichtlich fühlt er sich für das verantwortlich, was passiert ist. Das überrascht mich nicht. Er hat seine Pflichten immer sehr ernst genommen, und er hasst es, wenn ich verunsichert bin. Doch das war nicht seine Schuld, daher lächle ich und gehe weiter, während unsere Finger ineinander verschlungen sind.

»Wo gehen wir dann hin?«

»Zu einem anderen Menschen, der für uns arbeitet und ganz in der Nähe wohnt«, antwortet er. »Er schickt ein Auto, das dich abholt. Du kannst bei ihm bleiben, bis du eine neue Wohnung gefunden hast.«

»Ist er auch ein Schattenleser?« Fünf von uns arbeiten für den Hof. Normalerweise arbeiten wir alleine, aber ich bin den anderen schon begegnet.

»Nein«, erwidert Kyol. »Er hat nur die Gabe des Sehens.«

Was bedeutet, dass der Hof ihn bei richtiggehenden Schlachten einsetzt, den Kämpfen, von denen mich Kyol fernzuhalten versucht. Zum Glück. Ich hasse es, wenn die Expeditionen, bei denen ich Schatten lese, blutig werden, wenn die Rebellen angreifen, anstatt zu fliehen oder sich zu ergeben.

»Meine Schwertkämpfer sind auf der anderen Seite der Mauer.« Er deutet auf die hohe Hecke, der wir uns nähern, und ich lasse seine Hand los. Gerade rechtzeitig. Ein Holztor geht auf, und ein Fae sieht hindurch. Es ist Taber, einer von Kyols Offizieren.

»Von den Rebellen war nichts zu sehen«, sagt er.

Kyol zieht sein Jackett aus, reicht es dem anderen Fae und nimmt dafür seinen Schwertriemen entgegen. *»Jorreb war alleine.«*

Mein Fae ist nicht perfekt, aber ich glaube, sie zu verstehen. Selbst wenn meine Übersetzung nicht ganz korrekt ist, lässt mich Kyols Ton vermuten, dass er mit Ärger gerechnet hat, zumindest mit mehr Ärger als einem Tanz und einem Kuss.

Kyol schiebt mich durch das offene Tor. Etwa ein Dutzend Schwertkämpfer warten am Straßenrand. Sie tragen *Jaedrik*-Brustharnische, attraktivere als die Rebellen, versehen mit einer schwarzen Politur und dem goldenen Siegel des Königs – ein *Abira*-Baum mit dreizehn Ästen, einer für jede Provinz. Ich gehe davon aus, dass sie alle unsichtbar sind, da es ansonsten seltsam aussehen würde, wenn sie so an der Straße stehen.

Nicht, dass hier viel Verkehr herrschen würde. Bisher habe ich erst ein Auto gesehen, und das kommt langsam um die Ecke. Ich beobachte es und frage mich, ob es das ist, das der Mensch herschicken wollte. Aber es ist eine Limousine der Luxusklasse. Vielleicht bringt der Chauffeur einen Hochzeitsgast. Ich drehe mich wieder zu Kyol und Taber um und will mich auf ihre Unterhaltung konzentrieren, doch sie sehen beide zu der Limo hinüber, die an den Straßenrand fährt.

Der Fahrer kurbelt das Fenster herunter. Ich seufze. Vermutlich glaubt er, dass ich Hilfe brauche, weil es so aussieht, als würde ich alleine am Straßenrand stehen.

»Ich bin okay …«

»Sind Sie McKenzie?«, will er wissen.

»Äh, ja.« Ich werfe Kyol einen Blick zu.

»Er wird dich zu Shanes Haus bringen«, sagt er und bestätigt somit, dass das meine Mitfahrgelegenheit ist.

Der Fahrer steigt aus und öffnet die hintere Tür. Bevor ich einsteigen kann, kommt mir Kyol zuvor. Er sagt etwas zu Taber und steigt in den Wagen.

»Ma'am«, meint der Fahrer, als ich mich nicht bewege.

Ich lächle ihn an und rutsche dann auf das weiche Leder. Kyol sitzt mir gegenüber. Sobald sich die Tür geschlossen hat, sage ich: »Du solltest nicht hier sein.«

»Ich lasse dich erst alleine, wenn du in Sicherheit bist.«

»Aren kann keinen Riss in einem fahrenden Auto öffnen.« Ich hätte noch mehr gesagt, aber der Fahrer setzt sich wieder hinter das Lenkrad, und die Trennwand zwischen seinem Sitz und dem Passagierraum der Limousine ist offen.

»Brauchen Sie irgendetwas, Ma'am?«, erkundigt sich der Fahrer.

»Wie lange dauert es, bis wir bei …«, wie hieß der Typ noch mal? »… bei Shane sind?«

»Etwa dreißig Minuten«, antwortet er.

Dreißig Minuten. Das ist nicht sehr viel länger, als Aren und ich in Deutschland im Auto gesessen haben. Er war verletzt, und seine Magie hat sich schnell erholt. Kyol ist völlig gesund, daher sollte er keine Probleme bekommen.

»Haben Sie was dagegen, wenn ich die Scheibe schließe?«, frage ich den Fahrer und deute auf die Trennwand.

»Ich kümmere mich darum, Ma'am«, entgegnet er. Er drückt auf einen Knopf am Armaturenbrett. Als die Scheibe hochfährt, sinke ich auf meinen Sitz und versuche, mich zu entspannen. Aus irgendeinem Grund gelingt mir das nicht. Kyol und ich sind alleine. Wir sind zusammen. Aber wir sagen nichts, wir starren uns nur an, als ob wir beide daran gezweifelt hätten, dass wir uns je wiedersehen. Ich weiß, dass ich auf jeden Fall daran gezweifelt habe.

Kyol blickt zu Boden. Das passt gar nicht zu ihm. Sonst bin ich diejenige, die den Blick abwendet, entweder aus Sorge davor, dass andere merken, wie ich ihn ansehe, oder weil es mir so schwerfällt, ihm fernzubleiben.

Er nimmt den Schwertriemen ab und legt ihn neben sich auf den Sitz. Ich bin nicht daran gewöhnt, Kyol so zu sehen, er wirkt unglaublich unsicher. Ich beobachte seine *Edarratae*. Wenn sie zu hektisch aussehen, werde ich dem Fahrer sagen, dass mir nicht gut ist, und ihn bitten, kurz anzuhalten. Doch Kyol scheint es gut zu gehen. Nur auf seiner Stirn zeichnet sich eine leichte Falte ab. Ob das daran liegt, dass er von der Technik Kopfschmerzen bekommt, oder weil er über etwas anderes nachdenkt, würde ich nur zu gern wissen. Vielleicht ist es auch beides. Die Stille lässt mich vermuten, dass er mit mir über etwas reden will.

Mein Magen zieht sich vor Nervosität zusammen. Ich glaube, Kyol will über uns reden. Jede Unterhaltung, die wir über unsere Beziehung geführt haben, hat auf dieselbe Weise geendet: indem er mir gesagt hat, dass wir nie zusammen sein können.

Er sieht mich wieder an, und auf einmal ist es mir sehr wichtig, dass wir diese Unterhaltung nicht führen.

»Ich bin wieder durch meine Prüfung gefallen«, sage ich schnell. »Ich weiß nicht, ob mein Professor mich wiederholen lässt. Wie soll ich ihm bloß erklären, dass ich einfach rausgelaufen bin?«

Er blinzelt. Ja, das Thema ist wirklich sehr unpersönlich.

»Das tut mir leid. Wir hatten keine Zeit und ...« Er atmet aus, und seine Schultern sacken ein. »Letzten Endes hat es auch nichts gebracht. Ich war nicht schnell genug.« Er schüttelt den Kopf, und seine Stimme klingt frustriert. »Ich habe Vorkehrungen getroffen. Ich bringe dich immer durch zwei verschiedene Risse nach Hause, und nur wenige Fae kannten deinen ganzen Namen. Und diesen Fae habe ich vertraut. Wenn ich geahnt hätte, dass du in Gefahr schwebst, dann hätte ich dich nie aus den Augen gelassen. Ich hätte dafür gesorgt, dass du in Sicherheit bist.« Er ballt seine Hand um das Schwert, das neben ihm liegt. Jetzt sehen seine silbernen Augen überzeugt aus. »Ich *kann* dich beschützen, McKenzie.«

Ich habe Schmetterlinge im Bauch. Das ist gar nicht gut. Meine Entschlossenheit, mich zurückzuziehen, schwankt, wie sie es schon immer getan hat. Ich will ihn nicht verlassen. Niemals.

Er streckt eine Hand aus, aber ich tue so, als würde ich sie nicht sehen. Stattdessen rutsche ich über den Sitz zur Minibar, die sich in der hinteren Ecke der Limousine befindet.

»Ich habe Amys Junggesellinnenabschied verpasst«, sage ich und studiere die Etiketten der Flaschen. »Das ist eine Tradition der Menschen, im Grunde genommen eine Ausrede, um auszugehen und sich zu betrinken. Ich habe Paige versprochen, dass ich sie begleite.«

»McKenzie ...«

»Aber ich glaube, sie hat mir verziehen«, fahre ich fort und weigere mich, ihn anzusehen. »Sie hat sich Sorgen gemacht, als ich nie zurückgerufen habe.«

Kyol setzt sich neben mich. Ich nehme eine kleine Flasche Wein, drehe sie auf und gieße mir ein Glas ein. Meine Hand zittert, zum Teil aufgrund der Bewegungen des Wagens, zum Teil sind aber auch meine Nerven schuld. Normalerweise kann ich mich besser zusammenreißen, behalte besser die Kontrolle, aber ich bin es leid ... ich bin alles leid.

Kyol legt seine Hand auf das Glas, bevor ich es an die Lippen setzen kann.

»McKenzie.« Sein *Edarratae* zuckt über seine Haut. »Rede mit mir. Ich muss wissen, dass es dir gut geht.«

»Es geht mir gut.«

»Sieh mich an.« Er hebt mein Kinn hoch und zwingt mich, ihm in die Augen zu sehen.

»Kyol.« Ich hole tief Luft. »Ich kann das nicht mehr. Ich will nicht, dass die Dinge so werden, wie sie waren, dass wir uns nur insgeheim berühren dürfen, wenn niemand hinsieht.« So will ich nicht leben. Nie mehr.

»Okay.«

»Ich weiß, dass Radath und der König ... Was?«

Er streicht mit den Händen über meine Arme und hinterlässt eine Hitzespur darauf. »Diese letzten Wochen ... Sie waren die schlimmsten meines Lebens. Jorreb hat einen Fae mit deinen Kleidern geschickt. Sie waren voller Blut und ...« Er schluckt. »Ich dachte, du wärst tot. Ich dachte, ich würde dich nie wiedersehen, und ich hasste mich dafür, dass ich mich stets zurückgehalten habe, wenn wir zusammen waren. Ich habe mich an jedes einzelne Mal erinnert, bei dem ich Nein gesagt habe, und wollte nichts mehr als die Chance, einmal Ja sagen zu können. Jetzt habe ich die Gelegenheit dazu.« Seine Hände umfassen meine Schultern. »Ich werde mit Atroth reden, McKenzie. Wenn du mir vergibst, wenn du mich immer noch willst, dann werde ich mit ihm reden. Ich werde ihn davon überzeugen, dass wir beide zusammen sein müssen.«

Wirklich?, hätte ich am liebsten gefragt, aber ich bringe die

Worte nicht heraus. Das ist es, was ich immer gewollt habe, die Hoffnung, an die ich mich zehn Jahre lang geklammert habe, und jetzt habe ich Angst, dass alles nur ein Traum ist. Vielleicht hat Aren mich doch getötet, als er mir die Kehle verletzte. Etwas kann hier nicht stimmen, das ist alles zu simpel, zu einfach, um wahr zu sein.

»Was ist mit dir?«, frage ich, als ich meine Stimme wiedergefunden habe. »Wird Atroth nicht wollen, dass du mit jemand anders zusammen bist. Jemand wie Jacia?« Obwohl Lorn gesagt hat, dass Kyol den Lebensbund verweigert hätte, fällt es mir schwer, ihren Namen auszusprechen.

Er runzelt die Stirn. »Wie ... Wer hat dir das erzählt?«

Meine Lippen verziehen sich zu einem dünnen, entschuldigenden Lächeln.

»Jorreb«, sagt er dann und lässt meine Schultern los. »Das hat Atroth gewollt – die Tochter von Srillan ist eine gute Partie für mich –, aber ich werde nie einen Bund eingehen. Niemals, McKenzie.«

»Weiß der König auch, warum?« Wenn Atroth weiß, dass Kyol mich liebt, warum hat er dann nichts unternommen? Warum hat er das Gesetz nicht geändert, eine Ausnahme davon gemacht oder mich einem anderen Fae zugewiesen?

Kyol stößt einen Seufzer aus. »Ich bin mir sicher, dass er es vermutet, aber wenn ich nichts sage und es keine Beweise gibt, die diese Behauptung stützen, dann gehe ich davon aus, dass er uns weiterhin ignorieren wird.«

Aber wenn er etwas sagt ...

»Wirst du deine Position verlieren?«, will ich wissen.

»Das Risiko besteht. Ich würde gern ...« Er hält inne und schließt die Augen. Als er sie wieder öffnet, scheint er mich mit seinem Blick um Verzeihung zu bitten. »Ich brauche ein paar Tage. Du musst uns alles sagen, was du über die Rebellion weißt. Wir müssen ihre Anführer finden und ausschalten. Wenn der Krieg vorbei ist, wird Atroth eher bereit sein, uns zuzuhören. Falls nicht ... Wenn er uns nicht erlaubt, zusammen zu sein, dann werde ich den Hof verlassen. Ich werde bei dir bleiben.«

Alles, was ich jemals wollte, baumelt jetzt wie eine Karotte vor mir.

»Und wenn der Krieg weitergeht?«, frage ich mit leiser Stimme.

»Wenn wir den Sohn des Jorreb ausschalten, wird er enden.«

Ich kenne einen Weg, um Aren zu töten, er hängt um meinen Hals. Mein Herz zieht sich zusammen. Ich liebe Kyol – das habe ich immer getan und werde ich immer tun –, aber ich kann noch immer Arens Lippen spüren, die sich verzweifelt auf meine pressen. Ich höre noch seine letzten Worte, mit denen er mir das Versprechen gegeben hat, mich holen zu kommen, ein Versprechen, von dem ich irgendwie weiß, dass er es halten wird. Ich habe die letzten Wochen damit verbracht, zu versuchen, von ihm wegzukommen, und nun, da ich frei bin ...

Ist das nicht großartig? Ich habe zehn Jahre lang nach jemandem gesucht, der den Platz in meinem Herzen einnehmen kann, der für Kyol gedacht war, und als ich endlich jemanden finde, ist es ein Feind, und er ist ein Fae.

Warum zum Teufel kann ich mich nicht einfach in einen Menschen verlieben?

Ich ziehe heftig die Luft ein. Nein. Auf keinen Fall. Ich liebe Aren nicht. Das kann ich nicht, weil ich keins von *diesen* Mädchen bin, hinter denen immer zwei Männer her sind und die sich nicht entscheiden können, welchen davon sie haben wollen. Wenn man sich nicht entscheiden kann, wen man mehr liebt, dann liebt man keinen von beiden genug. Also habe ich keine Gefühle für Aren. Ich will das nicht.

Aber ich will auch nicht, dass er stirbt.

Ich schließe die Augen. Ich weiß nicht, was der größere Betrug ist, Kyol den geprägten Diamanten zu geben oder ihn für mich zu behalten.

»McKenzie?«

»Ich will, dass das vorbei ist«, sage ich.

Kyol stößt einen hörbaren Seufzer aus, und die Anspannung in seinen Schultern lässt nach. »Ich weiß. Komm her, *Kaesha.*«

Er stellt mein Weinglas zur Seite und zieht mich in seine Arme. *Edarratae* zucken über seine Haut. Er streichelt meinen Nacken mit den Fingerspitzen. Ein Blitz kitzelt die kurzen Härchen dort, bevor er meinen Rücken hinunterzuckt.

»Das hat mir gefehlt«, murmelt er. »Mir war gar nicht klar, wie sehr mir das fehlen würde.« Seine Daumen bewegen sich im Rhythmus meines Herzschlags auf beiden Seiten meines Halses, und er lächelt mir zu, wie er es nur selten und nur bei mir tut.

»Du solltest dich ausruhen«, sagt er und küsst mich auf die Stirn. Ein Chaosschimmer zuckt über meine Wange. Seine Lippen fahren die Spur nach und verharren dann wenige Millimeter von meinen entfernt.

Ich werde nicht schlafen können, solange diese Hitze in meinen Adern pulsiert. Also rücke ich an ihn heran. Er weicht nicht zurück. Seine Lippen drücken sich fest auf meine, und seine Chaosschimmer setzen meinen ganzen Körper in Brand. Mein Herz hämmert, und ich bin überrascht über die Intensität des Kusses. Ich rechne damit, dass er ihn jeden Moment unterbricht. Das ist der Moment, in dem er sich meist zurückzieht, damit er nicht mitgerissen wird, also wappne ich mich und warte auf den kalten Luftzug.

Er hört nicht auf. Seine silbernen Augen umwölken sich, und mir wird klar, dass er seine Worte wirklich ernst gemeint hat. Wenn der Krieg vorbei ist, werden wir zusammen sein, mit oder ohne den Segen des Königs.

Endlich.

Mein Kleid rutscht mir über die Hüften hoch, als er mich auf seinen Schoß zieht. Ich drücke mich an ihn, und er knurrt tief in seiner Brust. Daraufhin muss ich lächeln. Ich liebe es, wenn er so ist, wenn seine Selbstbeherrschung bröckelt und er anfällig für meine Berührungen wird.

Seine Bewegungen wirken verzweifelt, als er mich auf den langen Sitz drückt, sodass ich zwischen dem weichen Leder und seinem harten Körper gefangen bin. Er drückt den Mund auf mein Kinn und streicht mit den Lippen langsam bis zu meinem Ohr. Ich stöhne, und er wandert hinunter zu meiner Halsgrube und ... Oh Scheiße! Die geprägte Halskette. Seine Lippen streichen darüber, halten inne und verweilen auf der Narbe an meinem Hals. Ich verspanne mich, aber er drückt mir nur einen Kuss darauf. Die besondere Wärme des Steins scheint ihm nicht aufzufallen.

Langsam schiebt er die Hand an meiner Seite entlang, über meine Hüfte und immer tiefer, bis sie auf meinem nackten Oberschenkel liegt. Er malt Muster auf meine Haut, winzige Kreise, die *Edarratae* über mein Bein jagen.

Seine Hand ist quälend heiß. Ich küsse ihn heftig und weiß jetzt, dass Naito recht hatte. Kein anderer Mensch könnte mir das hier bieten.

Ach verdammt.

»Naito.«

Kyol erstarrt, aber seine Brust hebt und senkt sich noch schnell. »Was?«

Ich schließe die Augen. Ich bin so eine Idiotin, dass ich diesen Moment ruiniere.

»Naito«, wiederhole ich und zwinge mich, Kyol in die Augen zu sehen. »Der Schattenleser, den du in Lyechaban durch das Tor mitgenommen hast. Geht es ihm gut?«

Er runzelt die Stirn. »Du denkst jetzt an Naito?«

»Nein, eigentlich nicht. Es ist nur so ... Ich habe nicht gesehen, dass du ihm einen Ankerstein gegeben hast, und ich habe mir Sorgen gemacht.«

»Ich habe ihm einen Ankerstein gegeben«, sagt er nach einem

Moment und nimmt die Hand von meinem Oberschenkel. »Ich wusste nicht, dass du dort warst.«

Verdammt, verdammt, verdammt!

»Dann geht es ihm gut?«

Eine weitere lange Pause, dann: »Es geht ihm gut.« Er streicht mein Haar glatt und küsst mich auf die Stirn. »Versprochen.«

Ich schneide eine Grimasse, als er wegrutscht und mich in der kalten Luft zurücklässt.

»Es tut mir leid«, sage ich und setze mich auf.

Zu meiner Erleichterung lächelt er. »Schon in Ordnung, *Kaesha*. Wir sind gleich bei Shane.«

Dennoch fühle ich mich schlecht und schuldig, weil ich nicht nach Naito hätte fragen sollen. Die Fae des Hofs sorgen immer dafür, dass den Menschen nichts passiert. Sie haben mich vor zehn Jahren vor Thrain gerettet und auch andere in Sicherheit gebracht, die den Falschbluten in die Hände gefallen waren. Aren hat mir nur etwas einreden wollen. Wenn ich noch ein paar Stunden Ruhe bekomme, dann wird alles wieder einen Sinn ergeben.

18

Ich wache auf, als mich jemand auf die Stirn küsst. Der Kuss ist so zärtlich, und ich fühle mich so wohl, dass ich erst reagiere, als mir Chaosschimmer über die Stirn zucken.

Voller Panik setze ich mich auf und will den Fae, der sich über mich beugt, wegschieben.

»Sch, *Kaesha*. Du bist hier in Sicherheit.«

Kaesha, nicht *Nalkin-Shom*. Doch wenn es Letzteres gewesen wäre, hätte es mich vermutlich genauso beruhigt. Ich atme aus, sinke wieder in meine Kissen und sehe Kyol an. »Wie spät ist es?«

»Es ist Morgen«, antwortet er. »Ich sollte nicht länger bleiben, und ich muss mit Atroth reden.«

Bleiben? Ich sehe mich um. Wir sind nicht mehr in der Limo, wir liegen in einem Bett. Ich erinnere mich nicht daran, die Augen geschlossen zu haben, aber ich habe es wohl getan, und das muss dem Anschein nach ein Gästezimmer in Shanes Haus sein. Ist Kyol die ganze Zeit hier gewesen? Seine Chaosschimmer sind in Aufruhr und sehen schlimmer aus als bei der Fahrt hierher. Selbst wenn das Licht ausgeschaltet ist, strömt die Elektrizität durch die Kabel, und vermutlich gibt es hier auch drahtlose Geräte oder Telefone. Die Hochzeit, die Fahrt in der Limousine und dieses Haus, er ist der Technologie schon viel zu lange ausgesetzt.

Ich setze mich auf. »Du solltest nicht hier sein.«

»Ich bin nur ein wenig desorientiert«, gibt er zu. »Sobald ich ins Reich zurückgekehrt bin, geht es mir wieder gut.«

Ich schlage das Deckbett zurück.

»Nein.« Kyol legt seine Hand auf meine. »Steh nicht auf. Schlaf weiter. Ich werde Taber in ein paar Stunden zu dir schicken.«

Er drückt meine Hand und lässt sie aus seiner gleiten, als er aufsteht. Selbst wenn die Technologie ihn nicht belasten würde, müsste er gehen. Ich bin mir sicher, dass Atroth und Lord General Radath einen Bericht von ihm verlangen. Bestimmt wollen sie auch bald mit mir reden.

»Kyol?«

Er sieht auf mich herab und wartet, aber ich weiß nicht mehr, was ich sagen wollte. Etwas über Aren? Die Rebellion? Die Worte, die mir einfallen, klingen alle so, als wollte ich verteidigen, was die Rebellen getan haben. Da das nicht richtig ist, begnüge ich mich mit einem »Danke.«

Der Ansatz eines Lächelns zeichnet sich auf seinen Lippen ab, während er einen Riss öffnet. »Wir sehen uns später.«

Er geht in das helle Licht und verschwindet. Selbst in dem dunklen Zimmer kann ich seine Schatten sehen. Ich kann sie nicht genau lesen, nicht, ohne eine Karte zu zeichnen, aber ich kann kein Blatt Papier in der Nähe sehen. Hier sind nur das extra große Bett, ein Frisiertisch und eine dazu passende Kommode, alles aus roter Eiche. Auf dem Frisiertisch liegen zusammengelegt eine Jeans und ein graues langärmliges T-Shirt, und neben dem Tisch stehen – von Menschenhand gemachte – Stiefel. Da mir klar ist, dass ich sowieso nicht wieder einschlafen kann, stehe ich auf.

Jeans und T-Shirt wie die Stiefel haben genau die richtige Größe. Ich nehme alles, gehe zur Tür und sehe hinaus. Der Flur ist leer, und das Badezimmer befindet sich gleich auf der anderen Seite.

Ich stelle das Wasser an, ziehe mein Kleid aus, nehme die Halskette ab und lege beides auf die Ablage neben der Badewanne. Einige Minuten später sinke ich ins Wasser und überlasse es der Hitze, die Verspannung meiner Muskeln zu lösen. Ich kann die beiden Narben auf meinem Bauch im Wasser sehen. Gut, dass Kyol und ich gestern Abend nicht weitergemacht haben. Wenn er diese Narben gesehen hätte, dann hätte er sich wegen meiner Entführung noch größere Vorwürfe gemacht. Und er hätte erfahren, wo Arens Hände mich überall berührt haben.

Mein Magen zieht sich zusammen, als ich mich an Arens Berührung erinnere. Frustriert atme ich tief ein und tauche unter. Ich muss diese Erinnerung auslöschen, darf nie wieder an diesen Kuss denken. Das war nur wieder einer seiner Versuche, mich zu manipulieren. Aren und ich sind Feinde. Ich weiß das. Er weiß das. Er hätte mir nie diese verdammte Halskette geben dürfen.

Ich schieße wieder hoch und schnappe nach Luft. Die Diamanten glänzen auf der Ablage und scheinen mich zu verspotten. Ich muss ihnen den Ankerstein geben, oder? Selbst wenn ich das Gefühl habe, Aren damit zu verraten?

Ich streiche mir mit den Fingern durch das nasse Haar. Das alles soll endlich vorbei sein. Ich möchte ein normales, menschliches Leben führen. Mit Kyol.

Du könntest nie ein normaler Mensch sein. Arens Worte am Flussufer in Deutschland. Er hat sie mit einem Lächeln auf den Lippen gesagt, als ob ich zu außergewöhnlich wäre, um normal zu sein.

»Verdammt.« Bevor ich wieder an den Kuss denken kann, stehe ich so schnell auf, dass das Wasser aus der Wanne schwappt. Ich trockne mich ab, drücke mir das Wasser aus den Haaren und nehme die Kette von der Ablage. Ich will sie mir nicht wieder um den Hals hängen, also wickle ich sie einige Male um mein Handgelenk und verschließe sie dann. Man kann sie tatsächlich auch als mehrreihiges Armband tragen, und unter dem langärmligen T-Shirt, das mir Kyol dagelassen hat, wird sie niemand sehen, wenn ich das nicht will.

Einige Minuten später bin ich angezogen und erkunde das Schloss. Zumindest kommt mir das Haus bisher so vor. Es ist riesig, hat zwei Geschosse, wobei sich im oberen ein Kino und ein halbes Dutzend verschlossene Türen befinden, die ich nicht zu öffnen wage. Hier oben hat offensichtlich so etwas wie eine Party stattgefunden. In einem der Wohnräume liegen rote Plastikbecher und Bierflaschen herum, auf dem Boden und den Tischen, sogar auf dem Billardtisch, für den das bestimmt nicht so gut ist.

Und jemand schnarcht auf der Couch. Da ich ihn nicht wecken will, schleiche ich auf Zehenspitzen durch den Raum, finde die Treppe und gehe hinunter ins Erdgeschoss in der Hoffnung, dort die Küche zu finden.

Die Größe des Hauses sollte mich eigentlich nicht überraschen, schließlich wurde ich am vergangenen Abend mit einer Luxuslimousine abgeholt. Shane hat offenbar Geld. Aber ich frage mich, woher. Womit verdient er seinen Lebensunterhalt? Wie kann er einen gut bezahlten Job ausüben? Wie verhindert er, dass sich der Hof ständig einmischt ...?

Ich bleibe stehen und sehe mir die hohen Wände des Foyers und die gewölbte Decke an. Das haben doch bestimmt nicht alles die Fae bezahlt. Mir ist klar, dass mir der König mehr Geld geben würde, wenn ich es verlangte, aber ich bin auch davon überzeugt, dass die Fae an die Geldscheinbündel kommen, indem sie sich durch Risse in Banktresorräume begeben. Ich fühle mich schon schuldig, dass ich mir von ihnen meine kleine Wohnung bezahlen lasse – schließlich ist das Geld gestohlen –, aber vielleicht sieht es Shane ja nicht so. Möglicherweise findet er, dass er sich dieses Haus verdient hat.

»Hast du dich verlaufen?«

Ich drehe mich um. Shane – ich gehe davon aus, dass er es ist, weil er so dasteht, als würde ihm hier alles gehören – ist ein paar Jahre älter als ich. Er trägt ein offenes weißes Hemd und eine Jeans, die ihm tief auf den Hüften sitzt. Sein braunes Haar ist zerzaust, aber er sieht nicht aus, als wäre er gerade erst aufgewacht. Er sieht aus, als ob er ... Tja, als ob er gerade von einer Party kommen würde.

»Ich bin McKenzie«, sage ich, damit er nicht glaubt, ich wäre einer der Gäste vom letzten Abend.

»Ich habe dich schon vor ein paar Stunden gesehen.« Als ich die Stirn runzle, zieht er einen Mundwinkel hoch. »Du warst bewusstlos. Taltrayn hat dich nach oben getragen. Schläfst du immer so fest?«

»Eigentlich nicht.« Aber es überrascht mich auch nicht, dass ich so tief geschlafen habe. Meine Schlafprobleme verschwinden, wenn ich bei Kyol bin, und die letzten drei Tage – verdammt, eigentlich die letzten Wochen – waren nicht gerade sehr angenehm.

»Er sagte, du hättest einen harten Tag gehabt.« Shane geht durch das Foyer und an mir vorbei. »Hast du Hunger?«, erkundigt er sich dann.

»Ich bin am Verhungern.«

Ich folge ihm in die Küche, wo er die Kaffeemaschine anwirft und »Frühstück« macht: tiefgefrorene Waffeln aus einer derart riesigen Schachtel, dass man damit eine kleine Armee versorgen könnte. Nachdem er sie in der Mikrowelle aufgebacken hat, trägt er die beiden Teller in ein anderes Zimmer, wo er sie auf den Tisch stellt. Hohe Bogenfenster umgeben den Frühstücksraum, sehen auf den in Stufen angelegten Garten hinter dem Haus.

»Wie lange wirst du hierbleiben?«, fragt er, während er Sirup auf seine Waffeln gießt.

Das ist eine gute Frage, und ich weiß nicht, was ich darauf antworten soll. Ich möchte mir keine neue Wohnung suchen, aber mir ist klar, warum ich nicht nach Hause gehen kann. Die Rebellen haben mich gegen Lena eingetauscht, aber das heißt noch lange nicht, dass sie mich nicht zurückhaben wollen. *Aren* will mich zurückhaben.

»Ich verschwinde, sobald ich kann.«

»Das hat keine Eile«, erwidert er. »Ich habe jede Menge Platz.«

»Ja. Dieses Haus«, ich sehe nach draußen, mustere die steinernen Bogengänge innen und den Marmorkamin im Nachbarzimmer, »ist … riesig.«

»Extravagant, wolltest du wohl sagen.« Sein verschmitztes Grinsen sagt mir, dass er sich deswegen nicht schämt. Er schneidet seine Waffel durch. »Dem Hof ist es egal, wo ich wohne, solange mein Domizil in der Nähe eines Tors ist, also habe ich mir ein Haus ausgesucht, das mir gefällt.« Als er mein Gesicht sieht, fügt er hinzu: »Was ist? Ich riskiere mein Leben für sie. Ich habe mir das verdient, insbesondere nach allem, was in letzter Zeit passiert ist.«

Niemand *braucht* so ein Haus, aber das möchte ich jetzt nicht mit ihm ausdiskutieren. Stattdessen konzentriere ich mich auf den letzten Teil seiner Aussage. »Was meinst du mit ›in letzter Zeit‹?«

»Sie haben mich die letzten Wochen ziemlich auf Trab gehalten«, sagt er mit vollem Mund.

»Mehr als sonst?«

»Ja. Normalerweise haben sie mich nur geholt, wenn die Rebellen angegriffen haben, aber inzwischen gehen sie selbst in die Offensive. Hast du vom Schlächter von Brykeld gehört?«

Ich nicke langsam.

»Er hat die beste Schattenleserin des Hofes entführt. Vermutlich ist sie tot, aber sie haben die Suche nach Jorreb vor einigen Wochen intensiviert und angefangen, jedes Haus zu durchsuchen, in dem sich angeblich Rebellen aufhalten, in der Hoffnung ... Was ist?«

Ich merke, dass ich die Stirn runzle, aber ich war davon ausgegangen, dass ihm Kyol erzählt hat, wer und was ich bin. Gibt es einen Grund dafür, dass er es nicht getan hat? Er hat meinen Namen immer geheim gehalten, aber jetzt kennen die Rebellen ihn. Ich wüsste nicht, was die Geheimhaltung noch für einen Sinn haben sollte.

»Ich bin nicht tot«, sage ich zu Shane.

»Du bist nicht ...« Dann reißt er die Augen auf. »Scheiße. Ich dachte, du hättest einfach nur die Gabe des Sehens. Ich wusste nicht, dass du tatsächlich schattenlesen kannst. Scheiße«, sagt er noch einmal. »Du hast Glück, dass du noch am Leben bist.«

Ich bin unangenehm berührt und ergreife meine Gabel. »Bringst du oft Leute hier unter?«

Er hat kein Problem mit dem Themawechsel. Mit einem Achselzucken lässt er sich auf seinem Stuhl zurückfallen. »Ich habe ständig Leute hier. Das Haus ist groß, wie du selbst gesagt hast. Da kann man schon mal einsam werden.«

»Wer ist einsam, Baby?«, fragt eine müde Stimme.

Die Brünette, die das Frühstückszimmer betritt, ist schlank, sieht aus wie ein Model und trägt einen schwarzen Bademantel – offen und nichts darunter.

»Ich nicht, wenn du hier bist, Süße«, erwidert er und küsst ihren nackten Bauch. Ich starre aus dem Fenster, während er ihr den Gürtel zubindet.

»Wer ist das?«, will sie wissen.

»McKenzie.« Er legt einen Arm um ihre Taille. »Sie wird eine Weile hierbleiben.«

Das Mädchen mustert mein langes, feuchtes Haar, das ungeschminkte Gesicht und das schlichte, langärmlige T-Shirt. »Eine Cousine?«, fragt sie Shane, als ob es nicht möglich wäre, dass er sich für jemanden wie mich interessiert.

Er lacht. »Wir sind nicht verwandt. Sie ist eine … Geschäftsfreundin. Warum machst du dir nicht erst mal Frühstück?«

Als sie in die Küche stolziert ist, frage ich: »Ist sie öfter hier?«

»Carla? Nein. Sie ist zum ersten Mal hier.« Er spießt Waffelstücke auf seine Gabel und wirft sie sich ein. Als er die Gabel wieder sinken lässt, taucht er seine Manschette beinahe in den Sirup auf seinem Teller. Er schiebt den Ärmel ein Stück hoch.

Er hat eine Narbe auf dem rechten Unterarm. Sie ist hässlich, fast fünf Zentimeter breit und so lang, dass sie sich von seinem Handgelenk fast bis zum Ellbogen erstreckt.

»Was ist passiert?«, will ich wissen.

Seine Gabel bleibt auf halbem Weg zum Mund in der Luft hängen. Er sieht erst die Narbe und dann mich an, und in seinen Augen scheinen Schatten zu tanzen. Seine Lippen werden schmal. Einige Sekunden vergehen, dann antwortet er: »Unser Job ist gefährlich.« Er deutet auf meinen Hals. »Stammt deine von Jorreb?«

Ich lege die Finger auf die vernarbte Haut und erwarte beinahe, dass es wieder wehtut, doch das einzige Gefühl, an das ich mich aus meiner Zeit mit Aren erinnere, ist sein Abschiedskuss. Der ist immer noch in meinem Kopf.

Genau, wie er es beabsichtigt hat, da bin ich mir ganz sicher.

Ich räuspere mich. »Entschuldige. Ich wollte nicht neugierig erscheinen.«

Carla kehrt mit einem Apfel und zwei Tassen Kaffee zurück. Sie reicht Shane die eine Tasse und behält die andere.

»Kelly und Joe haben es letzte Nacht miteinander getrieben«, sagt sie und setzt sich neben Shane. Er grunzt als Antwort. Ich wünschte, er hätte es nicht getan. Sie wertet es als Zeichen von Interesse und fängt an, über das Sexleben der Leute zu klatschen, die am vergangenen Abend auf der Party waren. Dabei sieht sie nicht einmal in meine Richtung, aber mitten in der Aufzählung der ganzen Männer, mit denen Kelly schon zusammen gewesen ist, sieht mich Shane an, grinst verschmitzt und zuckt mit den Achseln.

Ich will gerade vom Tisch aufstehen, als ich vor dem Fenster einen Blitz sehe. Bevor ich den Fae erkennen kann, der ins Haus sieht, öffnet er einen weiteren Riss und betritt das Frühstückszimmer.

Shane versteift sich, aber er dreht sich nicht um. Er wird nicht so wie ich von den Schatten angezogen. Er sieht ihre Spitzen und Kurven nicht, und es juckt ihn nicht in den Fingern, sie aufzuzeichnen.

Ich kneife die Augen zusammen und konzentriere mich dann auf den Fae. In die Mitte seines *Jaedrik*-Brustharnisches ist ein *Abira*-Baum eingepresst, also gehört er zum Hof, aber es ist nicht Taber, der Fae, den Kyol zu mir schicken wollte.

»Ihr werdet beide gebraucht. Rasch.« Sein Englisch hat einen starken Akzent.

Carla hört auf zu reden. Es macht fast den Anschein, als ob sie die Worte des Fae gehört hätte, aber ein Blick sagt mir, dass sie Shane finster ansieht und nicht etwa den mit Chaosschimmern bedeckten Mann, der neben dem Tisch steht.

»Hörst du mir überhaupt zu?«, fragt sie.

»Natürlich«, erwidert Shane aalglatt, aber er runzelt nachdenklich die Stirn und überlegt vermutlich gerade, warum wir beide gerufen werden.

Carla verschränkt die Arme. »Dann beantworte meine Frage.«

»Ich habe doch gesagt, dass ich dir zuhöre.«

»Die Frage *davor*.«

»Jetzt, Shane«, sagt der Fae. Etwas in seinem Ton sagt mir, dass er Shane nicht zum ersten Mal ermahnen muss, sich zu beeilen. Sie haben schon früher zusammengearbeitet.

»Ich muss mal kurz raus.« Shane schiebt seinen Stuhl zurück. Es gefällt mir nicht, mit einem Fae, den ich nicht kenne, durch einen Riss zu gehen, aber ich will weitere Informationen, und da ich ihn nichts fragen kann, solange Carla hier sitzt, stehe ich auch auf.

»Wohin?« Sie sieht von Shane zu mir und dann wieder zu Shane zurück.

»Spazieren«, erwidert er.

Sie steht auf. »Du gehst spazieren? Jetzt? Mit ihr?«

Ihr Streit ist nur kurz. Sie besteht darauf, uns zu begleiten. Er teilt ihr rundheraus mit, dass das nicht geht, und lässt sie wütend im Frühstückszimmer sitzen. Nach nicht einmal drei Minuten stehen wir vor der Tür, aber der Fae ist nicht glücklich über die Verzögerung. Er geht in für ihn flottem Tempo los, was bedeutet, dass Shane und ich rennen müssen, um mitzuhalten.

»Wo bringst du uns hin?«, will ich wissen.

Er sieht mich kaum an. »Nach Haeth.«

Haeth ist eine Stadt in der Südostecke des Reichs in der Nähe der Adaris-Berge. Ich bin erst einmal dort gewesen, um das Tor zu benutzen, und das ist auch schon mehrere Jahre her. Mit dem Kerrel-Meer im Norden und den Bergen im Osten ist es dort wunderschön, und ich würde die Stadt gern wieder aufsuchen, wenn ich nicht wüsste, dass uns dort Blutvergießen erwartet. Der Hof muss Informationen erhalten haben und davon ausgehen, dass sich dort Rebellen aufhalten. Ob sie das wirklich tun, weiß ich nicht.

Shanes Haus liegt an einem Golfplatz. Es ist später Vormittag, und der Himmel ist kristallklar, daher sind wir nicht die Einzigen, die hier unterwegs sind. Gruppen von Golfspielern warten, dass die Spieler vor ihnen fertig sind, damit sie an die Reihe kommen. Sie sind nicht gerade glücklich, als sie warten müssen, bis wir den Platz überquert haben.

»Hat dich der Schwertmeister geschickt, um mich zu holen?«, frage ich und bin froh, dass Shane bei mir ist, da es so nicht so aussieht, als würde ich Selbstgespräche führen.

»Radath«, antwortet der Fae.

»Der Lord General? Normalerweise lässt er mich über Taltrayn rufen.«

Als wir den Wald auf der anderen Seite erreichen, nehme ich die Halskette vom Handgelenk und stopfe sie in die Hosentasche. Der Fae wird uns Ankersteine geben, wenn wir am Tor ankommen, und wenn ich mit zwei Steinen auf der Haut in den Riss gehe, verliere ich mich im Zwischenreich.

»Ich befolge nur meine Befehle«, sagt der Fae.

»Hält sich Taltrayn in Haeth auf?«

Als er nicht antwortet, bleibe ich stehen. »Ich werde nur mitkommen, wenn er dort ist.« Ich habe schon mit anderen Fae als Kyol die Schatten gelesen, aber nur sehr selten, und es war immer jemand, den ich kannte. Außerdem bin ich gerade erst den Rebellen entronnen, und ich habe Kyol gesagt, dass ich mich zurückziehen will. Ich will nicht wieder in den Krieg hineingezogen werden.

Shane bleibt neben mir stehen. »Ich bin ganz ihrer Meinung, Daz. Irgendetwas sagt mir, dass Taltrayn stinksauer sein wird, wenn sie in Haeth landet.«

Es überrascht mich, dass Shane mich unterstützt. Er hat gar nicht den Anschein gemacht, als wäre er jemand, der sich in Dinge einmischt, die ihn nicht direkt betreffen.

Daz dreht sich um, und man kann ihm seine Ungeduld deutlich ansehen. »Wir haben keine Zeit, um das zu besprechen.«

»Du kannst mich zum Palast bringen«, sage ich, »aber ich werde nicht mit nach Haeth kommen.«

Blätter rascheln zu unserer Linken. Ein weiterer Fae nähert sich uns durch den Wald. Er kommt mir irgendwie bekannt vor, aber ich glaube nicht, dass er zu Kyols Schwertkämpfern gehört. Vermutlich dient er unter Radath. Da ein Fae nicht zusammen mit zwei Menschen durch einen Riss gehen kann, wundert mich seine Anwesenheit nicht.

»Was ist los?«, fragt der Neuankömmling.

Daz sagt ihm, dass ich mich weigere, mit nach Haeth zu kommen. Ich starre auf den Boden und tue so, als würde ich ihnen nicht zuhören, während sie darüber diskutieren, was sie mit mir machen sollen. Obwohl es ziemlich praktisch ist, dass ich den Großteil dessen, was sie sagen, verstehe, fühle ich mich bei ihrer Unterhaltung auch unwohl. Ihren Worten zufolge denkt Radath, er könne das Falschblut finden, indem er Haeth angreift. Ob das Falschblut nun Sethan oder Aren ist, geht aus ihrem Gespräch nicht hervor.

Der neue Fae hebt eine Hand und unterbricht Daz mitten im Satz. *»Ich werde Shane nach Haeth bringen. Mach mit der Schattenleserin, was du willst.«*

Er deutet auf Shane, der mich fast schon verlegen angrinst. »Man sieht sich.«

Als sie gegangen sind, mustert mich Daz und sieht ganz und gar nicht zufrieden aus. Schließlich seufzt er und meint: »Ich werde dich in den Palast bringen.«

19

Der Fae hält sein Wort. Wir verlassen den Riss vor dem schwer bewachten Westeingang des Silberpalastes. Hinter mir liegen die Vororte von Corrist, und vor mir ragt eine Mauer aus Silber in den Himmel. Das Fallgitter an ihrem Fuß ist halb hochgezogen. Fae des Hofs stehen Wache auf der anderen Seite, den Finger am Abzug ihrer Armbrust. Sie senken ihre Waffen erst, als Daz etwas über den Betrug von *Kimkis* sagt. Zumindest glaube ich, dass er das gesagt hat. Es muss ein Passwort sein, da die Wachen uns daraufhin durchlassen.

Die wohlhabendsten Kaufleute der Hauptstadt haben ihre Geschäfte innerhalb der Mauern. Die Straßen sind überfüllt, aber wir kommen schnell voran, oder zumindest so schnell, wie ich kann, da ich mit meinen Menschenbeinen Daz aufhalte. Wir betreten den südlichsten Turm des Silberpalasts. Ich habe nie eines der vielen Schlösser in Europa besucht, was eigentlich sehr schade ist, da mich Kyol leicht hinbringen könnte, aber ich stelle mir vor, dass sie von innen so ähnlich aussehen müssen: Steinmauern, Wandteppiche mit komplizierten Mustern, gewebte Läufer in den Gängen. Aber keine Kugeln als Wandleuchten, die die Steinmauern in blau-weißes Licht tauchen und für die kühle und ruhige Stimmung sorgen.

»Warte hier«, sagt Daz. Er geht auf den Thronsaal zu, bevor ich überhaupt auf seine Worte reagieren kann.

Aber es gibt schlimmere Orte, um zu warten. Ich stehe im Skulpturengarten des Palastes, der mit seinem Marmorboden, der Glasdecke und den gemeißelten Statuen wunderschön ist. Und ruhig. Der ganze offene Hof ist ins morgendliche Sonnenlicht getaucht, ergießt sich über die auf Steinbänken sitzenden oder in Gruppen zusammenstehenden Fae.

»McKenzie?«

Ich erkenne die Stimme nicht, und auch der Fae würde mir nicht bekannt vorkommen, wenn er nicht ein *Premthysteband* in seinem seidigen grauen Haar tragen würde. Es ist eine Weile her, dass ich Lord Raen, den Ältesten von Cyneayen, Hochedlen von Tayshken, das letzte Mal gesehen habe, aber jetzt erkenne ich Kelia im Schwung seiner Nase und der Form seiner Augen wieder. Diese Augen sehen sich jetzt unruhig um, als hätte er Angst, ihn könne jemand dabei beobachten, wie er sich mit mir unterhält. *Jede* Fae hier wird uns bemerken – meine *Edarratae* verraten mich.

»McKenzie«, sagt er erneut. Er sieht zum Himmel hinauf, als würde er dort die englische Übersetzung für das finden, was er mir sagen will. *»Meine Tochter Kelia.«* Er holt tief Luft, sieht mich an und betont: »Kelia. *Geht es ihr gut?*«

Ich stehe da, zwinge mich zu einem verwirrten Stirnrunzeln und tue so, als würde ich ihn nicht verstehen, während sich mir vor Mitgefühl der Magen zusammenzieht.

»Sidhe.« Er reibt sich mit der Hand übers Gesicht. *»Du … Du würdest ihren Namen kennen, wenn du ihr begegnet wärst. Ich brauche …«* Er sieht sich erneut im Skulpturengarten um. *»Ich brauche einen Übersetzer, aber das ist unklug …«*

Seine restlichen Worte verstehe ich nicht mehr. Armer Mann. Ich weiß nicht, seit wann Kelia schon bei den Rebellen ist, aber er macht sich offenbar Sorgen um sie. Ich würde ihn gern trösten und ihm sagen, dass es ihr gut geht oder zumindest gut gehen wird, sobald ich den Hof irgendwie davon überzeugt habe, Naito freizulassen. Doch stattdessen verschränke ich bloß die Arme und halte den Mund.

»Geh ein Stück mit mir. Gehen.« Lord Raen bewegt den Zeige- und Mittelfinger, als wären es winzige Beine.

Mir ist nicht ganz wohl dabei, aber ich gehe neben ihm her. Jetzt beobachten uns einige Fae. Ich bin mir sicher, dass wir inzwischen das Thema einiger Unterhaltungen geworden sind. Raen ignoriert die Fae alle und starrt auf den Marmorboden, als wir an einer weiteren Skulptur vorbeikommen. Ich weiß nicht, wen sie darstellt, aber Kyol hat mir erzählt, dass sie die *Tar Sidhe* symbolisiert, die magisch machtvollen Fae, die vor Jahrhunderten über das Reich geherrscht hatten. Aber ich finde, dass die Figuren aussehen, als würden sie die Elemente darstellen, wobei ich mich jedoch frage, wieso es fünf anstatt vier sind. Erde, Wind, Feuer, Luft und …

»Ihre Mutter gibt mir die Schuld«, sagt Raen. *»Ich befürchte, sie hat recht. Ich hätte nicht …«* Irgendwas hätte er nicht tun sollen. Ich könnte ihn deutlich besser verstehen, wenn er nicht vor sich hin murmeln würde. *»Aber dieser Mensch, er ist nicht gut für sie. Er war es nicht. Er hätte ihre Magie zerstört, sie zu einer* Tor'um *gemacht. Kelia war schon immer viel zu fasziniert von deiner Welt.«*

Ich glaube, er will einfach nur reden, also höre ich zu und passe auf, dass ich nicht versehentlich auf seine Worte reagiere.

»Vielleicht würde sie mir vergeben, wenn ich ihr den Menschen zurückgeben könnte. Aber das ist unmöglich. Der Schwertmeister hat ihn getötet. Sie wird nie wieder mit mir sprechen.«

Mein Innerstes gefriert zu Eis, und ich bleibe stehen.

»Was?«

Lord Raen runzelt die Stirn und sieht mir in die Augen.

Vielleicht habe ich seine Worte falsch übersetzt. Kyol hat mir sein Wort gegeben – mir *versprochen* –, dass es Naito gut geht.

»Naito«, sage ich, da er seine Worte wiederholen soll.

»Der Mensch?«

Ich nicke. Er schüttelt den Kopf.

»Kelia ist meine Tochter. Kelia. *Hast du sie gesehen?«*

Ich öffne den Mund und will schon etwas sagen, mache ihn dann aber wieder zu. Hier sind einfach zu viele Fae, und wenn er recht hat … Nein. Er muss sich irren. Kyol würde mich nie anlügen und behaupten, es ginge Naito gut. Das würde er nicht tun.

Oder doch?

Ohne eine Erklärung lasse ich Lord Raen stehen. Ich muss mit Kyol reden und ihn noch einmal fragen, ob Naito noch am Leben ist. Dieses Mal werde ich bereit sein, ihn beim Lügen zu ertappen.

Daz fängt mich ab, bevor ich den Thronsaal betreten kann. Seine Lippe zuckt, aber er schimpft nicht, weil ich nicht an der Stelle, an der er mich zurückgelassen hat, auf ihn gewartet habe. Er dreht sich um und führt mich durch die riesige, offen stehende, vergoldete Flügeltür. Vier Schwertkämpfer, zwei auf jeder Seite, bewachen den Eingang. Sie lassen uns eintreten, und wir gehen über den edlen blauen Teppich, der am anderen Ende des Saals am Fuß der riesigen, silbernen Estrade endet, auf der der Thron des Königs steht. Er ist leer. Nur ein Dutzend Schwertkämpfer sind im Saal postiert und beobachten mich.

Ich zwinge mich, weiterzugehen. Obwohl die silbernen Mauern rings um den Palast verhindern, dass Fae hier Risse öffnen können, herrscht Silber als Dekor vor. Einige Gegenstände wie das geometrische Ornament an der Wand sind übergossen mit Magie. Es blitzt blau wie die *Edarratae* der Fae, wenn sie in meiner Welt sind.

Mir stellen sich die Haare im Nacken auf, aber ich kann nicht wieder gehen. Ich muss die Wahrheit wissen. Wenn mich Kyol wegen Naito angelogen hat, dann kann er auch in Bezug auf andere Dinge gelogen haben. Eigentlich könnte dann alles eine Lüge sein.

Gott, bitte, *bitte*, lass Naito am Leben sein.

Daz führt mich an der silbernen Estrade vorbei und deutet auf eine Öffnung in der hinteren Wand. »Da lang.«

Ich hole tief Luft, versuche, mich zu entspannen, und gehe hindurch.

An der Wand angebrachte Kugeln werfen ihr blaues Licht auf

die schmale Treppe. Die Luft ist kühl, fast schon kalt, aber sie wird wärmer, je weiter ich nach unten komme. In dem kleinen Zimmer brennt kein Feuer, aber einige der Fae können die Luft mit einem Hauch Magie erwärmen. Radath und Atroth stehen hinter einem Holztisch und sehen sich eine Karte an, die darauf ausgebreitet ist. Kyol ist nicht da.

Meine Stiefel schrammen über den Steinboden, als ich abrupt stehen bleibe. Ich will nicht mit Radath und dem König reden. Ich bin nach Corrist gekommen, weil ich Kyol sprechen wollte, aber was ist, wenn er gar nicht hier ist? Was ist, wenn Daz gar nicht wusste, wo er sich aufhält, und Kyol jetzt in Haeth ist und auf mich wartet?

Atroth sieht auf. Wenn ich ihn nicht kennen würde, käme ich nie auf den Gedanken, er könnte der König der Fae sein. Er ist gekleidet wie ein Edelmann, ungefähr so wie Lorn bei unserem ersten Treffen, und trägt ein blütenweißes Hemd unter einer dunkelbraunen Weste. Die Weste ist aus *Jaedrik* und mit einem Muster verziert, das an eine Lilie erinnert. Er trägt keine Krone oder andere Zeichen, die darauf hindeuten, dass er der Nachfahre der *Tar Sidhe* ist. Er ist kleiner als Radath und hat einen beachtlichen Bauch, da sein Körper nicht von der Anstrengung des Krieges beeinträchtigt wird. Das Lächeln, mit dem er mich begrüßt, wirkt aufrichtig.

»McKenzie«, sagt Atroth. »Bitte komm doch rein.«

Atroth ist immer nett zu mir gewesen. Ich hatte nie das Gefühl, dass er mich als notwendiges Übel betrachtet, wie ich es bei Radath und einigen anderen Fae des Hofes habe. Mir kommt es eher so vor, als würde er es bedauern, dass ich für sein Volk schädlich bin. Aus diesem Grund konnte ich ihn auch nie für sein Verbot der Beziehungen zwischen Fae und Menschen hassen. Er ist der König und hat die Pflicht, das Reich zu schützen.

»Setz dich.« Er deutet auf einen Stuhl. »Möchtest du etwas trinken?«

»Ein Schluck Wasser wäre schön.« Ich habe keinen Durst, aber meine Hände brauchen etwas, womit sie sich beschäftigen können.

Atroth gießt mir höchstpersönlich etwas Wasser ein. Er lächelt erneut, als er mir das Glas reicht. Ich kann mir nicht vorstellen, dass er Kyol befohlen hat, einen Menschen zu töten. Der König braucht uns, um Illusionen zu erkennen, und wenn seine Fae in meine Welt kommen, dann tun sie ihr Möglichstes, damit keinem Menschen etwas zustößt, unabhängig davon, ob er nun die Gabe des Sehens hat oder nicht. Die Rebellen sind diejenigen, denen es egal ist, wem sie schaden. Naito ist am Leben. Er muss noch am Leben sein.

»Danke«, sage ich.

Der König setzt sich mir gegenüber hin. »Wir haben uns Sorgen um dich gemacht und freuen uns, dass du wieder da bist. Dass du in Sicherheit bist. Ich kann dir versichern, dass Taltrayn alles getan hat, was in seiner Macht stand, um zu verhindern, dass die Rebellen dich finden. Sobald du in Gefangenschaft geraten warst, hat er nichts unversucht gelassen, um dich zurückzuholen.«

Du wärst entsetzt, wenn du wüsstest, was er alles macht, um dich zurückzukriegen. Ich kann Arens Worte noch deutlich in meinem Kopf hören. Wir haben auf diesem klapprigen Bett gesessen, und er hatte gerade meinen gebrochenen Arm geheilt. Ich habe ihn nicht nach Einzelheiten gefragt. Damals habe ich nicht Aren vertraut, sondern Kyol. Ich vertraue Kyol doch noch, oder? Es ist gut möglich, dass ich Lord Raen falsch verstanden habe.

»Wo ist Taltrayn?«, erkundige ich mich.

»Du solltest in Haeth sein«, entgegnet der Lord General.

Das ist typisch für Radath. Er sagt nie »Hallo, wie geht's?«, sondern spricht nur über das, was gerade auf der Tagesordnung steht. Ich habe noch immer nicht ganz raus, wie ich am besten mit ihm umgehen soll. Er ist ein groß gewachsener Fae und hat ebenso breite Schultern wie Kyol. Als ich ihm vor zehn Jahren zum ersten

Mal begegnet bin, war er noch dicker als heute. *Massiger* ist wohl das bessere Wort. Er hat seit Jahren nicht mehr auf einem Schlachtfeld gekämpft, und sein Körper hat die einstige Muskelmasse verloren. Doch er schüchtert mich noch immer ein, was normalerweise kein Problem ist, da er nur äußerst selten mit mir spricht und es eher Kyol überlässt, mir Dinge mitzuteilen.

»Taltrayn sagte, er würde mit Euch reden«, sage ich zum König.

»Worüber reden?«, will Radath wissen. Atroth scheint es nicht zu stören, dass der Lord General an seiner statt antwortet, aber mich stört es gewaltig, vor allem, da es eine verdammt schlechte Zeit zu sein scheint, um meinen Rücktritt anzukündigen.

»Mylord.«

Kyol erspart mir eine Antwort. Ich atme aus und sehe, wie er den Raum betritt. Er sieht mich nicht an, er hat nur Augen für den König, und sein Gesicht bleibt ausdruckslos. Das ist nicht ungewöhnlich. Das ist unser normales Verhalten, bei dem wir so tun, als würden wir einander nichts bedeuten.

»Schwertmeister«, sagt Atroth fröhlich. »Ich dachte mir, dass Euch die Kunde rasch erreicht. Kommt. Setzt Euch.«

Kyol setzt sich auf den Stuhl neben mich. »Ich habe McKenzie bei Shane gelassen.«

»Shane hilft uns in Haeth«, erklärt Radath. *»Dort sollte Eure Schattenleserin eigentlich auch sein, nur dass sie sich geweigert hat.«*

»Sie ist erst gestern den Rebellen entkommen«, erwidert Kyol nach einigen Sekunden. Er klingt anders. Nicht wirklich besorgt, aber auch nicht wirklich ausgeglichen. Aber vielleicht bilde ich mir das auch nur ein, denn wirklich verärgert sieht er auch nicht aus. Er wirkt, als hätte er alles unter Kontrolle.

Radath verschränkt seine Hände auf der Tischplatte. *»Ihr habt immer gesagt, sie wäre nicht schwach.«*

»Das heißt nicht, dass sie unzerstörbar ist. Sie braucht Zeit und muss sich ausruhen.«

»Und wir brauchen das Falschblut …«

Atroth unterbricht Radath und hebt eine Hand. *»Ich stimme Taltrayn zu. Es war nicht Eure weiseste Entscheidung, sie nach Haeth zu schicken.«*

Der Lord General kneift kurz die Augen zusammen bei diesem Tadel, doch er erholt sich schnell wieder und sieht mich an. »Sag uns, was du über die Rebellen in Erfahrung gebracht hast.«

Ich schinde etwas Zeit, indem ich einen Schluck Wasser trinke. Vermutlich will er mehr über Aren wissen, aber Aren ist nicht das Falschblut, sondern Sethan, auch wenn ich mehr und mehr glaube, dass er tatsächlich ein Nachfahre ist.

»Hast du Namen gehört?«, will Kyol wissen.

Ich zucke mit den Achseln und hoffe, dass es so lässig wie gedacht rüberkommt. »Trev, Mrinn, Roop, Sethan.«

Während ich den letzten Namen ausspreche, achte ich auf ihre Reaktionen. Radaths Nasenflügel beben. *»Der Sohn des Zarrak hat sich für sie interessiert.«*

»Natürlich hat er das«, erwidert Atroth. Nach einer Pause fügt er hinzu: *»Aber konnte er sie davon überzeugen, dass er Anspruch auf den Thron hat?«*

»Den hat er nicht«, knurrt Radath. *»Seine Provinz existiert nicht mehr. Wir müssen nur einige Drohungen aussprechen, dann werden die Bewohner von Haeth sich von ihm abwenden.«*

Die Luft scheint dicker zu werden. Ich spüre, dass Atroth mich ansieht, aber ich wage es nicht, seinen Blick zu erwidern. Eigentlich möchte ich nicht, dass sie diese Unterhaltung fortsetzen. Die Richtung, die sie nimmt, macht mir Angst.

Der König klopft mit den Fingerspitzen auf den Tisch. *»Zarrak ist überzeugend. Er könnte mehr Unterstützung haben, als uns bewusst ist. Fragt sie nach ihm.«*

»Dieser Sethan«, Radath betont beide Silben des Namens, »wer ist er?«

Spiel ihnen was vor!, schreit mein Instinkt.

»Er behauptete, ein Nachfahre zu sein«, antworte ich. Sie wissen bereits, wer er ist, also können meine Worte auch niemandem schaden. »Er sagte, er hätte vor, den Thron zu besteigen. Ich glaube, Jorreb ist nur eine Gallionsfigur.«

Der König runzelt die Stirn.

Daraufhin erklärt ihm Kyol auf Fae, was eine Gallionsfigur ist.

Atroth nickt und scheint es zu verstehen. »Ja. In der Zarrak-Linie fließt etwas *Tar Sidhe*-Blut, aber es ist gerade mal so viel, dass die Familie Mitglied der Aristokratie bleiben kann, aber nicht bedeutend genug, um auf dem silbernen Thron zu sitzen.«

»Ihr habt von ihm gewusst?«, erkundige ich mich vorsichtig.

»Als wir Lena gefangen genommen haben, wussten wir, dass auch er involviert sein muss«, antwortet Atroth. »Die Zarrak-Blutlinie war einst sehr angesehen.«

Seine Antwort ergibt Sinn, bewirkt jedoch nicht, dass ich mich besser fühle.

»Hast du irgendwelche Schatten gelesen, während du bei ihnen warst?«, fragt der Lord General. »Weißt du, wohin sie dich gebracht haben? Wenn wir Zarrak oder Jorreb in die Hände bekommen, könnten wir diesen Aufstand beenden.«

»Und so viele Leben retten«, fügt Atroth hinzu.

Ist es denn nur zweitrangig, dass man anderen das Leben retten kann? Für Radath vermutlich schon. Beim König bin ich mir nicht sicher.

»Sie hatten mir die Augen verbunden.« Meine Worte bewirken, dass ich Kopfschmerzen bekomme. Auf wessen Seite stehe ich eigentlich? Ich könnte dem Hof helfen. Ich könnte Atroth meine Halskette geben. Ich werfe Kyol einen Blick zu, weil ich seine Bestätigung gebrauchen könnte, doch sein Gesicht bleibt unbewegt. Wenn ich doch nur alleine mit ihm reden könnte. Wenn ich doch nur die Zeit zurückdrehen könnte und wie damals keine Zweifel an ihm oder dem Hof hätte.

Radath atmet aus, dass es beinahe wie ein Knurren klingt. *»Sie ist nutzlos. Wir hätten den Austausch nicht machen sollen.«*

»Sie ist nicht nutzlos, Radath«, erwidert Atroth ruhig. *»Es könnte einige Zeit dauern, bis ihr mehr einfällt. Sie ist traumatisiert. Seht Euch ihren Hals an.«* Ich muss mich sehr zusammenreißen, um die Narbe an meiner Kehle nicht zu berühren. *»Ihre Zeit bei den Rebellen war nicht angenehm.«*

»Sie haben sie bedroht«, stimmt ihm Radath zu. *»Man fragt sich schon, warum sie sie überhaupt am Leben gelassen haben. Welche Geheimnisse hat sie ihnen verraten?«*

Kyol sieht dem Lord General in die Augen. *»Sie ist stark. Sie würde uns niemals verraten.»*

Ich starre auf das perlende Wasser in meinem Glas hinunter und habe Angst, dass mein Gesichtsausdruck zu viel verraten könnte und sie irgendwie merken, dass ich alles verstehe. Kyol glaubt an mich. Das sollte doch etwas bedeuten. Aber glaube ich noch an ihn?

»Naito würde wissen, wo wir sie finden können.«

Stille. Dann sagt Kyol so emotionslos wie immer: *»Sie weiß nicht, dass er tot ist.«*

Zum Glück macht sich der Schock erst langsam bemerkbar. So habe ich Zeit, die Kontrolle über mich zu behalten, meine Finger in meine Knie zu bohren und meiner Lunge zu befehlen, weiterhin zu atmen. Ich habe Raens Worte richtig verstanden, aber ich habe ihm bis eben nicht geglaubt. Naito ist tot. Kyol hat ihn getötet. *Kyol* hat ihn getötet.

Großer Gott, ich war so ein Dummkopf, ein verachtenswerter, widerlicher Dummkopf. Aren hat mir gesagt, dass ich ein viel zu großer Dickkopf bin, und er hatte recht. Ich habe mich von meiner Liebe zu Kyol blenden lassen. Ich habe zugelassen, dass er mich benutzt.

Aren. Ich rufe seinen Namen in meinem Kopf, als ob er mich hören könnte. Ich hätte bei ihm bleiben sollen, und ich hätte ihm das *Sidhe Tol* verraten sollen.

»McKenzie?«, fragt Kyol neben mir.

»Was ist?« Ich zwinge mich, aus meiner Erstarrung zu erwachen. Ich darf nicht ausrasten, zumindest jetzt noch nicht.

»Erinnerst du dich an sonst noch etwas?«

Ich kann seinen Gesichtsausdruck noch immer nicht deuten. Hat er je etwas für mich empfunden, oder hatte Lena recht? Hat er sich meine Loyalität mit einem Kuss gesichert?

»Nein«, sage ich und habe meine Stimme jetzt besser unter Kontrolle. »Das ist alles.«

»Sie hält etwas zurück«, sagt Radath. Ich traue mich nicht, dem Lord General in die Augen zu sehen.

»Wenn sie etwas Nützliches wüsste«, schaltet sich Kyol ein, *»dann würde sie es uns sagen.«*

Die Diamanthalskette scheint ein Loch in meine Hosentasche zu brennen.

»Ihr irrt Euch, Taltrayn. Ihr habt Zeit bis zum Sonnenuntergang, um herauszufinden, was sie vor uns verheimlicht.«

»Und wie soll ich Eurer Meinung nach das aus ihr herausholen, was sie gar nicht weiß, Lord General?«

Radath lächelt. *»Nutzt Eure Fantasie. Das Mädchen ist in Euch verliebt. Schlagt sie, geht mit ihr ins Bett, mir ist es egal, was Ihr tut, aber tut, was Ihr tun müsst, damit sie kooperiert.«*

20

Mein Gesicht muss weiterhin gleichgültig wirken, ich darf mir nichts anmerken lassen. Das ist leichter als erwartet, weil ich im Inneren wie erstarrt bin. Ich spüre nichts außer einem kalten, zackigen Eisberg, der mein Herz umgibt.

»McKenzie«, sagt Kyol, sobald wir den Thronsaal verlassen haben. »Was ist los?«

Ich gebe ihm keine Antwort und setze einfach weiter einen Fuß vor den anderen. Ich dachte, ich wüsste, wie sich ein gebrochenes Herz anfühlt, als ich glaubte, Kyol wäre gestorben, als er mich vor den Rebellen schützen wollte. Dieser Schmerz war tief und heftig gewesen, aber zumindest habe ich damals noch etwas gespürt.

Wie betäubt nehme ich Kurs auf den Skulpturengarten.

»Nein.« Kyol führt mich in die entgegengesetzte Richtung. »Hier lang.«

Er bringt mich zu seinem Quartier, erkenne ich. Ich sollte weglaufen, aber wo soll ich schon hin? Ich bin im Reich gefangen, bis mich ein Fae durch einen Riss zurück in meine Welt bringt. Ich brauche sogar einen Fae, der mich zu Aren begleitet.

Also starre ich einfach vor mich hin. Ich bin auf den Bad Guy, den bösen Buben reingefallen. Typische dumme Mädchensache. Aber schließlich war ich auch erst sechzehn, als ich Kyol kennenlernte. Vielleicht war er Teil meiner Rebellion als Teenager. Ich war zu jung und zu naiv, um seine Manipulationen zu durchschauen.

Himmel, ich habe mich so sehr in ihm geirrt. Er ist nicht ehrenhaft, er ist hinterhältig. Jedes Lächeln, jede Berührung, jeder besorgte Blick, alles war eine Lüge. Eine *Lüge*, verdammt noch mal! Und alles, was mir Aren erzählt hat, ist wahr.

Wir gehen eine Treppe hinauf. Das ist nicht alles meine Schuld.

Kyol ist hier das wahre Arschloch. Ich habe zwar die letzten zehn Jahre Schatten für den Hof gelesen, aber ich kann die Hilfe, die sie von mir erhalten haben, mit wenigen Worten wieder rückgängig machen. Ich werde Aren finden. Ich werde ihm sagen, wo das *Sidhe Tol* ist.

Als wir in Kyols Zimmer ankommen, bin ich nicht mehr wie betäubt. Ich bin stinksauer.

Er schließt leise die Tür. »Rede mit mir, McKenzie.«

Ich sollte überhaupt nichts sagen. Ich sollte so tun, als ob alles in Ordnung sei, aber irgendetwas in mir zerbricht.

»Mit dir reden?«, schnaube ich und drehe mich zu ihm um. »Warum redest du nicht mit mir, Kyol? Warum versuchst du nicht, mir die Wahrheit zu sagen?«

Er reißt vor Überraschung die Augen auf und macht sogar einen Schritt nach hinten. »Was meinst du?«

»Alles«, entgegne ich. »Aber wir könnten mit Naito anfangen. Du hast mir versprochen, dass es ihm gut geht.«

Er sieht mich verwirrt an. »Es geht ihm gut.«

»Blödsinn.«

»Ich schwöre es.«

Ich ignoriere seine Lüge. »Vielleicht sollten wir über etwas anderes reden. Zum Beispiel darüber, wie du mich davon überzeugen sollst, mit euch zu kooperieren. Dieses Mal musst du schon mehr tun, als mich bloß küssen, um mich zu manipulieren. Du wirst mich schon vergewaltigen müssen, denn ich werde nicht freiwillig mit dir schlafen.« Ich schlage ihm gegen die Brust.

Endlich dämmert es ihm. »Du hast uns verstanden.«

»Verdammt richtig.«

»Alles?« Er stützt sich mit einer Hand an der Wand ab. »Du hast alles verstanden.«

Er sieht so verletzt aus. Ein Teil von mir würde ihn gern trösten, aber das werde ich nicht tun. Das gehört zu seiner Rolle.

Ich halte an meinem Zorn fest. »Ich habe mein Leben für dich aufgegeben, Kyol. Ich habe seit *Jahren* nicht mit meiner Familie gesprochen, weil sie mich für verrückt hält. Und sie hat recht. Ich war verrückt, dass ich je an dich geglaubt habe. Ich könnte jetzt einen richtigen Job haben. Ich hätte schon vor vier Jahren meinen Abschluss machen sollen. Inzwischen könnte ich längst verheiratet sein oder wenigstens einen Freund haben. Aber nein, ich habe niemandem eine Chance gegeben, weil es niemand mit dir aufnehmen konnte. Ich glaubte, sie wären dir nicht gewachsen, aber jeder von ihnen, *jeder Einzelne*, war ein besserer Mann, als du es bist!«

Ich marschiere durch das Zimmer. »Ich habe geglaubt, Atroths Gesetz würde verhindern, dass wir zusammen sein können. Lächerlich! Ist dir jedes Mal, wenn du mich berührt hast, schlecht geworden? Musstest du die Luft anhalten, wenn wir uns geküsst haben? Sag es!«

Er schüttelt den Kopf. »Nein, McKenzie, so ist das nicht. Ich ...«

»Du wusstest, dass Aren nur die Gallionsfigur war, oder? Sethan musste sich hinter ihm verstecken, weil du sonst auf seine Familie losgegangen wärst, wenn du gewusst hättest, dass er die Rebellen anführt. Genau das macht ihr doch jetzt in Haeth, oder nicht?«

»Wir waren uns nicht sicher, McKenzie. Bitte.« Er macht einen Schritt auf mich zu.

»Bleib mir vom Leib!«

Er zuckt zusammen, legt aber gleichzeitig die Hand auf sein Schwert. Ich erstarre, als mir klar wird, wie leicht es ihm fallen dürfte, mich mit diesem Schwert zu töten. Menschen bedeuten ihm nichts. Wir sind bloß Werkzeuge.

Doch er nimmt die Hand wieder vom Griff und lässt die Arme hängen. »Ich wollte dir nie wehtun«, sagt er leise.

»Das hast du bereits getan.«

Sein Adamsapfel hüpft, als er schluckt. »Es gab einiges, was ich dir nicht sagen konnte, aber ich habe dich nie angelogen.«

Ich lache, und mir steigen die Tränen in die Augen.

»Ich habe nicht gelogen«, beharrt Kyol. »Ich ...« Er hält kurz inne, schließt die Augen und scheint sich zu sammeln. »Okay. Das, was ich dir nicht erzählt habe, kann man durchaus auch als Lüge auffassen.«

Ich bohre die Fingernägel in meine Handflächen, damit ich nicht anfange zu weinen. »Was hast du mir sonst noch verschwiegen? Abgesehen davon, dass du Naito ermordet hast?«

Wieder schneidet er eine Grimasse. Er lässt den Kopf hängen und sieht zu Boden. »Es herrscht Krieg, McKenzie. Die Sache ist kompliziert ...«

»Ja, so viel ist mir inzwischen auch klar geworden.«

Er ignoriert meine Unterbrechung und fährt fort. »Atroth und ich sind schon seit unserer Kindheit befreundet. Als er den Thron bestieg, habe ich ihn unterstützt. Er war ein guter König – das ist er noch immer –, aber die Rebellen haben ihn dazu gezwungen, Entscheidungen zu treffen, die niemandem gefallen haben. Ja, es hat einige Gräueltaten gegeben, aber diese wurden auf *beiden* Seiten verübt, und keiner der Soldaten, die mir unterstehen, war daran beteiligt. *Keiner.* Ich habe versucht, dich so gut wie möglich vor der Gewalt zu beschützen, aber du hast selbst gesehen, zu was die Rebellen fähig sind ...«

»Der Hof ist auch nicht gerade unschuldig.«

»Die Rebellen sind weitaus schlimmer ...«

»Ihr habt ihre Köpfe als Nachricht geschickt!«, brülle ich.

»McKenzie, bitte.« Er greift nach meinem Arm, aber ich entziehe mich ihm. Doch ich hätte mich lieber abwenden sollen, denn so sehe ich, wie er in sich zusammensackt.

»Er hat dich gegen mich aufgehetzt«, sagt er und greift blind hinter sich, um sich am Schreibtisch abzustützen.

Ich halte den Rücken gerade und recke das Kinn hoch. »Er hat mich gegen den Hof aufgehetzt, das muss ich zugeben.«

Er schüttelt den Kopf. »Du darfst ihm nicht trauen, McKenzie.

Bitte vertrau ihm nicht. Er hat nicht die Wahrheit gesagt und deine Unsicherheit gegen dich eingesetzt.«

»Meine Unsicherheit?«, wiederhole ich. »Unsicherheit! Ich habe zehn verdammte Jahre auf dich gewartet, Kyol! Ist dir klar, wie erbärmlich das ist? Keine vernünftige Frau würde so lange auf einen Mann warten, aber ich habe es getan, weil ich so dumm war, zu glauben, dass ich die Hauptrolle in einer Art Märchen spielen würde. Dank meiner Wahnvorstellungen konntest du mit mir machen, was du wolltest!«

»Ich habe dich gut behandelt.«

»Nein, du egoistisches Arschloch, das hast du nicht. Du hast mich manipuliert. Du hast mich geküsst, als ich sechzehn war, um dir meine Loyalität dem Hof gegenüber zu sichern, und jetzt sagst du all das, was ich hören will, damit ich mich auch noch an die kleinste Hoffnung klammere. Weißt du was: Scheiß drauf! Scheiß auf dich! Du hast dich nie wirklich für mich interessiert!«

»Da irrst du dich, McKenzie. Das stimmt nicht. Ich habe dich vom ersten Moment an geliebt.«

Mein Herz pocht wild in meiner Brust. Ich werde mir das nicht anhören, ich werde mich von ihm nicht länger manipulieren lassen. »All diese Worte wollte ich seit zehn Jahren von dir hören, Kyol. Wie praktisch, dass du sie *jetzt* sagst, wo ich damit drohe, nicht länger für euch die Schatten lesen zu wollen.«

Er macht einen Schritt auf mich zu. »Ich sage das nicht, um ...«

Ich weiche zurück. »Ich glaube dir nicht mehr.«

»Wenn du mir doch nur zuhören würdest.« Er kommt näher.

Mein Absatz schlägt gegen die Wand. »Ich habe dir zugehört. Ich habe mich viel zu lange an jedes verdammte Wort geklammert, und ich habe genug davon. Ich habe genug von d...«

Sein Mund drückt sich auf meinen und bringt mich zum Schweigen. Er presst mich an die Wand, drückt sich so fest gegen mich, dass ich nicht entkommen könnte, selbst wenn ich es gewollt hätte. Und ich *sollte* es wollen. Ich sollte nicht so zittern, sollte nicht zulassen, dass meine Knie weich werden und er mich festhalten muss, während er mich küsst. Die Chaosschimmer auf meiner Haut werden wach, tanzen aufgeregt, schießen über meinen Hals, mein Kinn, durch meine Lippen und in ihn hinein. Er schnappt nach Luft, als die Hitze ihn trifft.

Schlagt sie, geht mit ihr ins Bett, mir ist es egal, was Ihr tut.

Kyols Lippen lösen sich von meinen, aber er umfasst mein Gesicht mit beiden Händen.

»Bitte, Kaesha. Du kennst mich.«

Ich lege beide Hände auf seine Brust und schiebe ihn weg. »Nein!«

Er hätte nicht weggehen müssen, wenn er es nicht gewollt hätte, aber er macht mir Platz und geht an die gegenüberliegende Wand. Als er sich dagegen lehnt und ebenso besiegt wie verzweifelt aussieht, muss ich mich abwenden. Es ist schwer, die Liebe zu jemandem wieder loszuwerden. Ich will ihm nicht wehtun, aber er ist nicht der Mann, für den ich ihn gehalten habe. Er ist nicht Kyol. Er ist ein Fremder. Ein Mörder.

Ich starre aus dem Fenster hinter seinem Bett. Die silbernen Mauern, die den Palast umgeben, sind in der Ferne zu sehen. Innerhalb der Mauern haben die reicheren Kaufleute und Adligen von Corrist ihre Häuser. Die Edelleute haben auch noch woanders Residenzen, und die meisten der Händler haben vermutlich seit Jahren nichts mehr selbst verkauft, aber wenn man die Erlaubnis hat, die Hauptstadt zu betreten, bedeutet das, dass man jemand ist. Vielleicht habe ich das irgendwo aufgeschnappt und auch auf mich bezogen. Den König zu treffen und Kyol und andere Mitglieder des Inneren Zirkels kennenzulernen, brachte mich anscheinend auf die Idee, ebenfalls wichtig zu sein. Und Kyol hat mich mit in den *Sidhe Cabred* genommen. Die meisten Fae träumen noch nicht mal davon, auch nur ein Blütenblatt aus dem privaten Paradies des Königs zu Gesicht zu bekommen. Möglicherweise hat mich meine Eitelkeit in meine jetzige Lage gebracht.

Ich springe auf, als Kyol mit der Faust gegen die Tür schlägt. »Nein!«

Bevor ich überhaupt merke, dass er sich bewegt, steht er schon neben mir.

»So wird es nicht zu Ende gehen.«

Er legt eine Hand um meinen Arm und zerrt mich aus dem Zimmer.

Voller Panik versuche ich, mich zu befreien. »Lass mich los, Kyol.«

»Sei still«, faucht er und ignoriert die neugierigen Blicke der Fae, an denen wir vorbeikommen. Ich überlege, ob ich um Hilfe rufen soll, aber niemand wird sich mit Kyol anlegen, besonders jetzt nicht, wo er so aussieht, als ob er jeden abschlachten würde, der auch nur zu laut atmet. Sein Gesicht ist steinhart, von Schmerz oder Unsicherheit ist nichts mehr zu sehen.

Ich habe Mist gebaut und bin zu weit gegangen. Ich hätte den Mund halten und einfach verschwinden sollen. Jetzt kriege ich vielleicht nicht mehr die Gelegenheit dazu, weil er mich – heilige Scheiße – nach unten ins Kellergewölbe führt. Dort gibt es nichts außer dem Kerker und Lagerräumen.

»Kyol, bitte.«

Er zerrt mich eine Treppe hinunter. An der Wand ein Gestell voller neuer Fackeln. Er streicht mit der Hand über eine, schickt seine Magie hinein und nimmt sie mit in den dunklen Durchgang.

Es ist kalt, und ich kann nichts sehen, was außerhalb des blauweißen Lichtkegels liegt. Ich fühle mich wie eine Ratte in einem Labyrinth, aber Kyol weiß genau, wo er entlanggeht. Ich überlege, ob ich mir meine Freiheit mit dem geprägten Stein in meiner Tasche erkaufen soll, aber den will ich Kyol ebenso wenig geben, wie ich Aren den Standort des *Sidhe Tol* verraten will. Schon komisch, wie schnell die Dinge auf den Kopf gestellt werden können.

Kyol bleibt vor einer dicken Holztür stehen und klopft zweimal an. Wir warten. Wenn ich nicht so große Angst hätte, würde mich die Stille stören. In den letzten zehn Jahren habe ich mich in Kyols Nähe immer sehr wohl gefühlt. Ich hätte nie gedacht, dass sich das mal ändern würde, aber damals habe ich auch noch geglaubt, dass er mich liebt. Ich dachte, ich würde ihn kennen.

»Du tust mir weh«, sage ich. Augenblicklich wird sein Griff etwas sanfter.

Die Tür wird geöffnet, und dahinter kann ich Stöhnen und Gemurmel hören. Die Frau in der Tür gewahrt erst nur mich und runzelt die Stirn, dann öffnet die Fae die Tür aber ein bisschen weiter.

»Schwertmeister«, sagt sie.

»Wir werden nicht lange brauchen.« Er zieht mich durch die Tür.

Für einen Kerker ist der Raum zu sauber, und auch wenn ein paar Fae auf Pritschen liegend fixiert sind, bewegen sich die meisten frei und sitzen aufrecht da. Ich stehe in einem großen Raum, der mich an die Notunterkünfte erinnert, die die Regierungen in meiner Welt nach Naturkatastrophen einrichten. Etwa ein Dutzend Helfer kümmern sich um die Kranken. Ich konzentriere mich auf einen Mann in meiner Nähe, der stöhnt und hin und her schaukelt. *Edarratae*, untypisch bei einem Fae im Reich, zucken über seine Haut und verleihen ihm eine ungesunde Blässe. Seine Augen liegen in tiefen Höhlen, sein Gesicht ist hager. Es dauert eine Weile, bis ich ihn erkannt habe. Ich glaube, es ist Kwinn, einer von Kyols Lieutenants.

»Das ist das Werk der Rebellen«, sagt Kyol. »*Jorrebs* Werk. Wenn er königstreue Fae gefangen nimmt, die mehr über unsere Pläne wissen könnten, bringt er sie in deine Welt und sperrt sie in einen Raum voller Technik ein. Stunden-, tage-, manchmal sogar wochenlang. Solange es eben dauert, sie zu brechen. Wenn die Rebellen haben, was sie wollen, schicken sie sie so zurück.«

Diese Fae sind nicht wie die *Tor'um* im Lynn Valley. Diese hier wurden mit der Fähigkeit, Risse zu öffnen, geboren und haben ein normales Leben geführt, bis ihre Magie von menschlicher Technologie zerstört wurde. Kyol hat mir diese Krankheit schon einmal beschrieben. Er sagte, dass kein Fae mit dem Verlust fertig würde, der Zerstörung von etwas, das ein so bedeutender Bestandteil seiner Existenz ist. Er verliert den Verstand. Schottet sich ab. Verschließt sich. Und wird ... so.

Kwinn schaukelt wieder hin und her und stöhnt. Ich schließe die Augen und versuche, mit den verrückten Gefühlen fertig zu werden, die in mir durcheinanderwirbeln. Aren ist nicht unschuldig. Er hat das hier getan.

Kyol nimmt meine Hand. »Ich wollte nie, dass du die Schrecken des Krieges zu sehen bekommst. Deine Albträume sind schon schlimm genug, ohne dass du mit ansehen musst, wie Fae so dahinvegetieren. Ich habe dir bestimmte Dinge vorenthalten, damit du ein reines Gewissen hast und in Sicherheit bist. Vielleicht war das ein Fehler.«

Man muss mich nicht in Watte packen. Ich brauche alle Fakten, damit ich meine Entscheidungen abhängig von dem treffen kann, was real ist, und nicht von der verdrehten Version der Wahrheit, die mir von jemand anders präsentiert wird.

»Reicht das noch nicht?«, will Kyol wissen.

Ich sage nichts. Diese ... diese Folter gehört zu den Dingen, die mir Aren vorenthalten hat. Ihm war klar, dass dieses Wissen meinen Widerstand gegen ihn nur weiter verstärken würde. Und genauso ist es auch. Ich könnte schwören, dass der Diamant in meiner Hosentasche pulsiert und mich drängt, ihn Kyol auszuhändigen. Gibt es in diesem Krieg denn keine Guten?

»Bring mich einfach zurück in meine Welt.«

Kyols Gesicht spannt sich an. »Du brauchst mehr Beweise? In Ordnung.«

Er zieht mich aus dem Raum. Das blaue Leuchten seiner

Fackel erhellt den Gang. Wir gehen noch eine Treppe hinunter, wenden uns nach links und bleiben schließlich vor einem eisernen Gittertor stehen, das von zwei Schwertkämpfern bewacht wird. Sie grüßen Kyol mit einem Nicken und werfen mir neugierige Blicke zu. Der Fae zur Linken dreht einen Schlüssel im Schloss herum und öffnet das Tor.

Schwerter, Speere, Bögen und andere Waffen finden sich in Ständern und Gestellen an beiden Wänden, während *Jaedrik*-Brustharnische, Helme und Geräte, die ich nicht identifizieren kann, hüfthoch in der Mitte des langen Raumes aufgestapelt sind. Sie sind mit einer feinen Staubschicht bedeckt, was dafür spricht, dass die Fae nur selten hier runterkommen, um sich auszurüsten. Was für eine Verschwendung. Aren könnte die ganze Rebellion mit einem Drittel der hier aufbewahrten Waffen und Rüstungen ausstatten.

Kyol führt mich durch das Labyrinth von Waffen. Am anderen Ende macht der Raum eine scharfe Linkskurve, und ein Fae – es ist Garrad, einer von Kyols Schwertkämpfern – steht von einem Stuhl auf. Kyol signalisiert ihm, dass er sitzen bleiben kann, als er zu der Steinwand auf der rechten Seite geht. Er zieht einen alten hölzernen Karren zur Seite und ballt die rechte Hand zur Faust, bevor er die offene Hand auf einen Stein hoch oben in der Wand legt. Genau wie bei Lorn in Lyechaban breitet sich unter seiner Handfläche ein blaues Leuchten aus, und eine Sekunde später gleitet wie bei dem Fluchttunnel eine Steinplatte zur Seite – ein Meter mal ein Meter fünfzig groß.

Kyol klemmt seine Fackel in eine Ritze im Steinboden und zieht mich in die schmale Öffnung.

»Jetzt!«, ruft jemand von innen.

Kyol schubst mich zurück, als er sein Schwert zieht, es schwingt und den von Chaosschimmern blitzenden Menschen knapp verfehlt – *absichtlich* verfehlt! Ein zweiter Mann stürzt sich auf mich, aber Kyol ist schon da und schlägt ihm seine Faust ins Gesicht, und eine Sekunde, bevor er trifft, erkenne ich in dem zweiten Mann Naito. Naitos Knall an die hintere Wand hallt durch die kleine steinerne Gefängniszelle.

»Schwertmeister?« Garrad kommt mit gezücktem Schwert herangerannt.

»Ich habe alles unter Kontrolle«, sagt Kyol. Der Wachmann mustert die beiden Menschen, nickt einmal und geht zurück auf seinen Posten.

Es dauert einen Moment, bis ich all das begriffen habe, was hier gerade passiert ist. Jetzt starre ich Naito an, dessen rechte Wange bereits anschwillt und der mich ebenfalls ansieht.

»McKenzie?«

»Naito.« Ich knie mich neben ihn und helfe ihm, sich aufzusetzen. »Oh Gott, ich dachte, du wärst tot.«

»Noch nicht«, entgegnet er.

Ich bin erleichtert und fange an zu zittern, weil mir klar wird, dass ich vielleicht doch kein so großer Dummkopf gewesen bin. Offenbar habe ich mich nicht völlig in Kyol getäuscht. Ich sehe ihn über die Schulter hinweg an. Er hat sein Schwert noch immer gezogen, und der Stahl bildet eine Barriere zwischen dem anderen Menschen und mir.

Ich blicke wieder zu Naito. »Geht es dir gut?«

»Ich glaube, mein Gesicht ist im Eimer, aber ich bin am Leben.«

»Wir müssen dich hier rausbringen.« Ich helfe ihm auf die Beine und sehe dann den anderen Menschen an. »Euch beide.«

»Das ist nicht möglich«, stellt Kyol klar, der sein Schwert noch immer nicht gesenkt hat.

»Du kannst dein Schwert wegstecken«, fordere ich ihn auf. Als er nicht reagiert, stehe ich auf, lege meine Hand auf seine und bringe ihn dazu, die Waffe zu senken. *Edarratae* tanzen über meine Finger.

Langsam hebt er die Hand und streicht mir das Haar hinter das Ohr. »Wenn ich ihn nicht mit durch das Tor genommen hätte, wäre er getötet worden, *Kaesha*. Hätte ich später nicht zugestimmt, ihn zu exekutieren, dann wäre er jetzt tot.«

»Was bist du doch für ein großer Held«, sagt Naito in meinem Rücken. Ein Muskel zuckt in Kyols Wange.

Ich werfe Naito einen Blick zu. »Das ist nicht gerade hilfreich.«

Naito verschränkt die Arme und lehnt sich an die Wand. »Ich will hier raus. Ich werde nicht wie der da Wochen oder Monate in diesem Kellerloch bleiben.«

Der andere Mann sieht in der Tat so aus, als wäre er schon eine Weile hier. An seinem schmalen Körper hängt ein schmutziges Hemd, und ein ungepflegter Bart bedeckt sein Gesicht, das vermutlich sehr blass aussieht, wenn es nicht so dreckig wäre. Aber er ist am Leben. Sie leben beide. Kyol sei Dank.

Ich drehe mich wieder zu ihm um. »Du kannst sie nicht ewig hierbehalten.«

»Das habe ich auch gar nicht vor«, erwidert er. »Sag uns, wo wir die Rebellen finden, McKenzie. Wenn der Krieg zu Ende ist, schicken wir sie beide zurück in deine Welt. Das schwöre ich.«

Die Diamanthalskette liegt schwer in meiner Hosentasche, aber meine Treue gehört nicht länger dem Hof. Ich werde ihm nicht helfen, nie wieder.

»Ich habe dir alles gesagt, was ich weiß.«

In seinen Augen schimmert irgendetwas. Schmerz? Enttäuschung? Ich bin mir nicht sicher.

»Kyol, bitte«, versuche ich es erneut. »Sie können nicht hierbleiben …«

»Sie sind am Leben. Mehr kann ich momentan nicht für sie tun.«

Bevor ich noch etwas sagen kann, zerrt er mich aus der Zelle. Als er sich umdreht, um die Fackel aufzuheben, sehe ich Naito an. Ich hoffe, dass ich ihm mit meinem Blick etwas Zuversicht vermitteln kann. Ich hoffe, er weiß jetzt, dass ich ihm helfen werde. Ich werde einen Weg finden, die beiden Menschen da rauszuholen.

Ich habe keine Ahnung, wie man einen Gefängnisausbruch plant, aber ich habe keine andere Wahl. Während mich Kyol aus dem Kellergewölbe des Palastes nach oben führt, überlege ich schon, wie ich hierher zurückkehren kann. Ich werde Hilfe brauchen, um Naito und den anderen Menschen rauszuholen. So viel steht fest.

Wir reden nicht miteinander, während wir gehen, bis wir vor der Tür zu einem Raum stehen bleiben, in dem ich schon mal untergekommen bin. Kyol nimmt meine Hände. Ich sehe in beide Richtungen den Gang hinunter, aber es ist niemand zu sehen.

»Ich liebe dich, McKenzie«, sagt er leise. »Trotz allem, was du heute gehört hast, habe ich das, was ich gestern Abend gesagt habe, ernst gemeint. Ich möchte mit dir zusammen sein. In deiner Welt oder in meiner, das ist mir egal. Aber ich kann Atroth nicht im Stich lassen, solange die Rebellen versuchen, ihn zu stürzen.«

Edarratae schießen meine Arme hinunter, über meine Handgelenke und meine Hände und dann in ihn hinein. Zwischen uns ist nicht alles okay. Er hat Naito nicht getötet – Gott sei Dank –, aber er hat mich Dinge glauben lassen, die einfach nicht stimmen.

Als ich nicht antworte, stößt er einen Seufzer aus. »Ich muss mich heute noch um einiges kümmern. Kommst du eine Weile alleine klar? Es könnte spät werden, bis ich wieder zurück bin.«

Ich nicke und fühle mich schlecht wegen dem, was ich vorhabe.

Er will noch etwas sagen, überlegt es sich dann aber anders und drückt stattdessen meine Hände. Dann küsst er mich auf den Scheitel, dreht sich um und geht weg, um sich um seine Pflichten als Atroths Schwertmeister zu kümmern. Es ist bitter, immer im Schatten des Königs zu stehen.

Ich gehe nicht in mein Zimmer, als er verschwunden ist. Es wäre keine gute Idee, jetzt alleine mit meinen Gedanken zu sein. Stattdessen gehe ich zurück in den Skulpturengarten. Was ich vorhabe ist riskant, da man mich verraten könnte, woraufhin sie mich gefangen nehmen oder noch Schlimmeres mit mir anstellen könnten, aber ich muss das Risiko eingehen.

Es dauert nicht lange, bis ich denjenigen finde, den ich suche. Er ist da, sitzt auf einer Bank unter der Statue eines *Cirikith* mit fein gemeißelten Schuppen, das jedoch nicht den Karren eines Händlers zieht, sondern wild ist und sich aufbäumt. Als mein Schatten auf den Fae fällt, sieht er von den Dokumenten auf, die er gerade liest.

»Mylord«, sage ich in seiner Sprache, *»habt Ihr noch immer das Bedürfnis, dass Euch Eure Tochter vergibt?«*

21

Plante ich nicht einen Gefängnisausbruch, mit dem ich mich ablenken könnte, dann würde ich den Rest des Tages … Tja, nicht heulend auf meinem Zimmer hocken, so bin ich nicht, aber definitiv in einen Zustand der Verzweiflung versinken. Stattdessen ziehe ich mit meinen Stiefeln fast Furchen in den Steinboden, weil ich höllisch nervös bin und auf den Sonnenuntergang warte. Heute Abend können eine Million Dinge schieflaufen.

In Wahrheit halte ich nicht viel von unserem Plan. Eigentlich ist es eher Lord Raens Plan. Er denkt, ihn würde niemand aufhalten, wenn er mich durch den Keller schleppt, weil er ein Hochedler ist. Ich habe versucht, ihm zu verstehen zu geben, dass unsere Aussichten nicht sehr gut sind, aber irgendwann habe ich einfach mit den Achseln gezuckt, was er offenbar als mein Einverständnis gedeutet hat.

Vielleicht gelangen wir dank seines Titels sogar zu Naito und dem anderen Menschen, aber Raen konnte mir nicht so genau beschreiben, wie wir sie da rausholen wollen. Er sagte nur, ich soll ihm vertrauen. Er würde sich schon darum kümmern. Obwohl ich in letzter Zeit große Probleme damit habe, anderen zu vertrauen, warte ich wie abgemacht im Gang, als die Sonne untergeht, lehne mich an die Wand und versuche, möglichst unverdächtig auszusehen. Dummerweise kann ich die *Edarratae* auf meinen Händen und in meinem Gesicht nicht kontrollieren, und selbst wenn ich es könnte, würde ich trotzdem aussehen wie ein Mensch. Vergleicht man uns mit den Fae, dann sehen wir nun mal anders und deutlich unspannender aus.

Ich bin nervös, nehme die Halskette aus meiner Hosentasche und befestige sie an meinem Handgelenk. Es ist beruhigend, sie wieder auf der Haut zu spüren, und ich hoffe, dass sie mir Glück bringen wird. Hoffentlich geht dieser Gefängnisausbruch reibungslos über die Bühne.

Als die letzten Sonnenstrahlen vor meinem Fenster verblassen, taucht Lord Raen auf.

»Komm«, sagt er und geht an mir vorbei, ohne mich eines Blickes zu würdigen. Er sieht sich nicht um, um sich zu vergewissern, dass ich ihm folge, erst als wir eine Treppe hinuntergehen, schaut er mich an. Auf halber Höhe bleibt er stehen und zieht einen Dolch.

Ich erstarre. Obwohl ich drei Stufen über ihm stehe, muss ich mich zusammenreißen, um nicht vor ihm zurückzuweichen, als er die Klinge langsam hin und her dreht. Diese Geste wirkt auf mich höchst bedrohlich.

»Gift«, sagt er, und ich sehe etwas Feuchtes an dem Stahl glänzen. *»Lass deinen Gegner bluten, und er wird fallen.«*

»Ist er dann tot?«, frage ich und höre mein Herz in meiner Brust schlagen. Ich möchte niemanden töten, erst recht niemanden, der eigentlich nur seinen Job macht.

»Bewusstlos.« Er schiebt den Dolch wieder in die Scheide und reicht sie mir. *»Schneid dich nicht.«*

Etwas bewegt sich hinter Lord Raen. Ich schiebe den Dolch schnell hinten in meinen Hosenbund. Der Fae, der die Treppe heraufkommt, ist gefährlich. Das spüre ich an der Art, wie er langsam näher kommt und wie sein Blick zwischen Lord Raen und mir hin und her wandert. Die Griffe zweier Schwerter ragen wie Dämonenflügel hinter seinen Schultern empor, aber er ist kein Palastwächter und keiner der Schwertkämpfer des Königs. Er trägt schwarze, unscheinbare Kleidung.

Raen geht einen Schritt zur Seite, aber der Fae geht nicht vorbei. Er bleibt zwischen Raen und mir stehen, und seine Mundwinkel verziehen sich zu einem kaum erkennbaren Lächeln. Vielleicht versucht er, freundlich zu sein, aber mir jagt er dadurch nur Angst ein.

»Das ist Micid, Sohn des Riagar«, stellt ihn Raen vor. *»Er ist Ther'rothi.«*

Ich runzle die Stirn. *»Ther'rothi?«*

»Es bedeutet«, sagt Micid auf Englisch, »›der im Zwischenreich wandelt‹.«

Ich blinzle, und er grinst weiter.

»Ich besuche das *Tjandel*«, erklärt er.

Ich habe keine Ahnung, wer oder was das ist. Ich werfe Raen einen Blick zu, aber er scheint genauso überrascht darüber zu sein, dass Micid meine Sprache spricht, wie ich es bin.

»Was bedeutet das?«, will ich wissen. »Im Zwischenreich wandeln?«

Micid grinst. Und verschwindet.

Ohne Aufleuchten eines Blitzes. Wir stehen im Silberpalast, daher kann der Fae keinen Riss geöffnet haben, aber es ist auch keine Illusion. Ich habe die Gabe des Sehens und müsste ihn noch sehen können.

Als der Fae wieder erscheint, mache ich einen Schritt nach hinten und wäre beinahe die Treppe runtergefallen.

»Es bedeutet«, sagt er, »›ich wandle im Zwischenreich‹.«

Jetzt erkenne ich das Wort, das Raen benutzt hat, *Ther'rothi*, wieder.

»Diese Magie ist …« Ich wollte schon ausgestorben sagen, aber Kyol hatte mir den Eindruck vermittelt, dass sie nie existiert hätte. Das ist ebenso unmöglich wie einen oder eine Fae von den Toten zu erwecken. Es ist ein Mythos, eine Legende. »Sie ist …«

»Selten«, beendet Micid meinen Satz, und seine silbernen Augen glänzen.

Lord Raen geht eine Stufe nach oben. *»Fae können Menschen nicht mit Illusionen tarnen. Das ist der einzige Weg. Micid wird dich ins Zwischenreich bringen. Niemand wird dich sehen. Ich bringe Taltrayns Wachen dazu, das Arsenal zu öffnen. Du zeigst Micid, wo die Menschen gefangen gehalten werden. Er wird die Tür öffnen und euch nacheinander durch das Zwischenreich führen.«*

Noch während er spricht, schüttle ich den Kopf. *»Nein. Ich kann das nicht … Das war nicht der Plan.«*

»Ich habe den Plan geändert«, erwidert er, als wäre das überhaupt kein Problem. Unabhängig davon, dass mir sein erster Plan schon nicht besonders gefiel, finde ich es *wirklich* nicht richtig, dass er noch einen weiteren Fae mit in die Sache reinzieht. Ich vertraue Raen ohnehin nur aus einem einzigen Grund: weil ich davon überzeugt bin, dass er alles tun würde, damit Kelia ihm verzeiht. Doch ich habe keinen Grund, diesem Micid zu trauen.

»Ich kann das Zwischenreich nicht betreten, ohne durch ein Tor zu gehen«, sage ich. »Das wird mich umbringen.«

»Wir reisen nicht durch das Zwischenreich«, erklärt Micid. *»Wir waten bloß darin, wie in flachem Wasser. Ich habe das schon früher mit Menschen gemacht.«*

Das gefällt mir nicht. Vielleicht hätte ich Raen doch nicht um Hilfe bitten sollen. Vermutlich hätte ich mir lieber einen Fae suchen sollen, der mich durch das Tor von Corrist bringt. Ich habe darüber nachgedacht. Sobald ich Aren den Standort des *Sidhe Tol* verraten habe, kann er einen Riss zum Silberpalast öffnen. Ich könnte ihm den Weg zu Naitos Zelle aufzeichnen. Doch das ist das Problem. Sobald Kyol herausfindet, dass ich verschwunden bin, wird er die beiden Menschen verlegen. Da bin ich mir ganz sicher. Und ohne sie werde ich nicht gehen.

Ich sehe Raen in die Augen. *»Traut Ihr ihm?«*

Er zögert leicht, kaum merklich, und antwortet dann: *»Er wird tun, was ich verlange.«*

Dieses Zögern lässt mich nicht gerade zuversichtlicher werden, aber ich habe jetzt keine andere Wahl mehr. *»Gut. Bringen wir's hinter uns.«*

Micid streckt eine Hand aus. Als ich meine Finger um seine lege, scheinen ihn meine Chaosschimmer nicht zu stören.

»Und das wird mich auch wirklich nicht umbringen?«

»Nein«, antwortet er. »Du verlässt diese Welt nicht. Du kannst weiterhin alles sehen, aber nicht gesehen werden. Die Fae können uns aber hören, daher müssen wir leise sein.«

Er reibt mit dem Daumen über meine Handfläche, und schon geht der Alarm in meinem Kopf los. Als ich ihm gerade meine Hand entziehen will, wird alles um mich herum schwarz.

Ich keuche auf, als ich die Kälte spüre. Einen Augenblick später kann ich wieder etwas sehen, aber alles – die Treppe, die gewölbte Steindecke, selbst Lord Raen – ist in blaues Licht getaucht. Als ich den Kopf drehe, wogt die Welt, als würde ich mich unter Wasser befinden. Die Luft in meinen Lungen ist so kalt, dass ich davon Frostbeulen bekommen könnte, aber nicht so schlimm wie bei einer Reise durch das Zwischenreich. Ich kann es ertragen. Glaube ich.

Raen sagt etwas, was ich nicht verstehen kann, weil seine Stimme so gedämpft klingt, aber Micid antwortet ihm und führt mich die Treppe hinunter.

Mir wird ganz schwummrig. Micid und ich sind von der Welt abgetrennt und scheinen uns in einer anderen Geschwindigkeit zu bewegen, obwohl wir hinter Raen die Treppe runtergehen und nur kurz nach ihm am Eingang des Waffen- und Gerätelagers ankommen.

»Öffnet das Tor«, sagt Lord Raen zu den beiden Wachen, und seine Stimme klingt noch immer, als wäre sie weit weg, und ist schwer zu verstehen.

Ich erwarte fast, dass sie protestieren, aber der Schwertkämpfer, der links vor dem eisernen Gittertor steht, fragt nur: *»Können wir Euch helfen, etwas Bestimmtes zu finden?«*

»Nein.«

Die Wachen tauschen einen schnellen Blick aus, als Raen ihnen nur ein Nein zur Antwort gibt, aber sie öffnen das Tor.

Raen tritt ein. Ein Wachmann folgt ihm in den Raum. Micid und ich schlüpfen an dem anderen vorbei, der Lord Raen stirnrunzelnd hinterhersieht.

»Vielleicht kann ich Euch die Suche erleichtern, Mylord«, sagt der erste Fae. *»Wonach sucht Ihr denn?«*

»Nach einem Schwert.«

Der Blick des Fae wandert über die mehreren Hundert Schwerter, die in ihren Ständern an der Wand lehnen. Vorsichtig schiebe ich Micid an ihm vorbei. Ich muss mich bewegen, bevor meine Zähne anfangen zu klappern.

»Wo ist das Inventarverzeichnis?«, will Raen wissen.

»Inventarverzeichnis?«

»Ja.« Raen kneift die Augen zusammen. *»Ihr bewacht diese Gegenstände. Da müsst ihr doch auch ein Verzeichnis der Gegenstände haben. Wie soll man denn sonst merken, ob etwas fehlt?«*

»Gegenstände?«, wiederholt der Fae, der die Dinge in diesem Raum offenbar eher für ausrangiertes Zeug hält.

»Besorgt mir das Bestandsverzeichnis. Sofort.«

Der Wachmann bemüht sich um einen entschlossenen Gesichtsausdruck. *»Ja, Mylord.«*

Ich stehe direkt vor ihm, als er sich abrupt umdreht. Micid zieht mich gerade noch rechtzeitig zur Seite und aus dem Weg. Seine freie Hand wandert zu meiner Hüfte. Dort bleibt sie auch noch, als der Wachmann längst an uns vorbeigegangen ist. Ich widerstehe dem Drang, ihm den Ellbogen in den Bauch zu stoßen. Stattdessen mache ich einen Schritt zur Seite, um einen möglichst großen Abstand zwischen uns zu schaffen, und ziehe ihn in den hinteren Teil des Arsenals. *»Um die Ecke ist noch eine Wache.«*

Der *Ther'rothi* nickt. Sobald Garrad auftaucht, lässt er meine Hand los. Micid schwimmt vor meinen Augen, als er losstürmt, und dann verschwindet das blaue Glühen des Zwischenreichs. Im Vergleich dazu ist das Reich heiß, fast schon zu heiß. Ich ziehe Luft in meine Lungen hinein. Es fühlt sich an, als wäre ich in der Sauna.

Garrad springt auf. Er hat sein Schwert schon halb aus der Scheide gezogen, als es plötzlich wieder hineingerammt wird. Die Kehle des Fae klafft. Blut dringt aus dem tiefen Schnitt. Es läuft auch aus seinem Mund, als Garrad gurgelnd röchelt. Er taumelt gegen die Wand und rutscht langsam daran herunter, geht aber in den Äther, bevor er zu Boden sinkt.

Es überläuft mich kalt, als ich Garrads Seelenschatten aufsteigen sehe.

Micid taucht wieder auf.

»Du hättest ihn nicht töten müssen.« Meine Worte sind kaum lauter als ein Flüstern. Heute sollte niemand sterben.

Er wischt die Klinge an seinem Ärmel ab. »Er hätte mich daran gehindert, die Zelle der Menschen zu öffnen. Wo ist sie?«

»Du hättest ihn bewusstlos schlagen können.« Garrad war einer von Kyols Männern. Kyol vertraute ihm, ebenso wie mir.

Micid zuckt mit den Achseln. »Die Menschen, Schattenleserin. Unsere Zeit ist begrenzt.«

Meine Haut klebt, und meine Finger sind taub und prickeln. Ich kann den Blick nicht von der Blutlache abwenden. Ich sehe den Schock in Garrads Augen noch deutlich vor mir, aber ich zeige mit dem Finger auf die Wand. Ich weiß nicht, was ich sonst tun soll. Ich stecke mittendrin und kann die Sache jetzt nicht einfach abblasen.

Micid zieht den Karren aus dem Weg. »Wo ist der Öffnungsstein?«

»Über dir.«

»Wo?« Er bedeutet mir, vorzutreten. »Zeig ihn mir.«

Mit klopfendem Herzen gehe ich zur Wand und stelle mich auf die Zehenspitzen, um den Stein zu berühren.

»Hier?«, fragt er.

Seine Hand streicht über meine, und ich zucke zurück. »Ja.«

Der Stein glüht blau, als Micid seine Magie wirkt. Als ich das erste Geräusch der zur Seite gleitenden Steinplatte höre, versuche ich, mich wegzustehlen, aber Micid bewegt sich ebenfalls. Ich bin gefangen zwischen ihm und dem Karren. Micid stößt gegen meine Schulter – *nicht* zufällig – und hält mich fest, als ich beinahe hinfalle. Die Art, wie seine Hände nach meiner Hüfte greifen, ist viel zu intim. Ich breche in Panik aus.

Ich versuche, ihn wegzustoßen, was aber damit endet, dass ich ihm noch näher komme. Er lacht auf, als ich mich wehre, doch dann gelingt es mir, meinen Dolch aus der Scheide zu ziehen, und er lacht nicht mehr. Ich winde mich aus seinen Armen und halte den Dolch zwischen uns.

Dann schneide ich Micid. Sein rechter Ärmel ist aufgeschlitzt, und eine feine, rote Linie zieht sich über seine blasse Haut. Es ist wirklich nicht mehr als ein Kratzer, aber er wird jetzt stinksauer. Er verzieht das Gesicht, und dann ist er auf einmal verschwunden.

Oh Scheiße.

Ich haste nach hinten. Mein Arm wird taub, als mir der Dolch aus der Hand geschlagen wird. Micid, der noch immer unsichtbar ist, prallt gegen mich. Ich lande auf dem Rücken. Seine Hand presst mir die Kehle zusammen. Ich versuche, seine Finger zu lösen, die ich nicht sehen kann, und will um Hilfe schreien, aber ich bekomme keine Luft mehr. Die Wand ist doch zur Seite geglitten, oder? Wo zum Teufel bleibt …?

»McKenzie?« Naito steht über mir. Während vor meinen Augen alles verschwimmt, sehe ich, wie er mich von Kopf bis Fuß mustert. Dann tritt er endlich zu.

Micid stöhnt auf. Ich hole tief Luft und schlage an der Stelle zu, an der sich sein Kopf befinden müsste, aber ich treffe ihn nicht.

»Naito!«, kann ich gerade noch schreien, bevor sich erneut eine Hand um meinen Hals legt.

Naito stürzt sich auf mich. Der andere Mensch hilft ihm, indem er auf die Leere zwischen uns einschlägt. Ich rutsche über den Boden und versuche, dem Kampfgetümmel zu entkommen, damit ich wieder Luft holen kann. Als ich wieder normal atme, ist der Kampf vorüber.

»Was ist das?« Naito schiebt Micid, der offensichtlich noch im Zwischenreich gefangen ist, zur Seite.

»Hast du schon mal von einem *Ther'rothi* gehört?«

Er runzelt die Stirn. »Die existieren nicht.«

»Offensichtlich tun sie das doch«, entgegne ich und rapple mich auf. Der andere Mensch hilft Naito beim Aufstehen. »Lord Raen hat ihn angeheuert, um bei deiner Befreiung zu helfen.«

Naito, der sich gerade den Staub von der Kleidung klopft, stockt und versteift sich. »Lord Raen?«

Ich bekomme nicht die Gelegenheit, es ihm zu erklären. Schnelle Schritte nähern sich, und dann kommt der Fae, der das Gittertor zum Geräte- und Waffenlager bewachen sollte, um die Ecke. Er bleibt stehen und sieht uns über seine ausgestreckte Klinge hinweg an. Als ich seinem Blick folge, merke ich, dass er direkt auf die Blutlache sieht.

»Wir haben ihn nicht getötet«, sage ich, auch wenn ich von Schuldgefühlen zerfressen werde. Ich bin zumindest teilweise für Garrads Tod verantwortlich. Ich habe Micid hierhergebracht.

»Zurück in die Zelle«, befiehlt der Fae und macht einen Schritt nach vorn. Ich weiche vor ihm zurück. Naito bleibt stehen, aber der andere Mensch geht nach links, bückt sich und hebt meinen Dolch vom Boden auf.

»Zurück in die Zelle, Evan«, versucht es der Fae auf Englisch.

»Nein«, erwidert Evan. Er kann nicht darauf hoffen, mit dem Dolch einen Fae auszuschalten, und erst recht keinen von Kyols Schwertkämpfern. Doch er scheint verzweifelt zu sein, denn er schlägt mit einem aggressiven – und fast schon wieder lustigen – Brüllen in die Luft.

Ich runzle die Stirn und frage mich, ob er durch die Gefangenschaft vielleicht einen Knacks abbekommen hat. Dann sehe ich aus den Augenwinkeln eine Bewegung.

Der Schaft eines Speers schlägt auf den Kopf des Fae. Er fällt um wie ein Stein, und hinter ihm steht Lord Raen.

»Wo ist Micid?«, will er wissen.

Ich deute mit einer Hand auf den Boden hinter mir. *»Irgendwo da drüben.«*

Sein Gesicht wird hart. *»Er war deine Eskorte.«*

»Offenbar brauchen wir einen Plan B.« Ich werde mich nicht für das entschuldigen, was Micid passiert ist. Ich vermute, dass der *Ther'rothi* bewusstlos und nicht tot ist, entweder durch das Gift auf meinem Dolch oder Naitos und Evans Attacken.

»Plan B?«, fragt Lord Raen. Er versteht es nicht, und ich werde es ihm auch nicht erklären.

Naito geht an Raen vorbei, ohne ihn auch nur anzusehen, und kniet sich neben den bewusstlosen Fae-Wachmann. Er durchsucht seine Kleidung, findet einige Schlüssel an einem Metallring und steckt den Bund ein.

Evan schnallt sich ein Schwert um, nimmt eine Armbrust von der Wand und sieht sich dann den restlichen Lagerraum an. »Nett von Taltrayn, uns in einem Waffenarsenal einzusperren.«

Naito nimmt sich das Schwert des Wachmanns. Als er aufsteht, geht Lord Raen auf ihn zu. *»Kelia. Ich muss mit ihr sprechen.«*

Als Naito dem Edelmann den Rücken zudreht, verspüre ich Mitgefühl mit ihm. Ich weiß nicht, was Raen gemacht hat, dass Naito ihn so sehr hasst oder dass seine Tochter den Kontakt zu ihm abgebrochen hat. Es muss etwas sehr viel Schlimmeres sein als nur die Ablehnung ihrer Beziehung.

Lord Raen räuspert sich und stellt sich vor Naito. *»Meine Tochter. Ich muss mit ihr sprechen.«*

Naitos Augen sind kalt. *»Sie will nicht mit dir sprechen.«*

»Du wirst sie dazu bringen.«

»Nein.« Er macht einen Schritt um Raen herum.

Raen hebt den Arm und lässt ihn nicht passieren. *»Du wirst sie dazu bringen.«*

Naito verzieht den Mund. *»Ich werde sie zu nichts überreden, was sie nicht tun will.«*

»Das Arsenal wurde noch von einem zweiten Fae bewacht«, sagt Raen, dessen Ton noch drohender ist als Naitos. *»Er wird gleich zurückkehren, und wenn er wieder hier ist, kann ich ihn aufhalten oder ihm sagen, wo ihr seid.«*

Ich stelle mich zwischen die beiden Männer. *»Ich werde ihr sagen, dass sie mit Euch reden soll.«*

Naito sieht mich wütend an.

»Wir vergeuden Zeit«, sage ich. »Lass uns verschwinden.«

Evan lässt den Blick suchend über den Lagerraum gleiten. »Wir dürfen nicht auffallen, wenn wir hier rauswollen. Zieht euch irgendwas über.«

Während sie das Arsenal nach einer Tarnkleidung absuchen, wende ich mich an Raen. *»Wartet auf den anderen Fae. Bitte. Ich verspreche, dass ich mit Kelia reden werde.«*

Zuerst glaube ich nicht, dass er einlenken wird. Er beobachtet Naito mit kalten, silbernen Augen. Die Feindseligkeit zwischen den beiden ist fast schon greifbar. Es fällt ihm sehr schwer, dem Menschen zu helfen, der ihm seine Tochter genommen hat.

Schließlich seufzt er. Er zieht seine Handschuhe aus, schüttelt seinen Umhang ab, reicht mir alles und geht dann leise zur Tür, um Wache zu halten.

»Der wird funktionieren«, sagt Evan und deutet auf den Umhang in meiner Hand. Dann reicht er mir den Dolch, den mir Raen gegeben hat. »Wir wurden uns noch nicht vorgestellt. Ich bin Evan. Ich habe für Aren die Schatten gelesen, bevor mich der Hof erwischt hat.«

»McKenzie«, sage ich und nehme den Dolch.

Er nickt. »Die *Nalkin-Shom*. Ich habe schon von dir gehört.«

Ich schaffe es gerade so, nicht die Augen zu verdrehen. »Das hat offenbar jeder.«

Er lacht und hilft mir, Raens Umhang umzulegen.

Wir suchen noch etwa eine Minute im Arsenal herum. Evan und Naito finden Rüstungen, die alles bedecken, bis auf ihre Hände und Gesichter. Schließlich gebe ich Naito Raens Handschuhe. Sie passen ihm besser, und wir haben uns darauf geeinigt, dass er der beste Schwertkämpfer von uns dreien ist – auch wenn ich eigentlich von vorneherein außen vor bin. Wir finden nur noch einen anderen Handschuh, den Evan überzieht. Über die andere Hand zieht er seinen Ärmel. Ich habe vor, beide Hände unter dem Umhang zu behalten, wenn ich sie nicht unbedingt herausholen muss.

Evan kratzt sich den Bart. »Dann bleiben nur noch unsere Gesichter.«

»Da lässt sich wohl nichts machen«, stellt Naito fest. »Masken und Kapuzen würden zu viel Aufmerksamkeit erregen.«

»Und was machen wir, wenn uns jemand sieht?«, will ich wissen.

»Wir töten ihn.«

Ich muss ein angewidertes Geräusch gemacht haben, da mich Naito ansieht. »Wenn wir fliehen können, ohne jemanden zu töten, dann werden wir das tun. Aber wenn wir keine andere Wahl haben ...« Er zuckt mit den Achseln.

Auch wenn ich mich vom Hof abwende, heißt das noch lange nicht, dass ich jemandem den Tod wünsche.

Noch jemandem. Mein Blick wandert zu dem Blut auf dem Boden und dann zu der leuchtenden blauen Fackel darüber. Ich nehme sie aus ihrer Halterung.

»Wir werden die vor uns hertragen. Wenn wir die Kugeln vor unser Gesicht halten, können die Fae unsere Chaosschimmer vielleicht nicht sehen.«

»Das Licht wird auffallen«, meint Naito.

»Das werden die *Edarratae* auch«, erwidere ich und bin nicht bereit, von dieser Idee abzulassen. Kein weiterer Fae wird aufgrund meiner Entscheidungen sterben.

»Wir können im Dunkeln nichts sehen«, wirft Evan ein. »McKenzie, du trägst die Fackel, da du den Weg kennst. Naito und ich bleiben dicht hinter dir. Wir kümmern uns um jeden, der uns zu genau mustert.«

Dieses Mal widerspricht Naito nicht. Gut. Wir sind sowieso schon länger hier, als gut für uns ist.

Lord Raen wartet am Eingang auf uns.

»Kyol wird wissen, was Ihr getan habt«, sage ich zu Raen.

Er nickt, aber sein Gesichtsausdruck bleibt unverändert. *»Aber er wird nichts deswegen unternehmen können. Zumindest nicht, ohne zuzugeben, wen er hier versteckt hatte.«*

Und wenn der König oder sein Lord General herausfinden, dass Kyol keinen der Schattenleser exekutiert hat, dann sitzt er in der Tinte. Ich möchte nicht, dass er deswegen Ärger bekommt. Radath wird sowieso schon wütend sein, wenn er erfährt, dass ich weg bin.

Ich nehme die Fackel fester in die Hand. *»Würdet Ihr ihm sagen, dass es mir leidtut?«*

Lord Raen lächelt mich grimmig an. *»Wenn du Kelia dasselbe sagst.«*

»Gehen wir«, murmelt Naito hinter mir.

Raen geht zur Seite. *»Rasch. Nach links.«*

Naito huscht an ihm vorbei und verlässt das Arsenal, ohne den Fae eines Blickes zu würdigen. Evan bedankt sich leise bei ihm. Ich folge ihnen.

»Naito«, ruft Lord Raen.

Überraschenderweise bleibt Naito stehen.

»Falls Kelia in Lynn Valley ist«, sagt Lord Raen, *»dann bring sie so schnell wie möglich von da weg. Bitte. Der Lord General wird morgen bei Einbruch der Dunkelheit angreifen.«*

Lynn Valley. Oh Gott, da bin ich gewesen. Da sind die Rebellen, zumindest waren sie vor eineinhalb Tagen noch dort.

»Aber das ist in meiner Welt«, sage ich.

Raen verzieht den Mund. *»Der König ist sehr verzweifelt.«*

Verzweifelt genug, um einen Angriff auf ein Wohngebiet zu starten? Ich will es nicht glauben, aber ein Blick zu Naito sagt mir, dass ich es tun sollte.

22

Die Korridore im Kellergewölbe sind glücklicherweise alle verlassen. Ich führe Naito und Evan durch die schmalen Gänge und hoffe darauf, dass ich uns schnell hier rausbringen kann. Die beiden Male, die ich zum Lagerraum gegangen bin, war ich aus der anderen Richtung gekommen. Ich wäre nach rechts rausgegangen, wenn uns Raen nicht aufgefordert hätte, nach links rauszugehen. Ich gehe davon aus, dass dieser Weg sicherer ist, zumal der Fae-Wachmann nach rechts gegangen ist.

Meine Fackel leuchtet uns den Weg, und ihr Schein taucht die Steinwände in blau-weißes Licht. Ich lausche auf Schritte, das Rascheln von Stoff, das Knarren eines *Jaedrik*-Brustharnisches oder auf einen leisen Lufthauch. Auf alles, was darauf hindeutet, dass sich jemand nähert. Aber ich höre nichts, nichts als das Pochen meines eigenen Herzens und die schlurfenden Schritte von Evan und Naito.

Trotz der kühlen Luft im Bauch des Palastes steht mir der Schweiß auf der Stirn. Ich mache mir Sorgen um Aren, um Kelia und Sethan, vielleicht auch ein ganz kleines bisschen um Lena. Ich möchte, dass ihnen allen nichts passiert.

Ein weiterer Korridor, noch immer nichts zu sehen von einem Fae. Dieser Fluchtversuch verläuft irritierend glatt, und das macht mich immer nervöser, als wir uns einer Treppe nähern. Sie macht eine scharfe Biegung nach rechts. Ich kann nicht sehen, was uns dahinter erwartet.

Als ich mich der Biegung nähere, werde ich langsamer. Himmel, das gefällt mir ganz und gar nicht. Es ist zu einfach, zu ruhig.

»Was ist los?«, flüstert Naito.

Ich schüttle den Kopf, um ihm zu sagen, dass alles in Ordnung ist, bezwinge meine Paranoia und gehe um die Ecke.

Da ist niemand. Doch am oberen Treppenabsatz ist ein Tor. Während ich immer näher komme, bete ich, dass es unverschlossen ist.

Ist es nicht.

»Lass es mich versuchen.« Naito schiebt sich an mir vorbei und holt den Schlüsselring aus der Tasche, den er dem bewusstlosen Wachmann abgenommen hat. Ich zucke zusammen, als die Schlüssel am Tor klappern. Naito versucht, leise zu sein, aber es ist so ruhig im Gang …

»Ich hab's.« Er schiebt das Tor auf. Das Kreischen hallt von den Steinwänden wider.

Evan flucht.

»Wartet hier«, flüstere ich. Ich kann mich gerade so durch den engen Spalt zwängen, ohne das Tor weiter öffnen zu müssen. Ich sehe in den Gang und will Naito und Evan gerade sagen, dass die Luft rein ist, als ein Fae in etwa fünf Metern Entfernung links um die Ecke kommt. Der blau-weiße Schein meiner Fackel beleuchtet sein Gesicht. Es ist Taber. Scheiße.

»Hallo, Taber«, sage ich und gehe auf ihn zu.

»McKenzie?« Er wirft einen besorgten Blick zu dem offenen Tor. »Was machst du denn hier?«

Denk nach, McKenzie. Denk nach!

»Kyol hat mir die Schlüssel gegeben.«

Taber mustert mich von oben bis unten. »Dein Umhang ist dir viel zu groß.«

Ich sehe nach unten. »Ja … Aber er ist warm.«

Er legt den Kopf schief. »Vielleicht sollte ich dich zu deinem Zimmer zurückbringen?«

»Das wäre sehr nett von dir.« Ich gehe auf ihn zu und bete, dass er sich umdreht und mich begleitet, aber er geht an mir vorbei und drückt meinen Arm zur Seite, als ich versuche, ihm den Weg zu versperren.

Eine Sekunde, bevor er das Tor erreicht, stürmen Naito und

Evan heraus. Naito rammt Taber seine Schulter gegen die Brust und wirft den Fae um. Evan packt seine Arme, presst ihn an den Boden, während Naito Tabers Kopf nimmt und einmal ... zweimal ... dreimal auf den harten Steinboden knallt.

Taber rührt sich nicht mehr.

Naito steht auf und wischt sich das Blut des Fae an der Hose ab. Evan kommt langsamer wieder auf die Beine, vermutlich, weil er von der langen Haft in der winzigen Zelle geschwächt ist, aber es sind nicht die Menschen, die meine Aufmerksamkeit erregen.

»Was ist?«, fragt Naito. »Ihm geht's wieder gut, sobald er von einem Heiler behandelt wurde.«

Ich gehe langsam nach hinten und deute mit dem Licht meiner Fackel auf drei Fae, die auf uns zugelaufen kommen.

Evan dreht sich um und flucht. Er nimmt die Armbrust von der Schulter, legt einen Bolzen ein und richtet die Waffe auf den Korridor.

»Lauft!«, befiehlt er uns und schießt. Der Bolzen trifft den mittleren Fae ins Bein.

Doch Evan lädt schon nach. Die anderen beiden Fae suchen in einer Nische Deckung, ziehen ihren verwundeten Kameraden mit sich und schlagen Alarm.

Ich werfe meine Fackel zur Seite – wir müssen unsere *Edarratae* schließlich nicht mehr verstecken – und laufe los.

»Komm schon!«, brüllt Naito.

Evan gibt seinen Angriff auf und folgt uns. Wir rennen an einer Treppe vorbei.

»Da ist ein Ausgang«, rufe ich Naito zu, der mich überholt hat. »Geradeaus und dann nach rechts.« So können wir vielleicht raus. Wenn wir in die Stadt kommen, haben wir vielleicht eine Chance.

Fae laufen auf uns zu. Wir bleiben stehen und verlieren kostbare Sekunden, weil uns allen klar wird, dass wir den Ausgang nicht erreichen, wenn sie uns vorher den Weg abschneiden.

Naito schiebt mich zur Seite. Die beiden unverletzten Fae kommen aus ihrer Nische am anderen Ende des Korridors, keilen uns ein.

Evan verschießt einen weiteren Bolzen, doch der Schuss geht fehl.

Naito zieht sein Schwert. »Nach oben!«

Ich renne zur Treppe und nehme zwei Stufen auf einmal, während mir Naito und Evan auf den Fersen folgen.

Wir müssen uns verstecken, nicht weglaufen. Ich versuche, die Holztür vor mir zu öffnen. Verschlossen. Ich haste zur nächsten, während Naito es bei den Türen auf der anderen Seite des Gangs versucht.

Evan feuert die Treppe hinunter.

»Ich kann sie nicht aufhalten«, ruft er und legt den nächsten Bolzen ein. Wieder schießt er.

»Hier!«, schreit Naito und reißt eine Tür auf.

Evan rennt vor mir hinein. Ich laufe ihm hinterher, bin aber eine Sekunde zu langsam. Ein Fae packt mich und reißt mich herum, während seine beiden Begleiter in den Raum stürzen. Ich lege eine Hand an die Wand und schaffe es, lange genug stehen zu bleiben, um die Tür mit einem Tritt zu schließen und den Riegel vorzuwerfen.

Mein Gegner schleudert mich gegen die Wand. Ich schlage heftig mit dem Kopf dagegen. Ich sehe alles nur verschwommen, alles wird schwarz. Blinzelnd versuche ich, die Flecken vor meinen Augen zu vertreiben, während ich zu Naito hinübersehe.

Er stürzt nach vorn und stößt dem Fae, der mich festhält, das Schwert in den Rücken. Beinahe hätte er auch mich erstochen. Die Spitze seiner Klinge stoppt dicht vor meinem Bauchnabel. Ich lehne mich mit dem Rücken platt an die Wand und halte die Luft an.

Naito zieht sein Schwert aus dem Rücken des Fae und packt dann meinen Arm. Er flucht, als er meinen Bauch anstarrt.

»Mir geht es gut«, versichere ich Naito, während der Fae in den Äther geht. Ich schiebe Naito weiter in den Raum, weg von der Tür, die jetzt von heftigen Schlägen erschüttert wird.

Die beiden Fae, die uns gefolgt sind, umkreisen Evan mit gezogenem Schwerter und halten sich bereit, um anzugreifen, sobald er seine Armbrust senkt oder schießt. Selbst wenn Evan einen von ihnen tötet, kann er unmöglich einen zweiten Bolzen einlegen, bevor ihn der andere Fae niederstreckt. Ich bin mir nicht mal sicher, ob er überhaupt noch einen Bolzen hat.

Naito zieht mich an Evans Seite. Wir sind zwar zu dritt, aber wir sind Menschen. Die Fae des Hofes sind im Vorteil. Sie haben Jahre damit verbracht, ihre Kampfkunst zu verbessern. Wenn wir nicht im Silberpalast wären, dann wären wir schon längst tot. Sie würden hinter uns einen Riss öffnen und uns einfach niedermetzeln.

Und die Zeit ist auf ihrer Seite, nicht auf unserer. Sie können warten, bis ihre Verstärkung die Tür aufgebrochen hat.

Wir befinden uns in einem Salon oder einer anderen Art von Gesellschaftszimmer. Es gibt nur einen Ausgang und drei Bogenfenster in der Wand zu unserer Linken.

Die Fenster. Wir sind im ersten Stock. Der Sturz wird bestimmt wehtun, aber nicht so sehr wie ein Schwert im Bauch.

Ich nehme mir nicht die Zeit, meinen Plan noch einmal zu überdenken. Ich nehme einfach einen Stuhl und schleudere ihn durch das Glasfenster.

Im gleichen Augenblick schießt Evan. Der Bolzen dringt in die Schulter des Fae zur Linken ein. Der andere greift an. Er schlitzt Evans Unterarm auf, bevor sich der Mensch ducken kann.

Naito greift an und schwingt sein Schwert gegen den Kopf des Fae. Der Fae duckt sich, pariert und holt wieder aus, alles in einer nahtlosen Bewegung.

Ich schiebe Evan zum Fenster. Er hat die Armbrust fallen gelassen, als der Fae seinen Arm verletzt hat. Jetzt versucht er, sein Schwert zu ziehen, aber seine Hand ist voller Blut.

»Du musst hier raus. Los!«

Er holt tief Luft und nickt. »Lass ihn nicht zurück.«

Er reicht mir sein Schwert. Als er springt, drehe ich mich wieder um und schwinge meine Waffe, um den Fae zu treffen, der gerade Naito attackieren will. Er blockt meinen Angriff mühelos und rückt mit einem eigenen Angriff vor. Ich pariere und taumele nach hinten. Alleine in der Situation wäre ich längst tot, und dasselbe gilt auch für Naito, aber gemeinsam können wir den Fae abwehren.

»Das Fenster«, sage ich. »Los!« Ich stöhne, als ein besonders heftiger Hieb mein Schwert zur Seite drückt.

»Du zuerst«, ruft Naito.

Ich schwinge das Schwert gegen den Kopf des Fae. Daneben.

»Er weiß, wer ich bin«, erwidere ich und bin mir nicht sicher, ob das überhaupt stimmt. »Er wird mich Kyol ausliefern. Du musst zurück zu Kelia. Los. Jetzt!«

Er will protestieren, das sehe ich in seinen Augen, aber als er Kelias Namen hört, ist er überzeugt.

Der Fae flucht, als Naito zum Fenster rennt. Ich stelle mich zwischen die beiden und zwinge ihn, sich auf mich zu konzentrieren. Er pariert meinen Angriff und geht auf mich los. Das Schwert fliegt mir aus der Hand und prallt polternd an die Wand.

Ich ziehe meinen vergifteten Dolch. Werfe ihn.

Der Fae hebt abwehrend die andere Hand hoch und schlägt den Dolch zur Seite. Der Wurf war nicht schnell oder hart, aber die Klinge ist scharf, und Blut rinnt aus dem schmalen Schnitt auf seinem Handrücken.

Ich warte nicht, bis das Gift zu wirken beginnt, sondern renne sofort zum Fenster.

Er fängt mich ein. Ich schlage mit dem Ellbogen nach ihm und treffe ihn am Kinn, aber er hält mich weiterhin fest. Dann wirft er mich auf den Boden und landet auf mir.

Ich stoße mein Knie in seinen Schritt, aber mit zu wenig Schwung. Der Fae rutscht zur Seite, und seine Hände legen sich fest um meine Handgelenke.

»Halt still«, schnaubt er auf Fae.

Schmerz explodiert hinter meinen Augen, als ich ihm einen Kopfstoß gebe. Er stöhnt, aber ich bin mir sicher, dass ich mir damit mehr geschadet habe als ihm. Ich kann kaum noch klar denken. Sein Gesicht verschwimmt vor meinen Augen. Ich wehre mich, bäume mich auf, zucke und versuche, mich ihm zu entwinden.

Er schwankt erneut. Dieses Mal liegt es nicht an meinen Sehstörungen. Seine Arme geben nach, und er bricht auf mir zusammen. Ich liege da und schnappe nach Luft, doch dann gelingt es mir irgendwie, ihn von mir runterzuschieben.

Ich drehe mich auf den Bauch und krieche auf allen vieren zum Fenster, wobei meine Arme heftig zittern. Ich ziehe mich am Fensterbrett hoch, ignoriere die Glassplitter, die sich in meine Handflächen bohren, und zwinge meine Muskeln, zu kooperieren.

Mein Oberkörper liegt auf dem Fensterbrett. Das Glas sticht mich, aber Raens Umhang schützt mich vor zu tiefen Schnitten. Die Straße unter mir ist leer. Es wird wehtun, da aufzukommen, aber ich muss hier weg. Die Fae hämmern noch immer gegen die Tür.

Mein Körper balanciert zwischen dem Zimmer und der Außenwelt. Ich will mich gerade über die Fensterbank fallen lassen, als mich jemand packt. Es ist ein Fae des Hofs, der mit dem Armbrustbolzen in der Schulter. Er zieht mich wieder in den Raum, und dann wird die Tür aufgerissen und die Schwertkämpfer des Königs stürmen herein.

Ich werde mit einem Schrei wach. Mir ist kalt. Ich bin nass. Ich bin gefangen. Meine Zähne klappern, und jemand gießt noch einen Eimer Wasser über meinem Kopf aus.

Erneut schreie ich auf. Meine Haut scheint zu gefrieren.

»Ah, da bist du ja.« Radaths Stimme ertönt im Lichtschein einer an der Decke hängenden Kugel. Er dreht den Eimer um und setzt sich an den Rand des Lichtkegels.

Ich wünschte, ich könnte bewusstlos bleiben. Alles tut weh: meine Rippen und mein Bauch, mein Rücken und vor allem meine Schultern und meine Arme. Meine Hände sind an die Wand gekettet. Da meine silbernen Handschellen direkt an der Wand befestigt sind, kann ich mich kein bisschen bewegen.

»Du solltest anfangen zu reden«, sagt Radath. »Du könntest als Erstes erklären, was genau du letzte Nacht eigentlich gemacht hast.«

Mir ist so dermaßen kalt, dass es schon anstrengend ist, überhaupt einen klaren Gedanken zu fassen. Ich kneife die Augen zusammen, öffne sie wieder und mustere meine Umgebung. Wie bin ich hierhergekommen? Wie viel weiß Radath?

»Wo hast du den her?«, will Radath wissen. Er hält etwas in der Hand. Einen Dolch, den, den ich von Raen bekommen habe.

»Ich möchte mit Taltrayn reden.« Ich versuche, mit ruhiger Stimme zu sprechen, aber ich zittere zu heftig.

Radath lacht. »Natürlich möchtest du das.«

Aus den Augenwinkeln bemerke ich eine Bewegung. Hoffnung glimmt in mir auf. Aber sie stirbt einen Augenblick später, als Micid und nicht etwa Kyol in mein Blickfeld tritt.

Radath folgt meinem Blick. »Ich habe meinen *Ther'rothi* mitgebracht. Er wollte dich gern kennenlernen.«

Der Fae sieht mich an. Ich bin ohnehin schon am Zittern, aber jetzt erschaudert mein ganzer Körper wie verrückt.

»Micid ist ein seltenes Exemplar«, fährt Radath fort. »Möglicherweise einzigartig. Zeig ihr, was du kannst.«

Der *Ther'rothi* verzieht die Lippen zu einem Grinsen und verschwindet. Ich drücke den Rücken an die Wand und fürchte mich vor dem, was er vorhat, aber er taucht wenige Sekunden später an derselben Stelle wieder auf. Jetzt bin ich erst recht verwirrt. Radath sagte, Micid hätte mich kennenlernen wollen, dabei kennt er mich doch schon. Und ich weiß bereits, was er kann. Was sollte also diese Demonstration?

Radath kichert. »Findest du das lästig, dass du ihn nicht sehen kannst? Ich habe vor einigen Jahren von seiner Magie erfahren und zugestimmt, es geheim zu halten, nur der König und ich wissen, was er kann. Als Gegenleistung arbeitet er für mich, wenn ich ihn brauche.«

Irgendjemand hat dieses Geheimnis nicht gewahrt, aber ich habe nicht vor, den Lord General zu korrigieren.

Radath beugt sich vor, und seine Stimme wird zu einem Flüstern. »Außerdem ignoriere ich seine kleinen Ausflüge ins *Tjandel.*«

Tjandel. Ich habe das Wort schon einmal gehört. Micid hat gesagt, dass er dorthingehen würde.

»Sagt dir dieser Ort nichts?«, will Radath wissen. Offenbar will er, dass ich ihn danach frage, doch das werde ich nicht tun.

»Es ist ein … Wie nennt ihr es? Ein Hurenhaus. Ja. Es ist ein Hurenhaus in einem widerwärtigen Viertel von Corrist. Es liegt außerhalb der Silbermauern, daher können die Kunden einfach durch Risse hinein- und hinausgehen, ohne gesehen zu werden. Ich kenne viele Edelleute, die sich dort schon einmal vergnügt haben. Jeder von ihnen würde es leugnen, aber Micid steht dazu. Micid ist süchtig nach den Huren. Eigentlich ist er eher süchtig nach ihren Chaosschimmern.«

Für mich fühlt es sich an, als hätte Radath gerade einen dritten Eimer eiskaltes Wasser über mir ausgeschüttet.

»Die meisten Huren sind freiwillig da«, fährt er mit zuckersüßer Stimme fort. »Andere jedoch nicht. Sie haben nicht alle die Gabe des Sehens, und Micid hat eine Vorliebe für Menschen, die schreien und sich unter ihm winden. Er mag es, wenn sie ein wenig durchdrehen und nach dem unsichtbaren Dämon schlagen, der sich ihnen aufzwingt. Da du die Gabe des Sehens hast, wirst du wissen, was passiert, aber ich bin mir sicher, dass er nichts dagegen hätte, dich zu brechen. Du würdest für ihn schreien, nicht wahr, McKenzie?«

Micid beobachtet mich und hat ein kaum merkliches sadistisches Grinsen im Gesicht.

Auf einmal kommt Radath zum Punkt. »Du warst gestern Abend in Begleitung von zwei anderen Menschen. Wer war das?«

Er weiß nichts von Naito und Evan. Was für ein Glück. Sie müssen entkommen sein. Wenigstens das hat letzte Nacht geklappt. Ich setze mich etwas gerade hin und versuche, den Schmerz in meinen Handgelenken durch die Handschellen ein wenig zu lindern.

Radath hebt den vergifteten Dolch hoch, schiebt mir damit vorsichtig eine nasse Locke aus dem Gesicht und hält ihn mir dann vor die Nase. Er will mir Angst einjagen, und die habe ich auch, aber ich werde ihm nichts über die Menschen verraten. So kann ich mich auch nicht mehr retten, und ich würde Kyol damit schaden.

Radath legt mir eine seiner großen Hände links um den Hals und drückt den Dolch an die andere Seite direkt über die hervortretende Narbe, die von Arens Attacke stammt. Radaths Hand drückt zu und schnürt mir die Luft ab. »Wer war das?«

Ich muss ihm irgendetwas sagen, etwas, das ihn zufriedenstellt und mir Zeit verschafft.

»Rebellen«, würge ich hervor. »Ich sollte sie in den Palast bringen.«

Radaths Hand entspannt sich. Micid, der grinsend am Rand des Lichtkegels steht, zieht eine Augenbraue hoch. Er korrigiert mich jedoch nicht. Offenbar soll der Lord General tatsächlich nicht erfahren, dass wir uns schon einmal begegnet sind.

»Und was hatten diese Rebellen vor«, fragt Radath, »wenn sie erst mal im Palast sind?«

Ich nehme all meinen Mut zusammen und sehe ihm entschlossen in die Augen. »Sie sollten Euch ermorden.«

Radath kichert. »Ich bin ebenso unantastbar wie der König, McKenzie.«

Knarrend geht die Tür auf. »Lord General.«

Ich stoße zittrig die Luft aus. Kyol hat mich gefunden.

»Ich habe Atroth gesagt, dass ich mich um sie kümmere«, sagt Radath, ohne sich umzudrehen.

»Das übernehme ich«, erwidert Kyol. Ich bin mir nicht sicher, ob sich seine Eiseskälte gegen Radath oder gegen mich richtet.

»Ihr hattet bereits die Gelegenheit, sie zur Kooperation zu bewegen«, erklärt Radath auf Fae. *»Ihr seid gescheitert. Sie ist nicht länger Euer Spielzeug.«*

»Das könnt Ihr mit Atroth besprechen. Er möchte mit Euch reden.«

Der Lord General starrt mich an, steht aber nicht auf. Ich glaube nicht, dass er gehen wird. Er nimmt von Kyol keine Befehle entgegen, und er scheint es zu genießen, mich an diese Wand angekettet zu sehen. Ich hatte im Laufe der Jahre nur selten mit ihm zu tun, aber ich hätte nie gedacht, dass er mich mal so behandeln würde. Natürlich hätte ich auch nie geglaubt, dass ich ihm mal den Grund dazu geben würde.

Radaths Schultern sacken zusammen. Er steht mit offenkundigem Widerwillen auf und dreht sich zu Kyol um. *»Sie hat unsern König verraten, Schwertmeister. Atroth erwartet, dass sie bestraft wird. Ich gehe davon aus, dass Ihr ihr sämtliche Geheimnisse entlocken werdet. Habt Ihr verstanden?«*

»Verstanden.« Kyols Miene bleibt unbewegt.

Radath bedeutet Micid, zu gehen. Der *Ther'rothi* verlässt meine Zelle, und Radath folgt ihm nach draußen.

Er lächelt und lässt die Tür dann hinter sich zufallen.

Lange Zeit bleibt Kyol einfach nur reglos stehen. Tausend verschiedene Entschuldigungen kommen mir in den Sinn. Doch keine davon kommt über meine Lippen. Ich würde alles genauso wieder tun, um Naito und Evan zu retten.

»Wie konntest du nur so dumm sein?«, will Kyol wissen. Ich zucke bei seinem Ton zusammen. »Sie waren in Sicherheit, McKenzie! *Du* warst in Sicherheit!«

Er läuft im Licht der Kugel hin und her und hat die Hände zu Fäusten geballt.

»Ich konnte nicht hierbleiben, Kyol.«

»Dann wolltest du also zurück zu *ihm!*«

»Ich ...« Meine Stimme versagt. Mein Kinn zittert. Ich beiße mir auf die Unterlippe und weigere mich, in Tränen auszubrechen.

»McKenzie.« Seine Stimme klingt jetzt schmerzverzerrt. Er geht vor mir auf die Knie, macht ein gepeinigtes Gesicht und lässt die Schultern hängen, als hätte er einen Krieg verloren.

Mein Herz droht, in meiner Brust zu zerspringen. Trotzdem schlucke ich die Entschuldigung wieder hinunter. Stattdessen frage ich leise: »Kannst du mich hier rausholen?«

Er reibt sich mit beiden Händen übers Gesicht. »Ich weiß es nicht.«

Ich habe eigentlich nicht das Recht, ihn darum zu bitten. Ich habe mich selbst in diese Lage gebracht, und er sollte sich nicht verpflichtet fühlen, mich da rauszuholen.

»Sidhe.« Er umfasst mein Kinn und lehnt seine Stirn an meine. So bleiben wir lange Zeit sitzen, er warm, stark und ruhig, ich frierend, nass und zitternd. Ich fühle mich, als hätte man mein Innerstes nach außen gekehrt, mir all meine Gefühle genommen, eine Schicht nach der anderen abgetragen, bis nur noch meine abgeschabte Seele übrig war. Selbst die *Edarratae* wirken blass und kühl.

»Wenn du hier rauswillst, McKenzie, dann musst du mir irgendwas geben. Atroth wird dich nicht freilassen, ohne dass wir Informationen über die Rebellen erhalten haben.«

Ich kann dem Hof nicht mehr helfen. Die Rebellion mag Dinge getan haben, die mir nicht gefallen, aber der Hof hat mich manipuliert und benutzt. Radath hat angeordnet, dass Menschen exekutiert werden, und ich bin mir sicher, dass er den Vigilanten meinen Namen genannt hat in der Hoffnung, sie würden mich ausschalten. Der König hat nichts unternommen, um den Lord General aufzuhalten. Und Kyol hat seinen König schalten und walten lassen.

»Das kann ich nicht«, flüstere ich.

Er stößt einen tiefen Seufzer aus und streicht mit der Hand langsam über meinen linken Arm, bis er zu meiner Handschelle kommt. Als seine Finger auf meinem Handgelenk liegen, glaube ich schon fast, dass er mich befreien wird, doch dann rutschen sie zu der Diamanthalskette, die unter meinem Ärmel verborgen ist. Er zieht daran und hält sie schließlich in der Hand.

Als er den mittleren Stein berührt, nickt er. »Damit kannst du dir deine Freiheit erkaufen.«

Oh Gott.

»Nein, Kyol, das kannst du nicht tun!«

»Sch, *Kaesha*.« Er legt mir einen Finger auf den Mund. »Das ist der einzige Weg, dich zu retten.«

Ich zerre an meinen Handschellen. »Nein, warte. Hör mich an. Ich werde dir sagen, was immer du wissen willst. Ich tue, was du willst, aber bitte, *bitte*, tu das nicht. Tausch mein Leben nicht gegen seins ein.«

Sein Gesicht wirkt ausdruckslos, als er sich erhebt, nur seine Augen verraten, wie sehr ich ihm wehtue.

»Du wirst mich dafür hassen, nicht wahr?«, fragt er.

Ich nicke, weil ich keinen Ton mehr herausbringe. Aren hat mir sein Leben anvertraut. Er war überzeugt davon, dass ich ihn nicht verraten würde. Wenn die Königstreuen dort auftauchen, wo der Stein sie hinführt, dann wird er denken, dass er mir völlig egal wäre.

Kyol steckt die Halskette in seine Hosentasche. »Es tut mir leid, McKenzie. Das alles tut mir sehr leid.«

23

Die blau-weiße Kugel unter der Decke ist das Einzige, was das, was immer ich da auch in den Schatten herumhuschen höre, zurückhält. Doch gegen meine Albträume hilft das Licht nicht. Einige sind alt und kehren immer wieder, andere sind allerdings brandneu. Immer, wenn ich die Augen schließe, hoffe ich, dass ich sie wieder aufmache und feststelle, dass die letzten Wochen nur ein Traum gewesen sind. Der Krieg des Königs ist nicht kompliziert, die Rebellen sind eindeutig böse, der Hof ist durch und durch gut. Aber so funktioniert es nun mal nicht. Kriege sind nie so einfach.

Außerdem wäre ich dann Aren nie begegnet. Sein Kuss kommt mir jetzt nicht mehr wie eine Manipulation vor. All seine zärtlichen Augenblicke, die Art, wie er mich angesehen hat ... Vielleicht liegt ihm wirklich etwas an mir.

Das Schaben des zurückgeschobenen Riegels hallt laut durch die Dunkelheit. Die Tür geht auf. Sie wird wieder geschlossen. Ich höre, wie im Dunkeln jemand tief Luft holt.

Bitte lass es nicht Micid sein!

Ein Schatten bewegt sich an den Rand des Lichtkegels. Zwei Stiefelspitzen treten ins Licht. Der Fae geht einen Schritt vor, dann einen weiteren. Das Licht gleitet langsam höher, an einer schwarzen Hose hinauf, die eng an muskulösen Oberschenkeln sitzt, zu einer Hand, die auf einem Schwertgriff liegt, zu einer starken, breiten Brust und hinauf zu einem wütenden Gesicht, das von wilden, zerzausten Haaren umrahmt ist.

»Aren«, flüstere ich. *Nein, nein, nein.*

Er spannt den Kiefer an. In meiner Brust zieht sich alles zusammen.

Ich schüttle den Kopf. »Nein, Aren. Bitte. Ich habe Kyol die Kette nicht gegeben, das schwöre ich.«

Seine finstere Miene verschwindet, als er unter der hängenden Kugel hergeht und sich neben mich kniet. Er umfasst mein Gesicht mit beiden Händen. »*Sidhe*, du frierst ja.«

Wärme strömt durch mich hindurch. Ich weiß nicht, ob sie von meinen *Edarratae* kommt, von Arens Magie oder einfach daher, dass ich wieder in seiner Nähe bin. Es ist auch egal. Sie fühlt sich gut an. *Er* fühlt sich gut an.

In diesem Moment wird mir erst bewusst, dass er noch sein Schwert trägt. Der Hof müsste ihn doch sofort entwaffnet haben.

»Kyol hat dich nicht …?«

Er streicht mir über mein feuchtes Haar. »Dir geht es bald wieder gut, McKenzie. Ich werde dich hier rausholen.«

Ich sehe über seine Schulter. Kyol steht hinten am Rand des Lichtkegels. »Er …« Es schnürt mir die Kehle zusammen. »Er hat dich zu mir gebracht?«

Aren sieht mich ernst an und nickt. Ohne sich zum Schwertmeister umzudrehen, verlangt er: »Den Schlüssel.«

Als sich Kyol nicht rührt, versteift sich Aren. Er kommt langsam hoch. Er legt erneut die Hand auf den Schwertgriff. »Den Schlüssel, Taltrayn.«

»Radath hat den einzigen Schlüssel.«

Ein Augenblick verstreicht, in dem sich niemand von uns bewegt, wir scheinen nicht einmal mehr zu atmen. Als Aren mich wieder ansieht, rutscht mir das Herz in die Hose. Wenn ich seinen Gesichtsausdruck richtig deute, hat er schreckliche Angst.

Er dreht sich wieder zum Schwertmeister um. »Soll ich das etwa machen?«

»Du kannst sie heilen«, erwidert Kyol mit völlig emotionsloser Stimme.

Arens Schultern sacken zusammen, aber nur kurz, dann kniet er sich erneut neben mich.

»Aren?« Ich sehe ihm ins Gesicht und versuche, herauszufinden, worüber sie reden.

Er streicht mir eine Locke hinters Ohr. »Das wird wehtun, McKenzie. Ich muss das Metall erhitzen und biegbar machen, damit ich es abziehen kann. Ich werde die Verbrennungen heilen, sobald du frei bist.«

Es dauert einen Moment, bis ich das verarbeitet habe. Dann erinnere ich mich an Tom. Ich weiß noch, wie er bei Arens Berührung geschrien hat. Ich erinnere mich an den Geruch seines verbrannten Fleisches und die Blasen auf seinen Armen, als Aren die Hände weggenommen hat.

»Nein. Auf gar keinen Fall. Seid ihr verrückt?«

»Ich mache es, so schnell es geht.«

»Nein.« Ich sehe Kyol an. »Habt ihr keine Bolzenschneider oder so was?«

Kyol steht einfach nur reglos da.

»Hör mir zu«, sagt Aren. »Du darfst nicht schreien, McKenzie. Taltrayn hat einen loyalen Fae vor der Tür postiert, aber hier gibt es noch andere Patrouillen. Hier.« Er öffnet seinen Schwertriemen und hält ihn mir vor den Mund. »Beiß da drauf.«

Ich schüttle den Kopf.

»Du schaffst das«, versichert er mir. »Du musst es schaffen.«

Verdammt, verdammt, verdammt. Ich *will* das nicht, aber Aren würde es nicht vorschlagen, wenn es einen anderen Weg gäbe. Und Kyol würde nie zulassen, dass er mir wehtut.

Ich stoße mit zusammengebissenen Zähnen die Luft aus. »Ich schätze, es ist besser, als mir die Hände abzuhacken.«

Aren lächelt, als würde alles wieder gut werden. Ich werfe ihm einen skeptischen Blick zu und beiße fest auf seinen Schwertriemen.

Dann legt er die Hände um meine Handschellen. Das Metall wird warm. Nachdem ich so lange in der Zelle gefroren habe, empfinde ich die Wärme sogar als angenehm. Doch das bleibt nicht lange so. Es wird nach und nach heißer. Dann tut es auf einmal richtig weh.

Meine Nerven drehen völlig durch. Das Metall fühlt sich so heiß an, dass es mir kalt vorkommt. Dann höre ich etwas zischen, und es riecht verbrannt. Ich zucke unter dem Silber, das meine Handgelenke versengt, aber ich kann mich nicht befreien. Also beiße ich fest auf das Leder zwischen meinen Zähnen und kneife die Augen zusammen. Ich schreie, aber meine Kehle ist so eng, dass ich keinen Ton herausbringe.

Es ist zu viel für mich. Ich schlage mit meinem Hinterkopf gegen die Steinwand, als meine Handgelenke zu schmelzen beginnen. Wieder und wieder schlage ich dagegen.

Ich bekomme kaum noch mit, wie Aren mir die Handschellen abnimmt und seine Hände um meine Handgelenke legt. Mir wird übel, weil es sich so anfühlt, als würde er nur Sehnen und Knochen berühren. An den Stellen kann sich unmöglich noch Fleisch befinden.

»Sch«, raunt mir Aren zu und schickt seine Magie in mich hinein. »Es ist vorbei. Gleich geht es dir wieder gut.«

Das Brennen lässt langsam nach. Meine Handgelenke werden kalt, dann taub und danach wieder warm, als meine *Edarratae* durch Arens Berührung zu zucken beginnen.

Er nimmt mir den Schwertriemen aus dem Mund, drückt mich an seine Brust und streicht mir mit der Hand durchs Haar, um sie dann auf meinen Hinterkopf zu legen. Auch hier wirkt er seine Magie und heilt die Verletzung, die ich mir mit dem Schlagen des Kopfes gegen die Wand zugezogen habe. Ich zittere in Arens Armen, bis er mir die Tränen von den Wangen wischt. Seine Augen scheinen mich um Vergebung zu bitten.

Ich hole tief Luft und versuche, mich zusammenzureißen. Es gibt nichts zu vergeben, er hat getan, was er tun musste, um mich zu befreien.

Er streicht mir sanft mit den Fingerspitzen über die Handgelenke. »Siehst du? Keine Narben.«

Ich blicke auf die rosafarbene, glatte Haut hinab und schaffe es sogar, ein wenig zu lächeln.

»Ah, da ist es ja«, sagt er und sieht meinen Mund an. »Das habe ich schon seit einer Weile nicht mehr gesehen.«

Ich lache kurz auf. Wir sehen uns in die Augen und ... Oh.

Ich halte die Luft an. Eine Locke seines Haars fällt ihm in die Stirn und über eine blasse weiße Narbe, die vorher noch nicht da gewesen ist. In seinen silbernen Augen, die wie immer glänzen, dass es mich früher in Rage versetzt hat, liegt noch etwas anderes als sein üblicher Spott. Auf einmal spüre ich überdeutlich meine Lippen, die sich öffnen, als sie sich an seinen Geschmack erinnern und wie er sich angefühlt hat.

Er lächelt, hebt meine Hand an seinen Mund und küsst mein geheiltes Handgelenk. »Wir müssen gehen. Kannst du aufstehen?«

»Ich denke schon«, antworte ich.

Nachdem er seinen Schwertriemen wieder umgeschnallt hat, hilft er mir auf die Beine. Sobald ich stehe, merke ich, wie erschöpft ich bin. Seit dem Frühstück bei Shane habe ich nichts mehr gegessen. Das muss wenigstens vierundzwanzig Stunden her sein. Ich bin schwach, und Aren muss mich stützen, mich auf die Beine stellen und die Arme um meine Taille legen, bis meine Knie endlich nicht mehr nachgeben. Das dauert eine Weile. Mein Körper fühlt sich verkrampft und wund an, nachdem ich so lange gefroren habe, und meine Haut scheint mit Sandpapier bearbeitet worden zu sein. Meine Handgelenke sind am empfindlichsten. Sie tun nicht wirklich weh, aber ich spüre noch genau, wo sie verbrannt gewesen sind.

»Alles okay?«, erkundigt sich Aren, und ich spüre seinen Atem warm auf meinem Hals. Ich nicke, und wir drehen uns zur Tür und zu Kyol um.

Kyol. Er hat dem König die Kette nicht gegeben.

Ich kann mich nicht bewegen, und das liegt nicht nur daran, dass Arens Arm um meine Taille liegt und mich an seinen Körper drückt. Kyol ist so lange Zeit alles für mich gewesen. Er ist derjenige, an den ich mich immer gewandt, auf den ich mich immer verlassen habe, und jetzt tue ich ihm so weh. Der Schmerz steht deutlich in seinen Augen.

Er presst die Lippen zusammen und sieht von mir zu Aren. »Erinnerst du dich an den Weg durch den Zellentrakt?« Aren nickt. »Die Wachen am Osteingang sind nicht meine Leute, aber sie sind unerfahren. Ich gehe davon aus, dass du mit ihnen fertig wirst.«

»Natürlich«, entgegnet Aren.

»Sie müssen am Leben bleiben, damit sie Radath Bericht erstatten können.«

Aren nickt erneut. Er versucht, sich zu bewegen, aber ich bleibe stehen. Kyol will damit doch nicht sagen, dass …

Doch.

»Du bleibst hier.« Meine Worte sind eher eine Anschuldigung als eine Frage. Kyols Gesicht ist so versteinert wie eh und je.

Ich drücke Arens Arm weg und gehe durch den Raum auf Kyol zu. Ich werde auf keinen Fall zulassen, dass er meinetwegen zum Märtyrer wird. »Du kannst nicht bleiben. Radath wird dich töten.«

»McKenzie«, flüstert mir Aren warnend zu. Er eilt zur Tür und drückt sein Ohr dagegen.

»Sch.« Kyol legt mir einen Finger auf die Lippen. Ich schlage seine Hand weg.

»Warum willst du nicht gehen?«

Für einen kurzen Augenblick sehe ich ihn trotz der Maske zusammenzucken. »Der Krieg ist noch nicht vorbei.«

»Red keinen Unsinn, Kyol.«

»McKenzie, ich …«

»Du hast gesagt, du würdest gehen.«

»Ich kann nicht, *Kaesh* …«

»Warum?!«

»Weil ich es nicht ertragen könnte!«, brüllt er.

Ich zucke zusammen und spüre einen stechenden Schmerz in der Brust. Schämt er sich so sehr für seine Gefühle? All die Jahre habe ich geglaubt, nur das Gesetz des Königs würde uns voneinander fernhalten. Ich hätte nie gedacht, dass er sich selbst verachtet, weil er mich liebt.

Aren zieht sein Schwert und murmelt etwas darüber, dass wir alle Wachen auf uns aufmerksam machen.

»McKenzie«, sagt Kyol mit leiser, wieder kontrollierter Stimme. »Radath versucht schon seit Jahren, den König zu beeinflussen und ihm vorzuschreiben, wie er diesen Krieg zu führen hat. Atroth hört ihn an, weil seine Methoden funktionieren. Ich konnte ihn überzeugen, einige der niederträchtigeren Pläne des Lord General nicht umzusetzen, aber wenn ich gehe … Ich *muss* bleiben, *Kaesha*. Ich kann nicht zulassen, dass Radath den König kontrolliert.«

»Aus diesem Grund willst du bleiben?«, frage ich. Schon seit zu langer Zeit sind die Lügen und die Wahrheit eng miteinander verflochten, und ich weiß nicht, ob ich sie noch auseinanderhalten kann.

Er spannt die Kiefermuskeln an und nickt. »Wenn ich Atroth Radath überlasse, wird der Krieg enden, aber Tausende unschuldiger Fae werden vorher noch ihr Leben verlieren.«

Nach seinen Worten fühle ich mich kaum besser. Kyol stellt das Reich wieder mal an die erste Stelle. Ich verstehe, warum er bleiben will, ich respektiere es sogar, aber ich kann so nicht weitermachen. Ich akzeptiere, wer er ist und wofür er steht, aber ich kann nicht länger das Mädchen sein, das in den ehrenwerten Helden verliebt ist; ich brauche jemanden, der seine Pflichten für mich auch mal vergessen kann, zumindest hin und wieder.

»Ich kann mit Atroth reden, McKenzie«, fährt er fort. »Ich *werde* mit ihm reden. Ich werde ihn davon überzeugen, dass er mit dem Falsch…« Er hält inne und holt tief Luft. »Dass er mit Zarrak reden muss. Wir können einen Friedensvertrag aushandeln.«

Arens sarkastisches Lachen hallt durch die Zelle. »Das haben wir schon mal versucht, weißt du nicht mehr? Dein König wollte die Kontrolle über die Tore nicht lockern. Er braucht die *Tinril*, um den Adel zu bezahlen und seinen Inneren Zirkel zu bestechen.«

»Er braucht das Geld, die *Tinril*, um das Reich vor euch zu schützen.« Kyols Augen lodern. »Er braucht sie, um ein zweites Brykeld zu verhindern.«

Aren zuckt nicht zusammen, ich jedoch schon. Ich weiß, dass er nicht für das verantwortlich ist, was dort passiert ist. Er bereut das Massaker. Er hat den Fae, der die Schuld daran trägt, sogar verraten, damit der Hof ihn gefangen nehmen konnte. Ich glaube all das, aber er ist für andere Verbrechen verantwortlich, beispielsweise dafür, dass einige von Kyols Schwertkämpfern zu *Tor'um* geworden sind.

Verdammt, warum muss das alles nur so kompliziert sein?

»McKenzie«, sagt Kyol mit sanfter Stimme. »Ich werde diesen Krieg beenden, so schnell ich kann.«

»Du könntest bei der Rebellion mehr bewirken.« Meine Worte sind eigentlich kein ernstgemeinter Vorschlag, da ich schon weiß, wie Kyols Antwort lautet. Er ist ein zu ehrenwerter Mann, um sich von seinem König loszusagen und das Reich Radaths Brutalität zu überlassen. Es ist egoistisch, das von ihm zu verlangen.

Taber bewacht meine Zelle. Ich bleibe abrupt stehen, als ich ihn erkenne, und bin besorgt, dass er wütend ist, weil ich Naito und Evan erlaubt habe, ihn bewusstlos zu schlagen. Als er nichts sagt und mir nur einen Umhang mit Kapuze reicht, entschuldige ich mich leise bei ihm und bedanke mich – das ist das Mindeste, was ich tun kann –, bevor ich Aren den Korridor entlangfolge.

Er kennt den Weg nach draußen. Wir schleichen durch den schwach beleuchteten Gang und drücken uns eng an eine raue, mit Moos bewachsene Steinwand. Ich bin mir ziemlich sicher, dass wir uns nicht unter dem Silberpalast befinden. Dieser Zellentrakt ist zu groß, hier sind zu viele Gefangene. Wir kommen an über einem Dutzend dicker Holztüren vorbei, und hinter einigen sind das Stöhnen und die Schreie der Zelleninsassen zu hören, während hinter anderen Schweigen herrscht. Vermutlich hat mich Radath durch einen Riss nach Chaer bringen lassen, einem Gefängnis am Rand des Barren. In diesem Landstrich können Fae keinen Riss öffnen, das geht schon seit langer Zeit nicht mehr. Damals hat das Falschblut Thrain ein Tor im Herzen des Barren zerstört. Niemand weiß, warum er das getan hat, aber als das Tor verschwand, entstand eine Leere im Reich, die jedoch nicht mit der Beeinträchtigung durch Silber vergleichbar ist. Es ist noch immer möglich, Risse in der Atmosphäre zu öffnen, aber sie sind zu heiß, um sie zu betreten. Es ist, als wäre das Zwischenreich durch den Verlust dieses Tors beschädigt worden.

An einer Kreuzung hebt Aren die Hand und signalisiert mir, zu warten. Als er um die Ecke geht, schleiche ich langsam vorwärts.

Ich sehe gerade noch rechtzeitig um die Biegung, um zu sehen, wie einer der beiden Fae fällt. Aren wehrt den Angriff des anderen ab und antwortet mit einem Gegenangriff. Der Wachmann taumelt unter den brutalen Hieben und rutscht beinahe aus. Bevor er sein Gleichgewicht wiedergefunden hat, zieht ihm Aren die Beine weg und schlägt ihm den Schwertknauf gegen die Schläfe.

Die Haare in meinem Nacken stellen sich auf. Ich sehe mich im Gang um und lausche auf schnelle Schritte. Der Kampf war kurz – nicht einmal eine Minute während –, aber der Klang von Stahl, der auf Stahl trifft, kam mir so laut vor wie ein Geschützfeuer.

Aren sieht über die Schulter und entdeckt mich an der Ecke. »Alles klar?«

Ich lausche noch einige Sekunden lang und nicke dann. Falls jemand irgendetwas gehört hätte, dann hätte er längst Alarm geschlagen.

Aren streckt eine Hand aus.

»Taltrayn hat bisher Wort gehalten«, sagt er und verschränkt seine Finger mit meinen. »Wenn das so bleibt, dann sorgt er dafür, dass die Wachen auf dem Dach abgelenkt sind, aber wir müssen uns beeilen. Kannst du rennen?«

Ich nicke. Ich habe wohl kaum eine andere Wahl.

Er öffnet die Tür. Der lange Schatten des Gefängnisses erstreckt sich vor unseren Füßen. Die Sonne geht irgendwo hinter uns unter. Wenn wir noch zwanzig Minuten warten würden, dann könnten wir im Schutz der Dunkelheit fliehen, aber so lange können wir hier nicht rumstehen. Aren drückt meine Hand, dann laufen wir los.

Die kalte Luft brennt in meinen Lungen, und ich bekomme so heftiges Seitenstechen, dass ich am liebsten zusammengebrochen wäre, aber ich bleibe erst stehen, als wir die ersten Bäume erreichen und Aren endlich sein Tempo drosselt. Doch noch kann man uns vom Gefängnis aus sehen, also zwinge ich meine Beine, weiterzugehen. Ich stolpere einmal, finde mein Gleichgewicht wieder und stolpere erneut. Wenn ein Fae, der Kyol nicht treu ergeben ist, in diese Richtung sieht, dann wird er uns entdecken. Ein Bogenschütze könnte uns noch immer treffen. Ich *muss* weiterlaufen.

Das gelingt mir noch zehn, vielleicht fünfzehn Minuten lang, bis ich Arens Hand nehme und ihn dazu bringe, stehen zu bleiben. Nicht, weil ich glaube, dass wir in Sicherheit wären, sondern weil wir in Richtung Westen und tiefer in den Barren hineinlaufen. Das Adrenalin, das mich so weit hat rennen lassen, ist versiegt, und ich habe wieder einen klaren Kopf – zumindest klar genug, um zu wissen, dass wir nicht in diese Richtung laufen sollten.

»Wir müssen zum Tor in Belecha«, sagt Aren. »Rokan ist näher, aber der Hof wird damit rechnen, dass wir dorthin gehen.«

Belecha liegt am anderen Ende des Barren. Selbst wenn ich so weit laufen könnte, ohne mich auszuruhen, bräuchten wir wenigstens einen Tag, bis wir dort ankommen. So viel Zeit haben wir nicht.

»Radath schickt Truppen nach Lynn Valley«, sage ich.

Er sieht mich überrascht an. »Was? Wann?«

»Sie könnten schon dort sein. Lord Raen sagte, sie würden ›morgen bei Einbruch der Dunkelheit‹ angreifen, was somit heute wäre.« Ich werfe einen Blick auf die untergehende Sonne, auch wenn sie keinen Hinweis darauf gibt, wie spät es jetzt in Vancouver ist. »Vielleicht greifen sie in diesem Moment an.«

»Lord Raen?« Er runzelt die Stirn. »Kelias Vater?«

»Er hat mir dabei geholfen, Naito und Evan zu befreien.«

»Naito und ... Sie sind beide frei, sie leben?«

»Ja, ich denke schon.« Ich streiche mit der Hand über mein zerzaustes Haar. »Radath hat Kyol befohlen, sie zu exekutieren, doch das hat er nicht getan. Ich habe dir doch gesagt, dass er so etwas nie tun würde. Allerdings wollte er sie auch nicht gehen lassen. Ich wurde erwischt, als ich ihnen beim Ausbruch geholfen habe.«

Er starrt mich einige Sekunden lang an. »Lynn Valley. Bist du dir ganz sicher?«

Ich wünschte, es wäre anders. »Ja.«

»Okay.« Er sieht erst nach links, dann nach rechts, als würde er sich in dem nicht gerade dichten Wald nach einer Lösung für dieses Problem umsehen.

»Okay«, sagt er erneut und nimmt meine Hand. Wir gehen etwa ein Dutzend Schritte, als er die Finger anspannt und schneller geht. Nach einigen weiteren Schritten stößt er einen Fluch aus.

Er fängt an zu laufen, aber wir sind noch immer in Richtung Westen unterwegs. Er muss nach Osten, wenn er es noch rechtzeitig bis zum Rand des Barren schaffen will, um einen Riss zu öffnen und die Rebellen zu warnen. Es könnte jetzt schon zu spät sein.

Ich entziehe ihm meine Hand. »Geh. Ist schon in Ordnung.«

Er schüttelt den Kopf. »Ich kann dich nicht alleine lassen.«

»Du darfst sie nicht im Stich lassen.«

Seine Augen spiegeln seinen inneren Zwist wider, als er mich ansieht. »McKenzie ...«

»Wenn der Hof die Rebellen dort findet und sie angreift, dann könnten auch Menschen mit hineingezogen werden. Du musst gehen.«

Er sieht zu Boden. Dann schüttelt er den Kopf, holt einen kleinen Beutel aus der Tasche, den er an meinen Gürtel bindet, und löst einen Dolch von seinem Riemen. Er schiebt die Hände unter meinen Umhang und steckt mir die Scheide mit dem Dolch am Rücken in den Hosenbund.

Danach macht er einen halben Schritt nach hinten, lässt die Hände aber auf meiner Hüfte liegen. »Geh weiter nach Westen. Bis zum Morgen müsstest du eine Straße erreichen. Geh nach rechts und auf Belecha zu. Unterwegs gelangst du an eine Kreuzung. Ich werde morgen früh da sein und auf dich warten, aber falls ich nicht ...« Er holt tief Luft. »Falls ich nicht da sein sollte, musst du alleine weitergehen. Behalt die Kapuze auf, und versteck deine Chaosschimmer. Warte, bis es dunkel ist, bevor du die Stadt betrittst, und such dir dann eine Schenke, in der möglichst viel Betrieb ist. Erkundige dich, wo du *Saristi* finden kannst. Das ist ein Vogel aus den Adaris-Bergen. Jeder wird dir erzählen, dass es in Belecha keine gibt, aber es wird sich bis zu Sethans Anhängern herumsprechen, dass du nach dem Vogel gefragt hast. Sethan hat Anhänger in jeder Stadt. Warte, bis dich einer von ihnen findet. Sie werden dich in Sicherheit bringen.«

Ich nicke und versuche, ruhig und kompetent zu wirken, obwohl ich eigentlich todmüde bin und nicht will, dass er geht.

Er verzieht das Gesicht, und seine Hände drücken fester zu. »Du bist kreativ und wirst schon klarkommen.«

Doch ich mache mir größere Sorgen um Aren als um mich. Seine silbernen Augen nehmen jedes Detail meines Gesichts in sich auf. Das ist kein gutes Zeichen. Er tut fast so, als würden wir uns nie wiedersehen.

»*Sidhè*, ich will dich nicht verlassen.« Er legt mir eine Hand auf den Nacken und küsst mich leidenschaftlich.

Er schmeckt nach dem Reich, hell und exotisch. Süchtig machend. Meine *Edarratae* pulsieren im Rhythmus meines Herzschlags. Er ist warm und stark. Als er erschaudert, löst er in meinem Bauch eine kleine Explosion aus. Darin ist er gut, alle Gedanken aus meinem Kopf zu verbannen, bis es nur noch ihn gibt. Seine Zunge öffnet meine Lippen, tanzt um meine Zunge herum, und meine Welt dreht sich. Ich lasse es zu, bis Aren sich von mir löst und meine Arme festhält.

»McKenzie.« Er küsst mich erneut sanft auf die Lippen, dann noch einmal etwas länger. »Ich werde an der Kreuzung warten. Das verspreche ich.«

24

Am Morgen wartet er dort nicht auf mich. Ich bin die ganze Nacht gelaufen, da ich Angst hatte, nie wieder aufzustehen, wenn ich mich erst einmal hinlege, und ich erreiche die Straße nach Belecha, als sich der Himmel gerade rosa zu färben beginnt. Es dauert etwa eine halbe Stunde, bis ich die Kreuzung erreiche. Ich hatte vor, dort bis zum Nachmittag zu warten, aber ein Gewitter – etwas äußerst seltenes im Reich – zog auf. Außerdem hat mir Aren ja auch gesagt, ich soll nach Belecha gehen, wenn er nicht an der Kreuzung steht. Vielleicht kommt er ja überhaupt nicht her.

Bei dem Gedanken zieht sich mein Magen zusammen.

Ich wende mich nach Norden und sehe zu, wie der festgetretene Boden unter meinen Füßen dahingleitet. Ich bin nicht die Einzige, die auf dem Weg nach Belecha ist. Händler mit ihren von *Cirikith* gezogenen Karren bevölkern zunehmend die Straße. Aus diesem Grund ziehe ich meinen Umhang fest um mich und achte darauf, dass meine Hände und mein Gesicht nicht zu sehen sind. In Zeiten wie diesen, wenn ich in einer anderen Welt und umgeben von Magiern unterwegs bin, frage ich mich manchmal, ob ich nicht doch verrückt bin. Vielleicht ist mein Verstand in einer sehr detailreichen Halluzination gefangen, während mein Körper der Freiheit beraubt in einem Bett im Bedfont House liegt. Dorthin haben meine Eltern mich geschickt, als ich ständig in der Schule gefehlt habe, einfach ohne Erklärung verschwunden und mehr als einmal dabei erwischt worden bin, wie ich »Selbstgespräche führte« und »einen Anfall hatte«. Kyol hat einen Monat gebraucht, bis er mich dort gefunden hatte, und in diesem Monat hat man mir Medikamente aufgezwungen, und ich war von Menschen umgeben, die wirklich verrückt waren.

Ich ignoriere die alten Erinnerungen und laufe weiter. Eigentlich rechne ich nicht damit, Belecha zu erreichen, da ich davon ausgehe, dass mich Aren schon lange vorher findet, aber als die Sonne hinter den dicken Wolken untergeht, kommen langsam die ersten Gebäude der Stadt in Sicht. Der Stein würde vor dem grauen Himmel gar nicht auffallen, wenn an den Wänden nicht leuchtend grüne Reben wachsen würden. Als der Straßenbelag von festgetretener Erde zu Kopfsteinpflaster wird, bekommen die Wände eine bläuliche Färbung. Die Dunkelheit bricht herein, und Fae-Arbeiter schicken ihre Magie in die Straßenkugelleuchten.

Ich bin schon früher hier gewesen, sogar des Öfteren, aber Kyol hat mich immer direkt zum Tor gebracht. Selbst wenn ich jetzt jemanden bei mir hätte, der für mich einen Riss öffnen könnte, müssten wir bis zum Morgen warten. Die Stadttore werden bei Einbruch der Dunkelheit geschlossen, und nur die Fae des Hofs dürfen noch passieren, und der einzige Grund, aus dem sie das tun müssten, wäre, um einen Menschen zu begleiten.

Ich wickle den Umhang fester um mich und eile auf ein niedriges Gebäude mit geöffneter Tür zu, durch die Lärm auf die Straße dringt. Sobald ich im Inneren bin, sehe ich Fae mit dicken Humpen in den Händen, nehme den eindeutigen schalen Geruch in mir auf und weiß, dass ich eine Schenke gefunden habe. Eine zwielichtige, wie ich denke, da ich nicht die Einzige hier bin, die ihre Identität unter einer Kapuze verbirgt.

Ich würde mich am liebsten in eine Ecke setzen und mich ausruhen, aber ich zwinge mich, noch ein Stück weit zu gehen. Der Schenkwirt, ein hagerer Fae mit schwarzem Haar, das ihm bis über die Schultern fällt, fragt mich, was ich will.

Auch wenn ich gern etwas essen würde, frage ich: *»Ich suche nach Saristi.«*

Mein Akzent klingt fürchterlich. Er kneift die Augen zusammen. *»Du suchst was?«*

»Saristi«, wiederhole ich und hoffe, dass ich das Wort richtig betone.

»Da bist du in der falschen Provinz«, erwidert er. *»Was kann ich dir bringen?«*

Sein finsteres Gesicht sagt mir, dass ich nur bleiben darf, wenn ich auch etwas bestelle. Über dem Tresen hängt eine Speisekarte. Da ich sie nicht lesen kann, deute ich einfach auf eine Zeile aus Symbolen in der Mitte.

Und ziehe meine Hand sofort zurück. Ich habe Glück. Kein *Edarratae* zuckt über meine Haut, aber verdammt noch mal, so sorglos darf ich nie wieder sein.

»Fünfzehn Tinril«, sagt der Schenkwirt.

Ich habe keine Ahnung, wie viel das ist, daher greife ich in den Beutel, den mir Aren gegeben hat, und nehme einige Münzen heraus. Während ich darauf achte, dass meine Hand verhüllt bleibt, lege ich das Geld auf den Tresen.

Er zieht eine Augenbraue hoch und schiebt die Münzen mit der Hand in seine Tasche. Ich beiße die Zähne zusammen. Es ist unwahrscheinlich, dass ich ihm genau die richtige Summe gegeben habe, aber ich werde ihn nicht um das Wechselgeld bitten. Er soll nicht herausfinden, wie fremdartig mein Akzent wirklich ist.

Eigentlich hätte ich mich gern in einer Ecke oder zumindest in der Nähe einer Wand hingesetzt, aber der einzige freie Tisch befindet sich direkt in der Mitte der Schenke. Doch das ist immer noch besser, als zu stehen, also ziehe ich mir einen Stuhl heran und setze mich. Mir ist es egal, dass der Stuhl quietscht und wackelt, als würde er gleich auseinanderbrechen, da ich wenigstens sitzen kann. Ein Bett wäre mir allerdings noch lieber. So kaputt, wie ich gerade bin, würden mich vermutlich nicht mal meine Albträume aus dem Schlaf schrecken lassen.

Einige Minuten später stellt eine Fae eine Schüssel vor mich hin. Ich habe keine Ahnung, was darin ist. Irgendein Mischmasch, auf dem etwas Gelbes liegt. Ich fange mit dem Fladenbrot an, da mich das wohl kaum umbringen wird, und esse die Hälfte, bevor ich so mutig bin, ein winziges Stück in die Soße einzutauchen und zu kosten.

Ich muss mich sehr zusammenreißen, um es nicht wieder auszuspucken. Bitterborke. Die machen sogar Essen aus dem Zeug?

Da mein Magen knurrt, schiebe ich die Soße zur Seite und probiere den Brei, der noch in der Schüssel ist. Er schmeckt wie Eier mit Orangengeschmack. Verwirrend, aber essbar.

Die Fae in der Schenke werden immer lauter, aber ich blende sie aus. Das fällt mir leicht, da ich sowieso nicht mehr genug Energie habe, um ihre Worte zu übersetzen. Ich esse den restlichen Brei, der mit jedem Bissen scheußlicher schmeckt, und überlege, ob ich mir etwas zu trinken bestellen soll.

Bevor ich eine Entscheidung getroffen habe, reißt mir jemand die Kapuze vom Kopf. Ich versuche, sie wieder aufzusetzen, damit niemand meine Chaosschimmer bemerkt, aber es ist zu spät. Alle starren mich an, manche sogar mit offenem Mund, mit Ausnahme des Fae, der mir die Kapuze heruntergezogen hat. Er hat ein breites Kreuz und ist bestimmt dreißig Zentimeter größer als ich.

»Bist du die, die die Soldaten suchen?«, will er von mir wissen.

Mit hämmerndem Herzen stehe auf, mache einen Schritt in Richtung Tür und antworte: *»Nein.«*

Er runzelt die Stirn. Na ja, er hat gefragt. Hat er wirklich damit gerechnet, dass ich »Ja« sage?

Eine Fae aus der Menge sagt etwas, was ich nicht verstehe, aber mein Angreifer wischt sich die Hände an seiner schlammverdreckten Hose ab und erwidert: *»Ich habe sie gefunden. Ich kriege die Tinril.«*

Auf mich ist schon eine Belohnung ausgesetzt? Na, super. Ich mache noch einen Schritt auf den Ausgang zu.

»Arbeitest du für die Rebellen?«, will eine Frau wissen. Sie trägt eine enge Hose in der Farbe der roten Erde und ein weißes Oberteil, das auf der linken Seite lang herunterhängt, rechts aber nur

bis zur Hüfte reicht, sodass sie leicht an den Dolch gelangen kann, der dort steckt.

»Ich arbeite für niemanden«, sage ich. Im Grunde genommen stimmt das auch. Ich habe den Rebellen noch nicht geholfen. Nun ja, wenn man die Warnung wegen Lynn Valley mal nicht dazuzählt.

Der Schenkwirt, dem meine Antwort offenbar nicht gefällt, betritt den Kreis, der sich langsam um mich herum bildet. *»Wenn du nicht für den König arbeitest, dann arbeitest du für die Rebellen. Spuck's schon aus.«*

»Wir sollten sie den Rebellen übergeben«, ruft einer aus dem Hintergrund. Einige andere stimmen ihm zu, doch der Großteil scheint eher an der Belohnung interessiert zu sein. Arens Dolch steckt noch immer verborgen unter meinem Umhang. Gegen die etwa dreißig Fae hier habe ich keine Chance, aber wenn ein Einzelner versuchen sollte, mich auszuliefern, wird er schon sehen, was er davon hat.

»Ich will nicht, dass die Soldaten des Königs meine Schenke betreten.« Der Schenkwirt beäugt den Fae, der mir die Kapuze vom Kopf gerissen hat. *»Schaff sie hier raus.«*

Es wäre mir sehr viel lieber, wenn mich irgendeiner der anderen nach draußen bringen würde. Dieser Kerl ist fast doppelt so breit wie sie alle. Und er stinkt. Nach Alkohol und *Cirikith*-Scheiße, wie ich finde.

»Du kannst doppelt so viel Tinril verdienen, wenn du sie verkaufst«, meint ein Fae, der zwischen mir und dem Ausgang steht.

»Verkaufen?«, fragt der Riese nach.

Der Fae nickt. *»Ich weiß auch, wo.«*

Mir läuft es eiskalt den Rücken herunter. Ich sehe mich in der Schenke um und versuche, einen Ausweg aus diesem Dilemma zu finden. Aber hier halten sich keine Fae auf, die bereit sind, jemandem zu helfen, ohne eine Gegenleistung dafür zu erhalten, und ich habe keine Ahnung, wie viele *Tinril* sich noch in dem kleinen

Beutel, den mir Aren gegeben hat, befinden. Außerdem könnte sich ihn jeder auch einfach so nehmen, daher sollte ich ihn lieber gar nicht erwähnen.

Ich sehe den Schenkwirt an. Er macht noch immer ein finsteres Gesicht, aber mir wird klar, dass seine Falten tiefer zu sein scheinen als noch vor einem Moment. Wirkt er nicht eher angeekelt als wütend? Zumindest scheint einer hier ein Problem damit zu haben, mich zu verkaufen.

»Du wirst sie dem Hof übergeben, Delan«, sagt er.

»Du hast eben selbst gesagt, ich soll sie hier rausschaffen.« Delan nuschelt so stark, dass ich ihn kaum verstehen kann. *»Und das werde ich auch tun. Was ich danach mit ihr mache ist …«* Ich weiß beim besten Willen nicht, was er gesagt hat.

»Ich hätte da einen anderen Vorschlag«, sagt eine vertraute Stimme.

Die Gruppe von Fae, die den Eingang der Schenke blockiert, geht zur Seite, und ich sehe den Neuankömmling, Lorn, im Türrahmen stehen. Er sieht mich nicht an, sondern rückt seine Manschetten gerade, als würde ihn diese ganze Szene jetzt schon langweilen. Mir ist nicht klar, ob ich erleichtert sein soll, ihn zu sehen, oder nicht.

»Ich nehme sie«, sagt er, als er offenbar zufrieden mit seinem Aussehen ist.

»Für wie viel?«, will Delan wissen.

Lorn lacht nur und wiederholt: *»Ich nehme sie.«*

»Nicht, ohne zu bezahlen.« Delan versucht, meinen Arm zu packen.

Ich springe zurück und zucke zusammen, als sich ein Dolch in Delans Brust bohrt. Delan sieht mich wütend an, als ob ich es gewesen wäre, die ihn geworfen hat. Doch ich war das nicht. Ich habe keine Ahnung, woher der Dolch kam. Lorn war es auch nicht. Er steht noch immer in der Tür und sieht so unbeteiligt aus wie vorher.

Delan sieht den Griff an, legt seine Hand darum und zieht den Dolch heraus.

Das war ein Fehler. Er reißt die Augen auf, als das Blut aus der Wunde quillt. Dann drückt er seine Hand darauf, um die Blutung zu stoppen, und sieht sich in der Schenke um, aber es bietet ihm niemand seine Hilfe an.

Seine Knie geben nach. Er landet auf allen vieren, versucht noch, sich aufzurappeln, und geht in den Äther. Die anderen Fae sehen sich an und versuchen offenbar herauszufinden, wer von ihnen den Dolch geworfen hat.

»Dann wäre das ja geregelt.« Lorns Stimme bricht das Schweigen. »McKenzie.«

Ich wende den Blick von der Blutlache auf dem Boden ab, beiße die Zähne zusammen und gehe daran vorbei. Lorn zieht meine Kapuze wieder hoch, als ich vor ihm stehe, dann gehen wir beide nach draußen. Dort wartet eine verhüllte Gestalt auf uns. Ich atme erleichtert aus, als ich kurz Kelias Gesicht sehe, nicht nur, weil sie am Leben ist, sondern auch, weil ich mich freue, sie hier zu sehen. Ich vertraue ihr deutlich mehr als Lorn.

»Geht es Aren gut?«, frage ich.

Sie nickt. »Naito?«

Er ist noch immer nicht aufgetaucht. Das kann nichts Gutes bedeuten, aber ich versichere ihr: »Vor einem Tag ging es ihm noch gut. Er hat den Palast verlassen. Ein Schattenleser namens Evan war bei ihm.«

Lorn geht an uns vorbei. »Keine Zeit zum Plaudern, meine Damen. Das Tor ist noch ein Stück weit entfernt.«

»Niemand darf das Tor nach Einbruch der Dunkelheit benutzen.« Das ist seine Welt, er sollte das wissen.

»Das stimmt«, erwidert er, ohne langsamer zu gehen. »Aber die Wachen gehören mir.«

Ich muss entweder joggen oder rennen, um mit ihnen Schritt zu halten. Wer ist er? Der Pate des Reiches?

Kelia läuft gemütlich neben mir her. »Wenn sie Corrist verlassen konnten, dann ist alles gut.« Sie klingt sehr zuversichtlich. »Naito weiß, wo er Hilfe finden kann.«

Lorn sieht über seine Schulter und stöhnt, als er sieht, wie weit wir hinter ihm zurückbleiben. »Es ist schlimm genug, dass wir zu einem Tor müssen, um einen Riss zu öffnen, aber musst du so langsam gehen? Ich weiß wirklich nicht, wie du Naito ertragen kannst, Kelia.«

Kelia verdreht die Augen.

Wir schweigen den restlichen Weg bis zum Tor. Zum Glück sind uns unterwegs keine Königstreuen begegnet, auch wenn das fast unausweichlich erschien. Die ganze Garnison in Belecha scheint auf der Suche nach mir zu sein, und dieses Gefühl, gejagt zu werden, gefällt mir gar nicht. Ich sehe ständig über meine Schulter, während uns Lorn durch die Stadt führt. Ich will bloß dieses verdammte Tor erreichen und wieder nach Hause. Auf der Erde komme ich alleine klar, da weiß ich, wie die Dinge laufen. Hier im Reich bin ich praktisch hilflos, und ich bin es leid, mich ständig auf andere verlassen zu müssen.

Nur der Gedanke, nach Hause zu kommen, treibt mich weiter, und als wir am Ufer des Sees ankommen und nicht weniger als ein Dutzend Schwertkämpfer das Tor bewachen, sehe ich Lorn fragend an und hoffe, dass er sie alle gekauft hat.

Er seufzt dramatisch. »Vorhin waren nur zwei hier. Wenn wir dich früher gefunden hätten … Kelia, hol Aren. Wenn er seine Schattenhexe lebendig wiederhaben will, dann muss er die *Tor'um* verlassen.«

Sie verschwindet durch einen Riss. Ich beobachte, wie die Schatten zucken und sich zu einer Topografie verdichten, die vermutlich Lynn Valley darstellt.

»Aren ist noch dort?«, frage ich Lorn und ziehe meinen Umhang fester um mich, als der heftige kalte Wind durch die enge Gasse weht, in der wir uns verstecken.

Er lehnt sich gegen eine Steinmauer. »Er heilt die *Tor'um*, denen die Flucht in die Wälder gelungen ist. Es waren nicht viele, aber sie sind schwer verletzt. Wenn du Glück hast, ist Aren noch nicht ausgebrannt.«

»Warst du da? Ich meine während des Angriffs.«

»Ja, ich habe mich um Kelia gekümmert. Ihre Depression ist … Nun ja, sie macht selbst mir zu schaffen.«

Und das will vermutlich etwas heißen. Ich lehne mich ihm gegenüber an die Wand. »Du hast einen Lebensbund mit ihr geschlossen.«

»Ja«, murmelt er und fingert an seinem Schwertgriff herum, während er die Straße im Auge behält.

Als er nicht weiter darauf eingeht, frage ich: »Warum Kelia?«

»Ich musste den Lebensbund mit jemand schließen.«

»Traf sie sich da noch nicht mit Naito?«

Lorn kichert. »Oh doch, sie trafen sich … Nachts, würde ich vermuten.« Er sieht mich an und grinst. »Die Söhne und Töchter von Cyeneanen haben … Wie sagt man? Reserven? Magische Reserven? Der Bund erlaubt es mir, darauf zuzugreifen. Ich brauche für meine Magie viel Energie, insbesondere, wenn Fae sich meinen kleinen mentalen Übergriffen widersetzen.«

»Sie hat zugestimmt …«

Ich drücke mich platt mit dem Rücken an die Wand, als zwei Risse sich in der Dunkelheit öffnen. Kelia und Aren treten aus dem Licht. Himmel, Aren sieht erschöpft aus. Er ist dreck- und blutbeschmiert. Ich sehe keine schweren Verletzungen, aber er wirkt, als ob es ihm ebenso schwerfällt wie mir, aufrecht stehen zu bleiben.

Er begrüßt mich mit einem Lächeln, das nicht bis zu den Augen reicht. »Geht es dir gut?«

»Mir geht's gut«, lüge ich. Es wird mir gut gehen, wenn ich das Reich endlich verlassen habe. »Das Tor wird bewacht. Da stehen etwa ein Dutzend königliche Schwertkämpfer.«

Er nickt, geht ans Ende der schmalen Gasse und sieht hinaus.

»Es sind zu viele«, sagt er, als würde er mit sich selbst reden. »Ich brauche Hilfe, aber wir haben uns aufgeteilt. Zu viele sind verletzt.« Er fährt sich mit der Hand durchs Haar.

So habe ich ihn noch nie zuvor gesehen. Er wirkt … desorientiert. Als würde er neben sich stehen. Als hätte er keine Ahnung, was er jetzt machen soll. Während ich noch herauszufinden versuche, was mit ihm los ist, flüstert Kelia Lorn zu: »Sethan ist in den Äther gegangen.«

Mein Innerstes gefriert zu Eis. Besiegt, genau so sieht Aren aus. Aren mochte derjenige sein, der sich um die Kriegsführung gekümmert hat, bestimmt hat, wann, wo und wie der Hof angegriffen wird, aber er ist kein Nachfahre. Er kann Atroth nicht ersetzen, das konnte nur Sethan.

Verdammt. Hat die Rebellion den Krieg verloren?

»Die Polizei von Vancouver ist da«, berichtet sie weiter. »Es sind Feuer ausgebrochen. Pfeile umhergeflogen. Es gab menschliche Verluste. Wir wissen noch nicht, wie sie die ganze Sache einstufen.«

Ich habe das Gefühl, als würde jemand mit einem Eispickel auf meine Augen einhacken. Ich drücke mir den Handballen gegen die Stirn und versuche, den Druck ein wenig abzubauen. So ganz kann ich nicht glauben, dass Atroth so einen Angriff befohlen hat. Seine Fae haben sich bisher immer sehr bemüht, normalen Menschen *nicht* zu schaden.

»Es tut mir leid«, sage ich, als Aren zurück in den Schatten kommt.

Er lächelt mir erneut gezwungen zu. »Wir werden dich hier rausbringen.«

»Das habe ich nicht …«

»Unter diesen Bedingungen?« Lorn schüttelt den Kopf. »Ich denke, ich werde mit Kelia verschwinden. Ich habe bereits mehr als genug Zeit und Energie in deine zerfallende Rebellion gesteckt, Aren.«

Seine zerfallende Rebellion. Ein Muskel in Arens Wange zuckt. Es muss wehtun, mit anzusehen, wie alles, wofür er gekämpft hat, nach dem Tod eines einzigen Fae auseinanderfällt.

»Ich bleibe hier und helfe ihnen«, sagt Kelia. Lorn verdreht die Augen, sieht aber nicht überrascht aus.

Jetzt muss er ebenfalls bleiben, wenn er ihre Sicherheit garantieren will.

»Hast du keine Leute, die du herholen kannst?«, frage ich und erinnere mich an den Dolch, der Delan getötet hat. Irgendjemand in der Schenke hat ihn geworfen.

»Lorn ist zu besorgt um seine Neutralität, um seine Leute da mit reinzuziehen.« Aren schleicht wieder zur Ecke des Gebäudes.

Lorn zuckt mit den Achseln. »Unter Atroths Herrschaft geht es mir gut. Meine Partner haben keinen Grund, einen neuen König im Silberpalast sehen zu wollen.«

Aus *diesem* Grund traue ich Lorn nicht – er hilft einem nur, wenn er profitieren kann. Oder Kelia zuliebe.

Aren huscht wieder in die Dunkelheit. »Noch mehr Fae. Und sie sind in Bewegung.«

»Organisierte Patrouillen am Seeufer?«, fragt Lorn. Als Aren nickt, fügt er mit einem theatralischen Seufzer hinzu: »Das war nur eine Frage der Zeit.«

»Wir müssen hier weg«, erkennt Aren. »Ich werde euch so viele Königstreue vom Leib halten, wie ich nur kann, aber du musst dich um die kümmern, die mir entwischen. Bleib bei McKenzie und Kelia, bis sie durch das Tor gegangen sind.«

Er sieht mir in die Augen und versucht, zuversichtlich zu erscheinen. »Hast du den Dolch noch, den ich dir gegeben habe?«

Ich ziehe ihn aus meinem Hosenbund.

»Gut. Ich hoffe, du wirst ihn nicht brauchen.«

Lorn schnaubt und richtet seinen Schwertriemen. Irgendwie bezweifle ich, dass seine Klinge in den letzten Jahrzehnten Blut gesehen hat.

Ich zittere, als wir bei dem Gebäude ankommen. Aren ist erschöpft. Selbst wenn er ausgeruht wäre, hätte er Probleme, mit einem Dutzend Fae auf einmal fertig zu werden. Mir ist nicht klar, wie er das schaffen will, es sei denn, die Zahl unserer Gegner halbiert sich auf wundersame Weise.

»Bereit?«, will er wissen.

Nein, ich bin nicht bereit. Das kann doch gar nicht gut enden.

Er drückt mir einen Ankerstein in die Hand.

»Warte«, meint Kelia.

Lorn wirft ihr einen Seitenblick zu. »Hast du es dir noch einmal überlegt, meine Liebe?«

Ohne ihn anzusehen, sagt sie: »Ich kann kleine Illusionen erschaffen.« Sie streckt die Hand aus. Ich starre bestimmt fünf Sekunden lang darauf und frage mich, was sie tut, als Aren zu grinsen beginnt. Er nimmt sie in den Arm.

»Das ist eine große Hilfe.« Er macht einen Schritt nach hinten und sieht mich an. »Sie imitiert deine *Edarratae*. Es ist nicht perfekt, sollte aber ausreichen, um die Königstreuen zu täuschen.«

Ein Köder. Das ist eine gute Idee.

»Sie verschwindet durch einen Riss, wenn die Fae näher kommen«, erklärt Aren. »Ich werde versuchen, die Angriffe der anderen auf mich zu ziehen, dann kann dich Lorn durch das Tor bringen.«

Lorn stößt einen schweren Seufzer aus.

Die Knoten in meinem Bauch lösen sich ein wenig. Das könnte funktionieren. Ich nicke, um ihnen zu signalisieren, dass ich bereit bin, und dann setzen Kelia und ich die Kapuzen auf.

Wir gehen langsam los, wie vier Unbeteiligte, die einen Abendspaziergang machen. Die Wachen entdecken uns sofort. Wir gehen auf die Gruppe am Tor zu. Inzwischen stehen dort *mehr* als ein Dutzend königstreue Fae. Wenn nicht wenigstens die Hälfte Kelia verfolgt, sind wir geliefert.

Aren wartet, bis wir schon fast auf dem Silber stehen, bevor er befiehlt: »Los!«

Kelia fliegt die Kapuze vom Kopf, als sie losrennt. Eine Sekunde lang herrscht betretenes Schweigen, dann laufen ihr fünf Königstreue hinterher. Aren und Lorn ziehen die Schwerter, und ich hole meinen Dolch aus der Scheide.

Die Wachen öffnen Risse und verfolgen Kelia, sobald sie das Silber verlassen haben. Wir laufen darauf zu. Aren vorneweg. Er schaltet einen Fae aus, bevor der überhaupt sein Schwert ziehen kann, und blockt die Angriffe eines zweiten und dritten, während Lorn und ich auf das Tor zurennen.

Zwei Königstreue versperren uns den Weg. Lorn murmelt etwas, pariert aber ihre Angriffe.

Ich ziehe die Kapuze nach hinten, da sie inzwischen bestimmt herausgefunden haben, dass ich ein Mensch bin, und sehe aus den Augenwinkeln etwas auf mich zustürmen.

Sofort schwinge ich den Dolch. Das Schwert des königstreuen Fae knallt dagegen, schlägt mir die Klinge aus der Hand, und ich spüre einen stechenden Schmerz im Handgelenk. Der Fae hat genug Zeit, um mich auszuschalten. Aber er tut es nicht.

Er greift nach meinem Arm. Ich schlage ihm mit dem Handballen gegen die Nase. Als er mich an sich heranzieht, schlage ich doppelt so fest zu. Er greift sich an seine blutende Nase, stürzt mir aber hinterher, sobald ich loslaufe.

Aren stellt sich ihm in den Weg. Erledigt ihn rasch.

Ich fliehe zu Lorn in Richtung des Tors und hebe auf dem Weg meinen Dolch vom Boden auf. Die Seelenschatten, die sich in die Luft erheben, beweisen, dass Lorn ein weitaus besserer Kämpfer ist, als ich vermutet hatte. Er schaltet noch einen Fae aus und taucht dann seine Hand in den Fluss.

Ich verliere Lorn aus den Augen, als mir ein Schwertkämpfer den Weg versperrt. Aren ist an meiner Seite. Er schiebt mich nach rechts und stürzt sich auf den Fae.

Es sind zu viele. Zwei weitere nähern sich mit gezückten Schwertern, aber sie rücken vorsichtiger näher als der, dessen Nase ich gebrochen habe. Mein kleiner Dolch bringt mir gegen sie nicht viel, und … Scheiße. Sie bekommen Verstärkung.

Ein Dutzend Risse gehen am Rand des Silberstreifens auf. Fae treten aus dem Licht. Inmitten ihrer zuckenden Schatten eine Armbrust.

»Aren!«

Der Fae feuert.

Aren kann sich nicht durch einen Riss in Sicherheit bringen, aber der Pfeil trifft nicht seine Brust. Er dringt in den Rücken des königstreuen Fae ein, den er wie einen Schild vor seine Brust hält. Der Fae geht nicht in den Äther. Seine *Jaedrik*-Rüstung verhindert, dass das Geschoss den Panzer durchschlägt. Er ist am Leben, und als der Schütze ein zweites Mal feuert, nutzt Aren den Körper des Fae, um auch diesen Schuss zu blocken.

Ich wende meine Aufmerksamkeit wieder den beiden Schwertkämpfern vor mir zu. Einer von ihnen hat eine tiefe, hässliche Narbe von der Schläfe bis zum Kinn. Ich schlage in die Luft, als er einen Ausfall macht. Sie wollen mich lebendig, und das ist mein einziger Vorteil.

Der narbige Fae bewegt sich nach rechts, beginnt, mich zu umkreisen. Der andere schwingt sein Schwert. Er spielt mit mir, der Dreckskerl.

Ich mache einen Schritt nach hinten, damit mir keiner von ihnen in den Rücken fallen kann. Aber das ist gar nicht nötig, da Lorn schon zur Stelle ist. Er fängt den vernarbten Fae ab und kann ihm rechtzeitig das Schwert aus der Hand schlagen, um den Angriff des zweiten Wachmanns zu parieren.

»Zum Tor, bitte, McKenzie«, sagt Lorn und attackiert seinen Gegner zweimal hoch, bevor er einen tiefen Treffer landet.

Die kalte Nachtluft brennt in meinen Lungen, als ich den Kämpfern ausweiche. Lorns Riss am Tor ist noch offen, aber ohne einen Fae kann ich nicht hindurchgehen.

Oh, Scheiße. Da sind noch jede Menge anderer Fae. Der

Wachmann, den Lorn entwaffnet hat, sieht zwischen mir und dem Tor hin und her. Ich kann ihm schon beinahe ansehen, was er vorhat.

Er greift mich an.

Ich schlage zu. Ich erwarte nicht, etwas anderes als Luft zu treffen, aber er ist schneller als ein Mensch und erreicht mich zu früh. Meine Klinge dringt in seinen Bauch ein, bleibt in irgendetwas in seinem Körper stecken und zerschlitzt ihn dann.

Ich hebe eine Hand, damit er nicht gegen mich donnert. Meine Handfläche drückt sich gegen heißes Blut und … oh Gott, ich glaube, es sind seine Innereien … bevor er zusammenbricht.

Ich starre ihn noch immer an, als mich Lorn packt. Ich starre noch, als Lorn mich zum Tor zieht. Ich kann nicht wegsehen, als Lorn seine Hand in den Fluss taucht und einen torgebundenen Riss öffnet. Der Schwertkämpfer geht in dem Moment in den Äther, in dem wir das Zwischenreich betreten.

25

Ich übergebe mich in die Toilette und umklammere das Porzellan. Ich weiß nicht, ob ich die Augen offen lassen oder schließen soll. Wenn ich sie aufmache, sehe ich das hellrote Blut, das meine Hände auf dem weißen Sitz verschmiert haben. Schließe ich sie, sehe ich das blasse, schmerzverzerrte Gesicht des Fae, den ich getötet habe.

Des Fae, den ich getötet habe.

Wieder zieht sich mein Magen zusammen. Ich habe bereits das karge Mahl aus der Schenke wieder ausgekotzt. Heftige Krämpfe befallen meinen Körper, ich zittere ohne Unterlass. Ich habe schon früher Fae sterben sehen, aber ich habe nie zuvor gespürt, wie eine Klinge in Fleisch eindringt, nie meine Hand gegen Gedärme gedrückt. Ich war nie direkt für einen Tod verantwortlich.

Ich sollte wegen Mordes angeklagt werden. Gut, es war Selbstverteidigung, aber dennoch würde mich ein Richter zu … zu *irgendwas* verurteilen.

»Ist sie verletzt?«, erkundigt sich Aren hinter mir.

»Es geht ihr gut«, erklärt Lorn, der neben der Tür steht. »Ihr ist nur ein wenig übel. Es ist ihr gelungen, einen der Wächter zu töten.«

Aren legt seine Hand auf meine Schulter und dreht mich um. »McKenzie?«

Mir wird schwummrig. Ich kann wieder sehen. Mich erinnern. Mein Magen brennt, und ich wünsche mir nichts mehr, als ins Zwischenreich zurückzukehren, wo es zu hell ist, um etwas zu sehen, und zu kalt zum Denken.

»Ich bin ziemlich beeindruckt«, erklärt Lorn gerade. »Ich wusste nicht, dass Menschenfrauen töten können.«

»Halt den Mund, Lorn.« Aren nimmt mein Kinn in die Hand. »Sieh mich an, McKenzie. Sieh mich an.«

Ich zwinge mich, in seine silbernen Augen zu blicken. Dabei versuche ich, die roten Flecken auf seinem Kinn zu ignorieren und die Tatsache, dass die Hände, die mich berühren, weitaus mehr Fae getötet haben als meine.

»McKenzie?« Aren streicht mir das Haar aus dem Gesicht.

Ich weine nicht. Warum weine ich nicht? Ich habe eben einen Mann *getötet*.

»Es ist okay, McKenzie.«

Es ist nicht okay. »Wo sind wir?«

Aren kneift die Augen zusammen. »Wir sind in Colorado. In Naitos Zuhause.«

»Ist er hier?«, erkundige ich mich und schaffe es, ohne Arens Hilfe aufzustehen.

»Wir haben ihn noch nicht gefunden.«

Ich ertrage es nicht, wie er mich ansieht, als wäre ich zerbrechlich und würde kurz davorstehen, ganz zusammenzubrechen, also nicke ich nur und gehe aus dem Badezimmer.

Er folgt mir ins Wohnzimmer. Die Rebellen haben es sich gemütlich gemacht, zumindest die wenigen, die hier sind. Lena sitzt auf einer kamelhaarfarbenen Couch zwischen Trev und einem anderen Fae, von dem ich glaube, dass er Nalst heißt. Drei andere Fae sitzen rechts von ihnen auf Stühlen, die sie vom Esstisch geholt haben. Sie wirken alle, als würden sie hier nicht hergehören, und das liegt nicht nur an den Chaosschimmern, die über ihre Haut zucken. Sie sind zu ausgezehrt und zu schmutzig, um in ein solches Haus zu gehören. Es ist nicht so riesig wie Shanes Villa, aber es ist ebenso geschmackvoll. Entweder hat Naito ein Talent dafür, Vorhänge und ausgefallene Möbel zu kaufen, oder er hat einen Innenarchitekten angeheuert.

In der Küche klappern Flaschen. Da das Haus offen gestaltet ist, kann ich hineinsehen. Küche und Wohnzimmer sind nur durch eine Theke aus Granit voneinander getrennt. Kelia steht auf der anderen Seite und sieht in den offenen Kühlschrank. Ich schätze, dass er das einzige elektrische Gerät ist, das in diesem Haus funktioniert. Die Lampen sind alle ausgeschaltet, und im Wohnzimmer steht kein Fernseher. Ich kann auch nirgendwo ein Telefon oder andere Geräte entdecken.

»Du solltest was essen«, sagt Aren.

»Ich denke, etwas zu trinken wäre jetzt besser für sie.« Lorn geht an uns vorbei und bleibt an der Stelle stehen, wo der dunkelbraune Teppich auf die Küchenfliesen trifft.

»Kelia, meine Liebe. Könntest du bitte von der Kältemaschine weggehen?«

»Das ist ein Kühlschrank.« Sie streckt eine Hand aus, ohne sich umzudrehen und Lorn anzusehen. »Meine *Edarratae* reagieren kaum darauf.«

»Aber sie *reagieren* darauf«, entgegnet er. »Manchmal glaube ich wirklich, du schädigst deine Magie nur, um mich zu ärgern.«

»Hier.« Sie reicht ihm eine Flasche Weißwein und sieht dann Aren an. »Es ist nichts zu essen da. Wir müssen wohl was besorgen.«

»Ich gehe einkaufen«, schlage ich vor. Zu schnell. Aren sieht mich an, wie er mich nicht mehr angesehen hat, seit ich den letzten Fluchtversuch geplant habe. Er denkt, ich will weglaufen. Doch das will ich gar nicht. Zumindest bezweifle ich das, aber ich brauche Zeit zum Nachdenken. Ich wäre gern mal allein.

»Möchtest du nicht lieber erst duschen?«, erkundigt er sich.

Ich sehe an mir herunter. Himmel noch eins. So kann ich kaum vor die Tür gehen. Meine Kleidung ist voller Blut, da würde man mich doch sofort verhaften.

Man *sollte* mich auch verhaften …

Nein. Ich werde jetzt nicht darüber nachdenken.

»Ja«, erwidere ich. »Ich gehe duschen.«

Kelia stellt einige Weingläser auf die Küchentheke. »Ich habe

Kleidung zum Wechseln in Naitos Kleiderschrank. Dann muss jemand anders einkaufen gehen.«

»Kelia«, sagt Lorn warnend.

Sie wirft ihm einen finsteren Blick zu, öffnet einen Riss …

»Kelia!«

… und verschwindet.

»Nom Sidhe«, flucht Lorn. »Sie hätte wenigstens …« Er hält inne. Aus den Augenwinkeln sehe ich, wie er sich zu mir umdreht. »Du. Schattenhexe. Lies ihre Spur.«

Ich starre sie bereits an. Die tanzenden Schatten könnten genauso gut magnetisch sein, da ich den Blick nicht abwenden kann. Sie ist im Reich. Im Norden. In Corrist, würde ich vermuten, weil sie nach Naito sucht.

Lorn drückt mir eine aufgeschlagene Zeitschrift in die linke und einen Stift in die rechte Hand. Ich zeichne die verschlungenen Linien auf, die ich vor mir sehe, und blättere um, als ich näher an das südliche Viertel der Stadt heranzoome, um die Schatten zu skizzieren und ihre Position, so gut ich kann, zu bestimmen.

»Corrist«, sage ich, damit die Magie funktioniert.

Lorn sieht mir über die Schulter. Ich habe die Karte über die grafische Darstellung eines Atomkerns gezeichnet. Hoffentlich werden die Linien nicht von zu viel Text verfälscht.

»Danke.« Einen Augenblick später hat Lorn ebenfalls einen Riss geöffnet. Ich konzentriere mich auf das Magazin in meiner Hand, um Lorns Schatten auszublenden. Es ist das *Popular Science*. Zwischen den Schlagzeilen ist das Foto einer Leiche zu sehen. Sie sieht zwischen meinen blutbefleckten Fingern hervor.

Meine Hände zucken. Ich werfe die Zeitschrift auf die Theke, balle die Fäuste und laufe in Naitos Schlafzimmer, um mir saubere Kleidung zu holen.

Nach dem Duschen trödele ich eine Weile im Bad herum. Meine Haut ist sauber, mein Gewissen jedoch nicht. Es kommt mir eher so vor, als wären die Schuldgefühle noch schlimmer geworden. Als die warme, feuchte Luft schwer wird und mich bedrückt, stehe ich auf und öffne die Tür einen Spaltbreit. Ich will eigentlich nicht rausgehen, aber dann stehe ich doch am Ende des Flurs. Das Wohnzimmer ist voller Fae. Aren unterhält sich mit einem schwarzhaarigen Mann, der gerade den Kopf schüttelt. Er trägt eine schwarze Hose und eine reich bestickte Jacke und muss ein Edelmann sein. Außerdem ist er in Begleitung mehrerer Wachen – insgesamt vier –, die alle bewaffnet und bereit sind, ihren Arbeitgeber zu verteidigen.

Mein Blick wandert zur Tür. Kyol hat mir schon vor Jahren gesagt, dass das nicht mein Krieg ist. Ich hätte auf ihn hören sollen, aber jetzt kann ich es immer noch tun. Ich kann all das zurücklassen und ein normales, menschliches Leben führen, ein Leben, bei dem ich nicht in die Lage komme, vielleicht jemanden töten zu müssen, um selber zu überleben.

Ich schließe die Augen und hole tief Luft. Nein. Der Rückzug ist jetzt keine Option mehr. Vielleicht waren die Königstreuen die Guten, als ich das Reich zum ersten Mal betreten habe, aber nun sind sie es nicht mehr. Ich muss all das wiedergutmachen, was ich die letzten Jahre angerichtet habe.

Als ich gerade weitergehen will, um mich im Wohnzimmer unter die Fae zu mischen, sehe ich auf einmal Zwillingsblitze vor den Fenstern, die sich nach hinten öffnen. Schatten zucken durch den Garten hinter dem Haus. Naito und Evan entfernen sich von ihnen, zusammen mit zwei Fae, die ich noch nie zuvor gesehen habe. Evan taumelt.

»Aren!«, schreie ich.

Er zieht sein Schwert.

»Naito und Evan«, füge ich hinzu und deute auf die Hintertür, als die beiden auch schon taumelnd ins Haus kommen.

»Er ist verletzt«, sagt Naito überflüssigerweise, da ein Pfeil aus Evans Brust ragt.

Aren lässt sein Schwert fallen und hilft Evan auf einen Stuhl. Unter seinem Bart ist er kalkweiß, und seine Lippen sind trocken und aufgerissen.

Lena springt von der Couch auf. »Halt ihn fest«, sagt sie. »Ich heile ihn.«

Aren hält Evans eine Schulter fest, Naito die andere. Dann legt Lena die Hand um den Schaft des Pfeils und zieht.

Mir dreht sich der Magen um, aber ich kann den Blick nicht abwenden. Ich starre das Blut an, das aus seiner Brust und zwischen Lenas Fingern hervorquillt, als sie ihre Hände auf die Wunde presst.

Evan schwitzt. Er hört auf, sich gegen Naito und Aren zu wehren, und sitzt ganz still. Als sich seine Augen schließen, rechne ich schon fast damit, seinen Seelenschatten aufsteigen zu sehen. Aber er ist kein Fae. Er ist ein Mensch, und daher …

Ich atme aus, als er nickt und sich leise bedankt. Er ist nicht tot. Zumindest noch nicht.

Naito streckt sich. Er macht einen Schritt nach hinten und sieht sich im Wohnzimmer um, wirft dem schwarzhaarigen Edelmann und seinen Wachen einen Blick zu und geht dann in die Küche. Danach geht er an mir vorbei und sieht in den Flur, bevor er wieder umkehrt. »Wo ist Kelia?«

»Sie sucht dich«, erwidert Lena, die gerade von Trev ein Handtuch gereicht bekommt, damit sie sich die Hände abtrocknen kann. »Es geht ihr gut. Zumindest ging es ihr gut, als sie gegangen ist.«

»Lorn ist ihr gefolgt«, füge ich hinzu.

»Lorn?« Naito murmelt etwas und sagt dann: »Sie wird nicht auf ihn hören.«

»Ich werde jemanden losschicken, der sie zurückholt«, schlägt Aren vor. Er spricht kurz mit Trev, woraufhin dieser einen Riss öffnet und verschwindet. »Was ist euch beiden passiert?«

»Wir sind Bogenschützen über den Weg gelaufen«, sagt Naito und geht in die Küche. Er nimmt die Weinflasche hoch, die Lorn noch nicht geöffnet hat. »Wir mussten zum Tor rennen. Er wurde getroffen, kurz bevor wir durchkonnten.«

»Wurdet ihr verfolgt?«, will Aren wissen.

Naito sieht in den Garten hinterm Haus und dann wieder zu Aren. »Nein. Wir haben nach Menschen Ausschau gehalten, bevor wir durch den Riss gegangen sind.«

Aren entspannt sich. Der Edelmann sagt etwas zu ihm, aber das Ritsch-Ratsch der sich öffnenden Risse verschluckt seine Worte. Einen Augenblick später entschwinden der Fae und seine Wachen.

Naito kommt zu mir und reicht mir ein Glas Wein. »Du siehst aus, als könntest du einen Schluck gebrauchen.«

Nicht so sehr wie er. Trev ist noch keine zwei Minuten weg, aber Naito sieht ständig in den Garten, als ob sie schon seit Stunden wieder da sein müssten. Wenn er und Kelia nicht bald wieder vereint sind, dann wird ihre Geschichte mehr und mehr die von Romeo und Julia.

Ich nippe an meinem Wein, während Naito das halbe Glas hinunterkippt. Stille senkt sich über den Raum. Aren lässt sich neben Lena auf die Couch fallen, als würde ihn die gedrückte Stimmung zu sehr mitnehmen. Nalst und die andern Fae setzen sich ebenfalls.

»Der Fae, der eben gegangen ist«, erklärt mir Naito so leise, dass er fast schon flüstert, »das war Shyer, Sohn des Asray. Sein Vater ist der Hochedle von Criskran. Sie unterstützen unsere Rebellion. Zumindest haben sie es getan. Er hat uns gerade mitgeteilt, dass das jetzt vorbei ist. Was ist in Lynn Valley passiert?«

»Der Kampf hat sich auf die Nachbarhäuser der *Tor'um* ausgedehnt. Einige Menschen sind gestorben«, berichte ich. »Sethan ist tot.«

Naito schließt die Augen. Als er sie wieder öffnet, trinkt er sein Glas leer und schenkt sich nach. Ich halte ihm meins ebenfalls hin. Ich muss die Erkenntnis ertränken, dass ich mich gerade der Seite angeschlossen habe, die diesen Krieg verliert.

26

»Naito!«

Kelias Schrei weckt mich. Mein Kopf prallt nach hinten und schlägt an die Wand.

»Kelia!« Naito springt neben mir auf die Beine.

Kelia wirft sich in seine Arme. Er stolpert nach hinten und wäre beinahe auf die Couch gefallen. Aber das scheint ihn nicht zu stören. Er hockt sich auf die Lehne und schlingt die Arme um Kelia. Sie küssen sich, und ein blauer Chaosschimmer schießt über ihre Wange. Er springt auf Naitos Lippen über und zuckt dann über seinen Hals, um in seinem Hemdkragen zu verschwinden.

Als ich die *Edarratae* beobachte, die über ihre Haut zucken, wird mir bewusst, wie kühl es im Wohnzimmer ist. Ich sehe zur Couch hinüber, aber Aren ist nicht mehr da. Nur Lena sitzt noch dort. Sie zuckt nicht mal, obwohl sich Naito und Kelia direkt in ihrem Rücken küssen, sondern starrt die gekachelte Platte des Couchtisches an. Ausnahmsweise hasse ich sie nicht. Sie hat gerade ihren Bruder verloren, und ich fühle mich hundeelend, weil ich für die Leute gearbeitet habe, die ihn getötet haben.

Die Jalousie an der Hintertür klappert. Lorn knallt die Tür zu und seufzt theatralisch. »Könnt ihr beide euch in meiner Gegenwart bitte etwas zurückhalten? Ich bin auch nicht aus Stein.«

Naito und Kelia rücken voneinander ab. Einige Zentimeter zumindest.

Ich trinke den Schluck Wein aus, der noch in meinem Glas war, und stelle es dann auf die Küchentheke. Aren kommt durch den Flur mit Sosch auf der Schulter. Ich habe den *Kimki* nicht mehr gesehen, seitdem mich Aren in Deutschland durch das Tor gebracht hat, und ich freue mich, dass er hier ist, aber er wirkt ebenso müde und besiegt wie der Fae.

Arens Blick wandert von Naito und Kelia zu mir. Himmel, sieht er müde aus. Er hat weder geduscht noch sich ausgeruht. Dafür war keine Zeit. Er musste den ganzen Nachmittag Gespräche führen. Shyer war nicht der einzige Fae, der vorbeigekommen war, um sich Sethans Tod bestätigen zu lassen. Der Hof hat seinen Sieg im ganzen Reich verkündet, und jedes Mal, wenn die Nachricht weitergetragen wird, springen weitere Unterstützer der Rebellion ab. Schon bald wird von ihr nicht mehr viel übrig sein.

Aren setzt Sosch auf den Boden und lächelt mich müde an. Ich kann es nicht ertragen, den Fae so zu sehen.

»Kyol sagte, er würde mit dem König reden«, sage ich zu ihm. »Vielleicht ist Atroth jetzt bereit, über einen Waffenstillstand zu verhandeln.«

Offenbar habe ich das Falsche gesagt. Arens Gesicht bekommt einen harten Ausdruck. Er geht an mir vorbei, um sich neben Lena auf die Couch zu setzen.

Was ist? Darf ich Kyols Namen jetzt nicht mehr erwähnen? Mann! Aren sollte langsam über die Optionen nachdenken, die ihm noch bleiben. Auch nach Sethans Tod wird Radath nicht aufhören, die Rebellen zu jagen.

Lorn starrt mich an. Naito und Kelia tun es auch, aber nicht so offensichtlich.

»Setz dich, Lorn«, befiehlt Aren und nimmt einen Dolch, der noch in der Scheide steckt, vom Couchtisch. Er hält ihn am Griff fest, sodass die Klinge nach unten zeigt.

Ich runzle die Stirn, als Lorn hinübergeht und sich in einen Polstersessel fallen lässt. Als Naito und Kelia sich ebenfalls in einen Sessel setzen, lasse ich mich auf dem Boden vor dem Kamin nieder und schlinge die Arme um meine Knie.

»Wir müssen uns jemand anders suchen, der den Thron besteigen kann«, sagt Aren leise. »Einen Nachfahren, dessen Abstammung zweifelsfrei bestätigt ist.«

Aus irgendeinem Grund sehen alle Lorn an.

Er mustert sie und fängt dann an zu lachen. »Oh nein. Nicht ich. Ich bin zufrieden damit, das Reich aus den Schatten heraus zu regieren. Ich habe nicht das Verlangen, König zu werden.«

»Deine Blutlinie ist nach Sethans die reinste«, erklärt Aren. »Der Adel würde dich unterstützen.«

»Meine Blutlinie ist nach Sethans *und* Atroths die reinste«, entgegnet Lorn. »Außerdem würde mein Ruf der ganzen Rebellion schaden.«

Lena rutscht neben Aren ein Stück nach vorn. »Das halbe Reich weiß ohnehin schon, dass du uns geholfen hast«, sagt sie. Ihre Stimme klingt ausdruckslos, aber wenigstens ist sie hier und beteiligt sich an der Diskussion, und wenn sie sich für Lorn ausspricht, dann werden Sethans Unterstützer es vielleicht ebenfalls tun. Falls er sich dazu überreden lässt.

Er schüttelt den Kopf. »Nein, sie wissen, dass ich mit Kelia verbunden bin, und sie gilt in ihren Augen als Exzentrikerin.«

»Hey!«

»Das bist du, meine Liebe.« Er lächelt sie an. »Deine Faszination von allem, was menschlich ist, ist sehr unnatürlich.«

Sie verdreht die Augen, eine sehr menschliche Geste, die Lorns Argument nur bestätigt. Naito beugt sich vor und flüstert ihr etwas ins Ohr. Sie lacht und kuschelt sich an ihn.

Als ihre *Edarratae* an Naitos Arm hochwandern, prickelt meine Haut, und ich kann nicht anders, als Aren anzusehen. Er beobachtet mich. Er macht noch immer ein finsteres Gesicht, und es gefällt mir nicht, ihn so niedergeschlagen und distanziert zu erleben.

Vermutlich werde ich die nächste Frage für den Rest meines Lebens bereuen, aber ich habe mir ja selbst eben eingestanden, dass die Rebellen über all ihre Optionen nachdenken sollten. Also kann ich den Gedanken auch gleich aussprechen. »Warum kann Lena nicht Königin werden?«

Das Reich kam mir nie wie ein Ort vor, an dem Frauen weniger

Rechte haben. Soweit ich es erlebt habe, werden Frauen mit demselben Respekt behandelt wie Männer. Warum also nicht?

»So etwas hat es noch nie gegeben.« Es ist Lena, die mir antwortet, und zu meiner Überraschung sieht sie nicht aus, als ob sie mir die Kehle aufschlitzen will. Ich würde ihre Miene zwar nicht gerade als freundlich bezeichnen, aber es ist auf jeden Fall eine Verbesserung zum letzten Mal, als sie meine Existenz zur Kenntnis genommen hat. Sie ist bereit dafür, wenn sie die notwendige Unterstützung bekommt.

»Das ist keine schlechte Idee«, meint Lorn nach einem Moment.

»Der Hochadel könnte sie Atroth vorziehen, falls er glaubt, dass die Zarrak-Linie mehr Blut der *Tar Sidhe* enthält«, meint Nalst, der neben dem Kamin steht. »Doch das tut er nicht.«

Lorn wirft mir einen Blick zu und zögert. Nachdem er kurz zu Aren gesehen hat, meint er: »Wenn Taltrayn Lena unterstützt, dann würde der Adel darüber nachdenken.«

Ich schniefe. Tja, wenn. »Ich habe versucht, Taltrayn dazu zu überreden, den Hof zu verlassen. Er lässt seinen König nicht im Stich.«

Niemand sagt ein Wort. Das ist seltsam. Noch seltsamer ist, dass mir niemand in die Augen sehen will, als ich die Gesichter um mich herum mustere, nicht einmal Aren, der mit zusammengebissenen Zähnen den Dolchgriff anstarrt.

Mein Magen zieht sich zusammen. »Was ist?«

Kelia bewegt sich in Naitos Armen. Sie weiß etwas, was ich nicht weiß. Sie alle wissen es.

»Der König hat angeordnet, dass Taltrayn exekutiert wird«, sagt Lena.

Mir wird eiskalt. Nein. Atroth würde Kyol niemals exekutieren. Sie sind *Freunde*, und das schon seit Jahrzehnten. Ich hätte Kyol nicht verlassen, wenn ich gewusst hätte, dass man ihm schaden will. Lena muss falsch informiert sein.

Aber nein, Arens Gesichtsausdruck bestätigt es. Da ist ein abwehrendes Glitzern in seinen Augen, aber er sieht mich scharf, fast schon drohend an.

»Du wolltest es mir nicht sagen.«

Sein Gesicht ist wie versteinert. Da ist kein Bedauern, keine Reue zu erkennen.

»Dachtest du, ich würde es nicht wissen wollen?«

»Du musstest es nicht wissen.« Er wirft den Dolch leicht genervt auf den Tisch, dass er über die Kacheln rutscht und auf der anderen Seite auf den Boden fällt.

Ich schnappe nach Luft. Doch sie ist nicht kalt genug, um die Hitze in meiner Magengrube zu lindern, und ich bin viel zu wütend, um etwas anderes zu tun, als ihn anzustarren. Er starrt zurück.

»Ich unterbreche euch nur ungern, vor allem, weil es eine interessante kleine Auseinandersetzung werden könnte«, schaltet sich Lorn ein, »aber wenn Taltrayn den Hof verlässt, wird der Adel aufhorchen. Die Edelleute vertrauen ihm. Sie wissen, dass er seine Treue nie grundlos brechen würde. Dann würden sie über unsere Sache nachdenken und Lena vielleicht unterstützen.«

In Arens Wange zuckt ein Muskel. »Wir brauchen ihn nicht.«

»Tun wir doch«, erwidert Lena.

»Nein!« Arens Augen blitzen. »Außerdem sitzt er im Kerker unter dem Silberpalast. Wir können ihn nicht da rausholen.«

»Wir könnten es, wenn wir wüssten, wo sich ein *Sidhe Tol* befindet«, stellt Lena fest.

Ich schnappe mir ein Skizzenbuch, das auf dem Couchtisch liegt. Ich habe es gestern gefunden und angefangen, alle Schatten zu zeichnen, an die ich mich erinnere. Als ich die Seiten umblättere, finde ich bald die, die ich gesucht habe. Die Karte ist nicht sehr genau – ich habe sie in den Boden gezeichnet, während Kyol sich mit den Wachen am *Sidhe Tol* unterhalten hat –, aber die Rebellen haben Sosch. Meine Schattenlesung wird sie nahe genug heranführen, sodass der *Kimki* das Tor finden kann.

»Moldawien«, sage ich und ziele mit dem Finger in die Mitte meiner Skizze. Jetzt gehöre ich zur Rebellion. Es gibt keinen Grund mehr, ihnen den Standort des Tors vorzuenthalten.

»Moldawien?«, wiederholt Naito. »Das ist in dieser Welt.«

Stimmt. Aren scheint das nicht zu interessieren.

»Jetzt verrätst du mir das *Sidhe Tol*«, schnaubt er. »Für ihn.«

»Ich hätte es dir sowieso verraten.«

Er lacht.

Ich bohre meine Finger in meine Knie und versuche, mich zurückzuhalten, aber ich bin viel zu müde dafür. »Sei kein Arsch, Aren. Du brauchst ihn. Wenn er exekutiert werden soll, weiß er, dass er nicht mehr vernünftig mit dem König reden kann.«

»So ist das also«, murmelt er. »Du willst, dass ich für ihn mein Leben riskiere.«

»Ich …« Ich mache den Mund wieder zu. Himmel, genau darum bitte ich ihn gerade, oder? Durch das *Sidhe Tol* hat Aren das Überraschungsmoment auf seiner Seite, aber er muss den Silberpalast auch wieder verlassen. Das wird keine einfache Rettungsaktion. Er könnte sie nicht überleben. Wie kann ich ihn auch nur darum bitten, es zu versuchen?

»Aren …«

»Ich werde mit unseren anderen Unterstützern reden. Sie müssen mir einfach zuhören.« Er steht auf und öffnet einen Riss.

»Bevor du gehst«, hält ihn Lena auf, »solltest du duschen und die Kleidung wechseln.«

Ihr Vorschlag klingt eher wie ein Befehl. Aren versteift sich. Als ich schon glaube, dass er Lena ignorieren und durch den Lichtriss gehen wird, entspannt er sich auf einmal. Er lässt den Riss verschwinden. »Ich werde meine Meinung in dieser Sache nicht ändern.«

Lena erwidert seinen Blick, sagt aber nichts. Im Wohnzimmer herrscht einen langen, angespannten Moment Stille, bevor Aren endlich in den Flur geht.

»Da ist aber heute jemand aufbrausend«, kommentiert Lorn.

Er hat auch guten Grund dazu. Er ist erschöpft und frustriert. Er hat Freunde verloren, die Rebellion zerfällt, und ich habe ihn gerade gebeten, einem seiner Feinde das Leben zu retten.

Ich streiche mir mit den Fingern durchs Haar. Ich will Aren nicht wehtun, aber Kyol würde alles tun, um mich zu retten. Ich kann ihn nicht im Stich lassen. Es muss einen Weg geben, ihm zu helfen, ohne dass Aren involviert ist.

Als ich aufblicke, sehe ich Lorn in die Augen. Vielleicht kann er mir helfen?

»Nein«, sagt er, meiner Frage zuvorkommend. »Du hast deinen Vorteil leider schon verspielt, McKenzie. Das *Sidhe Tol* nützt mir nichts, wenn auch andere wissen, wo es sich befindet. Außerdem bist du mir was dafür schuldig, dass ich dir in Belecha das Leben gerettet habe.«

»Dann werde ich dir wieder was schulden. *Kyol* wird dir was schulden.« Ich höre die Verzweiflung in meiner Stimme, aber ich bin zu erschöpft und zu erschüttert, um auch nur zu versuchen, sie zu verbergen.

»Jetzt bietest du mir schon Gefälligkeiten von anderen an«, entgegnet Lorn. »Nein, ich habe schon viel zu viel getan. Meine Leute dürfen nicht in einen Überfall auf den Palast verwickelt werden. Wenn Aren kein Interesse daran hat, Taltrayn zu befreien, dann ist die Rebellion vorüber.«

Er klingt so gelassen. Ihm ist die Rebellion wirklich völlig egal.

»Ich muss mit McKenzie alleine sprechen.«

Alle Augen richten sich auf Lena. Sie sieht nicht so aus, als ob sie große Lust hätte, sich mit mir zu unterhalten. Unter normalen Umständen hätte ich auch nicht mit ihr gesprochen, aber die Dinge haben sich anscheinend geändert.

Lorn steht auf. »Es ist ohnehin Zeit, dass ich gehe. Kelia, du hältst dich aus allem raus, ja, Schatz?«

Als sie ihm nicht antwortet, nur eine Augenbraue hochzieht, seufzt er. »Dann schick nach mir, *bevor* du etwas Dummes machst.«

Er ist der einzige Fae, der durch einen Riss entschwindet. Ich sehe zu, wie sich seine Schatten biegen und drehen, während die anderen Fae durch die Hintertür hinausgehen. Es ist ruhig, als sie sich hinter ihnen schließt. Das einzige Geräusch kommt von der Dusche, die läuft. Da ich während der Unterhaltung mit Lena nicht auf dem Boden sitzen will, gehe ich zu dem Sessel, aus dem Lorn eben aufgestanden ist.

Lena sagt noch immer nichts. Ich hasse die Stille. Ich hasse es, hier rumzusitzen und nicht zu wissen, ob Kyol noch am Leben ist, nicht zu wissen, ob ich noch rechtzeitig zu ihm kommen kann oder ob ich ihn überhaupt jemals wiedersehen werde. Aber es kommt mir falsch und egoistisch vor, ihn jetzt zu erwähnen, daher sage ich stattdessen: »Das mit deinem Bruder tut mir leid.«

Sie sieht auf. Offenbar glaubt sie mir. Sie sieht nicht wirklich skeptisch aus. Ihre Augen entsprechen eher einem matten Silber und sind nicht strahlend oder durchdringend, und ihr Gesichtsausdruck ist neutraler als jemals zuvor. Er erinnert mich an Kyol, und ich frage mich, ob sie hinter ihrer Maske ebenso viel verbirgt.

»Ich hätte nicht gedacht, dass du mich unterstützt«, sagt sie.

Ich würde Sethan unterstützen, wenn er hier wäre. Ganz klar. Er hat nämlich nicht dafür votiert, mich zu töten. Er hat mir nicht den Arm gebrochen. Er hatte keinen Rachefeldzug gegen mich gestartet. Aber Lena ist die einzige Option, die wir noch haben. Ich bin bereit, unsere Vergangenheit zu vergessen und neu anzufangen, wenn sie es auch ist.

»Kannst du Kyol aus dem Palast holen?«, frage ich sie.

»Kannst du ihn davon überzeugen, mich zu unterstützen?« Sie blinzelt nicht. Ich würde sie gern anlügen und ihr versichern, dass Kyol alles tut, worum ich ihn bitte, aber so ist es nicht. Er würde *fast* alles tun, und sosehr ich auch hoffe, dass seine bevorstehende

Exekution dieses »fast« in Vergessenheit geraten lässt, glaube ich doch nicht, dass es so sein wird. Es gibt einen Grund, warum seine Unterstützung Lena den Thron sichern könnte: Die Fae respektieren ihn. Sie vertrauen ihm. Sie wissen, dass er tief in seiner Seele ein ehrenwerter Mann ist. Auch wenn seine Ehre verhindert hat, dass wir zusammen sein können, möchte ich doch nicht, dass sich dieser Teil von ihm ändert. Kyol war in den letzten zehn Jahren die einzige Konstante in meinem Leben. Ich will, dass er so bleibt, wie er ist.

Ich will, dass er am Leben bleibt.

»Ich weiß es nicht«, antworte ich. Gott, ich hoffe, diese Worte werden ihn nicht das Leben kosten. Lena schuldet mir gar nichts. Ohne eine Garantie wird sie vielleicht nichts unternehmen wollen, aber ich kann ihr keine geben. Wenn Kyol nicht denkt, dass sie gut für das Reich ist, dann wird er der Rebellion nicht helfen.

»Sethan hat das nicht gewollt«, meint sie leise und sieht auf den Couchtisch hinab. Ich entspanne mich ein wenig. Es ist ein gutes Zeichen, dass sie darüber nachdenkt, was Sethan tun würde. Sethan wäre das Risiko eingegangen.

»Als der Hochadel Atroth zum König wählte, hätte er protestieren können. Er hätte sich über die Neubildung der Provinzen beschweren können. Es gab einen leisen Aufschrei, aber das war zu erwarten. Womit er nicht gerechnet hatte, war Thrain.«

Thrain. Natürlich würde das zurück zu ihm führen. Ich wüsste vielleicht bis heute nichts über die Existenz der Fae, wenn er nicht gewesen wäre.

»Es hat immer Falschblute gegeben«, fährt sie fort. »Aber keines war so erfolgreich wie er. Er hat Atroth Angst eingejagt, und Atroth hat reagiert ... aber falsch. Er fing an, Entscheidungen zu treffen, die darauf basierten, wie er den Thron behalten konnte, und nichts mit dem Schutz des Reiches zu tun hatten. Sethan ...« Ihre Stimme bricht, und verdammt, *beinahe* hätte ich den Arm um ihre Schultern gelegt. »Sethan hat erst nach Krytta beschlossen, den König zu stürzen.«

Krytta. Eine Geisterstadt in der Mitte des Gebiets, das heute der Barren ist. Eine magische Implosion hatte alle Einwohner getötet, als das Tor zerstört wurde. Ihre Essenzen, ihre Seelen, wurden aus ihren Körpern gerissen. Mehr als zweitausend Fae – sie waren nicht in den Äther gegangen –, verrotteten wochenlang in der Sonne, bevor eine Karawane dort ankam. Aber das war nicht Atroths Schuld.

»Thrain hat das Tor zerstört«, merke ich an, »nicht der Hof.« Es klingt für mich, als würde ich den Hof verteidigen. Das tue ich nicht, nicht wirklich, aber der König und seine Fae haben auch Gutes getan. Sie haben mir das Leben gerettet, Thrain beseitigt und versucht, Frieden und Ordnung im Reich zu bewahren. Außerdem hätte Kyol nie für den König gekämpft, wenn er ein Tyrann oder durch und durch böse wäre.

»Es war Thrains Schuld«, stimmt mir Lena zu, »aber die Fae in Krytta haben ihn beschützt. Diese Unterstützung hätte er nicht gehabt, wenn Atroth andere Entscheidungen getroffen hätte. Die Händler aus Krytta konnten die Torsteuern nicht mehr aufbringen. Sie haben die Inspektoren belogen, als diese sie fragten, was sie transportierten, und der König reagierte mit dem Einfall in ihre Geschäfte und der Beschlagnahme ihrer Waren. Fae, die sich wehrten, wurden eingekerkert oder getötet, die Dinge eskalierten, und *dann* zerstörte Thrain das Tor.« Sie sieht mir erneut in die Augen. »Glaubst du, Taltrayn wird den Schaden sehen, den sein König angerichtet hat?«

Er hat ihn bereits gesehen. Aus diesem Grund ist er geblieben: Er glaubte, er könne mit Atroth reden. Inzwischen wird er wissen, dass er sich da geirrt hat, aber ob seine neue Meinung über den König dazu führen wird, dass er Lena unterstützt, das kann ich nicht sagen.

Doch danach hat sie auch gar nicht gefragt.

»Ja«, antworte ich so zuversichtlich, wie ich nur kann.

Vielleicht war das zu viel. Lena presst die Lippen zusammen.

Sie rutscht nach vorn, und ich glaube schon, dass sie aufstehen will, aber dann sitzt sie erneut still. Nach einigen langen Sekunden, in denen ich schon überlege, ob ich auf die Knie fallen und sie um Hilfe anflehen soll, atmet sie aus. Sie macht keinen glücklichen Eindruck –, aber ein Teil ihrer Anspannung ist verflogen.

»Du musst mit Aren reden.«

»Worüber?« Das ist vermutlich eine dumme Frage, aber Lena war hier, als Aren im Prinzip gesagt hat, dass er Kyol lieber tot sehen würde als Teil der Rebellion.

»Du musst ihn davon überzeugen, Taltrayn zu retten.«

Möglicherweise hat sie was an den Ohren oder war während dieser Unterhaltung weggetreten. Ich schüttle den Kopf. »Aren *hasst* Kyol. Du musst jemand anders schicken. Mit dem *Sidhe Tol* ist es …«

»Es wird kein anderer gehen«, schneidet sie mir das Wort ab. »Nicht ohne Aren.«

»Ich habe es bereits versucht …«

»Du hast es nicht versucht«, fährt sie mich an. »Du hast nachgegeben. Du hast nachgegeben, weil du ihn nicht verletzen wolltest.«

Es ärgert mich wahnsinnig, dass sie mich so gut durchschaut. Da ich außerdem noch hundemüde bin, stehe ich kurz davor, etwas zu sagen, was ich später bereuen werde. Ich hole tief Luft, was mich auch nicht wirklich beruhigt, aber als ich ausatme, rufe ich mir ins Gedächtnis, dass ich es mir nicht erlauben kann, sie zu verärgern.

»Du hast seine Reaktion doch gesehen«, sage ich. »Er wird mir nicht zuhören.«

Sie verzieht die Lippen zu einem verbitterten Lächeln. »Aren hat dich mit einem Ankerstein zum Hof zurückgeschickt. In all den Jahren, die ich ihn kenne, hat er nie so etwas Unvorsichtiges und Törichtes getan. Er handelt instinktiv, aber sein Instinkt liegt nicht immer richtig, und im Moment ist er wütend und müde. Er kann nicht klar denken, aber wenn du mit ihm redest – wenn du versuchst, ihn zur Vernunft zu bringen –, dann wird er auf dich hören.«

Ich drücke meine Nasenwurzel zusammen. Mein Kopf fühlt sich an, als würde jemand mit dem Hammer von innen gegen meine Augenlider schlagen. »Ich brauche Zeit zum Nachdenken.«

»Du hast keine Zeit«, erwidert Lena. »Wenn sie dir beide am Herzen liegen, dann bringst du Aren dazu, das zu tun. Er wird diese Rebellion erst aufgeben, wenn er tot ist oder wir gewonnen haben. Und gewinnen können wir nur noch mit Taltrayns Hilfe.«

Die Dusche wird ausgestellt, und mein Magen zieht sich zusammen. Lena kennt Aren besser als ich. Vielleicht wird er mir zuhören.

»Kann Aren das schaffen?«, will ich wissen.

»Wenn er Taltrayn ein Schwert in die Hand geben kann, dann ja.«

Aren und Kyol, die Seite an Seite kämpfen? Das könnte funktionieren. Wenn sie sich nicht vorher umbringen.

»Okay«, sage ich. »Ich rede mit ihm.«

Aren ist allein im Arbeitszimmer, er sitzt mit dem Rücken zur Tür auf einem schwarzen Drehstuhl. Er starrt auf einen Schreibtisch aus Redwoodholz und dreht sich nicht um, als ich hereinkomme. Da ich nicht gerade leise bin, muss er mich gehört haben.

Das fängt ja gut an.

Durch die offenen Jalousien dringt Licht herein. An der Wand auf der linken Seite stehen zwei Bücherregale voller Atlanten, Karten und Skizzenbücher. Bei mir zu Hause sieht es ähnlich aus, nur dass Naito besser organisiert zu sein scheint. Sein Schreibtisch ist auch sehr aufgeräumt und sauber, und alle Stifte stehen in einem Behälter neben einem leeren gelben Blatt Schreibpapier. Ich sehe auch ein Glas voller Ankersteine. Ich gehe hinüber, hebe es hoch und studiere die beiden Weltkarten – eine der Erde, eine des Reiches –, die an der Wand hängen. Naito hat die Tore auf beiden Karten mit roten Reißzwecken markiert.

Ich drehe das Gefäß in meiner Hand, sodass die Ankersteine gegen das Glas stoßen. »Aren?«

Keine Reaktion.

Ich beiße mir auf die Unterlippe und frage mich, wie ich an ihn rankommen soll. »Taltrayn kann dir helfen.«

Er lacht kurz und bitter auf. »Denkst du, ich würde meine Meinung ändern, nur weil du seinen Nachnamen benutzt?«

Okay. Schlechte Strategie. »Hier geht es nicht um ihn. Es geht um die Rebellion.«

»Es geht um dich.« Er steht abrupt auf, der Stuhl rollt auf mich zu.

Ich halte ihn fest und überlege, wie ich es ausdrücken soll, ohne Aren wehzutun. »Das ist das Problem, Aren. Es sollte nicht um mich gehen. Du hast die Chance, den Krieg zu beenden.«

»Das kann ich auch ohne ihn.«

»Wie?«

Er starrt aus dem Fenster.

»Ich würde es wirklich gern wissen. Sethan ist tot. Seine Unterstützer verlassen dich.«

Sein Kiefer spannt sich an.

»Denk doch mal darüber nach, Aren. Kyol kennt den König. Er kennt General Radath.«

Bei diesen Worten zuckt er nicht mal.

»Er weiß, wo sich die anderen *Sidhe Tol* befinden.«

»Verdammt noch mal, McKenzie!« Aren fährt herum. »Er hat dich verloren! Er kann dich nicht zurückhaben!«

Mein Herz klopft wütend. »Weil ich ihn verlassen habe ...«

»Weil du es tun musstest.«

Ich bohre meine Finger in das Stuhlleder. »Ich war schon dabei, ihn zu verlassen, bevor mich Radath in Chaer eingesperrt hat.«

»Weil du es musstest«, wiederholt er mit ätzender Stimme. »Er wollte deinetwegen seinem eigenen Ansehen nicht schaden.«

»Er wollte mit dem König über uns reden!« Ich rolle den Stuhl auf ihn zu.

Er schiebt ihn zur Seite und stürmt auf mich zu. »Er hatte zehn Jahre Zeit, um dich in ihn verliebt zu machen. Ich hatte nicht mal zehn Wochen! Sag mir nicht, dass das fair wäre!«

Ich weiche mit hämmerndem Herzen zurück.

»Weißt du, was er in diesen letzten Wochen getan hat? Weißt du das?«

»Er …«

»Er ist in das Haus jedes Faes eingedrungen, der *Gerüchten* zufolge Verbindungen zur Rebellion hatte. Er hat ihre Familien bedroht und jeden zugerichtet, der seine Fragen nicht beantworten wollte. Wenn ihm die Antworten nicht gefallen haben, dann hat er die Leute einfach verhaftet. Haben sie ihn bekämpft, hat er sie getötet. Hast du eine Ahnung, wie viele meiner Freunde er getötet hat?«

»Er will diesen Krieg ebenso beenden wie du.« Ich hasse es, dass Kyol töten muss. Ich hasse es, dass Aren es muss, dass ich es muss.

Er schlägt mit der Faust gegen die offene Tür. Sie knallt zu. »Du würdest alles sagen, damit ich ihn rette.«

»Aren …«

»Nur zu«, schnaubt er. »Lüg mich an. Sag mir, dass du keine Gefühle mehr für ihn hast.«

Edarratae zucken über sein Gesicht. Die blauen Blitze scheinen durch seine Wut in helle Aufregung versetzt zu sein. Ich habe ihn erst einmal ansatzweise so wütend gesehen, und das war, als ich die Polizei mit dem Handy des Vigilanten angerufen habe, aber nachdem er damals hochgegangen war, ist er kalt und abweisend geworden. So ist er jetzt ganz und gar nicht.

Ich mustere seine Brust, die sich hebt und senkt, während er schnell atmet. Er hat recht: Es wäre gelogen, zu behaupten, dass ich keine Gefühle für Kyol mehr hätte – ich habe sie –, aber ich tue das hier nicht nur, um Kyol zu retten. Ich tue das hier auch, um Aren zu retten.

»Was passiert danach?«, will er wissen. »Was passiert, wenn dich Taltrayn wieder in die Finger bekommt?« Er packt mich an der Hüfte. »Wenn er dich anfleht, ihm zu vergeben?« Er zieht mich an seine Brust.

Meine Hände streichen über die harten Muskeln an seinen Armen. Chaosschimmer schießen seine Arme hinauf und hinunter, erhitzen meine Handflächen.

»Aren«, flüstere ich.

Sein Mund ist jetzt so nah, dass ein Chaosschimmer durch die Luft auf meine Lippen fliegt. Ich erschaudere, als er über meine Zunge zuckt. Doch Aren überbrückt die letzten Millimeter nicht. Er sieht mich an und scheint mich mit den Blicken aufzufordern, ihn zu küssen.

Alle Gedanken an Kyol verblassen. Arens Hände umklammern meine Hüften, als ich meinen Mund auf seinen senke. Er ist einen Augenblick lang wie betäubt, dann küsst er mich zurück und presst seinen Körper an meinen. Die *Edarratae* fließen nur so aus ihm heraus und in mich hinein. Meine Muskeln scheinen zu schmelzen. Sie zittern. Ich streiche mit den Händen über seine Brust und lege sie auf seine Schultern. Dort bohre ich meine Finger in seine Muskeln, als er seine Zunge in meinen Mund eintaucht.

Ein Stöhnen. *Mein* Stöhnen. Hitze breitet sich in meinem Bauch aus und sinkt tiefer. Aren verschränkt die Hände hinter meinen Knien und hebt mich hoch. Ich lege meine Beine um seine Hüften und streiche mit den Fingern durch sein zerzaustes Haar. Alles geht zu schnell und doch nicht schnell genug.

Er setzt mich auf Naitos Schreibtisch ab und schiebt seine Hände unter mein T-Shirt. Blitze zucken über mich, und ich biege mich ihm entgegen. Er küsst mein Kinn, meine Kehle, die Narbe an meinem Hals. Er murmelt etwas auf Fae, aber mein Körper ist zu voll von *Edarratae*, mein Kopf zu voll von ihm, als dass ich es übersetzen könnte.

Ich küsse ihn erneut und sauge Chaosschimmer von seiner Unterlippe. Sie schmecken so gut, so verlockend. *Er* ist verlockend. Ich presse meine Hüften an ihn, muss ihn spüren. Als ich meine Hand auf seinen Nacken lege und ihn zu mir heranziehen will, widersetzt er sich und nimmt meine Hände in seine.

»Gut«, sagt er etwas atemlos. »Ich werde deinen kostbaren Schwertmeister retten, McKenzie. Aber ich werde dich ihm nie, nie im Leben, wieder zurückgeben.«

27

»Würdest du bitte mit dem Herumgerenne aufhören?«, fordert mich Kelia auf. Nicht zum ersten Mal.

Ich ignoriere sie. Auch nicht zum ersten Mal.

Nur durch das Hin- und Herlaufen bleibe ich überhaupt noch wach. Ein einziges Mal habe ich die Augen geschlossen und geträumt, UPS würde mir Arens und Kyols Köpfe liefern. Als ich den Karton mit Arens Kopf geöffnet habe, sahen mich zornerfüllte rote und nicht etwa silberne Augen an. Ich wurde ruckartig wach und hatte den Schrei schon auf der Zunge, als er mich beschuldigte, ihn getötet zu haben.

Nein. Ich werde erst wieder schlafen, wenn ich weiß, dass sie in Sicherheit sind.

Ich gehe von der Hintertür nach vorne und sehe unterwegs auf die Uhr am Ofen. Es ist 3:04 Uhr.

Sie müssten längst zurück sein. Aren hat alle Fae außer Lena und Kelia mitgenommen, als er vor fünf Stunden durch den Riss gegangen ist. Ich lese schon lange genug Schatten für den Hof, um zu wissen, dass die Männer des Königs aus Kämpfen, die länger als eine halbe Stunde dauern, üblicherweise als Sieger hervorgehen. Die Rebellen pflegen den schnellen Überraschungsangriff, attackieren ihr Ziel und sind weg, bevor der Hof Verstärkung schickt. Das ist nicht gut. Aren und seine Männer sind schon viel zu lange weg.

»Du machst mich ganz verrückt.«

Ich mache mich selbst verrückt. Aber das ist nicht meine Schuld. Hier ist einfach zu wenig Platz.

Als ich an der Hintertür ankomme und durch die Scheibe keine Lichtrisse sehe, die die Dunkelheit durchschneiden, drehe ich auf dem Absatz um. Und laufe in Naito hinein. Er legt mir die Hände auf die Schultern, steuert mich zum Sessel und zwingt mich, mich hinzusetzen.

»Aren hat schon öfter Leute aus dem Gefängnis geholt. Entspann dich.«

»Er hat nie jemanden aus dem Silberpalast befreit.« Ich will wieder aufstehen.

Naito drückt mich wieder ins Polster und lächelt mir zu. »Du hast das geschafft, also wird er es auch schaffen.«

Das ist nicht witzig. Ich hätte Aren nie dazu überreden sollen, das zu machen. Was zum Teufel habe ich mir nur dabei gedacht? Was hat er sich gedacht, dass *er* dem zugestimmt hat?

Naito wartet einen Moment und will sich zweifellos vergewissern, dass ich nicht wieder aufstehe. Als er davon überzeugt ist, lässt er sich neben Kelia auf die Couch fallen. »Der Hof weiß nicht, dass wir den Standort eines *Sidhe Tol* kennen.«

»So kommt er nur in den Palast rein, aber nicht wieder raus.« Ich beäuge den Arm, den er um Kelias Schultern legt, und wünschte, Aren wäre hier und könnte dasselbe bei mir tun. Wenn er doch bloß hier wäre.

»Das ist eine verdeckte Operation«, sagt Naito. »So was kann er gut. Die Fae am Hof werden erst merken, dass er da war, wenn es längst zu spät ist.«

Kelia verdreht die Augen, als ich wieder aufstehe. Aber ich kann einfach nicht still sitzen. Ich zittere schon seit Stunden, und ich bin schon ein paarmal ins Badezimmer gelaufen, weil ich glaubte, mich übergeben zu müssen. Doch das musste ich nicht, nicht seit meiner Ankunft in diesem Haus.

Auf dem Weg zur Vordertür schnappe ich mir das tarnfarbene Feuerzeug, das auf der Küchentheke liegt. Die Kerzen im Wohnzimmer und in der Küche brennen schon, aber ich muss meine Hände irgendwie beschäftigen. Ich drehe am Rädchen und lasse die Flamme einige Sekunden lang brennen, bevor ich sie lösche.

»Wie lange wird es noch dauern, bis das Gas darin alle ist?«, murmelt Kelia.

Ich will ihr gerade erzählen, dass ich in einer der Schubladen noch ein zweites Feuerzeug gesehen habe, als Naito aufspringt. »Sie sind zurück.«

Ich drehe mich in dem Moment zur Hintertür um, als Aren sie aufreißt. Er kommt herein, ohne mir in die Augen zu sehen.

Lena steht vom Tisch auf, als er in die Küche kommt. Sie fängt ihn ab und nimmt seinen Arm, der rot vor Blut ist, was mir jetzt erst auffällt. Er schüttelt ihre Hand ab, nimmt ein Glas aus dem Schrank und dreht den Wasserhahn auf.

Erneut geht die Hintertür auf. Ich wende den Blick gerade noch rechtzeitig von Aren ab, um zu sehen, wie Kyol hereinstolpert.

Oh Gott. Sein Gesicht ist lädiert und blutig, und sein linkes Auge ist fast komplett zugeschwollen. Unter seinem zerfetzten Baumwollhemd kann ich blutrote Schnitte auf seiner Brust und seinen Schultern erkennen. Mein Herz zieht sich zusammen, als ich mir vorstelle, wie schlimm erst sein Rücken aussehen muss.

Sein unverletztes Auge sieht mich an. Er stützt sich schwer auf ein Schwert und macht einen weiteren Schritt ins Haus. Dann stockt er und schwankt.

Ich bin da, bevor er zusammenbricht. Er atmet zischend aus, als ich seine Arme ergreife, um ihn auf den Boden zu setzen.

»Mist. Tut mir leid.« *Großer Gott.* Das war keine gute Stelle, um ihn zu berühren. Seine Haut hängt in Fetzen herunter.

Er umklammert noch immer das Schwert in seiner Hand. Ich versuche, seine Finger zu lösen.

»Kyol«, flüstere ich und dränge ihn, den Griff loszulassen. Er versucht, mir zu antworten, muss aber husten, und das feuchte, gurgelnde Rasseln ist kaum zu ertragen.

Lena sinkt neben mir auf die Knie. »Zur Seite!«

Zitternd stehe ich auf und gehe aus dem Weg. Ich atme erst wieder, als sie ihre Hände auf Kyol legt. Kyols Körper zuckt und absorbiert ihre Magie. Sie heilt ihn. Ich bin unglaublich erleichtert. Die weniger tiefen Wunden schließen sich bereits. Er wird wieder gesund. Aren und er werden wieder gesund.

Ich warte, bis Lena fertig ist, um dann zu ihm zu gehen. Er sieht so müde aus. Ich vermutlich auch. Er runzelt besorgt die Stirn und berührt mein Gesicht.

»*Kaesha*.«

»Was ist passiert?«, frage ich, ignoriere die Blitze in meinem Inneren und gehe ein wenig auf Distanz, da ich Arens Temperament lieber nicht reizen möchte.

Kyols Maske verschwindet für einen Moment. »Ich wollte nicht zulassen, dass meine Männer in Lynn Valley kämpften. Ich habe versucht, den Angriff zu verhindern.«

»Du bist gescheitert«, sagt Lena. Aren steht hinter ihr, und seine Augen wirken wütend. Sein Körper ist so angespannt, dass er kurz davor sein muss zu explodieren.

Doch dann entspannen sich seine Schultern ohne jegliche Vorwarnung. Ich bin mir nicht sicher, was ich davon halten soll, bis mir eine Szene auf Amys Hochzeitsempfang wieder einfällt. Sobald Aren Kyol entdeckt hatte, verschwand die Anspannung bei ihm. Damals kam mir die Veränderung merkwürdig vor, aber jetzt verstehe ich es. Aren verbirgt seine Gefühle hinter seinem Grinsen und seiner Gleichgültigkeit, ebenso wie Kyol sie hinter seiner undurchdringlichen Maske versteckt.

»Wir müssen reden«, sagt Lena. »Geht euch waschen. Schnell. Dann treffen wir uns in der Küche.«

Kyol und ich helfen uns gegenseitig beim Aufstehen.

»Geht es dir wirklich gut?«, will er wissen.

»Mir geht's gut«, sage ich. Zumindest wird es mir gut gehen, solange er und Aren sich nicht gegenseitig umbringen. Aren gibt sich große Mühe, so zu tun, als könne ihn nichts aus der Ruhe bringen, aber seine Hand am Schwertgriff spannt sich an. »Geh schon.« Ich deute in Richtung des Badezimmers.

Aren beobachtet mich, als ich zum Tisch gehe. Lena tritt zwischen uns und beharrt darauf, ihn zu heilen, aber er sieht die ganze Zeit mich an. Sein Blick ist fast schon spürbar, und ein Prickeln läuft durch meinen Körper. Ich sehe meine Arme an, weil ich mich vergewissern muss, dass seine *Edarratae* nicht irgendwie auf mich übergesprungen sind. Nein. Ich habe bloß eine Gänsehaut.

Ich setze mich an den Tisch. Lena setzt sich zu mir, nachdem sie Aren geheilt hat. Naito und Kelia setzen sich ebenfalls, aber Aren geht an uns vorbei in die Küche. Er kehrt einige Sekunden später mit einem Glas mit einer purpurroten Flüssigkeit zurück. Ich runzle die Stirn, weil ich schwören könnte, dass er grinst. Dann wird mir auch klar, warum.

Als er den *Cabus* vor mir abstellt, schiebe ich das Glas weg. »Nein, danke. Mir geht's gut.«

»Nein, dir geht es nicht gut. Ich werde dir das Zeug eintrichtern, wenn ich muss, *Nalkin-Shom*.«

Wäre dieses kaum merkliche Grinsen in seinem Mundwinkel nicht und hätte er mich nicht auf diese ganz besondere Art *Nalkin-Shom* genannt, dann wäre ich jetzt sauer. Stattdessen breitet sich eine angenehme Wärme in mir aus.

»Ich brauche nur einen Kaffee.«

Er setzt sich auf einen Stuhl und schiebt das Glas wieder vor mich. »Das oder gar nichts.«

»Dann lieber gar nichts.« Es fühlt sich gut an, sich wieder so mit ihm zu streiten.

»McKenzie«, schimpft er.

Ich lehne mich auf meinem Stuhl zurück und verschränke die Arme.

»Du solltest den *Cabus* trinken.«

Ich erstarre, als ich Kyols Stimme höre. Ich hatte gar nicht mitbekommen, dass er das Bad verlassen hat. Aren offensichtlich auch nicht, wenn ich seine Miene richtig deute. Wir haben uns beide nur auf den anderen konzentriert.

»Der macht dich wacher«, sagt Aren, der jetzt nicht mehr lächelt.

Ich ziehe das Glas an mich heran, aber nur, weil mir unangenehm bewusst ist, dass mich alle anstarren.

Der einzige freie Stuhl steht zu meiner Linken, und Kyol setzt sich neben mich. Er ist mir so nah, dass ich spüre, wie die Luft ein wenig wärmer wird, und die Seife riechen kann, mit der er sich gewaschen hat. Er trägt noch immer dieselbe schwarze Hose, aber er hat sich ein frisches Hemd geliehen.

»Gut«, sagt Lena. »Nun, da du hier bist …«

»Bevor wir uns unterhalten«, unterbricht Kyol sie und sieht dabei unverwandt mich an. »Ich würde dich von all dem hier wegbringen, McKenzie. Ich würde dafür sorgen, dass dich kein Fae je wieder aufsuchen kann. Du müsstest nie wieder einen Schatten lesen.« Er berührt die Narbe an meinem Hals. »Du würdest nie wieder verletzt.«

Ein Chaosschimmer schießt über meine Haut, und mein Magen zieht sich zusammen. Es ist verwirrend, dass meine Gefühle so durcheinandergebracht werden. Ich könnte mit Kyol glücklich werden, davon bin ich überzeugt. Er ist der Mann, den ich immer gewollt habe.

Ich sehe Aren an. *Edarratae* rasen durch meinen Bauch, als mir klar wird, wie er auf seinem Stuhl sitzt. Er mag gelassen und sorglos aussehen, aber in seiner Haltung liegt auch eine gewisse Wachsamkeit, eine stetige Bereitschaft. Hinter dieser Fassade beobachtet er mich. Um seine Augen herum wirkt er angespannt, fast so, als würde er sich auf einen Schlag vorbereiten. Ich will ihm nicht wehtun, ebenso wenig wie Kyol.

»Ich habe beschlossen, der Rebellion zu helfen.« Ich sacke auf meinem Stuhl zusammen und starre auf die Tischplatte. Ich muss Kyol nicht ansehen, um zu wissen, dass über ihm jetzt eine dunkle Wolke schwebt. Ich spüre förmlich, wie sie sich auf seine Schultern legt und ihn die Trauer überkommt. Wenn er sich der Rebellion anschließt, hat er Atroth endgültig verraten.

Lena breitet eine Karte des Reichs auf dem Tisch aus. »Die anderen *Sidhe Tol*. Du weißt, wo sie sind.«

Daraufhin herrscht Schweigen, und ich beiße mir auf die Lippe. Kyol verrät nicht nur seinen König, sondern auch seinen Freund.

»Dich auf den Thron zu bringen, führt nur zu einem neuen Krieg«, sagt Kyol.

Meine Stimmung sackt in den Keller. Natürlich hat er recht. Atroths Anhänger werden nicht verschwinden, nur weil Kyol jetzt Lena unterstützt. Einige werden ihm folgen, weil sie ihn respektieren und ihm vertrauen, aber ein Großteil wird kämpfen.

»Ich mache dich zu meinem Lord General«, erklärt Lena. »Du wirst entscheiden, wie dieser Krieg geführt wird. Jede Strategie, die dir nicht gefällt, wird nicht angewendet. Du kannst jeden Schwertkämpfer an meinem Hof entlassen, der deinen Standards nicht entspricht. Du wirst die Truppen des jetzigen Königs inspizieren und beschließen, welche Fae uns ergeben sind und welche gehen müssen. Ich werde auf deinen Rat hören, Taltrayn.«

Widerstrebend muss ich zugeben, dass Lena nicht nur gut aussieht, sondern auch verdammt clever ist. Außerdem hat sie glasklar erkannt, dass Kyol vor allem ein Problem mit Radath hat und nicht mit dem König. Aber Kyol liegt nichts an Titeln. Wenn er sich einverstanden erklärt, Lena zu helfen, dann tut er das nur, weil er glaubt, zum Wohle des Reiches zu handeln.

Kyol dreht sich zu mir um. »Ist es das, was du willst?«

Meine letzte Chance, all dem den Rücken zuzudrehen. Himmel, wie gern würde ich es tun. Mein Leben wäre so viel einfacher und so viel *besser*, wenn ich einfach ginge und es den Fae überließe, alleine mit ihren Problemen fertig zu werden. Und Kyol würde mit mir weggehen, *meinetwegen*, aber ich glaube, ein kleiner Teil von ihm würde auch sterben, wenn er das Reich verließe und Radath die Schwertkämpfer des Königs kommandierte. Sich der Rebellion anzuschließen ist unsere Gelegenheit, den Lord General endlich loszuwerden.

»Es ist das Richtige«, sage ich. Damit habe ich unser aller Schicksal besiegelt.

28

Die *Sidhe Tol* befinden sich alle in dieser Welt«, erklärt Kyol. Aren, der seinen Stuhl bis eben auf zwei Beinen balanciert hat, lässt ihn krachend wieder auf dem Boden landen.

»Kein Wunder, dass wir sie nie gefunden haben«, murmelt Naito. »Wir müssen uns das Gelände genau ansehen. Ich hole einen Atlas.«

»Wie viele gibt es?«, will Lena wissen.

»Die *Tar Sidhe* haben zwölf erschaffen«, antwortet Kyol und bezieht sich damit auf die machtvollen Fae, die nach dem *Duin Bregga* über die Provinzen geherrscht hatten, dem Krieg, der die Standorte der Verschwundenen Tore aus den Köpfen der Fae gelöscht hat. »Aber wir haben nur drei gefunden. Radath wird seine Truppen verlegen, um sie zu sichern und Atroth zu beschützen.«

Aren kneift die Augen zusammen. »Wenn er das tut, werden ihre Standorte nicht länger geheim sein.«

»Er hat keine andere Wahl. Er kann nicht zulassen, dass ihr einen Riss ins Schlafzimmer des Königs öffnen könnt.«

Ich bewege nicht einen Muskel. Ich wage kaum, zu atmen, weil Aren und Kyol sich unterhalten und nicht so aussehen, als würden sie sich gleich an die Gurgel gehen.

Aren scheint, etwas zu überlegen. »Wir müssen davon ausgehen, dass Radath seine Soldaten bereits verlegt hat. Das ist ein Problem. Wir hatten nie genug Männer, um den Hof anzugreifen, wenn er auf uns vorbereitet war. Jetzt sind wir noch viel weniger, und ohne das Überraschungsmoment auf unserer Seite ...«

Naito kehrt zurück und reicht Kyol einen Atlas und einen Stift. »Markiere die Standorte. Dann kann ich Karten ausdrucken, auf denen mehr Details eingezeichnet sind.«

Kyol schlägt das Buch bei der Weltkarte auf und sieht mich an. »Du hast ihnen die Karte für das *Sidhe Tol* in Moldawien gezeichnet?«

»Es war der einzige Weg, dich aus Corrist rauszuholen.«

Ich bin mir unsicher, was er darüber denkt. Er ist nicht wütend, sondern vielmehr ... nachdenklich?

»Ich bereue es nicht«, sagt er leise.

Die Erinnerungen an den *Sidhe Cabred* überfluten meinen Verstand. Ich kann den süßen Duft der Blumen fast wieder riechen und das sanfte Rauschen des Wasserfalls hören. Als ich Kyol in die Augen sehe, bin ich mir sicher, dass es ihm ebenso geht, dass er das Mondlicht auf unserer Haut und die Chaosschimmer auf unseren Körpern auch vor sich sieht. Aber da ist noch etwas anderes in seinem Gesicht. Bedauern? Vielleicht wünscht er sich, er hätte mich in dieser Nacht geliebt, wie ich es mir seit Jahren wünsche.

Ich wende den Blick ab.

»Radath muss die drei *Sidhe Tol* gleichzeitig beschützen«, meint Lena. »Wir müssen nur eins angreifen.«

»Nein«, entgegnet Aren. »Wir müssen sie so lange wie möglich zwingen, an drei Fronten zu kämpfen. Wir werden alle drei angreifen und dann zu einer bestimmten Zeit Risse zu den ausgewählten *Sidhe Tol* öffnen.«

»Wie viele Fae kannst du dafür einsetzen?«, erkundigt sich Kyol.

Aren schüttelt den Kopf. »Nicht viele.«

»Markiere einfach die *Sidhe Tol*«, fordert ihn Lena auf. »Wir werden später überlegen, wo und wie wir angreifen.«

Ich rutsche mit meinem Stuhl näher an Kyol heran, um ihm dabei zu helfen, die Ländernamen und die Seitenzahlen im Index zu lesen. Er nennt mir die Länder, in denen sich die anderen beiden *Sidhe Tol* befinden. Da ich noch nie dort gewesen bin und die Schatten von jemandem, der sie aufgesucht hat, nie gesehen habe, kann ich keine Karte zeichnen. Kyol muss Ankersteine prägen, und das kann eine Weile dauern.

Tja, es könnte eine Weile dauern, wenn er Tausende prägen müsste. Ich weiß nicht, wie viele Fae Aren auftreiben kann. Er starrt ins Leere und schmiedet vermutlich Pläne. Er leitet seit fast drei Jahren die Angriffe der Rebellion. Ihm wird schon ein Weg einfallen, wie diese Offensive am besten zu führen ist.

Ich wende mich wieder dem Atlas zu. Es dauert weniger als fünf Minuten, die ungefähren Standorte der *Sidhe Tol* einzuzeichnen. Als Kyol fertig ist, schiebt er den Atlas zu Aren hinüber.

»Ich denke, Montana ist die beste Option«, meint er.

Aren wirft nicht mal einen Blick auf die Karte. Er starrt Kelia an, deren Stuhl so dicht neben Naitos steht, dass sie praktisch auf seinem Schoß sitzt.

»Ich denke, du solltest deinen Vater kontaktieren«, schlägt Aren vor.

Kelia runzelt die Stirn. Ich habe ihr von Lord Raens Rolle bei Naitos Befreiung erzählt, und sie hat mir zugehört, aber es schien sie nicht weiter zu interessieren.

»Mein Vater ...«

»Nicht deinen Vater«, schneidet ihr Aren das Wort ab. *»Deinen.«*

Naito zieht die Augenbrauen hoch. »Meinen?«

»Der Hof hat die Vigilanten benutzt, um uns zu jagen. Jetzt werden wir mit ihnen den Hof jagen.«

»Die Vigilanten«, wiederholt Kyol und legt den Kopf ein wenig schief.

Aren sieht ihn an. »Ja. Der Hof hat ihnen McKenzies Namen genannt, und daraufhin wäre sie beinahe getötet worden.«

Als mich Kyol ansieht, erkenne ich seine Verwirrung.

»Sie haben uns in Deutschland angegriffen«, berichte ich. »Sie kannten meinen Namen und haben mein Handy geortet.«

Er schüttelt den Kopf. »Wir haben die Vigilanten nie kontaktiert.«

Aren lacht sarkastisch auf.

»Vermutlich war es Radath«, werfe ich rasch ein, bevor die Diskussion ausartet. »Ich bin mir sicher, dass sie zum *Sidhe Tol* gehen werden, wenn Naito ihnen den Standort verrät.«

»Nein«, sagt Naito. »Ich will mit meinem Vater nichts mehr zu tun haben.«

Aren beugt sich vor und stützt seine Unterarme auf den Tisch. »Du musst dich ja nicht mit ihm treffen. Ruf ihn einfach an. Nenn ihm den Standort des Tors und sag ihm, dass Fae dort sein werden.«

»Er wird mich fragen, warum ich ihm das erzähle.«

»Sag ihm, Kelia hätte dich wegen eines anderen verlassen.«

Kelia schneidet eine Grimasse, sagt aber nichts.

»Wir werden einen anderen Weg finden«, weicht Naito aus.

»Ich kann ihn anrufen«, schlage ich vor.

Naito widersetzt sich, aber letzten Endes hat er keine andere Wahl, als zuzustimmen. Er gibt mir die Telefonnummer seines Vaters unter der Bedingung, dass ich ihn nicht aus der Nähe seines Hauses anrufe. Nakano soll nicht wissen, wo er wohnt. Ich halte das für übertrieben, aber Aren lässt mich von Nalst durch einen Riss zu einer Telefonzelle in New York bringen.

Der Anruf dauert nicht lange, was einerseits daran liegt, dass ich nichts sagen will, was Nakanos Verdacht erregen könnte, andererseits mache ich mir auch Sorgen, dass Kyol und Aren im gleichen Raum zusammensitzen. Zwanzig Minuten nach unserer Ankunft in New York stehen wir auch schon wieder am einzigen Tor der Stadt. Mir wird erst klar, dass die geringe Aufenthaltsdauer ein Problem ist, als Nalst mich durch den zweiten Riss bringt.

Sobald das Zwischenreich mich freigibt, breche ich in Naitos Garten zusammen und ziehe die Luft in meine halb erfrorenen Lungen hinein. Eisige Messer scheinen sich in meinen Magen zu bohren. Ich huste und erwarte schon, Blut auf das taufeuchte Gras zu spucken, doch dann hilft mir Nalst, wieder aufzustehen. Halb zerrt und halb trägt er mich durch die Hintertür ins Haus.

»Aren!«

Als Aren vor mir steht, scheint die Welt sich wieder einzupendeln. Die Krämpfe in meinem Bauch lassen nach und hinterlassen nur einen dumpfen Schmerz und eine leichte Übelkeit.

Aren legt den Handrücken auf meine Wange. »*Sidhe*, du bist ganz kalt. Du hättest vorher *Cabus* trinken sollen. Kannst du gehen?«

Als ich nicke, führt er mich zum Küchentisch. Kyol ist da, sitzt mit dem Rücken zur Wand am Tisch und beobachtet mich. Ich lächle ihm zu, um ihm zu verstehen zu geben, dass es mir gut geht. Seine Kinnmuskeln spannen sich an, aber dann sieht er wieder auf die Karte, die vor ihm liegt. Lena sitzt links neben ihm und studiert ebenfalls die Karten. Locken fallen ihr ins Gesicht, ansonsten ist ihr Haar zu einem lockeren Pferdeschwanz gebunden. Als sie den Kopf senkt, streicheln diese goldenen Locken die Tischkante.

Aren setzt mich ihr gegenüber auf einen Stuhl und geht dann weiter in die Küche.

»Hast du Nakano erreicht?«, fragt Lena, ohne aufzusehen.

Ich sehe nach rechts zu Naito, der den Arm um Kelias Schulter gelegt hat. Er spielt mit dem Namensband in ihrem Haar herum und lässt sich nicht anmerken, ob er uns überhaupt zuhört.

»Ja«, antworte ich. »Ich weiß allerdings nicht, ob er mir geglaubt hat. Er hat nicht viel gesagt.«

Naito sagt nichts dazu. Vermutlich ist es auch egal, ob die Vigilanten auftauchen, da Lena vorhat, die Sache auf jeden Fall durchzuziehen.

»McKenzie.« Aren setzt sich neben mich und stellt ein frisches Glas *Cabus* vor mich auf den Tisch. Ich habe vorher nichts davon getrunken, hätte es aber vermutlich lieber tun sollen. Da ich mich schwach und zittrig fühle, hebe ich das Glas an die Lippen und lege den Kopf in den Nacken.

Ich hatte vorgehabt, es mit einem Zug zu trinken, aber ich schaffe gerade mal zwei Schlucke, bevor ich würgen muss. Dann wische ich mir mit dem Handrücken die Augen. Ich würde lieber eine Woche lang Bitterborke kauen, als noch einen Schluck davon zu trinken.

»Was macht der Plan?«, erkundige ich mich und will Aren so auch ablenken, damit er nicht darauf besteht, dass ich noch mehr trinke. Ich werde das Glas schon leer trinken. Irgendwann.

Kyol sieht mir lange in die Augen. Als er danach den *Cabus* ansieht, wird mir klar, dass ich schrecklich aussehen muss, vermutlich bin ich kreidebleich, und ich habe das Gefühl, dass er am liebsten um den Tisch herumgehen und mich in die Arme nehmen würde.

Das tut er natürlich nicht. Mit ausdruckslosem Gesicht wendet er sich an Aren und fragt: »Wie viele Menschen arbeiten für dich?«

»Fünf«, antwortet Aren in ebenso neutralem To. »Trev wird die anderen drei herbringen. Es sind keine Schattenleser, nur Menschen mit der Gabe des Sehens. Wir werden sie auf die *Sidhe Tol* aufteilen. Die Fae, die in Montana angreifen, müssen mit einem auskommen.«

»Ihr habt sechs Menschen«, werfe ich ein und ignoriere die Spannungen zwischen den beiden Fae. Ich sehe mir die Karte auf dem Tisch an. Der Hof wird wahrscheinlich drei oder vier Menschen an jedem Tor haben. Wir wären noch immer im Nachteil. »Ihr könnt mich nach Montana schicken.«

»Wir werden mit dem auskommen, was wir haben«, erwidert Aren.

»Ihr braucht mich – eigentlich sogar noch mehr Menschen.«

»Nein.« Sein Ton klingt, als wäre alles entschieden.

Meine erste Reaktion ist, ihn anzufauchen, dass er nicht über mich zu bestimmen hat, aber es gelingt mir, die Worte zurückzuhalten. Er versucht nur, mich zu beschützen. Das ist mir klar.

»Was ist, wenn Radath oder andere Offiziere des Königs auftauchen? Ihr braucht Schattenleser an jedem Tor, um sie zu verfolgen.«

Aren zieht die Karte von Montana näher an sich heran.

Ich wende mich an Kyol. »Sag du ihm, dass er mich braucht.«

»Du bist in keinem Zustand, um das zu tun, McKenzie.« Er sagt es so schlicht, so gleichmütig, so wunderbar zärtlich.

»Dann wollt ihr also beide lieber von Illusionen abgelenkt werden? Ihr wollt, dass der Rest der Rebellen von ihnen abgelenkt wird? Das ist doch Bullshit. Wenn ich da bin, werden weniger Fae sterben.«

»Ich lasse Naito nicht gehen, wenn sie nicht geht«, stellt Kelia klar.

Naito sieht sie fragend an.

Sie zuckt mit den Achseln. »Das lasse ich nicht zu. Wenn sie McKenzie zwingen, zu Hause zu bleiben, weil sie Angst haben, dass sie verletzt wird, dann wirst du ebenfalls hierbleiben.«

Naito schüttelt lächelnd den Kopf, zieht sie zu sich und gibt ihr einen liebevollen Kuss auf die Stirn. »Ich werde trotzdem gehen, aber wir brauchen die *Nalkin-Shom*. Falls Radath oder andere Offiziere dort sind, kann McKenzie sie identifizieren. Sie kann sie aufspüren, wenn sie zu fliehen versuchen, und wir können weitere aufmerksame Augen gut gebrauchen.«

Kyol ballt auf dem Tisch die Fäuste. Das ist nur ein unbedeutendes Anzeichen seiner Wut, aber bei einem Mann, der ein Experte darin ist, seine Gefühle zu verbergen, kommt es einer Bombenexplosion gleich.

»Mir wird nichts passieren, Kyol.«

Er schüttelt den Kopf. »Radath wird seinen Männern befehlen, dich auszugucken.«

»Sie ...« Oh. Darum geht es hier also. Radath weiß, was Kyol für mich empfindet. Er weiß, dass er mich benutzen kann, um an den Schwertmeister ranzukommen. Doch das darf mich nicht davon abhalten, ihnen zu helfen, daher sehe ich die anderen am Tisch prüfend an und versuche, bei ihnen Unterstützung oder Inspiration zu finden. Mein Blick bleibt an Naito hängen, dem

Einzigen außer mir, dem keine *Edarratae* über die Haut zucken. »Sie wissen nicht, wer ich bin.«

Kyol schnaubt. »Du bist nicht gerade unauffällig, *Kaesha*.«

Mir wird das Herz schwer, aber ich schiebe diese Gedanken beiseite und konzentriere mich auf unser Problem. »Wenn wir alle Tarnkleidung tragen, dann können sie uns nicht auseinanderhalten.«

Aren gibt ein Geräusch von sich, das wie eine Mischung aus einem Räuspern und einem Lachen klingt. Bevor ich ihn davon abhalten kann, gibt er mir einen Kuss auf die Wange. Ein Chaosschimmer schießt von seinen Lippen über mein Gesicht, und es prickelt mir wohlig unter der Haut.

»Du bist brillant.« Er beugt sich vor, um an mir vorbei zu Naito zu sehen. »Die Vigilanten werden sie doch auch tragen, oder? Können wir an einem Tag genug Anzüge zusammenkriegen?«

Naito grinst mich anerkennend an. In einem Tarnanzug bin nicht nur ich weniger auffällig; wenn Aren und der Rest der Rebellen sich ebenfalls tarnen, dann können die Menschen sie noch schlechter von den Vigilanten unterscheiden. Klar, irgendwann werden sie die Schwerter und *Edarratae* der Rebellen bemerken, aber mit der Tarnkleidung brauchen sie vielleicht zwei oder drei Sekunden länger, als wenn die Rebellen ihre übliche *Jaedrik*-Rüstung tragen würden. Und zwei oder drei Sekunden sind genug Zeit für einen Rebellen, um durch einen Riss zu verschwinden.

»Das dürfte nicht allzu schwer werden«, entgegnet Naito. »Ich kann die Adressen von ein paar Army Stores raussuchen.«

»Wir brauchen eine vierte Front«, stellt Lena auf einmal fest und sieht von der Karte hoch. Das kommt völlig überraschend, da sie seit meinem Eintreffen geschwiegen hat. »Wir müssen auch den Palast angreifen.«

»Wir haben nicht genug Fae dafür.« Aren legt eine Hand auf meinen Oberschenkel.

Ich schnappe nach Luft. Meine Jeans schützt mich vor seinen *Edarratae*, aber die Wärme seiner Hand spüre ich trotzdem. Er stützt sich auf seinen Ellbogen, der auf dem Tisch ruht. Ich glaube nicht, dass irgendwer merkt, dass wir uns berühren.

»Wir brauchen nicht viele«, meint Lena. »Nur genug, um Atroth zu zwingen, die Mauer zu bewachen. Taltrayn kann uns Stellen vorschlagen, wo wir angreifen können.«

Will Aren damit etwas bezwecken? Will er mich wissen lassen, dass ich ihm gehöre? Dass er sein Versprechen nicht vergessen hat und Kyol mich nicht zurückhaben kann?

»Es gibt Schwachstellen, die wir ausnutzen können«, gibt Kyol zu. »Aber die Wachen werden wachsam sein.«

Ich mag es, Aren zu küssen. Ich mag sein freches Grinsen, sein zerzaustes Erscheinungsbild, seine Treue Lena und der Rebellion gegenüber, aber mag ich auch *ihn*? Ich kenne ihn ja kaum.

»Es ist das Risiko wert«, sagt Lena. »Sobald wir Risse innerhalb der silbernen Mauern geöffnet haben, können unsere Leute die Wachen von hinten angreifen.«

Aren reibt mit dem Daumen über mein Bein. Das ist verwirrend, und jetzt ist definitiv nicht die beste Zeit, um über meine Gefühle nachzudenken, nicht, wenn Kyol uns gegenübersitzt und eine Schlacht bevorsteht.

Arens Daumen hält still. »Strategische Attentate könnten funktionieren. Wir brauchen die Kontrolle über die Eingänge in die Innenstadt. Taltrayn?«

»Ich kann eine Liste mit zu neutralisierenden Wachposten erstellen.« Kyols Stimme ist völlig emotionslos. Er starrt die Tischmitte an und sieht nicht hoch. Ich würde mich am liebsten in seine Arme werfen und ihm sagen, dass er das Richtige tut und dass alles gut werden wird, aber das kann ich nicht. All das kann ich nicht tun.

»Gut.« Lena steht auf. Als mir klar wird, dass sie im Stehen sehen kann, wo Arens Hand liegt, springe ich ebenfalls auf.

Naito erhebt sich auch. »Ich werde die Army Stores raussuchen.«

»Ich helfe dir«, flötet Kelia.

»Du wirst den Laptop nicht anfassen, Baby.«

Sie legt den Kopf schief. »Dann muss ich mich wohl auf andere Weise beschäftigen.«

Naito grinst und nimmt ihre Hand.

Kyols Blick folgt ihnen, als sie den Tisch verlassen. Er muss wissen, dass sie ein Paar sind, er muss erkennen, wie glücklich sie sind. Wäre Kyol ein schwächerer Mann, dann hätte er seinen Wünschen nachgegeben, und wir hätten ebenfalls ein Paar sein können.

Aren und Kyol stehen beide auf, als Lena ins Wohnzimmer geht, um mit Nalst zu reden. Als Aren sich zu mir umdreht, hebe ich das Glas *Cabus* hoch und halte es als Schild zwischen uns. Er grinst verhalten. Doch sein Grinsen verschwindet, als Kyol auf mich zukommt.

»Willst du das wirklich tun?«, fragt er und ignoriert Aren. Er versucht noch immer, auf mich aufzupassen und mich vor diesem Krieg zu schützen.

Meine Hände halten das Glas fester. »Ich muss das tun.«

Ich bin besorgt, dass er sich mit mir darüber streiten will, also trinke ich einen Schluck *Cabus*. Keine Ahnung, warum ich das mache. Um mir etwas Zeit zu verschaffen? Um meine Entschlossenheit zu beweisen? Wie meine Motivation auch ausgesehen haben mag, ich bereue es sofort. Doch ich versuche, nicht zu sehr das Gesicht zu verziehen, schlucke die Flüssigkeit hinunter und stelle das Glas auf den Tisch.

»Ich habe mich dafür entschieden«, sage ich.

Er sieht mir in die Augen. Würden wir noch immer für den König arbeiten, dann wäre das eine der Schlachten, vor denen er mich schützen würde. Er hat früher nur minimale Risiken in meinem Leben toleriert und war mit einem Kontingent seiner besten Schwertkämpfer immer in meiner Nähe, wenn wir die Fae, die ich verfolgt habe, überfallen haben. Morgen wird das anders sein. Der Hof weiß, dass wir kommen. Es könnte so schlimm wie in Brykeld werden.

Kyol nimmt meine Hand. Wärme durchflutet meine Handfläche, und ein Chaosschimmer dreht sich um meinen Ellbogen. »Du wirst an meiner Seite sein und tun, was ich sage. Du fliehst durch einen Riss, wann und mit wem ich es dir auftrage.«

»Nicht ganz«, schaltet sich Aren ein und macht einen kleinen Schritt nach vorn. »Sie wird immer in meiner Nähe sein.«

Kyol drückt meine Hand, lässt sie aber los, bevor er sich an Aren wendet. »Wir haben schon oft zusammengearbeitet.«

Aren zuckt mit den Achseln. »Das ist Vergangenheit. Sie ist nicht mehr deine Marionette. Ich werde auf sie aufpassen.«

»Ich werde auf sie aufpassen. Ich habe sie zehn Jahre lang beschützt.«

»Du hast sie nicht vor mir beschützt.«

Kyols Faust schleudert Aren gegen die Wand.

Nalst stürzt vor und zieht sein Schwert, aber Kyol schnaubt etwas, was ich nicht übersetzen kann, marschiert durch das Wohnzimmer und durch die Hintertür hinaus.

»*Sidhe*«, stöhnt Aren, der am Boden liegt, und betastet seinen Kiefer.

»Das hast du verdient.« Das ist mein Kommentar.

Lena wirft ihm einen finsteren Blick zu. »Damit hättest du rechnen müssen.«

»Ich *hatte* damit gerechnet, ich hatte nur nicht mehr genug Zeit, um mich zu ducken.« Er setzt sich auf und bewegt seinen Unterkiefer hin und her.

Er tut mir nicht leid. Aren hat sich benommen wie ein Arsch. Es gab keinen Grund, Kyol zu provozieren.

»McKenzie«, ruft Aren, als ich mich umdrehe und gehe. Ich ignoriere ihn und gehe nach draußen.

Der Abend ist warm und feucht. Der Halbmond steht tief am

Horizont und ist halb hinter Wolken verborgen. Kyol sitzt zu meiner Linken mit dem Rücken an der Wand und stützt die Unterarme auf die angewinkelten Knie.

Ich lasse mich neben ihm nieder. »Ist alles okay?«

Er sagt lange Zeit nichts und starrt nur seine verschränkten Hände an. Seine *Edarratae* sehen hier draußen sehr hell aus. Früher hätte ich ihren Weg auf seiner Haut mit dem Finger verfolgt. Das fehlt mir. Mir fehlt die Wärme seiner Berührung, der vertraute Trost.

»Ich habe dich verloren, nicht wahr?«

Sein Schmerz droht, mich zu zerreißen. Er schnürt mir die Kehle zusammen, und ich kann ihm keine Antwort geben. Ich weiß nicht, wie. Ich bin dieser Unterhaltung, dieser Entscheidung, viel zu lange aus dem Weg gegangen, weil ich glaubte, ich würde danach alleine und mit gebrochenem Herzen dastehen. Jetzt … Jetzt muss es nicht mehr so enden. Lena hat ihn zu ihrem Lord General gemacht, aber wenn Kyol und ich morgen beide überleben, dann würde er diese Position aufgeben. Er würde das Reich aufgeben, wenn ich ihn darum bitte. Vor zehn Jahren, vor einem Jahr, selbst vor einem Monat hätte ich es noch getan.

Er macht ein Geräusch, das fast wie ein unterdrücktes Schluchzen klingt. »Ich habe mein Leben meinem König gewidmet. Ich hätte es dir widmen sollen.«

Ich muss erneut schlucken. »Ich hätte nicht zehn Jahre auf dich warten sollen.«

»Ich …« Seine Stimme versagt. »Ich habe dir die ganze Zeit Unrecht getan. Ich wusste, was du empfindest, was *ich* empfinde, und dennoch habe ich nichts unternommen.«

Ich beiße mir auf die Lippe und schmecke Blut, aber der Schmerz kann mich nicht ablenken. Die Tränen rinnen über meine Wangen.

»*Kaesha*«, haucht Kyol. »Weine nicht. Bitte. Komm her.«

Er legt mir einen Arm um die Schulter und zieht mich an sich.

Ich schließe die Augen und nehme ganz egoistisch seine Wärme und seinen Geruch in mir auf.

»Ich bin rausgekommen, um dich zu trösten«, flüstere ich.

Er legt den Arm fester um meine Schulter.

»Das tröstet mich. Das tröstet mich sehr.«

29

Der Jet der Vigilanten ist vor etwa drei Stunden in Great Falls gelandet. Sie werden etwa vier Stunden für die Fahrt brauchen und dann den Fluss entlangmarschieren, den die königstreuen Fae bewachen. Wir gehen erst durch die Risse, wenn Arens Späher melden, dass sie eingetroffen sind. Es ist bald so weit, aber ich musste noch nie zuvor so lange auf eine Operation warten. Meine Nerven liegen blank.

Bei Aren ist das ganz anders. Er sitzt im Wohnzimmer und reißt Witze. Es ist nervig, wie gefasst und sorglos er wirkt. Ich habe endlich etwas Anständiges gegessen, körperlich geht es mir daher besser. Aber emotional bin ich äußerst angespannt. Jedes Mal, wenn ich mit Kyol in einem Raum bin, habe ich das Gefühl, ihm das Herz aus der Brust zu reißen, erst recht, wenn ich mich in Arens Nähe aufhalte. Da ich es nicht ertrage, Kyol wehzutun, gebe ich mir die größte Mühe, mich von beiden Männern fernzuhalten.

Ich trinke noch einige Schlucke *Cabus*, die ich mit einer halben Dose Dr. Pepper herunterspüle. Ich habe Kyol gesagt, dass er der Rebellion nicht helfen muss, aber er meinte, er würde es sich nie verzeihen, wenn mir irgendetwas zustieße. Außerdem ist er entschlossen, Radath in den Äther zu schicken. Das hilft mir jedoch auch nicht, mich besser zu fühlen. Wenn Kyol irgendetwas zustößt, werde ich mir das bestimmt nicht verzeihen können.

»McKenzie.«

Naito reicht mir einen Gürtel mit einem leeren Holster. Widerstrebend schiebe ich meinen Stuhl vom Küchentisch nach hinten, stehe auf, nehme Naito den Gürtel ab und schnalle ihn um.

»Das ist der Sicherheitshebel.« Er deutet auf einen kleinen Hebel an der rechten Seite der Waffe, die er in der Hand hält. »Hier musst du drücken, wenn du das Magazin wechseln willst.«

Er drückt auf einen Knopf am Griff, lässt das schwarze rechteckige Kästchen einige Zentimeter nach unten rutschen und schiebt es dann wieder hoch, bevor er mir die Waffe reicht. »In der Tasche sind neben deinem Skizzenbuch noch weitere Magazine.«

Großartig. Ich stecke die Waffe in das Holster an meiner Hüfte.

Bevor ich mich wieder setzen kann, wird die Hintertür geöffnet. Als ich ins Wohnzimmer komme, sehe ich gerade noch, wie einer von Arens Spähern hereinkommt. Mir wird ein wenig übel. Ich habe ein ganz ungutes Gefühl. Mir ist, als hätte mich mein Glück verlassen, als würde jemand, der mir am Herzen liegt, nicht zurückkehren, wenn wir diesen Angriff auf die *Sidhe Tol* und die Invasion des Silberpalasts wirklich durchziehen.

Lena erteilt den versammelten Fae Befehle. Überall gehen Risse auf, und die meisten Rebellen verschwinden. Naito folgt Evan und Kelia durch die Hintertür, sodass nur noch Lena, Aren, Kyol und ich im Haus sind.

»Werdet ihr beide zusammenarbeiten?«, fragt Lena die beiden Männer. Ich denke, dass sie eigentlich wissen will, ob einer dem anderen in den Rücken fallen wird. Ich mache mir keine Sorgen, dass Kyol die Kontrolle verlieren wird. Bei Aren bin ich mir da nicht so sicher ...

»Wir hatten in letzter Zeit unsere Differenzen«, gibt er zu.

Lena scheint mit dieser Antwort nicht völlig zufrieden zu sein, aber sie nickt und verschwindet durch einen Riss. Nachdem Kyol durch die Hintertür gegangen ist, kehre ich in die Küche zurück, um die grüne Armeetasche mit meinem Skizzenbuch, Bleistiften und offenbar auch weiteren Magazinen zu holen. Ich hoffe, dass ich Letztere nicht benötigen werde. Das Skizzenbuch werde ich vielleicht auch nicht brauchen. Selbst wenn Radath in Montana auftaucht, ist es sehr unwahrscheinlich, dass ich, wenn er durch einen Riss abhaut, auf die zum Schattenlesen nötige Entfernung an ihn herankomme. Aber vielleicht kann ich die Fluchtwege von einem oder zwei Offizieren aufzeichnen, falls ich in der Nähe bin, wenn sie fliehen. Ich sollte lieber auf alles vorbereitet sein.

Als ich mich umdrehe, versperrt mir Aren den Weg. Er lächelt nicht, scheint aber auch nicht wütend zu sein. Er weiß, dass ich ihm aus dem Weg gegangen bin, und ich bin überrascht – vielleicht sogar ein wenig enttäuscht –, dass er nicht früher zu mir gekommen ist.

»Ich wollte mich entschuldigen«, sagt er. »Ich hätte Taltrayn nicht provozieren dürfen.«

Er entschuldigt sich? Bisher hat er Kyols Anwesenheit doch kaum zur Kenntnis genommen. »Er bringt mich trotzdem durch das Tor, Aren.«

Das hat Lena entschieden, da sie mit Kyol einer Meinung war, dass wir zusammen effizienter wären als Aren und ich, mit dem ich bisher ja noch nicht wirklich zusammengearbeitet habe.

»Ich weiß«, erwidert Aren. »Aber ich wollte mich trotzdem entschuldigen. Taltrayn soll dich schließlich nicht davon überzeugen, dass ich hier der Bad Guy bin.«

Daraufhin muss ich lachen. »Aber du *bist* der böse Bube, Aren.«

Er runzelt die Stirn, und mir wird klar, dass er meine Worte falsch aufgefasst hat.

»Was ich meine, ist, dass du ... Na ja, du bist der Rebell. Kyol ist der Good Guy. Gut, er hat Fehler gemacht, aber er liebt mich.«

Er legt den Kopf ein wenig schief. Bei seinem Blick fängt meine Haut an zu prickeln. Zögerlich, fast schon vorsichtig macht er einen Schritt auf mich zu, und als mich seine silbernen Augen ansehen, stockt mir der Atem. Seine Lippen sind so nah. Ich erinnere mich daran, wie sie sich angefühlt haben. Ich erinnere mich an seinen Geschmack und die Wärme seiner *Edarratae*.

Uns trennen nur noch Zentimeter, als er flüstert: »Du glaubst nicht, dass ich in dich verliebt bin?«

»Ich ...«

Ich weiß es nicht, aber ich kann ihm ohnehin keine Antwort

mehr geben. Da er den Kopf senkt. Ich hebe meinen, und wir küssen uns sanft, zögernd, als hätte er Angst, diesen Moment und mich zu zerstören. Es dauert nur einen Herzschlag, bis ich mich selbst verliere. Ich ziehe seinen Kopf herunter, seinen Mund auf meinen Mund, bis er reagiert. Chaosschimmer schießen von seinen Lippen und seinen Händen und streicheln mein Gesicht. Der Blitz zuckt über meine Haut, bohrt sich tief in meinen Bauch hinein, und ich stöhne.

Seine Finger umklammern meine Schultern. Er keucht meinen Namen, als er seinen Mund von meinem löst. »Wenn du weiterhin solche Geräusche machst, dann kommen wir nie von hier weg.«

Ich will auch gar nicht weg. Ich möchte mit ihm hierbleiben. Ich möchte wissen, ob wir zusammen funktionieren, ob es mit uns klappt.

»McKenzie«, stöhnt er, als ich ihn erneut küsse. Er drückt seine Stirn gegen meine. »Du bringst mich noch um. Wir müssen los. Oder du bleibst hier und ich …« Er schluckt schwer. »*Sidhe*, ich muss gehen.«

Er hat recht. Verdammt, er hat recht. Ich beiße mir auf die Unterlippe und nicke. »Tut mir leid.«

»Das muss es nicht. Es ist schön, dass du endlich zugibst, mich auch zu wollen.« Seine Finger streichen über meine Wange, und seine Augen strahlen. »Ah, ein seltenes Lächeln. Jetzt könnte ich als glücklicher Mann sterben.«

Ich lache. »Ich habe viel gelächelt, bevor ich dich kennengelernt habe.«

»Ich werde dafür sorgen, dass du noch sehr viel öfter lächelst.« Ich erschaudere, als er meine Handfläche küsst. »Sehr viel mehr. Gleich, nachdem wir den König gestürzt haben.«

Es ist viel zu ruhig. Die Vigilanten und die Fae des Hofes sollten hier sein. Ich sollte Schüsse und das scharfe Ritsch-Ratsch sich öffnender Risse hören und nicht nur mein hämmerndes Herz und das Plopp des Regenwassers, das von den Bäumen tropft.

Kyol zieht mich auf den feuchten Boden und lauscht. In der Ferne donnert es. Es soll den ganzen Tag über immer mal wieder regnen. Aren verlässt sich sogar darauf. Wenn die Vigilanten wieder Silberstaub einsetzen, wäre ein ordentlicher Regenguss eine gute Maßnahme dagegen. Doch im Moment ist die Luft stickig und feucht, sodass man kaum atmen kann. Die schusssichere Weste unter meinem Tarnanzug klebt an meinem Körper. Die Rebellen mit ihren *Jaedrik*-Brustharnischen unter den Army-Anzügen müssen ebenso vor Hitze vergehen.

Kyol legt den Mund an mein Ohr.

»Zwei Königliche. Vor uns und ...«

Seine Lippen streifen mein Ohr. Ein Chaosschimmer tanzt meinen Hals hinunter und in meinen Bauch hinein.

»... rechts«, beendet er seinen Satz mit angestrengter Stimme.

Ich ignoriere das Ziehen in meiner Brust, beiße mir auf die Lippe und nicke, um zu bestätigen, dass die Fae keine Illusionen sind. Sie bewegen sich leise und langsam vorwärts, ohne dass das Unterholz raschelt. Wir bleiben wie erstarrt am Boden liegen, als sie lautlos zwischen uns und Aren und Nalst, die sechs Meter entfernt lauern, vorbeischleichen. Kelia und Naito sind auf der anderen Seite von ihnen, und der Rest der diesem *Sidhe Tol* zugeteilten Rebellen liegt verteilt hinter uns und auf der anderen Flussseite, weniger als vierhundert Meter geradeaus.

Ein lauter Donnerschlag hallt durch den Wald. Das dichte Blätterdach schützt uns einige Sekunden lang vor dem Regen, bevor der Wolkenbruch es durchdringt. Die Luft kühlt sich ab, aber ich bin schnell völlig durchnässt und fühle mich noch miserabler als vorher. Ich will, dass das vorbei ist. Wenn Radath nicht mehr als ein paar Fae für den Schutz dieses *Sidhe Tol* abkommandiert hat, dann dürfte es nicht schwer werden, eine beachtliche Anzahl an Rebellen in den Silberpalast zu bringen.

Ein braun-grüner Fleck löst sich von einem Baum. Ich warte auf einen blauen Blitz, der mir zu verstehen gibt, dass der sich bewegende Busch ein Rebell ist, aber dann schlüpft etwas Großes und Dunkles und Fassartiges zwischen den Blättern hervor. Kein Rebell. Ein Vigilant. Er stopft eine Dose in etwas, das aussieht wie ein Raketenwerfer, und zielt dann auf die beiden königstreuen Fae.

Die Dose fliegt aus dem Rohr und explodiert.

Ich werfe mich auf Kyol, um ihn vor dem Fallout zu schützen. Die schwarze Wolke hängt nicht lange in der Luft, da der Staub mit dem Regen auf den Boden fällt.

Kyol packt meine Schultern. »McKenzie!«

»Das Silber.« Ich streiche mit der Hand über sein Haar und wische das dunkel gefärbte Regenwasser weg. Da ich den Großteil abbekommen habe, müsste Kyol in der Lage sein, einen Riss zu öffnen.

»Du musst mich nicht beschützen«, knurrt er und rollt mich auf die Seite. Ich schreie auf, als sich etwas in meine rechte Hüfte bohrt.

Kyol flucht leise und zieht die Metallsplitter heraus. Dann verschwindet er durch einen Riss, und ich bleibe nach Luft schnappend liegen. Himmel, tut das weh. Und auf einmal spüre ich noch einen zweiten Schmerz – von einem weiteren Splitter in meinem linken Arm. Er sitzt tief im Muskel. Die Vigilanten stopfen dieses Mal anscheinend nicht nur Silber, sondern auch Metallsplitter in die Kaffeedosen.

Ich habe keine Chance, den Splitter herauszuziehen, bevor Kyol zurückkommt, mit blutigem Schwert. Er packt mein Shirt und zerrt mich zu einem dicken Baum, als Schüsse und das Ritsch-Ratsch sich öffnender Risse durch die Luft hallen. Borke und Holz fliegen über meinem Kopf aus dem Baumstamm. Kyol verschwindet erneut, um immer wieder an meiner Seite aufzutauchen und mich gegen die Angriffe abzuschirmen. Doch dieses Tempo kann er nicht lange durchhalten. Es wird ihn rasch auslaugen.

»Jorreb!«, brüllt Kyol in einem der kurzen Augenblicke, in denen er in dieser Welt sichtbar ist. Eine Sekunde später hat Aren die Vigilanten ausgeschaltet, die auf uns feuern, und den Angriff beendet.

Doch es geht anderswo weiter. Eigentlich überall. Ich wische mir das Regenwasser aus den Augen und scanne den Wald. Es ist so gut wie unmöglich, jemanden zu sehen, wenn er sich nicht gerade bewegt. Kyol hat die beiden Königstreuen schon vor mir entdeckt. Vielleicht sind mir andere entgangen, die er nicht sehen kann, weil sie von Illusionen verborgen sind.

Aber nein. Alle Risse, und zwar wirklich jeder einzelne, werden von Rebellen in Tarnanzügen geöffnet. Wo zum Henker steckt der Rest der Königstreuen? Unser Plan geht den Bach runter. Wir sollten nicht diejenigen sein, die gegen die Vigilanten kämpfen.

Kyol atmet schnell. Ich greife nach seinem Handgelenk, als er aufstehen will, und bitte ihn schweigend, zu bleiben. Er zieht mich an seine Brust. Seine Arme sind warm, aber sie zittern. Er hat zu schnell zu viele Risse geöffnet.

Er drückt mich fest an sich. »Es gibt keinen Grund für dich, hier zu sein, wenn die Fae des Hofes nicht hier sind.«

»Wie weit ist es bis zum *Sidhe Tol*? Vielleicht sind sie dort?«

Kugeln dringen links von uns in den Boden ein, und Erde und feuchte Blätter spritzen auf.

Kyol drückt mich an den Baumstamm. »Nein. Sie werden sich von der Silberauflage fernhalten.«

»Vielleicht haben sie sich …«

»Sie sind in den Bäumen!«

Kyol und ich sind nicht die Einzigen, die Naitos Ruf hören. In dem Moment, in dem ich einen königstreuen Fae auf einem dicken Ast entdecke, ist er auch schon von Kugeln durchlöchert. Ein Blitz, und er ist verschwunden. Tot. Sein Seelenschatten löst sich unter dem regennassen Blätterdach auf.

Die Vigilanten schießen in die Baumwipfel, und das Blätterdach reißt durch zahlreiche Risse auf. Risse und Schatten. Nur wenige Schatten sind weiß, die Mehrzahl ist schwarz.

»Was siehst du?«, will Kyol wissen.

»Sie sind nicht mehr in den Bäumen«, melde ich und sehe mich um. Die Königstreuen sind jetzt überall, verschwinden im Licht, kommen heraus und versuchen, den Angriffen der Vigilanten auszuweichen. Kyol kann die Risse sehen, daher halte ich Ausschau nach Fae, die nicht verschwunden sind. Sie sind es, die vermutlich hinter Illusionen verborgen sind.

»Schützin auf dem moosbedeckten Baum.«

Er folgt meinem Blick. »Sichtbar.«

Ein anderer Rebell wird sie ausschalten.

»Geradeaus. Ein Schwertkämpfer, der den Hügel heraufkommt.«

»Sichtbar.«

»Zwei Schwertkämpfer, die an der explodierten Kaffeedose vorbeigehen.«

»Ich sehe drei. Beschreibe sie.«

»Der linke ist männlich und hockt sich gerade hin. Der rechte …«

»Ist sein Schwert blutig?«

»Ja.«

Kyol verschwindet in einem Blitz. Hinter den beiden Fae taucht er wieder auf und beseitigt den ersten, bevor sie ihn überhaupt bemerkt haben, um dann den Angriff des anderen, der herumgefahren ist, zu parieren. Drei Hiebe später geht auch dieser in den Äther und hinterlässt nichts außer einem blasser werdenden Seelenschatten.

Kyol kommt zurück an meine Seite. Ich beschreibe ihm erneut, was ich sehe. Das wiederholt sich, und ich suche auf Kyols Befehl einen Baum nach dem anderen ab. Die Art, wie wir zusammenarbeiten, hat etwas Synchrones an sich. Er weiß, wohin ich sehe, kennt die Details, die meine Aufmerksamkeit erregen, wie ein verrottender Ast, über den ein Fae, den Kyol nicht sehen kann, steigt oder einen Fleck am Boden, den ich als Fußabdruck eines Riesen beschreibe. Er bleibt ganz in meiner Nähe, wenn ich ihm Standorte zuflüstere, und berührt dabei meine Schulter oder meinen Arm oder legt mir ermutigend eine Hand auf den Rücken. So zeigt er mir, dass er für mich da ist. Dass er auf mich aufpasst, für meine Sicherheit sorgt.

Seine Wärme ist beruhigend, und der Horror um uns herum ist nicht so schlimm, wie er es später in meinen Albträumen sein wird. Im Moment ist es so, als würde ich mir alles aus der Ferne ansehen. Es ist wie eine Szene aus einem Film, nichts weiter.

Bis mich etwas trifft. Eine Sekunde, nachdem Kyol durch einen Riss verschwunden ist, werde ich zu Boden geworfen. Sofort habe ich wahnsinnige Schmerzen im linken Schulterblatt, die in meinen Rücken ausstrahlen.

Ich keuche auf, als ich mich auf die Seite drehe.

Etwas bewegt sich vor mir. Ein Mann. Ein Vigilant. Vertraute Augen weiten sich überrascht. Nicht Naitos Augen. Die seines Vaters. Sie werden schmal, als ihm klar wird, dass ich nicht zu seinen Leuten gehöre, dann macht er die Lippen schmal. Eine Pistole ragt aus seinem Tarnnetz hervor. Sie ist auf meine Brust gerichtet.

»Dad!«

Der Vigilant dreht den Kopf, als er Naitos Stimme hört.

Ich rolle zur Seite, und Kyol tritt zwischen uns durch einen Riss und geht mit dem Schwert auf Nakano los.

Die Pistole wird abgefeuert. Etwas Feuchtes klatscht mir ins Gesicht.

»Kyol!«, schreie ich und befürchte, dass er erschossen worden ist. Eine Sekunde später sehe ich einen abgetrennten Arm, die Pistole noch fest in der Hand, und höre Nakanos Schrei.

»Dad!« Naito kniet neben seinem Vater am Boden.

»McKenzie!« Kyols Hände tasten mich ab.

Bevor ich etwas sagen kann, kommt Aren auf der anderen Seite auch schon durch einen Riss. »Bist du verletzt?«

Ich schüttle den Kopf. Um mich herum passiert einfach zu viel. Zu viele Schüsse, zu viele Risse. Vor mir liegt ein Arm auf dem Boden, und da liegt ein Mann, blutend und fluchend, und versucht, seinen Sohn wegzustoßen, seinen Sohn, der versucht, ihm das Leben zu retten – obwohl er ihn hasst.

Naito bindet seinen Gürtel um den Armstumpf seines Vaters.

»Hilf ihm.« Ich schiebe Aren in Richtung der beiden Menschen.

»Du bist nicht verletzt?«

»Nein.« Eine Kugel im Rücken hatte mich zu Boden gehen lassen, aber ich glaube nicht, dass sie meine Weste durchschlagen hat. Das Adrenalin betäubt den Schmerz.

»Bring sie hier weg«, befiehlt Aren. Dann kriecht er über den Waldboden auf Nakano zu.

Als Kyol mich auf die Beine zieht, fällt mir ein Schatten auf. Ich würde ihn gern ignorieren, aber er nervt mich wie ein Juckreiz, bei dem man unbedingt kratzen muss. Es ist ein Fae des Hofes. Ich kann sein Gesicht nicht sehen, aber ich bin mir sicher, dass ich ihn kenne. Es ist … Heilige Scheiße, es ist Radath.

Ich ziehe mein Skizzenbuch aus meiner Tasche, als er durch einen Riss verschwindet. »Er haut ab.«

»Nicht jetzt, McKenzie.«

Ich schiebe Kyols Hände weg und nehme den Stift aus der Spirale. »Es ist Radath.«

Kyol erstarrt. Ich nutze seine Unentschlossenheit aus und zeichne die erste Zuckung der Schatten auf eine leere Seite. Die Spur ist frisch genug. Ich glaube, ich kann seinen Standort auf hundert Meter genau bestimmen.

»Er ist ins Reich gegangen.« Er wird einen zweiten Riss öffnen, daher *muss* ich besonders genau sein. Ein tiefer schwarzer Schatten verengt sich zu einer geschwungenen Linie. Der Fluss mündet in den Jythia-Ozean.

Ich konzentriere mich. Der Maßstab des Schattens verändert sich und wird genauer. Ich blättere zur nächsten Seite, um meine Karte zu präzisieren. Er hat den Riss mitten auf einem felsigen Gelände geöffnet. Es befindet sich nicht in der Nähe einer Stadt, es ist einfach nur eine Stelle mitten im Nirgendwo.

»Criskran.« Ich halte Kyol das Skizzenbuch vor die Nase. »Du kannst ihn erwischen.«

Er spannt den Kiefer an.

»Bleib bei Jorreb«, ordnet er an. Dann nimmt er meine Schusswaffe aus dem Holster, legt sie mir in die Hand, und in seinen Augen flackert irgendetwas. Mir wird erst klar, was es ist, als er schon verschwunden ist. Er rechnet nicht damit, mich wiederzusehen. Warum nicht? Er kann Radath in einem fairen Kampf besiegen.

In einem fairen Kampf.

Die Angst drückt mir die Luft aus den Lungen. Es ist eine Falle. Das ist die einzige Erklärung dafür, dass Radath hier war, an der Stelle, an der Kyol und ich gestanden haben.

Großer Gott, was habe ich nur getan?

Ich drücke mich mit dem Rücken an den Baum und scanne den Wald nach jemandem, der Kyol helfen kann.

Aren hat die Blutung an Nakanos Stumpf gestoppt. Er verschwindet durch einen Riss, um gegen drei Königstreue zu kämpfen, sodass Naito allein bei seinem Vater zurückbleibt.

»Verschwinde!«, brüllt Nakano seinen Sohn an.

Naito fügt sich. Er nimmt die Pistole aus der abgetrennten Hand seines Vaters und zielt auf einen der Fae, gegen die Aren kämpft.

Ich krieche auf das *Sidhe Tol* zu, rutsche aber immer wieder auf feuchten Blättern aus, während die Schlacht weitertobt. Ich muss jemanden finden, der bereit ist, Kyol zu helfen. Ich *muss* jemanden finden.

Dann sehe ich Nalst an Nakano vorbeilaufen. Bevor ich den

Namen des Rebellen rufen kann, bewegt sich Nakano. Mein Herz hämmert in meiner Brust, als er eine Waffe hinter seinem Rücken hervorholt. Er zielt.

»Pass auf!«, schreie ich und ziele, aber Nalst steht in der Schusslinie.

Zwei Schüsse knallen. Ich drehe mich in die Richtung, in die Nakano geschossen hat, um mich zu vergewissern, dass er keinen Rebellen erwischt hat.

Doch, hat er.

Kelia schreit auf und sinkt auf die Knie. Sie trägt aber eine Rüstung unter ihrem Tarnanzug. Sie wird nicht tödlich getroffen sein. Sie wird wieder aufstehen. Sie wird …

Ein feuchter Fleck wird auf ihrer Brust schnell größer.

Oh Gott.

Ich laufe zu ihr. Ich lasse meine Waffe fallen und lege meine Hand auf ihr Herz, um die Blutung zu stoppen. Ihr Brustharnisch ist im Weg. Das Blut rinnt jetzt auch aus dem Schlitz an der Seite. Sie blutet überall, und ihre Kleidung verfärbt sich rot. Ich kann nicht fest genug auf die Wunde drücken.

Sie schreit auf, als ich ihr das Hemd herunterreiße, damit ich an die Schnüre des Brustharnisches komme.

»Tut mir leid. Ich muss … Himmel. Ich muss dir das ausziehen.«

Meine Hände zittern. Die Knoten an der Seite sind nass, voller Blut, ich kriege sie nicht auf.

»Naito«, röchelt sie.

Scheiße. Sie wird sterben. Sie kann nicht warten, sie braucht sofort Hilfe.

»Aren!«, schreie ich.

Ich scanne den Wald und sehe Aren einen Königstreuen abschlachten. Er dreht sich im gleichen Augenblick wie Naito zu mir um.

»Kelia!« Naito rennt schnell über den Waldboden und kommt

fast gleichzeitig mit Aren, der aus einem Riss steigt, bei uns an. Er fällt auf die Knie und nimmt ihre Hand. »Baby, halt durch.«

»Naito«, flüstert sie und sieht ihm ins Gesicht.

Aren holt ein Messer hervor und schneidet die Schnüre an der Seite des Panzers durch. Er wirft ihn zur Seite und legt seine Hände auf Kelias Wunde. Seine Hände glühen blau, als er seine Magie wirkt. Die Spannung weicht aus Kelias Körper. Eine Sekunde später ist Kelia entschwunden.

Ich kann nicht mehr atmen. Nein. Sie kann nicht gestorben sein. Aren hat sie geheilt. Er hat ...

Naito bricht zusammen. Ein klagender Schrei entringt sich seiner Kehle.

»Nein!« Er greift nach ihrem aufsteigenden Seelenschatten und versucht, ihn zu umfangen, als könne er ihn in dieser Welt festhalten. »Nein!«

Der weiße Schatten entschwindet.

»Nein!«

Ich rücke von ihnen ab. Kelia ist tot. Kyol ist fort. Um uns herum sterben noch immer Fae. Ich weiß nicht, wie viele Rebellen es bis zum *Sidhe Tol* geschafft haben. Ich habe keine Ahnung, wie lange es noch dauert, bis die Verstärkung von den anderen Kampfstätten kommt.

Naito schreit erneut. Sein Schmerz treibt mir die Tränen in die Augen.

Wir sollten nicht hier sein. Wir hätten nie herkommen dürfen.

Ich mache noch einen Schritt nach hinten. Die Tränen laufen mir über die Wangen und vermischen sich mit dem Regen.

Beim nächsten Schritt pralle ich gegen etwas. Ich greife mit einer Hand nach hinten, um mich am Baum abzustützen, nur dass es gar kein Baum ist.

Als ich mich umdrehen will, legt sich etwas um mich. Etwas Unsichtbares.

Der Wald schwimmt vor meinen Augen, wird dunkler und zeigt

sich wieder in einem blauen Farbton. Eine Hand legt sich auf meinen Mund. Ich bekomme nicht genug Luft, um zu schreien.

Ich zittere. Nicht vom eisigen Griff des Zwischenreichs, sondern weil eine feuchte Zunge mir den Hals leckt.

30

Ich winde mich, schlage um mich und versuche zu schreien, aber niemand sieht, wie mich Micid zum *Sidhe Tol* schleift. Niemand hört sein krankes Kichern, als er mich ins Ohr beißt, und das Schlachtgetümmel ist zu laut, als dass jemandem das aufspritzende Wasser auffallen würde, das von meinen zappelnden Beinen kommt, als Micid einen torgebundenen Riss öffnet. Er drückt mir einen Ankerstein in die Hand, bedeckt meine Faust mit seiner Hand und zieht mich in den Riss aus weißem Licht.

Meine vom Regen durchnässte Kleidung scheint auf meiner Haut zu gefrieren. Ich habe überall Schmerzen, die mir den Atem rauben und meine Muskeln krampfen lassen, und zwar überall: Ich habe Krämpfe im Bauch, in den Waden, in meinem verletzten Rücken. Alles tut weh.

Dann verschwindet das Zwischenreich, und ich taumle ins Reich. Meine Lungen scheinen nicht mehr richtig zu funktionieren. Die Luft, die ich einatme, scheint keinen Sauerstoff zu enthalten. Schatten kriechen in mein Blickfeld, lassen die vergoldete Flügeltür des Thronsaals verschwimmen. Nicht alle Schatten sind Überreste unseres Übergangs, die meisten haben ihre Ursache darin, dass ich langsam das Bewusstsein verliere. Meine Knie geben nach, aber Micids Hand packt mein Haar und zerrt mich durch die offene Tür.

Ich erhole mich so weit, dass ich die Füße in den Boden stemmen kann, sodass Micid stehen bleiben muss. Er streicht mit der Hand über meinen Hals und bringt meine *Edarratae* in Aufruhr. Als er mir den Arm um die Schulter legt, ramme ich ihm meinen Ellbogen in den Bauch.

Er zischt, legt eine Hand auf meinen Nacken und drückt mir mit der anderen eine Klinge an die Kehle.

»Bring sie her, Micid«, sagt Atroth und erhebt sich von seinem Thron. Vier Wachen stehen am Fuß der Estrade, die Hände am Schwert, und mehr als ein Dutzend Armbrustschützen sind an den langen Wänden postiert, stehen mit dem Rücken zur Wand, die Waffe in den Händen. Alle schweigen und sind wachsam, falls irgendein Rebell durch das *Sidhe Tol* kommt.

Micid drückt mir seinen Mund ans Ohr. »Ich werde dich zähmen, wenn das hier vorbei ist.«

Die Klinge schneidet in meine Haut, als er mich über den blauen Teppich zerrt. Mir ist kalt, und ich zittere, aber meine Kleidung ist nur nass und nicht gefroren, wie ich zuerst geglaubt hatte, und die Muskelkrämpfe sind jetzt auch vorbei. Dummerweise bin ich mir meines hämmernden Herzens und der Nervosität in meinem Bauch nur zu gut bewusst. Wenn ich nicht darauf hoffen würde, irgendwie noch einen Ausweg zu finden, würde ich Micid zwingen, mir die Kehle durchzuschneiden. Ich wäre lieber tot als in diesem Hurenhaus.

Atroth starrt mich an, als wäre ich ein Kind, das seine Eltern enttäuscht hat. Als er die Stufen der Estrade hinuntergeht, gehen seine vier Wachen unten zur Seite und lassen ihn durch.

»Steck das Messer weg, Micid.«

»Natürlich, mein König.« Die Klinge verschwindet.

Ich fahre mir über den Hals. Er blutet kaum – der Metallsplitter hinten in meinem Arm stellt eine weitaus schlimmere Verletzung dar –, aber Atroth runzelt die Stirn, löst seine blaue Schärpe um seinen Bauch und betupft damit meine Schnittwunde. Ich weiß nicht, warum er sich die Mühe macht. Meine Kleidung ist über und über mit Kelias Blut befleckt.

Kelia. Sie ist tot. Kyol vermutlich auch. Und Aren?

Mein Magen zieht sich zusammen. Die Schlacht am *Sidhe Tol* verlief nicht gut, und Aren hat nicht gesehen, wie ich von Micid weggeschleppt wurde. Naito und ich haben ihm von dem *Ther'rothi* erzählt, aber wird er begreifen, was passiert ist?

Atroth legt die Schärpe einige Male zusammen und steckt sie dann in eine Tasche seiner bestickten Jacke.

»Du bist zu einem Problem geworden, McKenzie.«

»Was wollt Ihr?« Irgendwie schaffe ich es, wütend zu klingen und nicht etwa erschöpft und verängstigt.

Atroth zieht die Augenbrauen hoch. »Was *ich* will? McKenzie, du hast dir das selbst zuzuschreiben. Als wir dich vor der Rebellion gerettet haben, hatte ich vor, wie üblich weiterzumachen. Ich dachte immer, du wärst klug und hättest einen starken Willen. Ich wäre nie auf die Idee gekommen, du könntest dich von einem Falschblut manipulieren lassen. Noch schlimmer ist jedoch, dass du deine Chaosschimmer benutzt hast, um Taltrayn ebenso zu manipulieren.«

»Ich habe nicht …«

Micid schüttelt mich, und ich schlucke meine Worte hinunter.

Atroth seufzt. »Ich schätze, sein Tun ist auch teilweise meine Schuld. Ich wusste, was er für dich empfindet, aber ich habe ihm geglaubt, als er mir geschworen hat, er würde diese Gefühle ignorieren. Dennoch hätte ich euch nicht erlauben sollen, so eng zusammenzuarbeiten, und das auch noch so lange Zeit.« Er schüttelt den Kopf, als hätte er das mit sich selbst schon tausendmal durchdiskutiert. »Aber du musstest beschützt werden, und Taltrayn war nun mal mein Schwertmeister. Es ergab Sinn. Zusammen wart ihr effektiv.«

Ich sehe mich im Thronsaal um und suche nach einem Weg, mich zu retten. Doch zwischen mir und der Tür stehen einfach zu viele Armbrustschützen. Ich studiere ihre Gesichter und hoffe darauf, Taber oder einen der anderen zu sehen, die Kyol treuer ergeben sind als Atroth, aber ich erkenne keinen von ihnen.

»Sidhe«, flucht Atroth, und ich sehe ihm wieder ins Gesicht. »Du hast ja keine Ahnung, wie schwer das für mich ist.«

Ich konzentriere mich auf ihn und spüre, wie ich unwillkürlich die Augen aufreiße.

»Für Euch?« Meine Stimme ist so sanft und so kalt, dass die Wachen in unserer Nähe vorsichtshalber anfangen, ihr Schwert zu ziehen.

Der König runzelt die Stirn. »Glaubst du etwa, mir würde das Spaß machen? Ich kenne Taltrayn länger, als du auf der Welt bist. Ich wollte ihm nie wehtun. Als meine Wachen herausgefunden haben, dass du den Rebellen geholfen hast, in meinen Palast einzudringen, hätte ich dich eigentlich exekutieren lassen sollen. Ich tat es nicht, weil mich Taltrayn angefleht hat, dein Leben zu verschonen.«

»Also hattet Ihr vor, mich stattdessen *ihm* zu überlassen?« Ich zeige mit dem Finger auf Micid, der mich daraufhin angrinst.

»Natürlich nicht«, erwidert Atroth. »Das war bloß als Drohung für dich und für Taltrayn gedacht. Du wusstest mehr über die Rebellen, als du uns sagen wolltest. Ich wollte dich zum Reden bringen.«

»Ich könnte sie jetzt nehmen, Mylord.«

»Nein, Micid. Sie wird keine deiner Huren werden.« Er sagt das, als würde er mir einen Gefallen tun, als wäre er der vernünftigste und toleranteste König, der je über ein Reich geherrscht hat. Doch das ist er nicht. Offenbar kennt er den Fetisch des *Ther'rothi*. Atroth ist ein Schwein, wenn er das ignoriert. Außerdem grinst mich Micid weiterhin auf seine kranke Weise an. Er glaubt noch immer, mich später nehmen zu können.

Ich erschaudere. Als ich die Arme vor der Brust verschränke, dringt der Metallsplitter tiefer in meinen linken Arm ein. Ich konzentriere mich lieber auf den Schmerz anstatt auf die Panik, die meinen Verstand zu übermannen droht. Atroth hat seinen Wachen noch nicht befohlen, mich zu töten. Es muss noch irgendeinen Ausweg geben.

»Ich bin nicht der Grund dafür, dass Kyol der Rebellion hilft«, sage ich und versuche, mir etwas mehr Zeit zu verschaffen. Aren wird irgendwann hier auftauchen. Falls er noch am Leben ist. »Er ist nicht einverstanden mit der Art, wie Ihr diesen Krieg führt. Wenn Ihr Radath nicht ...«

Atroth hebt eine Hand. »Die Rebellen haben damit angefangen. Ich tue, was ich tun muss, um das Reich zu schützen. Taltrayn hat das verstanden, bis du damit begonnen hast, ihm Dinge ins Ohr zu flüstern.«

»Ich wusste nicht, was hier vor sich geht, bis ich entführt wurde.«

»Du weißt es auch jetzt noch nicht. Nein. Sag nichts mehr. Ich hasse es, dein Talent zu vergeuden, aber ich kann dir nicht mehr trauen.«

»Dann lasst Ihr mich jetzt umbringen?« Ich spreche die Worte wie eine Anschuldigung aus. Ich weiß nicht, ob ihm auffällt, dass mir fast die Stimme versagt.

»Wir werden sehen.« Er starrt an mir vorbei. Als er sich wieder auf seinem silbernen Thron niederlässt, drehe ich mich um.

Lord General Radath kommt durch die hohe vergoldete Flügeltür. Ein von Silberfäden durchzogener zeremonieller Umhang liegt über seinem *Jaedrik*-Brustharnisch. Radath mag ganz kurz auf dem Schlachtfeld am *Sidhe Tol* gewesen sein, aber er ist ohne einen Schmutzfleck, ohne einen Tropfen Schweiß oder auch nur einen Krümel Silberstaub. Er kann mit keinem Fae oder Menschen in Montana gekämpft haben. Und auch nicht mit ...

Kyol. Mein Herz bleibt beinahe stehen, als ich ihn sehe. Er ist verletzt, blutet und ist gefesselt, aber er ist am Leben. Er hält das Haupt erhoben und wirkt gefasst, wie er da hinter Radath hergeht. Doch mit seiner Fassung ist es vorbei, als er mich sieht.

Seine Maske zerbricht, und die Hilflosigkeit und der Schreck zeichnen sich in seinem Gesicht ab. Eine seiner beiden Wachen muss ihn vorwärtsschubsen. Er stolpert, scheint sich dann aber zu besinnen und auf den König zu konzentrieren.

Er ist am Leben. Ich schließe die Augen und hole tief Luft, aber seine Anwesenheit bedeutet noch lange nicht, dass ich hier rauskomme. Keiner von uns ist gerettet.

Ich sehe wieder zu der vergoldeten Tür und hoffe, dass Aren und seine Rebellen hindurchstürmen, aber eigentlich hasse ich es, darauf zu warten, gerettet zu werden. Ich muss selbst einen Weg finden.

Radath ignoriert mich und verbeugt sich vor Atroth. »Der Sohn des Taltrayn, Mylord.«

Der König und sein früherer Schwertmeister sehen sich an. Die Stille im Thronsaal ist ohrenbetäubend, die Luft zum Schneiden dick. Obwohl Kyols Hände gefesselt sind, sehen Atroths Wachen nun zu ihm anstatt zu mir. Ich bin nur ein Mensch, ich stelle keine Gefahr dar, Kyol schon.

»Mylord«, sagt er nach einigen Sekunden. »Sie sollte nicht hier sein.«

Atroths Miene wird noch finsterer. »Sie sollte nicht so hier sein, das ist richtig. Ebenso wenig wie Ihr. Ich war nachsichtig mit Euch, Taltrayn. Ich habe Euch erlaubt, sie weiterhin zu sehen. Ich habe Euch geglaubt, als Ihr mir versichert habt, Ihr wärt an ihrer Flucht nicht beteiligt gewesen. Ich habe Euch *vertraut*, und Ihr vergeltet es mir mit Verrat?«

Kyols Gesicht spannt sich an. »Ich habe sie verloren, weil ich Euch die Treue gehalten habe.«

»Sie verloren? An Jorreb?« Atroths Zorn verraucht. »Taltrayn … Kyol, Ihr hättet Euer Herz nie an einen Menschen verlieren dürfen. Das sind launenhafte Kreaturen. Sie verstehen Loyalität nicht, wie wir es tun, wie *Ihr* es getan habt, bevor sie Euch verhext hat. McKenzie war nur einige Wochen bei den Rebellen. Sie kann unmöglich dasselbe für Euch empfunden haben wie Ihr für sie, wenn sie sich so schnell einem anderen Fae hingibt.«

Etwas in Atroths Ton erweckt meine Aufmerksamkeit. Ich sehe von ihm zu Kyol, dann von Kyol zu Radath. Kyol ist hier. Kyol ist am Leben. Wenn Atroth ihn töten will, warum zum Teufel dauert das dann so lange? Warum hat er Radath nicht befohlen, Kyol zu töten, sobald er ihn sieht?

Die einzige plausible Antwort ist, dass Atroth Kyol gar nicht töten *will*. Er sucht nach einem Grund, um seinem Schwertmeister zu vergeben. Wenn Kyol mitspielt, kann er die Sache vielleicht überleben.

Radath murmelt etwas und sagt dann lauter: »Mylord, das geht schon viel zu lange. Wir hätten ihn gleich exekutieren sollen. Wir sollten es jetzt tun.«

Atroth lehnt sich auf seinem Thron zurück und trommelt mit den Fingern auf eine der schmalen silbernen Armlehnen. »Er ist mein Freund, Radath.«

»Er ist ein Verräter, und das schon seit einer ganzen Weile. Wir haben seinen Verrat erst vor Kurzem aufgedeckt, aber er arbeitet seit Jahren gegen mich, gegen *uns*. Hätte er sich nicht jedem meiner Pläne widersetzt, dann wäre dieser Krieg schon längst zu Ende. Ihr könnt ihm nicht trauen ...«

Atroth hebt eine Hand. »Kyol, begreift Ihr nicht, dass ihr nichts an Euch liegt? Vermutlich hat sie Euch nie geliebt.«

Ich halte den Mund, da er vielleicht doch überleben wird, aber mein Herz pumpt das Adrenalin durch meine Adern, und mein Verstand sucht krampfhaft nach einer Idee, einem Funken der Erleuchtung, der unser beider Leben retten kann.

»Wenn sie weiterlebt, wird sie den Rest der Rebellion unterstützen«, fährt Atroth fort. »Wenn wir die Rebellen heute vernichten, wird das nächste Falschblut sie dennoch finden. Ich werde nicht zulassen, dass sie meine Offiziere jagt. Ihr könnt ihr einen schnellen Tod schenken, Kyol.«

Kyol sieht den König weiterhin an. Ich schlucke, weil mein Hals auf einmal ganz trocken ist. Ich muss Kyol sagen, dass es in Ordnung ist, dass es keinen Grund dafür gibt, dass wir beide sterben müssen, aber ich habe zu große Angst, um auch nur einen Ton herauszubringen.

»Ich bin bereit, Euch zu vergeben, wenn Ihr das tut«, erklärt Atroth. »Alles kann wieder so werden, wie es früher war.« Er zieht einen Dolch aus dem Gürtel und reicht ihn seinem Schwertmeister.

»Hast du mich je geliebt?«

Kyol spricht so leise, dass ich ihn kaum hören kann. Und es fällt mir noch viel schwerer, seine Worte zu begreifen. Glaubt er Atroth und zweifelt an meinen Gefühlen? Ich habe auf ihn gewartet, zehn Jahre lang habe ich gewartet. Denkt er, das wäre bei Menschen normal? Ich weiß es nicht. Sein Gesicht ist wieder zu einer Maske geworden. In seinen silbernen Augen liegt nicht die kleinste Emotion.

»Nimm den Dolch«, drängt ihn Atroth, dessen Stimme voller Mitgefühl ist.

»Und?« Kyol lässt nicht locker. »Oder hast du mich benutzt, McKenzie? Warst du Jorreb schon begegnet, bevor er dich entführt hat?«

Ich habe dasselbe Gefühl wie im Zwischenreich, wenn ich keine Luft mehr bekomme. Meine Kehle ist so trocken, dass ich kaum schlucken kann. Ich sollte seine Anschuldigungen von mir weisen. Er sollte es besser wissen.

»Kyol«, sagt Atroth erneut.

»Ich will es wissen«, drängt Kyol. »Sie soll es mir sagen.«

»Ich ...«

»Sie wollen doch nur Zeit gewinnen.« Radath zieht sein Schwert. »Mylord, es ist töricht, ihn auch nur eine Sekunde länger am Leben zu lassen.«

Kyols Gesichtsausdruck verändert sich nicht, auch die Muskeln in seinem Gesicht bewegen sich nur, wenn er blinzelt, aber etwas in dieser einen Aktion ist eher ein Zusammenzucken als eine unwillkürliche Bewegung. Er spielt tatsächlich auf Zeit.

Atroth seufzt. »Ihr habt Euer Schicksal besiegelt, Taltrayn. Kniet nieder.«

»Es tut mir leid, *Kaesha*.«

Radath tritt vor. Mein Herz rast, als er sein Schwert hebt und ...

Nein, ich kann Kyol nicht sterben sehen.

Alles verschwimmt. Meine Gedanken sind völlig durcheinander. Das Reich wird kleiner und entfernt sich, und ich stehe auf einmal nicht mehr, wo ich stand. Ich bin auf Radaths Rücken gesprungen. Ich habe den Metallsplitter aus meinem Arm gerissen und dem Lord General über die Kehle gezogen.

Das Metall ist klein und blutig. Ich kann es nicht fest genug halten, um Radaths Kehle richtig durchzuschneiden, also säbele ich wieder und wieder …

Radath packt mein Handgelenk und dreht es. Etwas knackt. Dann schlägt mir etwas ins Gesicht.

»McKenzie!«

Zwei, drei, ein Dutzend Stimmen rufen meinen Namen. Ich kann sie nicht auseinanderhalten, ebenso wenig die Schreie und das Pfeifen der fliegenden Pfeile.

Blut tropft von meinem Gesicht, spritzt auf den Boden neben einen Lederstiefel, einen Stiefel, der verschwindet. Zuerst glaube ich schon, ich verliere das Bewusstsein, doch dann höre ich den Lärm, der den Thronsaal erfüllt.

»McKenzie!«

Dieses Mal erkenne ich Arens Stimme. Er hat es durchs *Sidhe Tol* geschafft. Er hat den Thronsaal eben betreten und versteckt sich hinter einem Fae des Hofes. Die Pfeile prallen von der *Jaedrik*-Rüstung des Fae ab, durchbohren jedoch seine Kehle und seine Arme. Als er in den Äther geht, geht Aren hinter einen der Türflügel in Deckung.

Die eine Hälfte der Fae folgt ihm, und die andere …

Die andere Hälfte greift Kyol an, der irgendwie seine Fesseln lösen konnte. Er hält einen Dolch – den, den Atroth ihm Augenblicke zuvor noch angeboten hat – an die Kehle des Königs. Die Muskeln in Kyols Armen zittern, und mir bricht das Herz, als ich die Leere in seinen Augen sehe.

»Taltrayn«, keucht Radath, der eine Hand auf seinen blutenden

Hals gelegt hat. Doch der Lord General bewegt sich nicht. Das muss er auch nicht, da Micid hier irgendwo herumschleicht.

Ich werfe mich auf den Boden und suche nach dem *Ther'rothi*. Mein Ellbogen stößt gegen etwas. Ich wickle die Arme darum und halte etwas fest, bei dem es sich um Micids Beine handeln muss. Er taumelt und fällt hin.

Ich schreie auf, als der Schmerz in meinem verletzten Handgelenk explodiert, aber die Schreie am anderen Ende des Thronsaals übertönen mich.

Irgendwie ist es mir gelungen, unter dem immer noch unsichtbaren Micid zu landen. Ich schlinge meine Arme um seine Taille, zumindest vermute ich das, und wickle meine Beine ebenfalls um ihn, als Fae hinter mir schreien. Das Klirren von Metall wird zu einem stetigen Rhythmus. Kurz sehe ich Aren und ein Dutzend Rebellen gegen die Königstreuen kämpfen.

Ich verliere ihn jedoch wieder aus den Augen, und Kyol sehe ich auch nicht mehr, weil mir Radath im Weg ist. Ich kann keinem von ihnen helfen. Alles, was ich tun kann, ist, Micid festzuhalten. Mich an ihn zu klammern, während er mich würgt.

Schwarze Schatten kriechen von außen in mein Blickfeld. Mein Körper fängt an zu prickeln und verlangt, dass ich meine Arme von Micid nehme und seine Hände von meiner Kehle, aber ich halte ihn weiter fest. Wenn ich ihn loslasse, bin ich tot. Aren, Kyol und die anderen Rebellen ebenfalls. Niemand wird Micids Angriff kommen sehen.

Ich darf nicht loslassen.

Ich darf … nicht loslassen.

Ich darf …

Etwas spritzt auf meine Brust. Ich kann wieder besser atmen, sammle gerade genug Kraft, um blind um mich zu schlagen. Doch es nutzt nichts. Etwas Schweres drückt mich zu Boden und raubt mir erneut den Atem.

»McKenzie.«

Verzweifelt versuche ich, Micid zur Seite zu schieben.

»McKenzie, ich bin's. Es ist okay. Er ist tot. Der *Ther'rothi* ist tot.«

Ich höre auf, mich zu wehren. Irgendwann später, Sekunden oder Jahrhunderte später, kann ich endlich wieder etwas sehen. Aren streicht mir das feuchte Haar aus dem Gesicht. Er küsst mich und drückt mich an sich. Ich sage nichts, obwohl mein Körper protestierend aufschreit.

»Ich dachte, ich hätte dich verloren«, sagt er.

Edarratae wärmen meine Haut, dann schickt er seine Magie in mich, als er seine Fingerspitzen auf meine geschwollenen Wangenknochen drückt.

Ich würde ihm gern mitteilen, dass es mir gut geht, aber meine Stimme versagt.

Er legt mir die Hand auf den Nacken. Ich stöhne leise auf, als er die Verletzungen heilt, die mir Micid zugefügt hat. Ich schlucke und versuche, mich aufzusetzen, kann mich aber nur auf die Seite rollen.

Die Schlacht ist noch nicht vorüber, aber einige Königstreue lassen ihre Waffen fallen. Einige helfen sogar den Rebellen. Taber ist hier, und auch einige andere, denen Kyol meines Wissens vertraut, sind gekommen.

Kyol.

Ich blicke an Aren vorbei und sehe, dass er noch immer dasteht und den Dolch an Atroths Kehle hält. Radath … Während ich zusehe, schleicht sich Radath mit gezücktem Schwert näher.

»Aren«, krächze ich.

»Jorreb!«, schreit Kyol. Wir sehen uns an, und in diesem kurzen Moment weiß ich es. Ich weiß, dass er in Radaths Falle getappt und hierhergekommen ist, um zu sterben. Er kam nicht her, um seinen König zu ermorden. Der Schreck über diese Entwicklung, diese Entscheidung, steht ihm deutlich ins Gesicht geschrieben, und ein Teil von mir zerspringt, als er den Dolch über Atroths Kehle zieht.

Aren dreht sich zu Radath um, aber es ist zu spät. Er kann nicht mehr aus dem Weg gehen, nicht, ohne mich ungeschützt zurückzulassen. Er drückt mich auf den Boden, als Radath ausholt und vorwärtsstürmt.

Nein!

Radath grinst.

Nein!

Er grinst noch immer, als Kyols Klinge in seinen Rücken eindringt. Radaths Augen weiten sich. Sein Mund verzieht sich zu einem Schnauben. Mit seinem letzten Atemzug führt er sein Schwert nach unten, aber Kyol stößt ihn nach vorn.

Der Lord General fällt über uns, und seine Klinge verfehlt Aren knapp. In dem Moment, in dem er auf dem Boden aufschlägt, geht er im Äther auf.

31

Irgendwann später, es können Minuten, Stunden oder Tage sein, ich habe jegliches Zeitgefühl verloren, ist die Schlacht vorbei. Angeblich ist es ein Sieg. Er fühlt sich nur nicht wie einer an. Ich sitze im Skulpturengarten auf einem Marmorpodest. Hinter mir erheben sich zwei steinerne Fae, und die Schatten ihrer Schwerter kreuzen sich vor meinen Füßen. Der linke Klingenschatten deutet auf eine Blutlache ganz in der Nähe. Von diesen Lachen gibt es sehr viele im Palast, und noch viele mehr in meiner Erinnerung.

Naito tobt irgendwo in der Nähe. Lena gestattet es ihm nicht, den Palast zu verlassen. Zumindest vorerst nicht, solange sein Schmerz und sein Zorn noch so frisch sind. Er darf erst gehen, wenn er nicht mehr entschlossen ist, seinen Vater zu jagen. Es ist zu seinem eigenen Besten, sagt sie. Sie hat Angst, dass die Vigilanten ihn töten könnten. Ich mache mir eher Sorgen, dass er wegen Mordes im Gefängnis landet.

Etwas zerbricht, und Naitos Geschrei verstummt. Ich schließe die Augen und habe Mitgefühl mit ihm, verstehe seinen Schmerz und sein Verlangen nach Rache. Ich bezweifle, dass er je wieder nach Hause gehen kann.

Ich habe Kyol und Aren nur kurz gesehen, nachdem sie den Thronsaal verließen. Sie waren beide damit beschäftigt, den Palast zu sichern. Die Rebellen haben die Wohnflügel abgesperrt. In jedem anderen Raum und Gang stehen Bogenschützen, sowohl Rebellen als auch einige der Fae des Hofes, denen Kyol vertraut, in Alarmbereitschaft. Es heißt, dass sie jeden erschießen werden, der hier durch einen Riss kommt, und zwar in dem Moment, in dem er aus dem Licht tritt. Bisher ist die Strategie aufgegangen. Die Fae des Hofes haben fast ganz damit aufgehört, die *Sidhe Tol* zu benutzen.

Ich lehne mich zurück an die Beine des steinernen Fae. Es ist ein wunderschöner Tag. Die Sonne geht gerade am strahlend blauen Himmel unter. Jetzt, wo Naito nicht mehr schreit, ist alles ruhig. Wenn ich die Blutlachen ausblende, ist es sogar friedlich. Irgendetwas stimmt daran nicht. Ein solcher Tag sollte voller Dunkelheit sein, bestimmt von Wolken und einem nahenden Unwetter.

»McKenzie.«

Lorn steht in einigen Schritten Entfernung. Ich habe ihn noch nie so aufgelöst gesehen. Sein weißes Hemd ist zerknittert und schmuddelig, seine Schultern sind eingesunken, und seine silbernen Augen wirken dunkler und trüber als sonst.

Es schnürt mir die Kehle zusammen. Dasselbe ist auch vorhin passiert, als Lord Raen mich aufgestöbert hatte. Ich konnte nichts zu ihm sagen, aber das musste ich auch nicht tun. Kelias Vater hat mir nur ins Gesicht gesehen und ist blass geworden. Mir stiegen die Tränen in die Augen. Als ich wieder klar sehen konnte, war er fort.

Lorn setzt sich neben mich.

»Ich hatte Fae zu Kelias Schutz eingestellt«, sagt er.

Ich sehe ihn an, aber er starrt zu Boden.

»Ich habe nichts von ihnen gehört«, fährt er fort. »Vermutlich sind sie noch vor ihr in den Äther gegangen.«

»Es war alles sehr chaotisch.«

Sein leises »Hm« hat etwas sehr Schwermütiges an sich. Wir sitzen eine Weile schweigend nebeneinander. Dann sind in der Nähe erneut Flüche zu hören. Naito legt wieder los.

Lorn sieht in die Richtung, in der es gleich scheppern wird. Sein Adamsapfel hüpft einmal, doch dann presst er die Lippen zusammen und strafft die Schultern.

»*Das* muss aufhören«, sagt er und klingt fast wieder so wie früher. Aber nur fast.

Er steht auf, geht einen Schritt, doch dann leuchtet ein Blitz vor ihm auf. Der Fae des Hofes hält sich gerade mal eine halbe

Sekunde in dieser Welt auf, als schon drei Pfeile seine Brust durchbohren. Ich sehe mit an, wie sein Seelenschatten aufsteigt, ohne auch nur mit der Wimper zu zucken.

Dieses Mal ist Lorns »Hm« sehr vielsagend. »Es geht dir nicht gut.«

»Es geht niemandem gut.« Ihm auch nicht.

»Das stimmt. Aber alle anderen hier haben reagiert, als dieser Riss aufging. Du nicht. Du wärst jetzt tot, wenn die Armbrustschützen nicht gewesen wären.« Als ich nicht reagiere, seufzt er. »Du wirst dich hier nicht erholen. Du solltest in deine Welt zurückkehren.«

»Mir geht es gut«, erwidere ich.

»Du hast gerade selbst gesagt, dass es niemandem gut geht. Wenn du ihretwegen hierbleibst, dann solltest du das lieber nicht tun. Es wird sie nicht aufheitern, dich so zu sehen.«

»Wenn ein Fae Illusionen einsetzt …«

»Bis du reagiert hast, kommt deine Warnung ohnehin zu spät.« Er zuckt mit den Achseln. »Mach, was du willst, aber wenn du dich entschließt, meinen Rat anzunehmen, dann kann ich dich von einem Fae an einen sicheren Ort bringen lassen.«

»Mir geht es gut«, wiederhole ich. Wenn ich es nur oft genug sage, stimmt es vielleicht irgendwann.

Letzten Endes befiehlt mir Lena, auf die Erde zurückzukehren. Sie behauptet, sie brauche mich frisch und ausgeruht, falls die letzten königstreuen Fae einen organisierten Angriff durchführen sollten. Ich würde es nie zugeben, aber sie und Lorn haben recht. Es hilft mir ein wenig, wieder in meiner Welt zu sein. Ich kann fast so tun, als wäre ich normal, als würde ich nichts über das Reich, die Fae und den Krieg, der zu viele Leben gekostet hat, wissen. Aber nur fast.

Ich schalte den Fernseher aus. Es läuft immer wieder derselbe

Bericht, obwohl die kanadischen Behörden keine neuen Informationen über das haben, was in Lynn Valley passiert ist. Die Hälfte der Häuser ist in Flammen aufgegangen, ebenso wie ein Teil des Waldes, und drei Menschen sind dabei umgekommen. Was die Ermittler am meisten verwirrt, ist die Tatsache, dass die Bewohner von vier Häusern einfach verschwunden sind. Sie können die *Tor'um* nicht finden, obwohl sich einige ihrer Nachbarn sicher sind, dass sie zu Hause waren, als das Feuer ausbrach.

Ich hasse es, wenn sich der Krieg der Fae auf meine Welt auswirkt. Vor einem Monat hätte ich noch geschworen, dass so etwas nur passieren kann, wenn die Rebellen die Ursache dafür sind, aber sie waren sehr vorsichtig, als sie mich vom Campus entführten. Aren hatte seinen Leuten nicht gestattet, Magie zu benutzen, die für die Menschen sichtbar war, und er hatte sichergestellt, dass sie mit ihren Bögen gut zielten und jeder Pfeil nur einen Fae oder einen Riss traf. Die Fae des Hofes waren nicht so vorsichtig, und die kanadischen Behörden wissen nicht, was sie von dem halben Dutzend Pfeile halten sollen, die sie bei ihren Ermittlungen gefunden haben.

Ich stehe von der Couch auf. Momentan wohne ich in einer Suite in Las Vegas. Offenbar versteht Lorn das unter einem sicheren Ort. Bei all der Technik, die es hier gibt, hat er vermutlich recht. Kein Fae wird sich hier länger als ein paar Minuten aufhalten wollen.

Ich gehe in eines der drei Schlafzimmer und habe vor, dieses Mal länger als zwei Stunden zu schlafen, als meine Haut prickelt. Ich spüre ihn, eine vertraute Wärme, die ich niemals vergessen werde.

»Wie geht es dir?«, erkundigt sich Kyol.

Ich weiß nicht, warum mir seine Frage Tränen in die Augen steigen lässt – ich habe nicht mehr geweint, seitdem ich Lord Raen zuletzt sah –, aber mein Kinn zittert, und die Mauer, die ich um meine Gefühle errichtet habe, bricht. Ich wirbele herum und werfe meine Arme um seinen Hals. Er legt die Arme um mich und hält mich fest, als ob sich nichts verändert hätte.

Doch es hat sich alles verändert. Zwischen uns wird nichts wieder so sein wie früher.

»*Kaesha.*«

Ich lehne meinen Kopf an seine Brust und höre seinen Herzschlag. Irgendwie klingt er, als sei sein Herz schwer und gebrochen. Aber vielleicht ist es auch meins.

»Es geht dir gut«, sage ich.

»Ja.« Er streicht mir übers Haar. »Ich habe in Lenas Auftrag mit den Ältesten der Provinzen gesprochen.«

»Werden sie sie unterstützen?«

»Einige vielleicht.«

Seine Worte sind kaum mehr als ein Flüstern, und mir ist klar, dass das nicht die Unterhaltung ist, die wir eigentlich führen sollten. Ich habe ihm einiges zu sagen, Dinge, die er wissen muss.

»Kyol …«

»Sch«, sagt er. »Ich weiß.« Er holt tief Luft und macht einen Schritt nach hinten, um mich anzusehen. »Ich wünschte … Ich wünschte, die Dinge hätten sich anders entwickelt. Ich wünschte, ich wäre nicht so ein Narr gewesen.«

»Aber …«

»Nein. Es ist schon okay. Ich verstehe, warum du mich verlässt. Du hast die richtige Entscheidung getroffen. Ich habe so vieles falsch gemacht.«

Der Schmerz und die Reue in seiner Stimme bringen mich fast um. Ich sage nichts, weil ich keinen Ton herausbringe. Meine Kehle brennt viel zu sehr. Wenn es einen Weg gäbe, das zu tun, was ich tue, ohne ihm wehzutun, dann würde ich ihn einschlagen. Er ist mein Beschützer, meine erste Liebe, mein bester Freund. Er ist der Einzige in meinem Leben, der mich immer verstanden hat, aber trotzdem stimmt es, was ich hinter Naitos Haus zu ihm gesagt habe: Ich hätte nie zehn Jahre auf ihn warten dürfen. Ich hätte mich selbst mehr respektieren und mich besser behandeln müssen. Ich hätte *verlangen* sollen, besser behandelt zu werden. Dann hätte er vielleicht nachgegeben. Wir wären noch zusammen. Aber ich war ein Feigling. Ich habe ihm nie ein Ultimatum gestellt, weil ich Angst hatte, dass er seinen König mir vorziehen würde.

»Ich sollte gehen«, sagt Kyol. »Der Palast wird noch immer angegriffen, und Lena ist …«

Da würden mir viele Begriffe einfallen, aber ich ziehe nur eine Augenbraue hoch und warte.

»Unbekümmert«, beendet er schließlich seinen Satz. »Sie besteht darauf, in die Wachrotation mit einbezogen zu werden. Wir brauchen mehr Fae, um die Kontrolle über den Palast zu behalten, aber es ist töricht, dass sie ihr Leben riskiert.« Er holt tief Luft. »Ich wollte nur sichergehen, dass es dir gut geht, bevor ich wieder mit ihr spreche.«

»Mir geht es gut«, erwidere ich, aber ich fange schon wieder an zu weinen. Ich versuche, meine Tränen vor Kyol zu verstecken, aber er bemerkt sie. Er nimmt mich noch einmal in den Arm. Ich sollte ihn wegstoßen, weil ich diesen Abschied nicht noch schwerer machen will. Ich werde ihn wiedersehen, aber es wird nie mehr so sein wie jetzt. Wir werden einfach … Freunde sein. Bekannte. Kollegen.

Das Ritsch-Ratsch eines sich öffnenden Risses hallt durch das Zimmer. Kyol legt die Arme fester um mich und sieht dann konzentriert über meine Schulter. »Wenn Jorreb dir wehtut, bringe ich ihn um.«

Er küsst meine Hand und lässt seine Lippen einige Sekunden auf meiner Haut verweilen, um ein letztes Mal meine Chaosschimmer in sich aufzunehmen. Dann macht er einen Schritt nach hinten und lässt meine Finger durch seine gleiten, während er einen Riss öffnet. Einen Augenblick später ist Kyol verschwunden.

Bevor ich mich umdrehe, wische ich mir die Tränen von den Wangen.

Aren steht einige Schritte von mir entfernt. Er hat die Hände in die Hosentaschen gesteckt, und sein Haar ist völlig zerzaust, aber er ist nicht länger voller Blut, Schweiß und Schmutz. Allerdings sieht er müde aus. Müde und vielleicht auch ein wenig besorgt.

Er spricht, bevor ich etwas sagen kann. »Wenn ich ein guter Mann wäre, dann würde ich anerkennen, dass Taltrayn ein ehrenwerter Fae ist, dass er dich liebt und dass er sich um dich kümmern würde. Ich würde verschwinden und dir den Mann lassen, den du immer haben wolltest. Aber, McKenzie, ich bin nicht so gut wie Taltrayn. Ich werde es nie sein, und ich kann nicht verschwinden. Ich werde für die Chance kämpfen, bei dir zu sein.«

Das sind die Worte, auf die ich zehn Jahre lang von Kyol gewartet habe. Aber in all der Zeit war ich doch nie bereit, darauf zu antworten. Ich weiß nicht, was ich sagen soll. Ich weiß nicht, wie ich Aren zu verstehen geben soll, dass ich erst herausfinden muss, ob wir zusammen sein können.

Er wirkt angespannt, als er wieder Luft holt, und sein Blick wandert zur Wand, bevor er mich erneut ansieht. »Ich weiß, dass wir keinen guten Start hatten.« Er lacht auf. »Mir ist klar, dass du mich gehasst hast, dass ich dich bedroht und provoziert habe, aber wir können noch mal von vorn anfangen. Ich werde dir nie wieder wehtun. *Sidhe*, ich schwöre, dass ich dir nie wieder ein Schwert an die Kehle halten werde. Ich werde dich beschützen. Ich werde dafür sorgen, dass du nie wieder aus einem Fenster springen musst, und ich …«

Ich bin versucht, ihn weiterreden zu lassen, aber er weicht vom Thema ab, und das passt gar nicht zu ihm, daher muss ich einfach lächeln. Er stockt mitten im Satz.

»McKenzie?«

»Ich könnte dir noch eine Chance geben.«

Sein Blick wandert von meinen Augen zu meinen Lippen. Er

sieht sie an, als ob er sich nicht sicher ist, dass er mich richtig verstanden hat. Dann zieht er langsam die Mundwinkel hoch.

»Könnte?« Er lacht. »Ich wusste schon immer, dass du ein Dickkopf bist, *Nalkin-Shom*.«

Jetzt macht er einen Schritt auf mich zu. Es gibt immer noch Probleme zwischen uns, Dinge, die wir besprechen, Unstimmigkeiten, die wir ausräumen müssen, aber mein Herz klopft wie wild, als seine Fingerspitzen über meine Wange streichen. Die Berührung ist leicht und zärtlich, gerade genug, um meine Haut zu wärmen. Er kommt näher. Ich spüre die Wärme seines Körpers, rieche den Duft von Zedern und Zimt, und auf einmal sehnen sich meine Lippen danach, seine zu spüren. Sie sind so nah. Wenn er seinen Kopf doch nur einen Millimeter weiter senken würde …

»Ich liebe dich«, flüstert Aren.

Ich zittere, als es mich heiß durchzuckt. Kein *Edarratae*, sondern etwas Tieferes, Stärkeres und Mächtigeres. Er muss es ebenfalls spüren, da er mich im nächsten Augenblick küsst. Der Kuss ist besitzergreifend, verzweifelt und wunderschön. Er hält sich nicht zurück und lässt ihn nicht enden. Er zieht mich in seine Arme, bis nur noch meine Zehenspitzen den Boden berühren. Ich klammere mich an ihn, erwidere seinen Kuss und erglühe, als Chaosschimmer durch meine Haut schießen. Sie schlängeln sich um unsere Körper, verschmelzen uns, während die Welt um uns herum versinkt.

»Ich würde die Welt für dich in Schutt und Asche legen«, wisperte er.

Delilah S. Dawson
BLUTLAND - VON DER LEIDENSCHAFT GERUFEN
Roman
Aus dem amerikanischen Englisch von Silvia Gleißner
464 Seiten
ISBN 978-3-404-16859-0

Letitia glaubt, noch zu träumen, als sie sich völlig nackt an einem seltsamen Ort mitten in der Wildnis wiederfindet. Dann taucht ein attraktiver Fremder auf und erklärt, dass er sie mittels Magie in seine Welt gerufen hat. Kann das wahr sein? Ist sie wirklich in einer Parallelwelt gefangen? Doch wie könnte es anders sein, wenn sich verführerische Küsse ebenso echt anfühlen wie die scharfe Klinge eines Messers?

Eine Welt, regiert von Blut und Magie - eine Geschichte, bestimmt von Liebe und Hass

Bastei Lübbe